古事記

西宮一民編

修訂版（復刻版）

皇學館大学出版部

目次

中ツ巻

凡例

一　本書は、真福寺本古事記を底本とし、その本文を校訂し、句読点・傍訓を施し、さらに古写本訓・主な注釈書訓、およびその訓に対する私見を頭注に掲げ、文字の異同およびそれに関する私見を脚注に記したものである。

一　本文制定の要領は次の通りである。

(イ)　底本は古典保存会複製の真福寺本古事記を用いた。(底)〈括弧内は略号を意味する。以下同じ〉

(ロ)　校合に用いた諸本およびテキスト類は、

1　道果本(果)　道祥本(祥)　春瑜本(春)〈以上を併せて「真系」(真福寺本系統本の意)と略呼することがある〉

2　兼永筆本(兼)　前田家本(前)　曼殊院本(曼)　猪熊本(猪)　寛永版本(寛)〈以上を併せて「卜系」(卜部家系統本の意)と略呼することがある。また、12を併せて「果以下」あるいは「祥以下」と呼ぶことがあり、底本を加えて「諸本」ということがある〉

3　鼇頭古事記〔度会延佳〕(延)　訂正古訓古事記(訓)〈但し本居宣長の古事記伝による場合は、(宣長)或いは(記伝)とする〉　校訂古事記〔田中頼庸〕(校)　至文堂本古事記〔藤村作〕(至)　国民古典全書本古事記〔澤瀉久孝〕(国)　角川文庫本古事記〔武田祐吉〕(角)　岩波日本古典文学大系本古事記〔倉野憲司〕(岩)　朝日日本古典全書本古事記〔神田秀夫・太田善麿〕(朝)　吉川弘文館標注訓読古事記〔丸山二郎〕(吉)　白帝社本古事記〔尾崎知光〕(白)　初版桜楓社本古事記〔西宮一民〕(桜)　小学館日本古典文学全集本古事記〔荻原浅男〕(小)　神道大系本古事記〔小野田光雄〕(神)　新潮日本古典集成本古事記〔西宮一民〕(新)　岩波日

本思想大系本古事記〔小林芳規〕(思)

である。1 2の諸本については『諸本集成古事記』および『校本古事記』を利用した。なお諸本の解説は、校本古事記巻末の「解説篇」(古賀精一・鎌田純一・植松茂担当)に譲る。

(ハ) 底本には「八尋殿事」(四ノウ)などという頭注があるが、これは削った。また、分注か本文か紛らわしい書式が多いが、これは倉野憲司「古事記の本文と分注との関係についての本文批評的研究」(『古事記論攷』所収)が参考になる。

(ニ) 文字の異同においては左の要領による。

1 底本の文字を改めた場合は、その左に•点をうち、その脚注欄に、先ず何本によって改めたかを示し、その下に—線を引いて底本の原字を記した。私の見解で改めたものは(意改)とした。

2 底本の文字が正しいと考えられる場合は、その左に＊印をうち、その脚注欄に、「底(或いは「諸本」)ニヨル」と記し、その下に—線を引いて、誤りと考えられる他の本(テキスト類も含む)の文字を記した。

3 底本自体が他本によって校合傍書をしている場合があり、その傍書が正しいと考えられる場合は、その左に○印をうち、その脚注欄に「底右(左)傍書ニヨル」と記し、その下に—線を引いて、底本の原字を記した。以上、1 2 3の注記は、すべて漢字片仮名交りで表記することにする。

4 以上の符号で、同内容が続く時は、その符号を重ねるのみで、脚注欄には重ねて記さなかった。

5 校合に用いた諸本の名を全部羅列することは極力避け、初出の一本の名を記すに止めるか、「真系・卜系・果以下」などの総括的な略呼を用いることにした。すべて、「—以下」とあれば、前掲諸本およびテキスト類の1 2 3の順序に従っていうものとする。但し、必要に応じて、「果・祥・春」「延・訓」などと羅列することもある。

6　重要な文字異同について、特に説明を要するものについては、脚注欄に、一段下げ、漢字平仮名交りで表記することにする。

7　底本の文字異同に関する限りすべて脚注欄に記したが、他の諸本間での異同は記さなかった。つまり、他の諸本の異同を記すことは大して意味が認められず、却って繁雑にするからである。

(ホ)　字体に関しては、左の要領に従い、なるべく底本の字体に近いものを表わそうと努めた。

1　底本の異体字のうち、当用漢字の字体に一致するものは採用する。
(例)礼・乱・来・随・堕・継・縁・為・塩・遅・乗・舎・蔵・従・号・弁など

2　底本に旧字体で書かれてあるものは、旧字体に従う。
(例)賣・藝・氣・戀・獨・當・聲・廣・應・邊・舊・獻・對など

3　底本に二通りの字体が用いられている時は、底本のままとする。
(例)與―与・國―国・萬―万・崗―岡・經―経・號―号・姙―妊・庭―廷・々―〻など

4　底本に古字・通用字が用いられているものは特に底本のままとする。文字の訓詁・字形論に関しては、小島憲之『国宝真福寺本古事記』(桜楓社、略称を真古とする)ほか多くの論文が有益である。
(例)相(想)　或(惑)　兪(愈)　取(娶)　須(鬚)　度(渡)　建(健)　丈(仗)　寸(村)
乇(陀)　川(訓)　首(道)　尺(咫)　與(歟)　呉公(蜈蚣)　冰(氷)　罸(罰)　悵(恨)
恠(怪)　惚(悩)　陁(陀)　役(疫)　経(径)　緆(鬘)　纒(纏)　蜖(虻)　虵(蛇)
鈫(剣)　耶(邪)　悤(璁)　垧(垌)　掖(棭)　蜚(飛)

堀(掘)　珎(珍)　褁(裏)　靫(鞁)　寘(冥)　箇(筒)　適(嫡)　庭(廷)　莚(延)

榅(榲)　櫕(鑽)　桉(鞍)　湏(須)　渕(淵)　宍(肉)

5　畳字には「ゝ」を用いる。

6　総じて、底本たる真福寺本は一見誤写による誤字の多い本である。しかしそれはすべて稚拙なる誤写であって、いわゆる本文校訂にみられるさかしらの無い本である。従って、その誤字から却って、その祖本の原字を復元することができるという所の、逆説的な言い方をすれば、真福寺本は極めて善本なのである。とはいえ、真福寺本とて、やはり絶対的な信をおくわけには行かない。ということは、如何に祖本に忠実であったとしても、その祖本が問題だからである。その幻の祖本とは、先ず字体が異体字や草体をかなり混えた写本であったと想定される。でなければ、真福寺本の、あの稚拙なる誤写は生じなかったであろう。次に、真福寺本を高次に本文批判をしてみると、「坐」（本書三八頁脚注「成坐」参照）という敬語があるはずがないのにあったり、送仮名に相当する万葉仮名（本書三七頁脚注「棄流」参照）が大字で本文に入っていたり、或いは「外宮之」（本書七五頁脚注参照）などという文字はどうもおかしいというような事項に遭遇する。勿論他の諸本でも同じことなのだが。こういう現象をさまざまな角度から検討すると、どうもこれは平安朝前期（桓武天皇延暦十三年〈七九四〉より朱雀天皇天慶四年〈九四一〉までを指す）に、古事記の訓読が部分的になされた名残りであって、それが本文にくり入れられた写本として存在したのが、私のいう幻の祖本であったと考える（拙著『日本上代の文章と表記』第一章第一節の三）。そこで、本書では、それら平安朝前期の改竄と推定できるものを削除し、和銅奏覧本（太安万侶本）に肉薄しようと試みた。逆に、真福寺本の稚拙な誤写の可能性から、その片鱗をも忽せにせず、補った場合もある。尤も、この補字については宣長がかなり多く実行しているけれども、私は下巻の二ヶ所（本書二一二頁――その説明は頭注2・二一六頁――その説明は頭注3参照）に止めることにした。

一　本文付訓の要領は次の通りである。

(イ)　本文には返点を付すが、純漢文訓読における返点の付し方と多少異なる所がある。すなわち、訓読を主体にした返点である。例えば、「エ……ズ」とよむ場合は「不二得……一」として「不レ得レ……」とはしない。また「……スルスナハチ（…や否や）」の時には「……即、」の如き読点のうち方をする。

(ロ)　訓は、最初によむ所からつけ、返読の都度送仮名式にはつけないでそのまま下へ訓下してゆくという方式をとった。例えば、「因二萌騰《モイアガル》之物一《ものニよりテ》而、」（天地初発の段）、「伊三都岐奉于二倭《ヤマとの》之青垣東《アヲカキのヒムガシのヤマのへニイツキマツレ》山上一。」（少名毘古那神との国作りの条）という形式となる。この形式は、漢文の送仮名方式をとる延佳本や校訂本とは全く異なり、また、原文の文字の位置にこだわらずに傍訓を付す古訓本とも異なり、本書独自の試みである。後者の「伊都岐奉」と訓のイツキマツレとが遊離する如き例は極めて少なくて、あとは第一例の如き形式であるから、ほとんど文字に即した付訓となり、文字と訓との遊離感は少ない。これは、実は太安万侶が、ヲニト会えば返るという最小の単位で古事記の文章を表記するという方式を編出したのであると私は考える（前掲拙著第一章第一節の一の㈤）が、その安万侶の文章に対する付訓方式としては、この形式が最も相応しいと思う。つまり和化漢文体なるが故に、かかる付訓方式を案出してみたのである。但し、序文や分注では漢文体なるが故に、漢文訓読の、送仮名方式にした。尤も、本文で「如レ此《カク》・於レ是《ここニ》・所レ謂《イハユル》・百不レ足《モモタラズ》・无レ間《マナシ》・得二照光一《テリアカリキ》・毎レ日《ヒごとニ》・毎《とシ》レ年《ごとニ》」などは、右の方式によらなかった。

(ハ)　付訓に用いた文字は片仮名と平仮名とである。その使用法を左に記す。

1　付訓は片仮名を以てする。

2　上代特殊仮名遣の、乙類に相当するものは、平仮名（き・ぎ・ひ・び・み・け・げ・へ・べ・め・こ・ご・そ・ぞ・と・ど・の・も・よ・ろ）、またヤ行のエは「𛀁」を以てする。

3　甲類か乙類か未詳のものは片仮名とする。

(ニ)　すべてに付訓するのを原則とするが、初出の訓以後は省いたもの（主に「神《カみ》」「天皇《スメラミこと》」）もある。

(ホ)　本文の中の固有名詞を除く音仮名書きの語、および歌謡には、付訓と同時にその右側に正訓字を宛てることにした。これによって、私の解釈がわかるわけである。

一　本文訓読の要領は次の通りとする。

(イ)　段落その他の改行においては内容をよく吟味して定める。序文で「天皇」で提行にした所が二ヶ所あるが、これは底本に従ったもので、公式令《くしきりょう》によれば「平出」に当たる。また会話文では引用符号の「……」『……』などを用いた。会話の範囲を明確にするためで、従来の句切りと異なる所もある。

(ロ)　句読点に注意し、原文の流れをじかに感じさせるようによむ。よどみなく流れる所、ぷつぷつ切れる所、接続の「――故、」「――時、」の文調など、原文の呼吸に触れねばならぬ（小島憲之『上代日本文学と中国文学』上、第二篇第四章）。

(ハ)　音読か訓読かについては、一般的には例えば、「天地・大王」をテンチ・タイワウと音読しようが、アめツチ・オホキミと訓読しようがそれはかまわない。しかし、古事記の本文自体（「序」は除く）は訓読されることを期待して表記されている（拙稿「古事記『訓読』の論」『万葉』94、昭五二・四）ので、倭語でよむことにする。

ただここで、漢訳仏典の影響によって用いられたという「歓喜・遊行」など二十数語（朝日日本古典全書本『古事記』

上の神田秀夫の解説、一二二〜三頁）について、果して音読すべきか訓読すべきかの問題が起る。音読するとすれば、クワンギス・ユギヤウスとサ変動詞にするわけである。（朝）はかなり音読している。しかし、これも訓読の流れから「よろこブ・アソブ」などとよんでよいと考える。

㈡　音韻・文法・語彙については当然上代のそれでよむ。上代特殊仮名遣の甲乙を片仮名・平仮名で書分けたのもその表われである。清濁も今日と異なることが多いので特に注意する。文法においては勿論上代文法に従うが、何から何まで万葉集の文法に従ったわけではない。万葉集は和歌であり、祝詞もまた一種の韻律的な文章であるから、ものの言い方までそれらに似せる必要はない。また日本書紀の古訓および訓法は、私の考察によれば、平安朝前期の終りごろに固定化の方向をたどる（拙著、第二章第二節の三の㈣）ので、そっくりそのまま古事記の訓読に妥当せしめるわけにはゆかない。とはいえ、次の点は日本書紀の訓読の方法に従った。

1　「宜」において、ヨロシクを読み加えない。
2　「応」において、マサニを読み加えない。
3　「当」において、必ずしもマサニ……ベシと読まない。
4　「将」において、必ずしもマサニを読み加えない。
5　「可」において、必ずしもベシと読まない。
6　「猶」において、ゴトシと読む時は、ナホまたはナホシを読み加えない。
7　「即」において、助詞のハ、バを承けるときにはスナハチとは読まない。
8　「得」において、……コトウ、コトエタリなどと読む場合、……コトヲウ、……コトヲエタリのようなヲという助詞を入れない。

9　「亦」において、モマタと読まず、モだけまたはマタとだけ読む。

（以上1～9は岩波日本古典文学大系本『日本書紀』上、解説、四七～八頁に基づき抽出略記した）

さて、ほかに人物につく「之」を、「の」とよむか「ガ」とよむかについては、皇族には「の」、一般氏族には「ガ」とよみ、それで尊卑を表わした。訓添えの時も之に準ずる。次に語彙について、例えば「婚」の字をどうよむかにおいては、「求婚する」意の時は「ヨバフ」、「一夜妻」の意の時は「マグハフ」、「結婚する」意の時は「アフ」とよむというように、内容によって判断する。また「兄弟・姉妹」においても、もし同母であれば、男同志の場合は「イロ𛀀（兄）・イロど（弟）」、女同志の場合は「イロ𛀀（姉）・イロど（妹）」、男女の場合は「イロセ（兄・弟）・イロモ（妹）」とよむ。一般的には「アニ・オと」。このように、内容によってよみ分けるべきものには注意が必要。しかし、原則として、同一の文字には同一の訓を与える。

㈭　訓読すべきか不読にすべきかは、特に助字に問題が多く、原文の語気を重んじて判断した。この点、古事記伝の訓読、および小島憲之の前掲書、又『国風暗黒時代の文学』上が参考になる。

㈮　訓添えについては左の要領による。

1　時制において、過去の助動詞キを用いることを原則として、まま歴史的現在或いは完了形を用いた。この現在や完了形は、ひとえに原文の文勢による。

2　敬語において、「御」があればミとよむが、無ければ訓添えない。書分けているからである。但し、例外として、「王《ミコ》・太子《ヒツギのミコ》・妻《ミメ》・衣《ミケシ》・幣帛《ミテグラ》・霊《ミタマ》・貢《ミツき》・陵《ミサザキ》・世《ミよ》・頸《ミクビ》」がある。従って、従来動詞にミはつかないとされてきたけれども、「御」があれば、動詞に直接続けて、あとはス・マス敬語でよむ。例えば「御寝」とあれば、ミネマス、「御合」とあればミアハス・ミアヒマスとよむ。「御」が無ければミとよまず、イヌ・アフとよみ、もし敬語の訓添えが必要なら、ナス・イネマス、アハス・アヒマスとよむ。

3　敬語において、ス・マス・タマフを訓添える時は、古事記の表記から導かれた敬語体系でよむ（森重敏『文体の論理』）。但し、マスとタマフは原則として、自動詞にはマス、他動詞にはタマフでよむ。

4　謙譲語において、マツルは内容を考えて訓添える。「立奉」はタテマツルとよむ。

5　接続助詞テにおいて、古事記では文体上、「而」が連続して用いられている箇所と、ほとんど現われない箇所とがある。前者は口誦的な内容に多い。従って忠実に「而《テ》」を表記したものと考えられるから、原則として「而」が無ければよまない。後者は漢文体に近い文体で叙事的な内容に多い。この場合は適当に訓添える。なお、「飲酔留伏寝」（八岐の大蛇退治の条）の如く、動詞を重ねる表現も多いが、原則として、「のミヱヒとどマリフシイネキ」とよみ、テは訓添えない。また「為二鳥遊・取魚一而、往二御大之前一」（事代主神の服従の条）の「而」を従来ニ（目的を表わす格助詞）とよまれてきたが、私は二つの動作が同時に行われることを示す接続助詞のテと解する（拙著、二三六頁）ので、文字通り「而《テ》」とよむ。また「随（従）——而」「如——而」の「而」は「——のマニマニ」「——のごとク（シテ）」と不読にする。

6　「——時、」において、「——時ニ」の如く、ニを訓添える。他の時間的副詞（例えば「——後ニ」）も同じ。

(ト)　直接話法における語法の呼応は、本文にあっては、形式を大別すると、Ⓐ曰「——。」Ⓑ曰「——。」…。Ⓒ曰「——。」云……。の三つになる。Ⓒは文字通り、曰ク「——。」と云フとよみ、Ⓑは曰ク「——。」とイヒシ時ニなどと続く文勢にあるので、「とイフ」を補読せねばならぬが、Ⓐは曰ク「——。」で、言い切りにして、「と」とか「とイフ」止めにしない。このⒶは祝詞や竹取物語、また点本類にも見え、決して不自然な文法ではない。しかも、この会話の内容を以て、ク語法の述語とすることもできるから、本書ではⒶの言い切りをしばしば用いた（拙著、第二章第一節の㈡）。つまり拙著の理論の演習が本書の訓読になったわけである。

㈠ 音仮名「曽」は「そ」、「叙」は「ぞ」だが、「也・者也・之者也」は「ぞ」とよみ「そ」とはよまない。

㈷ 古事記中しばしば現われる「尓」の字はすべて、シカシテとよんだ。「尓」は「シカ・その（それ）」とS音系でよまれるので、シカシテ（そしての意）とよみ、「ここニ」とはよまない。「ここニ」ならば「於レ是」と明瞭に出てくるのであるから、さらに「尓」を「ここニ」とよむのはおかしい。まして、「於レ是」は「上文を承け、新たに事項を展開する時、其の発端に用い、『尓』は『於是』によって総括される一章の中にあって、前句を承けて文脈が展開する一節の冒頭をなす。」（小野田光雄「古事記の助字『尓』について」『古事記年報』㈡）というのであれば、「尓」を「ここニ」とよむことはなかろう。

一 頭注記載の要領は次の通りである。

㈠ 諸本・テキスト類の訓の異同を記す。その方法は、本文の付訓において異同を生ずる部分にアラビヤ数字で番号をうち、その番号を頭注欄にもつけて、諸本・テキスト類の前掲略号を枠《わく》で囲んで示し、次にその訓を記す。それについて少し詳しく言うと、

1 訓の異同のうち重要なものを掲げる。過去によむか現在によむかとか、敬語があるか無いかとかいうような全般的な問題は、すでに前述の如く処理されたものとして、逐一挙げることはしない。但し、本文の頁数が若い間は、さまざまな点に触れねばならないので、この種の問題も一応はとりあげてある。勿論今日の学説に照して、明らかに誤りである訓は省いた。

2 訓の異同は、初出でしかも代表的なものを以て示した。但し、道果本や兼永本に初出の訓があっても、それが、句や文単位の訓読が問題である場合は割愛せざるを得なかった。しかし、返点などを頼りに、恐らくこ

うよんでいるのだろうと見当のつくものは、その返点を利用して、「不」ならその文字を温存して、例えば「行カ不ト雖」のように訓下しの形を以て示した。

3　訓の文字は、校までが、片仮名（右の2の場合なら、稀に漢字が混ることもある）、国以下は平仮名で、ルビが無ければ漢字が混ることになる。また二字熟合の傍訓において、一字分しか傍訓の無い時は、無い部分を―線で表わした。

4　頁毎に、番号を1から更新した。但し、頭注の密度に応じ、見開きの頁にあっては融通した。

(ロ)　○印の一段下げは、諸訓批判および私の付訓の根拠を簡単に示したものである。従って、普通の語釈略注本とは性質を基本的に異にする。また必要な参考文献や論文の名を記し、その責任を明かにした。

(ハ)　↓印は、再度の記述をなるべく避け、或いは関連事項として参照させることを目的とする。

(ニ)　本文中、音仮名書き（固有名詞は除く）の語、および歌謡には正訓字を宛てたが、それに対して異説ある時は、私の解釈を示す正訓字の根拠を説明した場合がある。

(ホ)　文段の内容を表わす短句を以て、見出しとし、大見出しは一線、小見出しは＝線とし、ともにゴチで組んだ。この見出しの構想は、古事記を全一体とみる立場からなされたもので、単なる説話集のような印象を与える見出し語の選び方をなすべきではないという私の考えで選んだものである。

(ヘ)　歌謡番号をゴチ漢数字で入れた。

一　本書は、右の如き幾つかの特色をもつが、あくまで、訓詁に基づいた、古事記の本文と訓読の制定を意図したものである。なお考えの至らざる所は今後に俟つことにする。

一　本書の初版は昭和四十八年三月十五日発行である。今回、新訂版に当って、体裁はなるべく原型の温存につとめた。

一　頭注・脚注は、文字及び訓読に関するものを中心として、新訓の根拠を与え、初版本の誤りを改め、内容の充実を意図した。ただし訓法一般については、詳しくは拙稿（「古事記の訓法についての七条」『古事記年報』21、昭五四・一）参照。

一　題簽の文字は、初版で断るべきを、今記すと、真福寺本古事記上巻冒頭「古事記上巻序并」（真福寺僧賢瑜二十八歳、応安四年〈一三七一〉）の文字である。

一　初版の校正に文学修士粕谷興紀氏の協力を得、今回の新訂版の校正には、同氏と文学修士本澤雅史氏の協力を得た。

昭和六十一年十月十日

一　拙著『古事記の研究』（おうふう、平成五年十月）において述べたことによって、自らのテキストの修正をせまられることになった。それが本書「修訂版」刊行の理由である。ただし、頁数や体裁などは、「新訂版」と全く同じである。

平成十二年七月十八日

西宮一民

古事記

修訂版（復刻版）

古事記上《ッ》巻

•并《アハセテアリ》[1]レ•序《ヲ》

臣安萬侶《シンヤスマろ》[2]言《ガマヲサク》[3]、夫《そレ》、混元既《スデニ》凝《こリテ》、氣象未《ダ》レ•效《アラハレ》[4]。無《ク》[5]レ名《ナも》無《シ》レ為《ワザも》[6]。誰《タレカ》知《ラム》二其《の》
形《ヲ》一。然《シカアレども》[7]、乾坤初《ケンコンハジめテ》分《レテ》、参神作《ナリ》[8]二造化之《の》首《ハジめと》[9]一、陰陽斯《ここニ》開《ヒラけテ》、二霊為《ナリキ》[10]二群
品之《の》祖《オヤと》一。所以《このユヱニ》[11]、出二入《シテ》幽顕《ニ》一、日月彰《アラハレ》二於洗《フニ》レ目《ヲ》、浮二沈《シテ》海水《ニ》一、神祇
•呈《アラハレキ》二於滌《ススクニ》[12]レ身《ヲ》。故《カレ》、太素《タイソ》杳•冥《ハエウメイニアレども》、•因《よリテ》二本教《ニ》一而識《リ》二孕《ハラミ》レ土《クニヲ》産《ウミシ》レ嶋《ヲ》之
時《ヲ》一、元始綿邈《ハメンバクニアレども》、頼《よリテ》二先聖《ニ》一而察《シリヌ》[13]二生《ミ》レ神《ヲ》立《テシ》レ人《ヲ》之世《ヲ》一。寔《まことニ》知《ル》、懸《け》
レ鏡《ヲ》吐《ハキテ》レ珠《ヲ》、而百王相續《シ》、喫《カミ》[14]レ*鉫《ヲ》切《リテ》レ蛇《ヘミヲ》[15]、以万神蕃息《ハンソクセシことヲ》*與。議《ハカリテ》二安《ヤスの》
河《カハニ》一而平《タヒラげ》[16]二天下《アめのシタヲ》一、論《アげツラヒテ》二小濱《ヲバマニ》一而清《キヨめキ》二国土《クニヲ》一。是以《ここヲもチテ》、番仁岐命《ホのニニギのミこと》、初《めテ》
降《クダリ》二于高千嶺《タカチホのミネニ》一、神倭天皇《カムヤマとのスメラミこと》、経《ケイ》二歴《レキシタマヒキ》于秋津嶋《アキツシマヲ》[17]一。化熊出《クワユウデテ》レ*川《カハヲ》[18]、
天鉫獲《ヲエ》[19]二於高倉《タカクラジニ》一、生尾《セイビ》遮《サキキリテ》[20]レ*経《ミチヲ》、大•烏導《タイウミチビキキ》二於吉野《イシノニ》一。•列《ツラネ》レ儛《マヒヲ》攘《ハラヒ》レ賊《アタヲ》[21]、
聞《キテ》レ歌《ヲ》伏《シタガヘタマヒキ》[22]レ仇《アタヲ》。即《チ》、覺《サトリテ》レ夢《イめニ》而敬《キヤマヒタマヒキ》二神祇《ヲ》一。所以《このユヱニ》稱《マヲス》[23]二賢后《ケンコウと》一。

1 [兼]アハセテ序　[延]序ヲ并タリ　[思]序并せたり（「序并」による）
○文選「班孟堅両都賦二首并序」や懐風藻・万葉集題詞などすべて「并序」の語順。
2 [寛]マクラ　[角]やつこ　[国]しん

序・稽古照今

○本文は訓読を旨とするが、「序」はすべてを訓読すべきでない。
3 [兼]マウス　[校]マヲス　[角]まをさく
○「言」はマヲサクとク語法でよむ。その内容は「献上」（二二五頁）まで（拙著『日本上代の文章と表記』。以下「拙著」と略す）。その呼応は二五頁の訓読の如くノミマヲスとなる。
4 [寛]シルシアラ　[訓]アラハレ
5 [寛]無シ　[角]無く　[吉]なかりしかば　[思]なければ
6 [寛]スルコト　[延]シワザ　[国]わざ
7 [寛]然シテ　[延]然ドモ　[思]しかあれども
8 [寛]作シ　[延]ナリ　[校]タリ　[思]なれり
9 [兼]ハジメヲ　[延]首ト　[校]カミ
10 [寛]タリ　[国]なりき　[角]なりたまひき　[思]なれり
11 [寛]コノユヘニ　[訓]コノユヱニ
[朝]ものゆゑに　[思]そゑに
12 [国]そそぐ　[岩]すすぐ　[朝]そそく
[桜]ススク
13 [校]ミル　[国]あきらむ　[角]あきらかに　[岩]しりぬ
14 [寛]クヒ　[角]かみ
15 [寛]ヲロチ　[新]へみ
【これ以下の注は二五頁に記す】

并序（卜系）―序并
（真系）
效（果以下）―敦
呈（果以下）―里
冥（春）―寘
「冥」は「冥」の通字（干禄字書）。
因（祥）―目
鉫（真系ニヨル）―劔
（卜系）
「鉫」は「劔」の異体字。以下同じ。
與（真系ニヨル）―歟
（卜系）
「與」は「歟」の古字。
川（諸本ニヨル）―巛
（校訂）、水・派（延）、山・穴（訓）
諸本の「爪」の字は、「川」の異体字。[訓]の誤字説は採らず。
経（底ニヨル）―径
原本系玉篇に「広雅、経径也」とある（小島憲之[真古]解説）
烏（寛）―焉
列（卜系）―別

望烟《ノゾミテケブリヲ》而撫《ナデタマヒキ》黎元《レイゲンヲ》。於《ニ》今傳《ツタフ》聖帝《と》。定《め》境《サカヒヲ》開《キテ》邦《クニヲ》、制《ヲサめ》[1]于近《チカツ》淡海《アフミニ》、正《シ》姓《カバネヲ》撰《エラヒテ》[2]氏《ウヂヲ》、勒《ヲサめタマヒキ》[3]•于遠飛鳥《とホツアスカニ》。雖《イヘども》歩驟《ホシウ》各《オのもオのも》[4]異《ことニ》、文質不《ズと》同《ジクアラ》[5]、莫《ナシ》不《ズとイフこと》稽《カムガヘテ》古《ヘヲ》[6]以縄《タダシ》風猷《フウイウヲ》於既《スデニ》頽《スタレタルニ》[7]照《ラシテ》今《ヲ》[8]以補《オキヌハ》[9]典教《ヲ》於欲《スルニ》絶《タイムと》。

曁《イタリテ》[10]飛鳥清原大宮《アスカのキヨミハラのオホミヤニ》御《シラシメシシ》•大八州《オホヤシマクニ》[11]**天皇《スメラミことの》御世《ミよニ》、潜龍《センリヨウ》體《タイシ》元《ゲンヲ》、•洊雷《センライ》應《ジキ》期《キニ》。•開《ヒラキテ》[12]夢歌《イめのウタヲ》而*相《オもヒ》[13]纂《ツガムことヲ》業《ワザヲ》、投《イタリテ》夜水《ヨルのカハニ》而知《シリタマヒキ》承《ウけムことヲ》基《もとヰヲ》。然《レども》、天時《のとキ》未《ダ》臻《イタラ》《ズシテ》、蟬蛻《センゼイシ》於南山《ニ》、人事共*給《ソナハリテ》[14]、虎歩《コホシタマヒキ》於東國《ニ》。皇輿《クワウヨ》忽《チニ》[15]駕《カシテ》、凌《コイ》[16]*度《ワタリ》山川《ヲ》、六師《リクシ》雷《イカヅチのごとクフルヒ》震、三軍•電《イナヅマのごとクユキキ》逝。杖矛《ヂヤウボウ》[17]擧《アげテ》威《イキホヒヲ》、猛士烟《ケブリのごとクオこリ》起、絳旗《カウキ》耀《カカヤカシテ》[18]兵《ツハものヲ》、凶徒《キヨウト》瓦解《カハラのごとクとけキ》。未《ダ》《ズシテ》移《サ》浹辰《セフシンヲ》、•氣沴《キレイ》[19]自《オのヅカラニ》清《キヨシ》[20]。乃、放《スナハチハナチ》牛《ヲ》息《イこヘ》馬《ヲ》、愷悌《ガイテイシテ》歸《リ》於華夏《クワカニ》、巻《キ》旌《ハタヲ》戢《ヲサめ》戈《ホこヲ》、儛詠《ブエイシテ》停《とどマリタマヒキ》於都《ト》邑《イフニ》。歳次《ホシヤどリ》•大梁《タイリヤウニ》、月踵《アタリ》•侠鐘《ケフシヨウニ》、清原•大宮《キヨミハラのオホミヤニシテ》、昇《のボリテ》即《ツキタマヒキ》天位《アマツクラヰニ》。道《ハ》軼《スぎ》軒后《ケンコウニ》、徳《ハ》跨《コイタマヒキ》[21]周王《ニ》。握《トリテ》乾符《ケンプヲ》而摠《スベ》六合《リクガフヲ》、得《エテ》天統《ヲ》而包《カネタマヒキ》

于(果以下)—千
大(ト系)—太
州(諸本ニヨル)—洲(訓)
天皇(底本提行ニヨル)—祥「天」ノ上空一格
洊(祥)—洊
開(祥)—閇。果ハ「聞」トセリ
相(真系ニヨル)—想(ト系)
「相」は「想」の古字。
給(真系ニヨル)—洽(ト系)
度(真系ニヨル)—渡(ト系)
電(ト系)—雷
沴(訓、但シ延スデニコレヲ指摘セリ)—弥(神道大系ハ殄トス)
大(果以下)—ナシ
侠(ト系)—使
大(ト系)—太

1 [寛]セイス [至]のりさだめたまひ [岩]をさめ [思]しらしたまひき
2 [国]えらぶことは [角]撰み [桜]エラヒ
3 [寛]ロクス・シルス [岩]をさめたまひき [朝]ととのへたまふ [思]しらしたまひき
4 [国]おのおの [角]おのもおのも
○続紀宣命三三詔、於乃毛於乃毛。
5 [延]同カラ不ト雖ドモ [朝]同じからざれども [思]同じくあらねども
6 [寛]古ニ [延]古ヲ
7 [寛]クツレタルニ [角]すたれた

序・古事記の企画

8 [寛]今ヲ [岩]今に
9 [寛]ヲギナフ [思]おきぬは
10 [寛]ヲヨンテ [岩]いたりて
11 [寛]ヲホヤシマ [国]おほやしまくに
12 [訓]聞て [岩]ひらきて
○[岩]の脚注「開釈の意」に従う。
13 [寛]ヲモヒ(想) [岩]あはせ(相)
○「知」の対句として「相(想)」の古字と考える。
14 [寛]トモアマネウシ(洽) [延]共ニタリテ(給) [岩]そなはりて
15 [寛]忽ニ [国]忽ち
16 [国]へ [角]凌ぎ [岩]こえ
17 [寛]矛ヲツキ [国]ほこをつゑつきて [角]ぢやうぼう
18 [国]かがやかせば [桜]カカヤカシテ
19 [国]れい [神]テン(殄)
20 [寛]キヨシ [訓]清マリヌ [朝]すみき [吉]しづまりぬ [神]ヲサマリヌ
21 [果]跨ヱタリ [祥]コエタリ [寛]アツトコフ [訓]コエタマフ [思]あふづくみたまひき

八荒《ハチクワウヲ》一。乗《のリ》二一氣之《の》正《シキニ》一、齊《ととのへ》二五行之《の》序《ツギテヲ》一、設《マけテ》二神理《ヲ》一以奨《ススめ》レ俗《ナラハシヲ》、敷《シキテ》二英風《ヲ》一

以弘《ヒろめタマヒキ》レ国《ヲ》。[1]重加《シカのみニアラズ》、智海浩汗《ハカウカンとシテ》、潭探《フカクサグリ》二上古《ヲ》一、心鏡《シンキヤウハ》煒煌《ヰクワウとシテ》、

明《ラカニ》観《ミタマヒキ》二先代《ヲ》一。

於《ここ》レ是《ニ》、天皇詔之《ののリタマヒシク》[2]*「朕聞《ワガキケラク》[3]、『諸家之《の》所《もテル》レ賷[4]帝紀《テイキと》[5]及本辞《ホンジと》、既違《スデニタガヒ》二正實《セイジツニ》一、

多加《クフとキケリ》[6]二虚偽《ヲ》一』。当《リテ》二今之《の》時《ニ》一、不《ズハ》レ改《め》二其《の》失《アヤマリヲ》一、未《ダ》《ズシテ》レ経《へ》二幾年《イクとセヲも》一 其《の》旨《ムネ》

欲《ス》レ滅《ホろびナムと》。斯乃《これスナハチ》、邦家之《ハウカの》経緯《ケイヰ》、王化之《ワウクワの》•鴻基《コウキぞ》焉。[7] 故惟《カレこれ》[8]、撰録《センロクシ》二帝紀《ヲ》一、

討《タウ》二覈《カクシテ》旧辞《キウジヲ》一、削《けヅリ》レ偽《イツハリヲ》定《めテ》レ實《マことヲ》、欲《オもフとのリタマヒキ》[9]レ流《ツタヘムとのチのよニ》二後葉《ニ》一」。時《ニ》有《リ》二

舎人《とネリ》一。姓《ウヂハ》稗田《ヒエダ》、名《ナハ》阿礼《アレ》、年《とシハ》是《これ》廿八。為《ナリ》レ人《と》聡明《ソウメイニシテ》、度《ワタレバ》レ•目《ニ》誦《よミ》レ口《ニ》、

拂《フルレバ》レ耳《ニ》勒《シルス》レ心《ニ》。即《チ》、勅二語《シテ》阿礼《アレニ》一、令《シめタマヒキ》レ誦《よミナラハ》二習帝皇日継《テイクワウのヒツギと》及先代《の》

旧辞《とヲ》一。然《レども》、運移《とキリ》世異《よカハリテ》、未《ダ》《ズキ》[10]レ行《オこナヒタマハ》二其《の》事《ことヲ》一矣。

伏惟《フシテオもフニ》[11]、

*皇帝•陛下、得《エテ》レ一《イツヲ》•光宅《クワウタクシ》、通《ジテ》レ三《ニ》亭育《テイイクシタマフ》。御《ギヨシテ》二紫•宸《シシンニ》一而徳《トクハ》被《オホヒ》[12]二馬蹄《のツめ》

之《の》所《ヲ》レ極《マル》、坐《ザシテ》二玄扈《ゲンコニ》一而化照《クワハラシタマフ》二船頭之《フナのへの》所《ヲ》レ逮《オよブ》。日浮《カビテ》重《ネ》レ暉《ヒカリヲ》、雲

1 ［兼］ヲ　［思］に
2 ［新］の
3 ［国］われ聞く　［角］朕聞かくは　［吉］あれきけり　［桜］ワガキケラクハ
4 ［訓］モタル　［国］もてる
5 ［寛］ヲヨビ　［角］……と……と　［吉］また
6 ［寛］加フ　［訓］加フト　［角］加ふといへり　［吉］加へたり　［桜］加フトキケリ
7 ［寛］ナリ　［朝］なるを　［新］ぞ
○体言指定の表現は、古くナリよりゾの方が絶対的に多い（春日和男『存在詞に関する研究』）。またソかゾかについては、仮名書の場合「曽」はソ、「叙」はゾ、訓添えの時はゾに統一した。そこで、中巻九四頁「伊能碁布曽」はソ、九五頁「嘲笑者也」はゾとなる。矛盾ではなく、ソとゾは清濁並存である。
8 ［訓］惟レ　［校］オモホサク　［角］ここに　［思］おもひみれば
9 ［訓］ムトス　［校］ム　［国］ムト欲ス　［角］むとおもふ
○記伝は「欲字は、撰録の上に在べき文意なり」と解した。しかし、「今之時」とあるからそう考えるのは誤り。
10 ［訓］サリキ　［思］ずき
○ズ（打消・連用）キ（過去）
11 ［寛］惟ミレハ、皇帝陛下　［訓］オモフニ皇帝陛下　［思］皇帝陛下をおもひみれば
12 ［兼］カウフリ　［国］おほひ　［岩］および

序・古事記の成立

之（諸本ニヨル）―云（延）
鴻（果以下）―嶋
目（果以下）―日
皇帝陛下（底本提行ニヨル）―前・猪「皇」ノ上空一格
陛（果以下）―階
光（果以下）―先
宸（果・祥・春）―震

散《リテ》非《ズ》レ烟《ケブリニ》。連《ツラネイダヲ》レ柯 并《アハス》レ穂《ヲ》之瑞《シルシ》、史《シ》不レ絶《タ》レ書《シルスことヲ》、•列《ツラネとブひヲ》レ烽 重《ヌル》レ譯《ヲサヲ》之
貢《ミツき》、府《フ》無《シ》二空月《ムナシキツき》一。可《シ》レ謂《イヒツ》下名《ナハ》高《ク》二文命《ブンメイヨリも》一、徳《トクハマサリマスと》冠中天乙《テンイツニも》上矣。
於《ここニ》レ焉、惜《ヲシミ》二舊辭之誤《のアヤマリタガヘルヲ》忤一、正《シタマハムとシテ》二先紀《センキ》之謬《のアヤマリマジレルヲ》錯[1]一、以《もチテ》[2]二和銅四年
九月十八日《ヲ》一、詔《ミことのリシテ》二臣安萬侶《ニ》一、撰《シテ》二録稗田《の》阿礼《アレガ》[3]所レ誦《よメル》之•勅語《オホミことの》舊
辭《ヲ》一以獻上《タテマツラシムとのラシシカバ》者、謹《ミテマニマニ》隨二詔旨《オホミことの》一、子細《シサイニトリヒリヒツ》採摭[4]。然《レども》、上古之《の》時《ハ》、
言意《ことバとこころと》並朴《みナスナホニシテ》[5]、敷《キ》レ文構《ヲカマフルこと》レ•句《ヲ》、於《オキテハ》レ字《ニ》即《チ》難《カタシ》。已《スデニ》•因《よリテクンニ》レ訓述《ベタル》[6]
者《ハ》、詞《ことバ》不レ逮《オよバこころニ》レ心。全《マタク》以《もチテオンヲ》レ音連《ネタル》[7]者《ハ》、事趣《のオもブキ》更《ニ》長《シ》。是以《ここヲもチテ》、今《イマ》、
[8]或《アルハ》一句之中《のウチニ》、交《マジへもチヰ》二用音訓《ヲ》一、[8]或《ハ》一事之内《のウチニ》、全《マタク》以《もチテ》レ訓録《ヲシルシツ》[9]。即《チ》、辭理《ジリの》
叵《ガタキハ》レ見《ミイ》、以《もチテ》レ•注《チユウヲ》明《ラカニシ》、意況《イキヤウのヤスキハサトリ》易レ解、更《ニ》非《ズ》レ注《チユウセ》。亦、於《オキテウヂニ》レ姓日下《ニチゲヲ》
謂《ヒ》二玖沙訶《クサカと》一、於《キテ》レ名《ニ》帶字《タイのジヲ》謂《フ》二多羅斯《タラシと》一、如《キ》レ此《カクの》[10]之類《タグヒハ》、隨《マニマニもとの》レ本不レ改《め》。
[11]大抵《オホよそニ》所レ記《シルス》者《ハ》、自《ヨリ》二天地開闢《のカイビヤク》一•始《ハジめテ》、以訖《ヲハル》二于小治田《ヲハリダの》御世《ミよニ》一。故《カレ》、天《アめの》
御中主《ミナカヌシのカみ》神以下《ヨリシモ》[12]、日子波限建鵜草葺不合《ヒコナギサタケウガヤフキアへズ》*命《のミこと》以前《ヨリサキヲ》[12]、為《ナシ》二上卷《カミツマキと》一、神倭《カムヤマと》
伊波礼毗古《イハレビコ》天皇《のスメラミこと》以下《ヨリシモ》、品陀《ホムダの》御世《ミよ》以前《ヨリサキヲ》、為《ナシ》二中卷《ナカツマキと》一、大雀《オホサザキの》•皇•帝《ミカド》[13]

列(卜系)―引
之(卜系)―云
句(果以下)―勹
因(果以下)―田
注(果以下)―経
始(果以下)―ナシ
命(底ニヨル)―尊(果以下)
皇帝(果以下)―ナシ

1 [国]みだれる [角]あやまれる [思]まじはれる [吉]たがへる [岩]まじはれる
2 [寛]ヲ以テ [吉]に(「以」の義訓)
3 [寛]カ [岩]の
○皇族にはノ、一般にはガと、尊卑の観念で訓分けたい。
4 [国]ぬ [朝]つ
○原則として、自動詞にはヌ、他動詞にはツで訓分ける。
5 [寛]並ニ [角]みな [思]ともに
6 [寛]ノフル [訓]述ベタル・述ブレバ
○次の7も同じ。亀井孝「古事記はよめるか」(『古事記大成』3)参照。
7 [寛]ツラヌル [訓]連ネタル・連ヌレバ
8 [寛]或イハ――或ハ [思]――にもあれ――にもあれ
9 [角]しるしぬ [吉]しるせり [新]しるしつ
10 [寛]此ノ如キノ [角]かくの如き [吉]かくの [思]かくある
11 [寛]ヲホムネ [国]おほよそ [岩]おほかた [小]おほよそに
12 [兼]シモ(シモツカタ)――カミ(カンツカタ) [国]しも――まへ [角]しも――さき
13 [国]すめらみこと [岩]みかど

以下《ヨリシモ》、小治田《ヲハリダの》大宮《オホミヤ》以前《ヨリサキヲ》、為《ナシ》二下巻《シモツマキと》一、并《アハセテ》録《シルシテ》二三巻《ヲ》一、謹《ミテ》以献上《タテマツルと》[1]

臣安萬侶《シンヤスマろ》、誠惶誠恐《カシコミカシコミも》[2]、頓〻首〻《のミマヲス》。

和銅五年正月廿八日*　正五位《の》[3]上勲五等太朝臣《オホのアそミ》安萬侶*

前(卜系)―下

八(諸本ニヨル)―五(果)

「侶」字ノ下ニ、延・訓「謹上」二字ヲ補ウ。諸本無キニ従ウ

1 [兼]タテマツル　[桜]タテマツルと

2 [国]せいくわうせいきようとんしゆ頓首　[角]かしこみかしこみのみ頓首す　[吉]かしこみかしこみまをす　[桜]カシコミカシコミものミマヲス　[思]まコトにをののきまコトにかしこまりノみまをす

○↓二一頁3

3 昭和五四年一月二十日、奈良市田原町此瀬(このせ)の茶畑から太安万侶墓誌銘が発見された。

左京四条四坊従四位下勲五等太朝臣安萬侶以癸亥(以上右一行)年七月六日卒之　養老七年十二月十五日乙巳(以上左一行)

【二一頁の頭注つづき】

16 [訓]平ゲ　[吉]やすらげ　[岩]ことむけ

○「平」はタヒラグ、「言向」はコトムク(神野志隆光「『ことむけ』攷」『国語と国文学』五二巻一号)。

17 [寛]シマニ　[朝]島を

18 [寛]ツメヲ出シテ　[校]カハニ出[国]川を出でて　[角]川より出でて

○カハの訓、山田孝雄『序文講義』。

19 [思]ヲを訓添えず。

20 [寛]サイキテ　[角]さへきりて　[桜]サキキリテ　[思]さへて

○名義抄高山寺本「遮サイギル」。

21 [兼]アタ　[岩]にしもの

22 [果]伏セシム　[岩]したがはしめき[吉]ことむけたまひ　[桜]シタガヘタマヒキ　[思]ふせたまひき

23 [寛]イフ　[校]マヲス　[国]となへ[吉]たたへまをす　[思]たたへまつりき

天地《アめツチ》[1]初發《ハジめテオこリシ》之時《とキニ》、於㆓高天原《タカアマのハラニ》[2]㆒成《ナリシ》[3]神名《カみのナハ》[4]、天之御中主神《アめのミナカヌシのカみ》。
訓《よミテ》㆓高下《のシタの》天《ヲ》㆒云《フ》㆓阿麻《アマと》㆒。[5]下《シモ》效《ナラへ》㆑此《こレニ》。次《ツギニ》・高御産巣日神《タカミムスヒの》。次《ニ》神産巣日神《カムムスヒの》[6]。此三柱《このミハシラの》神者《ハ》、
並[7]獨神成坐而《みナヒとリガみとナリイマシテ》、隱㆑身也《みヲカクシタマヒキ》[8]。
次《ニ》國稚《クニワカク》如㆓浮脂《ウケルアブラのごとクシテ》[9]㆒而、久羅下那*州多陀用*弊*流之時《クラゲナスタダヨへルニ》、（海月 如 漂）流《ルの》字以上十[10]字以㆑音《もチヰルヲ》。
如㆓葦牙《アシカびのごとク》[11]㆒・因㆓萌騰《もイアガル》[12]之物《ものニよリテ》㆒而成《ナリシ》神名《カみのナハ》、宇*摩志阿斯訶備比古遲《ウマシアシカびヒコヂの》
神。此神名《の の ハ》以㆑音。次《ニ》天之常立神《アめのとこタチの》。訓《よミテ》㆑常《ヲ》云《ヒ》㆓登許《とこと》㆒、訓㆑立《ヲ》云《フ》㆓多知《タチと》㆒。此二柱《このフタハシラの》神亦《も》、*並獨《みナヒとリ》[13]
神成坐而《ガみとナリイマシテ》、隱㆑身也《みヲカクシタマヒキ》。
上件《カミのクダリ》五柱神者《イツハシラのカみハ》、別天神《ことアマツカみぞ》[14]。
次《ニ》成《ナリシ》神名《のハ》、国之常立神《クニのとこタチの》。訓㆓常《ムこと》・立《ヲ》㆒亦《マタ》如㆑上《シカミの》。次《ニ》豊雲・上野神《とよクモノの》[15]。此二《この》
柱神亦《のも》、獨神成坐而《とナリイマシテ》、隱㆑身也《みヲカクシタマヒキ》。
次《ニ》成《ナリシ》神名《のハ》、宇比地迩上神《ウヒヂニの》、次《ニ》妹須比智迩去神《イモスヒチニの》。此二神名《の の ハ》以㆑音。次《ニ》
角杙神《ツノグヒの》。次《ニ》妹活杙神《イモイクグヒの》。・柱・二 次《ニ》意富斗能地神《オホトのヂの》、次《ニ》妹大斗乃弁神《オホトのべの》。
此二神名亦《も》以㆑音。次《ニ》*於母陀*流神《オもダルの》、次《ニ》妹阿夜上訶志古泥神《アヤカシコネの》。此二神名皆以㆑音。次《ニ》

1↓二一頁頭注。
2[寛]タカマノハラ [延]タカアマノハラ

—天地初発

○訓注は「高天（タカマ）の原」ではなく、「高い、天（アマ）の原」の意であることを示しているので、タカアマノハラと訓む（小松英雄『国語史学基礎論』）。
3[果]成リシ [寛]ナリイツル [延]ナル [訓]ナリマセル [岩]成れる
○↓凡例一五頁の3
4[果]神ヲ— [延]神ノミナハ [国]神みなは [岩]神の名は
○「御」字が無ければ、ミを補読しない。↓凡例一五頁の2
5[果]下此ニナラへ [思]下はコれにならふ
○「下效此」は命令法で訓む。
6[果]カムミムスヒ [訓]カミムスビ
○「神〜」はカムと訓む。
7[兼]ナラヒニヒトリカムト [訓]ミナヒトリガミ [国]みなひとりがみと [角]みなひとりがみに [思]トモにひとりかミト
○ナラビニは漢文訓読語なので、副詞みナで訓む。

—神世七代

8[兼]ミ丶ヲカクシマス [延]ミヲカクシマス [訓]ミミヲカクシタマヒキ [校]カクリミニマス [国]身を隠したまひき
9[延]ウカベルアブラノ如クニシテ [訓]ウキアブラノゴトクシテ [岩]浮きしあぶらのごとくして
○↓二〇一頁頭注7
10[校]モチヰル [岩]以ゐよ
○音注は音仮名であることを示すので、命令法には訓まない。
11[延]如ク [訓]ゴト
12[果]キサシノホル [兼]—アカル

産（果以下）—座
州（真系ニヨル洲）—（卜系）
弊（真系ニヨル）—幣（卜系）
流（真系ニヨル）—琉（卜系）
因（果以下）—固
摩（真系ニヨル）—麻（卜系）
並（底・春ニヨル）—果・祥ナシ。卜系「亦」ノ字ニ写シ、上ノ「亦」ヲ「足」トス
これは、「亦」の異体字が「足」と類似するために誤ったもの。
上（兼）—大字本文トセリ
音（果以下）—旁
分注「二柱」（果以下）—底本「柱」ヲ大字本文トセリ
於（真系ニヨル）—淤（卜系）
流（真系・前ニヨル）—琉（兼・猪以下）

伊《イ》耶《ザ》那《ナ》岐《キの》神、次《ニ》妹伊《イ》耶《ザ》那《ナ》美《ミの》神。此二神《の》名亦《も》以《ヰルこと》レ音《ヲ》如《シ》レ上《カミの》。

上《カミの》件《クダリ》自二国《クニの》之常《とこ》立《タチの》神一以《ヨリ》下《シモ》[1]、伊《イ》耶《ザ》那《ナ》美《ミの》神以前《ヨリサキヲ》[1]、并《アハセテ》稱二神世《カムよ》

七代《ナナよとイフ》[2]一。

上《カミの》二柱《の》獨神各《ハ オのもオのも》云二一代《フヒとよと》一。次雙《ニ タグヘル》[3]十《ハシラの》神《ハ》各《オのもオのも》合二二《セテ》神《ハシラの》云二一《ヲ》代《フ》一《と》也。

於《ここニ》レ是、天《アマツカみ》[4]神諸《もろもろのミこと》命以《もチテ》、詔四伊《イ》耶《ザ》那《ナ》岐《キのミこと》命・伊《イ》耶《ザ》那《ナ》美《ミのミこと》命二柱《フタハシラの》神《カみニ》、「*修二理固三成是《この》多《タ》陀《ダ》用《ヨ》幣《ヘ》流《ル》(漂)之國《クニヲヲさめカタめナセとのラシ》二」[5]、賜二天《アマの》沼《ヌ》矛《ボこヲタマヒ》一而《テ》、言依《ことよサシタマヒキ》賜也。故《カレ》、二柱神《フタハシラのカみ》立二〔訓レ立云二多《タ》々《タ》志《シ》一。〕天《アマのウキハシニタタシテ》浮橋一而、指二下其《その》沼《ヌ》矛《ボこヲサシオろシテ》一以畫《カカセ》者《バ》、塩《シホ》許《こ》々《ヲ》袁《ろ》々《こ》呂《ヲ》々《ろ》迩《ニ》〔此七字以レ音。〕畫鳴《カキナシ》〔訓レ鳴云二那《ナ》志《シ》一也。〕而《テ》、引上《ヒキアげタマ》時《フとキニ》、自二其矛《そのホこのサキヨリシタダリオツルシホの》末一垂[6]落*塩之*累《カサナリツモレル》積、成レ嶋《シマとナリキ》。是《これ》淤《オ》能《の》碁《ご》呂《ろ》嶋《シマぞ》。〔自《ヨリ》レ淤《オ》以下四字以レ音。〕

於二其嶋《そのシマニ》一天降《アモリ》[7]坐而《イマシテ》、見二立天之《アめの》御柱《ミハシラヲミタテ》一、見二立八尋殿《ヤヒろどのヲミタテタマヒキ》一。

於《ここニ》レ是、問二其妹《そのイモ》伊《イ》耶《ザ》那《ナ》美《ミのミことヲトヒテ》命一曰二「汝身者《ナガみハ》如何成《イカニカナレル》」一、答《とのラシシカバ》下*白「吾身者《アガみハ》、成《ナリナリテ》々不二成合《ナリアハヌところヒとところアリとこタヘマヲシキ》一處一處在上」。尒《シカシテ》[8]、伊《イ》耶《ザ》那《ナ》岐《キのミことの》命詔《のラシシク》、「我身者《アガみハ》、成《ナリナリ》々而《テ》成餘《ナリアマレルところ》處一處在《ヒとところアリ》。故《カレ》、以二此吾身《このアガみの》成餘《ナリアマレル》

[訓]モエアカル
13[角]みな [朝]ならびに [思]トモに
14[延]ワケアメノ神ナリ [訓]コトアマツカミ [朝]わけあまつ神 [新]ことあまつかみぞ
15[兼]トヨクモ・トヨクム
○↓三四頁1
1[兼]シモツカタ―カムツカタ [訓]シモ―マデ [角]しも―さきを [思]しも―さき

伊耶那岐命と伊耶那美命

2[兼]ナヽツキノミヨトマウス(イフ) [延]ナヽヨト イフ [訓]ナヽヨトマヲス
3[訓]ナラビマス [校]ナラベル [岩]たぐへる [朝]ふたならびの
4[訓]アマツカミモロ〳〵ノ [新]あまつかみのもろもろの

国土の修理固成

5[延]ヲサメカタメナセ [訓]ツクリカタメナセ [校]ヲサメツクリカタメナセ
○「修理」は令集解所引古記に例が多く、多義であるが、ここでは治め整える意なのでヲサム一語で訓む（拙稿「古事記訓詁二題」関大『国文学』五二号）。
6[延]シタダリ落ルシホカサナリツモリテ島ト成ル [訓]シタヾルシホツモリテシマトナル [角]したたる塩の積りて成れる島は [思]したたるしほのつもり

二神の結婚

7[寛]アマクダリ [訓]アモリ
○クダルは経過に、オルは結果に視点を置く。本動詞イマスとの関係からアモリが妥当。
8[果]ソノトキ [兼]イマシ [校]スナハチ [岩]ここに [桜]シカシテ

耶(果以下)―ナシ 「耶」は「邪」の異体字。以下同じ。
各(卜系)―名
十神(果以下)―十神十神
合(果以下)―令
修(真系ニヨル)―脩(卜糸)
固(卜系)―因
陀(果以下)―院
沼矛(果以下)―治弟
立(果以下)―並
指(果・卜系)―栫
沼(果以下)―治
畫(卜系)―盡
畫(果以下)―書
也(意改)―ゝ。延・訓ハ「ゝ」ヲ削レリ
塩之(諸本ニヨル)―之塩(訓)
嶋(果以下)―鳴
白(真系ニヨル)―曰(卜系)
成(果以下)―ナシ

處《ところヲもチテ》一、刺下•塞汝《ナガ》身《みの》不二成合一《ナリアハヌ》處上《ところニサシフタギ》1 而《テ》、*以三為生二成国土一《クニヲウミナサムと》2。
《オもフ》*生《ウムことイカニ》奈何。」一。訓レ生云二宇《ウ》牟《ム》。下效レ此。 伊耶那美《イザナミ》命《のミことのこタヘマヲシシク》答曰、「然善《シカイケム》3。」。尒《シカシテ》、
伊耶那岐《イザナキ》命《のミことののラシシク》詔、「然《シカアラバ》者、吾《アと》与レ汝《ナと》行二廻逢是《この》天《アめの》御柱《ミハシラヲユキめグリアヒ》一
而《テ》、為二美斗能麻具波比《ミトのマグハヒセム》一(御陰交接)。4 此七字以レ音。」《と》、如レ此《カク》*之期《チギリテスナハチ》、乃詔二「汝《ナ》者《ハ》自レ右《ミギ》
廻逢《ヨリめグリアへ》。我《ア》者《ハ》自レ左《ヒダリヨリ》廻逢《めグリアハム》二」一《とのラシ》、約竟《チギリヲへテ》以廻時《めグルとキニ》、伊耶那美《イザナミ》命《のミこと》、
5 先《マヅ》言二「阿那迩夜志《アナニヤシ》、愛上袁登古袁《エヲとこヲ》6(愛男)。此十字以レ音。下效レ此。」一《とイヒ》、•後《のチニ》•伊•耶•那•岐《イザナキ》•命《のミこと》、
•言二「•阿•那•迩•夜•志《アナニヤシ》、•愛•上•袁•登•賣•袁《エヲとめヲ》6(愛嬢女)。」一《とイヒ》、各《オのもオのもイヒヲへシ》言竟•之後《のチニ》、告二其妹《そのイモニツ》一
•曰《げテ》二「女人《ヲミナの》7 先言《マヅイヘルハ》8 不レ良。」一《よクアラズとのラシキ》。雖レ然《シカアレども》、久美度迩《クミドニ》此四字以レ音。興《オこシテ》而
9 生《ウミタマヒシ》子《コハ》、水蛭子《ヒルコ》。此子《このコ》者《ハ》入二葦船《アシブネニイレテ》一而流去《ナガシウテキ》10。次生《ニ》二淡嶋《アハシマヲウミタマヒキ》一。
是《こ》亦《も》不レ入二子之例《コのタグヒニハイレズ》11 一。
於レ是《ここニ》、二柱《フタハシラの》神議《ハカリテイヒシク》云、「今吾所《イマワガ》レ生《ウメル》之子《コ》不レ良《よクアラズ》。猶《ナホ》宜レ白二天《アマツ》神
之御所《のミもとニマヲスベシとイヒテ》一」。即《スナハチ》共*叅上《とモニマヰのボリ》、請二天《アマツ》神之命《のミことヲこヒタマヒキ》一。尒《シカシテ》、天神
之命《のミことともチテ》以、布斗麻迩《フトマニニ》上(太占) 此五字以レ音。卜相《ウラナヒテ》而詔*之《のラシシク》、「*因二女先言《ヲミナマヅイヘルニよりテ》一而不

1 [延]フサギテ [訓]フタギテ [朝]さへて
2 [延]クニツチヲウミナスコトヲイカン為ン [訓]クニヲウミナサムトオモフハイカニ [岩]くにを生み成さむとおもふ。生むこといかに
3 [寛]シカリヨシ [延]シカ善リケン [訓]シカヨケム [桜]シカえケム
○「吉」は古形イシで訓む。
4 [寛]セン [訓]セナ
5 [兼]コトアケシテ(先レ言) [延]先ツ言ハク [訓]マヅ——トノリタマヒ [校]サキニコトアゲシ玉ハク [岩]さきに——と言ひ [朝]先にこととはく
○サキニは時や場所に関して過去や前の方を言い、マヅは順序の前後(後はノチニ)を言う。
6「愛」はア行のエの仮名。国語のエは愛すべき・いとしいの意。ヤ行のイは良いの意。
7 [果]タヲヤメノ [兼]ヲトメ [訓]ヲミナ
8 [果]コトサイタツサカナシ [寛]コトヲサイタツヨカラス [訓]コトサキダチテフサハズ [角]さきだち言へるはふさはず [岩]さきに言へるはよからず [朝]先にことゝへるはふさはず [桜]マヅイヘルハよカラズ [思]先づ言へるはさがなし
○発言の順序が問題なのであるから、マヅイフで訓む。
9 [果]ミコヒルコヲウム [岩]生める子はひるご [朝]子のひるごをうむ
10 [果]ナカシヤル [寛]ハナチヤリキ [訓]ナガシステツ [岩]流しうてき [思]ながしつ
11 [果]カス [岩]たぐひ [朝]つら
○字鏡集に「例タクヒ」とある。

塞(果以下)—寒
以(真系ニヨル)—ナシ(下系)
生(諸本ニヨル)—ナシ(果・延以下)
之(諸本ニヨル)—云(延)
「之」は助字である。
「後」以下十八字兼ニヨリ補ウ。底ナシ
之(果以下)—云
曰(寛以下)—日
底本「叅」は動詞マヰル、「参」は数詞と書分けがあるのによる。[神]五六頁。
之(諸本ニヨル)—云(延)
「之」は「者」などと同じく助字。[延]はこの種の「之」を「云」に改めているが誤り。
因(真系ニヨル)—曰(下系)

レ良《よクアラズ》。亦還降改言《マタカヘリクダリアラタめイヘ》。」。故尓《カレシカシテ》、•返降《カヘリクダリテ》、更《サラニ》往二廻其天之御《そのアめのミ》柱《ハシラヲユキめグルこと》一[1] 如レ先《サキのごとシ》。

於レ是《ここニ》、伊耶那岐命《イザナキのミこと》、先《マヅ》[2]言二「阿那•迩夜志《アナニヤシ》、愛袁登賣袁《エヲとメヲ》（愛 嬢子）一」、後《のチニ》妹伊《イモイ》耶那美命《ザナミのミこと》、言二「阿那迩夜志《アナニヤシ》、愛袁登古袁《エヲとコヲ》（愛 男）一」。如レ此言竟而御合《カクイヒヲヘテミアヒマシテ》[3]、生《ウミタマヒシ》子《コハ》、淡道之穂之•狭別嶋《アハヂのホのサワけのシマ》。訓レ別云二和《ワ》氣《け》一。下效レ此。次生《ニ》二伊豫之二名《イよのフタナ》嶋《のシマヲウミタマヒキ》一。此嶋者《このハ》、身一《みヒとツニシテ》•而有二•面四一《オもよツアリ》。毎レ•面《オもごとニ》有レ名《ナアリ》。故《カレ》、伊豫國《イよのクニハ》[4]謂二愛上比賣一《エヒメとイヒ》、此三字以レ音。下效レ此也。讃岐国《サヌキのクニハ》謂二飯依比古一《イヒよりヒコとイヒ》、粟國《アハのクニハ》謂二大宜都《オホげツ》比賣一《ヒメとイヒ》、此四字以レ音。土左國《トサのクニハ》謂二建依別一《タケよりワけとイフ》。次生《ニ》二隠伎之三子嶋《オキのミツゴのシマヲウミタマヒキ》一。亦《マタの》名天之忍許呂別《ナハアめのオシころワけ》。許呂《ころ》二字以レ音。次生《ニ》二筑紫嶋《ツクシのシマヲウミタマヒキ》一。此嶋亦《このも》、身一《みヒとツニシテ》而有二面四一《オもよツアリ》。毎レ面《オもごとニ》有レ名《ナアリ》。故《カレ》、筑紫國《ツクシのクニハ》謂二•白日別一《シラヒワけとイヒ》、豊國《とよクニハ》[5]謂二豊《とよ》日別一《ヒワけとイヒ》、肥國《ひのクニハ》謂二*建*日*向*日豊久*士比泥別一《タケヒムカヒとよクジヒネワけとイヒ》[6]、自レ久《ヨリクマデ》•至レ泥《ネ》以レ音。熊曽國《クマそのクニハ》謂二•建日別一《タケヒワけとイフ》。曽《そ》字以レ音。次生《ニ》二伊岐嶋《イキのシマヲウミタマヒキ》一。亦名《のハ》謂二天比登都柱一《アめヒとツハシラとイフ》。自レ比《ヒ》至レ都《ツ》以レ音。*川《よムこと》レ天《ヲ》如《シ》レ天《アめの》。次生《ニ》二津嶋《ツシマヲウミタマヒキ》一。亦名《のハ》謂二天之•狭手依比賣一《アめのサデよりヒメとイフ》。次《ニ》

1 寛ユキメクルコトサキノ如シ 訓サキノゴトユキメグリタマヒキ 角往き廻りたまふこと、先の如くなりき

○訓では、原文の措辞を無視してある和文の文型に改め訓む無理を冒している。そこで、記の文章表記の意図―最小単位で鬼と会えば返る方式を積重ねる（拙著五四～八頁）―に即し訓む。

＝国生み

2 延先ツ 校サキニ

○→二八頁5

3 果ミアハセテ 延ミアハセシテ 訓ミアヒマシテ 校ミアヒシテ 国ミアヒシマシテ

○ミ（御）は動詞には冠しないとする三矢重松以来の説にすべてよらず、ミ＋動詞＋マス（ス）においては認めることにした。なお婚姻の表記及び訓については五〇頁7以下その都度記す。

4 春國ヲハ 延國ヲ 思国は

○名号の「―謂……」は、「―ハ……ト謂フ」の訓がよい。

5 訓トヨクニ 角とよのくに

○和名抄「止与久迩」による。

6 寛ハヤヒワケト謂ヒ日向ノ国ヲ豊クシヒチフ（ネワの誤り）ケト謂フ 訓タケヒムカヒムカヒトヨクジヒネワケトイヒ

○底本と兼のみ「建日向日豊久士比泥別」と正しく写していたのに、後の写本が旧事本紀で校合したりして次第に誤写が生じてしまった。建日向日・豊久士比泥（豊奇霊根）で、日向国を主にした国讃めによる名。

返（果・卜系）―ナシ。寛以下「反」トス

迩（果以下）―ナシ

狭（猪、右傍書、寛）―使

而（卜系）―面

面（卜系）―四

面（果以下）―而

日（果以下）―曰

建（底ニヨル）―建日別（果）、速日別（寛・延）

日向（底ニヨル）―日向國（寛・延）

日（底ニヨル）―曰（果）、謂（寛・延）

士（底ニヨル）―志（祥）

至（果以下）―主

建（果以下）―違

川（底ニヨル）―訓（果以下）

「川」は「訓」の省文。国字である。

狭（果以下）―使

生二佐度《サドの》嶋一。《ヲウミタマヒキ》次《ニ》生二大倭《オホヤマととよアキヅシマ》豊秋津・嶋一。《ヲウミタマヒキ》亦《の》名《ハ》謂二天《アマのミソ》[1]御虚空《ラ》豊秋津根別《とよアキヅネワけとイフ》一。故《カレ》、因二此八嶋《このヤシマヲ》[2]先所レ生《マヅウミタマヘルニよリテ》、謂二・大八嶋國《オホヤシマクニとイフ》一。然《シカアルのチニ》後、還《カヘリイマス》坐之時《とキニ》、生二吉備《キびの》兒嶋《コシマヲウミタマヒキ》一。亦《マタの》[3]名《ナハ》謂二建日方別《タケヒカタワけとイフ》一。次《ニ》生二小豆嶋《アヅキシマヲウミタマヒキ》一。亦《の》名《ハ》謂二大野・手上比賣《オホノデヒメとイフ》一。次《ニ》生二大嶋《オホシマヲウミタマヒキ》一。亦《の》名《ハ》謂二大多麻上流別《オホタマルワけとイフ》一。自レ多《タ》至レ流《ル》以レ音。次《ニ》生二女嶋《ヒメシマヲウミタマヒキ》一。亦《の》名《ハ》謂二天一根《アめヒとツネとイフ》一。訓レ天《シ》如レ天《アめの》。次《ニ》生二知訶嶋《チカのヲウミタマヒキ》一。亦《の》名《ハ》謂二天之忍男《アめのオシヲとイフ》一。次《ニ》生二兩兒嶋《フタゴのシマヲウミタマヒキ》一。亦《の》名《ハ》謂二天・兩屋《アめのフタヤとイフ》一。自二吉備兒嶋一至二天・兩屋嶋一并六嶋《アハセテムツのシマぞ》。

神生み

既《ステニ》[4]生レ國《クニヲウミヲヘテ》竟、更《サラニ》生レ神《カみヲウミタマヒキ》。故《カレ》、生《ウミタマヒシカみのナハ》神名、大事忍男神《オホことオシヲのカみ》。次《ニ》生二石土毗古神《イハツチビコのカみヲウミタマヒキ》一。*川レ石《よミテ》云《ヲ》二伊波《イハ》一、亦毗古《ビコ》・二字以レ音。下效レ此也。*次《ニ》生二石巣比賣神《イハスヒメのヲウミタマヒキ》一。次《ニ》生二大戸日別神《オホトヒワけのヲウミタマヒキ》一。次《ニ》生二天之・吹上男神《アめのフキヲのヲウミタマヒキ》一。次《ニ》生二大屋毗古神《オホヤビコのヲウミタマヒキ》一。次《ニ》生二風木津別之忍男神《カザもツワけのオシヲのヲウミタマヒキ》[5]一。訓レ風《ミテヲ》云二加耶《カザとヒ》一・。訓レ木《ムニハヲ》以レ音《ヰよ》。次《ニ》生二海神《ウミのカみ》一、名《ハ》大綿津見神《オホワタツミのヲウミタマヒキ》一。次《ニ》生二水戸神《ミナトの》一、名《ハ》速秋津日子神《ハヤアキツヒコの》、次《ニ》妹速秋津比賣神《イモハヤアキツヒメのヲウミタマヒキ》一。自二大事忍男神一至二秋津比賣神一并十神《セテハシラのぞ》。

嶋（果以下）—ナシ
大（卜系）—太
手（卜系）—午
兩（果以下）—雨
川（底ニヨル）—訓（果以下）
「川」は「訓」の省文。国字である。
古（果以下）—吉
也（底ニヨル）—ナシ
吹（果以下）—須
云（果以下）—ナシ

1 延アメノ 訓アマノ 国アマツ
○「天之―」はアメノ―と訓む（「天―」はアマノ―、「天―」『上代語と表記』おうふう）。（拙編『上代語と表記』おうふう）。

2 寛ヤシマサキニウムトコロニヨツテ 延八島ハ先ツ生メル所ナルニ因テ 訓ヤシマヲマヅウミマセルクニナルニヨリテ 国八嶋をさきに生みませるに因りて 角八島のまづ生まれしに因りて 倉野憲司・全註釈、ヤツノシマヲサキニウメルニヨリテ
○マヅの訓は↓二八頁5。「八」の訓にはヤ・ヤツ（ともに実数と多数の意がある）・ヤツノ（これは実数）がある。ここの「八嶋」の訓は「大八嶋（やしま）国」の由縁譚から考えると、ヤシマ（実数と多数を兼ねる）に決まるのである。

3「亦名」は別系資料を接合する時の術語（吉井巌『天皇の系譜と神話』一・菅野雅雄『古事記系譜の研究』）。

＝神生み＝

4「既」は「すべて・皆・全く・悉く」の意。周易正義に「既者皆尽之称、万事皆済」（周易下経、既済）（小島憲之『国風暗黒時代の文学』上、三四六頁）。

5 果カサモツ 訓カザケツ
○分注の後半「訓レ木以レ音」は音注と考えられる。「木」の音はモで、もし「持つ」の意なら、乙類のモ（母）で表記されるのが通例。従って「木」字は原資料のままであることを物語る。そこでここのみ「音ヲ以ヰよ」と命令法で訓むべきものとなる。

此《この》速秋津日子・速秋津比賣　二《フタハシラの》　神、因㆓河海《カハウミニよリテ》㆒　持別而《もチワキテ》、生《ウミタマヒシ》　神《の》名《ハ》　沫那藝《アワナギの》　神。那藝《ナギ》二字以㆑音。　次《ニ》　沫那美《アワナミの》　神。那美《ナミ》二字以㆑音。下效㆑此。次《ニ》　頬那藝《ツラナギの》　神。　次《ニ》頬那美《ツラナミの》　神。　次《ニ》　天之水分《アメのミクマリの》　神。訓㆑分云㆓久麻《クマ》理《リ》㆒。下效㆑此。　次《ニ》　國之水分《クニのミクマリの》　神。　次《ニ》　天之久比奢母智《アメのクヒザもチの》　神。自㆑久《ク》以下五字以㆑音。下效㆑此。　次《ニ》　國之久比奢母智《クニのクヒザもチの》　神。　自㆓沫那藝神㆒至㆓國之久比奢母智神㆒并八神。

次《ニ》　生㆓風《カゼの》　神、名《ハ》　志那都比古《シナツヒコの》　神㆒《ヲウミタマヒキ》。此神名以㆑音。　次《ニ》生㆓木《きの》　神、名《ハ》　久々能智《ククのチの》　神㆒《ヲウミタマヒキ》。此神名以㆑音。　次《ニ》生㆓山《ヤマの》　神、名《ハ》　大山㆖津見《オホヤマツミの》　神㆒《ヲウミタマヒキ》。　次《ニ》生㆓野《ノの》　神、名《ハ》　鹿屋野比賣《カヤノヒメの》　神㆒《ヲウミタマヒキ》。　亦《の》名《ハ》謂㆓野*椎《ノヅチの》　神㆒《とイフ》。自㆓志那都比古神㆒至㆓野*椎㆒、并四神。

此《この》大山津見《オホヤマツミの》　神・野*椎《ノヅチの》　神　二《フタハシラのカミ》　神、因㆓山野《ヤマノニよリテ》㆒　持別而《もチワキテ》、生《ウミタマヒシ》　神《の》名《ハ》、天之狭土《アメのサヅチの》　神。訓㆑土云㆓豆知《ツチ》㆒。下效㆑此。　次《ニ》　國之狭土《クニのサヅチの》　神。　次《ニ》　天之狭霧《アメのサギリの》　神。　次《ニ》　國之狭霧《クニのサギリの》　神。　次《ニ》　天之闇戸《アメのクラトの》　神。　次《ニ》國之闇戸《クニのクラトの》　神。　次《ニ》　大戸*或子《オホトマトヒコの》　神。1訓㆑*或云㆓麻刀《マト》比《ヒ》㆒。下效㆑此。　次《ニ》　大戸*或女《オホトマトヒメの》　神。自㆓天之狭土神㆒至㆓大戸*或女神㆒、并八神也。*

次《ニ》生《ウミタマヒシ》　神《の》名《ハ》、鳥之石楠船《とリのイハクスフネの》　神、亦《の》名《ハ》　謂㆓天鳥船《アマのとリフネとイフ》㆒。　次《ニ》　生㆓大宜《オホゲ》

◎二六頁冒頭「天地初発之時」の訓について　果天地初テヒラケシ時ニ　兼アメツチノ初ヒラクル時　前—（以下アメツチの略号）ノヒラクル時　寛—ノハシメテヒラクルトキ　延—初メテヒラクル時　訓—ノハジメノトキ　校—ノハジメテヒラクルトキニ　国—初めておこりし時に　岩—初めてひらけし時　白—はじめおこりし時に　石井庄司、—ノハジメオコルトキ（『古典考究』記紀篇）

○ここの「初発」は漢訳仏典語としての意味（初発心）ではないので、シヨホツとは訓まない。「発」は「之時」とあるので動詞連体形に訓む。発生する意なので記中の用例も考えてオコルと訓む。「天地」と「発」との間に「初」があるので、天地ノとノを付けない。「時」は歌ではトキが多いが、祝詞等の散文ではトキニが普通の表現。そこでアめツチハジめテオこリシとキニ（天地というものが初めて発生したその時に）と訓む。この表現は「記序」の如き「天地開闢剖判（もと一つのものが天と地とに分離する）」の内容を含むものではなく、すでに天として地として始まった時から話が始まるのである。

1「或」は「惑」と「國」の古字である。紛れぬように「惑」の方のマトフの訓注を付けた。

河（果以下）—阿

奢（果以下）—大者

比（果以下）—法

鹿（果以下）—麻

椎（底ニヨル）—槌（祥・春）、相（果）

狭（果以下）—侠

「國…次」ノ六字、果以下ニヨリ補ウ。底ナシ

或（底ニヨル）—惑（果以下）

「或」は「惑」の古字（拙著九一頁参照）。

麻刀（兼）—底、二字ヲ一字ニ写セリ。

土（果以下）—古

也（真系ニヨル）—ナシ（卜系）

楠（果以下）—「桶」ニ似タ字ニ写セリ。

都《ツ》比《ヒ》賣《メの》神一。《ヲウミタマヒキ》此神名以レ音。次《ニ》生二火《ひ》[1]之《の》夜《ヤ》藝《ギ》速《ハヤ》男《ヲの》神一。《ヲウミタマヒキ》夜藝《ヤギ》二字以レ音也。*

亦《の》名《ハ》謂二火《ひ》[2]之《の》*炫《カカ》毗《ビ》古《コの》神一、《といひ》亦《の》名《ハ》謂二火《ひ》之《の》迦《カ》具《グ》土《ツチの》神一。《といふ》迦具《カグ》二字以レ音。因

レ•生二此子一、《このこヲウミタマヒシニよリテ》美《ミ》蕃《ホ》登《と》（御陰）此三字以レ音。見レ炙《ヤカ𛀀テ》[3]而病《ヤミこヤセリ》臥在。多《タ》具《グ》理《リ》迩《ニ》（嘔吐）此四字以レ音。

•生《ウミタマヒシ》神《の》名《ハ》、金《カナ》山《ヤマ》毗《ビ》古《コの》神。訓レ金云二*加《カ》那《ナ》一下效レ此。次《ニ》金《カナ》山《ヤマ》毗《ビ》賣《メの》神。次《ニ》於レ屎《クソニ》

成《ナリシ》神《の》名《ハ》、波《ハ》迩《ニ》夜《ヤ》須《ス》毗《ビ》古《コの》神。此神名以レ音。次《ニ》波《ハ》迩《ニ》夜《ヤ》須《ス》毗《ビ》賣《メの》神。此神名亦以レ音。

次《ニ》於レ尿《ユマリニナリシ》成 神《の》名《ハ》、弥《ミ》都《ツ》波《ハ》能《の》賣《メの》神。次《ニ》和《ワ》久《ク》産《ム》巣《ス》日《ヒの》神。此《この》神《の》之

子《コハ》、謂二豊《とよ》宇《ウ》氣《け》毗《ビ》賣《メの》神一。《といふ》自レ宇《ウ》以下四字以レ音。故《カレ》、伊《イ》耶《ザ》那《ナ》美《ミの》神者《ハ》、•因レ生二火《ひの》

神一、《ヲウミタマヒシニよリテツヒニカムサリマシキ》遂 神避坐也。自《ヨリ》二天鳥船一至《マデ》二豊宇氣《ウけ》*比《ヒ》賣《メ》神一并八神*也。

凡《[4]オホよそニ》伊《イ》耶《ザ》那《ナ》岐《キ》・伊《イ》耶《ザ》那《ナ》美《ミ》二《フタハシラの》神、共《ともニ》所レ生《ウミタマヘルシマ》[5]嶋 壹《とヲアマリよツの》拾 肆

•嶋《シマ》。•又《マタ》、神《カみミソアマリイツハシラのカみぞ》参拾 伍 神 是《こハ》伊《イ》耶《ザ》那《ナ》美《ミの》神、•未《ダ》二神避《カムサリマサヌ》一以前《サキニ》所レ生《ウミタマヘリ》。

唯《タダ》、意《オ》能《の》碁《ご》呂《ろ》嶋《シマのみハ》者、非レ所レ生《ウミタマヘルニアラズ》。亦《マタ》、

蛭《ヒル》子《コ》与《と》二淡《アハ》嶋《シマとハ》一不レ入二子《コ》之《の》例《タグヒニハイレズ》一也。*

故尒《カレシカシテ》、伊《イ》耶《ザ》那《ナ》岐《キ》命《のミことののラシシク》詔之、*「愛《ウツクシキ》我《アガ》那《ナ》迩《ニ》妹《モ》命《のミことヤ》•乎。那迩《ナニ》二字以レ音。下效レ此。謂

レ易二子《コ》[6]之《の》一《ヒとツ》木《き》一•乎《ニカへムとオもヒキヤとのラシテ》。」、乃《スナハチ》匍二匐御枕《ミマクラ》方《へニハラバヒ》一、匍二匐御•足《ミアト》

1 [延]ホノヤケハヤオ [訓]ヒノヤギハヤヲ [角]ほのやぎはやを
○「火」が「夜芸」の主語になっているので「ひ」と訓む。ヤギはヤキ（焼）の濁音化。

2 [延]ホノヤケヒコ [訓]ヒノカヾビコ [角]ほのかがびこ
○霊異記「炫、可々ヤ介利」。カカは清音で、きらきらと光る意。次の「迦具」のカグはちらちらした光と影が交錯して光る意。

3 [果]ヤカレ [訓]ヤカエ
○受身の助動詞はユ・ラユの古形で訓む。𛀀はヤ行のエ。

4 [訓]オホヨソ [国]すべて [角]オヨソ [新]おほよそに

5 [訓]シマトヲマリヨシマ、カミミソヂマリイツハシラ [桜]シマとヲアマリよシマ、マタ、シマ・カみミソチアマリイツハシラ [新]嶋とをあまりよつの嶋。また、神みそをあまりいつはしらの神ぞ
○底本は「嶋壱拾肆又嶋神参拾伍神」とあり、それに即して訓んだのが[桜]である。しかしこれでは「肆(よ)シマ」とシマを訓み添えなければならず、次に「又」とあって、次に「嶋」とあるのも唐突である。それに対して、卜系諸本は「嶋壱拾肆嶋神参拾伍神」とある。これに即して訓んだのが[訓]である。これは「嶋——嶋。神——神」と対応して納得できる。しかし「又」の文字が抹殺された憾みが残る。そこで「又」を復活させて「嶋壱拾肆嶋。又、神参拾伍神」の本文を構築し、それに即して訓んだの

伊耶那美命の死

也（真系ニヨル）—ナシ（卜系）
炫（諸本）—焼（延）
生（果以下）—ナシ
生（諸本ニヨル）—成（校訂）
加（諸本ニヨル）—迦（寛以下）
因（果以下）—自
比（諸本ニヨル）—毘（訓）
也（真系ニヨル）—ナシ（卜系）
嶋又（意改）—又嶋・嶋（卜系）
未（卜系）—妹
也（真系ニヨル）—ナシ（卜系）
之（諸本ニヨル）—云（延）
乎（果）—平
迩（果）—尒
乎（果以下）—早
足（果以下）—是

方《ヘニハラバヒ》而哭《テナキシ》時《とキニ》、於二御涙《ミナミタニ》一所レ成《ナレル》神《カミ》、坐二香山之畝尾《カグヤマのウネヲ》木本《のこのもとニイマス》一、名《ナハ》泣澤・女《ナキサハメの》神《ぞ》。故《カレ》、其《その》所二神避《カムサリマシシ》一之伊耶那美《イザナミのカミハ》神者、葬下出雲國《イヅモのクニ》与《と》二伯伎國《ハハキのクニとの》一堺《サカヒの》比婆之山《ヒバのヤマニハブリキ》上也。

於レ是《ここニ》、伊耶那岐命《イザナキのミこと》、抜下所二御佩《ミハカセル》一之十拳*釼《とツカツルギヲヌキテ》上斬二其子迦具土神《そのコカグツチの》之頸《クビヲキリタマヒキ》一。尒《シカシテ》、著二其御刀前《そのミハカシのサキニツキシ》一之血《チ》、走二就湯津石村《ユツイハムラニタバシリツキテ》一、所レ成《ナレル》神・名《のハ》、石*析《イハサクの》神。次《ニ》根*析《ネサクの》神。次《ニ》石*箇之男《イハツツのヲの》神。*三*神《ミハシラのカミぞ》。

次《ニ》著二御刀本《ミハカシのもとニツケル》一血亦《チも》、走二就湯津石村《ユツイハムラニタバシリツキテ》一、所レ*成《ナレル》神名《のハ》、甕速日《ミカハヤヒの》神。次《ニ》樋速日《ひハヤヒの》神。次《ニ》建御雷之男《タケミカヅチのヲの》神。亦名《のハ》建布都《タケフツの》神。布都《フツ》二字以レ音。下效レ此。亦名《のハ》豊布都《とよフツの》・神。*三*神。次《ニ》集二御刀之手上《ミハカシのタカミニアツマリシ》一血《チ》、自二手俣《タナマタヨリクキイデテ》一漏出、所レ成《ナレル》神名《のハ》、訓レ漏云二久伎《クキ》一。闇淤加美《クラオカミの》神。淤《オ》以下三字以レ音。下效レ此。次《ニ》闇御津羽《クラミツハの》神。

上件《カミのクダリの》自二石*析《イハサクの》神一以下《ヨリシモ》、闇御津羽《クラミツハの》神以前《ヨリサキ》、并八《アハセテヤハシラの》神者《ハ》、因二御刀《ミハカシニよリテ》一所レ生《ウマレマセル》[1]之神者也《カミぞ》。

が[新]である。かくして初めて「嶋―嶋。又、神――神」の文型が整うのである。その上で、島の十四島、神の三十五神を数えることになる。さて島の数は合うが神の数は総数四十神で合わない。それで諸説が出たが、私の結論は、

大事忍男―速秋津比売神……十 ＝火神殺さる

沫那芸―国之久比奢母智神…八

志那都比古―野椎神………四

天之狭土―大戸惑女神………八

鳥之石楠船―金山毗売神……五

の計三十五神である。（拙著『古事記の研究』三四二―六頁）。

6 [訓]コノヒトツケニカヘツルカモトノリタマヒテ　[朝]子の一つけに易へむとおもへや　全註釈、子の一つけにかふるといふや　[新]子の一つきにかへむとおもひきや

○「謂」の位置から[朝]の訓の姿勢が正しい（拙著二四〇頁）。

1 [訓]ナリマセル　[訓]うまれし　[新]うまれませる

○本文注の「生」字は、ナル神なのではなく、伊耶那岐神がウミマセル神だと認定し、天照大御神直系の系譜に組込まれた神ということを示す特定字である。

女（果以下）―如

釼（真系ニヨル）―劔（卜系）「釼」は「劔」の異体字。以下同じ。

名（果以下）―者

析（底ニヨル）―折（前）、拆（寛）

箇（真系ニヨル）―筒（卜系）「箇」は「筒」に通用。

三神（底ニヨル）―分注（果以下）

成（底・卜系ニヨル）―生（果・祥・春）

神（卜系）―ナシ

「三神」ハ真系大字本文ニヨル。卜系小字縦書トセリ。寛ハ小字割注トセリ。

析（底ニヨル）―折（前）、拆（延）

1「上」は声注（アクセントの注記）。「去」の声注は二六頁「須比智迩去」の一例のみ。他は「上」ばかりで、平安朝アクセントにおける平平型の類に属するものに限られている（和田実「古事記の声の註」『国語と国文学』二九巻六号）。それならば、「奥山上津見」はヤマという声調になるのであろう。つまり、「奥山」ではなくて「奥・山ツミ」の語構成を示すことにも有効となる。なお小松英雄は字音がなの連続の途中にある声注は、高く発音される音節を示すことによって、切れ目の存在を明らかにするものと述べている（『国語史学基礎論』）。

2 [祥]ホド [訓]ミホト 全註釈、カクレまたはヲバセ

○ホトは男女両用（和名抄）。

3 [延]相見ント [訓]アヒミマク

○「相」は強めの助字。

4 [延]ミアラカノクミド(縢) [訓]トノド（騰） [校]トノ、クマド（縢） [国]とののあげど（騰） [岩]とののとざしど(縢) [朝]しりつと [吉]とののくみど [白]殿より戸を騰（あ）げて [桜]とののサシ（縢）ト [思]トノノ縢（ちきり）ど

○「縢」は原本系玉篇に「緘也」とある。閉じる、しばる意(小島憲之[真古]解説)。「とざす」意は万葉の例によるとすべてサスとある。それでサシトと訓む。

5 [訓]ヲヘズアレバカヘリマサネ [校]ヲヘズ。カレカヘリ玉フベシ

6 [兼]クユラクハ・ネタキカナ [訓]

所レ殺《ころサイシ》迦具土《カグツチの》神之於レ頭《カシラニ》所レ成《ナレル》神《の》名《ハ》、正鹿山《マサカヤマ》[1]上津見《ツミの》神。次《ニ》於レ胸《ムネニ》所レ成《ナレル》神《の》名《ハ》、淤滕山津見《オどヤマツミの》神。淤滕《オど》二字以レ音。次《ニ》於レ腹《ハラニ》所レ成《ナレル》神《の》名《ハ》、奥山上《オクヤマ》津見《ツミの》神。次《ニ》於レ陰《ホトニ》[2]所レ成《ナレル》神《の》名《ハ》、闇山津見《クラヤマツミの》神。次《ニ》於二左《ヒダリの》手一《テニ》所レ成《ナレル》神《の》名《ハ》、志藝山津見《シギヤマツミの》神。志藝《シギ》二字以レ音。次《ニ》於二右《ミギの》手一《テニ》所レ成《ナレル》神《の》名《ハ》、羽山津見《ハヤマツミの》神。次《ニ》於二左《ヒダリの》足一《アシニ》所レ成《ナレル》神《の》名《ハ》、原山《ハラヤマ》津見《ツミの》神。次《ニ》於二右《ミギの》足一《アシニ》所レ成《ナレル》神《の》名《ハ》、戸山津見《トヤマツミの》神。自二正鹿山津見神一至二戸山津見神一并八神。故《カレ》、所レ斬《キリタマヘル》之刀《タチの》名《ハ》、謂二天之尾羽張一《アめのヲハハリとイヒ》、亦名《のハ》謂二伊都之尾羽張一《イツのヲハハリとイフ》。伊都《イツ》二字以レ音。

二 黄泉の国

於レ是《ここニ》、欲レ相二見其妹伊耶那美命一《そのイモイザナミのみことヲアヒミムとオもホシ》[3]、追二往黄泉國一《よもツクニニオヒイデマシキ》。尒《シカシテ》、自二殿《とののサシト》[4]*縢戸一出向《ヨリイデムカヘタマヒシ》之時《とキニ》、伊耶那岐命《イザナキのみことカタラヒテ》語詔之《のラシシク》、「愛《ウツクシキ》我那迩妹命《アガナニモのみこと》、吾与レ汝《アとナと》所レ作《ツクレル》之國《クニ》、未二作竟一《イマダツクリヲヘズ》[5]。故《カレ》、可レ還《カヘルベシ》」。尒《シカシテ》、伊耶那美命《イザナミのみことのこタヘマヲシシク》答•白、「悔哉《クヤシカも》[6]、不二速来一《トクハキマサズテ》。吾者《アハ》為二黄泉戸喫一《よもツヘグヒシツ》。然《シカアレども》、愛《ウツクシキ》我那勢命《アガナセのみこと》、那勢《ナセ》二字以レ音。下効レ此。入来坐《イリキイマセル》之事恐《ことカシコシ》。故《カレ》、欲レ還《カヘラム》、

縢(真系ニヨル)—騰(卜系)

白(卜系)—曰

《とオもフヲ》＊且《シマラク》[1]與二黄泉《よもツ》神一相論《とアげツラハム》。莫レ視レ我《アヲナミタマヒそと》。」、如レ此《カク》白而《マヲシテ》、還二入其殿内一《そのとののウチニカヘリイル》之間《アヒダ》、甚久《イとヒサシクシテ》難レ待《マチカネタマヒキ》[2]。故《カレ》、刺二左《ヒダリの》之御美豆良一《ミミヅラニササシシ》(角髪)三字以レ音。下效レ此。湯津《ユツ》々間櫛《ツマクシ》之男柱《のヲバシラ》[3]一箇取闕而《ヒとツトリカキテ》、燭二一火一《ヒとツひとモシテ》入見《イリミタマフ》之時《とキニ》、宇士多加礼許呂々岐弖《ウジタカレころろキテ》＊＊(蛆集断咽)、此十字以レ音。於レ頭《カシラニハ》者大雷《オホイカヅチヲリ》居、於レ胸《ムネニ》者《ハ》火雷《ホのイカヅチヲリ》居、於レ腹《ハラニハ》者黒雷《クロイカヅチヲリ》居、於レ陰《カげニハ》者析雷《サクイカヅチヲリ》[4]居、於二左手一《ヒダリのテニ》者《ハ》若雷《ワきイカヅチヲリ》[5]居、於二右手一《ミギのテニハ》者土雷《ツチイカヅチヲリ》居、於二左足一《ヒダリのアシニハ》者鳴雷《ナルイカヅチヲリ》[6]居、於二右足一《ミギのアシニハ》者伏雷《フスイカヅチヲリ》[7]居、并《アハセテ》八《ヤ》[8]雷神《クサのイカヅチガみ》成居《ナリヲリキ》。

於レ是《ここニ》、伊耶那岐命《イザナキのミこと》見畏而逃還《ミカシコミテニげカヘリマス》之時《とキニ》、其妹伊耶那美命《そのイモイザナミのミこと》、言レ「令レ見レ辱レ吾《アニハヂミセツとイヒテ》。」、即遣二豫母都志許賣一《よもツシこメヲツカハシテ》(黄泉醜女)[9]此六字以レ音。令レ追《オハシめキ》。尓《シカシテ》、伊耶那岐命《イザナキのミこと》取二黒御縵一《クロミカヅラヲトリテ》＊投棄《ナげウツルスナハチ》[10]乃生二蒲子一《エビカヅラのみナリキ》。是摭《これヒリヒ》[11]食之間《ハムアヒダニ》、逃行《ニげイマス》[12]。猶追《ナホオフ》。亦《マタ》刺二其右御美豆良一《そのミギのミミヅラニササシシ》之湯津々間櫛《ユツツマクシ》引闕《ヒキカキ》[13]而投棄《テナげウツルスナハチ》乃生レ笋《タカムナナリキ》。是抜食之間《これヌキハムアヒダニ》、逃行《ニげイマシキ》。且後者《マタのチニハ》、於二其八雷神一《そのヤクサのイカヅチガみニ》副二千五百之黄泉軍一《チイホのよもツイクサヲそヘテ》令レ追《オハシめキ》。尓《シカシテ》、抜下所二御佩一之十拳釼上《ミハカセルとツカツルギ》

クヤシキカモ　[朝]くやしかも
1 [兼]マタ（且）　[寛]マタツフサニ（且具）　[訓]アシタツバラカニ（且具）　[校]カツ（且）　[角]しまらく　[朝]しまし
○「且」一字の本文がよい。
2 [寛]難シ　[訓]カネタマヒキ　[白]かてねば
3 [兼]ホトリハヒトツ　[延]ヲドリバ一ツヲ　[訓]ヲバシラヒトツ　[桜]ヲバシラヲヒとツ
4 [兼]サク　[岩]さき
5 [兼]ワカ　[訓]ワキ
6 [兼]ナキ　[延]ナル　[岩]なり
7 [延]フス　[訓]フシ
8 [果]ヤクサノ　[兼]ヤハシラノ
9 [兼]マタシ　[訓]ツカハシテ　[朝]やりて
10 [兼]ナゲステタマフ。乃エヒニナレリ　[訓]ナゲウテタマヒシカバスナハチエビカヅラノミナリキ　[桜]ナゲウツルスナハチエビカヅラノミナリキ
○動詞連体形＋スナハチ（―するや否や）。和名抄所引漢語抄に「蒲萄、衣比加豆良乃美」。
11 [兼]是ヲ　[思]これ
12 [延]逃行玉ヘトモ　[訓]ニゲイデマスヲ　[校]ニゲユキ玉ヘバ　[朝]逃げ行く
○これ以下、文勢から文を切って訓んだ方が迫力が出る。
13 [兼]櫛ヲ　[思]櫛、
○表記に従うと、[思]がよい。

且(真系ニヨル)—且具(寛)、且具(訓)
許呂(諸本ニヨル)—斗斗(延)、斗呂(訓)
居(果以下)—ナシ
鳴(卜系)—嶋
縵(底ニヨル)—湯(祥・兼)、鬘(猪)「縵」は「鬘」の異体字。
々(果以下)—之
棄(果以下)—葉
笋(果以下)—筝

而《ヲヌキテ》、於二後《シリヘ》手一《デニ》布伎都々《フキツツ》（振）此四字以レ音。逃来《ニげク》。猶追《ナホオフ》。到二黄泉《よもツ》比良《ヒラ》[1]（境界）此二字以レ音。

坂《サカ》之《の》坂本《サカもとニ》一時《イタリマシシとキニ》、取下在二其坂本一《そのサカもとナル》桃子《モモのみ》[2]三箇《ミツ》上《トラシテ》・待撃《マチウチタマヒシカ》

者《バ》、悉《ことごと》[3]・坂《サカヲ》[4]返《カヘリキ》也。尓《シカシテ》、伊耶那岐《イザナキ》命《のミこと》、告二桃子一《モモのみニのラシシク》、「汝《ナレ》、如レ助

レ吾《アヲタスけシガごとク》、於二葦原中国一《アシハラのナカツクニニ》所レ・有《アラユル》宇都志伎《ウツシキ》（現）上・此四字以レ音。青人草之《アヲヒとクサの》、

落二苦瀬一《クルシキセニ》而患《オチテウレヘナヤムとキニ》[5]*惣時、可レ助《タスクベシとのラシ》。」告、賜レ名《ナタマヒテ》号二意富加牟豆《オホカムヅ》

美命《ミのミことといフ》一。自レ意《オ》至レ美《ミ》以レ音。

最後《イヤハテニ》、其妹《そのイモ》伊耶那美《イザナミ》命《のミこと》[6]身自《みヅカラ》追来《オヒキツ》焉。尓《シカシテ》、千引石《チビキのイハヲ》[7]引二・塞其黄泉比《そのよもツヒ》

良坂《ラサカニ》一、其石《ヒキサヘそのイハヲ》置レ中《ナカニオキ》、各《オのもオのも》對立《ムキタチ》而《テ》、度二事戸《ことドワタス》一之時《とキニ》、伊・耶・那《イザナ》

美命《ミのミことの》言《のラシシク》、「愛《ウツクシキ》我那《アガナ》・勢《セ》命《のミこと》、・為レ如レ此《カク》者《セバ》、汝《ナガ》國之人草《クニのヒとクサ》、一日《ヒとヒニ》

絞二・殺千頭《チカシラクビリころサム》一。」。尓《シカシテ》、伊耶那岐命《イザナキのミことの》詔《のラシシク》、「愛《ウツクシキ》我那迩妹《アガナニモ》命《のミこと》、

汝《ナレ》・為レ然《シカセ》者《バ》、吾《アレ》一日《ヒとヒニ》立二千五百《チイホの》産屋《ウブヤタテム》一。」。是以《ここヲもチテ》、一日《ヒトヒ》必《ニカナラズ》千人死《チタリシニ》、

一日《ヒとヒニ》必《カナラズ》[8]千五百人《チイホタリ》生《ウマルルぞ》也。故《カレ》、号二其伊耶那美《そのイザナミ》*神*命《のカみのミことヲナヅけテ》一、謂二黄泉《よも》

津大神《ツオホカみといフ》一。亦云《マタイハク》、以二其追斯伎斯《そのオヒシキシヲもチ》一此三字以レ音。而《テ》、号二道敷大神《チシキのオホカみといフ》一。

待（卜系）―持（真系）

坂（卜系）―攻（底）。
迯（祥）

有（果以下）―ナシ
上（果）―云

惣（底ニヨル）―惚（訓）、
悩（果・春）

塞（果以下）―寒

耶（果以下）―那
那（果以下）―奈

勢（祥・卜系）―藝
為（卜系）―焉

殺（果）―殺殺

為（卜系）―焉

神（底・卜系ニヨル）―
ナシ（果）
命（諸本ニヨル）―ナシ
（校訂）

1ヒラはヘリ（縁辺）で、「境界」の意（井手至、「『古事記』みそぎの条前半に現われる神々について」『人文研究』三二巻九冊）。

2[兼]モモノミミツフヲ　[延]モヽノミミツヲ　真淵訓かなかき古事記もゝのみをみつ　[思]もゝノミみつ

○→三五頁3

3[兼]フツクニ　[訓]コトゴトニ　[新]ことごと

○本書では「ことごと」に統一。

4[兼]サカヨリ　[延]迯ケ　[朝]さかを　全註釈　攻め返しき　[思]さか

○底本「攻」字に写すのは、もと「坂」とあった証拠。[祥]の「迯」（逃の異体）は旧事本紀参看によるさかしら（拙著九三頁）。また全註釈の如き「攻め返す」という動作は存在しない（『聚注古事記』所収拙稿五一九頁）。

5[延]ウレヘクルシム　[訓]クルシマム　[角]たしなまむ　[岩]うれひなやむ　[桜]ウレヘナヤム

○ウレフは下二段。二字連合訓か一字一訓か。記では「患」はウレフ、「苦」はクルシブ（上二段）「惣」はナヤムと、一字単独の例があるので、ここでも一字一訓で訓むのがよい。

6[訓]ミヽヅカラ　[岩]みづから

○ミヅカラは「身ヅ柄」、本人自身の意。史記李将軍列伝に「広身自射二彼三人者一、殺二其二人一、生二得一人一。」等の例あり（小島『国風暗黒』上、三四九頁以下）。

7[兼]イハヲ　[思]石、

○目的語→他動詞→場所の表記の時は、目的語にヲを訓添える。

8[訓]のみチイホヒトナモウマルル

亦《マタ》所レ塞二其《その》黄《よ》泉《もツ》坂《サカニサヤリシ》一之石《イハハ》者、号二道反《チガヘシ》之《の》大神《オホカみとイヒ》一、亦《マタ》謂二塞《サヤリ》[1]坐《マス》黄《よ》泉《もツ》戸《ト》大神《のオホカみともイフ》一。故《カレ》、其所《そのイハユル》レ謂黄泉《よもツ》比良坂《ヒラサカハ》者、今《イマ》、謂二出雲《イヅモのクニ》國之伊《のイ》賦《フ》夜《ヤ》坂《サカとイフ》一也。

是以《ここヲもチテ》、伊耶那伎《イザナキ》*大神《のオホカみ》詔《のラシシク》、「吾者《アハ》、到レ於二伊那志許米上《イナシこめ》志許米岐《シこめキ》（嫌醜目 醜目）此九字以レ音。穢國《キタナキクニニイタリテ》[2]一而在祁理《アリケリ》。此二字以レ音。故《カレ》、吾者《アハ》為二御身之禊《ミみのみそキセムとのラシ》[3]一。」而《テ》、到二坐竺紫《ツクシの》日向《ヒムカの》之橘《タチバナの》小門《ヲドの》之阿波岐《アハキ》此三字以レ音。原《ハラニイタリイマシテ》一而、禊祓《みそキハラヘシキ》[4]也。

故《カレ》、於二投棄御杖《ナげウツルミツエニ》一所レ成《ナレル》神名《カみのナハ》、衝立船戸《ツキタツフナトの》神。次《ニ》於二投棄《ナげウツル》御帯《ミオビニ》一所レ成《ナレル》神《の》名《ハ》、道之長乳歯《ミチのナガチハの》神。次《ニ》於二投棄《ナげウツル》*御嚢《ミフクロニ》[5]一所レ成《ナレル》神《の》名《ハ》、[6]*時量師《とキハカシの》神。次《ニ》於二投棄《ナげウツル》御衣《ミケシニ》一所レ成《ナレル》神《の》名《ハ》、和豆良比能宇斯能《ワヅラヒのウシの》神。此神名以レ音。次《ニ》於二投棄《ナげウツル》御褌《ミハカマニ》一所レ成《ナレル》神《の》名《ハ》、*道俣《チマタの》神。次《ニ》於二投棄《ナげウツルミ》御冠《カガフリニ》一所レ成《ナレル》神《の》名《ハ》、飽咋之宇斯能《アキグヒのウシの》神。自レ宇《ウ》以下三字以レ音。次《ニ》於二投棄《ナげウツル》左《ヒダリの》御手之手纏《ミテのタマキニ》一所レ成《ナレル》神《の》名《ハ》、奥疎《オキザカルの》神。訓レ奥云二於伎《オキ》一。下效レ此。訓レ疎云二奢加留《ザカル》一。下效レ此。次《ニ》奥津《オキツ》那藝佐毗古《ナギサビコの》神。自レ那《ナ》以下五字以レ音。下效レ此也。*次《ニ》奥津甲斐弁羅《オキツカひベラの》神。自レ甲《カ》以下四字以レ音。下效レ此。次《ニ》

塞（果以下）ー寒
反（果以下）ー及
之（真系ニヨル）ーナシ（卜系）
塞（果以下）ー寒

賦（卜系）ー賊

伎（諸本ニヨル）ー岐（延以下）
これまで常に「岐」とあったが、同一神名でも稀に用字が異なることがある。
祁（果以下）ー神

衝（卜系）ー衡
嚢（真系ニヨル）ー裳（卜系）
量（諸本ニヨル）ー置（祥・寛）
俣（諸本ニヨル）ー股（延）
「俣」は古事記特有の字。
咋（果以下）ー昨
棄（延）ー棄流。流（果以下）
「流」は活用語尾の名残りと考えられるから、平安朝前期に訓読が行われたことが推定できる（拙著一〇〇頁）。
字（果以下）ー音
也（底ニヨル）ーナシ（卜系）

とナモの補読をする。訓ではナモの係助詞の補読は三十例に及ぶが、他の文献の訓読例に徴しても、ナモの補読の必要性はほとんど認められない。

1 兼フセキマス黄泉戸ノ 延ヨミドニ塞リ坐ス 訓サヤリマスヨミドノ 角サヘマスヨミドノ 新塞りますよもつと

○「塞坐黄泉戸大神」の表記順に訓む。「黄泉戸」が神名の核で、＝みそき
「塞坐」はその修飾語。

2 果キタナキ 兼ケカラハシキ

○神代紀上に「汚穢」を「枳多儺枳」と訓む。ケガラハシはもと清浄なものがよごされて不快感があることをいう。黄泉国は元来汚い国であるから、キタナキと訓むべきである。

3 兼ハラヒ 延ハラヘ 国みそぎ

4 兼ハラヒミソキ・ハラヒ 延ミソギシ 訓ミソギハラヒ 校ミソギハラヘ

○桜では語源を「身削キ」に求め「みソキ」と訓む。しかし、「みそそキ（身に水を注ぎ穢れを除去）」の「そ」脱落と考える。ハラヘは神により罪穢れを払って頂く意（拙著『上代祭祀と言語』）。記では、みそキ（禊）とハラヘ（祓）とを書分けている。

5 延モ（裳） 校フクロ（嚢）

○男性は「裳」を着用しない。

6 果トキヲキシ（置） 訓トキオカシ（置） 校トキハカシ

○字体は「量」。井手至はハカシは投棄の意、穢れをつけて物を解き捨てるという（前掲論文）。

1「甲斐」を「貝・峡」の意とするのはヒの仮名が違う。上二段の古動詞カフ（交）の連用名詞形で、「境界」の意（拙著新三五二頁）。
2寛ナル所ノ　訓ナリマセル　朝あれし　新うまれませる
○↓三三頁1
3延初テ　国初め
4訓オリ　桜オチ
○「堕」は「落」に同じ。落ちて水中に潜（かづ）く。「降・下」とは用字上区別がある。
5兼ススキ　訓ソソギ
○滌はススク。身を水中で振り動かし、水の霊力で身を清める。
6果ケカラハシキ　訓キタナキシキ　朝けがれしげき　白きたなくしげき　神シケシキ　思きたなき
○思の如く「穢繁」を連文とみるのは困難。「穢」はここでは体言ケガレと訓むと、「繁」はシげキと訓めばよいと思う。
7訓トキノ　校トキニ
○「時」はトキニ。↓8
8延ケガレノアカニ因テ成レル所ノ神トイフ　訓ケガレニヨリテナリマセルカミナリ　校ケカレシニヨリテナリマセルカミナリ　桜ケガレニよりテナリマシシカみぞ
○校の訓は平田篤胤の古史成文による。しかし「汙垢」を動詞に訓むのは無理。また7の訓の如くトキノと訓むのも無理。一方、「汙垢」は延の如くアカと訓みやすいが、アカは必ずしもケガレではない。要は二神が黄泉国でケガレに化生し、そして今水の霊力で放出されたのである。

於二投棄《ナげウツル》右《ミギの》御手《ミテの》之手纏《タマキニ》一所レ成《ナレル》　神《の》名《ハ》、邊疎《ヘザカルの》神。次《ニ》　邊津那藝佐《ヘツナギサ》毗古《ビコの》神。次《ニ》　邊津《ヘツ》甲斐《カひ》[1]弁羅《ベラの》神。

右件《ミギのクダリの》　自二船戸《フナトの》　神一以下《ヨリシモ》、邊津甲斐弁羅《ヘツカひベラの》　神以前《ヨリサキの》、十二《とヲアマリフタハシラの》神者《ハ》、因レ脱二著レ身《みニツけシ》　之物一《ものヲヌカスニよリテ》、　所レ生《ウマレマセルカみぞ》[2]　神也。

於レ是《ここニ》、*詔之《のラシシク》、「上瀬者瀬速《カミツセハセハヤシ》。下瀬者瀬弱《シモツセハセヨワシ》。」《とのラシテ》而、初《ハジめテ》[3]　於二中瀬一《ナカツセニ》*堕迦豆伎《オチカヅキ》[4]（潜）而滌《テススキタマフとキニ》[5]　時、所レ成《ナレル》　神《の》名《ハ》、八十禍津日《ヤソマガツヒの》　神。訓レ禍云二摩賀《マガ》一。下效レ此。次《ニ》　大禍津日《オホマガツヒの》　神。此二《このフタハシラの》　神者《カみハ》、所レ到二其穢《そのけガレ》[6]　繁國一《シげキクニニイタリマシシ》　之時《とキニ》[7]、因二汙垢一《けガレニよリテ》[8]　而所レ成《ナレル》　**神之者也《カみぞ》。次為《ニ》レ直二其禍一《そのマガヲナホサムとシテ》　而所レ成《ナレル》　神《の》名《ハ》、神直毗《カムナホビの》　神。毗《ビ》字以レ音。下效レ此。次《ニ》　大直毗《オホナホビの》　神。次《ニ》　伊豆能賣《イヅのメ》*。并《アハセテ》三神也。伊《イ》以下四字以レ音。

次《ニ》於二水底一《ミナそこニ》　滌《ススキタマフとキニ》　時、所レ成《ナレル》　神《の》名《ハ》、底津綿上津見《そこツワタツミの》　神。次《ニ》　底*箇之《そこツツの》男命《ヲのミこと》。於レ*中《ナカニ》　滌《ススキタマフとキニ》　時、所レ成《ナレル》　神《の》名《ハ》、中津綿上津見《ナカツワタツミの》　神。次《ニ》　中*箇之男命《ナカツツのヲのミこと》。於二水上一《ミヅのウヘニ》滌《ススキタマフ》　時《とキニ》、所レ成《ナレル》　神《の》名《ハ》、上津綿上津見《ウヘツワタツミ》[9]　神《の》。訓レ上云二宇閇《ウヘ》一。　次《ニ》　上*箇之男命《ウハツツのヲのミこと》。此三柱《このミハシラの》　綿津見《ワタツミの》　神者《ハ》、阿曇連《アヅミのムラジ》　等之《ラガ》[10]

手（果以下）—ナシ
之（諸本ニヨル）—云（延）
「之」は「者」などと同じ助字。
者瀬（卜系）—ナシ
堕（真系ニヨル）—随（卜系）
成（意改）—成坐
諸本「成坐」とある「坐」は平安朝前期の訓読の名残りと考えられる。他と比べて無いのが原形だが、当時からマス敬語の訓添えがなされていたことを示すもの（拙著一〇〇頁）。
神之（諸本ニヨル）—之神（訓）
賣（諸本ニヨル）—賣神（延）
三（果以下）—云
箇（諸本ニヨル）—筒（寛）
「箇」は「筒」に通用。以下同じ。
中（諸本ニヨル）—水中（延）
上（卜系）—ナシ
津綿上（果）—津見綿上
拝上

祖神《オヤガみとも》以《チ》伊都久《イツク》神《カみ》也《ぞ》。伊《イ》以下三字以レ音。下效レ此。故《カレ》、阿曇《アヅミ》連《のムラジ》等《ラ》者《ハ》、其綿津見《そのワタツミ》神《の》之《の》子《コ》、宇都志日金析《ウツシヒカナサクのみこと》命 之[1]子孫《のスヱ》也《ぞ》。宇都志《ウツシ》三字以レ音。其底箇之男《そのそこツツのヲ》命《のみこと》・中箇之男《ナカツツのヲ》命《のみこと》・上箇之男《ウハツツのヲ》命《のみこと》 三柱《ミハシラの》神者《ハ》、墨江之三前《スミのえのミマへの》大神《オホカみぞ》也。

於レ是《ここニ》、洗二左《ヒダリの》御目《ミめ》一時《ヲアラヒタマフとキニ》、所レ成《ナレル》神《の》名《ハ》、[2]天照大御神《アマデラスオホミカみ》。次《ニ》洗二右《ミギの》御目《ミめ》一時《ヲアラヒタマフとキニ》、所レ成《ナレル》神《の》名《ハ》、月讀《ツクよミのみこと》命。次《ニ》洗二御鼻《ミハナヲアラ》一時《ヒタマフとキニ》、所レ成《ナレル》神《の》名《ハ》、建速須佐之男《タケハヤスサのヲ》命《のみこと》。須佐《スサ》二字以レ音。

右件《ミギのクダリの》八十禍津日《ヤソマガツヒの》神以下《ヨリシモ》、速須佐之男《ハヤスサのヲ》命以前《のみことヨリサキの》[3]十柱《とハシラの》神者《ハ》、因レ滌二御身《ミみヲススキタマフニよりテ》一所レ生《ウマレマセル》[4]者也《ぞ》。

此時《このとキニ》、伊耶那[6]伎《イザナキ》命《のみこと》大歓喜《イタクよろこびテ》詔《のラシシク》、「吾者《アハ》、生二ゝ子《コ》一《ウミウミテ》而、於二生《ウミの》[5]終《ハテニ》一得二三《ミハシラの》[6]貴子《タフトキコ》一《エタリとのラシテ》」、即《スナハチ》其御頸珠《そのミクビタマの》之[7]玉緒《タマのヲ》母由良迩《もユラニ》(響)此四字以レ音。下效レ此。取由良迦志《トリユラカシテ》(響)而、賜二天照大御神《ニタマヒテ》一而詔之《のラシシク》、「[8]汝命者《ナガミことハ》、所レ[9]知二高天原《タカアマのハラヲシラセ》一矣《と》。」、事依《ことよサシテタマヒキ》而賜也。故《カレ》、其御頸珠《そのミクビタマの》名《ハ》、謂二御倉板擧之神《ミクラタナのとイフ》一。訓二板擧一云二多那《タナ》一。次《ニ》詔二月讀命《ツクよミのみことニのラシシク》一、「汝命者《ナガミことハ》、所レ知二夜之食国《ヨルのヲスクニヲシラセ》一矣。」《と》、

以(卜系)—ナシ
析(底・果ニヨル)—折(祥・卜系)、拆(寛)
者(果以下)—志
大(底・卜系ニヨル)—太(果・延)
十(真系ニヨル)—十四(延)
「十」の正しいことは本居宣長『玉勝間』(巻十二)に説明あり。
因(果以下)—日
伎(諸本)—岐(延)
三(果以下)—ゝ
大(卜系)—太
之(諸本ニヨル)—云(延)

9 果ウヘ 訓ウハ
○「上津」はウハツではなく、ウヘツ(海面の、空中と水中にわたる層)と訓むことの指示(拙著『古事記の研究』一八八頁)。
10 兼ノ 訓ガ
○↓二四頁3
1 寛ウミノコ 延ハツコ 訓スヱ
2「安麻泥良須可未」(万四一二五)によりアマデラスと訓む。テラスはテルに同じで尊敬ではない(拙稿「古事記『天照大御神』考」『上代文学考究』所収)。
3 ワタツミ三神を一神、ツツノヲ三神を一神として数えると十神である。↓脚注
4 訓アレマセルカミナリ 国なりませるかみなり 朝生れし神ぞ 新うまれませるぞ
○↓三三頁1
5 兼ウミヲハルニ 訓ウミノハテニ 朝生みのをはりに
6 兼タトキ 訓ウヅノ
7 訓タマノヲ、モユラニ 角玉の緒ももゆらに 朝玉のをも、ゆらに

三貴子の分治

○上代語法「〜も……に」(〜も……するばかりに)の形式だと考えられる。↓四二頁2。それで訓は却下。角のモの訓添えは仮名連結の表記なので不可。
8 訓ナガミコト 校ミマシミコト 岩いましみこと
9「所知」の「所」は「指事之詞」(経伝釈詞)で、「〜するところ」の意の助字。尊敬の用法とは考えられない(拙著一〇八頁)。訓読ではこの「所」はすべて不読。また「矣」は文末の助字。

○1 [訓]シラサズテ [朝]治めずて
○「治」は「ヲサム」、「知」はシラスと書分けがある。須神は海原は領有した(知＝シラス)ものの、統治(＝ヲサム)しなかった(拙稿「古事記『訓読』の論」)。
2 [延]ムナサキ [思]ココロさき
○石山寺蔵金剛般若集験記「胸前、己々呂左支」。みぞおちのこと。(小林芳規「古事記の訓読と漢文訓読史―『心前』の訓読をめぐって」『上代文学』三五号)。
3 [果]カタチ [訓]サマ
○「状」はサマで状態・状況の意。カタチは「容姿」等の訓で違う。
4 [訓]ウミカハ [校]カハウミ
○「河海」は漢語的であっても、わざわざウミカハと日本語の語順に改め訓むのは行過ぎ。
5 [兼]ヲトナイ [岩]コヱ
○神代紀上「喧響」の注に「淤等娜比」とある。音を立てること。四五頁「万神之声」もオトナヒと訓む。説文「声、音也」とある。
6 [訓]ナニトカモ [校]ナニ丶ヨリテカ [岩]なにしかも [朝]何のゆゑにか
7→1の説明を見よ。
8 [兼]ヤツカレ [訓]ア [朝]やつこ
○「僕」は卑称の一人称代名詞(倉野憲司『古典と上代精神』)。訓はア(レ)ワ(レ)でよい。
9 [兼]イロハノクニ [訓]ハ丶ノクニ [新]ははがくに
○「妣」は亡母(礼記、曲礼)。格助詞はガ。
10「忿怒」は漢訳仏典語。

事依《ことよサシキ》也。訓レ食云二袁《ヲ》須《ス》一。次《ニ》詔二建速須佐之男命《タケハヤスサのヲのミことニのラシシク》一、「汝命《ナガミこと》者《ハ》、所レ知二海原《ウナハラヲシラセ》一矣。」、《と》事依《ことよサシキ》也。故《カレ》、各《オのもオのも》随二依賜《よサシタマヒシ》之命《ミことのマニマニ》一、所二知看《シラシメス》一之中《ナカニ》、速須佐之男命《のミこと》、不レ治二所レ命《よサイシ》之国《クニヲヲサめズテ》一而[1]、八拳須《ヤツカヒげ》至レ于二心前《こころサキニイタルマデニ》一[2]、啼(泣)伊佐知伎《ナキイサチキ》也。自レ伊《イ》下四字以レ音。下效レ此。其泣状《そのナクサマハ》者[3]、青山《アヲヤマハ》如二枯山《カラヤマナスナキカラシ》一泣枯、河海《カハウミハ》者[4]悉《ことごとナキホシキ》泣乾。是《ここヲ》以《もチテ》、悪《アシキ》神之音《のオとナヒ》[5]、如二狭蝿《サバヘナスみナミチ》一皆満、萬物之妖《よろヅのもののワザハヒことごとオこりキ》悉發。故《カレ》、伊耶那岐《イザナキ》大御神《のオホミ》、詔二速須佐之男命《のミことニのラシシク》一、「何由以《ナニのユヱニカ》[6]、汝《ナガ》不レ治下所二事《こと》依《よサイシ》一之國上而《クニヲヲサめズテ》[7]、哭(泣)伊佐知流《ナキイサチル》。」。尓《シカシテ》、答白《こタヘマヲシシク》、「僕《アハ》者[8]欲レ罷二妣國《ハハガクニ》[9]根之堅州國《ネのカタスクニニマカラムとオもフユヱニナク》一故哭。」。尓《シカシテ》、伊耶那岐《イザナキの》大御神大忿怒《イタクイカリテのラシ》[10]詔、「然《シク シカアラバ》者、汝《ナハ》不レ可レ住二此國《このクニニスムベクアラズとのラシテスナハチカムヤラヒニヤラヒ》一。」、乃神夜良比尓夜良比(遣 遣)賜《タマヒキ》也。自レ夜《ヤ》以下七字以レ音。故《カレ》、其伊耶那岐大神《そのイザナキのオホカみハ》者、坐二淡海之多賀《アフミのタガニイマス》一也。故於レ是《カレここニ》、速須佐之男命《のミことのイヒシク》言、「然《シカアラバ》者、請二天照大御神一[11]将レ罷《マカラムと》。」、

天照大御神と須佐之男命
須佐之男命の昇天

乃《イヒテスナハチ》参二上天《アめニマヰのボルとキニ》一時、山川《ヤマカハことごと》悉動《とよミ》、國土《クニツチみナユリキ》皆震。尓《シカシテ》、天照大御

須(卜系)―頒
「須」は「鬚」の省文。「頒」の字に誤写することは原字が「須」であったことを示すもの。されば、底本では「須」と「須」の書分けを認め得るわけである。
于(祥)―千
狭(祥)―侠
詔(果以下)―治
何由(果以下)―河曲
依(果以下)―作
白(卜系)―曰
州(真系ニヨル)―洲(卜系)
海(底・卜系ニヨル)―路(果・祥・春)、道(校訂)

11 [果]申シ　[兼]コヒテ
○命令を乞う意(朴美京「須佐之男命の昇天」平成12年度古事記学会大会発表)。
1 [兼]ノミ　[訓]コソ
2 ソは背。ビラはへり(縁辺)で背中の意。次行のヒラも同語でここでは脇をさすか。
3「所」は「臂」(延説)の誤写ではなく、また尊敬の助字でもなく、指事の助字。→三九頁9
4 [訓]オバシ　[思]はかし
5「弓腹」は弓の内側(外側は「背」)をさす。東大寺献物帳に例がある。「振立て」は敵に対する構えの姿勢(拙稿「古事記語釈三題」『上代の文学と言語』所収)。
6 [兼]ハシラカシ　[延]ハラ、ガシ
[訓]ハララカシ　[思]ちらし
○神代紀上「蹴散」に「倶穢簸邏邏箇須」の訓注がある。
7「建」の訓注は、タケルではなく、タケブであることを示す。

8「問」はトハスでもよいが、すぐ下文に「問賜」、また四八頁にも「問賜」とある如く「ご下問」の時はタマフ敬語で訓む。
9 [果]キタナキ　[兼]アシキ
○「邪心」は仏典語。正訓字は「邪」の字で、ザの仮名は「耶」で別。
○キタナシはカタナシ(形無)で、形の崩れたものを汚いと認識したのであろう。一方「邪」を精神的なキタナシに用いることの指摘がある(西尾光雄『日本文章史の研究』上古篇一八六頁)。
10 [兼]アヤシキ・キタナキ　[延]コト
[訓]ケシキ

神聞驚《キキオどろキテ》而詔《のラシシク》、「我那勢《アガナセ》命《のミこと》之上来《ののボリキマスユヱハ》由者、必《カナラズ》不善心《よキこころニアラジ》(角髪)。欲奪我國耳《ワガクニヲウバハムとオもホスニこそとのラシテ》[1]。」、即《スナハチ》解御髪《ミカミヲとカシ》、纒御美豆羅《ミミヅラニマカシテ》而、乃《スナハチ》於左右御美豆羅《ヒダリミギのミミヅラニも》亦於御＊縵《ミカヅラニも》亦、於左右御•手《のミテニもオのもオのも》、各纒持八尺勾＊璁之五百津之美須麻流之珠《ヤサカのマガタマのイホツのミスマルのタマヲマキもタシテ》(御統)而、自美至流四字以音。下效此。曽毗良迩《そビラニ》[2](背)者、負千入之＊靫《チのリのユキヲオヒ》、訓入云能理《のり》。下效此。自曽至迩以音也。＊比良迩者《ヒラニハ》(脇)＊＊＊＊、附五百入之＊靫《イホのリのユキヲツけ》、亦《マタ》[3]所取佩(滞)伊都《イツ》(稜威)此二字以音。之竹鞆《のタカとモヲトリオバシテ》[4]而、弓腹振立而《ユバラフリタテテ》[5]、堅庭者《カタニハハ》、•於•向《ムカ》股《モモニ》蹈那豆美《フミナヅミ》、三字以音。如沫雪《アワユキナス》蹶散《クヱハララカシテ》[6]而、伊都《イツ》(稜威)二字以音。之男•建《のヲタケび》[7]訓建云多祁夫《タケブ》。蹈建《フミタケびテ》而•待問《マチトヒタマヒシク》[8]、「何故上来《ナニのユヱニカのボリキマセル》。」。尓《シカシテ》、速須佐之男命《のミことの》答•白《こタヘマヲシシク》、「僕者《アハ》無•邪心《キタナキこころナシ》[9]。唯大御神之命《タダオホミカみのミこともチテ》以、•問賜僕之哭伊佐知流之事《アガナキイサチルことヲのみ》(泣)故、•白都良久《トヒタマヒシユヱニマヲシツラク》、三字以音。『僕《アハ》欲往妣國《ハハガクニニユカムとオもヒテ》以哭《ナク》(遺　遺)』。尓《シカシテ》、大御神詔《オホミカみののラシツラク》、『汝者《ナハ》不可在此國《このクニニアルべクアラズとのラシテ》』而、神夜良比夜良比《カムヤラヒヤラヒ》賜故《タマフユヱニ》、以為請将罷往《マカリユカムとスル》之状《サマヲこハムとオもヒテマヰのボルニこそ》参上耳。無異心《ケシキこころナシ》[10]」。尓《シカシテ》、天照大御神詔《ののラシシク》、「然者《シカアラバ》、汝心之清•明《ナガこころのキヨクアカキハ》、何以知《イカニシテカシラム》。」。於是《ここニ》、

聞(果以下)—開
来(果以下)—朱
奪(卜系)—舊
縵(諸本ニヨル)—鬘(寛)
手(果以下)—ナシ
璁(底ニヨル)—璁(寛)、璁(訓)
「璁」は「璁」の異体字。
靫(諸本ニヨル)—靱(延以下)
「靫」は「靱」の異体字。
也(真系ニヨル)—ナシ(卜系)
比良迩者(諸本ニヨル)—ナシ(延・訓)
於向(果以下)—向於
建(果以下)—庭
待(果以下)—侍
白(卜系)—曰
邪(果以下)—耶
問(果以下)—同
白(果以下)—自
明(果以下)—洲

速須佐之男命《のミことの》答白《コタヘマヲシシク》、「各《オのもオのも》宇氣比《ウけヒ》(誓)而生《テ》レ子《コウマム》。」。自レ宇《ウ》以下三字以レ音。下效レ此。

故尓《カレシカシテ》、各《オのもオのも》中二置天安河一《アマのヤスのカハヲナカニオキテ》而、宇氣布《ウけフ》(誓)時《とキニ》、天照大御神、先《マヅ》乞二度建速須佐之男命《タケハヤ　のミことの》所レ佩《ハカセル》十拳釼《とツカツルギヲ》、*打二折三段一《こヒワタシテ　ミキダニウチヲリテ》[1]而、奴《ヌ》[2](玉音響)那登母〻由良迩《ナとももユラニ》*此八字以レ音。下效レ此。振二滌天之真名井一《アめのマナヰニフリススキテ》而、佐賀美迩迦美《サガミニカミ》(嚙嚙)*而《テ》、自レ佐《サ》下六字以レ音。下效レ此。於二吹棄氣吹之狭霧一《フキウツルイフキのサぎリニ》所レ成《ナレル》神御名《のミナハ》、多紀理毗賣命《タきリビメのミこと》。此神名以レ音。亦御名《のミナハ》謂二奥津嶋比賣命一《オキツシマヒメのミことトイフ》。次市寸嶋上比賣命《イチキシマヒメのミこと》。亦御名《のミナハ》謂二狭依毗賣命一《サよリビメのミことトイフ》。次多岐都比賣命《タキツヒメのミこと》。三柱。此神名以レ音。

速須佐男《の》命《ミこと》、乞下度天照大御神《の》所レ纒二左御美豆良一《ヒダリのミミヅラニマカセル》(角髪)八尺勾璁之五百津《ヤサカのマガタマのイホツ》*之美須麻流珠上《のミスマルのタマヲこヒワタシテ》(御統)而、奴那登母〻由良尓《ヌナとももユラニ》(玉音響)、振二滌天之真名井一《アめのマナヰニフリスス》而、佐賀美迩迦美《キテサガミニカミテ》(嚙嚙)而、於二吹棄氣吹之狭霧一《フキウツルイフキのサぎリニ》所レ成《ナレル》神御名《のミナハ》、正《マサ》[3]勝吾勝〻速日天之忍穂耳命《カツアカツカチハヤヒアめのオシホミミのミこと》。亦乞下度所レ纒二右御美豆良一《ミギのミミヅラニマカセル》(角髪)之珠上《タマヲ》(嚙嚙)而、佐賀美迩迦美《こヒワタシテサガミニカミテ》而、於二吹棄氣吹之狭霧一《フキウツルイフキのサぎリニ》所レ成《ナレル》神御名《のミナハ》、天之菩卑能命《アめのホヒのミこと》。自レ菩《ホ》下三字以レ音。亦乞下度所レ纒二御縵一《ミカヅラニマカセル》之珠上《タマヲこヒワタシテ》而、佐賀《サガ》(嚙

1「乞度」はト系コヒタマヒテ、訓校コヒワタシテと訓む。記伝は「乞度」は「乞取」と同義とした。西郷信綱『古事記注釈』では古事記の本文を「乞取」に改めてしまった。しかし「渡す」動作は物が双方に移動するのであるから、「乞い渡して」の意として少しもおかしくはない。

‖うけひ

2ヌナトは玉の音。モは助詞。モユラニのモは接頭語。ユラニは前出（三九頁7）。ここに「玉の音」が出てくるのは、ミスマルの玉も含めて、身につけた玉（手玉の類）が触れ合って、さやかな音を立てると理解できるから、不用意な挿入ではない。

3兼マサカカツ　延マサカカツ　訓マサカ

○古事記で、「勝」を略訓カに訓むのは無理。岩の如く「正しく勝った」の意としてマサカツと訓むのがよい。神代紀でもマサカとマサカツの両訓がある。

1「是後」と続けるのではなくて、「こは是（コノ）と、軽く読切べし」と記伝は述べている。これによって「是」のあとに読点をつけておく。ここでは現場指示に用いられている指示語。

2果ウマル、延生メル　訓アレマセル　校ナシマセル　新うまれませる　思なりまし

○↓三三頁1

3果ヒコミコ　兼ヒコカミ　岩をのこご

4果物ノサネ　延モノザネ　朝ものしろ

白（果以下）―曰
下（果以下）―ナシ

河（果以下）―阿
布（果以下）―有

釼（底ニヨル）―劔（卜系）
「釼」は「劔」の異体字。以下同じ。
奴（果以下）―ナシ
迩（真系ニヨル）―尓（卜系）
「於」以下二十四字底本ニナシ。卜系ニヨリ補ウ

狭（果以下）―俠

大（底・果・卜系ニヨル）―太（祥・春）
璁（底ニヨル）―瑽（猪）、璁（寛）、璁（訓）
「璁」は「璁」の異体字。

狭（果以下）―俠

亦（果以下）―赤

狭（果以下）―俠
成（果以下）―誠
御縵（岩古）―右御手（諸本）、右御美豆良（寛）、御御豆良（延）、御鬘（訓・校訂）

嚙)美迹迦美《ミニカミテ》而、於二吹棄《フキウツル》氣吹《イフキ》之《の》・狹霧《サぎリニ》一所レ成《ナレル》神《の》御名《ミナハ》、天津日子根《アマツヒコネの》命《ミこと》。又《マタ》乞下度所レ纒二左御手《ヒダリのミテニマカセル》一之珠《タマヲこヒワタシテ》上而、佐賀美迹迦美《サガミニカミテ》(嚙 嚙)而、於二吹棄《フキウツル》氣吹《イフキ》之《の》・狹霧《サぎリニ》一所レ成《ナレル》神《カみの》御名《ハ》、活津日子根《イクツヒコネ》命《のミこと》。亦《マタ》乞下度所レ纒二右御手《ミギのミテニマカセル》一之珠《タマヲこヒワタシテ》上而、佐賀美迹迦美《サガミニカミテ》(嚙 嚙)而、於二吹棄《フキウツル》氣吹《イフキ》之《の》・狹霧《サぎリニ》一所レ成《ナレル》・神《の》御名《ハ》、熊野久須毘《クマノクスビ》命《のミこと》。自レ久下三字以レ音。*并《アハセテ》*五*柱《イツハシラぞ》。於レ是《ここニ》、天照大御神告二速須佐之男命《のミことニのラシシク》一、「是《この》[1]、後《のチニ》所レ生《ウマレマセル》[2]五柱男子者《ハシラのヲのコゴハ》[3]、物實《ものザネ》[4]因二我物《アガものニよリテ》一所レ成《ナレリ》。故《カレ》、・自《オのヅカラ》[5]吾子《アガコ》也《ぞ》。先《サキニ》所レ生《ウマレマセル》之三柱女子者《ミハシラのヲミナゴハ》[6]、物實《ものザネ》因二汝物《ナガものニよリテ》一所レ成《ナレリ》。故《カレ》、乃《スナハチ》[7]汝子《ナガコ》也《ぞ》。」、如《カ》レ此《ク》詔別《のリワキタマヒキ》[8]也。故《カレ》、其《その》[9]、先《サキニ》所レ生《ウマレマセル》之神《カみ》、多紀理毘賣《タきリビメ》命《のミことハ》者、坐二胸形之奥津宮《ムナカタのオキツミヤニイマス》一。次市寸嶋比賣《ニイチキシマヒメ》命《のミことハ》者、坐二胸形之中津宮《ムナカタのナカツミヤニイマス》一。次田寸津比賣《タキツヒメ》(斎)命《のミことハ》者、坐二胸形之・邊津宮《ムナカタのヘツミヤニイマス》一。此三柱《このミハシラの》神者《ハ》、胸形君《ムナカタのキミ》等《ラ》[10]之以《ガもチ》伊都久《イツク》三前《ミマへの》大神《オホカみ》者也《ぞ》。故《カレ》、此《この》[11]、後《のチニ》所レ生《ウマレマセル》五柱《イツハシラの》子之中《コガナカニ》、天菩比《アマのホヒ》命《のミこと》之子《のコ》、建比良鳥《タケヒラとリ》命《のミこと》、此《こ》[12]出雲國造《ハイヅモのクニのミヤツコ》・无耶志《ムザシの》國造《の》・上菟上《カミツウナカミの》國《の》造・下菟上《シモツウナカミのクニの》國造・伊自牟《イジムの》國《の》造・津嶋《ツシマ》

狹(果以下)—俠
狹(果以下)—俠
狹(果以下)—御
神(果以下)—御神
須(果以下)—瀬
并五柱(諸本ニヨル)—訓、分注トセリ
自(卜系)—白
之(果以下)—三

5 [兼]ヲノツカラ　[訓]オノヅカラ
[新]おのづからに
○記伝は「自(オノヅカラ)は、即(スナハチ)といふに近し。上文にも、自吾子也、乃汝子也、と同シ意の言をかく乃とも云り。共にもとよりと云むが如し。」と述べている。オノヅカラとは「己＝ヅ＝柄」で、「生来の、本来の、固有の」の意。それから「必然的に、当然」の意。また「全くすべて」の意、あるいは「即時的」などの意に展開する（小島『国風暗黒時代の文学』上、三五二頁）。ここでは「当然」の意。オノヅカラニは漢文訓読語なので、和文系のオノヅカラで訓む。
6 [果]ヒメミコ　[兼]ヒメカミ　[岩]をみなご
7 ↓注5
8 [兼]ノリコチワケ　[延]ノリワケ
[朝]のりわき
○精神的に弁別する意の時は、四段のワクで訓む。
9 「其」は文脈指示語。口調としては「其」の次に読点を入れる。
10 [果]ラカ　[兼]タチノ
○氏族の複数はラ、格助詞はガ。
11 ↓注9に準ずる。
12 氏族系譜は分注小字である。視覚的にも皇統の末端に繋る意識を喚起する。またこの分注形式は、漢訳仏典また漢籍に源泉のあること、尾崎知光「古事記分注の一形式」(『古事記年報』八号)、石塚晴通「本行から割注へ文脈が続く表記形式」『国語学』七〇集)に詳しい説がある。

縣直《のアガタのアタヒ》[1]・遠江《とホツアフミの》國造《の》[2]等之祖《ラガオヤぞ》也。次《ニ》天津日子根命《アマツヒコネのミことハ》者、凡川内《オホシカフチの》國造《の》・額田部湯坐連《ヌカタベのユエのムラジ》・茨《ウバラ》[3]木國《きのの》造・倭《ヤマとの》田中直《タナカのアタヒ》・山代《ヤマシロの》國造《の》・馬来田《ウマグタの》國造《の》・道尻岐閇《ミチのシリキヘの》國造《の》・周芳《スハの》國造《の》・倭淹《ヤマとのアム》知造《チの》・高市縣主《タけチのアガタヌシ》・蒲生稲寸《カマフのイナキ》・三枝部《サキクサベの》造等之祖《ラガオヤぞ》也。

爾《シカシテ》、速須佐之男命《のミこと》白レ于二天照大御神一《ニマヲシシク》、「我心《アガこころ》清明《キヨクアカシ》[4]。故《カレ》、我所《アガ》レ生之子《ウメルコハ》、得二手弱女《タワヤメヲエツ》一。因レ此《こレニよリテ》言《マヲサバ》者、自《オのヅカラ》[5]我勝《アレカチヌ》。」云《とイヒテ》而、於二勝佐《カチサ》備《びニ》一此二字以レ音。離二天照大御神之營田之阿《のツクリタのアヲハナチ》一、此阿《ア》字以レ音。埋二其溝《そのミぞヲウミ》[6]一、亦其《マタその》[7]、於下聞二看大嘗《オホニヘヲキこシメス》[8]之殿《とのニ》上屎麻理《クソマリ》(放)此二字以レ音。散《チラシキ》。故《カレ》、雖二然為《シカスレども》一、天照大御神者《ハ》登賀米受《とガめズテ》[9](咎)而告《のラシシク》、「如レ屎《クソナスハ》、醉而吐散《エヒテハキチラス》登許曽《とこそ》此三字以レ音。我那勢之命《アガナセのミこと》、為レ如レ此《カクシツラめ》。又、離二田之阿《タのアヲハナチ》一、埋レ溝《ミぞヲウメル》[10]者《ハ》、地矣《ところヲ》阿多良斯登許《アタラシとこ》(惜)曽《そ》、自レ阿《ア》以下七字以レ音。我那勢之命《アガナセのミこと》、為レ如レ此《カクシツラめ》。」登《と》[11]此一字以レ音。詔《のリ》雖レ直《ナホシタマヒシカども》、猶《ナホ》其悪態《そのアシキワザ》不レ止而轉《ヤマズテウタテアリキ》[12]。天照大御神、坐二忌服屋《イミハタヤニイマシテ》一而、令レ織二神御《カムミ》衣《そ》一之時《オラシめタマヒシとキニ》、穿二其服屋之頂《そのハタヤのムネヲウカチ》一、逆二剝天斑馬《アマのフチウマヲサカハギニハギテ》[13]一剝而、所二堕《オと》[14]入《シイルル》一時《とキニ》、天服織女《アマのハトリメ》[15]見驚《ミオどろキテ》而、於レ梭《ヒ》衝二陰上《ニホとヲツキテ》一而死《シニキ》。訓二陰上一云二富登《ホと》一。故《カレ》於レ是《ここニ》、天照大御神見畏《ミカシコミ》、*開二天石屋戸《アマのイハヤトヲヒラキテ》[16]一而、刺許母理《サシこもリ》(隠)此三字以レ音。坐《イマシ》

連(果以下)―速
茨木(訓)―木
周芳(果以下)―因等
淹知造(卜系)―俺遠
白(卜系)―自
田(果以下)―因
態(卜系)―熊
梭(延)―捘
開(諸本ニヨル)―閇(訓)

1 [兼]アタヒ [訓]アタへ
○匹敵する者(アタフ)の意とするとアタヒ。
2 [兼]トヲツヲヤ [訓]オヤ
3 諸本「木」とあるが、[訓]に「茨」を補った。それは「木国造」の祖は天道根命である(国造本紀)から、ここと合わない。神代紀上では「天津彦根命、此茨城国造・額田部連等遠祖也」とある。そこで「茨木国造」の本文に従う。

‖天の石屋戸

4 [兼]キヨクアキラケシ [訓]アカキ(「故」に続けて訓めり) [校]キヨシ [岩]清くあかし [朝]すみあかき(「故」に続けて訓めり)
5 ↓四三頁5
6 [果]ウメ [角]うみ [岩]うづめ
○嘉禄本古語拾遺では「埋溝」に「美曽宇美」の訓注あり。「埋(う)む」の四段・下二段の二活用のうち、古形四段で訓む。ウヅムとウムとは意異なる。
7 現場指示の「其」で、口調としては「其、」と読点を入れておく。すぐ上の「其溝」の「其」は「天照大御神の營田」をさすから、これは文脈指示語。
8 [兼]ヲホニハナヒヲ [延]ヲホンベ [訓]オホニへ
9 「登賀米受」に音注が無い。これは音注のつけ忘れではなく、正訓字と正訓字との間で、誤読の恐れがない場合に音注を省くという表記法によるものである。
10 [訓]ウムルハ [角]うむは
○↓注6。四段ウムの完了形。
11 「登」は、所謂宣命書の小書き

が発明される以前の大字書きの時代を示す(小谷博泰「宣命体の成立過程について―藤原宮出土木簡をめぐって―」『国語と国文学』四八巻一号)。
12 [兼]ウタヽ [延]ウタヽス [訓]ウタテアリ [岩]うたてかりき
13 [兼]フツコマ [延]ブチゴマ [訓]フチコマ [角]むちこま
14 ↓三九頁9
15 [兼]ミソノヲリメ [寛]ミソヲリメ [岩]はたおりめ [朝]はとりめ
16 「開」は諸本の文字。前田本のみ「閇歟」とする。[訓]は「閇」(タテテ)、[校]も「閇」(トヂテ)とした。これらの「閇」字説の誤りなること拙稿「古事記訓詁二題」関大『国文学』五二号参照。
○1 [兼]ヲト [訓]オトナヒ [岩]こゑ
○↓四〇頁5
2 [果]カンツトヒニツトヒ [訓]カムツドヒツドヒテ
○動詞の重複形には、ニを入れる場合と入れない場合とがある。
3 [果]アツメ [訓]ツドヘ
○訓注が無いので、アツめテ。
4 [兼]カネ [角]まがね [桜]クロガネ
○マガネは黄金との説(佐藤隆「万葉集巻十四未勘国歌と伊勢」『中京大紀要』六巻一号)もあり、紛わしいのでクロカネと訓む。
5 [延]マキ [思]モトメ
○「求」は探し出す意で、モトム。マグ(尋ね求める)には「覓」字。
6 [延]マナカ [訓]マヲシカ [角]さをしか
○「真」はマなので文字通り訓む。
7 [果]ヤアタノ [訓]ヤタ [角]やたの
○「尺」は「咫」(あた)の省文。サカと紛れぬようアタの訓注あり。

也《キ》。尓《シカシテ》、高天原《タカアマのハラ》皆暗《みナクラク》、葦原中國《アシハラのナカツクニ》悉《ことごと》闇《クラシ》。因レ此《コレニよりテ》而常夜《とこヨ》往《ユキキ》。於是《ここニ》レ、万神之聲《よろヅのカみのオとナヒ》1者《ハ》、狭蠅那須《サバヘナス》(如)〈此二字以レ音。〉*満《ミチ》、万妖《よろヅのワザハヒ》悉《ことごと》發《オこリキ》。是《ここヲ》以《もチテ》、八百万《ヤホよろヅの》神於二天安之河原一《アマのヤスのカハラニ》、神集ゝ而《カムツドヒツドヒテ》2、〈訓レ集云二都度比《ツドヒ》一。〉高御産巣日《タカミムスヒの》神之子《のコ》、思金神《オもヒカネの》令《ニ》レ思《オもハシめ》〈訓レ金云二加尼《カネ》一。〉而《テ》、集二常世長鳴鳥一《とこよのナガナキどリヲアツめ》3、令レ鳴《ナカ》而《シめテ》、取二天安河之河上之天堅石一《アマのヤスのカハのカハカミのアマのカタシハヲトリ》、取二天金山之鐵一《アマのカナヤマのクロカネヲトリテ》4而、求二鍛人天津麻羅一《カヌチアマツマラヲもとめテ》5而、〈麻羅《マラ》二字以レ音。〉科二伊斯許理度賣命一《イシこリドメのミことニオホセ》、〈自レ伊《イ》下六字以レ音。〉(統)令レ作レ鏡《カガミヲツクラシめ》、科二玉祖命一《タマのオヤのミことニオホセ》、令レ作二八尺勾璁之五百津之御須麻流之珠一《ヤサカのマガタマのイホツのミスマルのタマヲツクラシめテ》而、召二天兒屋命《アマのコヤネのミこと》・布刀玉命一《フトダマのミことヲメシ》、〈布刀《フト》二字以レ音。下效レ此。〉(朱桜)而《テ》、内二抜天香山之真男鹿之肩一《アマのカグヤマのマヲシカのカタヲウツヌキニヌキテ》6抜而、取二天香山之天之波ゝ迦一《アマのカグヤマのアめのハハカヲトリ》〈此三字以レ音。木名《の》。〉而《テ》、令二占合麻迦那波一《ウラナヒマカナハシめテ》(設 行)而、〈自レ麻《マ》下四字以レ音。〉天香山之五百津真賢木《アマのカグヤマのイホツマサカき》矣《ヲ》、根許士尓許士而《ネこジニこジテ》、〈自レ許《こ》下五字以レ音。〉(掘 掘)於二上枝一《ホツイニ》、取二著八尺勾璁之五百津之御須麻流之玉一《ヤサカのマガタマのイホツのミスマルのタマヲトリツけ》(統)、於二中枝一《ナカツイニ》、取二繫八尺鏡一《ヤアタカガミヲトリカけ》7、〈訓二八尺一云二八阿多《ヤアタ》一。〉於二下枝一《シヅイニ》、取二垂白丹寸手《シラニキテ》・青丹寸手一《アヲニキテヲトリシデテ》而、〈訓レ垂云二志殿《シデ》一。〉此種ゝ物者《このクサグサのものハ》、布刀《フト》

狭(果以下)―侠
字(果以下)―ナシ
満(諸本ニヨル)―皆満
(訓・校訂)
尼(延)―屋
鳴(果以下)―嶋
鹿(果・祥・春)―麻
合(訓)―令
麻(果・卜系)―鹿
津(果)―ナシ
白(果以下)―自

1 [果]ノミ　[訓]ネギ　[国]ほぎ　[岩]ほき
○ホキ(寿)のキは清音。さて「布刀詔戸言、禱白」か「布刀詔戸、言禱白」か。ここでは天児屋命の詔戸なので「中臣の太能里等言、言ひはらへ」(万四〇三一)等を証に「布刀詔戸言」とまとめる。
2 →四八頁5
3 ウケはヲケ(麻笥=桶)の音変化か。愚…ヲコ→ウコ等例あり。
4 [果]ヒソカニ　[延]ウチヨリ
5 [兼]コモリ　[新]かくり
○「籠(こも)る」は死をも意味するので「隠(かく)る」と言った。
6 当然の意。→四三頁5。
7 「歓喜」は漢訳仏典語。
8 『藤氏家伝』に「天児屋根命」とある。これで「屋」がヤネと訓める。
9 [訓]ミセ　[思]しめし
○「示」はシメス。ミセは「令見」。
10 [兼]ヤウヤク　[延]ヤヽ　[桜]ヤクヤク　[思]ややく
○「哉求哉久(やくやく)」(神楽歌採物、重種本)。徐々にの意。
11 「臨」は「窺(うかかふ)」意。尒雅釈詁に「臨、謂㆓察視㆒也」、名義抄僧下に「臨ノゾム・ミル」とある。
1 「即」は「～するや否や」の意とみて、動詞を連体形で訓む。
2 「控」は説文に「引也」とあり、文選西都賦「控引」の「控」にヒキの訓(寛文版)がある。
3 [延]マタナカヘリイリマシソ　[国]還り入りますを得じ　[岩]なかへり入りそ　[朝]還り入りあへず　[桜]エカヘリイリマサジ　[思]かへりいりえず
○「不得」はエ…ズで訓む。

玉《ダマ》命《のミこと》、布《フ》(太)刀《ト》御《ミ》幣《テグラ》登《と》取《トリ》持《もチ》而《テ》、天《アマの》兒《コ》屋《ヤネの》命《ミこと》、布《フ》(太)刀《ト》詔《のリ》戸《ト》言《ごと》禱《ホキ》[1]白《マヲシ》而《テ》、天《アマの》手《タ》力《ヂカラ》男《ヲ》神《の》、隠㆓立戸《ト》*掖《のワキニカクリタチテ》㆒而、天《アマの》宇《ウ》受《ズ》賣《メ》命《のミこと》、手㆓次繋天《アマのカグヤマ》香山之《の》天之《アめの》日影《ヒカゲヲタスキニカけテ》[2]㆒而、為㆑縵㆓天之《アめの》真折《マサキヲカヅラとシテ》*㆒而、手㆓草結天《アマのカグヤマ》香山之《の》小《サ》竹《サ》葉《バヲタグサニユヒテ》㆒而、訓㆓小竹㆒云㆓佐《サ》々《サ》㆒於㆓天之《アめの》石屋戸《イハヤトニ》㆒伏㆓汙《ウ》[3](桶)氣《けヲフセテ》㆒而　此二字以㆑音。蹈《フミ》登《と》杼《ど》(響)呂《ろ》許《こ》志《シ》、此五字以㆑音。為㆓神懸《カムガカリシテ》㆒而、掛㆓出胸乳《ムナチヲカキイデ》㆒、裳《モ》緒《ヒモヲ》忍㆔垂於㆓番《ホ》登《とニ》(陰)㆒也《オシタレキ》。尒《シカシテ》、高天原《タカアマのハラとよミテ》動而、八百万《ヤホよろづの》神共《ともニワラヒキ》咲。

於㆑是《ここニ》、天照大御神以㆓為*恠《アヤシとオもホシ》㆒、細㆓開天石屋戸《アマのイハヤトヲホそめニヒラキテ》㆒而、内《ウチヨリ》[4]告《のラシシク》者、「因㆓吾隠坐《アガカクリイマスニよりテ》[5]㆒而、以㆓為天原《アマのハラ》自《オのヅカラクラク》[6]闇、亦葦原中國《マタアシハラのナカツクニも》皆《ミナ》闇矣《クラケムとオもフヲ》㆒、何由以《ナニのユヱニカ》、天宇受賣者《アマのウズメハ》為㆑樂《アソビヲシ》、亦八百万《マタヤホよろづの》神諸《もろもろワラフ》咲。」。尒《シカシテ》、天宇受賣《のウズメのマヲシシク》白言、「益㆓汝命《ナガミことニマシテ》㆒而貴《タフトキ》神坐《イマスユヱニ》故、歓喜《よろこび》[7]咲樂《ワラヒアソブぞと》。」、如《カ》㆑此言之間《クマヲスアヒダニ》、天兒屋命《アマのコヤネのミこと》[8]・布刀玉命《フトダマのミこと》、指㆓出其鏡《そのカガミヲサシイデ》㆒、示㆓奉天《アマ》照《デラス》大御神《ニシメシマツル》[9]㆒之時《とキニ》、天照大御神、逾《イよよ》思㆑奇《アヤシとオもホシテ》而、稍《ヤクヤク》[10]自㆑戸《ト》出《ヨリイデテ》而、臨《ノゾミイマス》[11]坐之時《とキニ》、其《その》所㆓隠立《カクリタテル》㆒之天手力男神《アマのタヂカラヲの》、取㆓其御手《そのミテヲトリ》㆒

幣(果以下)—弊
而(果以下)—西
掖(諸本ニヨル)—腋(延)
折(底ニヨル)—拆(延)、析(朝古)
「折」はサクの意。
緒(果以下)—渚
神(果以下)—ナシ
恠(諸本ニヨル)—怪(訓・校訂)
「恠」は「怪」の俗字。以下同じ。
者(卜系)—ナシ
大(卜系)—太
思(果以下)—息
天(果・祥・春)—ナシ

引出《ヒキイデマツル》[1]即《スナハチ》、布刀玉《フトダマ》命《のミこと》、以尻久米《シリクめ》(込)此二字以音。縄《ナハもチテ》、控度其御後方《そのミシリヘニヒキワ》[2]、白言《タシテマヲシシク》、「従此《こレヨリ》以内《ウチニ》、不得還入《エカヘリイリマサジ》[3]」。故《カレ》、天照大御神出坐之時《イデイマシシときニ》、高天原及葦原中國《タカアマのハラとアシハラのナカツクニ》[4]、自《オのヅカラ》[5]得照明《テリアカリキ》[6]。

於是《ここニ》、八百万《ヤホよろヅの》神共議《ともニハカリテ》而、於速須佐之男命《のミことニ》、負千位置戸《チクラのオキトヲオホセ》、亦切《マタ》鬚及手足爪《ひげとテアシのツめヲキリ》[7]、令*祓《ハラへしめテ》[8]而、神夜良比夜良比岐《カムヤラヒヤラヒキ》(遣遣)。

又、食物《ヲシものヲ》乞*大氣都比賣神《オホけツヒメのカみニこヒキ》[8]。尒《シカシテ》、大氣都比賣自鼻・口及尻《ハナクチとシリヨリクサ》、種〻味物《グサのタめツものヲ》[9]取出而《トリイデテ》、種〻作具而進《クサグサツクリそナヘテタテマツルときニ》時、速須佐之男命《のミこと》、立伺其態《そのワザヲタチウカカヒテ》、為穢汙《キタナクシ》[10]而奉進《テタテマツルとスナハチ》、乃殺其大宜津比賣神《そのオホげツヒメのヲころシキ》。故《カレ》、所殺《ころサイシ》神於身生物者《のみニナリシものハ》、於頭《カシラニ》生蚕《コナリ》、於二目《フタツのめニ》生稲種《イナダネナリ》、於二耳《フタツのミミニ》生粟《アハナリ》、於鼻《ハナニ》生小豆《アヅキナリ》、於陰《ホとニ》生麦《ムギナリ》、於尻《シリニ》生大豆《マめナリキ》。故是《カレここニ》、神産巣日御祖命《カムムスヒのミオヤのミこと》、令取茲《こレヲトラシめテ》成種《タネとナシタマヒキ》。

故《カレ》、所避追《サけオハイテ》[11]而、降出雲國之肥上河上《イヅモのクニのひのカハカミ》、*名鳥髪地《ナハとリカミとイフところニクダリマシキ》。此時《このときニ》、箸《ハシ》従其河流下《そのカハヨリナガレクダリキ》。於是《ここニ》、須佐之男命《のミこと》以為人《ヒと》有其河上《そのカハカミニ》

白(果以下)―自
鬚(卜系)―鬢。髪(果・祥・春)
祓(真系ニヨル)―抜(卜系)
都(真系ニヨル)―津(卜系)
態(果以下)―熊
名(諸本ニヨル)―在(訓)
下(果以下)―丁

4 [訓]―モ―モ　[校]―モマタ―モ
[国]―と―と
○A及Bの「及」は「と」と訓む。
5↓四三頁5
6 [延]照リ明ケキコト得タリ　[訓]テリアカリキ
○「得」は受身の助字か。ただし訓読は[訓]の如く自動詞的に訓む。
7 [兼]ヒケヲキリテアシノツメヲヌカ令(抜)　[国]鬚と手足の爪とを切り、祓はしめて　[角]ひげと手足の爪とを切り、祓へしめて
○「祓」が正しい(森川富治「古事記天石屋戸の段の一問題」『国語・国文』一二巻三号)。
8「乞」の主語は八百万神。従って「(奉)進」の対象も八百万神となる(森重敏「天石屋戸」『国語・国文』四四巻一〇号)。

五穀の起源

9 [兼]アチハイノモノ　[延]アヂモノ
[訓]タメツモノ　[思]うまもの
○美味の物をタメツモノと言うのは儀式大嘗祭の「多米都物」による。供御の物を「献物」と言うのに対し、下賜の物を「多米都物」と言う。タブ(賜)↓タベ(め)だから美味なのである(拙稿「践祚大嘗祭の国語学的研究」『大嘗祭の研究』所収)。
10 [延]キタナキヲシカモ奉進ルト為テ　[訓]キタナキモノヲタテマツルトオモホシテ　[国]けがしてたてまつるとおもほして　[角]きたなくして奉るとおもほして
○「為」は次が動詞たるを示す。
11 [訓]ヤラハエ　[桜]サリオハえ

須佐之男命
八岐の大蛇退治

[1]而《アリケリとオもホシテ》、尋覔上往《タヅネマギのボリイマシシカバ》者、老夫《オキナ》与二《と》老女一《オミナと》二人《フタリ》在而《アリテ》、童女《ヲとメヲ》置レ中《ナカニオキテ》[2]而泣《ナケリ》。尒《シカシテ》、問賜之《トヒタマヒシク》、「汝等者誰《ナレどもハタレぞ》。」。故《カレ》、其老夫《そのオキナのこ》答《タヘ》言《マヲシク》、「僕《ア》者《ハ》國神《クニツカみ》大山上津見《オホヤマツミの》神之子《のコ》焉《ぞ》。僕名《ワガナハ》謂二足上《アシ》名椎一《ナヅチとイヒ》、妻名《メガナハ》謂二手上《テ》名椎一《ナヅチとイヒ》、女名《ムスメガナハ》謂二櫛名田比賣一《クシナダヒメとイフ》。」。亦問《マタトヒタマヒシク》、「汝哭由者何《ナガナクユヱハナニぞ》。」。答《こタヘ》白言《マヲシシク》、「我之女者《ワガムスメハ》、自レ本《もとヨリ》在二八稚女一《ヤヲとメアリシヲ》、是《この》[3]、高志之八俣遠呂智《コシのヤマタのヲろチ》(大蛇)、此三字以レ音。毎レ年来《とシごとニキテ》喫《クラヘリ》。*今其《イマシガ》[4]可レ来時故《クベキとキユヱニ》泣《ナク》(酸醤)。」。尒問《シカシテトヒタマヒシク》、「其形《そのカタチハ》如何《イカニ》。」。答白《こタヘマヲシシク》、「彼目《そのめハ》如二赤加賀智一《アカカガチのごとクシテ》而、身一《みヒとツニ》有二八頭《ヤカシラ》八尾一《ヤヲアリ》。亦其身《マタそのみニ》生二蘿《ヒカゲ》[5]及檜《とヒ》・*椙一《スギオヒ》、其長《そのタけハ》度二谿八谷《タニヤタニ》・峡八尾一《ヲヤヲニワタリテ》而、見二其腹一《そのハラヲミレバ》悉《ことごと》常《ツネニ》血[6]爛也《チニタダレテアリ》。」。此謂《ここニ》二赤加賀知一《ヘルカガチとハ》者、今酸醤《の》者也《ぞ》。

尒《シカシテ》、速須佐之男命《のミこと》詔二其老夫一《そのオキナニのラシシク》、「是《この》[7]、汝之女者《ナガムスメハ》、奉二於吾一《アニ》哉《タテマツラムヤ》。」。答白《こタヘマヲシシク》、「恐《カシコシ》[8]。亦《マタ》、不レ覺二御名一《ミナヲサトラズ》[9]。」。尒《シカシテ》答詔《こタヘのラシシク》、「吾者《アハ》天照大御神之伊呂勢《のイろセ》(同母兄弟)者也《ぞ》。自レ伊下三字以レ音。故《カレ》、今自レ天《アめヨリ》降《オリ》坐也《イマシヌ》。」。尒《シカシテ》、足名椎《アシナヅチ》・手名椎*神《テナヅチのガマ》白《ヲシシク》、「然坐者恐《シカイマサバカシコシ》。立奉《タテマツラム》[10]。」。尒《シカシテ》、速須佐

女(果以下)—母

椎(延)—稚

今(果以下)—令
其(諸本ニヨル)—且(寛)
白(果以下)—曰
目(果以下)—自
椙(諸本ニヨル)—榅(延以下)
「榅」は「杉」の意(集韻)。「椙」は「榅」に通用の国字。
今(卜系)—令
醬(果以下)—将首
「漿」とあるべきなのに「醬」の字であるのは不審。
是(果以下)—足
椎(果・祥)—稚。推(卜系)
椎(真系ニヨル)—推(卜系)
奉(果以下)—拳

1 延人其ノカハカミニ有ントヲボサク 訓ソノカハカミニヒトアリケリトオモホシテ 校ヒトソノカハカミニアリトオモホシテ
○訓は余りにも和文化し過ぎるがケリ(気づきの助動詞)を訓添えているあたり心憎い。
2 果スエ 角置き
3 兼コ、ニ 岩この
○「是、」は現場指示。
4 兼マタ(且) 訓ソレ(其) 角その 桜シガ
○文脈指示語。シは卑称。
5 兼コケ 延ツタ 朝ひかげ
○ヒカゲノカズラは長い紐状のつる草。四六頁の「日影」と同じ。
6 延チ(アセ)ニタ、レタリ 訓アエタゞレタリ 角ち垂りただれたり 岩ちただれつ 白ちにかかやけり
○血で皮膚がただれている。
7 訓コレイマシノムスメナラバ 岩是のながむすめをば
○「是、」は現場指示。～ヲバ相当は、単に～ハと訓む。
8 訓カシコケレドミナヲシラズ 朝かしこきにもまたみなを覚らず 桜カシコシ。マタ
○「恐」は形容詞カシコシ。動詞カシコムは「畏」と書分ける(倉野憲司「古事記の用字と訓の一、二、三について」『国文学攷』五〇号)。従来「恐亦」を一括して訓んだのを桜で「恐。亦」と訓む。「亦」は「しかしそれにしてもまた」の意で、源氏・徒然草など例がある。
9 訓シラズ 思さとらず
○「知」はシル。「覚」はサトル。
10 延タチドコロニ奉ラン 訓タテ

○「立て献る」(差出し上げる)意のマツラン
タテ・マツルの原義の表記。
1 延言ノ如ク 訓イヒシガゴト 朝ことのごと
2 兼マウク 延キタリ 訓キツ 新きぬ 思きて
○「来」は自然推移的の場合にキヌとなるが、意志あるものの到来はキツと訓む。
3 校ノミヱヒトゞマリフシネタリ 朝飲みゑひとどまり伏しいねぬ
○このように動詞が羅列された場合、テの訓添えはどうかが問題になる。古事記全体を見渡すと、「而」の字が頻出する表記群と、「而」の字がほとんど無い表記群とがある。前者は和文体の群であり、後者は漢文体の群であることは言うまでもない。そして前者では「而」字があればテと訓み、無ければ訓まない。後者は適当に訓添える。
4 果ヲロチ 新へみ
○「虵」の字が用いられているのでヲロチが蛇であることが初めて分るのである。
5 延キリアガチタマヘバ 訓キリハフリタマヒシカバ 朝切り散らしたまへば
6 兼サキサイテ 訓サシサキテ 思さしわりて
○名義抄僧上「割サク」。ワルの文字は「破」。
7 果ツムハ(羽)。 訓ツムガリ(刈)
○諸本「羽」。カリは「苅」が常用。

八雲立つ出雲

○草薙の本義は、クサが醜名でナギは蛇という(佐竹昭広説)。

之男命《のみこと》、乃《スナハチ》於二湯津爪櫛《ユツツマクシニ》一取二・成其童女《そのヲとメヲトリナシテ》一而、刺二御美豆良《ミミヅラニササシテ》一、(角髪)
告二其《その》足名椎・手名椎神《の》一、「汝等《ナレども》、醸二八塩折之酒《ヤシホヲリのサけヲカミ》一、(桟敷)*亦《マタ》作二廻垣《カキヲツクリもとホシ》一、於二其垣《そのカキニ》一作二八門《ヤカドヲツクリ》一、毎レ門《カドごとニ》結二八佐受岐《ヤサズキヲユヒ》一、此三字以レ音。毎二其佐受岐《そのサズキごとニ》一置二酒船《サカブネヲオキテ》一而、毎レ船《フネごとニ》・盛二其八塩折酒《そのヤシホヲリのサけヲもリテ》一而待《マチテよ》。」。故《カレ》、
随レ告而《のリタマヘルマニマニ》、如レ此《カク》設備《マけそナヘテマツ》待之時《とキニ》、其八俣遠呂智《そのヤマタのヲろチ》(大蛇)、信《マことニ》如レ言《ことのごと》1来《キツ》2。乃《スナハチ》毎レ船《フネごとニ》・垂二入己頭《オのガカシラヲタレイレ》一飲二其酒《そのサけヲのミキ》一。於レ是《ここニ》、3飲酔留伏《のミヱヒとどマリフシ》寝《イネキ》。尒《シカシテ》、速須佐之男命《のミこと》・抜下其《その》所二御佩《ミハカセル》一之十拳釼《とツカツルギヲヌキ》上、切二散其虵《4そのヘミヲキリ》一5者《ハフリシカバ》、肥河《ひのカハ》變レ血《チニナリテ》而流《ナガレキ》。故《カレ》、切二其中尾《そのナカのヲヲキリシ》一・時《とキニ》、御刀《ミハカシの》之刃毀《ハカけキ》。尒《シカシテ》、思レ恠《アヤシとオもホシ》以二御刀《ミハカシの》之前《サキもチテ》一、刺割而見《6サシサキテミそこナハセ》者《バ》、在二都牟《7ツム》*羽之大刀《ハのタチアリ》一。故《カレ》、取二此大刀《このタチヲトリ》一、思二異物《ケシキものとオもホシテ》一而、・白二上於天照大御神《ニマヲシアげタマヒキ》一也。是者草那藝之大刀也《こハクサナギのタチぞ》。(薙) 那藝《ナギ》二字以レ音。
故是以《カレここヲもチテ》、其《その》速須佐之男命《のミこと》宮《ミヤ》可二造作《ツクルベキ》一之地《ところヲ》、求二出雲國《イヅモのクニニマギタマヒキ》一。尒《シカシテ》、到二坐須賀《スガの》此二字以レ音。下效レ此。地《ところニイタリイマシテ》一而詔之《のラシシク》、*「吾《アレ》来二此地《ここニキテ》一、我《アガ》

成(果以下)―ナシ
亦(真系ニヨル)―且(卜系)
「亦」の異体字が「且」に似ているために生じた字であるが、今は真系をとる。
盛(果以下)―成
垂(果以下)―乗
抜(果以下)―秡
時(果以下)―将
羽(真系ニヨル)―刈(延)
白(果以下)―自
之(諸本ニヨル)―云(延)

御《ミ》心《こころ》須《ス》ゝ《ガ》賀《ス》ゝ《ガ》斯《シ》。(清々)」而《とのラシテ》、其《そ》地《こニ》作レ宮坐《ミヤツクリテイマシキ》。故《カレ》、其《そ》地《こ》者《ハ》於

レ今《イマニ》云二須《ス》賀《ガ》一也《とイフ》。茲大神《このオホカみ》、初《ハジめ》[1]作二須《ス》賀《ガ》宮《のミヤツクラシシ》一之時《とキニ》、自二其《そ》地《こ》一《ヨリ》雲《クモ》

立騰《タチのボリキ》。尓《シカシテ》、作二御歌《ミウタヲよミタマヒキ》[2]一。其歌曰《そのウタニイヒシク》[3]、

夜《ヤ》久《ク》毛《モ》多《タ》都《ツ》(八雲　立) 伊《イ》豆《ヅ》毛《モ》(出　雲) 夜《ヤ》*弊《ヘ》賀《ガ》岐《キ》(八重　垣)。都《ツ》麻《マ》碁《ご》微《み》尓《ニ》(妻　籠) 夜《ヤ》*弊《ヘ》賀《ガ》岐《キ》都《ツ》久《ク》流《ル》(八重垣　作)。

曽《そ》能《の》夜《ヤ》*弊《ヘ》賀《ガ》岐《キ》袁《ヲ》(其　八重　垣)。

於《ここニ》レ是、喚二其足名•*鉄神《そのアシナヅチのカみヲメシテ》[4]一、告言《のラシシク》、「汝《イマシハ》者任二我宮之首《ワガミヤのオビとニよササム》[5]一。」[6]。且《マタ》負

レ名《ナヲオホセテ》号二稲田宮主須賀之八耳神《イナダのミヤヌシスガのヤツミミのカみとナヅけタマヒキ》一。

•故《カレ》、其《その》•櫛名田比賣《クシナダヒメ》以《もチテ》、久美度迩《クミドニ》(隠　処)起《オこシテ》而、所レ生《ウミタマヘル》•神《の》名《ハ》、謂二八嶋《ヤシマ》

士奴美神《ジヌミの》一。自レ士《ジ》下三字以レ音。下効レ此。《とイフ》又娶二大山津見神之女、名神大市比賣《オホヤマツミのムスメハカムオホチヒメヲメト》[7]一、

生子《リテウミタマヒシコ》、大年神《オホとシの》。次宇迦之御魂神《ニウカのミタマの》。二柱。宇迦《ウカ》二字以レ音。•兄八嶋士奴美《アニヤシマジヌミの》

神、娶二大山津見神之女、名木花知流比賣《オホヤマツミのムスメハこのハナチルヒメヲメトリテウミタマヒシ》一・此二字以レ音。生子《コ》、

布波能母遅久奴須奴神《フハのもヂクヌスヌの》。•此神《この》、娶二淤迦美神之女、名•日河比賣《オカミのムスメハヒカハヒメヲ》一、

生子《メトリテウミタマヒシコ》、深*渕之水夜礼花神《フカフチのミヅヤレハナの》。夜礼《ヤレ》二字以レ音。此神《この》、娶二天之都度閇知《アめのツドヘチ》

○1 果初メ　岩初めて
○記事の途中で最初のことに触れる場合にハジメという。
2 延御歌ヲ作り玉フ　訓ミウタヨミシタマフ　岩御歌をよみたまひき
3 兼ソノ歌ニ曰ク　訓ソノミウタハ　角その歌　岩其の歌は……ぞ　桜そのウタニイヒシク
○歌の場合に限りク語法の結び(例えば「—と歌ひき」)は不要としておく。
4 兼ヨヒテ　国めして
○古事記で「呼」字のみ「名を呼ぶ」意に用い、「徴」はメスとのみ訓まれるが、「召」と「喚」とはメスとヨブとはいかないし、「召上」と「喚上」との間に全く差がない。すると、「召」も「喚」も共にメスと訓んでよい時もある。名義抄にも両訓あり。

＝系　譜

5 祥ツカサ　兼ヒトコノカミ　訓オビト
6 祥ヨサス　延マケム　訓タレ(オビトタレ)　岩ヨササム
7 延娶リテ　訓ミアヒテ　国あひまして　角あひて　門前真一、めして(「古事記における『娶』字の訓」『天理大学々報』二一輯)　岩めとして　朝みあひまして　桜アハシテ　思みあひして
○「娶」は新撰字鏡に「取婦也」とあり、名義抄仏中にメトルとある。系譜にのみ「娶」字が用いられ、まさに「妻(め)取る」である。他の「嫁」「婚」についてはその都度記す。

弊(底ニヨル)—幣(卜系)
以下同じ。
名(ココマデ道果本ハ終リ)
鉄(諸本ニヨル)—椎(寛以下)
これは「鉄」の字であって、みだりに「椎」に訂すべきではない。「鉄」は名義抄(僧上、一一三)にツチの訓がある。
故(祥以下)—ナシ
櫛(祥以下)—様
神(祥以下)—ナシ
此(卜系)—ナシ
久(祥以下)—父
日(祥)—曰
渕(諸本ニヨル)—淵(延以下)
「渕」は「淵」の異体字。

○1 兼ヲホアナ 訓オホナ
○神代紀上「大己貴命」の訓注に「於褒婀娜武智（おほあなむち）」とある。これは元来オホ＝アナ＝ムチの神名構成であったことを示すもの。それが音縮約を起してオホナムチとなり「大汝」と書かれるようになる。「大穴牟遲」の表記もオホ＝アナ＝ムヂと訓む。一四〇頁の「高穴穂宮」もタカ＝アナ＝ホ。アナは耕作地の意で、単にナとも言い、土地の意（ナヰ［地居］のナ）となったと思う。ムチ（ムヂ）は尊貴なお方の意。
2 兼アニイロト 延イロエイロト 訓ミアニオト 国はらから
○五六頁「庶兄弟」によりアニオト。
3 祥サル 延サク 訓サリマツリキ

一 大国主神

二 稲羽の素兎

○サルは辞退の意。
4 兼トラムト 訓ヨバハムノ 思まかむ
○ヨバフは求婚する意。「之心」は「絶え牟乃心」（万葉三〇七二）の例によりムノココロと訓む。この文法上の説明に浅見徹「絶えむの心わが思はなくに」（『万葉』三三号）がある。
5 兼アカハタカニ 訓アカハダナル 岩あかはだの
○垂仁紀「裸伴」の訓注アカハダ。
6 兼マニ〳〵 寛マ、 延マニマニシテ 訓ママニシテ
○「隨（從）——而」は、——ノマニマニと訓むことにする。

泥《ネ》上《の》神㆒、《ヲメトリテ》自㆑都下五字以㆑音。生《ウミタマヒシ》子《コ》、淤美豆奴《オミヅヌの》神。此神名以㆑音。此《この》神、娶㆓布怒《フノ》
豆怒《ツノの》神此神名以㆑音。之女《のムスメ》、名《ハ》布帝耳《フテミミ》上《の》神㆒、《ヲメトリテ》布帝二字以㆑音。生《ウミタマヒシ》子《コ》、天之《アめの》
冬衣《フユキヌの》神。此《この》神、娶㆓刺國大《サシクニオホ》上《の》神之女《のムスメ》、名《ハ》刺國若比賣《サシクニワカヒメ》㆒、《ヲメトリテウミタマヒシ》生・子《コ》、
大國主《オホクニヌシの》神。亦名《のハ》謂㆓大[1]穴牟遲《オホアナムヂの》神㆒、《とイヒ》牟遲二字以㆑音。亦名《のハ》謂㆓葦原色許《アシハラシこ》
男《ヲの》神㆒、《とイヒ》色許《シこ》二字以㆑音。亦名《のハ》謂㆓八千・矛《ヤチホこの》神㆒、《とイヒ》亦名《のハ》謂㆓宇都志國玉《ウツシクニタマの》神㆒、《と》
《イヒ》宇都志《ウツシ》三字以㆑音。并《アハセテ》有㆓五《イツツの》名㆒。《ナアリ》
故《カレ》、此大國主《このオホクニヌシの》神之兄弟《のアニオと》[2]、八十神《ヤソカみ》坐《イマシキ》。然《シカアレども》、皆《みナ》、國者《クニハ》、避㆓於大國主《の》
神㆒。《ニサリマツリキ》[3]所㆓以避《サリマツリシユヱハ》㆒者、・其八十神《そのヤソカみ》、各《オのもオのも》有㆘欲㆑婚㆓稲羽之八・上《イナバのヤカミ》
比賣《ヒメヲヨバハムの》[4]㆒之心《こころアリテ》㆖、共《ともニ》行㆓稲羽《イナバニユキシとキニ》㆒時、於㆓大穴牟・遲《オホアナムヂのカみニ》神㆒負㆑帒《フクロヲオホセ》、
為㆓從者《ともビととシテ》㆒率往《ヰユキキ》。於㆑是《ここニ》、到㆓氣多之前《ケタのサキニイタリシとキニ》㆒時、裸《アカハダのウサギフセリ》[5]菟伏也。尓《シカシテ》、
八十《ヤソ》神謂㆓其菟《そのウサギニイヒテのラシシク》㆒云、「汝《ナレ》將㆑為《セムハ》者、・浴㆓此海塩《このウシホヲアみ》㆒、當㆓風吹《カゼのフクニア》㆒
而《タリテ》、伏㆓高山尾上《タカヤマのヲのヘニフセレ》㆒」。故《カレ》、其菟《そのウサギ》從㆓八十神之教《ヤソカみのヲシへのマニマニフシキ》[6]㆒而伏。尓《シカシテ》、
其塩《そのシホの》隨㆑乾《カワクマニマニ》、其身《そのみ》皮悉《のカハことごと》風《カゼニ》見㆓吹折《フキサカイキ》㆒。*故《カレ》、痛《イタミ》苦泣伏《ナキフセレバ》者、最後《イヤハテ》

子（祥以下）―ナシ
許（祥以下）―計
矛（祥以下）―弟
其（卜系）―〻
上（祥以下）―十
遲（祥以下）―避
浴（祥以下）―俗
折（諸本ニヨル）―拆（延）
「折」は割くの意。

之来《ニキマセル》　大穴牟遅《オホアナムヂ》神《の》、見二其菟一《そのウサギヲミテ》言《のラシシク》、「何由《ナニのユヱニカ》汝《ナ》泣伏《ガナキフセル》。」。菟《ウサギの》
答言《こタヘマヲシシク》、「僕《アレ》在二淤岐《オキ》[1]嶋一《のシマニアリテ》、雖レ欲レ度二此地一《ここニワタラムとスレども》、無二度因一《ワタラムよシナカ》
故《リシユヱニ》、欺二海和迩一《ウミのワニヲアザムキテ》[2](鰐鮫)此二字以レ音。下效レ此。言《イヒツラク》[3]、『吾与レ汝《アとナと》競《キホヒテ》[4]、欲レ計二族《ヤカラ》[5]
之多少一《のオホキスクナキヲよマム》[6]。*　故《カレ》、汝者《ナハ》随二其族在一《そのヤカラのアリのマニマニ》、悉《ことごと》率来《キキテ》、自二此嶋一《このシマヨリ》至二
于氣多前一《けタのサキマデみナナミフシワタレ》、皆列伏度。尒《シカシテアレ》、吾蹈二其上一《そのウヘヲフミハシリツツよミワタラム》、走乍讀度。於レ是《ここニ》、知下與二
吾族一《ワガヤカラとイヅレカオホキヲシラムとカ》孰多上』、如レ此言《クイヒツレ》者《バ》、見レ欺《アザムカイテ》而列伏《ナミフセリシ》之時《とキニ》、吾《アレ》蹈二其《その》
上一《ウヘヲフミよミワタリキ》、讀度来、今《イマ》将レ下レ地《ツチニオリムとセシとキニ》時、吾云《アガイヒツラク》[7]、『汝者《ナハ》我《アニ》見レ欺《アザムカイツと》。』
言竟《イヒヲフルスナハチ》即、伏二最端一《イヤハシニフセル》[8]和迩《ワニ》、捕レ我《アヲトラヘ》悉《ことごと》剝二我衣服一《アガキものヲハギキ》。因レ此《こレニよ》
泣患《リテナキウレヘシカ》者《バ》、先行《サキニユキシ》八十神《ヤソ》之命《のミことも》以《チテ》、誨下告『浴二海塩一《ウシホヲアみ》、當レ風《カゼニアタリテ》
伏《フセレ》上』。」《とヲシヘのラシツ》。　故《カレ》、為レ如レ教《ヲシヘのごとクセシカ》者《バ》、我身《アガみ》悉傷《ことごとそこナハイツ》」。於レ是《ここニ》、
大穴牟遅《の》神教二告其菟一《そのウサギニヲシヘのラシシク》、「今急《イマスミヤカニ》往二此水門一《このミナトニユキ》、以レ水《ミヅもチテ》
洗二汝身一《ナガみヲアラフスナハチ》即、取二其水門之蒲黄一《そのミナトのカマのハナヲトリ》、敷散而《シキチラシテ》、輾二轉其上一《そのウヘニこイマろバ》
者《バ》、汝身《ナガみ》如二本膚一《もとのハダのごと》必差《カナラズイイム》。」。故《カレ》、為レ如レ教《ヲシヘのごとクセシカバ》、其身《その み》如レ本《もとのごと》[9]也。

1「淤岐」に音注が無いので固有名詞「隠岐」の意。「沖」の意ではない。「沖」なら「奥」と書くはず。
2「海のワニ」だから鮫。爬虫類のワニは河や池沼に棲む。
3 [兼]イハク [訓]イヒケラク [国]言ひつらく [思]いひしく
○引用文中の引用文はツラクとなる(本澤雅史「古事記の直接話法に関する訓読の研究」『皇學館論叢』一五巻五号)。
4 [兼]キソイテ [訓]クラベテム [国]きほひて
5 [兼]ヤカラ [訓]トモガラ [岩]うがら
○ウガラは親族、ヤカラは一族名(大久保弦「ウガラかヤカラか」『国語国文学』五七)。
6 [校]ハカラム [岩]かぞへてむ [朝]よまむ
○ヨムは数える意。
7↓注3
8 [延]ハシ [訓]イヤハシ [角]いやはて
9 [延]本ノ如シ [訓]モトノゴトクナリニキ
○記伝は「皮も毛も本の如くに成」と考えるが、皮のみでよい。「蒲黄」は花粉の黄で、止血剤として用い皮膚が治った。白い穂のことには及ばず。
1 [延]シロウサギ
○シロは古事記では「白」。今「素」と記したのは、「白兎」では月の異名を連想しやすかったからであろう。白い兎は神異の兎であることを表わす(拙稿「稲羽の素菟と和迩」『皇學館大学紀要』一六輯)。
2 [延]トツガン [訓]アハナ [校]アハ

少(真系ニヨル)―小(卜系)
蒲(祥・春)―捕
必(祥以下)―女

ム
○本書では「嫁」はトツグと訓む。
3[延]アカヰ此ノ山ニ在リ　[訓]コノヤマニアカヰアルナリ
○↓二九頁1。原文の順に訓む。
4[訓]ドモ　[校]トモニ
○[朝]の頭注に、ワレドモと訓ませぬ配慮が音注の意図と説明す。
5[延]クダサバ　[訓]クダリナバ　[岩]おろしなば
○オロスは上から下へおろす。ここでは坂を伝って線状に下すので、クダスと訓む。

＝八十神の迫害

6[訓]オヒクダリトル　[校]オヒクダシテトル　[国]追ひ下すを取る　[角]追ひ下し取る　[岩]追ひおろすをとる　[桜]オヒクダスヲとラス
○「追下」の主語は八十神。「取」の主語は大穴牟遅神。
7[訓]～ニマヲシタマフ　[校]～ニコフ　[朝]～をこふ
○「命」はお言葉。「請」は～ヲコフ。神名につく「命」は省かれた。
8[延]イガヒ　[訓]キサガヒ
○「𧏛」「〓」は字書に無い。私はこそげる意の「刮」に「虫」を加えて「𧏛」字を作字したものと思う。訓はキサガヒ。
9[延]ヲフガヒ　[訓]ウムギ　[校]ウムガヒ
○ウムギカヒがウムガヒとなる。
10[訓]イカサシメタマフ(活)　[校]ヲサメシム(治)　[新]いけたまひき
○「令活」は下二段のイク相当。
11[訓]ヤヲハメテ　[校]ヒメヤ
○「茹」はハム(食)。物を食いこませる意。↓次頁1参照。

＝根の国訪問

此《こレ》稲羽《イナバ》之《の》素菟《シロウサギ》[1]者《ぞ》也。於二今者《イマニ》一謂二菟神《ウサギカみとイフ》一也。故《カレ》、其菟《そのウサギ》白二大穴牟
遅《の》神《ニマヲシシク》一、「此八十神《このヤソ》者《ハ》、必《カナラズ》不レ得二八上比賣《ヤカミヒメヲエジ》一。雖レ負レ帒《フクロヲオホセども》、
汝命《イマシミこと》獲之《エタマハム》。」。
於《ここニ》レ是、八上比賣《ヤカミヒメ》答二八十神《ヤソ》一言《ニこタヘテ》下「吾者《アハ》不レ聞二汝等之言《イマシタチのことハキカジ》一。将上
嫁二大穴牟遅《の》神《ニトツガムとイヒキ》[2]一」。故尒《カレシカシテ》、八十神《ヤソ》*忿《イカリテ》、欲レ殺二大穴牟遅《の》神《ヲころ》一、
共《サムとシ》議《ともニハカリテ》而、至二*伯岐國之手間山本《ハハキのクニのテマのヤマもとニイタリテイヒシク》一云、「赤猪《アカヰ》[3]在二此山《このヤマニアリ》一。
故《カレ》、和礼《ワレ》(我等)此二字以レ音。共《ともニ》[4]追下者《オヒクダセバ》[5]、汝待取《ナレマチトレ》。若《モシ》不二待取《マチトラズ》一者《ハ》、必《カナラズ》将レ殺レ汝《ナレヲこ》。」
云《ろサムとイヒテ》而、以レ火《ひもチテ》焼二似レ猪《ヰニニタルオホイハヲヤキテマろバシオとシキ》大石一而轉落。尒、追下取《シカシテオヒクダスヲトラス》[6]
時《とキニ》、即《スナハチ》於二其石《そのイハニ》一所二焼著《ヤキツカイテシニキ》一而死。尒《シカシテ》、其御祖命《そのミオヤのミことナキウレヘテ》哭患而叅二上于
天《アめニマヰのボリ》一、請二神産巣日之命《カムムスヒのミことヲこハシシとキニスナハチ》[7]一時、乃遣三𧏛貝比賣《キサガヒヒメと》[8]与二蛤貝比賣《ウムガヒヒメと》[9]一、
令《ヲツカハシテ》二作活《ツクリイけタマヒキ》[10]一。尒《シカシテ》、𧏛貝比賣岐佐宜《キサガヒヒメキサげ》(𧏛)此三字以レ音。集《アツめテ》而、蛤貝比賣《ウムガヒヒメ》
待*承《マチウけテ》而、塗二母乳汁《オものチシルとヌリシカバ》一者、成二麗壮夫《ウルハシキヲとコニナリ》一 訓二壮夫一云二袁等古《ヲとコ》一。而出遊行《テイデアソビキ》。
於レ是《ここニ》、八十神《ヤソガみ》見《ミ》、且欺《マタアザムキテ》率二入山《ヤマニヰイリテ》一而、切二伏大樹《オホきヲキリフセ》一、*茹矢《ヒめヤヲ》[11]打二立

白(延)―自
命(祥以下)―今
獲(祥・春)―護
忿(真系ニヨル)―怒(卜系)
岐(真系ニヨル)―伎(卜系)
待(祥以下)―侍
請(祥以下)―詣
日(祥以下)―目
𧏛(意改)―𧏛。蟹(祥・春)・〓(卜系)・蚶(訓)
貝(祥・春)―具
活(卜系)―沽。治(祥・春)
承(真系ニヨル)―水(卜系)
茹(真系ニヨル)―茄(卜系)

其木《そのきニウチタテ》一、令レ入二其中《そのナカニイラシムルスナハチ》一 即、打二離其[1]氷目矢《そのヒめヤヲウチハナチテ》一 而拷殺也《ウチころシキ》。尒《シカシ》、亦其御*祖《テマタそのミオヤ》、哭乍求[2]《ナキツツもとムレバ》者、得レ•見《ミウルスナハチ》•即、*折二其木《そのきヲサキテ》一 而取出•活《トリイデイけ》[3]、告二其子《そのコニ》一 言《ツげテのラシシク》、「汝*者《イマシハ》 有二此間[4]《ここニアラバ》一 者、遂為《ツヒニ》二八十神一 所《のタめニ》レ滅《ホろボサイムとのラシテ》。」、乃《スナハチ》 *違二遣於木國之大屋毗古神之御所《きのクニのオホヤビコののミもとニタガへヤリタマヒキ》[5]一。尒《シカシテ》、八十神 覔《マギ》追臻《オヒイタリテ》而、矢刺*乞時《ヤサシこフとキニ》、自二木俣《きのマタヨリ》一 漏逃[6]《クキのガシテ》而*云《のラシシク》、「可レ奈二向須佐能男《スサのヲの》命《ミことの》 所レ坐《イマス》之根 堅*州國《ネのカタスクニニマヰムカフベシ》[7]一。必 其大神議也《カナラズそのオホカみハカリタマハム》。」。故《カレ》、随二詔命《ミことのリのマ》一而《ニマニ》、奈二到須佐之男 命 之御所《のミことのミもとニマヰタレバ》一 者、其•女 須勢理毗賣出見《そのムスメスセリビメイデミ》、為二目合[8]《マグハヒシテ》一 而、相婚[9]《アハシテ》、還 入《カヘリイリテ》、•白二其父《そのチチニマヲシテ》一 言《イヒシク》、「•甚麗《イとウルハシキ》 神来《キマシツ》。」。尒《シカシテ》、其大神出見而告《そのオホカみイデミテのラシシク》、「此者謂《こハ》二•之葦原色許男 *命《アシハラのシこヲのミこととイフとのラシテ》一」、即《スナハチ》 喚[10]《ヨビ》入而《イレテ》、令レ寝二其蛇 室[11]《そのヘミのムロヤニネシめタマヒキ》一。於レ是《ここニ》、其妻須勢理毗賣 命《そのメスセリビメのミこと》 以二蛇《ヘミの》比礼《ヒレもチテ》(領巾)一 二字以レ音。 授二其夫[12]《そのヲニサヅけテのラシシク》一 云、「其蛇将レ咋《そのヘミクハムとセバ》、以二此比礼《このヒレもチテ》一 三《ミ》挙打撥《タビフリテウチハラヒタマへ》。」。故《カレ》、如レ教《ヲシヘのごとセシカバ》 者、蛇自[13]《ヘミオのヅカラシヅマリキ》 静。故《カレ》、•平 寝出之[14]《タヒラけクイネイデマシキ》。亦来[15] 日 夜者《マタクルツヒのヨハ》、入二*呉*公与レ蜂《ムカデとハチとのムロヤニイレタマヒキ》 室一。*亦授《マタ》二*呉*公・蜂之比礼《ムカデハチのヒレヲ》一、

1「氷目矢」の表記によりヒめヤの訓を得、「茹矢」(ハめヤ)もヒめヤと訓む(小島憲之『上代日本文学と中国文学』上)。ヒめ‖ヤは「隙矢」で裂目に入れる矢。くさび。
2↓四五頁5
3↓五三頁10
4「此間」の「間」は助字。
5[延]スミヤカニ(速)　[訓]イソガシ(速)　[国]たがひ　[角]違へ
○↓脚注
6[兼]モレノカレテイネ(去)　[延]クキノガレテ去ヌ　[訓]クキノガレテサリタマヒキ　[岩]くきのがしてのりたまひしく(云)
○「云」の本文により訓んだ[岩]がよい。
7[兼]マイル　[延]参り向フ　[訓]マヰデテヨ　[校]マヰムカフ
8[延]メアハセ為テ　[訓]マグハヒシテ　[校]メクハセシテ
○マグハフは目と目と見交して情を通じる。
9[祥]メス　[延]トツギ　[訓]ミアヒマシテ　[角]あひまして
○一夜妻的婚姻(異郷異類婚)はマグハフ。以後の「婚」だから、この「婚」はアフと訓む。
10↓五〇頁4
11[延]ヲロチノムロ　[訓]ヘミノムロヤ
○「蛇」はヘミ。ヲロチならば必ず仮名書である。「室」はムロでよいのだが、九五頁に「牟盧夜」とあるのによる。
12[兼]セナ　[訓]ヒコヂ　[朝]セ
○本書では、夫婦は「夫↓ヲ、妻↓メ」とよむことに統一した。

祖(諸本ニヨル)―祖命(延)
見即(卜系)―即見
折(諸本ニヨル)―拆(訓)、析(校訂)
活(卜系)―沽。治(祥・春)
者(真系ニヨル)―ナシ(卜系)
違(諸本ニヨル)―速(寛以下)
「違」は「避」の意(小島憲之『上代日本文学と中国文学』上、二一八頁)。
乞(諸本ニヨル)―之(訓)
云(諸本ニヨル)―去(寛)、去御祖命告子云(訓)
州(諸本ニヨル)―洲(訓)
女(祥以下)―必
白(祥・春・猪・寛)―自
甚(祥以下)―其
之(祥以下)―亦
命(真系ニヨル)―ナシ(卜系)
平(卜系)―手
呉公(諸本ニヨル)―蜈蚣(延)
「呉公」は「蜈蚣」の通字。
亦(真系ニヨル)―且(卜系)

13↓四三頁5
14自動詞につく「之」は、口頭語的箇所（准南子・孟子・墨子・荀子・楚辞・日本書紀）に多く現われ、古事記でも文末五例、中止法三例ある。焉・也よりは軽い助字で、上代人は愛用した（拙著、一七八～一八八頁）。なお安田尚道は「上代日本の金石文等に見える『○月中』の源流について」（『青山語文』一三号）で春秋に七例、史記に一例発見している。
15[兼]アクルヒ　[訓]クルヒ
○翌日の意。クルツヒで統一した。
1[延]教ルコト先ノ如シ。故レニ　[訓]サキノゴトヲシヘタマヒシユヱニ
○↓二九頁1
2[兼]ナルカフラ　[訓]ナリカブラ
[思]かぶら
○史記匈奴列伝第五十「鳴鏑」の韋昭注に「飛べバ則チ鳴ル」とあり新撰字鏡「鏑、奈利加夫良」とある。六四・九三頁にも例あり。
3[延]ウセヌ　[訓]ミウセヌ　[桜]シニキ　[思]シニマシヌ
○「死ぬ」に完了の助動詞ヌがつくことはない。キでよい。
4旧訓ハニ
○ハニは黄土、粘土。「赤土」は魔除けの赤色の土。
5[兼]イツクシトヲモテ　[訓]ハシクオモホシテ
○本書では「愛」はハシに統一。
6[延]タルキ　[訓]タリキ
○いずれにても可。

教[1]《サヅけテヲシフルこと》如㆑先《サキのごとシ》。故《カレ》、・平《タヒラけク》出之《イデマシキ》。亦鳴鏑[2]《マタナリカブラヲ》射㆓入大野之中㆒《オホノのナカニイイレテ》、令㆑採㆓其矢㆒《そのヤヲトラシめタマヒキ》。故《カレ》、入㆓其野㆒時《そのノニイリマスとキニ》、即《スナハチ》以㆑火《ひもチテ》廻㆓焼其野㆒《そのノヲもとホシヤキタマヒキ》。於㆑是《ここニ》、不㆑知㆑所㆑出《イデムところヲシラサヌ》之間《アヒダニ》、鼠《ネズミ》来《キテ》云《イヒシク》、「内者《ウチハ》富良〻〻《ホラホラ》（洞 洞）此四字以㆑音。外者《トハ》須〻夫〻《スブスブ》（窄 窄）。此四字以㆑音。」《と》、如㆑此言故《カクイフユヱニ》、蹈㆓其處㆒《そこヲフミ》者《シカバ》、落隠入《オチカクリイリマス》之間《アヒダニ》、火者焼過《ひハヤけスぎヌ》。尒《シカシテ》、其鼠《そのネズミ》咋㆓・持其鳴鏑㆒《そのナリカブラヲクヒもチテ》出来而奉也《イデキテタテマツリキ》。其矢《そのヤの》羽者《ハハ》、其鼠《その》子等《のコども》皆喫也《みナクヒテアリキ》。

於㆑是《ここニ》、其妻須世理毗賣《そのメスセリビメ》者《ハ》、持㆓喪具㆒《ハブリツものヲもチテ》而哭来《ナキキ》、其父《そのチの》大神者《ハ》、思㆓已《スデ》[3]死訖㆒《ニシニキとオもホシテ》、出㆓立其野㆒《そのノニイデタタシキ》。尒《シカシテ》、持㆓其矢㆒《そのヤヲもチテ》以奉《タテマツリシ》之時《とキニ》、率㆓入家㆒《イヘニヰイリテ》而、喚㆓入八田間大室㆒《ヤタマのオホムロヤニメシイレテ》而、令㆑取㆓其頭之虱㆒《そのカシラのシラミヲトラシめタマヒキ》。故尒《カレシカシテ》、見㆓其頭㆒《そのカシラヲミレバ》者、＊＊呉公《ムカデ》多在《サハニアリ》。於㆑是《ここニ》、其妻《そのメ》取㆔牟久（椋）木實《ムクのこのみ》与㆓《と》[4]赤土㆒《アカニとヲトリテ》、授㆓其夫㆒《そのヲニサヅけキ》。故《カレ》、咋㆓破其木實㆒《そのこのみヲクヒヤブリ》含㆓赤土㆒《アカニヲフフミツハキイダシ》唾出者《シカバ》、其大神《その》、以㆘為㆓咋＊＊破呉公㆒《ムカデヲクヒヤブリ》唾出㆖《ツハキイダスとオもホシテ》而、於㆑心《こころニ》思㆑愛[5]《ハシクオもヒテ》而寝《イネマシキ》。尒《シカシテ》、・握㆓＊其神之髪㆒《そのカミのカミヲトリ》、其室《そのムロヤの》毎㆑椽[6]《タリきごとニ》結著《ユヒツけテ》而、五百《イホ》

平（祥以下）―手
令（卜系）―今
間（祥・春）―聞
持（卜系）―ナシ
呉公（諸本ニヨル）―蜈蚣（延）
握（祥以下）―振
神（諸本ニヨル）―大神（訓）

引石《ビキのイハヲ》、取二塞其室《そのムロヤの》戸一《トニトリサヘ》、負二其《その》妻《メ》須世理毘賣《スセリビメ》一《ヲオフ》即《スナハチ》、取下持其《その》大神之生大刀《のイクタチ》与《と》二生弓矢《イクユミヤと》一、及其天《マタそのアマの》＊沼琴《ヌごとヲトリもチテ》上 1 而、逃出《ニげイデシ》之時《とキニ》、其《その》天《アマの》＊沼琴《ヌごと》拂レ樹《きニフレテ》而地動鳴《ツチとよミキ》2。故《カレ》、其所レ寢《そのイネマセル》大神聞驚《キキオどろキテ》而、引二仆其室《そのムロヤヲヒキタフシタマヒキ》一。然《シカアレども》、解二結レ椽《タリきニユヒシカミヲとカス》髮一之間《アヒダニ》、遠逃《とホクニげマシキ》。故尒《カレシカシテ》、追二至黄《よ》泉比良坂《もツヒラサカニオヒイタリテ》一（境界）、遙《ハロハロニ》3 望《ミサけテ》、呼《ヨバヒテ》謂二大穴牟遲神《オホアナムヂのカミ》一《ニのラシテイヒシク》曰、「其《その》、汝《ナガ》所レ持之生大刀《もテルイクタチ》・生弓矢《イクユミヤ》以而《もチテ》（汝）、汝庶兄弟者《ナガママアニオとトハ》4、追二伏坂之御尾《サカのミヲニオヒフセ》一、亦《マタ》追二撥河之瀬《カハのセニオヒハラヒテ》一而、・意礼《オレ》二字以レ音。為二大國主神《オホクニヌシのカミ》一《とナリ》、亦《マタ》為二宇都志國玉《ウツシクニタマの》（現）・神一《とナリテ》而、其我之女《そのワガムスメ》須世理毘賣《ヲ》5 為二＊適妻《ムカヒメとシテ》6一而、於二宇迦能山《ウカのヤマの》三字以レ音。之山本《ヤマもとニ》一、於二底津石根《そこツイハネニ》一宮柱《ミヤバシラ》布刀斯理《フトシリ》（太領）、此四字以レ音。於二高天原《タカアマのハラニ》一・氷椽多迦斯《ヒぎタカシ》（高領）理《リ》此四字以レ音。而居《テヲレ》。是奴也《このヤツコヤ》7。」。故《カレ》、持二其大刀《そのタチ》・弓《ユミヲもチ》一、追二避其八十神《そのヤソガミヲオヒ》8 之時《サクルとキニ》、毎二坂御尾《サカのミヲごとニオヒフセ》一追伏、毎二河瀬《カハのセごとニオヒハラヒテ》一追撥而、始《ハジめテ》作レ國《クニヲツクリタマヒキ》也。故《カレ》、其八上比賣者《そのヤカミヒメハ》、如二先期《サキのチギリのごとク》一、美刀阿多波志都《ミトアタハシツ》9（御陰当合）。此七字以レ音。故《カレ》、其《その》八上比賣者《ハ》、雖二率来《キキマシツレども》一、畏二其＊適《そのムカヒメ》妻須世理毘賣《ヲカシコミテ》一而、其《その》所

○1［兼］ノリコト（詔）［校］ヌゴト（詔）
○底本の字体は「治」に近い。他の「沼」の場合でも「治」に近い。他のならばここは「沼」である。［祥］［春］も「沼」。「沼」はヌで「玉」の意。「沼矛」と同じく玉飾りをしたもの。「詔琴」は卜系の文字である。琴は神の依りましであるが、琴が託宣するわけではない。
2［兼］トヨミナル［訓］トヾロキキ［角］なりとよみき［朝］とどろに鳴りしかば［思］トヨみき
○「動鳴」は連文とみるのがよい。
3皇極紀歌謡に「波魯波魯尒」（はろはろに）とある。第三は清音。
4［訓］アニオトドモ［国］ままはらからども［岩］ままあにおと
5［延］ヲ［思］は
○「――為二……一」の表記の時は、「――ヲ……トス」の如くヲを訓添える。次の「宮柱布刀斯理」の如き表記では「宮柱ヲ」とヲを訓添えない。また前々行の「生弓矢以」の時もヲを訓添えない。しかし次々行の「持二――弓一」の如き表記では「弓ヲ持チ」とヲを訓添えることにする。
6［延］ミメ［訓］ムカヒメ
○新撰字鏡「嫡、牟加比女」。
7［兼］是ノヤツメ［延］是ノヤツコ［訓］コヤツヨ［校］コノヤツコヤ［国］このやつこらま［朝］このやつこわし
○「也」は文末助字。語気はラマやワシではなく、ヤにて可。
8［兼］ヲヒヤラウ［訓］オヒサクル［朝］追ひさりし［桜］オヒサル
9アタハスは与フの敬体。下二段にスがつくとa音になることは

沼（真系ニヨル）―詔（卜系）
河（祥以下）―阿
玉（訓）―主
適（諸本ニヨル）―嫡（祥・春・寛・延・訓）
「適」と「嫡」とは通字。尓雅、釈詁に「適、往（ユク）也」とある。以下同じ。
氷（祥以下）―水

レ生《ウメル》子《コ》者《ハ》、刺二•挟木《きのマタニ》俣一《サシハサミ》而返《テカヘリキ》。故《カレ》、名二其《その》子一《コヲナヅけテ》云二木《キ》俣《マタの》神一、《とイヒ》

亦《の》名《ハ》謂二御《ミ》[1]井《ヰの》神一也《とイフ》。

二　八千矛神の歌物語

此《この》八《ヤ》千《チ》矛《ホこの》神、将レ婚二高《コ》志《シのクニの》國之沼《ヌ》河《ナカハ》比《ヒ》賣一《メヲヨバハムとシテ》、[2]幸《イ》行《デマシシ》之時《とキニ》、到二

其《その》沼河比賣之《の》家一《ニイタリテ》、[3]歌曰《ウタヒタマヒシク》、

夜《ヤ》知《チ》富《ホ》許《こ》能《の》(八千矛) 迦《カ》微《み》能《の》美《ミ》許《こ》登《と》波《ハ》(神 命)、夜《ヤ》斯《シ》麻《マ》久《ク》尓《ニ》(八島 国) 都《ツ》麻《マ》々《マ》岐《キ》迦《カ》泥《ネ》弖《テ》(妻 枕)、

登《と》々《ホ》富《と》々《ホ》斯《シ》(遠 々) 故《コ》志《シ》能《の》久《ク》迩《ニ》々《ニ》(越 国)、佐《サ》加《カ》志《シ》賣《メ》*袁《ヲ》(賢 女) 阿《ア》理《リ》登《と》•岐《キ》加《カ》志《シ》弖《テ》4(有 聞)、久《ク》

波《ハ》志《シ》賣《メ》遠《ヲ》(麗女) •阿《ア》理《リ》登《と》•伎《キ》許《こ》志《シ》弖《テ》(有 聞)、佐《サ》用《ヨ》婆《バ》比《ヒ》*迩《ニ》(婚) 阿《ア》理《リ》多《タ》々《タ》斯《シ》(発)、用《ヨ》婆《バ》比《ヒ》(婚)

迩《ニ》 阿《ア》理《リ》加《カ》用《ヨ》婆《ハ》[5]勢《セ》(通)、多《タ》知《チ》賀《ガ》遠《ヲ》母《も》(太刀 緒) 伊《イ》麻《マ》陁《ダ》登《と》加《カ》受《ズ》弖《テ》(未 解)、淤《オ》須《ス》比《ヒ》遠《ヲ》母《も》(襲)

伊《イ》麻《マ》陁《ダ》登《と》加《カ》泥《ネ》•婆《バ》(未 解)、遠《ヲ》登《と》賣《メ》能《の》(嬢子) 那《ナ》須《ス》夜《ヤ》伊《イ》多《タ》斗《ト》遠《ヲ》(寝 板 戸)、淤《オ》曽《そ》夫《ブ》良《ラ》比《ヒ》(押) 和《ワ》

何《ガ》多《タ》々《タ》勢《セ》礼《レ》婆《バ》(我立)、比《ヒ》許《こ》豆《ヅ》良《ラ》比《ヒ》(引) 和《ワ》何《ガ》多《タ》々《タ》勢《セ》礼《レ》婆《バ》(我 立)、阿《ア》遠《ヲ》夜《ヤ》麻《マ》迩《ニ》(青 山) 奴《ヌ》延《エ》(鵼)

波《ハ》那《ナ》伎《キ》*奴《ヌ》(鳴)。佐《サ》怒《ノ》都《ツ》登《と》理《リ》(野 鳥) •岐《キ》藝《ギ》斯《シ》波《ハ》登《と》与《よ》牟《ム》(雉 響)。尓《ニ》波《ハ》都《ツ》登《と》理《リ》(庭 鳥) 迦《カ》•祁《ケ》波《ハ》那《ナ》(鶏 鳴)

久《ク》。宇《ウ》礼《レ》多《タ》久《ク》母《も》(心 痛) •那《ナ》久《ク》那《ナ》留《ル》登《と》理《リ》加《カ》(鳴 鳥)。許《こ》能《の》登《と》理《リ》母《も》(此 鳥) 宇《ウ》知《チ》夜《ヤ》米《め》許《こ》世《セ》泥《ネ》(打 止)。

伊《イ》斯《シ》多《タ》布《フ》夜《ヤ》6(下 経) 阿《ア》麻《マ》波《ハ》勢《セ》豆《ヅ》加《カ》比《ヒ》(海人 馳 使)。許《こ》登《と》能《の》(事) 加《カ》多《タ》理《リ》其《ご》登《と》母《も》(語 言) 許《こ》遠《ヲ》婆《バ》(是)。

挟(延)―狭

袁(真系ニヨル)―遠(下系)

岐(祥以下)―波

阿(祥以下)―河

伎(下系)―伏

迩(真系ニヨル)―尒(下系)

婆(祥以下)―ナシ　底本に「婆」の字が無い。それでも意は変らないが、今は祥以下により補う。

奴(真系ニヨル)―ナシ(下系)

岐(下系)―波

祁(延)―都

那(祥以下)―那富

ネ(寝)+ス→ナス、ナヅ(撫)+ス→ナダス等に例がある。

1木俣神の「亦名」が「御井神」なることは、又木(またぎ)が井や池に多く植わっていたことによる(服部旦「木俣神と御井神」『同時代』三一号)。

2 訓 ～ヲヨバヒニトシテ 国 ～をよばはむとして 校 ～ニアハムトシテ 朝 ～をよばはむと 思 まかむと

○歌謡を中心にした前後の文の中の語彙は、歌詞によって訓む(青木紀元『日本神話の基礎的研究』)。歌詞にヨバヒニとあるから「婚」はヨバフと訓む。

3 兼 歌テ曰ク 訓 ウタヒタマハク 角 歌よみしたまひしく 岩 歌ひたまひしく……とうたひたまひき 桜 ウタハシテイヒシク 新 うたひたまひしく

○「歌曰」はウタフ一訓とする。その結びは補読しない。

4アリは無意味な接頭語ではなく存在の意味が認められる(内田賢徳「『あり』を前項とする複合動詞の構成」(『万葉』一〇一号)。

5「婆」は清濁両用仮名。

6イ＝慕フ→アモ(母)→天(倉野憲司「古歌解釈異見」『歴史と国文学』四巻二号。また志田延義『日本歌謡圏史』一一一頁)。この解によると「天駈使」となる。一方イ＝下＝経→海人(土橋寛『古代歌謡全注釈』)によると「海人駈使」(伊勢の海部出身の宮廷の駈使丁)となる。なお「打止めこせね」の希求の相手はアマハセヅカヒ(青木、前掲書)。

1「日賣」とも表記したのである。それで「比賣」に統一するのは不可。またヒメに「命」がつかないのは巫女的性格をもつ場合がほとんどである。

2従来「こがれ死になさいますな」と解されたが、前歌の「この鳥も打ち止めこせね」を承けて「その鳥たちの命を殺さないで」とアマハセヅカヒに対して願望したと解したい（青木、前掲書）。

3「阿遠夜麻迩」以下新たに歌謡番号をつける角は誤り。古事記では、歌を一首と認める場合、必ず本文がある。今はそれが無いから、二段で一首。但し段落として改行をした。

4ナムは「お出ましを」と訓えた。

5従来「曽陀多岐」を「そ手抱き」と解し清濁の転倒と説明した。しかし、ソとタタクとの連濁とみてよい。次に「多〻岐」とある。「多〻」はタダではなくタタである。そこでタタクとは撫でさする等の手の動作で愛撫の表現。ソは十分にの意（拙著五六八頁）。『遊仙窟』にも「拍搦奶房間、摩挲髀子上」（チブサノ間ヲウチタタキ、エモイハヌモモノアタリヲオシスル）（真福寺本訓）とある（記伝に指摘す）。

6マナガルはマナ（愛）の活用か。

7延ミアハセヲス　訓ミアヒシタマヒキ　国みあひしましき　桜ミアヒマシキ
○↓二九頁3
8兼ネタム　延モノネタミヲ為　訓ウハナリネタミシタマヒキ　朝

三

尓《シカシテ》、其《その》沼河*日賣《ヌナカハヒメ》[1]未《イマダ》レ開レ戸《トヲヒラカズテ》、自レ内《ウチヨリ》歌曰《ウタヒシク》、
夜知富許能《ヤチホこの》（八千矛）迦微能美許等《カみのミこと》（神　命）。*奴延久佐能《ヌイクサの》（萎　草）賣迩志阿礼•婆《メニシアレバ》（女）、和何《ワガ》（我
許〻呂《こころ》（心）宇良須能登•理•叙《ウラスのとりぞ》（浦　渚　鳥）。伊麻許曽婆《イマこそバ》（今）*和杼理迩阿良米《ワどリニアラめ》（我鳥）。能知《のチ》（後
波《ハ》那杼理迩阿良牟遠《ナどリニアラムヲ》（汝鳥）。伊能知波《イのチハ》[2]（命）那志勢多麻比曽《ナシセタマヒそ》（殺）*。伊斯多布《イシタフ》（下経）
夜《ヤ》阿麻波世豆迦比《アマハセヅカヒ》（海人　馳　使）。許登能《ことの》（事）加多理碁登母《カタリごとも》（語　言）許遠•婆《こヲバ》（是）。
•阿•遠夜麻迩《アヲヤマニ》[3]（青山）比賀迦久良婆《ヒガカクラバ》（日　隠）、奴婆多麻能《ヌバタマの》用波伊傳那牟《ヨハイデナム》（夜　出）[4]。•阿佐《アサ》（朝
日）比能《ヒの》恵美佐*加延岐弖《エミサカイキテ》（笑　栄　来）、多•久•豆怒能《タクヅノの》（栲　綱）斯路岐多陁牟岐《シロキタダムキ》（白　腕）・阿和由《アワユ》（沫雪
岐能《キの》和加夜流牟泥遠《ワカヤルムネヲ》（若　胸）、曽陁•多•岐《そダタキ》[5]（叩）多〻岐麻那賀理《タタキマナガリ》（叩[6]愛）、麻多麻傳《マタマデ》（真玉手
（玉　手　差　枕）多麻傳佐斯麻岐《タマデサシマキ》、毛〻那賀迩《モモナガニ》（股　長）伊波那佐牟遠《イハナサムヲ》（寝　寐）。阿夜迩《アヤニ》•那古斐《ナコひ》（恋
•岐許志《キこシ》。夜知富許能《ヤチホこの》（八千矛）迦微能美許登《カみのミこと》（神　命）。•許•登能《ことの》（事）迦多理碁登母《カタリごとも》（語　言）
許遠婆《こヲバ》（是）。
故《カレ》、其夜者《そのヨハ》、不レ合《アハサズテ》而、明日夜《クルツヒのヨニ》、為二御合一《ミアヒマシキ》[7]也。
又、其神之《そのの》*適•后《オホキサキ》、須勢理毗賣命《スセリビメのミこと》、甚《イタク》為二嫉妬一《ウハナリネタミシタマヒキ》[8]。故《カレ》、其日子《そのヒコ》

日（諸本ニヨル）—比（校訂）
奴（真系ニヨル）—怒（卜系）
婆（卜系）—波
理（卜系）—ナシ
叙（訓）—叙
和（諸本ニヨル）—知（延）
婆（祥以下）—ナシ
阿遠（祥以下）—ナシ
加（真系ニヨル）—迦（卜系）
久豆（卜系）—登
多岐（祥以下）—ナシ
古（卜系）—吉
岐（卜系）—支
許登（卜系）—ナシ
適（諸本ニヨル）—嫡（延）
五六頁脚注を見よ。
后（祥・春）—舌

遅《ヂの》神和備弖《ワびテ》(閉口)、三字以レ音。自二出雲《イヅモヨリ》一将レ上二坐倭國《ヤマとのクニニのボリイマサムとシ》一而《テ》、・束装《よそヒシ》立時《タタスとキニ》、片御手《カタツミテ》者《ハ》、繫二御馬之《ミマの》*桉《クラニカけ》一、片御足《カタツミアシハ》、蹈二入其御鐙《そのミアブミニフミイレ》一而《テ》、歌曰《ウタヒタマヒシク》、

四

奴婆多麻能《ヌバタマの》 久路岐美祁斯遠《クロキミケシヲ》(黒御衣)、麻都夫佐尓《マツブサニ》(委曲) 登理与曽比《とりよそヒ》(取装)、淤岐都登理《オキツとリ》(沖鳥) 牟那美流登岐《ムナミルとキ》(胸見時)、波多々藝母《ハタタギも》[1](羽叩) 許礼婆布佐波受《こレハフサハズ》[2](此適)。*弊都那美《ヘツナ》(辺波) 曽迩奴岐宇弖《そニヌキウテ》[3](背脱[4]棄)、蘓迩杼理能《ソニどりの》(翠鳥) 阿遠岐美祁斯遠《アヲキミケシヲ》(青御衣) 麻都夫佐迩《マツブサニ》 登理与曽比《とりよそヒ》 淤岐都登理《オキツとリ》 牟那美流登岐《ムナミルとキ》、波多々藝母《ハタタギも》 許母布佐波受《こもフサハズ》(此適)。*弊都那美《ヘツナミ》 曽迩奴棄宇弖《そニヌキウテ》、夜麻賀多尓《ヤマガタニ》(山県) 麻岐斯《マキシ》(蒔) *阿多泥都岐《アタネツキ》[5](異根春)、曽米紀賀斯流迩《そめきガシルニ》(染木汁) 斯米許呂母遠《シめころもヲ》(染衣)、麻都夫佐迩《マツブサニ》 登理与曽比《とりよそヒ》、淤岐都登理《オキツとリ》 牟那美流登岐《ムナミルとキ》、波多々藝母《ハタタギも》 ・許斯与呂斯《こシよろシ》(此宜)。伊刀古夜能《イトコヤの》(親愛) 伊毛能美許等《イモのミこと》(妹命)。牟良登理能《ムラとりの》(群鳥) 和賀牟礼伊那婆《ワガムレイナバ》(我群往)、比氣登理能《ヒけとりの》(引鳥) 和賀比氣伊那婆《ワガヒけイナバ》(我引往)、那迦士登波《ナカジとハ》(泣) 那波伊布登母《ナハイフとも》(汝言)、夜麻登能《ヤマとの》[6](大和) 比登母登須々岐《ヒともとススキ》(一本薄) 宇那加夫斯《ウナカブシ》(項傾) 那賀那加佐麻久《ナガナカサマク》(汝泣)、阿佐阿《アサア》(朝雨)

しつとしたまふ

○「嫉妬」は漢訳仏典語。

1「波多〻藝」が「端・タキ(手の動作)」の意なら、タギと濁っていることになる。古事記では清音語を濁音で表記したのが多い。

ヤキ(焼)→ヤギハヤヲの神
ヒサ(瓢)→クヒザもチの神
オと(弟)→オどヤマツミ
シキ(茂)→シギヤマツミ
サツ(幸)→サヅ
ツヒニ(遂)→ツビニ

2「婆」は清濁両用。

3「曽」は「背後」。「辺つ波」が後ろに引くように、「そ」と続く。

4「脱き」のキは清音。

5底本「阿多〻弖」によると、「異国の蓼」の意。名義抄僧上「蓼」はタデと濁音。しかし、タデは藍色なので、黒衣→青色→藍色となるのでまずい。そこで、「阿加泥」の誤字で、赤色のアカネ(茜)かとする訓が妥当か。

6「夜麻登」を「大和」とすると矛盾する(出雲でなくてはならぬ)ので「山処」と考えられた。しかし、「倭国」(一行目)にあるので、「大和」と解せられる。独立歌謡としてなら「山処」でよいが、本文歌としての解釈をすべきであるから「大和」と解する必要がある。

束(訓)—来

桉(諸本ニヨル)—鞍(寛以下)
「桉」は「鞍」の国字。古くは木製のクラであったから木扁にした。

弊(真系ニヨル)—幣(卜系)
以下同じ。

「加」ノ誤リカ(訓)ニヨル—多(諸本)

泥(訓)—〻弖(底)・尼(祥以下)

許(祥以下)—弥

米能《めの》 *疑理迩多々牟・叙《きりニタタムぞ》(1霧立)。和加久佐能《ワカクサの》(若草) 都麻能美許登《ツマのミこと》(妻命)。許登能《ことの》(事)
加多理碁・登母《カタリごとも》(語言) 許遠婆《こヲバ》(是)。
尒《シカシテ》、其・后《そのキサキ》 取二大御酒坏一《オホミサカヅキヲトリ》、立依指擧而《タチよりササげテ》、歌曰《ウタヒタマヒシク》、

五

夜知富許能《ヤチホこの》(八千矛) 加微能美許登夜《カみのミことヤ》(神命)。阿賀淤富久迩奴斯《アガオホクニヌシ》(我大国主)。那許曽波《ナこそハ》(汝)
遠迩伊麻世婆《ヲニイマセバ》(男坐)、宇知微流《ウチみル》(打2廻) 斯麻能佐岐耶岐《シマのサキザキ》(島崎々)、加岐微流《カキみル》(掻廻) 伊蘊能《イソの》(磯)
佐岐淤知受《サキオチズ》(崎尽)、和加久佐能《ワカクサの》(若草) 都麻母多勢良米《ツマもタセラめ》(妻持)。阿波母与《アハもよ》(吾) 賣迩斯《メニシ》(女)
阿礼婆《アレバ》、那遠岐弖《ナヲキテ》(汝除) 遠波那志《ヲハナシ》(男無)。那遠岐弖《ナヲキテ》 都麻波那斯《ツマハナシ》(夫無)。阿夜加《アヤカ》(綾垣)
岐能《キの》 布波夜賀斯多尒《フハヤガシタニ》(下)、牟斯夫須麻《ムシブスマ》(3絹衾) 尒古夜賀斯多尒《ニコヤガシタニ》(柔下)、多・久夫《タクブ》(栲
須麻《スマ》衾) 佐夜具賀斯多尒《サヤグガシタニ》(騒下)、阿和由岐能《アワユキの》(沫雪) 和加夜流牟泥遠《ワカヤルムネヲ》(若胸)、多久豆《タクヅ》(栲綱)
怒能《ノの》 斯路岐多陁牟岐《シロキタダムキ》(白腕)、曽陁多岐《そダタキ》(叩) 多々岐麻那賀理《タタキマナガリ》(叩愛)、麻多麻傳《マタマデ》(真玉手)
多麻傳佐斯麻岐《タマデサシマキ》(玉手差枕)、毛・々那賀迩《モモナガニ》(股長)、伊遠斯那世《イヲシナセ》(寝寐)。登与美岐《とよミキ》(豊御酒) 多弖麻《タテマ》(奉)
都良世《ツラセ》。
如レ此歌《カクウタヒタマヒテ》、即《スナハチ》為二宇伎由比一《ウキユヒシ》(盞結)四字以レ音。而《テ》、宇那賀氣理弖《ウナガけリテ》(4項懸)、六字以レ音。・至

1「疑理」は「霧」の意であるから、「疑(ぎ)」は清濁違例となる。五九頁1に挙げたのは語の第二音節以下が濁音化した例ばかりであるが、今の例は語頭である。日本古代語では語頭に濁音が来ない。従って清濁違例として清音乙類の「き」と訓んでおく。かかる例に、一八四頁(七八番歌)の「豆久理」がある。これも「作り」だから「豆(ヅ)」は清濁違例となる。そこで清音「ツ」と訓んでおく。尤も「朝雨の」の「の」や「山田を」の「を」の後は濁音化しやすいので、そのまま「ぎり」「づくり」と訓めばよいとの考えもあろう。しかし余りにも例が乏しいことではある。さて「朝雨の」は、いくら降っていても間もなく止んで一面の霧となって立ちこめる特徴から「霧に立つ」の枕詞となる。

2「微流」の「微」は乙類の「み」なので「廻る」意。「見る」の意なら甲類の「ミ」である(有坂秀世『国語音韻史の研究』増補五三三〜五四一頁)。

3ムシブスマは苧(からむし)との説もあるが、蚕(むし)すなわち絹糸で織ったふすま(夜具)と解したい。

4「宇那賀気理」はウナ(項)+カけり。カけルは掛ク(下二段)のラ行四段の再活用。類例に、駆ク(下二段)→カけル(二〇一頁、九九番歌「比賀気流」)。一七四頁、六八番歌「雲雀は天に迦気流」の「翔る」も同じ。

疑(諸本ニヨル)—佐疑(訓)
叙(延以下)—釵
登(祥以下)—ナシ
后(祥・春)—舌。云(下系)
久(祥以下)—文
々(延以下)—ナシ
至(祥以下)—玉

系譜

レ今鎮坐《イマニイタルマデシヅマリイマス》也。此《コレ》[1]謂二之神語《カムガタリとイフ》[2]一也。

故《カレ》、此大國主神《このオホクニヌシの》、娶下坐二胸形奥津宮一《ムナカタのオキツミヤニイマス》神、多紀理毘賣命《タきリビメのミことヲメトリテ》[3]上、生子《ウミタマヒシコ》、阿遲《アヂ》二字以レ音。鉏高日子根神《スキタカヒコネの》。次妹高比賣命《ニイモタカヒメのミこと》。亦名《のハ》、下《シタ》光比賣命《デルヒメのミこと》。此之阿遲鉏高日子神《このアヂスキタカヒコの》[4]＊者《ハ》、今《イマ》、謂二迦毛大御神一《カモのオホミカみとイフ》者也《ぞ》。

大國主神《の》、亦《マタ》娶二神屋楯比賣命一《カムヤタテヒメのミことヲメトリテ》、生子《ウミタマヒシコ》、事代主神《ことシろヌシの》。亦娶二八嶋牟遲能神《ヤシマムヂの》自レ牟《ム》下三字以レ音。之女《のムスメ》、＊鳥取神《[5]とトリの》一《ヲメトリテ》、生子《ウミタマヒシコ》、鳥鳴海神《とリナルミの》。訓レ鳴《ナル》云二那留一。此神《この》、娶二日名照額田毘道男伊許知迩神《[6]ヒナテルヌカタビチヲイこチニの》一《ヲメトリテ》、田《の》下毘《のビ》又自レ伊《イ》下至レ迩《ニ》皆以レ音。生子《ウミタマヒシコ》、國忍富神《クニオシトミの》。此神《この》、娶二葦那陀迦神《アシナダカの》、自レ那《ナ》下三字以レ音。亦名《のハ》八河《ヤガハ》江比賣《イヒメ》一《ヲメトリテウミタマヒシコ》、生子、速甕之多氣佐波夜遲奴美神《ハヤミカのタけサハヤヂヌミの》。自レ多《タ》下八字以レ音。此神《この》、娶二天之甕主神之女《アめのミカヌシののムスメ》、前玉比賣《サキタマヒメ》一《ヲメトリテウミタマヒシコ》、生子、甕主日子神《ミカヌシヒコの》。此神《この》、娶二淤加美神之女《オカミののムスメ》、比那良志毘賣《ヒナラシビメ》一《ヲメトリテ》、此神名以レ音。生子《ウミタマヒシコ》、多比理岐志麻流美神《タヒリキシマルミの》。此神名以レ音。此神《この》、娶二比々羅木之其花麻豆美神《ヒヒラぎのそのハナマヅミの》木《の》上《の》三字、花《の》下《の》三字以レ音。之女《のムスメ》、活玉前玉比賣神《イクタマサキタマヒメの》一《ヲメトリテ》、生子《ウミタマヒシコ》、美呂浪神《ミろナミの》。美呂《ミろ》二字以レ音。此神《この》、

光（卜系）—先
子（諸本ニヨル）—子根（延以下）
三（祥以下）—云
取（真系ニヨル）—耳（卜系）
日（祥以下）—曰
速（祥以下）—連
活（卜系）—沼

○1［訓］コレヲ　［朝］これ
○和文としては〜ハ――トイフが普通。ここでは「者」が無いので、コレと訓む。
2［訓］カミゴト　［国］かむがたり
○歌詞に「ことの、かたりごと」とあるによって「語」はカタリ。
3↓五〇頁7
4諸本「日子」とある。但し［祥］［春］に「子」の右傍に「根歟」とあり、［延］に「根」を補って以来、［朝］を除きそれに従った。「此之」とあるから「—日子根神」でないとおかしいが、強いて補わねばならぬというほどのこともない。それで今は諸本無きに従う。
5［延］トリミミ　［校］トトリ（取）
○何れが正しいか不明。かかる場合は底本によることにする。すると、「鳥取（とトリ）」となる。
6記伝は、ビチ男〔の神之女〕イコチニの如く脱落があるのだろうが、音注のあり方からするとうが、安万侶以前からこうであったのだろうと述べている。この神は女神なのに「男」があり、また異様に長い神名であるから、記伝説は認められる。但し、「照」はテルかテリかは分らない。

1 [訓]アヲヌマヌ [岩]あをぬまうまぬま [桜]アヲヌウマヌ
○「沼」はヌ。「馬」はウマ。
2 二四頁(記序)によれば「帯」字はもとのままに改めないとある。従ってここの「多良斯」は安万侶の改字ではない。また次の本文注の「帯」ももとのままと見るべきものとなる。
3 [兼]トヲアマリナ、ツキノ神 [訓]トヲマリナ、ヨノカミ
○「世」は助数詞なので、「とヲアマリナナよ」と訓む。実数は十五神なので諸説があるが、阿遅鉏高日子根神と事代主神とは、それぞれ一世を画する偉大なる神なので、八嶋士奴美神―遠津山岬帯神の十五世神とを合計して「十七世神」と数えたか。

＝少名毘古那神との国作り

4 「羅」は「蘿」に同じ。周礼、地官、委人「蘿」の釈文に「亦作レ羅」とある。蘿摩は和名抄にカガミとあり、ガガイモ科のつる草。
5 [兼]カヽミ(鵝) [延]ヒムシ [校]カヤクキ(右訓)サヾキ(左訓)(ともに鷦鷯)
○[延]は「蛾」の誤りとしてヒムシと訓み、[訓]は「鵝」字のままヒムシと訓む。[岩]は持統紀六年九月条に「越前国献二白蛾一」とある「蛾」は一本に「鵝」とあることや、仁徳記に蚕が蛾になることを「一度為二飛鳥一」と述べていることと等から、蛾を飛ぶ鳥として鵝の字を用いたかとする。
6 ご下問の場合はタマフ敬語。
7 [訓]ミトモノカミタチ [校]シタガヘルモロ〳〵ノカミニ [国]従へる

娶二敷山主《シキヤマヌシの》 神之女《のムスメ》、[1]青沼馬沼押比賣《アヲヌウマヌオシヒメ》一、《ヲメトリテ》 生《ウミタマヒシ》 子《コ》、布忍富鳥•鳴海《ヌノオシトミとリナルミの》 神。 此神《この》、娶二若盡女《ワカツクシメの》 神一、《ヲメトリテ》 生《ウミタマヒシ》 子《コ》、天日腹大科度美《アマのヒバラのオホシナドミの》 神。度美《ドミ》二字以レ音。 此神《この》、娶二天《アめの》 •狭霧《サギリの》 神之女《のムスメ》、遠津待根《とホツマチネの》 神一、《ヲメトリテ》 生《ウミタマヒシ》 子《コ》、遠《とホ》津山岬多良斯《ツヤマサキタラシの》[2] 神。

右件《ミギのクダリの》 自二八嶋•士奴美《ヤシマジヌミの》 神一以下《ヨリシモ》、遠津山岬帯《とホツヤマサキタラシの》 神以前《ヨリサキ》、稱二十《とヲ》[3]七世《アマリナナよのカみとイフ》 神一。

故《カレ》、大國主《オホクニヌシの》 神、坐二出雲之御大之御前《イヅモのミホのミサキニイマスとキニ》一 時、自二波穂《ナミのホヨリ》一、乗二天之《アめの》 [4]*羅摩《カガミ》 船《のフネニのリテ》一 而、内二*剝鵝《ヒムシのカハヲウツハギニハギテ》[5] 皮一 剝、為二衣服《キものニシテ》一、有二歸来神《よリクルカみアリ》一。 尓《シカシテ》、雖レ問二其名《そのナヲトヒタマへども》[6]一 不レ答《こタへズ》。 且《マタ》、雖レ問二所レ從《シタガヘル》[7] 之諸《もろもろの》 神一、《ニトヒタマへども》 皆《みナ》 •白レ「不レ知《シラズとマヲシキ》」。 尓《シカシテ》、多迩•具•久《タニグクの》(谷蟆) 白言《マヲシシク》、「此者久延毗古《こハクイビコぞ》 自レ多《タ》下四字以レ音。 必知之《カナラズシリテアラムとマヲシシカバ》[8]。」、 即召二久延毗古《クイビコヲメシテトヒタマフとキニ》一 問 時、答白《こタへマヲシシク》、「此者神産《こハカムム》巣日《スヒの》 神之御子《のミコ》、少名毗古那《スクナビコナの》[9] 神《ぞ》。 自レ毗《ビ》下三字以レ音。」。 故尓《カレシカシテ》、 白二上於神産巣《カムムス》日御祖命《ヒのミオヤのミことニマヲシアげタマヒシカバ》一 者、 答告《こタへのラシシク》、「此者實《こハマことニ》 我子也《アガコぞ》。 於二子之《コの》

鳴(祥以下)―嶋
狭(祥以下)―侠
士(春以下)―七
羅(諸本ニヨル)―蘿(延)
鵝(諸本ニヨル)―鵲
鵜(校訂)
白(卜系)―自
具(記伝)―且。古訓古事記デハ「且」ノ傍訓ヲ「グ」トス
久(祥以下)―又

中《ナカニ》、自我手俣《アガタナマタヨリ》久岐斯子《クキシコ》也《ぞ》。(漏)自久《ク》下三字以音。故《カレ》、與汝《イマシ》[1]葦原《アシハラの》色許男《シコヲの》命《ミことと》為兄弟《アニオとナリテ》而、作堅其國《そのクニヲツクリカタめよ》」。故《カレ》、自尓《そレヨリ》大穴牟遅《オホアナムヂと》与少名毘《スクナビ》古那《コナと》、二柱《フタハシラの》神相並《アヒナラビテ》[2]、作堅此國《このクニヲツクリカタめタマヒキ》。然《シカシテのチハ》[3]後者、其少名毘古《そのスクナビコ》那《ナの》神者《ハ》、度于常世國《とこよのクニニワタリマシキ》也。故《カレ》、顕白其《その》少名毘古那《の》神《ヲアラハシマヲ》、所謂久延毘古者《シシイハユルクヱビコハ》、於今者《イマニ》山田之曽富騰《ヤマダのそホど》者《とイフ》也《ぞ》。此神者《このハ》、足《アシハ》雖不行《ユカネども》[4]、盡《ことごと》知天下之事《アめのシタのことヲシラス》神也《ぞ》。

於是《ここニ》、大國主《の》神愁《ウレへテ》而告《のラシシク》、「吾獨《アレヒとリシテ》何《イカニカ》[5]能得《よク》作此國《このクニヲツクラム》。孰《イヅレの》[6]神與《カ》吾《アとよク》能相作此國《このクニヲアヒツクラム》耶。」。是時《このとキニ》有光海《ウミヲテラシテ》依来之神《よリクル》。其神《そのの》言《のラシシク》、「能治《よク》我前《アガマへヲヲサめバ》者、吾能共與《アレよクとも》相作成《ニアヒツクリナサム》。若《モシ》不然《シカアラズハ》者、國難《クニ》成《ナリガタケム》。」。尓《シカシテ》、大國主《の》神、曰「然《シカアラバ》者治奉《ヲサめマツル》之状《サマハ》[7]奈何《イカニ》」、とマヲシタマヒシカバ答言「吾者《アハ》伊[8](斎)都岐奉于倭《ヤマとの》之青垣東《アヲカキのヒムガシの》山上《ヤマのへニイツキマツレとこタへのラシキ》」。此者《こハ》坐御諸山《ミもろヤマの》上《へニイマス》神也《ぞ》。

故《カレ》、其大年《そのオホとシの》神、娶神活*須毘《カムイクスビの》神之女《のムスメ》、伊怒比賣《イノヒメヲメトリテ》生《ウミタマヒシ》子《コ》、大《オホ》

名(卜系)―ナシ

獨(祥以下)―猶

光(春以下)―登

言(底右傍書・春以下)―定
底本右(左)傍書によるものを。印で示すことにする。中巻八九頁の最初の脚注を見よ。

須(諸本ニヨル)―須沼(延)

子(祥以下)―ナシ

かみたち

8バ即の「即」は不読。

9「少名」はオホキ(大＝首位)に対するスクナで「少＝次位」の意である。ビコのナは親称。実体は小人でも、スクナが小人であることを意味しない。

1「汝」は少名毘古那神ではなく葦原色許男命と同格で呼びかけ。

2 訓 アヒナラバシテ 校 アヒナラビテ 思 あひトモに

3 延 然シテ後ハ 訓 サテノチニハ 校 シカシテノチハ 桜 シカルのチハ

4 延 行カ不と雖 訓 アルカネドモ 校 アリカズトイヘドモ 岩 ゆかねども

○景行記、一三八頁、三五番歌「足よ行くな」とある。

5 延 何ソ能ク此ノ国ヲ作ルコトヲ得ン 訓 イカデカモコノクニヲエツクラム 国 いかにかよく此の国をえ作らむ 新 いかにかよくこの国を作らむ

○「能得」は連文でヨクと訓む 新 の訓がよい。

6 延 敦レノ神カ吾ト能ク此国ヲ相作ンヤ 訓 イヅレノカミトトモニアハコノクニヲアヒツクラマシ 校 イヅレノカミカアレトヨクコノクニヲアヒツクラム 思 いづれノかみあれトヨくコノくにをあひつくらむか

○ 校 の訓が最もよい。但しアレは単にアでよい。

7↓四〇頁3。サマと訓む。

8イツクに限り仮名書をしていると見られる。

↓六四頁6

大年神の系譜

國御魂《クニミタマの》神。次《ニ》韓《カラの》神。次《ニ》曽富理《そホリの》神。次《ニ》*白日《シラヒの》[1]神。次《ニ》聖《ヒジリの》神。**五神
又娶二香用比賣一《カグヨヒメヲメトリテ》[2] 此神名以レ音。生《ウミタマヒシ》子、大香山戸臣《オホカグヤマトミの》[3]神。次《ニ》御年《ミトシの》神。
**二柱。又娶二天知迦流美豆比賣一《アめチカルミヅヒメヲメトリテ》[4] *訓レ天如レ天。亦自レ知《チ》下六字以レ音。*生《ウミタマヒシ》子、奥津日子《オクツヒコの》[5]
神。次《ニ》奥津比賣命《オクツヒメのミこと》、亦名《のハ》、大戸比賣《オホヘヒメの》[6]神。此者《こハ》諸人以拜《もろヒとのもチイハフ》[7]竈《カマの》神
者也《ぞ》。次《ニ》大山上咋《オホヤマクヒの》神、亦名《のハ》、山末之大主《ヤマスヱのオホヌシの》神。此神者《このハ》、坐二近淡《チカツアフ》
海國之日枝山一《ミのクニのヒエのヤマニイマシマタ》、亦坐二葛野之松尾一《カヅノのマツのヲニイマス》、用二鳴鏑一《ナリカブラヲもチヰル》[8]神者也《ぞ》。
次《ニ》庭津日《ニハツヒの》神。次《ニ》阿須波《アスハの》神。此神名以レ音。次《ニ》波比岐《ハヒキの》神。此神名以レ音。次《ニ》香山《カグヤマ》
戸臣《トミの》神。次《ニ》羽山戸《ハヤマトの》神。次《ニ》庭高津日《ニハタカツヒの》神。次《ニ》大土《オホツチの》神、亦名《のハ》、土《ツチ》
之御祖《のミオヤの》神。*九《ここのハシラの》*神。
上件《カミのクダリの》大年《オホとシの》神之子《のコ》、自二大國御魂《オホクニミタマの》神一以下《ヨリシモ》、大土《オホツチの》神以前《ヨリサキ》、并《アハ》
十《セテとヲアマリ》六《ム》神《ハシラの》。
羽山戸《ハヤマトの》神、娶二大氣都比賣《オホけツヒメの》 下四字以レ音。* 神一《ヲメトリテ》生《ウミタマヒシ》子、若山咋《ワカヤマクヒの》神。
次《ニ》若年《ワカとシの》神。次《ニ》妹若沙那賣《イろモワカサナメの》神。自レ沙《サ》下三字以レ音。次《ニ》弥豆麻岐《ミヅマキの》神。自レ弥《ミ》下四字以レ音。

○1［延］シラヒ(白)　［訓］ムカヒ（向）
○諸本「白」によるが可か。
2［延］カヨヒメ　［訓］カヾヨヒメ　［角］かぐよ比売
○「香」はカグで統一しておく。
3［延］ヲホカヤマベノヲム　［訓］オホカヾヤマトオミ　［角］おほかぐやまとみ
4［延］アマノチカル　［訓］アメシルカル　［校］アメワカル
○［延］は「六」を「七」に改めた。しかし古事記の音注の数には誤りがほとんどない。この「六字」は「知迦流美豆比」をさし、もと正訓字で表記されていた部分を仮名に改めた数とする説（毛利正守「『古事記』音注について」『芸林』一八巻二号）がある。この六字の範囲の指摘は正しいと思う。但し原古事記書改め説に立つよりも、「賣」を数えていないのは訓仮名的（大宝戸籍では「女（メ）」的に用いる）な認識に立つもので、「付音注」と「不音注」の差によってヒメではなくーヒ・メであることを示すものと考えられる。一〇五頁「那毘賣」の音注例も同じ。
5「奥」は、訓注がないので、オクと訓む。オクツミトシ（奥津御年＝年穀）のオク（奥）の意（『上代語と表記』おうふう）。
6［延］ヲホト　［訓］オホベ　［桜］オホヘ
○「竈」はへなので「戸」もへ。
7［延］以テ拝ム　［訓］モチイツク　［新］もちいはふ
○イツクは仮名書のみ。それで正

白（諸本ニヨル）ー向（記伝）
五神（真系ニヨル）ー分注（卜系）
御年（延）ー年御
二柱（底ニヨル）ー分注（祥以下）
知（諸本ニヨル）ー和（祥）
六（諸本ニヨル）ー七（延）
比（祥以下）ーナシ
山末（訓）ー未
日（祥以下）ー曰
名（祥以下）ーナシ
九神（諸本ニヨル）ー訓ハ分注トス
自（祥以下）ーナシ
下（諸本ニヨル）ー自氣下（延）
賣（卜系）ー壹

訓字「拝」はイハフと訓む。イツクは清浄にして神に仕える。イハフは神祭りをする意。

8真淵書入本、モテイツク 訓—ニナリマセル 岩—をもつ
○「用」字はモチヰルで、「持・以」と異なり、道具を行使する意。鳴鏑を行使するとは、ここでは山の領域決定や山の支配権の主張をすることと（拙稿「古事記の大年神系譜中の松尾社」帝塚山短大『青須我波良』二六号）。

1この「水穂」は稲の瑞穂。「葦」原との関係は葦の生える所には稲が育つからである。日本国は「すくなびこなが葦菅を植ゑ生（おほ）しつつ国固め造りけむ」（続紀、嘉祥二年長歌）と伝える如く、わざわざ葦を植え生したとある如く、稲の予祝として葦が存在したのである。

2このタタシは二七頁の「立」の訓注タタシを承けている。ということは「御立」の訓ではないわけで、それならば「御」があればミ—と読むという原理となろう。↓二九頁3。「御立」の例は、一五〇・一七二頁に見える。

3サヤグという音響語と共に用いられた終止形接続のナリは〜の音が聞えるという伝聞推定の助動詞。

4延請ヒ玉フ 訓マヲシタマヒキ
○四〇頁注11。

次《ニ》夏高津日《ナツタカツヒの》神、亦《の》名《ハ》、夏之賣《ナツのメの》神。次《ニ》秋毗賣《アキビメの》神。次《ニ》久々年《ククとシの》神。久々二字以レ音。次《ニ》久々紀若室葛根《ククきワカムロツナネの》神。久々紀三字以レ音。

上件《カミのクダリの》****羽山之子《ハヤマのコ》以下《ヨリシモ》、*若室葛根《ワカムロツナネ》以前《ヨリサキ》、并《アハセテ》八《ヤハシラの》神。

国譲り
葦原の中つ国平定の御議

天照《アマデラス》大御神《オホミカみ》之《の》命《ミこと》以《もチテ》、「豊葦原《とよアシハラ》之《の》千秋《チアキの》長五百秋《ナガイホアキ》之《の》水穂《ミヅホ》國者《のクニハ》[1]、我御子《アガミコ》正勝吾勝《マサカツアカツ》々速日《カチハヤヒ》天忍穂耳《アマのオシホミミ》命《のミこと》之《の》所レ知國《シラスクニぞ》。」、•言因賜《ことよサシタマヒ》而《テ》、天降《アマクダシタマヒキ》也。

於レ是《ここニ》、天忍穂耳命《アマのオシホミミのミこと》於二天浮橋一《アマのウキハシニ》多々志《タタシ》[2]（立）此三字以レ音。而詔之《テのラシシク》、*「豊葦原之《とよアシハラの》千秋長五百秋之水穂國者《チアキのナガイホアキのミヅホのクニハ》、伊多久佐夜藝弖《イタクサヤギテ》（甚騒）此七字以レ音。*有那理《アリナリ》[3]。此二字以レ音。下效レ此。」告《とのラシ》而《テ》、更還上《サラニカヘリのボリテ》、請レ于二天照大御神《アマデラスオホミカみニ》•一。[4]《こヒタマヒキ》尓《シカシテ》、高御産巣日《タカミムスヒ》•神《の》・天照大御神《アマデラスオホミカみの》之命《ミこと》以《もチテ》、於二天安河之河原《アマのヤスのカハのカハラニ》一、神二集八百万神《ヤホよろヅのカみヲ》一集而《カムツドヘニツドヘテ》、思金《オもヒカネの》神令《ニ》レ思《オもハシめ》而《テ》詔《のラシシク》、「此葦原中國者《このアシハラのナカツクニハ》、我御子《アガミコ》之《の》所レ知國《シラスクニと》、言依《ことよサシ》所レ賜《タマヘル》之國《クニ》也《ぞ》。故《カレ》、以下為二於此國《このクニニ》一道速振荒振《チハヤブルアラブル》國神等《クニツカみども》之多在《のサハニアルとオもホス》上。是《これ》使二何《イヅレの》神一而《ヲツカハシテカ》、将二言趣《ことムけム》•一」。尓《シカシテ》、思金《オもヒカネの》神及《と》八百万《ヤホよろヅの》神、議《ハカリテマヲシシク》白之、「天菩比《アマのホヒの》神、是《これ》可レ遣《ツカハスベシ》。」故《カレ》、遣二天《アマの》

羽山之子（諸本ニヨル）—羽山戸神之子自若山咋神（訓）
根（諸本ニヨル）—根神（訓）
訓のように、本注の形式を統一する必要はない。
因（祥以下）—目
之（諸本ニヨル）—云（延）
那（諸本ニヨル）—祁（訓）
大御（延訓以下ニヨル）—大（諸本）
日（祥以下）—目
趣（祥以下）—越

菩比《ホヒの》神一《ヲツカハシツレバ》者、乃媚二附大國主《の》神一《ニコびツキテ》、至レ于二三年一《ミとセニイタルマデニ》、[1]不二復奏一《[2]カヘリことマヲサズキ》。是以《ここヲもチテ》、高御産巣日《タカミムスヒの》神・天照大御神、亦《マタ》問二諸神等一《もろもろのカミタチヲトヒタマヒシク》、[3]「所レ遣二葦原中國一《アシハラのナカツクニニツカハセル》之天菩比《アマのホヒの》神、久《ヒサシク》不二復奏一《カヘリことマヲサズ》。亦《マタ》使二何《イヅレの》神一《ヲツカハサバ》之吉《イケム》[4]。」。尒《シカシテ》、思金《オもヒカネの》神答白《のこタヘマヲシシク》、「可レ遣二天津國玉《アマツクニタマの》神之子《のコ》、[5]天若日子《アマのワカヒコ》一《ヲツカハスべシ》。」。故尒《カレシカシテ》、以二天之麻迦古弓《アめのマカコユミ》[6](真鹿子)自レ麻《マ》下三字以レ音。・天之波々《アめのハハ》[7](大蛇)此二字以レ音。矢一《ヤもチテ》、賜二天若日子一《アマのワカヒコニタマヒテ》而遣《ツカハシキ》。於レ是《ここニ》、天若日子《アマのワカヒコ》降二到其國一《そのクニニクダリイ》、即《タルスナハチ》、娶二大國主《の》神之女《のムスメ》、下照比賣一《シタデルヒメヲメトリ》、亦《マタ》慮レ獲二其國一《そのクニヲエムとオもヒハカリテ》、至レ于二八年一《ヤとセニイタルマデニ》、不二復奏一《カヘリことマヲサズキ》。故尒《カレシカシテ》、天照大御神・高御産巣日《の》神、亦問二諸神等一《もろもろのカミタチヲトヒタマヒシク》、「天《アマの》若日子《ワカヒコ》、久《ヒサシク》不二復奏一《カヘリことマヲサズ》。又遣二曷《イヅレの》神一《ヲツカハシテカ》以問二天《アマの》若日子之淹《のヒサ》[8]留《シクとどマル》所由一《ユヱヲトハム》」。於レ是《ここニ》、諸神及思金神《もろもろのカみとオもヒカネのカみ》、答二白「可レ遣二雉名《キギシナハ》[9]鳴女一《ナキメヲツカハスべシとこタヘマヲシシ》。」時《とキニ》、詔之《のラシシク》、「汝《ナレ》行《ユキテ》問二天《の》若日子一《ヲトハムサマ》状者《ハ》、*

吉(延)―告
天(祥以下)―ナシ
復(祥以下)―護
之(諸本ニヨル)―云(延)

1 [延]―ニ至ルマデ [訓]―ニナルマデ [新]―に至るまでに
○程度の時はマデニと訓む。
2 [訓]カヘリコトマヲサゞリキ [校]カヘリゴトマヲサズ
○カヘリコトマヲサズキと訓む。ズ(打消助動詞連用形)キ(過去助動詞)。

天の若日子の反逆

3 [兼]タチニ [思]たちを
○～ニ問フではなくて、～ヲ問フと言った(春日政治『西大寺本金光明最勝王経古点の国語学的研究』一三一頁)。→一七九頁7
4 「之」は「者」と同じ助字。下文に「遣二曷神一者吉」とある。
5 [訓]アメワカヒコ [岩]あめのわかひこ
○[岩]に、若日子は大日子に対する語。天上界の若彦(世子)の意とあるに従って、アめのワカヒコと訓む。
6 マは美称。カコは鹿子で鹿の霊威をつけている弓。即ち鹿がよく獲れる弓の意。下文の「波士弓」は弓の材質がハゼ(梔)の木。
7 ハハはハヘとも言い大蛇。それに対し威力ある矢。下文の「加久矢」は輝く金属製の矢の意。
8 [延]トゞマレル [訓]ヒサシクトゞマル [朝]えんりう
○「淹」は久し、久しく留まる意。
9 [訓]ナナキメ [国]名はなきめ
○「名――」は名ハ――と訓む。
1 [訓]ナゾ [国]など [角]何ぞ [岩]いかにか [朝]いかなれば
○「なぜ」と原因・理由を尋ねる場合はナニトカモと訓む。もし「何所由・何所以」などとあれば、ナニノユヱニカと訓むことにする（木下正俊『万葉集語法の研究』）。
2 [訓]カヘリコトマヲサヾルトトヘトノリ玉ヒキ [校]カヘリゴトマヲサヾル [思]かへりコトまをさぬトとヘトノらす
○打消助動詞連体形はズアルよりもヌで訓むのがよい。このあとト問ヘト詔リタマヒキを補読することはしない。
3 [兼]ノ [訓]ナル
○「在」字が無いのでノと訓む。
4 [訓]マツブサニアマツカミノオホミコトノゴトノリキ [桜]マツブサニのルことアマツカみのミことのごとシ
○↓二九頁1
5 [兼]コトハ [延]コト [訓]イフコト [朝]のりごと [桜]のルこと
○この「言」は上の「詔命」を伝えているのでノルと訓み、事の意を加えて、「のルこと」と訓む。
6 [兼]マタノミナ [朝]わけの名 [新]ことな
○別の名の意。それで「ことナ」と訓むべきである。「亦の名」（三〇頁3）とは違う。
7 [訓]ミソナハスレバ [校]ミソナハセバ [新]みそこなはせば
○ミそこナハスはミシオこナハスの約。御覧になる。東大寺諷誦文稿に例あり。ミソナハスの古形と考えられる。
8 [兼]ナリ [訓]ゾ
○—ハ……ダの場合は、……ぞ。無表記でも訓添えるのがよい。
9 マガレとは「禍」の動詞命令形。マガルはわざわいがある意。ここでは「死ね」。

『汝《イマシヲ》所三以使二葦原中國一《アシハラのナカツクニニツカハセルユヱ》者《ハ》、言二趣和其國《そのクニ》之《の》荒振神等《アラブルカみどもヲことム》一
之《けヤハセと》者《ぞ》也。何《ナニとカも》[1]至レ于二八年《ヤとセニイタルマデニ》一、不二復奏《カへりことマヲサヌ》[2]一』。」。
故尒《カレシカシテ》、鳴女《ナキメ》自レ天降到《アめヨリクダリイタリテ》、居二天《の》若日子之門《のカドの》[3]湯津楓《ユツカツラのウヘニヰテ》上一而、言二
[4]委曲《マツブサニのルこと》一如二天《アマツ》神之詔命《のミことのごとシ》一。尒《シカシテ》、天《アマの》・佐具賣《サグメ》（此三字以レ音。）聞二此鳥《このとりの》言《のルこと》[5]一
而《ヲキキテ》、語二天《の》若日子一言《ニカタリテイヒシク》、「此鳥者《このとりハ》、其鳴音《そのナクこヱ》甚惡《イとアシ》。故《カレ》、・可二射《イ》
・殺一《ころスべシ》」云進《とイヒススムル》。即《スナハチ》、天《の》若日子、持二天《アマツ》神《の》所レ賜《タマヘル》天之《アめの》波士弓《ハジユミ》（梔）・天之《アめの》
加久矢《カクヤ》（輝）一《もチテ》、射二殺其雉《そのキギシヲイころシキ》一。尒《シカシテ》、其矢《そのヤ》・自二雉《キギシの》胸《ムネヨリ》一通而《とホリテ》、逆《サカサマニ》射《イ》
上《アげライテ》、逮下坐二天《アマの》・安・河之河原《ヤスのカハのカハラニイマス》一、天照大御神・高木《タカぎの》神之《の》御所《ミもとニイタリキ》上。
是高木《このタカぎの》神者《ハ》、高御産巣日《タカミムスヒの》神之《の》別名《ことナぞ》[6]。故《カレ》、高木《の》神取二其矢《そのヤヲトリテ》一見《ミそこ》[7]
者《ナハセバ》、血《チ》著二其矢羽《そのヤのハニツケリ》一。於レ是《ここニ》、高木《の》神*告之《ののラシシク》、「此矢者《このヤハ》、所レ賜二
天《の》若日子一之矢《ニタマヘルヤぞ》[8]。」、即《とのラシテスナハチ》示二諸《もろもろの》神等《タチニシメシテのラシシク》一詔者、「或《モシ》天《の》若
日子、不レ誤レ命《ミことヲアヤマタズ》、為レ射二・惡神《アシキ》一之矢之至《ヲイツルヤのイタリシニアラバ》者、不レ中二
天《の》若日子一。《ニアタラズアレ》或有《モシ》二邪心《キタナキこころアラバ》一者、天《の》若日子、於二此矢《このヤニ》一麻賀礼《マガレ》[9]（禍）。

具（祥以下）—貝
可（祥以下）—身
殺（祥以下）—ナシ
自（祥以下）—白
安河（祥以下）—女阿
之（諸本ニヨル）—云（延）
悪（祥以下）—思
賀（祥以下）—買

此三字以レ音。」云《とのラシテ》而、取二其《その》矢《ヤヲトリテ》一、自二其《その》矢《ヤ》穴《のアナヨリ》一衝《ツキ》返《カヘシ》下《クダシシ》者《カバ》、中下天《アマの》若日子寝《ガ》二*朝床《アサとこニイネタル》[1]一之高胸坂《タカムナサカニアタリテ》上以死《シニキ》。此還《こレカヘリヤ》[2]*矢之本也《のもとぞ》。亦《マタ》其雉《そのキギシ》不レ還《カヘラズキ》。

故《カレ》、於レ今《イマニ》諺《ことワザニ》曰二「雉《キギシの》之頓使《ヒタツカヒ》一」本是也《とイフもとこレぞ》。

故《カレ》、天《の》若日子之妻《ガメ》、下照比賣《シタデルヒメ》之哭聲《のナクこヱ》、与レ風《カゼのムタ》[3]響《ヒビキテ》到レ天《アめニイタリキ》。於《こ》レ是《こニ》、在レ天《アめナル》天《の》若日子之父《ガチチ》、天津國玉神《アマツクニタマのカみ》及《と》其妻子《そのメコ》[4]聞《キキテ》而、降来《クダリキテ》、哭悲《ナキカナシびテ》、乃《スナハチ》於二其處《そこニ》一作二喪屋《モヤヲツクリテ》一而、河鴈《カハカリヲ》為二岐佐理持《キサリもチとシ》一、(持傾頭者)自レ岐《キ》下三字以レ音。鷺《サギヲ》為二掃持《ハハキもチとシ》一、翠鳥《ソニどリヲ》為二御食人《ミけビととシ》一、雀《スズめヲ》[5]為二碓女《ウスメとシ》一、雉《キギシヲ》為二哭女《ナキメとシ》一、如レ此《カク》行《オこナヒ》定《サダめテ》而、日《ヒ》八《ヤ》日《カ》夜《ヨ》八《ヤ》夜《ヨ》以《もチテ》[6]、遊《アソビキ》也。

此時《このとキニ》、阿《ア》遅《ヂ》志《シ》[7]貴《き》高《タカ》日《ヒ》子《コ》根《ネ》神《の》自レ阿《ア》下四字以レ音。到《イタリテ》[8]而、弔二天《の》若日子之喪《ガモヲトブラヒ》一時《タマフとキニ》、自レ天《アめヨリクダリイタル》降到、天《の》若日子之父《ガ》、亦其妻《マタそのメ》、皆哭《みナナキテイヒシク》云、「我子《アガコハ》者不レ死《シナズテ》有《アリ》祁《ケ》理《リ》[9]。此二字以レ音。下效レ此。我君者《アガキミハ》不レ死《シナズテ》坐《イマシ》祁《ケ》理《リ》。」云《とイヒテ》、取二懸手足《テアシニ》一而《トリカカリテ》哭悲《ナキカナシびキ》也。其過《そのアヤマテル》所以者《ユヱハ》、此二柱神之容姿《このフタハシラのカみのカタチ》[10]、甚能《イとよク》相似《アヒのレリ》[11]。

故《カレ》、是以《ここヲもチテ》過《アヤマテル》也《ぞ》。於レ是《ここニ》、阿《ア》遅《ヂ》志《シ》貴《き》高《タカ》日《ヒ》子《コ》根《ネ》神《の》、大怒《イタクイカリテ》曰《のラシシク》、

1 [兼]アクラ(朝床) [前]アクラ(胡床) [延]アクラ(胡床) [校]アサドコ(朝床)
○「朝」と「胡」はよく誤写される。古事記ではアグラは「呉床」と記されるので、「朝床」の文字であることが分る。朝寝の床。
2 [校]カヘシヤ [岩]かへりや
○「還」字は、もとのところへ回って返ってくる意に用いカヘルと訓む。「返」字はカヘス。それでカヘリヤと訓む。古代メソポタミヤ地方の民話のニムロッドの矢の話に類似。「本」は起源の意。
3 [兼]ト [訓]ムタ [校]トトモニ [国]のむた
○「風の共(むた)」(万一九九)にも例がある。～と共にの意。
4 「其」は天若日子をさし、従って「妻子」は天若日子の天上界にいた当時の「妻や子」をいう。
5 [訓]スズメ [朝]さざき
6 [延]以テ [訓]ヲ [朝]以ちて [新]をもちて [思]モち
○「日八日夜八夜以」の語順なのでヲモチテと訓むことはない。また、「八夜、以遊也」と切るのではなく、むしろ「八夜以、遊也」の如き意味の切れ目がある。
7 六一頁では「阿遅鉏—」とあった。スキのキは甲類。ここの「志貴」の「貴」は乙類。シとの音節結合でキが乙類になったにすぎないとすると、「シき」は鉏の意。
8 [兼]イタリ [訓]キマシテ
○「到」や「至」(六七頁)は文字通りイタルと訓む。
9 終止形接続のケリは気づきの意の助動詞。ここは「有」で下文が

朝(真系・猪ニヨル)—胡(前・寛・延・訓)
矢(諸本ニヨル)—矢可恐(延以下)
還(祥以下)—遂
河(祥以下)—阿
鳥(卜系)—馬
弔(卜系)—即
祁(卜系)—礼

「坐」で敬語の有無に注意。
10 [延]スガタ [訓]カホ [角]かたち
○「容姿」はカタチと訓む。
11 [兼]ニタリ [角]のれり
1 [兼]ウツクシキトモカキノユヘニトフラヒマウクノミ [訓]ウルハシキトモナレコソトブラヒキツレ
○この「愛」をウルハシと訓むのは友情だからである。コソの補読をした[訓]の訓みは実に巧妙。
2 [兼]ケガラハシクウセタル [訓]キタナキシニビト
3 [兼]タクヘテ [延]クラブヤ [訓]ナソフル [角]そふる
○「奈蘇倍弖」(万四四五一)とソは清音。
4 [兼]ケ [訓]クヱ
5 岐阜県不破郡垂井町の送葬(そうぞ)山か(荻原浅男「天若日子神話所見の美濃国なる『喪山』考―その所在と伝承の背景―」千葉大『人文研究』三)。
6 「神度」はもとカムハカリと訓むべきものを、書承のうちに誤読してカムドノツルギとしたものか(岩波大系『日本書紀』上、一三八頁頭注)。神刃刈(かむはかり)→神鋭(かむど)の如き解釈上の変化もあったろう。
7 足飾りの玉(中村啓信「あなだま考」『国語と国文学』六八ノ七)。
8 [祥]カミソヤ [校]カミソ
○「也」は不読の助字。
9 記紀以前の資料に「乎波々利」とあり、古事記は「尾羽張」と記し、日本書紀は「乎波之利(雄走)」と記した(岩波大系前掲書)。

「我《ア》者《ハ》*有二愛[1]友一《ウルハシキとも》故《ニアレこそ》弔《トブラヒ》来《こ》耳《シカ》。何《ナニとカも》吾《アヲ》比二穢[2]死人一《キタナキシニビとニナソフル》[3]」云《とのラシテ》而、抜下所二御佩一《ミハカセル》之十掬剱上《とツカツルギヲヌキ》、切二伏其喪屋一《そのモヤヲキリフセ》、以レ足《アシもチテ》蹶[4]離遣《クエハナチヤリタマヒキ》。此《コ》者《ハ》在二美濃國藍見河之河上一《ミノのクニのアヰミのカハのカハカミナル》、喪山[5]《モヤマ》之者也《ぞ》。其《その》、持《もチテ》所レ切《キレル》•大刀《タチの》名《ハ》、謂二•大量一《オホハカリとイヒ》、亦《の》名《ハ》謂二神度[6]剱一《カムドのツルギとイフ》。度《ド》字以レ音。故《カレ》、•阿治志貴高日子《アヂシきタカヒコ》根《ネの》神者《ハ》、忿《イカリテ》而飛去《とビサリマシシ》之時《とキニ》、其伊呂妹《そのイろモ》(同母)高比賣命《タカヒメのミこと》、思レ顕二其御名一《そのミナヲアラハサムとオもヒキ》。故《カレ》、歌曰《ウタヒシク》、

阿米那流夜《アめナルヤ》(天 在)　淤登多那婆多能《オとタナバタの》(弟 棚 機)　宇那賀世流《ウナガセル》(項)　多麻能美須麻流《タマのミスマル》(玉 御 統)
美須麻流迹《ミスマルニ》(御統)　阿那陀麻波夜《アナダマハヤ》[7](足 玉)。美多迩《ミタニ》(深谷)　布多和多良須《フタワタラス》(二 渡)　阿治志貴《アヂシき》
多迦比古泥能《タカヒコネの》(高・日子根)　迦微曽也《カみそ》[8](神)。

此歌者《このウタハ》、夷振也《ヒナブリぞ》。

六 建御雷神の派遣

於レ是《ここニ》、天照大御神*詔之《ののラシシク》、「亦《マタ》遣二曷《イヅレの》神一《ヲツカハサバ》者•吉《イケム》。」。尓《シカシテ》、思•金神《オもヒカネの》及諸《ともろもろの》神《の》白之《マヲシシク》、*「坐二天安河々上之天石屋一《アマのヤスのカハのカハカミのアマのイハヤニイマス》、名《ナハ》伊都之尾羽張[9]《イツのヲハハリ》神《の》、是《これ》可レ遣《ツカハスベシ》。伊都《イツ》二字以レ音。若亦《モシマタ》非二此《この》神一《ニアラズ》者《ハ》、•其《その》神之子《のコ》、建御雷《タケミカヅチ》

有(真系ニヨル)―ナシ(卜系)「者」と「有」とが続く時、しばしば一方を脱落誤写する傾向がある。
大(祥以下)―犬
阿(祥以下)―河
麻(延)―ナシ
之(諸本ニヨル)―云(延)
吉(卜系)―去
金(祥以下)―令
之(諸本ニヨル)―云(延)
其(卜系)―ナシ

之《の》男《ヲの》神、此《こレ》應レ遣《ツカハスベシ》。且《マタ》其《その》天《アマの》尾《ヲ》羽《ハ》張《ハリの》神者《ハ》、逆《サカサマニ》塞二上天安《アマのヤスの》河之水《カハのミヅヲセキアげテ》一而、塞レ道《ミチヲセキヲルユヱ》[1]居故、他神《アタシカみハ》不二得行《エユカジ》一。故《カレ》、別《ことニ》遣二天《アマの》迦《カ》久《ク》神《の》一《ヲツカハシテ》可レ問《トフベシ》。」。故尓《カレシカシテ》、使二天《アマの》迦《カ》久《ク》神《の》一《ヲツカハシテ》問二天《アマの》尾《ヲ》羽《ハ》張《ハリの》神一《ヲトヒタマヒシ》之時《とキニ》、答白《こタヘマヲシシク》、「恐之《カシコシ》。仕奉《ツカヘマツラム》。然《シカアレども》、於二此道《このミチニ》一者《ハ》、僕子《アガコ》建御雷《タケミカヅチの》神[2]可レ遣《ツカハスベシとマヲシテスナハチタテマツリキ》。」、乃貢進。尓《シカシテ》、天鳥船《アマのとリフネの》神《ヲ》、副二建御雷《の》神一《ニそへテツカハシタマヒキ》而遣。

是以《ここヲもチテ》、此二《このフタハシラのカみ》神降二到出雲國《イヅモのクニの》伊耶佐《イザサの》[3]之小濱《ヲバマニクダリイタリマシテ》一而、伊耶佐《イザサ》三字以レ音。抜二十掬釼《とツカツルギヲヌキ》一、逆《サカサマニ》刺三立于二浪穂《ナミのホニサシタテ》一、趺二坐其釼前《そのツルギのサキニアグミヰテ》[4]一、問二其《その》大國主神《オホクニヌシの》一《ヲトヒテのラシシク》言、「天照大御神・高木《の》神之命《のミことも チテ》以、問使之《トヒニツカハセリ》。汝《ナ》之宇志波祁流《ガウシハケル》（領）此五字以レ音。葦原中國者《アシハラのナカツクニハ》、我御子《アガミコの》之所レ知國《シラスクニと》言依賜《ことよサシタマヒキ》。故《カレ》、汝心《ナガこころ》奈何《イカニ》。」。尓《シカシテ》、答白之《こタヘマヲシシク》、「僕者《アハ》不二得白《エマヲサジ》一。我子《アガコ》八重言代主《ヤヘことシろヌシ》神《の》、是《こレ》可レ白《マヲスベシ》。然《シカアルニ》、為二鳥遊《とりのアソビ》・取魚《スナドリシテ》[5]一而、往二御大之前《ミホのサキニユキテイマダ》一、未二還来《カヘリこズ》一」。故尓《カレシカシテ》、遣二天鳥船神《アマのとリフネの》一《ヲツカハシ》、徴二来八重事代主神《ヤヘことシろヌシの》一《ヲメシテ》[6]而、問《トヒ》

1 [訓]セキ　[校]フサギテ　[朝]さへて　[思]さへ
○「塞」はセク・サク・サヤル等に訓むが、しかし[思]の如く「水をせきあゲて、道をさへ」の如く訓み分ける必要はないと思う。
2 [延]神ヲ　[思]神
○「神可遣」の語順で、[思]がよい。
3 [延]イナサ(那)[朝]いざさ
○諸本に「伊耶佐」とあるからイザサと訓む。出雲風土記に伊奈佐、神名帳に因佐とあり、ともにイナサであるが、神代紀下に五十狭々(イササ)五十田狭(イタサ)ともある。今日大社町稲佐浜に擬せられるが、「稲」に基づく地名とは思えない。多分「否塞」(外敵を拒み遮る)意のイナサであろう。イサは「不知塞」か。イザサは古事記に顕著な濁音化(五九頁1)の類か。

‖事代主神の服従

4 [兼]シリウタケテマシテ　[延]アグミ坐テ　[訓]アグミヰテ　[朝]ふざして
○「趺坐」は漢訳仏典語。強いて音読しなくてよい。インドの魔法の如き説話ないし信西古舞楽図の臥剣上舞の如き図説の影響によるか。
5 [訓]ニ　[桜]テ
○従来「而」をニ(目的を表わす)と訓んだが、[桜]に動作が同時に行われる接続助詞テと解した。和漢朗詠集の「林間に酒を煖めて紅葉を焼く」(秋興二二一)のテの例がある(拙著二三五頁)。
6 [兼]メス　[延]メシキタシテ　[訓]メシキテ　[新]めして

耶(諸本ニヨル)―那(延・訓以下)
耶(諸本ニヨル)―邪(寛以下)
問(卜系)―同
白(祥以下)―曰
白(祥以下)―自
重(祥以下)―量

賜《タマヒシ》之時《ときニ》、語其父大神《そのチチのオホカみニカタリテ》言《イヒシク》、「恐之《カシコシ》。此國者《このクニハ》、立奉天《アマツ》神之御子《のミコニタテマツラムとイヒテ》」1、即《スナハチ》蹈傾其船《そのフネヲフミカタブけテ》而、天逆手《アマのサカテヲ》矣、於青柴《アヲフシ》垣《ガキニ》打成《ウチナシテ》而隠也《カクリマシキ》。訓柴云布斯《フシ》。

故尓《カレシカシテ》、問其大國主《その オホクニヌシ》神《のカミヲトヒタマヒシク》、「今《イマ》汝子《ナガコ》事代主《ことシろヌシの》神、如此白訖《カクマヲシツ》。亦《マタ》有可白子乎《マヲスベキコアリヤ》」。於是《ここニ》、亦白之《マタマヲシシク》*、「亦我子《マタアガコ》有建御名方神《タケミナカタの》。除此《こヲオキテ》者無也《ハナシ》」。と、如此白《カクマヲス》之間《アヒダニ》、其建御名方神《そのタケミナカタの》、千引石《チビキのイハヲ》擎手末《タナスヱニササげテ》而来《キ》、言「誰《タレぞ》来我國《ワガクニニキテ》而、忍々2《シのブシのブ》如此物言《カクものイフ》。然《シカアラバ》、欲為力競《チカラクラベセム》。故《カレ》、我先《アレマヅ》欲取其御手《そのミテヲトラムとイヒキ》」。故《カレ》、令取其御手《そのミテヲト》者《ラシムレバ》、即3取成立氷《タツヒニトリナシ》4、亦《マタ》取成釼刃《ツルギハニトリナシツ》。故尓《カレシカシテ》、懼5而退《オヂテシリぞキ》居《ヲリキ》。尓《シカシテ》、欲取其《その》建御名方神之手《のテヲトラムと》、乞歸《こヒカヘシテ》而取者《トラセレバ》、如取若葦《ワカアシヲトルガごと》*6搤批《ツカミテ》而投離《ナげハナチタマヘバ》者、即逃去《ニげイニキ》。故《カレ》、追往《オヒユキテ》而、迫到科野《シナノの》國之州羽海《クニのスハのウミニセめイタリテ》、将殺《ころサムとシマスとキニ》時、建御名方神《タケミナカタの》白《ガマヲシシク》、「恐《カシコシ》。莫殺我《アヲナころシタマヒそ》7。除此地《ここヲオキテハ》者、不行他處《アタシところニユカジ》。亦《マタ》不違我父大《ワガチチオホ》

○「徴」はメス。「来」もメス。周礼春官、楽師「来（メシテ）瞽皐舞セシメヨ」。徴来は連文と見る。
1「立奉」→四八頁10。
2 兼シノヒ忍テ　延シノビシノビニ　訓シヌビ〳〵　角しのび忍び　桜シのブシのブ
○～しながらの意は動詞終止形を二つ重ねる（亀井孝「憶良の貧窮問答のうたの訓ふたつ」『万葉』四号）。
建御名方神の服従
3 バ即の「即」は不読。
4 兼タテルヒ　訓タチヒ　新たつひ
○タチヒでなくタツヒ。タツは下二段立ツの終止形で、立てられたの意。一七八頁（七五番歌）のタツゴモ（立薦）やイヅモ（出雲）等、同じ語構成である。
5 兼ヲヂテ　訓オソレテ　国おそりて　思おぢて
○「懼」はオヅ、「惶」はオソル。
6 延ニギリウチ　訓ツカミヒシギ　桜ツカミウチ　新つかみて
○『篆隷万象名義』に「搤」は「握也、捉也、持也」とあり、また「批」は「捽也」とあり、「捽」は「撃也、持頭髪也」とあり、恐らく原本系玉篇に「説文、持頭髪也」とあったに違いない。そこで「搤」も「批」もニギル・ツカム・モツといった国語を当て得る（小島憲之真古解説）。今「搤批」二字連文としてツカムと訓む。
7 訓アヲナコロシタマヒソ　朝あれをなしせたまひそ
○「殺」字はコロス訓む。

父（卜系）―見
問（祥以下）―同
今（卜系）―令
之（諸本ニヨル）―云（兼）
末（寛）―未
批（諸本ニヨル）―挑（訓）
之（春以下）―巳
州（諸本ニヨル）―洲（訓）
父（卜系）―見

國主《クニヌシの》神之命《のミことニタガハジ》一。不レ違二八重事代主《ヤヘことシろヌシの》神之言《のことニタガハジ》一。此葦原中國《このアシハラのナカツクニ》
者《ハ》、随二天《アマツ》神御子之命《のミコのミことのマニマニタテマツラム》一•献。」。
故《カレ》、更且還来《サラニマタカヘリキテ》、問二其大國主神《そのオホクニヌシのカみヲトヒタマヒシク》一、「汝子等《ナガコども》、事代主神《ことシろヌシの》•
建御名方神《タケミナカタの》二神者《フタハシラのカみハ》、随二天神御子之命《アマツカみのミコのミことのマニマニ》一、勿レ違白訖《タガハジとマヲシツ》。
故《カレ》、汝心《ナガこころ》奈何《イカニ》。」。尒《シカシテ》、答白之《こタヘマヲシシク》、「僕子等《アガコども》二神《フタハシラの》随《の》レ白《マヲスマニマニ》、僕《ア》
1之不《も》レ違《タガハジ》。此葦原中國者《このアシハラのナカツクニハ》、随レ命《ミことのマニマニ》既2献也《スデニタテマツラム》。唯僕住所者《タダアガスミカのみハ》、
如二天神御子之天津日継所《アマツのミコのアマツヒツギ》レ知《シラシメス》之登陁流《とダル》3(充足) 此三字以レ音。下效レ此。天之御巣《アめのミスのご》一
而《とクシテ》、於二4底津石根《そこツイハネ》一宮柱布斗斯理《ニミヤバシラフトシリ》(太領)、此四字以レ音。於二高天原《タカアマのハラニ》一氷木多迦斯《ヒぎタカシ》(高領)
理《リ》多迦斯理《タカシリ》四字以レ音。而《テ》、治賜者《ヲサめタマハバ》、僕者《アハ》於二百不レ足八十坰手《モモタラズヤソクマデ》一•5隠《ニカクリテ》而侍《ハベラム》。6亦《マタ》
僕子等《アガコどもモモヤソ》百八十神者《ハ》、7即八重事代主神《ヤヘことシろヌシの》、為二神之御尾前《のミヲサキとナリテ》一8•而仕奉《ツカヘマツ》
者《ラバ》、違神者非也《タガフカみハアラジ》。」、《と》9如レ此之白《カクマヲシテ》而、*於二出雲國之多藝志之小濱《イヅモのクニのタギシのヲバマニ》一、
造二天之御舎《アめのミアラカヲツクリ》一10多藝志《タギシ》三字以レ音。而《テ》、水戸神之孫櫛八玉神《ミナトのカみのヒコクシヤタマのカみヲ》、為二膳《カシハ》
夫《テとシ》一、献二天御饗《アマのミアヘヲタテマツル》一之時《とキニ》、11禱白《ホキマヲシテ》而、櫛八玉神《クシヤタマの》化レ鵜《ウニナリ》、入二

之(祥以下)—ナシ

日(祥以下)—月

坰(祥以下)—怕。垌(延・訓)・堣(校訂)「坰」は「垌」の異体字。

「而」ノ下ニ、訓ハ「乃隠也。故随白而」ノ七字ヲ補エリ。諸本ナシ

1 延モ 岩は
○「僕之」を真淵は「僕亦」の誤りかと言ったのを承けて、宣長はアレモと訓んだ。しかし「子等二神の白す通りに私も背くまい」だからアモである。
2→三〇頁4。
3 トダルは記伝に‖大国主神の国護り
「富足る」、安藤正次は琉球語のテダ(太陽)を活用させた語(『古典と古語』)とす。しかしここだけ琉球語で説明するのはいかが。私は「そ‖ダル(具足)」と同じく「と‖ダル(充足)」を考えた。チダル(千足)、モモダル(百足)と同発想で、十分に充ち足りている意の美称(拙著、五六八頁)。

4「於…而、(天神御子が国ヲ)治賜者」という文法(下鶴隆「国譲り神話の解釈について―口誦句分析からみた令前のオホミヤ―」大阪市大『市大日本史』3)。

5「坰」は尓雅釈詁に「林外謂二之坰一」とある。クマと訓む。
6 祥ハヘラン 訓サモラヒナム 校サモラハム
○サモラフは「様子をうかがいながら機を待つ」意の「伺候」であるからここには不適。遠い所に隠れて「深くへりくだって存在しましょう」の意だから、ハベラムと訓む。
7～八即の「即」は不読。

8「天神御子」をさす。

9「如此之白而、…禱白而」の主語は大国主神。
10 脚注の如く、記伝は「如此之白而」の後に「乃隠也。故随白而」

の七字を補った。これは「白」の主語が大国主神、「於出雲国之」以下は天神の御子が主語となると見たためである。しかし倉野『全注釈』で「如此之白而」の下に「天つ神の諒解を得て」の省略と見、天之御舎を造ったのは大国主神だとした。これが正しい。但し、「天つ神の諒解を得て」ではなく、〈国譲り〉の証しとしての献饌のための「天之御舎」を大国神が造ったのである（戸谷高明『古事記の表現論的研究』新典社、四一一頁）。

11（大国主神が）「禱白而（櫛八玉神が化ー、入ー、咋出ー、作ー而、鎌ー、作ー、作ー而、檳出ー）云」という文法（戸谷前掲書）。

1 石蓴（あおさ）馬尾藻（ほんだわら）等の海藻の名という。正倉院文書「古母」また「古毛」。多分コ（甲）モ（甲）であろう。

2 『一切経音義』「西京賦云、其形蔓莚」とあるが、胡刻本六臣注本には「蔓延」とある。「莚」「延」は通用（小島憲之真古解説）。なお延はヤ行のイの仮名専用。

3 兼ハネ　延ヒレ　訓ハタ

4 サワは騒の語幹。

5 延ウツ　訓サキ

天孫降臨

迩々芸命の誕生

○「打」はウツ。思は釣りあげたばかりの生きのよい大きなスズキを竹の棒で、たわむほど打って捕えるさまとする。

海底《ウミのそこニイリ》一、*咋二出底《そこの》之波迩《ハニヲクヒイデ》一、（埴）此二字以レ音。作二天《アめの》八十毗良迦《ヤソビラカヲツクリ》一（平瓮）此三字以レ音。

而《テ》、鎌二海布《めの》之柄《カラヲカリテ》一、作二燧臼《ひキリウスニツクリ》一、以二海*蓴《コモ》[1]之柄《のカラヲもチテ》一、作二燧杵《ひキリギネニツクリ》一

而《テ》、*檳二出火《ひヲキリイダシテイヒシク》一云、

是我所《このアガ》レ*燧火者《キレルひハ》、於二高天原《タカアマのハラニハ》一者、神産巣日御祖命《カムムスヒのミオヤのミことの》之、登陁《とダ》（充足）

流《ル》天之新巣之凝烟《アめのニヒスのスス》 訓二凝烟一云二州須《スス》一。之《の》、八拳垂麻弖《ヤツカタルマデ》（迄）焼擧《タキアげ》、*麻弖《マデ》二字以レ音。地《ツチの》

下者《シタハ》、於二底津石根《そこツイハネ》一焼凝而《ニタキこラシテ》、栲縄之《タクナハの》、千尋縄打莚《チヒろナハウチハヘ》[2]、*為レ釣《ツリセシ》海《ア》

人之《マの》、口大之《クチオホの》、尾翼鱸《ヲハタスズキ》[3]、訓レ鱸云二須受岐《スズキ》一。佐和佐和迩《サワサワニ》[4]（騒々）、此五字以レ音。控依騰而《ヒキよセアげテ》、

*打竹之《ウツタけの》[5]、登遠々登遠々迩《とヲヲとヲヲニ》、此七字以レ音。献二天之真魚咋《アめのマナグヒヲタテマツル》一也。

故《カレ》、建御雷神《タケミカヅチの》、返参上《カヘリマヰのボリテ》、復下奏言二向和平葦原中國《アシハラのナカツクニヲことムけヤハシツル》一

之状《サマヲカヘリことマヲシキ》上。

尒《シカシテ》、天照大御神・高木神《の》之命《のミことも》以《チテ》、詔二太子《ヒツギのミコ》正勝吾勝々速日天《マサカツアカツカチハヤヒアマの》

忍穂耳命《オシホミミのミことニのラシシク》一、「今《イマ》、平二訖葦原中國《アシハラのナカツクニヲタヒラげツと》一之、白《マヲス》。故《カレ》、随二言《こと》

依賜《よサシタマヒシマニマニクダリマシテ》一降坐而知者《シラシメセ》*。」。尒《シカシテその》、其太子正勝吾勝々速日天《の》忍穂耳《の》

咋（祥以下）ー吹上
海（祥以下）ー汝
蓴（諸本ニヨル）ー葦（祥・春）
檳（底・卜系ニヨル）ー
燌（祥・春）、鑽（寛以下）
「檳」は「鑽」に通じ（説文通訓定声）、穴をあける意。
燧（真系ニヨル）ー焼（卜系）
垂（祥以下）ー乗
麻（真系ニヨル）ー摩（卜系）
千（祥以下）ー子
莚（諸本ニヨル）ー延（延・訓以下）
「莚」と「延」とは通字。
云（祥以下）ー之
打（諸本ニヨル）ー打〔右ニ「折」トアリ〕（祥・春）
登遠々（卜系）ーナシ
平（祥以下）ー年
者（諸本ニヨル）ー看（延・訓・校訂）
「者」は「焉」などと同じ助字。

1 訓アレマシツ 岩あれ出でつ 新うまれいでぬ
○アルは聖誕の場合で仮名書をしている。それでウマルと訓む。
2 延ヒダカ 校ヒコ
○「天津日高日子」の「高」のみ音で訓むのはおかしいとしてヒダカと訓むのに対して、桜で「丸高(マロコ)」の訓・音の文字連結の例もあるとした。そして神代紀下「天津彦」によりヒコと訓むが仮名「高」は「日」の連想的用字法と見たい。
3 ヲルのあと、トトヘトノリタマヒキは補読しない。→六七頁2
4 訓ツカヘマツラムトシテ 朝つかへまつりに
○この「而(テ)」は二つの動作が同時に行われることを表わす接続助詞。ニとは訓まない。→七〇頁5
5 兼ハヘリ 訓サモラフ 校サムラフ
○この「侍」は「待機する」意なのでサモラフと訓む。
1「支ち加へて」の主語は天照大御神。従って「天降也」も同じ主語であるからアマクダシタマヒキと訓む。クダス対象は天孫ニニギの命。これ以後、天照大御神及びその直系にはタマフ敬語をつけて訓むことにする。
2 主語・対象ともに1に同じ。
3「此之鏡者……伊都岐奉」は天照大御神の天孫に対する詔(毛利正守「古事記天孫降臨の条に於ける一問題」『皇學館論叢』一巻二号)。

猿田毘古神の先導

命答白《ミことのこタヘマヲシタマヒシク》、「僕者《アハ》将降《クダラムよそ》装束《ヒシツル》之間《アヒダニ》、子生出《コウマレイデヌ》[1]。名天迩岐志國迩岐志《ナハアマニキシクニニキシ》自迩至志以音。天津日高日子番能迩迩藝命《アマツヒコ[2]ヒコホのニニギのミこと》、此子《このコ》應降也《クダスベシ》」。此御子者《このミコハ》、御合高木神之女《タカぎののムスメ》、万幡豊秋津師比賣命《よろヅハタとよアキヅシヒメのミこと》生《ニミアヒマシテウミタマヒシ》子《コ》、天火明命《アマのホアカリのミこと》。次日子番能迩迩藝命《ニヒコホのニニギのミこと》＊＊二柱《フタハシラ》也《ぞ》。是以《ここヲもチテ》、随白之《マヲシタマヒシマニマニ》科詔日子番能迩迩藝命《ヒコホのニニギのミことニミことオホセテ》、「此豊葦原水穂國者《このとよアシハラのミヅホのクニハ》汝《イマシ》将知國《シラサムクニぞとことよサシタマフ》、言依賜。故《カレ》、随命以《ミことのマニマニ》可天降《アマクダルベシ》」。尓《シカシテ》、日子番能迩迩藝命《ヒコホのニニギのミこと》将天降《アマクダラサムとスル》之時《とキニ》、居天之八衢《アめのヤチマタニヰテ》而、上光高天原《ウヘハタカアマのハラヲテラシ》、下光葦原中國《シタハアシハラのナカツクニヲテラス》之神、於是有《ここニアリ》。故尓《カレシカシテ》、天照大御神・高木神之命以《のミこともチテ》、詔天宇受賣神《アマのウズメのニのラシシク》、「汝者《ナハ》雖有手弱女人《タワヤメニアレども》與伊牟迦布神《イムカフと》(対)自伊至布以音。面勝神《オもカツぞ》。故《カレ》、専《モハラ》汝往将問者《ナレユキテトハマクハ》、『吾御子《アガミコの》為天降《アマクダラス》之道《ミチヲ》、誰如此而居《タレぞカクテヲル》[3]』」。故《カレ》、問賜之時《トヒタマフとキニ》、答白《こタヘマヲシシク》、「僕者國神《アハクニツ》神、名＊猿田毗古神也《ナハサルタビコのぞ》。所以出居者《イデヰルユヱハ》、聞天神御子天降坐《アマツのミコアマクダリイマスとキキツル》故《ユヱニ》、仕奉御前《ミサキニツカヘマツリテ》[4]而、参向之侍《マヰムカヘテサモラフ》[5]」。

出(卜系)—於
者(春以下)—著
二柱(真系ニヨル)—卜系ハ分注トス
白(祥以下)—自
猿(真系ニヨル)—猨(卜系)
古(卜系)—ナシ

尓《シカシテ》、天兒屋《アマのコヤネの》命《ミこと》・布刀玉《フトダマの》命《ミこと》・天宇受賣《アマのウズメの》命《ミこと》・伊斯許理度賣《イシこリドメの》命《ミこと》・玉祖《タマのオヤの》命《ミこと》、并《アハセテ》五伴緒《イツツのとものヲ》矣《ヲ》支[1]加《ワカチクハヘテ》而天降《アマクダシタマヒキ》也。於レ是《ここニ》、副二賜其《その》遠《ヲ》(招)岐《キ》斯《シ》此三字以レ音。八尺勾璁《ヤサカのマガタマ》・鏡《カガミ》及《と》草那藝釼《クサナギのツルギ》、亦常世《マタとこよの》思金《オもヒカネの》神・手《タ》力男《ヂカラヲの》神・天石門別《アマのイハトワけの》神一[2]而詔者《ヲそヘタマヒテのラシシク》、「[3]此之鏡《これのカガミ》者《ハ》、専《モハラ》為二我御魂一《アガミタマと》而《シテ》、如レ拜二吾前一《アガマヘヲイハフガごと》[4]伊都岐奉《イツキマツレ》(斎)。」、次《ニ》[5]「[6]思金《オもヒカネの》神者《ハ》、取二持前《マへの》事一《ことヲトリもチテ》為レ政《マツリごとセよ》。」。[7]此二柱《このフタハシラの》神者《ハ》、拜二祭《イハヒマツリタマヒキ》佐久久斯侶《サククシろ》(栄釧)、伊須受能宮《イスズのミヤヲ》[8]一。自レ佐至レ能以レ音。次《ニ》登由宇氣《とユウけの》神、此者《こハ》坐二度相一《ワタラヒニイマス》神者也《ぞ》。次《ニ》天石戸別《アマのイハトワけの》神、亦名《マタのナハ》謂二櫛石窓《クシイハマトの》神一《とイヒ》、亦名《マタのナハ》謂二豊石窓《とよイハマトの》神一《とイフ》。此《この》神者《ハ》、御門《ミカドの》之神也《ぞ》。次《ニ》手力男《タヂカラヲの》神者《ハ》、坐二佐那那縣一《サナナガタニイマス》也《ぞ》。故《カレ》、其《その》天兒屋《アマのコヤネの》命《ミこと》者《ハ》、中臣連《ナカとミのムラジ》等之祖《ラガオヤぞ》。布刀玉《フトダマの》命《ミこと》者《ハ》、忌部首《イミベのオビと》等之祖《ラガオヤぞ》。天宇受賣《アマのウズメの》命《ミこと》者《ハ》、猿女君《サルメのキミ》等之祖《ラガオヤぞ》。伊斯許理度賣《イシこリドメの》命《ミこと》者《ハ》、*作*鏡連《カガミツクリのムラジ》等之祖《ラガオヤぞ》。玉祖《タマのオヤの》命《ミこと》者《ハ》、玉祖連《タマのオヤのムラジ》等之祖《ラガオヤぞ》。

故尓《カレシカシテ》、詔二天津日子番能迩迩藝《アマツヒコホのニニギのミことニのラシテ》命一而、離二天之石位一《アめのイハクラヲハナチ》[9]、押二分天《アめ》之八重多那《のヤヘタナ》(棚)此二字以レ音。雲一《クモヲオシワけテ》而、伊都能知和岐知和岐弖《イツのチワキチワキテ》(稜威道別道別)自レ伊以下十字以レ音。於二

4 兼ヲカム 訓イツク 朝をろがむ ＝ **天孫降臨**

新いはふ

○↓六四頁6。尤も「吾が前を拝(いは)ふが如くイツキまつれ」では妙に聞えるであろう。しかし「私を神祭りするように、鏡を潔斎して守り仕えよ」の意。譬える方は広く、譬えられる方は狭く表現したものと考える。

5「次」は地の文に用いられて、会話の文中には用いない（小野田光雄「古事記の文章」『古事記年報』三号）。

6「思金神者……為政」は天照大御神の思金神に対する詔（毛利正守前掲論文）。

7「此二柱神」とは天孫と思金神とをさす。従来「御鏡＝天照大御神」と「思金神」の二柱としたがこれが「拝祭」することはあり得ないからである。↓8を見よ。

8 兼ミヤヲカミマツレ 訓ミヤニイツキマツル 延宮ニ拝ミ祭ル

新宮をいはひまつりたまひき

○「拝祭」は祭られる神をさすのではなく、奉仕者を主にした言い方である（高藤俊晴説）。すると「此二柱神」がイスズの宮の奉仕神であるわけで、それは第一の詔を受けた天孫（これを神としていること忘れてはならぬ）と、第二の詔を受けた思金神である（拙稿「古事記行文注釈二題」『古代文学論集』所収）。

9 兼ヲシハナチ 訓ハナレ 校ハナチ

○原文の語順から見ると、石位ヲハナチと訓むべきである。

緒(祥以下)―諸
支(祥以下)―友

如(祥以下)―女

侶(卜系)―詔
度相(意改)―外宮之度相(諸本)
もと「度相」とのみあったが、「外宮也」の傍注ができ、それを「外宮之」として本文に竄入せしめた（青木紀元『日本神話の基礎的研究』二二七頁参照）。
名謂(祥以下)―者
縣(祥・春)―懸
刀(祥以下)―力
作鏡(諸本ニヨル)―鏡作(延・訓・校訂)

岐(祥・春)―ナシ
自(祥以下)―日

1ソリタツとは隆(りゅう)として立つ意(岡田希雄「新訳華厳経音義私記倭訓攷」『国語・国文』一一巻三号)。
2竺紫は九州。この嶽は宮崎県西臼杵郡高千穂町の四周の山の一つ。例えば国見ケ丘（五一三メートル）。但し神代紀では鹿児島県姶良（あいら）郡の霧島連峰—例えば高千穂峰（一五七四メートル）や韓国岳（一七〇〇メートル）説と右の宮崎県説との二つを載せている。従って上代から両説があったわけだが、古事記は宮崎県説に絞っている。この国名・山名には「日が向う」「高く積んだ稲穂の山」「奇し振る」を懸けてある。朝鮮神話の亀旨(くし)峰(加羅国首露王の降臨地)に類似する。
3[兼]天降坐す [訓]アモリマシキ [国]天降り坐さしめたまひき [校]アマクダシマシキ
○前頁に「詔《ニ》二——一」とあるので、その結びは「天降りまさシめタマヒキ」と訓まれやすい。しかし詔の内容はすべてニニギの命が主語である。それで「詔二——一」の次に「天孫は」が省かれていると見ればよいと考える。
4[訓]ミサキニマギトホリテ [国]ミサキニマキトホリテ [岩]みさきをまきとほりて
○「真来通」をマギトホリと訓むのは神代紀の「覓国行去」の訓注クニマギトホルとあり、意味こそ違え発音マギの温存が見られる。まことに道が行き通っての意。動詞にマがつく例はまれに

‖猿女の君

天浮橋《アマのウキハシニ》一、宇岐士摩理《ウキジマリ》（浮島在）、蘇理多〻斯弖《ソリタタシテ》1（隆　立）、自レ宇《ウ》以下十一字以レ音。* 天三降坐于二竺紫《ツクシ》2日向之高千穂之久士布流多氣《のヒムカのタカチホのクジフルタけニアマクダリマシキ》一。3 自レ久《ク》以下六字以レ音。・故爾《カレシカシテ》、天忍日命《アマのオシヒのミこと》・天津久米命《アマツクめのミこと》二人《のフタリ》、取二負天之石靫《アめのイハユキヲトリオヒ》一、取二佩頭椎之大刀《クブツチのタチヲトリハキ》一、取二持天之波士弓《アめのハジユミヲトリもチ》一（梔）、手二挟天之真鹿兒矢《アめのマカゴヤヲタバサミ》一、立二御前《ミサキニタチテ》一而仕奉《ツカヘマツリキ》。故《カレ》、其天忍日命《そのアマのオシヒのミこと》、此者大伴連等之祖《こハオホとものムラジラガオヤぞ》。天津久米命《アマツクめのミこと》、此者久米直等之祖也《こハクめのアタヒラガオヤぞ》。

於レ是《ここニ》、詔之《のラシシク》*、「此地者《ここハ》、向二韓國《カラクニニムカヒ》一、真二・来通笠沙之御前《カササのミサキニマギとホリテ》一4而、朝日之・直刺國《アサヒのタダサスクニ》、夕日之日照國也《ユフヒのヒデルクニぞ》。故《カレ》、此地《ここハ》甚吉地《イとよキところ》。」詔而《とのラシテ》、於二底津石根《そこツイハネニ》一宮柱布斗斯理《ミヤバシラフトシリ》（太　領）、於二高天原《タカアマのハラニ》一・氷・椽多迦斯理而坐也《ヒぎタカシリテイマシキ》（高　領）。

故爾《カレシカシテ》、詔二天宇受賣命《アマのウズメのミことニのラシシク》一、「此《この》立二御前《ミサキニタチテ》一所二仕奉《ツカヘマツリシ》一、猿田毗古大神者《サルタビコのオホカみハ》、専《モハラ》所二顕申《アラハシマヲセル》一之汝《ナレ》・送奉《オクリマツレ》。亦其神御名者《マタそのミナハ》、汝負《ナレオヒテ》仕奉《ツカヘマツレ》。」。是以《ここヲもチテ》、猿女君《サルメのキミラ》等負二其猨田毗古之男神名《そのサルタビコのヲのナヲオヒテ》一而、女《ヲミナヲ》呼二猨女君《サルメのキミとヨブ》一之事《こと》是也《こレぞ》。

故《カレ》、其猨田毗古神《そのサルタビコの》、坐二阿耶訶《アザカニイマス》一此三字以レ音。地・名《のぞ》。時《とキニ》、為レ漁《スナドリシテ》5而、於二

字（真系ニヨル）—字亦（卜系）
以（寛以下）—ナシ
之（諸本ニヨル）—云（延）
来（祥・春）—米
直（卜系）—真
氷（祥・春）—水
椽（祥以下）—椽之
送（祥以下）—逆
名（延・訓）—君

ある（澤瀉久孝「古事記天孫降臨の条訓詁復古」『国語・国文』一○巻一号）。

5 [兼]スナドリ　[思]いざり

1 [兼]コレクチカ不答之口シテ　[訓]コノクチヤコタヘヌクチ　[朝]此の口、つひに（畢）答へぬ口

○[朝]は底本の文字「海鼠之此口畢不答之口」によって「海鼠の此の口つひに」と訓むが、底本は「乎」を「𢆯」（畢の異体字）に写すのがくせであって（下文「有汝之兄弟乎」にも見える）、ここのみ「つひに」と訓むのは不可。

2 [兼]ミヨ　[訓]ミヨ〳〵

[祥][春]に「御世御世」とある本のことを紹介しているが、これは平安朝前期の訓読の名残りを示すものか。今「御世」だけで、ミヨミヨと訓む。

3 [兼]ウルハシキヒトニ　[延]ウルハシキヲトメニ　[訓]カホヨキヲトメノ　[角]かほよきをとめに　[朝]うるはしくよき人に

○遇った相手を主語にした表現が古いというので、[訓]の訓みがある。例えば一五〇頁「麗美嬢子、遇二其道衢一」（中巻、応神）の如きで、嬢子が応神天皇に出会ったと表現している。しかしここは原文の語順通りに訓む。次に「美人」は五三頁—訓注‖**木花之佐久夜毘売**の「壮夫」—訓注「袁等古」とある—に対する語と考えられる。すると「美人」に訓注がなくとも、「壮夫（ヲとコ）」の対だから、「美人」は「ヲとメ」と訓めるのである。

比良夫貝《ヒラブカヒニ》一（自レ比《ヒ》至レ夫《ブ》以レ音。）其手《そのテヲ》見二咋合《クヒアハサイテ》一而、・沈二溺海塩《ウシホニオボホレマシキ》一。故《カレ》其《その》沈二居底《そこニシヅミイマス》一之時《トキの》名《ナハ》、謂二底度久御魂《そこドクミタマとイヒ》一、（度久《ドク》二字以レ音。）其海水之都夫多都《そのウシホのツブタツ》（粒立）時《トキの》・名《ナハ》、謂二都夫多都御魂《ツブタツミタマとイヒ》一（自レ都《ツ》下四字以レ音。）其阿和佐久時《そのアワサクトキの》（沫咲）名《ナハ》、謂二・阿・和佐《アワサ》久御魂《クミタマとイフ》一。（自レ阿《ア》至レ久《ク》以レ音。）

於レ是《ここニ》、送二・猨田毗古神《サルタビコの》一而還到《カヘリイタリテ》、乃《スナハチ》悉《ことごと》追二聚鰭廣物《ハタのヒロもの》・鰭《ハタの》狹物《サものヲ》一・以問《オヒアツめテトヒテイヒシク》言、「汝者天神御子《ナハアマツのミコ》仕奉《ニツカヘマツラムヤ》耶。」之時《とイヒシトキニ》、諸《もろもろ》魚皆《のウヲみナ》「仕奉《ツカヘマツラムとマヲス》。」白之中《ナカニ》、海鼠《コ》不レ白《マヲサズキ》。尓《シカシテ》、天宇受賣命《アマのウズメのミこと》謂二海鼠《コ》一・云《ニイヒテイヒシク》、「此口《このクチヤ》[1]乎、・不レ答《こタヘヌ》之口《クチ》。」而《とイヒテ》、以二・紐小刀《ヒモカタナヲもチテ》一*折二其口《そのクチヲ》一。故《カレ》、於レ今《イマニ》海鼠《コ》口折也《のクチサけテアルぞ》。是以《ここヲもチテ》、*御*世《ミよミよ》[2]、嶋之速贄獻《シマのハヤニヘタテマツル》之時《トキニ》、給二・猨女君等《サルメのキミラニタマフぞ》一也。

於レ是《ここニ》、天津日高日子番能迩〻藝能命《アマツヒコヒコホのニニギのミこと》、於二笠沙御前《カササのミサキニ》一、遇二麗美《ウルハシキ》[3]人《ヲとメニアヒタマヒキ》一。尓《シカシテ》、問二「誰女《タガムスメぞ》。」一、答白之《とトヒタマヘバこタヘマヲシシク》、「大山津見神之女《オホヤマツミのカミのムスメ》、名神阿多都比賣《ナハカムアタツヒメ》、（此神名以レ音。）亦名《のナハ》、謂二木花之佐久夜毗賣《このハナのサクヤビメとイフ》一。（此五字以レ音。）」。

貝（延以下）—具
沈（卜系）—洗
名（訓）—ナシ
阿和（訓）—ナシ
阿（訓）—佐
猨（卜系）—授
狹（祥以下）—俠
問（卜系）—同
云（祥以下）—之
乎（卜系）—畢
紐（延以下）—鈕
折（諸本ニヨル）—拆（寛以下）
「折」はサクの意。
御世（諸本ニヨル）—祥・春ニハ「御世」ノ次ニ「御世本有之、両書欤」ト挿入セリ。校訂ハ「御世御世」トス
猨（祥以下）—授

又、問下「有二汝《ナ》之《ガ》兄弟《ハラガラ》[1]一乎《アリヤ》上」、《とトヒタマヘバ》　答二白「我姉《ワガアネ》、石長比賣《イハナガヒメ》在《アリ》也一」。《と》《こタヘマヲシキ》
尒《シカシテ》、　詔下「吾《アレ》欲レ目二合汝一《ナレニマグハヒセムとオもフハ》　奈何《イカニ》上」、《とのラシシカバ》　答下
白「僕《アハ》不二得白《エマヲサジ》一。　僕父《ワガチチ》大山津《オホヤマツ》見《ミ》神《の》将《ぞ》上白《マヲサム》」。《とこタヘマヲシキ》　故《カレ》、乞二遣其父《そのチチ》
大山津見神《の》一[2]《ニこヒツカハシタマヒシ》之時《とキニ》、大歓喜《イタクよろこびテ》而、副二其姉石長比賣《そのアネイハナガヒメヲそへ》一、令
レ持二百取机代之物《モモトリのツキイシロのものヲもタシめ》[3]一　奉出《マツリイダシキ》。　故尒《カレシカシテ》、　其姉者《そのアネハ》　因二甚凶醜《イとミニクキニよりテ》一、　見
畏《カシコミテ》　而返送《カヘシオクリ》、　唯《タダ》留二其弟木花之佐久夜毗賣《そのオとこのハナのサクヤビメのみヲとどめテ》[4]一　以、　一宿《ヒとヨ》為レ婚《マグハヒ》[5]。《シタマヒキ》
尒《シカシテ》、　大山津見神《の》　因レ返二石長比賣《ヲカヘシタマヒシニよりテ》一　而、　大恥《イタクハヂ》、
白送言《マヲシオクリテイヒシク》、「我之女《ワガムスメ》二並[6]《フタリナラべテ》　立奉《タテマツリシユヱハ》　由者、　使二石長比賣《イハナガヒメヲツカハサバ》一　者、
天《アマツ》　神《の》　御子《ミコ》之《の》命《イのチハ》、　雖二＊雪零風吹《ユキフリカぜフクとも》[7]一、　恒《ツネニ》　如レ石《イハのごとク》[8]而　常《とキハ》　堅《ニカチハニ》　不レ動《ウゴカズ》
坐《イマサム》。　亦《マタ》使二木花之佐久夜＊比賣《このハナのサクヤヒメヲツカハサバ》一　者、如二木花之榮《このハナのサカユルごとクサカイマサムと》一　ゝ　坐、
（誓）
宇氣比弖《ウけヒテ》　自レ宇下四字以レ音。　貢進《タテマツリキ》。　此《カク》[9]、令レ返二石長比賣《ヲカヘサシめテ》一　而、　獨《ヒとリ》　留二
木花《のの》之佐久夜毗賣一《のみヲとどめタマヒツレバ》　故、　天神御子之御壽《アマツのミコのミイのチハ》　者、　木花之《このハナの》
阿摩比能微《アマヒのみ》[10]　此五字以レ音。　坐《イマサム》」。　故《カレ》、　是以《ここヲもチテ》　至レ于レ今《イマニイタルマデ》、　天皇命等之《スメラミことタチの》

1 [兼]イロネイロト　[訓]ハラカラ　[桜]ハラガラ
○「波良何良」（続紀宣命二五詔）によりハラガラと濁音。一般的に兄弟姉妹のことを言う。
2 [兼]コヒマタス　[訓]コヒニツカハシケル
○マダスは「参出す」の意の古訓であるが、本書では「遣・使」はツカハスと訓む。また「乞～」の時はコヒ～と訓み、コヒニ～・コヒテ～とは訓まない。
3 「机」はツクヱではなく、ツキイ（大坪併治『訓点語と訓点資料』九輯・中田祝夫『古点本の国語学的研究』・築島裕『平安時代語新論』等）。
4 [兼]イロト　[訓]オト
○この姉妹は同母か否か不明。それでイろネ（姉）イろど（弟）と訓まずに、一般的にアネ（姉）オと（弟）と訓むことにする。
5 [兼]ミアハセ玉フ　[訓]ミトアタハシツ　[校]ミアヒシ玉ヒキ　[国]あひたまひき　[岩]まぐはひしたまひき　[朝]よばひしたまひき
○一夜妻の時はマグハフと訓む。
6 [兼]フタハシラノタチテタテマツル　[延]フタリ並べ立テ、奉ル　[訓][思]フタリナラベテタテマツレル　ふたりトモにたてまつる
○「立（た）テ奉（まつ）リシ」と訓む
↓四八頁10
7 [訓]アメフリカゼフケドモ　[国]雪ふり風吹くとも
○「雪…風…」は漢文式であるとして、[訓]が「雨…風…」の誤りとしたのは行過ぎ。
8 [兼]石ノ如シテトキハニカキハニ

乎（祥以下）―乎
目（祥・春）―因
父（卜系）―見
津（祥以下）―律
父（卜系）―見
姉（祥以下）―婦
因（卜系）―目
因（卜系）―目
雪（諸本ニヨル）―雨
（校訂）
常堅（卜系）―石常堅。常石堅（祥・春）、常石堅石（延）
比（諸本ニヨル）―毗
（訓）
前後不揃いであるが、今は諸本による。
微（訓）―微
今（祥・春）―令

延イハノ如クトキハカキハニ　白いはの如くして、ときは（常石）に堅く　桜イハのごとくとキハニカチハニ

○「如―而」は、―のごとく。常堅の二字は、とキハニカチハニの常套句として訓む。カチハは延喜式祝詞九条家本訓による。堅磐（カタイハ→カチハ）の意。

9 延コヽニ　訓カヽルニ　岩かくて　朝かく

10 アマヒは白に「雨間（あまあひ）」で桜の花が雨の降らぬ間だけ栄え、やがて雨に移ろい散ることに譬えて、はかなく脆いことにいうとする。

1 延請ヒマフス　訓マヲシタマヒキ　校マヲス　朝こふ

2 兼ウムニ　延産ン時　訓ウムコト　国産む時　桜ウムとキニ

○真系諸本には「産時」とあり、卜系諸本には「産」とある。前後の文に「時」があるので本文としては真系がよい。卜系に「産」とのみあるのは、「産む時」ではなく「産むこと」の如き解を施したために「時」を省いて書写してしまったのであろう。桜で卜系を採用し、真系の「時」を平安朝前期の訓読の名残りと説明したが、今回それを上述の如く改める。

3 訓フタギ　朝こめて　思ふさぎ

○新撰字鏡「塞、不多久」。但しフサグでもよい。

4 兼マサニコウム時ニ　訓ウマストキニアタリテ　角産む時にあたりて　思まさにうまむトするトき

一　日子穂々手見命

＝　海幸彦と山幸彦

御命《ミイのチ》不㆑長也《ナガクアラヌぞ》。故《カレ》、後《のチニ》木花之佐久夜毗賣《このハナのサクヤビメ》、紊出《マヰデテ》白《マヲシシク》、「妾《アハ》妊身《ハラメリ》。今《イマ》臨㆓産時《ウムとキニナリヌ》㆒。是天神之御子《このアマツのミコハ》、私《ワタクシニ》不㆑可㆑産《ウムベクアラズ》。故《カレ》、請《こフ》[1]。」。尓、詔《シカシテのラシシク》、「佐久夜毗賣《サクヤビメ》、一宿《ひとヨ》哉《ニヤ》妊《ハラメル》。是《こレ》非㆓我子《アガコニハアラジ》㆒。必《カナラズ》國神之子《クニツのコニアラム》。」。尓《シカシテ》、答白《こタヘマヲシシク》、「吾妊《アガハラメル》之子《コ》、若《モシ》國神之子《クニツのコニアラバ》者、*産時《ウムとキニ》[2]不㆑幸《サキクアラジ》。若《モシ》天神之《アマツの》御子《ミコニアラ》者幸《バサキクアラムとマヲシテ》。」、即《スナハチ》作㆓無㆑戸八尋殿《トナキヤヒろどのヲツクリ》㆒、入㆓其殿内《そのとののウチニイリ》㆒、以㆑土《ツチ》塗塞《もチテヌリフタギテ》[3]而、方㆓産時《ウムとキニアタリ》[4]㆒、以㆑火《ひもチテ》著㆓其殿《そのとのニツけテ》㆒而産也《ウミタマヒキ》。故《カレ》、其火《そのひの》盛焼時《サカリニモユルとキニ》所㆑生《ウマレマセル》之子名《コのナハ》、火照命《ホデリのミこと》。此者隼人阿多君之祖《こハハヤヒとのアタのキミガオヤぞ》。次《ニ》生《ウマレマセル》子名《コのナハ》、火須勢理命《ホスセリのミこと》。須勢理《スセリ》三字以㆑音。次《ニ》生子御名《ウマレマセルコのミナハ》、火遠理命《ホヲリのミこと》。亦名《のナハ》、天津日高日子穂々手見命《アマツヒコヒコホホデミのミこと》。三柱《ミハシラ》。

故《カレ》、火照命者《ホデリのミことハ》、為㆓海佐知毗古《ウミサチビコとシ》㆒此四字以㆑音。下効㆑此也。*而《テ》、取㆓鰭廣物《ハタのヒろもの》・鰭狭物《ハタのサものヲトリ》㆒、火遠理命者《ホヲリのミことハ》、為㆓山佐知毗古《ヤマサチビコとシテ》㆒而、取㆓毛麁物《けのアラもの》・毛柔物《けのニコものヲトラシキ》㆒。尓《シカシテ》、火遠理命《ホヲリのミこと》謂㆘其兄《そのイろイ》火照命《ホデリのミことニ》、「各《オのもオのも》相㆓易佐知《サチヲアヒカ》㆒

今（卜系）―命

産時（真系）―産（卜系）　頭注の2を見よ。

塞（祥以下）―寒

命（祥以下）―令

下（祥以下）―不

也（真系ニヨル）―ナシ（卜系）

狭（祥以下）―俠

佐（卜系）―使

《ヘテ》欲用《もチヰムとイヒテ》。」、三度《ミタビ》雖乞《こハシシカども》、不許《ユルサズキ》。然《シカアレども》、遂纔《ツヒニワヅカニ》得相易《アヒカフルことエツ》。[1]
尒《シカシテ》、火遠理命《の》以海佐知《ウミサチもチテ》釣魚《ウヲツラスニ》、都《カツテ》[2]不得一魚《ヒとツのウヲダニもエズ》、
亦其鉤《マタそのチヲ》[3]失海《ウミニウシナヒタマヒキ》。於是《ここニ》、其兄《そのイろイ》[4]火照命《ホデリのミこと》乞其鉤《そのチヲこヒテのラシシク》曰、「山《ヤマ》
佐知《サチ》(幸)母《も》、己之《オのガ》佐知佐知《サチサチ》(幸々)、海佐知《ウミサチ》(幸)母《も》、己之《オのガ》佐知佐知《サチサチ》(幸々)。今各《イマハオのもオのも》謂返佐《サ》[5]
知」《チヲカヘサムとオもフとのラシシ》之時《とキニ》、佐知《サチ》二字以音。其弟《そのイろど》火遠理命《のミことの》答曰《こタへのラシシク》、「汝鉤《ナガチ》
者《ハ》、釣魚《ウヲツリシニ》不得一魚《ヒとツのウヲもエズテ》、遂失海《ツヒニウミニウシナヒキ》。」。然《シカアレども》、其兄《そのイろイ》強《アナ》
乞徴《ガチニこヒハタリキ》。故《カレ》、其弟《そのイろど》破御佩《ミハカセル》[6]之十拳釼《とツカツルギヲヤブリ》、作五百鉤《イホチヲツクリ》[7]、雖償《ツクノ》
《ヒタマヘども》不取《トラズ》。亦作一千鉤《マタチヂヲツクリ》、雖償《ツクノヒタマヘども》不受《ウけズテ》、云「猶《ナホ》欲得
其正本鉤《そのもとのチヲエムとイヒキ》[8]。」。

於是《ここニ》、其弟泣患《そのイろどナキウレヘテ》居海邊《ウミへニイマシシ》之時《とキニ》、塩椎神《シホツチの》来《キテ》、問曰《トヒテイヒシク》、「何《ナニぞ》[9]
虚空津日高《ソラツヒコ》之泣患所由《のナキウレヘタマフユヱハ》。」。答言《こタへのラシシク》、「我与兄《アとイろイと》易鉤《チヲカヘテ》而、
失其鉤《そのチヲウシナヒキ》。是《ここニ》、乞其鉤《そのチヲこフユヱニ》故、雖償多鉤《オホクのチヲツクノヘども》[10]、不受《ウけズテ》、云
『猶《ナホ》欲得其本鉤《そのもとのチヲエムとイフ》。』故《ユヱニ》、泣患之《ナキウレフルぞ》。」。尒《シカシテ》、塩椎神《シホツチの》云《のイヒシク》、「我為《アレ》

1 [訓]エカヘタマヒキ [岩]あひかふることをえたまひき [桜]アヒカフルことウ
○2 [兼]スヘテ [訓]カツテ [角]ふつに
○「都不」は六朝以後よく用いられた俗語的用法。カツテ〜ズと打消の表現と呼応する。
3 [兼]チ [訓]ツリバリ
○つりばりのこと。神代紀下「踉蹡之鉤」の訓注にススノミヂとある。ヂはチの連濁形。
4 ここの「兄弟」は同母故、イろイ・イろどと訓む。
5 [兼]佐知カヘシ玉ヘトイヒ玉フトキニ [訓]サチカヘサムトイフトキニ [朝]さちかへさむとおもふ。」時に、
○ここでは「謂」はオもフ。
6 [兼]ハカセル [延]ミハカセル [訓]ミハカシノ [国]はかしませる
○↓二九頁3
7 [兼]イホノチヲカタシ [延]イヲチヲカタシ [訓]イホハリヲツクリテ
8 [兼]モトノ [延]マモトノ [朝]まさにもとの
○後文には単に「本」とある如く、「もと」と訓む。
9 [兼]ナソ [延]何ソヤ [訓]イカニゾ
○↓六六頁のあとの1
10 [延]サハノ [訓]アマタノ [岩]多くの
1 [兼]ヨキハカリコトヲナサム [訓]ヨキコトバカリセム [角]善きたばかりせむ [朝]善くはからむ [岩]善きことはかりをなさむ
2 [兼]カタマ [訓]カツマ
○神代紀下には「堅間」とあるからカタマと訓むが、ここは「勝間」とあるからカツマと訓む。

鉤(卜系)―鉤
鉤(祥以下)―釣 以下同ジ
曰(祥以下)―日
今(祥以下)―命
二(祥以下)―三
遠(祥・春)―袁
遂(祥以下)―逐
失(祥以下)―先
弟(祥以下)―矛
泣(祥以下)―位
コノ行ノ第一ノ「鉤」ノミ底ニ「釼」トアリ。他ハスベテ底「釣」ナルコト従前通リ。祥以下ニヨリ「鉤」ニ訂ス

汝命《イマシミことのタめニ》一、作[1]二善議《よキことハカリセムとイヒテ》一」、即《スナハチ》造二无間勝間[2]之小船《マナシカツマのヲブネヲツクリ》一、載二其船《そのフネニ》一
以教曰《のセテヲシヘテイヒシク》、「我《アレ》押二流其船《そのフネヲオシナガサバ》一者、差暫《ヤヤシマシ》往《イデマセ》。将レ有二味御路《ウマシミチアラム》一。
乃《スナハチ》乗二其道《そのミチニのリテ》一往者《イデマシナバ》、如二魚鱗《イロコナス》[3]一所レ造《ツクレル》之宮室《ミヤ》、其《そレ》綿津見神《ワタツミの》
之宮《のミヤ》者也《ぞ》。到二其神《その》御門《のミカドニイタリマシナバ》一者、傍[4]之井上《カタハラの井のヘニ》[5]、有二湯津香木《ユツカツラアラム》一。
故《カレ》、坐二其木上《そのきのウヘニイマサバ》一者、其海神之女《そのワタのカみのムスメ》[6]、見相議《ミテアヒハカラム》者也《ぞ》。」。訓二香木一云二加都良《カツラ》一。*木《きぞ》。
故《カレ》、随レ教《ヲシヘのマニマニ》*少行《スコシイデマシシニ》、備《ツブサニ》如二其言《そのことのごとシ》一。即《スナハチ》登二其香木《そのカツラニのボリテ》一以
坐《イマシキ》。尒《シカシテ》、海《ワタの》神之女《のムスメ》豊玉毘賣《とよタマビメ》之従婢《のマカダチ》[7]、持二玉器《タマモヒヲもチテ》一将レ酌レ水《ミヅヲクマムと》
之時《スルとキニ》、於レ井《ヰニ》有レ光《カゲアリ》。仰見者《アフギミレバ》、有二麗壮夫《ウルハシキヲとコアリ》一。訓二壮夫一云二袁《ヲ》登古《とコ》一。下效レ此。以二
為甚異奇《イとアヤシとオもヒキ》一。尒《シカシテ》、火遠理命《のミこと》、見二其婢《そのマカダチヲミテ》一、乞レ欲レ得レ水《ミヅヲエマクホシとこハシキ》。
婢乃《マカダチスナハチ》酌レ水《ミヅヲクミテ》、入二玉器《タマモヒニイレテタテマツリキ》一貢進。尒《シカシテ》、不レ飲レ水《ミヅヲのマサズテ》、解二
御頸之璵《ミクビのタマヲとキテ》一、含レ口《クチニフフミテ》唾二入其玉器《そのタマモヒニツハキイレタマヒキ》一。於レ是《ここニ》、其璵《そのタマ》著レ器《モヒニツキテ》、
婢《マカダチ》不レ得二離璵《タマヲエハナタズ》一。故《カレ》、*任レ著以《ツケルマニマニ》進二豊玉毘賣命《とよタマビメのミことニタテマツリキ》一。
尒《シカシテ》、見二其璵《そのタマヲミテ》一、問レ婢《マカダチヲトヒテイヒシク》曰、「若人有二門外《モシヒとカドのトニアリヤ》[8]一哉。」。答曰《こタヘマヲシシク》、

命(卜系)—今
押(春以下)—柙
味(卜系)—ナシ
神代紀下に「有二可怜御路一」とあるのを考えて、卜系を採る。
木(諸本ニヨル)—ナシ
(訓・校訂)
これは、木の名であることを示したもの。省くは不可。
少(真系ニヨル)—小
(卜系)
光(祥以下)—先
有(祥以下)—ナシ
袁(祥・春)—亦。遠
(卜系)
下(祥以下)—卜
任(真系ニヨル)—璵任
(卜系)

○3 訓 イロコノゴト 朝 魚鱗なして
○ナス(如)にはナシテという形はない。常に終止形で直ちに用言にかかる。上文にもクラゲナス・サバヘナスの例があったようにここもイロコナスと訓む。イロコは和名抄に「鱗、伊呂古」。楚辞の九河の河伯篇に「魚鱗屋兮竜堂」は魚鱗で葺いた屋根のこと。太田善麿は遊仙窟の「白銀為レ壁、照二曜於魚鱗一」また「侍婢」が古事記の「魚鱗」「従婢」と関係あろうとした(『古代日本文学思潮論(Ⅲ)』二〇二頁註2)。遊仙窟との関係は「記序」の「子細採摭」(小島憲之「『古事記』周辺」『文学』四八巻五号)の「子細」もそうだし、五八頁5でも指摘したが、そう言えば「僕・容貌・透迤・時時・此間・一時(倶)・安置・悵恨・金銀…目之炎耀」等遊仙窟的だと見られる。
○4 兼 カタハラ 延 カタへ
○カタへは対になるものの一つだから意味が違う。
○5 兼 ホトリ 訓 へ 桜 へ
○へは、ほとりの意。
○6 兼 ワタツウミ 延 ワダツミ 訓 ワタノカミ 校 ワタツミノカミ
○「海」はワタ。
○7 兼 ヤカラ 延 マカダチ
○マカ(参向・退去)タチ(発)の意という。貴人の意向によってマカリ或いはタツ者の意で下僕・従婢(大野晋『本居宣長全集』第十巻、古事記伝補注五六五頁)。
8 兼 モシヒト門外ニ有リヤ 訓 モシカドノトニヒトアリヤ
○原文に即して訓む。→二九頁1

「有レ人《ヒとアリテ》　坐二我井《ワガヰ》上《のへの》　香木《カツラ》之上一《のウヘニイマス》。　甚麗《イとウルハシキ》　壮夫《ヲとコ》也《ぞ》。　益二・我王一《アガキミニマシテ》[1]　而

甚貴《イとタフトシ》。　故《カレ》、　其人《そのヒと》乞レ水《ミヅヲこハスユヱニ》　故、　奉レ水《ミヅヲマツレ》　者《バ》、　不レ飲レ水《ミヅヲのマサズテ》、　唾二入

此璵一《このタマヲツハキイレタマヒキ》。　・是《こレ》不二得離一《エハナタズ》。　故《カレ》、　任レ入《イレシマニマニ》　将来《もチキ》而《テ》・獻《タテマツル》。」。　尓《シカシテ》、

豊玉毗賣命《とよタマビメのミこと》　思レ奇《アヤシとオもヒテ》、　出見乃《イデミルスナハチ》、　見感《ミめデテ》、　目合《マグハヒシテ》　而、　白二其父一《そのチチニマヲシテ》

曰《イヒシク》、「吾門《ワガカドニ》　有二麗　人一《ウルハシキヒとアリ》」。　尓《シカシテ》、　海神《ワタの》自《みヅカラ》　出見《イデミテ》、　云《のラシシク》、　「此人者《このヒとハ》、　天《アマ》

津日高之御子《ツヒコのミコ》、　虚空津日高《ソラツヒコ》矣《ぞ》。」、　即《とのラシテスナハチ》　於レ・内《ウチニ》率入《ヰイリテ》而、　＊美知《ミチ》[2](海驢)皮《のカハ》之《の》

疊《タタミ》　敷二八重一《ヤヘヲシキ》、　亦《マタ》　絁疊《キヌタタミ》　八重《ヤヘヲ》　敷二其上一《そのウヘニシキ》、　坐二其上一《そのウヘニイマセテ》　而、　・具二百取《モモトリの》

机代物一《ツキイシろのものヲそナヘ》、　為二御饗一《ミアヘシテスナハチ》、　即　・令レ婚二其女　豊玉毗賣一《そのムスメとよタマビメヲアハシめキ》[3]。　故《カレ》、　至二三《ミ》

年一《とセニイタルマデニ》、　住二其國一《そのクニニスミタマヒキ》。

於レ是《ここニ》、　火・遠理命《のミこと》、　思二其初　事一《そのハジめのことヲオもホシテ》　而、　大　一歎《オホキナルナげキシタマヒキ》[4]。　故《カレ》、　豊《とよ》

玉毗賣命《タマビメのミこと》　聞二其歎一《そのナげキヲキカシテ》　以、白二其父一《そのチチニマヲシテイヒシク》　言、「三年《ミとセ》雖レ住《スミタマへども》、　恒《ツネハ》

無レ歎《ナげカスこともナクアリシニ》、　今夜《こヨヒ》為二大　一歎一《オホキナルナげキシタマヒキ》。　若《モシ》有二何　由一《ナニのユヱカアル》」。　故《カレ》、其父《そのチチ》

大神《のオホカみ》、　問二其聟夫一《そのムコヲトヒテイヒシク》[5]　曰、「・＊今旦《ケサ》[6]聞二我女之語一《ワガムスメのカタルヲキけバ》、　云三『三年《ミとセ》雖レ坐《イマセ》、

王(祥以下)―玉
是(卜系)―見
獻(祥以下)―就
内(祥以下)―ナシ
知(真系ニヨル)―智(卜系)
具(祥以下)―貝
令(祥以下)―合
遠(祥・春)―袁
今(祥以下)―命
旦(真系ニヨル)―且(卜系)

1「王」の文字は海龍王を念頭に浮べての記述であろう。『法華経』の提婆達多品第十二に、文殊師利が大海の娑竭羅(しゃから)龍宮に往還すること、娑竭羅龍王(これが海龍王)の娘が龍宮を出て成仏すること、龍女が一宝珠を仏に上ったことが説かれている。そう言えば古事記中唯一の「璵(たま)」の文字も、仏典の宝珠の連想があってのことであろう。このように、「海幸山幸」の物語は、前頁3で触れた『遊仙窟』的教養も考え合せると、単なる口誦伝承なのではなくて、明らかに文字文芸なのである。

2あしか。「海驢、此云二美知一」(神代紀下)とあり。

3[兼]ミアハセマツル　[延]ミアハセ令ム　[訓]アハセマツリキ　[岩]まぐはひせしめき　[朝]よばはしめしかば　[思]まかしむ

○マクハヒ(異郷・異類の一夜妻との結婚)の後の「婚」でアフ。

↓五四頁8・9

4[兼]ヲホキニナゲキマス　[訓]オホキナルナゲキヒトツシタマヒキ　[岩]大きなるなげきしたまひき　[思]いたくなゲきしたまひき

海幸彦の服従

○「一歎」の「一」は不読。「一歎」は体言とみてよいので、「大」はオホキナルとナリ活用の連体形で訓む。

5[延]ムコギミ　[訓]ムコノキミ　[岩]むこ

○和名抄「聟」に「无古」とある。

6[兼]今シハラク(且)　[訓]ケサ(旦)

○「且」は真系の「旦」が正しい。

恒《どもツネハ》無レ歎《ナゲカスこともナカリシニ》、今夜《こヨヒ》為二大《オホキナル》歎《ナゲキシタマヒキとイヒツ》一』。若《モシ》有レ由哉《ユヱアリヤ》。亦《マタ》到二此間《ここ》一《ニキマセル》之由《ユヱハ》奈何《イカニ》。」。尒《シカシテ》、語二其大神一《そのオホカみニカタリタマフことツブサニ》[1]、備如下其兄《そのイろイの》罸二失鉤一《ウセニシチヲハタリシ》之状《サマのごとシ》上。是以《ここヲもチテ》、海神《ワタのカみ》悉《ことごと》召二集海之《ウミの》大小《オホキチヒサキ》[2]魚《ウヲどもヲメシアツめテトヒテイヒシク》[3]一、問曰、「若《モシ》有下取二此鉤《このチヲトレルウヲアリヤ》一魚上乎。」。故《カレ》、諸魚白《もろもろのウヲどものマヲ》之《シシク》、「頃者《このころ》[4]、赤《タ》海鯽魚《ヒ》、於レ喉鯁《のミトニノギアリテもの》、物不二得一食《エクハズとウレヘイヘリ》愁言。故《カレ》、必是《カナラズこレ》取《トリツラム》。」。於レ是《ここニ》、探二赤《タ》海鯽魚《ヒ》之喉《ののミトヲサグレバ》一者、有レ鉤《チアリ》。即《スナハチ》取出而清《トリイデテキヨめ》[5]洗《アラヒテ》、奉二火遠理命《のミことニタテマツリシ》一之時《とキニ》、其綿津見大神《そのワタツミのオホカみ》誨曰之《ヲシヘテイヒシク》、「以二此《この》鉤《チヲもチ》一給二其兄《そのイろイニタマハムとキニ》一時、言状者《のラサムサマハ》、『此鉤者《このチハ》、淤煩鉤《オボチ》(鬱悒)・須須鉤《スズチ》(狂暴)・貧鉤《マヂ》(愚鈍)・宇流鉤《ウルヂ》。』云而《とイヒテ》、於二後手《シリヘデニタマヘ》一賜。淤煩《オボ》及須須《スス》亦宇流《ウル》六字以レ音。然而《シカシテ》、其兄《そのイろイ》作二高田《アげタヲツクラバ》[6]一者、汝命《イマシミことハ》営二下田《クボタヲツクリタマヘ》[7]一。其兄《そのイろイ》作二下田《クボタヲツクラバ》一者、汝命《イマシミことハ》営二高田《アげタヲツクリタマヘ》一。為レ然者《シカシタマハバ》、吾《アレ》掌レ水《ミヅヲシレルユヱニ》故、三年之間《ミとセのアヒダ》、必《カナラズ》其《その》兄貧窮《イろイマヅシクアラム》。若《モシ》*悵二怨其《そレ》為レ然《シカシタマフ》之事《ことヲウラみテ》一而、攻戦《セめタタカハバ》者、出二塩盈《シホミツ》珠《タマヲイダシテ》一而溺《オボホラシ》、若《モシ》其《そレ》[8]愁《ウレヘ》[9]請者《こハバ》、出二塩乾珠《シホフルタマヲイダシ》一而活《テイけ》、如レ此《カク》令二*惚《ナヤマシ》

1 兼其ノ大神ニカタリ玉フニツフサニソノ兄ノウセタルチヲセムルカタチ(サマ)ヲノタマフ 訓ソノオホカミニツブサニソノイロセノウセニシツリバリヲハタレルサマヲカタリタマヒキ 国其の大神につぶさに其のいろせの失せにしつりばりをはたれるさまの如語りたまひき 朝其の大神に語りたまふこと、つぶさに其のいろせのつりばりをうしなへるをはたりしさまの如し
○↓二九頁1
2 兼トヲシロキ魚 延トヲヒロキ魚 訓ハタノヒロモノハタノサモノ 校オホキチヒサキウヲ 国とほしろくちひさきうを 思おふををうを
○従来橋本進吉「『とほしろし』考」『奈良文化』六号)により国以後従ったが、トホシロシは意味が雄大なので不適。校が可。
3 兼メシ 訓ヨビ
○↓五〇頁4
4「頃者」の「者」は助字。
5 兼ススキアラヒテ 延清メ洗ヒテ 訓スマシ 角すすぎて 岩洗ひすまして
○「清」はキヨム、「洗」はアラフ。「滌」はススク。「注」はそそく。
6 兼タカタ 訓アゲタ
○高地にある田がアげタ。
7 兼シモ田 訓クボタ
○低地にある田。上代ではタカダシモダという語はない。
8 訓ソレ 校ソノ
9 訓ウレヒマヲサバ 朝愁ひ請はば
○ウレフは下二段。「請」は、こフ。

罸は罰の俗字。
鉤(祥以下)—釣以下同ジ
乎(祥以下)—乎
喉(寛以下)—唯
必(卜系)—女
誨(祥以下)—海
六(祥以下)—ナシ
悵(底ニヨル)—恨(春以下)
小島真古解説参照。
怨(春以下)—留
攻(祥以下)—政
其(卜系)—甚
愁(卜系)—然
惚(底・卜系ニヨル)—惚(祥・春)、悩(校訂)

1 兼ワニウヲ　延ワニノ魚　訓ワニドモ　校ワニ
○「和迩魚」の「魚」は視覚的に添えた字であるから、ウヲとは訓まない。訓にドモと複数に訓んでいるのは心にくい。
2 神代紀下「上国、此云二羽播豆矩尓一」とある。
3 兼誰レカ　訓タレハ　校タレカハ
○「者」はハと訓む助字ではなくて「誰」についた助字。
4 兼ヒロノナカサ　延ヒロタケ　訓ナガサ　角たけ
○「尋」は両手を広げた長さ。
5 兼返ラントスル…カヘシ玉フ　訓カヘリナムトセシトキニ…カヘシタマヒケル　朝返さむとする時…返したまひき　桜カヘラムとセシとキニ…カヘシタマヒキ
○倉野『全註釈』では「返」はカヘスと訓まるべき文字（同「古事記の用字と訓の二三について」『国文学攷』五〇号）だからとして朝の訓みを支持した。しかし「返」はカヘスともカヘルとも訓めるのであり、また「其和迩将返」の語順からもカヘサムは不可。
6 兼ヤウヤク　延ヤヽイヨヽ　訓イヨヽ　岩ヤヽニ　桜ヤクヤク
○次第に。「兪」は「愈」に同じ。
7「おぼる」の古形。「溺、於保々流」（最勝王経音義）。
8 延愁へ請へバ　訓ウレヒマヲセバ
○↓八三頁9
9 訓ヨルヒル　岩ヒルヨル
○記伝は国語としてはヨルヒルという。しかし原文通り訓む。

苦《クルシびシめタマへとイヒテ》一。」云、授二塩盈珠《シホミツタマ》・塩乾珠《シホフルタマ》、并《アハセテ》両箇《フタツヲサヅけテ》一即悉《スナハチことごと》召二集和迩《ワニ》[1](鮫)魚《どもヲメシアツめテ》一、•問曰《トヒテイヒシク》、「今《イマ》、天津日高《アマツヒコ》之御子《のミコ》、虚空津日高《ソラツヒコ》、為レ将レ出二幸上國《ウハツクニニイデマサムとシタマフ》[2]一。誰者《タレ》[3]幾日《カイクカ》送奉《ニオクリマツリテ》而覆•奏《カヘリことマヲス》。」。故《カレ》、•各《オのもオのも》随二己身之尋長《オのガみのヒろタけのマニマニ》[4]一、限レ日《ヒヲカギリテ》而白《マヲス》之中《ナカニ》、一尋和迩《ヒとヒろワニ》白《のマヲシシク》、「僕者《アハ》、一日送即還来《ヒとヒニオクルスナハチカヘリこム》。」。故尓《カレシカシテ》、告二其一尋和迩《そのヒとヒろワニニのラシシク》一、「然者《シカアラバ》汝送《ナレオクリ》奉《マツレ》。若《モシ》*度二海中《ワタナカヲワタルとキニ》一時、無《ナ》令二•惶畏《カシコマセマツリそとのラシテ》一。」、即《スナハチ》載二•其和迩之頸《そのワニのクビニの》一送出《セテオクリイダシマツリキ》。故《カレ》、如レ期《チギリシガごと》一日之内《ヒとヒのウチニオクリマツリキ》送奉•也。其和迩《そのワニ》将レ返《カヘラムと》[5]之時《セシとキニ》、解二所レ佩《ハカセル》之紐小刀《ヒモカタナヲとキテ》一、(刀)•著二其頸《そのクビニツけテ》一而返《カヘシタマヒキ》。故《カレ》、其一尋和迩者《そのヒとヒろワニハ》、於レ今《イマニ》謂二佐比持《サヒもチの》神一也《とイフ》。是以《ここヲもチテ》、備《ツブサニ》如二海神之教《ワタのヲシへシことのごとク》言一、与二其•鉤《そのチヲアタへタマヒキ》一。故《カレ》、自レ尓以後《そレヨリのチハ》、[6]稍兪貧《ヤクヤクマヅシクナリテ》、更《サラニ》起二荒心《アラキこころヲオこシテ》一迫来《セめク》。将レ•攻《セめムとスル》之時《とキハ》、出二塩《シホ》盈珠《ミツタマヲイダシテ》一而令レ溺《オボホラシ》[7]、其愁請者《そレウレへこハバ》[8]、出二塩乾珠《シホフルタマヲイダシテ》一而救《スクヒ》、如レ此《カク》令二*惣《ナヤマシ》苦《クルシびシめタマヒシ》一之時《とキニ》、稽首白《のミテマヲシシク》、「僕者《アハ》自レ今以後《イマヨリのチ》、為二汝命之晝夜《イマシミことのヒルヨルの》[9]

問（祥以下）—同
奏（卜系）—巻
各（卜系）—名
度（真系ニヨル）—渡（卜系）
惶（祥以下）—輪
其（祥以下）—甚
也（卜系）—ナシ
著（卜系）—若
攻（祥以下）—政
惣（底ニヨル）—惚（祥・春）

守護人《マモリビととナリテ》一而仕奉《ツカヘマツラム》。」。故《カレ》、至レ今《イマニイタルマデ》、其溺時《そのオボホレシとキ》之《の》種々《クサグサ》之《の》態《ワザ》、不レ絶《タイズ》仕奉《ツカヘマツル》也《ぞ》。

於レ是《ここニ》、海神之女《ワタのカみのムスメ》豊玉毘賣命《とよタマビメのミこと》、自《みヅカラ》参出《マキデテ》白之《マヲシク》、「妾《ア》已《ハスデニ》妊身《ハラメリ》。今《イマ》臨二産時一《ウムとキニナリヌ》[1]。此念《こレオもフニ》[2]、天《アマツ》神之《の》御子《ミコハ》、不レ可レ生二海原一《ウナハラニウムべクアラズ》。故《カレ》、参《マキ》出到也《デイタレリ》。」。尒即《シカシテスナハチ》、於二其海邊《そのウミへの》波限一《ナギサニ》、以二鵜羽一《ウのハヲもチテ》為二葺草一《カヤニシテ》、造二産殿一《ウブヤヲツクリキ》。於レ是《ここニ》、其産殿《そのウブヤ》未二葺合一《イマダフキアへヌニ》、不レ忍二御腹之急一《ミハラのスムヤけキニシのびズ》[3]。故《カレ》、入二坐産殿一《ウブヤニイリイマシキ》。尒《シカシテ》、将二方《ミザカリニウミタマハムとスル》[4]産一之時《とキニ》、白二其日子一《そのヒコニマヲシテイヒシク》[5]言、「凡他國人者《スベテアタシクニのヒとハ》、臨二産時一《ウムとキニナレバ》、以二本國之形一《もとツクニのカタチヲもチテ》産生《ウムぞ》。故《カレ》、妾今《アレイマ》以二本身一《もとのみヲもチテ》為レ産《ウマムとス》。願《ネガハクハ》勿レ見レ妾《アヲナミタマヒそ》。」。於レ是《ここニ》、思レ奇二其言一《そのことヲアヤシとオもホシテ》、竊二伺其方《そのミザカリニウミタマフヲヒソカニウカカヒタマヘバ》[6]産一者、化二八尋和迩一《ヤヒろワニニナリテ》而、匍匐《ハヒ》委虵《もごヨヒキ》[7]。即《スナハチ》見驚《ミオどろキ》畏《カシコミテ》而遁退《ニげそキマシキ》。尒《シカシテ》、豊玉毘賣命《とよタマビメのミこと》知二其伺見之事一《そのウカカヒミタマヒシことヲシラシテ》、以レ為二心恥一《ウラハヅカシとオもホシテ》、乃《スナハチ》生二置其御子一《そのミコヲウミオキテ》而、白《マヲシシク》、「妾恒《アレツネニ》[8]通二海道一《ウミツヂヲとホシテ》欲二往来一《カヨハムとオもヒキ》。然《シカアレども》、伺二見吾形一《アガカタチヲウカカヒミタマヒシ》、是甚怍之《こレイとハヅカシ》。」と、

今(春以下)—令　之(卜系)—ゝ

白(祥以下)—自　今(卜系)—令

出(祥以下)—於　限(祥・春)—浪

未(祥以下)—生　合(祥以下)—令

日(祥以下)—曰

佗は他の異体字。

白(祥以下)—自

作(訓)—恠。作(兼)

1 [訓]ナリヌ　[校]ムカへリ　[思]むかひぬ

2 [兼]コレ　[延]此ニ　[訓]コヲ　[校]コレヲ

3 [兼]スミヤカナルコトニ　[国]せまるに　[角]ときに　[岩]あわただしさに　[朝]すむやけきに

鵜葺草葺不合命

4 [訓]ミコウミマサムトスルトキニ　[桜]ミザカリニウミマサンとスルとキニ　[延]方ニ産ント将ル時に

○神代紀下の「産期方急」の「方」の古訓にミサカリニとあり、名義抄僧中にミザカリニとある。真盛りの状態での意で、今まさに生もうとする時にというに同じ内答である。

5 [兼]ヒコ　[訓]ヒコヂ

○ヒコヂという時は「日子遅」(五八・九頁)「比古遅」(八六頁)とある。ここは「日子」とあるのでヒコと訓む。

6 [兼]ミサカリニコウム時ヲヒソカニウカヽヒタマへハ　[延]方ニ産ントスルヲ竊ニ伺玉へハ　[訓]マサカリニミコウミタマフヲカキマミタマへバ　[朝]こうむにあたり竊かに伺ひたまへば

○「方」の訓は右の4参照。また「竊伺」はヒソカニウカカフと訓む。勿論ヒソカニ〜ヲウカカフと訓んでもよいが今は前者。下文の「伺見」も文字通りウカカヒミルと訓む。

7 [延]モゴヨフ　[訓]モコヨヒキ

○モゴはマガ(曲)のö列化。ヨフはタダヨフのヨフで動揺の意を表わす接尾語。

8 [兼]ツネニ　[訓]ツネハ

即《マヲシテスナハチ》塞二海坂一《ウナサカヲサヘテ》[1]而返入《カヘリイリマシキ》。是以《ここヲもチテ》、名二其《その》所レ産《ウミタマヒシ》之御子一《ミコヲナヅけテ》、謂二天津日高日子波限建鵜葺草葺不合命一《アマツヒコヒコナギサタケウカヤフキアヘズのミことトマヲス》。訓二波限一云二那藝佐一《ナギサ》、訓二葺草一云二加夜一《カヤ》。

然《シカアレども》後者《のチハ》、雖レ恨二其伺一情一《そのウカカヒタマヒシこころヲウラみタマへども》、不レ忍二戀心一《コホシキこころニシのびズテ》、因下治二養其御子一《そのミコヲヒダシマツル》[2]之縁上《よシニよリテ》、附二其弟玉依毗賣一《そのイろどタマよリビメニツけテ》[3]而、獻レ歌之《ウタヲタテマツラシキ》。其歌曰《そのウタニイヒシク》、

阿加陁麻波《アカダマハ》[4](赤玉) 袁佐閇比迦礼杼《ヲサヘヒカレど》(緒光) 斯良多麻能《シラタマの》[5](白玉) 岐美何余曽比斯《キミガよそヒシ》(君装) (貴)多布斗久阿理祁理《タフトクアリケリ》。

尒《シカシテ》、其比古遅《そのヒコヂ》三字以レ音。答歌曰《こタヘウタヒタマヒシク》[6]、

意岐都登理《オキツとリ》(沖鳥) 加毛度久斯麻迩《カモドクシマニ》(鴨著島) 和賀韋泥斯《ワガヰネシ》(我率寝) 伊毛波和須礼士《イモハワスレジ》(妹忘) 余能許登碁登迩《よのことごとニ》(世尽)。

故《カレ》、日子穂々手見命者《ヒコホホデミのミことハ》、坐二高千穂宮一《タカチホのミヤニイマシシこと》、伍佰捌拾歳《イホとせアマリヤソとせぞ》[7]。御陵者《ミハカハ》、即[8]在二高千穂山之西一《タカチホのヤマのニシニアリ》也。

是天津日高日子波限建鵜葺草葺不合命《このアマツヒコヒコナギサタケウカヤフキアヘズのミこと》、娶二其姨玉依毗賣命一《そのヲバタマよリビメのミことヲメトリ》[9]、

1 [兼]トチテ [訓]セキテ [岩]さへて ○「海坂」は海と現し国との境。そこをふさぐというのには、サフ(下二段)で訓むのが最もよい。
2 上宮記に「養育比陀斯(ヒダシ)」とあるので、ヒダシと訓む。日足シの意。
3 子の養育には、その同母妹(子から言えばヲバに当る)があたることが知られているので、「イろど」と訓む。

七

4 赤色の玉。本草和名に、「虎魄」(琥珀)を「阿加多末」としている。
5 白玉は一般に真珠。
6 [兼]答テ歌テ曰ク [延]答へ歌ニ曰ク [訓]コタヘタマヒケルミウタ [岩]答へ歌よみしたまひしく [角]答へて歌ひたまひしく

八

7 この「伍佰捌拾歳」は年齢ではなく経過年数なので、「イホとせアマリヤソとせ」と訓むことにする。年齢の訓み方は、例えば「壱佰参拾漆歳」(一〇一頁)は「モモチアマリミソチアマリナナツ」とする。同じ「歳」でありながら「とせ」と「チ」とに分れる。
8 「―ハ即」の「即」は不読。
9 ↓五〇頁7

塞(祥以下)―寒
葺(卜系)―ナシ
云(祥以下)―之
獻(春以下)―就
阿(春以下)―河
陁(春以下)―院
何(卜系)―能何
余(春以下)―金
韋(祥以下)―葦
碁(祥以下)―基
日(祥以下)―曰
命(祥以下)―今
陵(祥以下)―淩
葺不(卜系)―不葺
合(祥以下)―令

生《テウミタマヒシ》御子《ミコ》名《のナハ》、五瀬命《イツセのミこと》。次《ニ》*稲氷命《イナヒのミこと》。次《ニ》御毛沼命《ミけヌのミこと》。次《ニ》若御毛《ワカミけ》•沼命《ヌのミこと》、亦名《のハ》豊御毛沼命《とよミけヌのミこと》、亦名《のハ》神倭伊波礼毗古《カムヤマとイハレビコ》•命《のミこと》。四·柱。故《カレ》、御《ミ》毛沼命《けヌのミこと》者《ハ》、跳二*浪穂一《ナミのホヲフミテ》、渡三坐于二常世國一《とこよのクニニワタリイマシ》、*稲氷命《イナヒのミこと》者《ハ》、為二妣國一《ハハガクニとシテ》而、入二坐海原一《ウナハラニイリイマシキ》也。

古事記 上《ツ》*巻

泳（真系ニヨル）―氷（卜系、但シ右傍書ニ「泳如レ本」トアリ）泳は氷の異体字。
沼（寛以下）―詔
命（祥以下）―今
柱（祥以下）―於
浪（真系ニヨル）―波（卜系）
泳（真系ニヨル）―氷（卜系）

巻（諸本ニヨル）―巻終（寛以下）

古事記中ッ巻

神倭伊波礼毗古命《カムヤマとイハレビコのミこと》、自㆑伊《イ》下五字以㆑音。與《と》㆓其伊呂兄《そのイろイ》[1]五瀬命《イツセのミことと》㆒*上伊呂《カミのイろ》二字以㆑音。二柱《フタハシラ》、坐㆓高千穂宮《タカチホのミヤニイマシテ》㆒而議《ハカリテ》云《のラシシク》、「坐㆓何地《イヅクニイマサバ》㆒者、平㆓聞㆔看天下之政《アめのシタのマツリごとヲタヒラけクキこシメサム》[2]㆒。猶《ナホ》思㆓東行《ヒムガシニユカムとオもフとのラシテ》㆒」、即《スナハチ》自㆓日向《ヒムカヨリ》㆒發《タタシテ》、幸㆓*行筑紫《ツクシニイデマシキ》㆒。故《カレ》、到㆓豊國宇沙《[3]とよクニのウサニイタリマシシ》㆒之時《とキニ》、其土人《そのクニヒと》、名《ナハ》宇沙都比古《ウサツヒコ》・宇沙都比賣《ウサツヒメ》此十字以㆑音。二人《フタリ》、作㆓足一騰宮《[4]アシヒとツアガリのミヤヲツクリテ》㆒而、獻㆓大御饗《オホミアヘタテマツリキ》㆒。自㆓其地《そこヨリウツリマシテ》㆒遷移而、於㆓竺紫之岡田宮《ツクシのヲカダのミヤニ》㆒一年坐《ひととセイマシキ》。亦《マタ》從㆓其國《そのクニヨリのボリイデマシテ》㆒上幸而、於㆓阿岐國之多祁理宮《アキのクニのタケリのミヤニ》㆒七年坐《ナナとセイマシキ》。自㆑多《タ》下三字以㆑音。亦《マタ》從㆓其國《そのクニヨリウツリのボリイデマシテ》㆒遷上幸而、於㆓吉備之高嶋宮《キびのタカシマのミヤニ》㆒八年坐《ヤとセイマシキ》。故《カレ》、從㆓其國《そのクニヨリのボリイデマシシ》㆒上幸之時《とキニ》、乘㆓龜甲《カめのセニのリテ》㆒為㆑釣《ツリヲシツツ》乍、打羽舉来人《[5]ウチハフリクルヒと》、遇㆓于速吸門《[6]ハヤスヒナトニアヒキ》㆒。尒《シカシテ》、喚歸《ヨビよせ》、問㆓之「汝者誰也《ナハタレぞ》」㆒、《とトヒタマヒシカバ》答㆓曰「僕者國《アハクニツ》

中巻は上・下の巻と伝来を異にする。中巻に「御本」による校合傍書六三例があり、本書でもこの傍書を多く採用した(。印のもの)。そして、この「御本」なるものは上・下の巻と同性質のものである。これらについては小野田光雄「古事記中巻の校合註記」(『国学院雑誌』64巻5・6号)参照。

上(諸本ニヨル)―訓衍字トス

行(底ニヨル)―御(卜系)

土(底右傍書ニヨル)―士

打(底右傍書ニヨル)―朾

神武天皇　東征

○1 兼セ 延エ

○↓凡例、一四頁。

2 延平カニ天カ下之政ヲキコシメサム 訓アメノシタノマツリゴトヲバタヒラケクキコシメサム

○副詞的修飾語と用言とを離して訓むこともできるが、今はタヒラけクキこシメスと続けて訓むことにしたい。「天下」は漢語で、「アめのシタ」はその訓読語。

3 ↓二九頁5

4 床が低くて、一足で上れる宮殿(記伝)。慌しく造ったためであろう。

5 延ウチハアガリ(フリ) 岩うちはぶき 朝はたたぎ 桜ウチハフリ

○「挙」をフル(振の意)と訓むこと五四頁「三挙打撥」(三タビフリテウチハラヒタマヘ)に例があった。さて従来ここの訓は、鳥の羽振(ハブキ、万四一四二)に連想したものが多かったが、桜では海神が風を起す連想のハフリ(朝羽振風、…夕羽振浪)だと説明し、新では、風や波を起す人(神)の姿態をいうとした。

6 寛ハヤスフナト 訓ハヤスヒナド 角はやすひのと

○ハヤスヒナトは潮流の速い海峡の意。豊予海峡のこととする人は、古事記の地理的誤認としてよく例に挙げるが、普通名詞と見れば明石海峡をさすことになり地理を知らぬわけではない。

神《カみぞ》一」。《とこタヘマヲシキ》又《マタ》問下「汝《ナ》者《ハ》知二海道《ウミツヂ》一乎《ヲシレリヤ》上。」、《とトヒタマヒシカバ》答二曰「能《よク》知《シレリ》一」。《とこタヘマヲシキ》又《マタ》問二「従《シタガヒテ》[1]而仕奉《ツカヘマツラムヤ》乎一」、《とトヒタマヒシカバ》答二白[2]「仕奉《ツカヘマツラム》一」。《とこタヘマヲシキ》故《カレ》尓《シカシテ》、指二渡槁機《サヲヲサシワタシ》[3]一、引二入其御船《そのミフネニヒキイレスナハチ》一、即賜レ名《ナヲタマヒテ》[4]号二槁根津日子《サヲネツヒコとナヅけタマヒキ》一。此《こ》者《ハ》倭國《ヤマとのクニの》造《ミヤツコ》等《ラ》之《ガ》祖《オヤぞ》。

五瀬命の戦死

故《カレ》、従二其國《そのクニヨリのボリイデマシシ》一上行之時《とキニ》、経二浪速之渡《ナミハヤのワタリヲヘテ》一而、泊二青雲之白肩津《アヲクモのシラカタのツニハテタマヒキ》一。此時《このとキニ》、登美能那賀須泥毗古《とミのナガスネビコ》自レ登《と》下九字以レ音。興レ軍待向《イクサヲオこシマチムカヘテ》以戦《タタカヒキ》。尓《シカシテ》、取下所レ入二御船《ミフネニイレタル》一之楯《タテヲトリテ》上而下立《オリタチタマヒキ》。故《カレ》、号二其地《そこヲナヅけテ》一謂二楯津《タテツとイヒキ》一。於二今者《イマニ》[5]一云二日下之蓼津《クサカのタデツとイフ》[6]一也。於レ是《ここニ》、与二登美毗古《とミビコと》[7]一戦《タタカヒタマヒシ》之時《とキニ》、五瀬命《イツセのミこと》、於二御手《ミテニ》一負二登美毗古之痛矢串《とミビコガイタヤクシヲオハシキ》一。故《カレ》尓《シカシテ》、詔《のラシシク》、「吾者《アハ》為二日神之御子《ヒのカみのミコとシテ》一、向レ日而戦《ヒニムカヒテタタカフこと》不レ良《よクアラズ》。故《カレ》、負二賤奴之痛手《イヤシキヤツコガイタテヲオヒツ》一。自二今者《イマヨリ》一行廻《ユキめグリテ》而、背《そビラニ》[8]負レ日以撃《ヒヲオヒテウタム》。」期《とチギリテ》而、自二南方《ミナミのカタヨリ》一廻幸《めグリイデマシシ》之時《とキニ》、到二血沼海《チヌのウミニイタリテ》一洗二其御手之血《そのミテのチヲアラヒタマヒキ》一。故《カレ》、謂二血沼海《チヌのウミとイフ》一也。従二其地《そこヨリ》一廻幸《めグリイデマシ》、到二紀國男之水門《きのクニのヲのミナトニ》[9]一

神（諸本ニヨル）―神名 宇豆毘古（訓）
白（底右傍書ニヨル）―曰
渡（底右傍書ニヨル）―疫
津（ト系）―律
所（底右傍書ニヨル）―可
痛（ト系）―病
尓（底右傍書ニヨル）―示

1 [延]従ヒテ　[訓]ミトモニ　[朝]よりて

2 上巻にもしばしば出てきたが、この「白」はマヲス（謙譲）で、仏典における待遇と同じ。すなわち「告」は上より下へ、「白」は下より上への発言である。従ってこの中巻で、大殿御本による傍書が「白」とある場合は原字「曰」より正しいことを示すので、尓後傍書によって訂正することになる（古賀精一「古事記の『白』『曰』両字について」『国語国文』二三巻八号）。

3 [兼]シヰハタ　[延]サホ

○「機」は道具の意。九三頁の「押機」と同じ用法。「槁機」二字でサヲと訓む。「槁」は「橋」の省文か。

4 [延]名ヲ賜ヒ―ト号フ　[訓]―トイフナヲタマヒキ　[国]名を賜ひて―となづけたまひき　[思]な（名号）は―と賜ひき

○原文「賜名号―」の表記順からは「なは―と賜ふ」とは訓めない。

5「今者」の「者」は助字。

6 名義抄僧上「蓼タデ」とあり。

7「登美毘古」は「登美能那賀須泥毘古」の省略形。

8 [兼]ウシロニ…ウテ　[延]ソビラニ日ヲ負ヒテ撃ン　[訓]ヒヲセオヒテコソウチテメ　[国]日をせおひて撃たむ　[角]日を背に負ひて撃たむ

○四一頁の「曽毘良迩者、負二―一」の順序を例として訓む。

9 古事記では「木国」と書くが、ここ及び次頁に「紀国」とあるのは陵墓制の整備の進行の時期と関係するから大宝以後安万侶の補

而《イタリテ》詔《のラシシク》、「負㆓賤奴《イヤシキヤツコ》之《ガ》手《テヲオヒテ》㆒○乎《ヤ》死《シナム》[1]。」《と》、為㆓男建《ヲタケびシテ》㆒而崩《カムアガリマシキ》。故《カレ》、
号㆓其水門《そのミナトヲナヅけテ》㆒謂㆓男《ヲ》水門《のミナトとイフ》㆒也。陵《ハカハ》[2]即在㆓紀國《きのクニ》之《の》竈山《カマヤマニアリ》㆒也。
故《カレ》、神倭《カムヤマと》伊波礼毗古《イハレビコ》命《のミこと》、従㆓其地《そこヨリ》㆒廻幸《めグリイデマシテ》、到㆓熊野《クマノ》村《のムラニイタリマシシ》㆒之
時《とキニ》、大熊髣《オホクマホのカニ》[3]・出入即失《イデイルスナハチウセヌ》。尒《シカシテ》、神倭伊波礼毗古命《のミこと》、*儵忽《タチマチニ》[4]為㆓遠延《ヲイマ》㆒(瘁惑)、
及御軍《シマタミイクサもみナ》皆遠延《ヲイ》而伏《テフシヌ》。遠延《ヲイ》㆓字以㆑音。此時《このとキニ》、熊野之高倉下《クマノのタカクラジ》、*[5]此者《こハ》人名《のぞ》。賚㆓一《ヒとフリ》[6]
横刀《のタチヲもチ》㆒、到㆑於㆓天神御子《アマツカみのミコ》之伏地《のフシマセルところニイタリ》㆒而獻《テタテマツリシ》之時《とキニ》、天神御《アマツのミ》
子《コ》即寤起《スナハチサめオきテ》、詔㆓「長寝《ナガクイネタルカも》・乎㆒。」○《とのラシキ》。故《カレ》、受㆓取其横刀《そのタチヲウけトリタマヒシ》㆒之時《とキニ》、
其熊野山《そのクマノのヤマ》之荒《のアラブル》神、自《オのヅカラみナ》皆為㆓切仆《キリタフサイキ》㆒[7]。尒《シカシテ》、其惑伏《そのマトヒフセル》[8]御軍《ミイクサ》悉寤《ことごとサめ》
起《オきキ》之。故《カレ》、天神御子《アマツのミコ》、問㆘獲㆓其横刀《そのタチヲエシ》㆒之所由《ユヱヲトヒタマヘバ》㆖、高倉下《タカクラジ》答《ガこタヘ》
曰《マヲシシク》、「己夢《オのガイめニイハク》*云、『天照大神《アマデラスオホカみ》・高木神《タカぎのカみ》二柱神《フタハシラのカみ》之命《のミこともチテ》以、召㆓建御《タケミ》
雷神《カヅチのカみヲメシテ》㆒而詔《のラシツラク》、『葦原中國者《アシハラのナカツクニハ》、伊多玖佐夜藝帝阿理那理《イタクサヤギテアリナリ》(甚騒)。*此十一字以㆑音。
我之御子等《アガミコタチ》、不平坐良志《タヒラカニアラズイマスラシ》[9]。此二字以㆑音。其葦原中國者《そのアシハラのナカツクニハ》、専《モハ》汝《ライマシの》所㆓言《こと》
向《ムクル》㆒之國《クニぞ》。故《カレ》、汝建御雷神《イマシタケミカヅチの》可㆑降《クダルべシとのラシツ》。』」○。尒《シカシテ》、答白《こタヘマヲシツラク》、『僕《アハ》雖

筆とみられる(直木孝次郎『飛鳥奈良時代の研究』五三三頁)。
1 [延]シセム [訓]イノチスギナム [校]シナム
○「死」はシヌで統一して訓む。
2 [兼]ミサヽキ [訓]ミハカ
○「陵」は天皇に準じたもの。但し「御陵」(ミサザキ)ではないのでハカと訓む。次の「即」は不読。

熊野の高倉下の献剣

3 [訓]ヤマヨリ(従山)イデスナハチウセヌ [校]ホノカニ(髣髴)イデテヤガテウセヌ [国]ほのかに(髣)出で入りて即ちうせき [桜]ワヅカニ(髪)イデイルスナハチウセキ
○[兼]に「弓弗」の傍書がある。これは「髴」(髴＝ほのかに)の誤写ではないか。それが「髪」字の訓詁であったとすると、「髪」は「髣」(ほのかに)の誤写であろう。
4 [兼]タチマチニヲヘシテ [延]タチマチタメニヲエタマヒ [訓]ニハカニヲエマシ
○「為」はそれ以下を動詞に訓む。
5「高い倉の下」の意の普通名詞ではなく、人名なるを示す訓注。
6 [延]一ツノツルギ [訓]タチ [校]ツルギ [岩]ひとふりのたち
7「為」は受身の助字。「為＋動詞」は「為＋加動者＋動詞」の省略(王力説)。書紀では「為―所＋動詞」の形式をとる(粕谷興紀「日本書紀の受身表現形式」『芸林』二二巻六号)。
8 [延]惑ヒ [訓]ヲエ [朝]まとひ
○↓三一頁「或」の訓注マトヒによる。ヲイなら仮名書にするはず。
9 [兼]タヘラカナラス [訓]ヤクサミ
○ヤクサムは病気になるで違う。

乎(底左傍書ニヨル)―宁
髣([国]ニヨル)―髪(諸本、但シ[兼]傍書「弓弗」トアリ)、従山(訓)、髣髴(校訂)
儵(諸本ニヨル)―倏(寛以下)
　儵は倏の本字。今は諸本による。
乎(卜系)―手(真系)
云(諸本ニヨル)―之(校訂)
那(諸本ニヨル)―祁(訓)
白(底右傍書ニヨル)―日

1↓二五頁16

2従来、夢の内容及びその内部の会話の範囲について諸説があった。それに対し、[桜]では、イ夢の内容は『――』。その理由は「夢云」と「如夢教而」と呼応する。ロ前頁最後の行の「答白」は建御雷神の、二神への答え。「白」と「僕」との用字からそれが言える。そしてその内容は本頁一行目の「是刀」まで。そこで刀の説明を分注で挿入した。ハ「降此刀状者…御子。」は建雷神と高倉下との関係が夢の中で成立しているのをそのまま物語った。

八咫烏の先導

と述べた。なお詳しくは、拙稿「古事記行文注釈二題」(『古代文学論集』所収)参照。

3[延]アシタニ [訓]ツトメテ

4[訓]ナイリマシソ [岩]な入りいでまさしめそ

○高木大神が天皇に対して呼掛け「みずからそういうことをなさってはいけない」と諭すのである。こう解して「覚白之」の謙譲表現(六行目、高木大神が天皇に申し上げる)が説明できる。

5[延]教へ覚シ [訓]ミサトシ [校]ヲシへ[朝]けうかく

○教覚は一字一訓としたい。

6記伝は、熊野から吉野へ出たのなら吉野川の川上とあるべきなのに、「河尻」(河口の意)とは地理乱るという。しかしこの考えは誤り。奈良県では吉野川、和歌山県では紀ノ川ということ上

不降《クダラズとも》、専《モハラ》有平其國《そのクニヲタヒラげシ》[1]之横刀《タチアレバ》、可降＊＊是刀《このタチヲクダスベシとマヲシツ》。』

此刀名《このタチのナハ》、云《ヒ》佐士布都神《サジフツのと》、亦名《のハ》云《ヒ》甕布都神《ミカフツのと》、亦名《のハ》布都御魂《フツのミタマ》。此刀者《このタチハ》、坐《スぞ》石上神宮《イソのカミのカみのミヤニ》也。

降此刀状者《このタチヲクダサムサマハ》、穿高《タカ》倉下之倉頂《クラジガクラのムネヲウカチテ》、自其《そレヨリ》堕＊入《オとシイレム》。故《カレ》、阿佐米余玖《アサめよク》(朝目吉)自阿下五字以音。汝取持《ナレトリもチテ》献天神御子《アマツのミコニタテマツレとイフ》』。[2]故《カレ》、如夢教而《イめのヲシヘのマニマニ》、旦《アシタニ》[3]見己倉者《オのガクラヲミレバ》、信《まことニ》有横刀《タチアリ》。故《カレ》、以是横刀《このタチヲもチテ》而献《タテマツリシニこそ》耳。」。

於是亦《ここニマタ》、・高木大神之命《タカぎのオホカみのミこと》以《もチテ》覚《サトシテマヲシシク》白之、「天神御子《アマツのミコヲ》、自此《こレヨリ》於奥方《オクツカタニ》莫使入幸《ナイリイデマサシめそ》[4]。荒《アラブル》神甚多《イとサハニアリ》。今《イマ》、・自天《アめヨリ》遣八咫烏《ヤタカラスヲツカハサム》。故《カレ》、其八咫烏《そのヤタカラス》引道《ミチビキテム》。従其立・後《そのタタムアトヨリ》応幸行《イデマスベシ》」。故《カレ》、随其教覚《そのヲシヘサトシの》[5]、従《マニマニ》其八咫烏之後《そのヤタカラスのアトヨリ》幸行者《イデマセバ》、到吉野河之河尻《イシノガハのカハシリニイタリマシシとキニ》[6]時、作筌《ウヘヲフセテ》[7]有取魚人《ウヲトレルヒとアリ》。尓《シカシテ》、天神御子《アマツのミコ》問「汝者誰也《ナハタレぞ》」《とトヒタマヘバ》、答白「僕者國神《アハクニツカミ》、名謂《ハ》贄持之子《ニヘもツのコ》」《とイフとこタヘマヲシキ》。此者阿陀之《こハアダの》・鵜養之祖《ウカヒガオヤぞ》。従其《そ》地《こヨリ》幸行者《イデマセバ》、生尾人《ヲオフルヒと》[8]、自井出来《ヰヨリイデク》。其井《そのヰニ》有光《ヒカリアリ》。尓《シカシテ》、問「汝者誰也《ナハタレぞ》」《とトヒタマヘバ》、答白「僕者國神《アハクニツ》、名謂《ハ》井氷鹿《ヰヒカ》」《とイフとこタヘマ》。

是刀(諸本ニヨル)―ナシ(寛・訓)

入(諸本ニヨル)―入故建御雷神教曰穿汝之倉頂以此刀堕入(訓) [訓]に右の如く補ったのは誤り。頭注2の私見をみよ。

高(延)―ナシ

自(卜系)―白

後(卜系)―復

白(底右傍書ニヨル)―曰

鵜(卜系)―鴾

白(底右傍書ニヨル)―曰

代も同じ。従って吉野川の河口とは奈良県五条市辺り。
7 [兼]ヤナヲツクリテ　[延]ウヘヲ作り　[訓]ヤナヲウチテ　[国]うへをおきて　[岩]うへをふせて
○「筌、訓于閇」（華厳経音義私記）とあり、「山川に筌を伏せ」（万二八三二）とある。「梁（ヤナ）」（神武即位前紀）はウツという（万二六九九）。ここは文字通り訓む。
8 [兼]アル　[延]オフル
1 [延]人ニ遇　[訓]ヒトアヘリ
○↓七七頁3。「遇二――人一」の語順によって訓む[延]がよい。もし[訓]の如く訓ませるつもりなら八九頁「打羽挙来人、遇」と記す。
2 [兼]クス
○もとの形クニスで訓む。

宇陀での戦勝

3 [兼]トコロヲ
○「地謂二――一也」とあるので「地ハ――トイフ」と訓む。
4 [訓]エアツメザリシカバ　[校]アツメエザレバ　[朝]つどへ得ねば　[思]あつめえねば
○ザリシカバの古形がズケバ。一七一頁（六一番歌）にマカズケバ（枕かなかったので）の例あり。
5 [兼]アサムキテ　[延]アザムキイツハリ　[訓]イツハリテ　[思]いつはりて…まねにして
6 ↓九〇頁3
7 [兼]イロヘ　[訓]アニ
○同母の根拠もないので、アニ。
8 [兼]タメニマチセメテ　[延]将ニ待攻ント為テ　[訓]マチセメントシテ
○「将為」の例は次頁にもある。普通なら「為将」（八四頁一行目）と書く。なお次頁参照。

此《こ》者《ハ》吉野首《𛀀シノのオビと》等《ラ》祖《ガオヤぞ》也。即《スナハチ》入二其山一《そのヤマニイリマセバ》之、亦《マタ》遇二生レ尾《ヲ》人一《オフルヒとニアハシキ》[1]。此《この》人《ヒと》押二分巌一《イハホヲオシワけテ》而出来《イデク》。尓《シカシテ》、問二「汝者誰也《ナハタレぞ》」一《とトヒタマヘバ》、答下白「僕者《アハ》國《クニツ》神、名《ハ》謂二石押分之子一《イハオシワクのコとイフ》。今《イマ》、聞二天《アマツ》神御子《のミコ》幸行一《イデマシヌとキキツレバ》。故、参向《マヰムカヘツルニこそ》耳上」《とこタヘマヲシキ》。此者吉野《の》國巣《クニスガオヤぞ》[2]之祖。自二其地一《そこヨリ》蹈穿《フミウカチ》越《コ𛀀テ》幸二宇陀一《ウダニイデマシキ》。

故《カレ》、曰二宇陀之穿一《ウダのウカチとイフ》*也。

故尓《カレシカシテ》、於二宇陀一《ウダニ》有二兄宇迦斯《𛀀ウカシ》自レ宇以下三字以レ音。下效レ此也。・弟宇迦斯《オとウカシ》二人一《フタリアリ》。故《カレ》、先《マヅ》遣二八咫烏一《ヤタカラスヲツカハシテ》問二二人一《フタリヲトハシめテ》、曰二「今《イマ》、天《アマツ》神御子《のミコ》幸行《イデマシヌ》。汝等《ナレども》仕奉乎《ツカヘマツラムヤ》」一《とイヒキ》。於レ是《ここニ》、兄宇迦斯《𛀀ウカシ》以二鳴鏑一《ナリカブラヲもチテ》待二射返其使一《そのツカヒヲマチイカヘシキ》。故《カレ》、其鳴鏑《そのナリカブラの》所レ落《オチシ》之地《ところハ》[3]、謂二訶夫羅前《カブラサキとイフ》一也。将二待撃一《マチウタムとイヒテ》云而聚レ軍《イクサヲアツめキ》。然《シカアレども》、不レ得二聚軍一《イクサヲエアツめズケ》[4]者《バ》、欺二陽仕奉一《ツカヘマツラムとイツハリテ》[5]而、作二大殿一《オホとのヲツクリ》、於二其殿内一《そのとののウチニ》作二押機一《オシヲツクリテ》[6]待時《マチシとキニ》、弟宇迦斯《オとウカシ》先参向《マヅマヰムカヒテ》、拝《ヲろガミテ》白《マヲシシク》、「僕兄ゝ宇迦斯《アガアニ𛀀ウカシ》[7]、射二返天《アマツ》神御子之使一《のミコのツカヒヲイカヘシ》、将レ為二待攻一《マチセめムとシテ》[8]而聚レ軍《イクサヲアツムレども》、不レ得二聚一《エアツめズケ》者《バ》、作レ殿《とのヲツクリ》、其内《そのウチニ》張二押機一《オシヲハリテ》

白（底本右傍書ニヨル）―曰
穿（底「穿」ト「也」トノ間ニ。符アリテ「御本如此指聲」トス）
白（底右傍書ニヨル）―曰

1 延将ニ仕奉ント為ルノ状ヲ　訓朝ツカヘマツラムトスルサマヲ　仕へ奉らむさま

○前頁8にも注したように、「将為ー」は訓みにくい表記である。思では「むトす」という国語を日本語の語順のままに表記したものと述べている。

2 兼トテ　延トリシバリ　朝にぎり

○神武前紀に「撫剣」の訓注としてツルギのタカミトリシバルとあり、神武紀上「急握剣柄」の古訓にトリシバルとある。この「急」は「固く」の意で、全体で握りしめること。「握」だけを見るとトルの訓でよさそうだが、「横刀の手上」との関連で「握」をトリシバルと訓むことは自然な勢いではなかろうか。

3「ユけ」は下二段。行かせるとは矛をしごくこと。

4 兼ソノトコロヲ　訓ソコヲ

○→九三頁3

5 兼ヲホミアヘハ　訓オホミアヘヲバ　桜オホアへハ

○「御」が無いからアへ。

九

6 兼歌テ曰ク　訓ミウタヨミシタマハク　校ウタヒテノリ玉ハク　国歌ひたまひつらく　朝歌に曰く　新歌ひしく　岩うたひけらく

○これ以下の「歌曰」を、従来神武天皇御製歌と解したために敬体に訓んだが、天皇軍が歌ったと解してウタヒシク（「歌曰」の二字を一括する）と常体に訓む。

7 国ええ　しやこしや　岩ええ　しやごしや　桜エエ　シヤゴシヤ

将待取《マチトラムとス》。故《カレ》、衾向《マヰムカヒテ》顕白《アラハシマヲシツ》」。尒《シカシテ》、大伴連《オホともものムラジラ》等之祖《ガオヤ》、道臣《ミチのオミの》命《みこと》・久米直《クめのアタヒラ》等之祖《ガオヤ》、大久米命《オホクめのミこと》二人《フタリ》、召兄宇迦斯《イウカシヲメシテ》罵詈《のリテ》云《イヒシク》、「伊賀《イガ》(汝)此二字以音。所作仕奉《ツクリツカヘマツレル》於•大殿内者《オホとののウチニハ》、意礼《オレ》(汝)此二字以音。先《マヅ》入《イリテ》、明白其《その》将為仕奉[1]《ツカヘマツラムとスル》之状《サマヲアカシマヲセとイヒテ》」而、即《スナハチ》握横刀之手《タチのタ》上《カミヲトリシバリ》[2]•矛由氣《ホこユけ》[3](行)此二字以音。矢刺而《ヤサシテ》、追入《オヒイルル》之時《ときニ》、乃《スナハチ》己《オのガ》所作押《ツクレルオシニ》見打而死《ウタイテシニキ》。尒即《シカシテスナハチ》、控出斬散《ヒキイデキリハフリキ》。故《カレ》、其地《そこハ》[4]謂宇陀之血原《ウダのチハラとイフ》也。然而《シカシテ》、其弟宇迦斯之献《そのオとウカシガタテマツレル》大饗者《オホアヘハ》[5]、悉《ことごと》賜其御軍《そのミイクサニタマヒキ》。此時《このときニ》、歌曰《ウタヒシク》[6]、

宇陀能《ウダの》 多加紀尒《タカきニ》(高城) 志藝和那波留《シギワナハル》(鴫罠張)。 和賀麻都夜《ワガマツヤ》(我待) 志藝波佐夜良《シギハサヤラ》(鴫障)受《ズ》。 伊須久波斯《イスクハシ》(磯細) 久治良佐夜流《クヂラサヤル》(鯨障)。 古那美賀《コナミガ》(前妻) 那許•波佐婆《ナこハサバ》(肴乞)、 多知《タチ》(立)(柧棱)曽婆能《そバの》 微能那祁久袁《みのナケクヲ》(実無) 許紀志斐恵泥《こきシひヱネ》(許多削)。 宇波那理賀《ウハナリガ》(後妻) 那許*婆佐《ナこハサ》(肴乞)婆《バ》、 伊知佐加紀《イチサカき》(柃) 微能意富祁久袁《みのオホケクヲ》(実多) 許紀陀斐恵泥《こきダひヱネ》(許多削)。

亞《エ》[7]々《エ》音《オと》引《ヒク》。志夜胡《シヤゴ》。志夜《シヤ》。此者伊能•碁布曽《こハイのごフそ》[8](猜淩)。此五字以音。

二（卜系）ーナシ
殿（延）ー麻

矛（卜系）ー弟

波（延）ー彼
婆（諸本ニヨル）ー波（訓）
「婆」は清濁両用である。
亞（底右傍書ニヨル）ー疊
「亞」字については有坂秀世「万葉仮名雑考」『国語音韻史の研究』（増補）一二五頁参照。
碁（訓）ー基

阿《ア》々《ア》[1]音引。志夜・胡《シヤゴ》。志夜《シヤ》。此者《こハ》嘲咲《アザワラフ》者也《ぞ》。

故《カレ》、其弟宇迦斯《そのおとウカシ》、此者《こハ》宇陀水取《ウダのモヒトリ》等之祖《ラガオヤぞ》也。

自二其地一《そこヨリ》幸行《イデマシテ》、到二忍坂《オサカのオホムロヤニイタリマシシ》[2]大室[3]一。之時《とキニ》、生レ尾《ヲオフル》土雲《ツチグモ》訓《よミテ》云二具毛《グモと》一。

八十建《ヤソタケル》、在二其室一《そのムロヤニアリテ》待伊那流《マチイナル》(吼)。此三字以レ音。故尓《カレシカシテ》、天神御子之命《アマツのミコのミこと》、

以《もチテ》、饗《アヘヲ》賜二八十建一《ヤソタケルニタマヒキ》。於レ是《ここニ》、・充二八十建一《ヤソタケルニアテテ》、設二八十膳夫一《ヤソカシハテヲマけテ》、

毎レ人《ひとごとニ》佩レ刀《タチハけテ》[4]、誨二其膳夫等一《そのカシハテラニヲシヘテのラシシク》[5]曰、「聞レ歌《ウタヲキカバ》之者、一時共《もろともニ》

斬《キレ》。」。故《カレ》、明レ将レ打二其土雲一《そのツチグモヲウタムとスルことヲアカセル》之歌《ウタニイヒシク》曰、

意佐・加能《オサカの》(忍坂) 意富牟盧夜尓《オホムロヤニ》(大室屋)、比登佐波尓《ヒとサハニ》(人多) 岐伊理袁理《キイリヲリ》(来入居)、比登佐波《ヒとサハ》(人多)
尓《ニ》 伊理袁理登母《イリヲリとも》(入居)、美都美都斯《ミツミツシ》(厳々) 久米能古賀《クめのコガ》(子) 久夫都々伊《クブツツイ》[6](頭椎) 々《イ》
斯都々伊母知《シツツイもチ》(石椎持)、宇知弖斯・夜麻牟《ウチテシヤマム》(撃止)。美都美都斯《ミツミツシ》 久米能古良賀《クめのコラガ》
久夫都々伊《クブツツイ》 々斯都々伊母知《イシツツイもチ》 伊麻宇多婆余良斯《イマウタバよラシ》(今撃宜)。

如レ此歌《カクウタヒテ》而、抜レ刀《タチヲヌキ》 一時《もろともニ》 打殺《ウチころシキ》也。

然後《シカシテのチニ》、将レ撃二登美毗古一《とミビコヲウタムとシタマヒシ》之時《とキニ》、歌曰《ウタヒシク》、

○シヤゴはシヤ＋アゴ(吾子)の約(亀井孝説)。シヤは感動詞で、琴歌譜に例がある。また「亞々。音引。」とあるのは、「エの長音(エー)だ」の意。しかしルビはエエとしておいた。

8 [訓]イゴノフゾ(伊碁能布) [国]いのごふぞ(伊能碁布)

忍坂での戦勝

○山田忠雄「二つの笑い(下)」『文学』三六巻三号)や小島『国風暗国』上、三四三頁に、『大集月蔵分経』の「期剋声」また魏志武帝紀「忌克少威」の例から、「人を憎悪し、猜疑に満ちた、そして他人をねたみ凌(しの)ごうとする声を出す」の意とする。

1 [国]ああ しやこしや [岩]ああ しやごしや [桜]アア シヤゴ シヤ

一〇

○↓注7。「嘲笑」は呵々大笑する。

2 オシサカのサ行シ・サの音節の重複によりシ音節脱落。

3 [延]オホムロ [桜]オホムロヤ

○歌詞「意富牟盧夜」により訓む。次行の「室」もムロヤと訓む。

4 ハク(下二段)は佩かせての意。

5 [延]アカスノ歌ニ曰ク [訓]アカセルウタニイヒシク [角]あかして歌よみしたまひしく [岩]あかしてうたひけらく [桜]アカセルウタニイヒシク

6 [国]は「くぶつつい・いしつつい」とす。「い」は格助詞(副助詞説もあり)であろう。

登美毘古を攻撃

胡(延)—朝

坂(底右傍書ニヨル)—故

充(底本「宛」)—宛(訓)底本「宛」は「充」の字。「宛」に改めるは誤り(乾善彦「国訓『宛(あてる)』の成立をめぐって—誤用が国訓となる一つの場合—」(『国語学』一四七集)。

加(卜系)—賀

夜(延)—衣

1「賀」は清濁両用。
2「其の根の下」の意ではなく「本」で、根本。
3その根も芽も一緒に数珠つなぎに。

一一

4歯（口唇）がしかむ（辛味が刺激する）ことから、山椒（さんしょう）・生姜（しょうが）をいうが、垣根に植えたとあるので、これは山椒か。
5ヒヒクの第二音節のヒは清音。その時は「比〻」と表記。

一二

6「大石」が通説。「生ひイシ」の約とみる説（亀井孝「『さざれ』『いさご』『おひ（い）し』」『香椎潟』八号）もある。「おひし」を敵の城塞に譬えるなら、「大石」の方が妥当と思う。
7「這廻」の主語を無力なシタダミ（石で砕かれ塩もみにして食用にされる―万葉三八八〇―ような弱者のたとえ）のようにぐずぐず這廻っている敵軍だとする説（石坂正蔵「『シタダミノイハヒモトホリ』考」『古事記年報』一号）があるが、やはり主語を皇軍とする通説がよかろう。

一三

‖**兄師木・弟師木を攻撃**

一四

1→五〇頁7
2「部」は音仮名甲類へに用いら

‖**迩芸速日命の服従**

又歌曰《ウタヒシク》、
美都美都斯《ミツミツシ》 久米能古良賀《クめのコラガ》（子） 阿波布尓波《アハフニハ》（粟生） 賀美良比登母登《カミラヒともと》1（韮一本）。曽泥賀母登《そネガもと》2（其根本）、曽泥米都那藝弖《そネめツナギテ》3（其根芽繋）、宇知弖志夜麻牟《ウチテシヤマム》（撃止）。

又歌曰《ウタヒシク》、
美都美都斯《ミツミツシ》 久米能古良賀《クめのコラガ》 加岐母登尓《カキもとニ》（垣下） 宇恵志波士加美《ウヱシハジカミ》（植山椒）4、久知比〻久《クチヒヒク》（口5疼） 和礼波和須礼士《ワレハワスレジ》（吾忘）。宇知弖斯夜麻牟《ウチテシヤマム》。

又歌曰《ウタヒシク》、
加牟加是能《カムカゼの》（神風） 伊勢能宇美能《イセのウミの》（海） 意斐志尓《オひシニ》6（大石） 波比母登富呂布《ハヒもとホろフ》（這廻） 志多陀美能《シタダミの》（細螺） 伊波比母登富理《イハヒもとホリ》7（這廻）、宇知弖志夜麻牟《ウチテシヤマム》。

又、撃二兄師木《イシき》・弟師木《オとシきヲウチタマヒシ》一之時《とキニ》、御軍《ミイクサ》暫《シマシ》疲《ツカレヌ》。尓《シカシテ》、歌曰《ウタヒシク》、
多〻那米弖《タタナめテ》（楯並） 伊那佐能夜麻能《イナサのヤマの》（山） 許能麻用母《このマヨも》（木間） 伊由岐麻毛良比《イユキマモラヒ》（行目守）、*多多加閇婆《タタカヘバ》（戦） 和礼波夜恵奴《ワレハヤヱヌ》（吾飢）。志麻都登理《シマツとリ》（島鳥） 宇上加比賀登母《ウカヒガとも》（鵜養伴） 伊麻須氣尓許泥《イマスけニこネ》（今助来）。

故尓《カレシカシテ》、迩藝速日命《ニギハヤヒのミこと》 参赴《マヰオもブキテ》、白レ於二天神《アマツ》御子《のミコニマヲシシク》一、「聞二天神《アマツ》御《のミ》

士（兼ノ左傍書）―志
多（底ニヨル）―〻（卜系）

子《コ》天降坐《アモリイマシヌとキキシカバ》一　故、追奈降来《オヒテマヰクダリキツ》。」、即《とマヲシテスナハチ》献二天津瑞《アマツシルシヲタテマツリ》一　以仕《テツカ》奉《ヘマツリキ》也。故《カレ》、迩藝速日命《ニギハヤヒのミこと》、娶二登美毘古之妹《とミビコガイモ》、登美夜毘賣《とミヤビメ》一[1]生《ヲメトリテウミタマヒシ》子《コ》、宇麻志麻遅命《ウマシマヂのミこと》。*[2]此者《こハ》物部連《もののベのムラジ》・穂積《ホヅミの》臣《オミ》・婇《ウネメの》臣祖也《オミガオヤぞ》。故《カレ》、如《カ》レ此《ク》言二向平三和荒夫琉《アラブル》神等《カみどもヲことむけヤハシ》一夫琉《ブル》二字以レ音。退二撥不レ伏《マツろハヌ》**之人等《ヒとどもヲそけハラヒテ》一而、坐二畝火之白《ウネびのカ》檮原宮《シハラのミヤニイマシテ》一、治二天下《アめのシタヲヲサめタマヒキ》一也。[3]

故《カレ》、坐二日向《ヒムカニイマシシとキニ》一時、娶二阿多之小椅君妹《アタのヲバシのキミガイモ》、名《ナハ》阿比良比賣《アヒラヒメヲメトリテ》一自レ阿《ア》以下五字以レ音。生《ウミタマヒシ》子《コ》、多藝志美美命《タギシミミのミこと》、次岐須美美命《ニキスミミのミこと》、二柱坐也《フタハシライマシキ》。

然《シカアレどもサラニ》更求下為二大后《オホキサキとセム》[4]一之美人《ヲとメヲもとめタマヒシとキニ》上時、大久米命《オホクめのミことガマヲシシク》*白、「此《こ》[5]間《こニ》有二媛女《ヲとメアリ》一。是《こレ》謂二神御子《のミコとイフ》一。其《その》所三以謂二神御子《のミコとイフユヱハ》一者、三嶋《ミシマの》湟咋之女《ミぞクヒガムスメ》、名《ナハ》勢夜陁多良比賣《セヤダタラヒメ》、其容姿麗美《そのカタチウルハシケレバ》[6]故、美和之大物主《ミワのオホものヌシの》神見感而《ミめデテ》、其美人《そのヲとメの》為二大便《クソマル》[7]一之時《とキニ》、化二丹塗矢《ニヌリヤニナリテ》一、自下其《その》為二大便《クソマル》一之溝《ミぞヨ》[8]上流下《リナガレクダリテ》、突二其美人之富登《そのヲとメのホとヲツキキ》(陰)一。此二字以レ音。下效レ此。尒《シカシテ》、其美人驚《そのヲとメオどろキテ》而、立《タチ》走《ハシリ》伊須須岐伎《イススキキ》[9](身震)。此五字以レ音。乃《スナハチ》将二来其矢《そのヤもチキテ》一、置レ於二床邊《とこのベニオけバ》一、忽《タチマチニ》

連(諸本ニヨル)―速
麻(底・前ニヨル)―摩(兼以下)
平(底右傍書ニヨル)―予
之(諸本ニヨル)―ナシ(訓)
人(底・訓ニヨル)―ナシ(卜系)
大(卜系)―太
白(底ニヨル)―曰(卜系)

れる。ということは、例えば「物部」等のベ(大化前代の特殊技能集団)が漢字音へに由来する語であることを物語る。そのへが連濁を起し、べに固定したものであろう。連濁を起さなかったものにモノノフ(武士)のフがある。これはこの集団のみの呼称であったが、新たに形成された特殊技能集団の各群に～べと、少し発音をかえて命名したものであろう。

3↓四〇頁1

4「大后」はオホキサキ。

5 延此間ニヲトメ有リ是ヲ神ノ御子ト謂フ 訓コゝニカミノミコナリトマヲスヲトメアリ

＝皇后選定

○↓二九頁1。「此間」の「間」は助字。

6 兼スカタカホヨシ 延スカタウルハシ 訓カホヨカリケレバ 岩かたちうるはしかりき 朝すがたかたちうるはしくよかりしかば

○「容姿」はスガタ↓四〇頁3。

7 兼カクシスル 訓カハヤニイレル 校シトスル 角くそまる

○「為大便」の「為」は「大便」を動詞として訓ませるための字か。神代紀上に「送糞、此云倶蘇摩屢」とある。マルは放出する意。

8 延ミゾノシタヨリ 訓カハヤノシタヨリ 角溝より流れ下りて 朝溝の流れの下より

○矢が溝を流れくだるのである。

9イススクは身ぶるいする意。大殿祭の祝詞に「夜女のいすすき」源氏朝顔に「うすすき出で来て」等、身ぶるいする意である。

成麗《ウルハシキ》壮夫《ヲとコニナリヌ》。即《スナハチ》娶其美人《そのヲとメヲメトリテ》生子《ウミタマヒシコ》、名《ハ》謂富登多多良《ホとタタラ》(陰)伊須須岐比賣命《イススキヒメのミことトイヒ》、亦名《のハ》謂比賣多多良•伊須氣余理比賣《ヒメタタライスけよりヒメとイフ》。是者《こハ》悪[1]其《ニクミテその》富登云事《ホとトイフことヲのチニ》、後改《めツル》名者也《ヲぞ》。故《カレ》、是以《ここヲもチテ》謂神御子也《のミコとイフ》[2]」。

於是《ここニ》、七[3]媛女《ナナタリのヲとメ》遊行於高佐•士野《タカサジノニアソベルニ》、佐士《サジ》二字以音。伊須氣余理比賣《イスけよりヒメ》在其中《そのナカニアリ》。尒《シカシテ》、大久米命《オホクめのミこと》見其伊須氣余理比賣《そのイスけよりヒメヲミテ》而、以歌《ウタヲもチテ》*白於天皇《スメラミことニマヲシテイヒシク》曰、

一五

夜麻登能《ヤマとの》(倭)　多加佐士怒袁《タカサジノヲ》(高野)　那々由久《ナナユク》(七行)　袁登賣杼母《ヲとメども》(媛女)　多礼•袁志摩《タレヲシマ》(誰枕)　加牟《カム》。

尒《シカシテ》、伊須氣余理比賣者《イスけよりヒメハ》立其媛女等之前《そのヲとメどものサキニタテリ》。乃天皇《スナハチスメラミこと》見其媛女等《そのヲとメどもヲミタマヒテ》而、御心《ミこころニ》知伊須氣余理比賣《イスけよりヒメの》立於最前《イヤサキニタテルヲシラシテ》、以歌《ウタもチテ》*答曰《こタヘのラシシク》、

一六

•加都賀都母《カツガツも》[4]　伊夜佐岐陁弖流《イヤサキダテル》(前立)　延•袁斯麻加牟《イヲシマカム》[5](兄枕)。

尒《シカシテ》、大久米命《オホクめのミこと》以天皇之命《のミことともチテ》、詔其伊須氣余理比賣《そのイスけよりヒメニのリシ》之時《とキニ》、

須(卜系ニヨル)—須須
改(底右傍書ニヨル)—没
士(卜系)—土
白(底「白。——於」トアリ、。印ノ右ニ傍書「御本此間無字」トアリ)
袁(卜系)—表
歌(底「歌。——答」トアリ、。印ノ右ニ傍書「御本無字」トアリ)
加(卜系)—賀
袁(延)—裳

1「悪(にく)む」とあるが、もとは「忌(い)む」であったはずで「陰(ほと)」の語の用い方には厳しい禁忌があったことを物語る。

2この「也」は、「—とイフ」の場合は「ぞ」とは訓まない。まして二行目の「名謂——。」の如く文末助字の無い場合は「ぞ」を訓添えない。

3「七媛女」は「七」と「媛女」との間に助数詞を補わないとすぐには続かない。その点が「八乙女(やをとめ)」と違う。つまり「八」という数詞の特殊性にある。そこで、ナナタリのヲとメと訓む。但し別段ヲとメどもと複数の接尾語を訓み添えなくてよい。必要な時は九行目「媛女等」の如く表記あり。

4動詞カツ(耐・克)を重ね、「こらえこらえ」の義から、不満足ながらも、ともかくも、の意。天皇の嫁選びにおける気負いと照れがこの語に表わされている。

5「延」はヤ行のイ。そこで「善」・「兄」二説がある。形容詞「善し」の語幹イを「佳人」の意に用いた例は無い。それで「年長者」の意の「兄(イ)」と解するのがよい。勿論「可愛(エ)」の意ではない。これはア行のエである。

1「阿米」は従来雨燕(和名抄の「胡燕子、アマツバメ」)説であったが、この呪文の如く並べられた鳥は、過眼線(目をふちどる羽毛の線)が鋭いという特徴をもつ—それで大久米命の「利目(とめ)」に譬えた—

ことからすると、雨降りを予兆する雨鳥で鳴の類とする新の説によるのがよい。
2「加」は清濁両用。
3「上」字は、ほとりの意の時はへ、上の意の時はウへ。

一七

4 延ミネマス　訓ミネマシキ　国みねし坐しき　角みねしたまひき　朝みいをねましき
○「御＋動詞＋坐」の典型。↓二九頁3

一八

5 延御歌ニ曰ク　訓ミウタヨミシタマハク　国御歌よみしたまひつらく　角御歌よみしたまひしく　岩御歌よみしたまひけらく
○これまでの「歌曰」は二字でウタヒタマヒシクと訓んだが、「御歌曰」はミウタよミシタマヒシクと訓む。神武前紀「御謡」の「謡」にウタよミの訓注がある。
6 従来「志祁去岐」の本文により、シケコキと訓まれてきたが、去の字を仮名に用いた例がない。これは新撰字鏡に「蕪、シケシ、穢也、荒也」とあるシケシ（汚い）であって、底本に「志祁志岐」とあるのこそ、シケシキの正しい姿を残すものである（山田孝雄「記紀歌謡研究（廿九）」『文学』一〇巻七号）。人名にも「志計志麻呂」というのがある。これは和気清麻呂の清（きよ）が穢（しけし）の汚名に変えられたもの。この歌でも、「汚い」意に解してこそ、「いやさや（清）敷きて」との対比の妙があり、「菅畳」にも「清（すが）」をかける。

一九

7 ↓一〇二頁3

当芸志美々命の反逆

見二其大久米《そのオホクめ》命《のミこと》黥利目《のサケルトめヲミテ》一而、思レ奇《アヤシとオもヒテ》　歌曰《ウタヒシク》、
1(雨鳥)(鶺鴒)阿米《アめ》・都々《ツツ》　(千鳥)知杼理《チどリ》・(鵐)麻斯登々《マシとと》、　(何故黥利目)那杼佐祁流斗米《ナどサケルトめ》。

尒《シカシテ》、大久米命《のミこと》＊答歌曰《こタヘウタヒシク》、
(媛女)袁登賣尒《ヲとメニ》　(直逢)多陁尒阿波牟登《タダニアハムと》　2(我黥利目)和加佐祁流斗米《ワガサケルトめ》。

故《カレ》、其孃子《そのヲとメ》、白二之「仕二奉也《ツカヘマツラム》一」。《とマヲシキ》於レ是《ここニ》、其伊須氣余理比賣《そのイスけよリヒメ》命《のミこと》之家《のイへ》、在二狹井河之上《サヰガハのヘニアリ》一。3 天皇幸二行其伊須氣余理比賣之許《そのイスけよリヒメガリ》一、《イデマシテ》一《ヒと》宿御寢坐《ヨミネマシキ》4也。其河《そのカハヲ》謂二佐韋河一《フサヰガハとユエハ》由者、於二其河《ニ》邊《のへ》一山由理草多在《ヤマユリグササハニアリ》。故《カレ》、取二其《リその》山由理草之名《のヲナヅけキ》、号二佐韋河《サヰガハと》一也。山由理草之本《のもとの》名云《ハ》二佐韋《ヒキサヰと》一也。後《のチニ》、其伊須氣余理比賣《そのイスけよリヒメ》參二入宮内《ミヤのウチニマヰリシ》一之時《とキニ》、天皇御歌曰《ミウタよミシタマヒシク》5、
(葦原)阿斯波良能《アシハラの》　6(穢小屋)志祁＊志岐袁夜迩《シケシキヲヤニ》　(菅畳)須賀多々美《スガタタミ》　(弥清敷)伊夜佐夜斯岐弖《イヤサヤシキテ》
(我二人寝)和賀布多理泥斯《ワガフタリネシ》。

然而《シカシテ》、阿礼坐《アレマシシ》之御子《ミコの》7名《ハ》、日子八井《ヒコヤヰ》命《のミこと》、次《ニ》神八井耳《カムヤヰミミ》命《のミこと》、次《ニ》神沼河耳《カムヌナカハミミ》命《のミこと》、＊＊三柱《ミハシラ》。
故《カレ》、天皇崩後《カムアガリマシシのチニ》、其庶兄《そのママアニ》當藝志美々《タギシミミ》命《のミこと》、娶二其適后《そのオホキサキ》＊伊須氣余理比《イスけよリヒ》

答（底「答。――歌」トアリ、。印ノ右ニ傍書「御本」トアリ）
袁（底右傍書ニヨル）―裳
須（卜系）―賀
韋（底右傍書ニヨル）―ナシ
河（底左傍書ニヨル）―阿
河（底右傍書ニヨル）―阿
由（卜系）―田
志（底ニヨル）―去（卜系）
袁（寛以下）―表
弖（訓）―忌
日（延）―曰
三柱（諸本ニヨル）―分注（延以下）
當（卜系）―富
適（諸本ニヨル）―嫡（寛以下）

[1]賣一《メヲメトリシ》之時《トキニ》、将レ殺二其三弟一《そのミハシラのオとヲころサムとシテ》而謀《ハカリシ》之間《アヒダニ》、其御祖伊須氣《そのミオヤイスけ》余理比賣《よりヒメ》患苦《ウレヘクルシびテ》而、以レ歌《ウタもチテ》令レ知二其御子等一《そのミコタチニシラシめタマヒキ》。歌曰《ウタヒタマヒシク》、

二〇

佐韋賀波用《サヰガハヨ》(河)[2] 久毛多知和多理《クモタチワタリ》(雲立渡)、宇泥備夜麻《ウネびヤマ》(畝火山) 許能波佐夜藝奴《このハサヤギヌ》(木葉騷)。
加是布加牟登須《カぜフカムとス》(風吹)。

又歌曰《ウタヒタマヒシク》、

二一

宇泥備夜麻《ウネびヤマ》(畝火山) 比流波久毛登韋《ヒルハクモとヰ》(昼雲[3]居)、由布佐礼婆《ユフサレバ》(夕) 加是布加牟登曽《カぜフカムとそ》(風吹)
許能波佐夜牙流《このハサヤゲル》(木葉騷)。

於レ是《ここニ》、其御子《そのミコ》聞知《キキシリテ》而驚《オどろキ》、乃《スナハチ》為レ将レ殺二當藝志美美《タギシミミヲころサムとシタマヒシ》一之時《トキニ》、神沼河耳《カムヌナカハミミのミこと》命、＊白二其兄《そのイろイ》神八井耳《カムヤヰミミのミことニマヲシシク》命一、「那泥《ナネ》(汝)此二字以レ音。汝《イマシ》命《ミこと》、持レ兵《ツハものもチ》入《イリテ》而、殺二當藝志美々《タギシミミヲころシタマヘ》一」。故《カレ》、持レ兵《ツハものもチ》入《イリテ》以将レ殺《ころサムとセシ》之時《トキニ》、手足《テアシ》和那々岐弖《ワナナキテ》(戦慄)、此五字以レ音。不二得殺一《エころシタマハズキ》。故尓《カレシカシテ》、其弟《そのイろど》神沼河耳《カムヌナカハミミのミこと》命、乞二取其兄《そのイろイの》所レ持之兵《もテルツハものヲこヒトリテ》一、入《イリテ》殺二當藝《タギ》志美々《シミミヲころシタマヒキ》一。故亦《カレマタ》、稱二其御名《そのミナヲタタヘテ》一、謂二建沼河耳《タケヌナカハミミのミこととも》命一《マヲス》。

＊白(底ニヨル)―曰（卜系）

1 兼トル 訓タハクル 角あへる 岩めとせし 朝みあひせし ○↓五〇頁7。タハクと訓む場合は「姧」の字を用いる。ここは内容的にもタハクではない。

2「佐韋河」の命名は「騒（さゐ）河」（川音の騒音）に基づく。今日その面影はないが、地形的にそれは言える。今日の断層が昔滝として落下していたことをしのばせる。だからその上空に雲が立ち渡るのである（拙稿「神武記『皇后選定』条の注文の新解釈―さゐ河とさゐ草―」（『皇學館大学紀要』一七輯）。

3「登韋」は従来「と居」と解されていたが、「跡位（トヰ）浪」（万、二二二〇）により、トヰは「動揺する」意とする説（武田祐吉『記紀歌謡集全講』）が出て以来諸注これに従った。しかしそれでは何故危機を報せることになるのか分らないとし、阪倉篤義は次のように説明した。二〇番の狭井河から空に立渡る雲とは、皇子たちの住む場所の平和と繁栄の表象であるが、二一番のは、それに対する畝傍山であって、この畝傍山（タギシミミ）を生き物に擬し、それがそこにかかっている雲と一つになって昼間はじっとしている（静まりかえっている）と解すれば、このトヰは「昼は雲と居（ゐ）」でなくてはならぬ（「ひるは雲とゐ」角川古典鑑賞講座『古事記』二八四～二九二頁）。

尒《シカシテ》、神八井耳命《カムヤヰミミのミこと》譲二弟建沼河耳命一《イろどタケヌナカハミミのミことニユヅリテマヲシシク》曰、「吾《ア》者《ハ》不レ能レ殺レ仇《アタヲころスことアタハズ》。汝命《イマシミこと》既《スデニ》[1]得二殺仇一《アタヲエころシタマヒキ》。故《カレ》、吾《アハ》雖レ兄《アニニアレども》[2]不レ宜レ為レ上《カミとナルべクアラズ》[3]。是以《ここヲもチテ》、汝命《イマシミこと》為レ上《カミとナリテ》治二天下一《アめのシタヲヲサめタマへ》。僕《ア》者《ハ》扶二汝命一《イマシミことヲタスけ》、為二忌人一《イハヒビととナリテ》[4]而仕奉《ツカへマツラム》也。」」。故《カレ》、其日子八井命《そのヒコヤヰのミこと》者《ハ》、茨田連《マムタのムラジ》・手《テ》嶋連《シマのムラジ》之祖《ガオヤぞ》。神八井耳命《カムヤヰミミのミこと》者《ハ》、意富臣《オホのオミ》・小子部連《チヒサコべのムラジ》・坂合部連《サカヒべのムラジ》・火君《ひのキミ》・大分君《オホキダのキミ》・阿蘇君《アソのキミ》・筑紫三家連《ツクシのミヤけのムラジ》・雀部臣《サザキべのオミ》・雀部造《サザキべのミヤツコ》・小長谷造《ヲバツセのミヤツコ》・都祁直《ツケのアタヒ》・伊余國造《イよのクニの》・科野國造《シナノの》・道奥石城國造《ミチのクのイハきの》・常道仲國造《ヒタチのナカの》・長狭國造《ナガサの》・伊勢船木直《イセのフナぎのアタヒ》・尾張《ヲハリの》・丹*波臣《ニハの》・嶋田臣《シマダの》等之祖也《ラガオヤぞ》。

神沼河耳命《カムヌナカハミミのミこと》者《ハ》、治二天下一《アめのシタヲサめタマヒキ》也。

凡[5]《オホよそ》此神倭伊波礼毗古《ニこのカムヤマとイハレビコの》天皇御年《ミとシ》、壹佰参拾漆歳《モモチアマリミソチアマリナナツぞ》[6]。御陵《ミハカハ》在二畝火山《ウネびヤマの》之北方《キタのカタの》白檮《カシの》尾上《ヲのへ》一也《ニアリ》。

綏靖天皇

[7]神沼河耳命《カムヌナカハミミのミこと》、坐二葛城高岡宮一《カヅラきのタカヲカのミヤニイマシテ》、治二天下一《アめのシタヲサめタマヒキ》也。此《この》天皇、娶二師木縣主之祖《シきのアガタヌシガオヤ》、河俣毗賣一《カハマタビメヲメトリテウミタマヘル》、生御子《ミコ》、師木津日子玉手見命《シきツヒコタマデミのミこと》。*一*柱

天皇御年《ミとシ》、肆拾伍歳《よソチアマリイツツぞ》。御陵《ミハカハ》在二衝田岡一也《ツキタのヲカニアリ》。

安寧天皇

師木津日子玉手見命《シきツヒコタマデミのミこと》、坐二片塩浮穴宮一《カタシホのウキアナのミヤニイマシテ》、治二天下一《アめのシタヲサめタマヒキ》也。此《この》

1→三〇頁4

2この「兄」は、長幼の順を意味するから、アニと訓む。

3［延］カミ為ルベカラズ ［訓］カミトアルべカラズ ［岩］かみとなるべからず

○この「上(カミ)」は天皇をさす。

4祭祀者。

5［兼］ヲヨソ ［訓］スベテ ［岩］おほよそ ［桜］オホヨソ

○大きく合計しての意。ほぼの意ではない。

6［延］モヽミソアマリナヽトセ ［訓］モヽチマリミソナヽツ ［角］ももちまりみそまりななつ ［岩］ももちまりみそぢまりななとせ ［桜］モモとセアマリミソとセアマリナナとセ

○→八六頁7。年齢は助数詞「チ・ツ」で訓む。そして「壹佰参拾漆」の如く、大字が用いられている（この大字の初出は三二頁の「壹拾肆嶋・参拾伍神」にあった）。これは数字の改変を怖れてのことで、特に重要な数の表記にこの大字が用いられている。

7第二代の綏靖天皇から第九代の開化天皇までの記事には、天皇の名・皇居・后妃・皇子女・宝算・陵墓の項があるだけで、他の記事はほとんど見られない。この点は日本書紀も同じ。「欠史八代」と謂われるが、「帝紀」というものの基本的な形式は、あるいはこのようなものであったろうか。

丹(卜系)—舟　波(底ニヨル)—羽(卜系)

一柱(底ニヨル)—分注(卜系)

天皇、娶二河俣毗賣《カハマタビメ》之兄《ガアニ》[1][2]、縣主《アガタヌシ》波延《ハエ》之女《ガムスメ》、阿久斗比賣《アクトヒメヲメトリテ》一、生《ウミタマヒシ》御《ミ》[3]子《コ》、常根津日子伊呂泥《とこネツヒコイろネ》[4]命《のミこと》。自レ伊《ィ》下三字以レ音。次《ニ》大倭日子鉏友《オホヤマとヒコスキとも》命《のミこと》。次《ニ》師《シ》木津日子《きツヒコ》命《のミこと》。此《この》天皇之御子等《のミコタチ》、并《アハセテ》三柱《ミハシラ》之中《のウチ》、大倭日子鉏友《オホヤマとヒコスキとも》命《ミこと》者《ハ》、治二天下一《アめのシタヲサめタマヒキ》。次《ニ》師木津日子《シきツヒコ》命《のミこと》之子《のコ》、二《フタハシラのミコ》[5]王坐《イマシキ》。[6]一《ヒとハシラのコ》子、*孫《ヒコ》者《ハ》、伊賀須知《イガのスチの》之稲置《イナキ》・那婆理《ナバリ》之稲置・三野《ミノの》之稲置之祖《ガオヤぞ》。一《ヒとハシラのコ》子、*和知都美《ワチツミ》[7]命《のミこと》者《ハ》、坐二淡道之御井宮一《アハヂのミヰのミヤニイマシキ》。故《カレ》、此王《このミコ》有二二女一《フタハシラのムスメアリキ》。兄《アネのハ》名蝿伊呂泥《ハヘイろネ》[8]。亦《の》名《ハ》意富夜麻登久迩阿礼比賣《オホヤマとクニアレヒメ》命《のミこと》。弟《オとのハ》名蝿伊呂杼《ハヘイろど》[9]也《ぞ》。天皇《のミ》御年《とシ》、肆拾玖歳《よソチアマリここのツぞ》。御陵《ミハカハ》在二畝火山之美富登一《ウネびヤマのミホとニアリ》(御陰)也。

大倭日子鉏友《オホヤマとヒコスキとものミこと》命、坐二軽之境岡宮一《カルのサカヒヲカのミヤニイマシテ》、治二天下一也《アめのシタヲサめタマヒキ》。此《この》天皇、娶二師木縣主之祖《シきのアガタヌシガオヤ》、賦登麻和訶比賣《フとマワカヒメのミこと》命、亦名《のハ》飯日比賣《イヒヒヒメのミことヲ》命一、生《メトリテウミタマヒシミコ》御子、御真津日子訶恵志泥《ミマツヒコカヱシネのミこと》命。自レ訶《カ》下四字以レ音。次《ニ》多藝志比古《タギシヒコ》命《のミこと》。**二柱 故《カレ》、御真津日子訶恵志泥《ミマツヒコカヱシネのミこと》命者《ハ》、治二天下一也《アめのシタヲサめタマヒキ》。次《ニ》當藝《タギ》志比古《シヒコのミこと》命者《ハ》、血沼之別《チヌのワけ》・多遅麻之竹別《タヂマのタけのワけ》・葦井之稲置之祖《アシヰのイナキガオヤぞ》。天皇《のミ》御年《とシ》、肆拾伍歳《よソチアマリイツツぞ》。御《ミ》

河(底右傍書ニヨル)―阿
波(底右傍書ニヨル)―殿
孫(諸本ニヨル)―校訂、衍トシテ削ル
和(諸本ニヨル)―訓ハ「知」ノ誤リカトス
友(卜系)―支
「岡」以下十九字(卜系)―ナシ
訶(延)―ナシ
二柱(底ニヨル)―分注(卜系)

1↓凡例一四頁
2 兼イロネ 延イロエ 訓セ 校アニ
○この「兄」は同腹か否か不明なのでアニと訓む。
3天皇と娶妻との間に生れた子を「御子」と表記し、その人名に「命」の尊称を記し、なお人数を数える時は「柱」を以てする。この書式は九九頁の神武天皇と嫡妻伊須気余理比売との間に生れた子から始まる。但し、そこでは「阿礼坐之御子」とある。これは神の子伊須気余理比売から生れた聖誕の子なのでアレとあるのであって、綏靖以下では通常の皇統譜上の「生」であるからウミタマヘルと訓む。
4イろネは男女とも兄姉をいう。今の人名は男。六行目の「蝿伊呂泥」は女についたイろネ。
5 兼ハシラ 岩みこ
○天皇の「御子」のその「子」の場合尊称は「命」、助数詞は「柱」となっている。そして「御子」も「子」もともに「王」である。そこでここは「二ハシラの王(ミコ)」と補読する。
6 兼ヒトリノコミマコ 延一ハシラノミコムマゴハ 訓ヒトハシラノミコハ 岩ひとりのこは 桜ヒとリのコ、ヒコハ
○後文の「一子、和知都美命者」との対応から考えると、「一子、孫者」と見る桜がよい。但し「孫命者」と「命」が無いが、故あって除かれたか、誤脱かであろう。そこで「一(ヒとリ)の子、孫(ヒ

懿徳天皇

コ)ハ」と訓む。つまり「孫」は人名なのである。

孝昭天皇

7 [訓]チチツミ
[校]ワチツミ
○今は諸本「和知都美」による。
8 女の名に用いたイろネ。↓4
9 女の名に用いたイろど。

1 [兼]イロト [朝]おと
2 [兼]イロネ [延]イロエ [訓]イロセ
○1 2とも同母兄弟の故をもって訓む。

孝安天皇

3 [兼]モロススミ [角]もろすす
○ススなら音仮名で表記するであろう。従ってススミと訓むのがよい。

陵《ハカハ》在二畝火山之真名子谷《ウネびヤマのマナゴタニの》上《へニアリ》一也。

御真津日子訶恵志泥命《ミマツヒコカヱシネのミこと》、坐二葛城掖上宮《カヅラきのワキガミのミヤニイマシテ》一、治二天下《アめのシタヲサめタマヒキ》一也。

此《この》天皇、娶二尾張連《ヲハリのムラジ》之祖《ガオヤ》、奥津余曽《オキツよそ》之妹《ガイモ》、名《ハ》余曽多本毗賣命《よそタホビメのミことヲメ》一、

生《トリテウミタマヒシ》御子《ミコ》、天押帯日子命《アマオシタラシヒコのミこと》。次《ニ》大倭帯日子*国押人命《オホヤマとタラシヒコクニオシヒとのミこと》。**二柱

故《カレ》、弟[1]《イろど》帯日子國忍人命《タラシヒコクニオシヒとのミこと》者《ハ》、治二天下《アめのシタヲサめタマヒキ》一也。兄[2]《イろイ》天押帯日子《アマオシタラシヒコの》命者《ミことハ》、春日臣《カスガのオミ》・大宅臣《オホヤけの》・粟田臣《アハタの》・小野臣《ヲノの》・柿本臣《カキのもとの》・壹比韋臣《イチヒヰの》・大坂臣《オホサカの》・阿那臣《アナの》・多紀臣《タきの》・羽栗臣《ハグリの》・知多臣《チタの》・牟耶臣《ムザの》・都怒山臣《ツノヤマの》・伊勢飯高君《イセのイヒタカのキミ》・壹師君《イチシの》・近淡海《チカツアフミの》國造《ミヤツコ》之祖《ガオヤぞ》也。天皇御年《のミとシ》、玖拾参歳《ここのソチアマリミツぞ》。御陵《ミハカハ》在二掖上博多山《ワキガミのハカタヤマ》上《のヘニアリ》一也。

国(底ニヨル)—國(兼)
二柱(底ニヨル)—分注(卜系)
栗(延)—粟

大倭帯日子國押人命《オホヤマとタラシヒコクニオシヒとのミこと》、坐二葛城室之秋津嶋宮《カヅラきのムロのアキヅシマのミヤニイマシテ》一、治二天下《アめのシタヲサめ》一也《タマヒキ》。此《この》天皇、娶二姪忍鹿比賣命《メヒオシカヒメのミことヲメトリテ》一、生《ウミタマヒシ》御子《ミコ》、大吉備諸進[3]命《オホキびもろススミのミこと》。次《ニ》大倭根子日子賦斗迩命《オホヤマとネコヒコフトニのミこと》。二柱。自レ賦《フ》下三字以レ音。故《カレ》、大倭根子日子賦斗迩命者《のミことハ》、治二天下《アめのシタヲサめタマヒキ》一也。天皇御年《のミとシ》、壹佰貳拾参歳《モモチアマリハタチアマリミツぞ》。御陵《ミハカハ》在二玉手岡《タマデのヲカの》上《ヘニアリ》一也。

人(卜系)—入

1 [兼]ソヒテ　[訓]ソハシ　[角]たぐはして　[岩]たぐひて

孝霊天皇

大倭《オホヤマと》根子《ネコ》日子《ヒコ》賦斗迩《フトニ》命《のみこと》、坐㆓黒田《クロダ》廬戸《のイホト》宮《のミヤニイマシテ》㆒、・治㆓天下《アめのシタヲサめタマヒキ》㆒也。此《この》天皇、娶㆓十市《とヲチ》縣主《のアガタヌシ》之祖《ガオヤ》、大目《オホめ》之女《ガムスメ》、名細比賣命《ハクハシヒメのみことヲメトリテウミタマヒシ》㆒、生御子《ミコ》、大倭《オホヤマと》根子《ネコ》日子《ヒコ》國玖琉《クニクル》命《のみこと》。一柱。玖琉《クル》二字以㆑音。又娶㆓春日《カスガ》之千々速真《のチチハヤマ》若比賣《ワカヒメ》㆒、生《ヲメトリテウミタマヒシ》御子《ミコ》、千々速比賣《チチハヤヒメ》命《のみこと》。**一柱　又娶㆓意富夜麻登玖迩《オホヤマとクニ》阿礼比賣《アレヒメ》命《のみことヲメトリテ》㆒、生《ウミタマヒシ》御子《ミコ》、夜麻登登母々曽毗賣《ヤマとともそビメ》命《のみこと》。次日子《ニヒコ》刺肩別《サシカタワけ》命《のみこと》。次比古伊佐勢理毗子《ニヒコイサセリビコ》命《のみこと》、亦名大吉備津日子《のハオホキびツヒコ》命《のみこと》。次倭飛羽矢若屋比賣《ニヤマととビハヤワカヤヒメ》。**四柱　又娶㆓其阿礼比賣《そのアレヒメ》命《のみこと》之弟《のイろど》、蝿伊呂杼《ハヘイろど》・㆒、生《ヲメトリテウミタマヒシ》御子《ミコ》、日子寤間《ヒコサめマ》命《のみこと》。次若日子建吉備津日子《ニワカヒコタケキびツヒコ》命《のみこと》。**二柱　此《この》天皇之御子等《のミコタチ》、并《アハセテ》八柱《ヤハシラぞ》。男王五《ヒコミコイツハシラ》、女王三《ヒメミコミハシラ》。　故《カレ》、大倭根子日子國玖琉《クル》命《のみことハ》者、治㆓天下《アめのシタヲサめタマヒキ》㆒也。　大吉備津日子《オホキびツヒコ》命《のみことと》・与㆓若建吉備津日子《ワカタケキびツヒコ》命《のみことと》㆒　二柱《フタハシラ》相副《アヒタグヒテ》[1]而、於㆓針間《ハリマ》氷河《のヒカハ》之前《のサキニ》㆒、居㆓忌瓮《イハヒヘヲスエテ》㆒而、針間《ハリマヲ》為㆓道口《ミチのクチとシテ》㆒以、言㆓向和吉備國《キびのクニヲことムけヤハシキ》㆒也。　故《カレ》、此大吉備津日子《このオホキびツヒコ》命《のみことハ》者、吉備上道《キびのカミツミチの》臣之祖《オミガオヤぞ》也。次若日子建吉備津日子《ニワカヒコタケキびツヒコ》命《のみことハ》者、吉備下道《キびのシモツミチのオミ》臣・笠《カサのオミガオヤぞ》臣祖。次日子寤間《ニヒコサめマ》命《のみことハ》者、

治（卜系）—活

一柱（底ニヨル）—分注（卜系）

四柱（底ニヨル）—分注（卜系）

杼（寛以下）—梯

二柱（底ニヨル）—分注（卜系）

津（延）—ナシ

○1 兼ウシカ 訓ウジカ
○姓氏録「宇自可臣」、続日本後紀承和二年九月条「宇自可臣」等とあり。ウジカと訓むのがよい。
2 兼ウミ（海） 訓アマ（海） 桜ワタリ（済）
○底本「済」らしき文字に写すが、他は「海」。天平三年越前国正税帳、坂井郡条に「海直大食」があるによれば「海」が正しいように見えるが、今は越前国敦賀（福井県敦賀市角鹿（つのが）町）が渡船場として著名であったことに思いを致し、底本のままワタリ（済）と訓む。

—孝元天皇

3→六四頁4

針間《ハリマの》牛鹿《ウジカの》[1]臣《オミ》之祖《ガオヤぞ》也。次《ニ》日子刺肩別命《ヒコサシカタワけのミこと》者《ハ》、高志之利波臣《コシのトナミのオミ》・[2]豊國之國前臣《とよクニのクニサキのオミ》・五百原君《イホハラのキミ》・角鹿*済直《ツヌガのワタリのアタヒ》之祖《ガオヤぞ》也。天皇《の》御年《ミとシ》、壹佰《モモ》陸歳《チアマリムツぞ》。御陵《ミハカハ》在二片*岡馬坂上一也《カタヲカのウマサカのヘニアリ》。

大倭根子日子國玖琉命《オホヤマとネコヒコクニクルのミこと》、坐二軽之堺原宮一《カルのサカヒハラのミヤニイマシテ》、治二天下一也《アめのシタヲサめタマヒキ》。此《この》天皇、娶二穂積臣《ホヅミのオミ》等之祖《ラガオヤ》、内色許男命《ウツシこヲのミことの》 色許《シこ》二字以レ音。下效レ此。 妹《イモ》、内色許賣命《ウツシこメのミことヲメトリテ》一、生《ウミタマヒシ》御子《ミコ》、大毘古命《オホビコのミこと》。次《ニ》少名日子建猪心命《スクナビコタケヰごころのミこと》。次《ニ》若倭根子日子大毘々命《ワカヤマとネコヒコオホビビのミこと》。**三柱 又娶二内色許男命之女《ウツシこヲのミことのムスメ》、伊**迦賀《イカガ》色許賣命《シこメのミことヲメトリテ》一、生《ウミタマヒシ》御子《ミコ》、比古布都押之信命《ヒコフツオシのマことのミこと》。自レ比《ヒ》至レ都《ツ》以レ音。又娶二河内《カフチのアヲタマガムスメ》青玉之女、名波迩夜須毘賣《ハハニヤスビメヲメトリテ》一、生《ウミタマヒシ》御子《ミコ》、建波迩夜須毘古命《タケハニヤスビコのミこと》。**一柱 此《この》天皇之御子等《のミコタチ》、并《アハセテイツハシラぞ》五柱。故《カレ》、若倭根子日子大毘々命《ワカヤマとネコヒコオホビビのミこと》者《ハ》、治二天下一也《アめのシタヲサめタマヒキ》。其兄《そのイろイ》大毘古命之子《オホビコのミことのコ》、建沼河別命《タケヌナカハワけのミこと》者《ハ》、阿倍臣《アヘのオミ》・等之祖《ラガオヤぞ》。次《ニ》比古伊那許*士別命《ヒコイナこジワけのミこと》。自レ比《ヒ》至レ*士《ジ》六字以レ音。此者《こハ》膳臣《カシハテのオミ》之祖《ガオヤぞ》也。比古布都《ヒコフツ》押之信命《オシのマことのミこと》、娶二尾張連《ヲハリのムラジ》等之祖《ラガオヤ》、意富那毘《オホナビ》之妹《ガイモ》、葛城之高千那毘賣《カヅラきのタカチナビメヲメトリテ》一、那・毘《ナビ》[3]二字以レ音。生《ウミタマヒシ》子《コ》、味師内宿祢《ウマシウチのスクネ》。此者《こハ》山代内《ヤマシろのウチの》臣《オミ》之祖《ガオヤぞ》也。又娶二木国《きのクニの》

波（延）—彼
君（卜系）—若
済（底）—海（卜系）
岡（延）—崗（兼）
三柱（底ニヨル）—分注（卜系）
迦賀（諸本ニヨル）—賀
迦（延・訓）
一柱（底ニヨル）—分注（卜系）
倍（卜系）—信
士（諸本ニヨル）—志（寛以下）
毘（延）—比

造《ミヤツコ》之祖《ガオヤ》、宇豆比古《ウヅヒコ》之妹《ガイモ》、山下影日賣《ヤマシタカゲヒメ》一 生《ヲメトリテウミタマヒシ》 子《コ》、[1]建内宿祢《タケウチのスクネ》。此《この》建内宿祢之子《タケウチのスクネのコ》、并《アハセテ》 九《ここのタリぞ》。[2]男七《ヲとコナナタリ》、[3]女二《ヲミナフタリ》。 波多八代宿祢《ハタのヤシろのスクネ》者《ハ》、波多臣《ハタのオミ》・林臣《ハヤシの》・波美臣《ハミの》・*星川臣《ホシカハの》・淡海臣《アフミの》・長谷部君《ハツセべの》之祖也《ガオヤぞ》。 次《ニ》許勢小柄宿祢《こせのヲカラのスクネ》者《ハ》、許勢臣《こせのオミ》・雀部臣《ササキべの》・軽部臣《カルべの》之祖也《ガオヤぞ》。 次《ニ》蘇賀《ソガの》石河宿祢《イシカハのスクネ》者《ハ》、蘇我臣《ソガの》・川邊臣《カハへの》・田中臣《タナカの》・高向臣《タカムクの》・小治田臣《ヲハリダの》・櫻井臣《サクラヰの》・岸田臣《キシダの》等之祖也《ラガオヤぞ》。 次《ニ》平群都久宿祢《ヘグリのツクのスクネ》者《ハ》、平群臣《ヘグリの》・佐和良臣《サワラの》・馬御樴連《ウマのミクヒのムラジ》等祖也《ラガオヤぞ》。 次《ニ》木角宿祢《きのツヌのスクネ》者《ハ》、木臣《きの》・都奴臣《ツヌの》・坂本臣《サカもとの》之祖《ガオヤ》。 次《ニ》久米能摩伊刀比賣《クめのマイトヒメ》。次《ニ》怒能伊呂比賣《ノのイろヒメ》。次《ニ》葛城長江曽都毗古《カヅラきのナガイのそツビコ》者《ハ》、玉手臣《タマデの》・的臣《イクハの》・生江臣《イクイの》・阿藝那臣《アギナの》等之祖也《ラガオヤぞ》。 又若子宿祢《ワクゴのスクネ》者《ハ》、[4]江野*財臣《イノのタカラのオミ》之祖《ガオヤ》。 此天皇《この》御年《ミとシ》、伍拾漆歳《イチアマリナナツぞ》。御陵《ミハカハ》在二劔池之中崗上一《ツルギのイけのナカのヲカのへ》也《ニアリ》。

開化天皇

若倭根子日子大毗毗命《ワカヤマとネコヒコオホビビのミこと》、坐二春日之伊耶河宮一《カスガのイザカハのミヤニイマシテ》、治二天下一也《アめのシタヲサめタマヒキ》。 此天皇《この》、娶二旦波之大縣主《タニハのオホアガタヌシ》、名《ハ》由碁理《ユごリ》之女《ガムスメ》、竹野比賣一《タカノヒメヲメトリテウミタマ》、生《ヒシ》 御子《ミコ》、比古由牟須美命《ヒコユムスミのミこと》。一柱。此王《このキミの》名《ハ》以レ音。 又娶二・庶母・伊迦賀色許賣命一《ママハハイカガシこメのミことヲメトリテウミタマヒシミコ》、生 御子、御真木入日子印恵命《ミマきイリビコイニヱのミこと》。印恵《イニヱ》二字以レ音。 次《ニ》御真津比賣命《ミマツヒメのミこと》。*二*柱 又娶二丸迩臣《ワニのオミ》之祖《ガオヤ》、日子國意祁都命《ヒコクニオケツのミこと》之妹《のイモ》、意祁都比賣《オケツヒメの》

星(底ニヨル)―黒(兼)
部(卜系)―部之

財(諸本ニヨル)―間(延)

庶(延)―鹿
賀(卜系)―ナシ

二柱(底ニヨル)―分注(卜系)

○1 [兼]タケウチ [角]たけしうち
○前頁の終りに「味師内宿祢」とあり、これをウマシウチのスクネと訓んだ。ウマシは形容詞シク活用の語幹。すると、ここの「建内宿祢」も同じ構成と見るならば、タケシ（ク活用）の語幹タケ、そしてウチのスクネと訓むことになる。従って、タケシウチのスクネまたはタケのウチのスクネとは訓まない。さてウチは大和の宇智郡に因む名と言われてきたが、岸俊男によれば、葛城地方に関係はあっても宇智地方には関係がないとし、天皇に近侍する「内の臣」の意と述べた（『日本古代政治史研究』）。
2 3 [兼]マスラヲ・タヲヤメ [訓]ムスコ・ムスメ [桜]ヲとコ・ヲミナ
○「男・女」の一般的な訓みはヲとコ・ヲミナとする。本来はヲとコに対してはヲとメであり、逆にヲミナ(女)に対してはヲグナ(男)であった。それがヲグナが用いられなくなって、ヲとコとヲミナとが対応するようになった。
4 [兼]エノキ [訓]エヌマ [国]えのま [角]江野の財
○[延]は傍訓しなかったが「財当作間乎」とし姓氏録に「江沼臣、建内宿祢子若子宿祢之後也」等の例証を挙げた。地名として加賀国江沼郡があり、それらにより[訓]がエヌマ(江野間の誤写)と訓んだのも一応は認め得る。しかし、「財」と「間」との誤写は少し

命《ミことヲメトリテ》一、意《オ》祁《ケ》都《ツ》三字以レ音。生《ウミタマヒシ》御《ミ》子《コ》、•日《ヒ》子《コ》坐《イマスの》王《オホキミ》。[1]*一*柱 又娶二葛城《カヅラき》垂《のタル》
見《ミのスクネ》宿祢之女《ガムスメ》、鸇比賣《ワシヒメヲメトリテ》[2]一、生《ウミタマヒシ》御子《ミコ》、建豊波豆羅和氣《タケとよハヅラワけのオホキミ》•王。一柱、自レ波《ハ》
下五字以レ音。此《この》天皇之御子等《のミコタチ》、并《アハセテイツハシラ》五柱。男王四《ヒコミコよハシラ》、女王一《ヒメミコヒとハシラ》。故《カレ》、御真木入日子印《ミマきイリビコイニ》
恵命《ヱのミことハ》者、治二天下一《アめのシタヲサめタマヒキ》也。其兄《そのアニ》[3]比古由牟須美《ヒコユムスミのオホキミ》王之子《のコ》、大*箇木垂《オホツツきタリ》
根《ネのオホキミ》王。次《ニ》讃岐垂根《サヌキのタリネのオホキミ》王。二王《フタハシラのミコ》。讃岐《サヌキの》二字以レ音。此二王之女《このフタハシラのミコのムスメ》、五柱《イツハシライマ》坐
也《シキ》。次《ニ》日子坐《ヒコイマスのオホキミ》王、娶二山代之荏名津比賣《ヤマシろのエナツヒメ》、亦名《のハ》苅幡戸弁《カリハタトベヲメトリテ》一、
此一字以レ音。生《ウミタマヒシ》子《コ》、大俣《オホマタのオホキミ》王。次《ニ》小俣《ヲマタのオホキミ》王。次《ニ》志夫美宿祢《シブミのスクネのオホキミ》王。*三*柱
又娶二春日建国勝戸賣之女《カスガのタケクニカツトメガムスメ》、名《ハ》沙本之大闇見戸賣《サホのオホクラミトメヲメトリテ》一、生《ウミタマヒシコ》子、
沙本毗古《サホビコのオホキミ》王。次《ニ》•袁耶本《ヲザホのオホキミ》王。次《ニ》沙本毗賣命《サホビメのミこと》、亦名《のハ》佐波遅比賣《サハヂヒメ》。
此沙本毗賣命者《このサホビメのミことハ》、為《ナリタマヒキ》二伊久米《イクめの》天皇之后《のキサキと》一。自《ヨリ》二沙本毗古《サホビコ》一以下《シモ》三王《のミハシラのミコのハ》名皆《みナ》以《もチヰル》レ音《オンヲ》。次《ニ》室毗古《ムロビコのオホキミ》王。*四*柱 又娶二
近淡海之御上祝《チカツアフミのミカミのハフリガ》以伊都玖《もチイツク》、此三字以レ音。天之御影神之女《アめのミカゲのカミのムスメ》、息長水《オキナガのミヅ》
依比賣《ヨリヒメヲメトリテ》一、生《ウミタマヘルコハ》子、丹波比古多多須美知能宇斯《タニハのヒコタタスミチのウシのオホキミ》王。[4]此《この》十二字以レ音。
次《ニ》水•穂•之真若《ミヅホのマワカのオホキミ》王。次《ニ》神大根《カムオホネのオホキミ》王。亦名《のハ》八•爪入日子《ヤツめのイリビコのオホキミ》[5]王。次《ニ》

子（延）―ナシ
一柱（底ニヨル）―分注（ト系）
王（延）―ナシ　下文によれば「王」脱としか考えられないので補う。
箇（諸本ニヨル）―筒（寛以下）「箇」と「筒」とは通用。
三柱（底ニヨル）―分注（ト系）
袁（ト系）―表
毗古（ト系）―毗古毗古
四柱（底ニヨル）―分注（ト系）
十二（意改）―王
字（諸本ニヨル）―名（延）
穂之（記伝説）―之穂
爪（諸本）―瓜（訓）

考えにくい。一方天平十二年越前江沼山背御計帳に「江沼臣」とあり、同族に「矢田財部」の名が見える。すると、「江野財」があって然るべきである。今これによって「イノのタカラ」と訓むのがよい。

1 [兼]キミ　[訓]ミコ　[朝]おほきみ
○これ以後「生ミタマヘル御子」、に「命」と「王」の二種があり、「生ミタマヘル子」に「王」がある。「命」はミことであるが、「王」は共にオホキミと訓んでよい。従来は[兼]キミ、[訓]ミコ等と種々訓まれたが、[朝]のオホキミがよい。但し、計数の「二王」の如きは、「二ハシラのミコ」と訓むのは、一〇二頁5と同様である。

2 [兼]タカ　[訓]ワシ
○「鸇」は　ハヤブサ・トビの字だが、二〇三頁に「髙鸇」とあり、雄略紀の「鷲」によりワシと訓むのがよい。

3 [兼]イロネ　[寛]イロト　[延]イロエ　[訓]ミコノカミ　[校]ミアニ　[岩]せ
○異母義兄であるので、一般的なアニの訓が妥当。

4 諸本「此王字以音」とあり、[訓]に「此王名以音」と改めた。[延]説に従ったもの。しかし「名」と「字」との誤写説は拙い。そうではなく、「此十二字以音」の誤写であろう。「十二」が引着くと「王」になる可能性があるからであり、諸本「字」に写す理由も分る。

5 [兼]ヤツメ（爪）　[訓]ヤツリ（瓜）　[朝]やす（爪）
○[訓]による。

水穂《ミヅホの》五百依比賣《イホよりヒメ》。次《ニ》御井津比賣《ミキツヒメ》。*五柱* 又娶二其母弟《そのハハのイろど》[1]袁祁都比賣《ヲケツヒメ》命《のミこと》一、生《ヲメトリテウミタマヒシ》子《コ》、山代之《ヤマシろの》大*箇木《オホツツきの》真若王《マワカのオホキミ》。次《ニ》比古意須王《ヒコオスのオホキミ》。次《ニ》伊理泥王《イリネのオホキミ》。三柱。此二《コノフタハシラの》王名《ミコの名ハ》以レ音。凡《オホよそニ》日子坐王之子《ヒコイマスのオホキミのコ》、并十一《アハセテとヲアマリヒとハシラ》[2]王《のミコぞ》。故《カレ》、[3]兄大俣王《アニオホマタのオホキミ》之子《のコ》、曙立王《アけタツのオホキミ》。次《ニ》菟上王《ウナカミのオホキミ》。*二柱* 此曙《このアけ》立王者《タツのオホキミハ》、伊勢之《イセの》品遅部《ホムヂへ》[4]君《のキミ》・伊《イ》勢之《セの》佐那造《サナのミヤツコ》之祖《ガオヤぞ》。菟上王者《ウナカミのオホキミハ》、比賣陀《ヒメダの》*君之祖《ガオヤぞ》。次《ニ》小俣王《ヲマタのオホキミ》者《ハ》、當麻勾《タギマのマガリの》君之祖《ガオヤぞ》。次《ニ》志夫美宿祢王者《シブミのスクネのオホキミハ》、佐々君《ササのキミ》之祖也《ガオヤぞ》。次《ニ》沙本毗古王者《サホビコのオホキミハ》、日下部連《クサカべのムラジ》・甲斐《カひ》國造之祖《のクニのミヤツコガオヤぞ》。次《ニ》袁耶本王者《ヲザホのオホキミハ》、葛野之別《カツノのワけ》・近淡海《チカツアフミの》蚊野之別《カノのワけ》祖也《ガオヤぞ》。次《ニ》室毗古《ムロビコの》王者《オホキミハ》、若狭之耳《ワカサのミミの》別之祖《ワけガオヤぞ》。其美知能宇志王《そのミチのウシのオホキミ》、娶二丹波之河上之摩須郎女《タニハのカハカミのマスのイラツメヲ》一、生子《メトリテウミタマヒシコ》、比婆須比賣命《ヒバスヒメのミこと》。次《ニ》真砥野比賣命《マトノヒメのミこと》。次《ニ》弟比賣命《オとヒメのミこと》。次《ニ》*朝庭別王《ミカドワけのオホキミ》。*四柱* 此*朝庭別王者《このミカドワけのオホキミハ》、三川之穂《ミカハのホの》別之祖《ワけガオヤぞ》。此美知能宇斯王《このミチのウシのオホキミ》之弟《のイろど》、水穂真若王者《ミヅホのマワカのオホキミハ》、近淡海之安《チカツアフミのヤスの》直之祖《アタヒガオヤぞ》。次《ニ》神大根王者《カムオホネのオホキミハ》、[5]三野《ミノの》國之《クニの》本巣國造《もとスのクニのミヤツコ》・長幡部《ナガハタべの》連之祖《ガぞ》。次《ニ》山代之大*箇木真若王《ヤマシろのオホツツきのマワカのオホキミ》、娶二同母弟《イろど》伊理泥王《イリネのオホキミ》之女《のムスメ》、丹波能阿治佐波毗賣《タニハのアヂサハビメヲ》一、生子《メトリテウミタマヒシコ》、迦迩米雷王《カニめイカヅチのオホキミ》。迦迩米《カニめ》三字以レ音。

1 [兼]イロハヲト [延]イロハノオト [訓]ミハハノオト [岩]母のいろと
○同母であるからイろどと訓む。

2「十一王」は「十五王」の誤りかとする（記伝）。しかし、十一王が古い記述によったもので、実数の十五との差の四王は、沙本之大闇見戸売所生の、沙本毘古王・袁耶本王・沙本毘売命・室毘古王をさし、この四王は天武朝ごろに付加されたものだろうとする説（吉井巌『天皇の系譜と神話一』）がある。或いは逆に、総数十五王から沙本毘古反逆の兄妹四王を差引いた数の「十一王」を記したものと認めることもできる。いずれにしても、「十一王」が正しいと考えられるので、みだりに「十五王」に改めるべきではない。

3 [兼]イロエ [訓]コノカミ
○以下全部の総和としての「兄」であるから、アニと訓む。

4「遅」は濁音ヂ。従ってその後続の「部」（べ）はへと清んで訓む。

5 記伝は「三野国造・本巣国造」の二つの国造の誤りとする。しかし「造」を「之」に誤写する可能性はない。また一二七頁の一行目に「三野国造」とあるが、これはおおまかな表現、それに対してここの「三野国之本巣国造」は本巣郡に国造がいたこともあって、総称「三野国」は「本巣の国造」という意味で「三野国之本巣国造」と表現したのであろう。「道尻、岐閇国造」「常道、国造」「道奥、石城国造」と同じ表現と見ればよい。

五柱（底ニヨル）—分注（卜系）
箇（諸本ニヨル）—筒（寛以下）
二柱（底ニヨル）—分注（卜系）
君（卜系）—ナシ
庭（底・兼・前ニヨル）—廷（曼以下）「庭」と「廷」とは通字。
四柱（諸本分注ニヨル）
箇（諸本ニヨル）—筒（寛以下）

此王《このミコ》、娶二丹波之遠津臣《タニハのとホツオミ》之女《ガムスメ》、名《ハ》高材比賣《タカきヒメ》一、生《ヲメトリテウミタマヒシ》子《コ》、息長宿祢《オキナガのスクネ》王《のオホキミ》。此王《このミコ》、娶二葛城之高額比賣《カヅラきのタカヌカヒメ》一、生《ヲメトリテウミタマヒシ》子《コ》、息長帯比賣命《オキナガタラシヒメのミこと》。次虚空津比賣命《ニソラツヒメのミこと》。次《ニ》息長日子王《オキナガヒコのオホキミ》。三柱。此王者《このミコハ》、吉備品遅《キびのホムヂの》君・針間阿宗《ハリマのアソの》君之祖《ガオヤぞ》。又息長《オキナガ》宿祢王《のスクネのオホキミ》、娶二河俣稲依毗賣《カハマタのイナよりビメ》一、生《ヲメトリテウミタマヒシ》子《コ》、大多牟坂王《オホタムサカのオホキミ》。多牟《タムの》二字《ハ》以レ音。此者《こハ》多遅《タヂ》摩《マの》國《の》造之祖也《ガぞ》。上所レ謂建豊波豆羅和氣王者《カミニイヘルタケとよハヅラワけのオホキミハ》、道守臣《チモリの》・忍海部造《オシヌミベのミヤツコ》・御名部《ミナベの》造・稲羽《イナバの》忍海部・丹波之竹野別《タニハのタけノのワけ》・依網《よサミ》之阿毗古《のアビコ》等之祖也《ラガぞ》。天皇御年《のミとシ》、陸拾参歳《ムソチアマリミツぞ》。御陵《ミハカハ》在二伊耶河之坂《イザカハのサカ》上《のヘ》一也《ニアリ》。

崇神天皇

后妃と皇子女

御真木入日子印恵命《ミマきイリビコイニヱのミこと》、坐二師木水垣宮《シきのミヅカキのミヤニイマシテ》一、治二天下《アめのシタヲサめタマヒキ》一也。此《この》天皇、娶二木國造《きのクニのミヤツコ》、名《ハ》荒河刀弁《アラカハトベ》之女《ガムスメ》、刀弁《トベ》二字以レ音。遠津年魚目〻微《とホツアユめマグハシ》比賣《ヒメ》一、生《ヲメトリテウミタマヒシ》御子《ミコ》、豊木入日子命《とよきイリビコのミこと》。次《ニ》豊鉏入日賣命《とよスキイリビメのミこと》。*二*柱 又娶二尾張連《ヲハリのムラジ》之祖《ガオヤ》、意富阿麻比賣《オホアマヒメ》一、生《ヲメトリテウミタマヒシ》御子《ミコ》、大入杵命《オホイリキのミこと》。次《ニ》八坂之入日子命《ヤサカのイリビコのミこと》。次《ニ》沼名木之入日賣命《ヌナきのイリビメのミこと》。次《ニ》十市之入日賣命《とヲチのイリビメのミこと》。*四*柱 又娶二大毗古命《オホビコのミこと》之女《のムスメ》、御真津比賣命《ミマツヒメのミことヲメトリテウミタマヒシ》一、生御子《ミコ》、伊玖《イク》

羅(延)―ナシ
海(卜系)―ナシ
網(卜系)―納
弁(卜系)―并
二柱(底ニヨル)―分注(卜系)
四柱(底ニヨル)―分注(卜系)

米《め》入《イリ》日《ビ》子《コ》伊《イ》沙《サ》知《チ》命《のミこと》。伊《イ》久《ク》米《め》・伊《イ》沙《サ》知《チ》六字以レ音。次《ニ》伊《イ》耶《ザ》能《の》真《マ》若《ワカ》命《のミこと》。自レ伊《イ》至レ能《の》以レ音。次《ニ》
國《クニ》*片《カタ》比《ヒ》賣《メ》命《のミこと》。次《ニ》千《チ》ゝ《チ》都《ツ》久《ク》和《ワ》[1]此三字以レ音。*比《ヒ》賣《メ》命《のミこと》。次《ニ》伊《イ》[2]賀《ガ》比《ヒ》賣《メ》命《のミこと》。次《ニ》
倭《ヤマと》日《ヒ》子《コ》命《のミこと》。*六*柱 此《この》天皇之《の》御《ミ》子《コ》等《タチ》、并《アハセテと》十《ヲアマリ》二柱《フタハシラぞ》。男王七《ヒコミコナナハシラ》、女王五《ヒメミコイツハシラ》也《ぞ》。
故《カレ》、伊《イ》久《ク》米《め》伊《イ》理《リ》毘《ビ》古《コ》伊《イ》佐《サ》知《チ》命《のミこと》者《ハ》、治二天下一《アめのシタヲサめタマヒキ》也。次《ニ》豊《とよ》木《き》入《イリ》日《ビ》
子《コ》命《のミこと》者《ハ》、上《カミツ》毛《け》野《ノ》・*下《シモツ》毛《け》野《ノの》君《キミ》等《ラ》之《ガ》祖《オヤ》也《ぞ》。妹《イモ》豊《とよ》鉏《スキ》比《ヒ》賣《メ》命《のミことハ》、拝二祭《イハヒマツリタマヒキ》[3]伊《イ》勢《セ》大神之宮《のオホカみのミヤヲ》一也。次《ニ》大《オホ》入《イリ》
杵《キ》命《のミこと》者《ハ》、能《の》登《と》臣《の》之《ガ》祖也。次《ニ》倭《ヤマと》日《ヒ》子《コ》命《のミこと》。[4]此王之時《このミコのときニ》、始《ハジめ》*而《テ》於《ニ》レ陵《ハカ》立二《テキ》*人垣《ひとガキヲ》一。

神々の祭祀

此《この》天皇之《の》御《ミ》世《よニ》、*役《エ》病《ヤミサ》多《ハニ》起《オこリテ》、*人民《オホミタカラ》[5]為レ盡《ツきナムとス》。尒《シカシテ》、天皇愁歎《ウレへタマヒテ》而、
坐二神牀一《カムどこニイマシシ》之夜《ヨニ》、大物主大神《オホものヌシのオホカみ》、顕レ於二御夢一《ミイめニアラハレテのラシシク》曰、「是《こ》者《ハ》我《ワ》之《ガ》
御《ミ》心《こころぞ》。故《カレ》、以二意《オ》富《ホ》多《タ》ゝ《タ》泥《ネ》古《コ》一而《ヲもチテ》、令レ祭二我前一《アガマへヲマツラシめタマハ》[6]*者《バ》、神《の》
氣《け》不レ起《オこラズ》、*国《クニ》亦《も》安平《ヤスラカニアラム》[7]。」。是以《ここヲもチテ》、驛使《ハユマヅカヒヲ》班レ于二四方一《よもニアカチテ》、求下謂二意《オ》
富《ホ》多《タ》ゝ《タ》泥《ネ》古《コ》一人上《とイフヒとヲもとムル》之時《ときニ》、於二河内之美努村一《カフチのミノのムラニ》、見二得其人一《そのヒとヲミエテタテマ》貢
進《ツリキ》。尒《シカシテ》、天皇、問二賜之《とトヒタマへバ》「汝《ナ》者《ハ》誰《タ》子《ガコ》也《ぞ》一。」、答白《こタへマヲシシク》*、「僕《ア》者《ハ》大《オホ》
物《もの》主《ヌシの》大《オホ》神、娶二陶津耳命之女《スヱツミミのミことのムスメ》、活玉依毘賣一《イクタマよリビメヲメトリテ》、生《ウミタマヒシ》子《コ》、名櫛《ハクシ》

○1[兼]ワ　[訓]ヤマト
○記伝が「千千衝倭姫命」(崇神紀元年)の誤読として、「和」をヤマトと訓み、音注の「三」を「二」に改めたのは行過ぎ。これは安万侶本時代から「和」字であった。
2伊賀比売は五十日鶴彦の誤りとして、下の分注「男王七、女王五」を「男王六、女王六」に改めようとするのは行過ぎ。これはそのまま認めるとする記伝がよい。
3[兼]マツリ　[訓]イツキマツリ　[新]イハヒマツリ
○↓六四頁6
4[延]人垣ヲ立ルコトヲ止　[訓]ヒトガキヲタテタリキ
○御本では「人」を省き、[延]では「止」を補ったのは、殉死を悪んでの考えで、共に行過ぎ。
5[兼]ヲホンタカラミウスツキナムト為　[延]オホンダカラミウセツキナントス　[訓]オホミタカラウセテツキナムトス(以上、卜系「民死」の本文による訓)　[角]おほみたから尽きなむとしき(「民」のみの本文による訓)
○「役病多起、人民為レ尽」という四字句と見るのがよい。
6[兼]ミサキ　[訓]ミマヘ(以上、卜系「御前」の本文による訓)
○諸注すべて「我御前」とするが、神自ら「我前」という例は七五頁にも「吾前」とあった。従ってここも底本によりマへと訓む。
7[兼]クニ(「亦」字無き本文による)　[角]国も　[朝]国も亦
○四字句とみて「亦」字のある本文がよい。「亦」は単にモと訓む。

沙(延)―渉
片(底ニヨル)―斤(卜系)
三(諸本ニヨル)―二(校訂)
六柱(底ニヨル)―分注(卜系)
野(諸本ニヨル)―野君(訓)
而(諸本ニヨル)―而止(延)
人(底左傍書ニ「御本无人字」トアリ)
役(諸本ニヨル)―疫(寛)「役」と「疫」とは通字
民(底ニヨル)―民死。(卜系)
富(卜系ノ「富ィ」)―ナシ
前(底ニヨル)―御前(卜系)
亦(底ニヨル)―ナシ(卜系)
白(底ノ「日白」ノ「白」ヲ採ル)―曰(卜系)

御方命之子《ミカタのミことのコ》、飯肩巣見命之子《イヒカタスミのミことのコ》、建甕槌命之子《タケミカヅチのミことのコ》、僕《アレ》意富多ゝ《オホタタ》泥古《ネコぞ》。」白《とマヲシキ》。於レ是《ここニ》、天皇大歓《イタクよろこびテ》以詔之《のリタマヒシク》、*「天下平《アめのシタタヒラギ》、人民榮《オホミタカラサカイナム》。」、即《とのリタマヒテスナハチ》以二意富多ゝ泥古命一《オホタタネコのミことヲもチテ》、為二神主一《カムヌシとシテ》而、於二御諸山一《ミもろヤマニ》拝二祭意富美和之大神《オホミワのオホ》前一《のマヘヲイハヒマツリタマヒキ》。[1] 又仰二伊迦賀色許男命一《イカガシこヲのミことニオホセテ》、作二天之八十毘羅訶一《アめのヤソビラカヲツクラシめ》、此三字以レ音也。定二奉天神地祇之社一《アマツカみクニツカみのヤシろヲサダめマツリタマヒキ》。又於二宇陀墨坂神一《ウダのスミサカのカミニ》、祭二赤色楯矛一《アカイろのタテホこヲマツリ》、又於二大坂神一《オホサカのカミニ》、祭二黒[2]色楯矛一《クロイろのタテホこヲマツリ》、又於二坂之御尾神及河瀬神一《サカのミヲのカミとカハセのカミニ》、悉《ことごと》無二遺忘一《ワスルことナク》[3]以奉二幣帛一《ミテグラヲマツリタマヒキ》也。因レ此《これニよりテ》而役氣《エのけ》[4]悉《ことごと》息《ヤミテ》、国家安平《クニヤスラギキ》[5]也。

此《この》、謂二意富多ゝ泥古一《オホタタネコとイフヒとヲ》人、所三以知二神子一《カみのコとシルユヱ》者《ハ》、上所レ云《カミニイヘル》活玉依毘賣《イクタマよりビメ》、其容姿端正《そのカタチウルハシクアリキ》[6]。於レ是《ここニ》、*有二壮夫一《ヲとこアリ》。其形姿威儀《そのカタチよそホヒ》[7]、於レ時《とキニ》無レ比《タグヒナシ》。夜半之時《ヨナカのとキニ》、*儵忽到来《タチマチニキタル》。*故《カレ》、相感《アヒめデテ》共婚《マグハヒシテ》[8]、供住之間《スメルアヒダ》、未《イマダ》レ経二幾時一《イクダもアラネバ》、其美人妊身《そのヲとメハラミヌ》。尒《シカシテ》、父母《チチハハ》恠二其妊身之事一《そのハラメルことヲアヤシびテ》、問二其《その》女一曰《ムスメヲトヒテイヒシク》、「汝者自妊《ナハオのヅカラハラメリ》。无レ夫《ヲナキニ》何由妊身乎《ナニのユヱニカハラメル》。」。答曰《コタヘイヒシク》、

○1[兼]ミサキ　[訓]ミマヘ　[桜]マヘ
○「前」は尊敬。大神様の意。
2[兼]スミイロ　[延]クロイロ(黒)
○[桜]に儀礼士昏礼「乗墨車」の注に「墨車、漆車也」とあるのを挙げ墨は黒の通字としスミと訓んだが、上文「墨坂」がスミであるから、この「墨」をクロとは唐突。
3[兼]ワスル、コト　[延]ノコシワスル、　[訓]オツルコト
○[訓]は意訳に過ぎる。[兼]がよい。
4[兼]エヤミ　[訓]カミノケ　[角]えのけ　[岩]えやみのけ
○前頁「役病」をエヤミと訓んだように、「役」はエ。それで「役気」は「エのけ」と訓む。但しエの甲乙不明。
5[兼]アメノシタクニヤスシ　[訓]アメノシタタヒラギキ　[角]みかどやすらぎき　[朝]くにたひらけくなりき
○書紀古訓では常にクニイへと訓むが、前頁「国亦安平」に対応してみると、「国家安平」なのでクニと訓む。

三輪山伝説

6[兼]スカタキラキラシ　[訓]カホヨカリキ　[国]かほきらきらしかりき　[岩]かたちうるはしかりき　[朝]容姿たんじやうなりき
○「容姿」は下文の「形姿」に同じくカタチ。「端正」はウルハシ。
7[兼]スカタソナハリテ　[延]スガタヨソホヒ　[訓]カホスガタ　[角]かたちよそほひ　[朝]形姿、ゐぎ
○「威儀」の儀は立派な様子。身なりについてよそホヒと訓む。
8神婚として、マグハヒで訓む。
↓五四頁9

槌(寛以下)―遺
大歓(卜系)―大皇《ヒ》大歓《ヒ》
之(諸本ニヨル)―云(延)
「之」は「者」と同じ助字。従って「云」と改めるのは不可。
黒(延・訓)―墨(諸本)
矛(卜系)―矛之御
役(前)―没。俁(兼)、疫(延以下)
於(卜系)―ナシ
壮(諸本ニヨル)―神壮(延・訓)
姿(卜系)―次
儵(諸本ニヨル)―絛(訓・校訂)
故(底ニヨル)―欲(卜系)
美(卜系)―義

「有麗美《ウルハシキ》壮夫《ヲとコアリ》。不知其姓[1]名《そのカバネナヲシラズ》。毎夕《ヨごとニ》到来《キタリテ》、供住《スメル》之間《アヒダニ》、自《オのヅ》[2]然懐妊《カラハラミヌ》。」。是以《ここヲもチテ》、其父母《そのチチハハ》欲知其人《そのヒとヲシラムとオもヒテ》、誨其女《そのムスメニヲシヘテ》曰《イヒシク》、「以赤土《アカニもチテ》散床前《とこのマヘニチラシ》[3]、以閇蘊《ヘソの》（此二字以音。）紡麻《ウミヲヲもチテ》貫針《ハリニヌキ》、刺其衣襴《そのキヌのスソニサセ》。」。故《カレ》、如教《ヲシヘのごとクシテ》而、旦時《アシタニ》見者《ミレバ》、所著針《ハリニツけタルヲ》[4]麻者《ハ》、自戸之鉤穴《トのカギアナヨリ》控通《ヒキとホリテ》[5]而出《イデテ》、唯遺《タダのこレル》麻者《ヲハ》三勾《ミワ》耳《のみニアリキ》。尓即《シカシテスナハチ》、知自鉤穴《カギアナヨリイデシ》出之状《サマヲシリテ》而、従糸《イトのマニマニタヅネユけバ》尋行者、至美和山《ミワヤマニイタリテ》而留神《カみ》社《のヤシろニとどマリキ》。故《カレ》、知其神子《そレのコとハシリヌ》。故《カレ》、因其麻之三勾遺《そのヲのミワのこリシニよリテ》而、名其地《そこヲナヅけテ》謂美和《ミワとイフ》也。（此意富多〻泥古命《このオホタタネコのミことハ》者、神君《ミワのキミ》・鴨君《カモのキミガオヤぞ》之祖。）

四道将軍の派遣と建波迩安王の反逆

又此之御世《このミよニ》、大毗古命《オホビコのミことハ》[6]者、遣高志道《コシのミチニツカハシ》、其子建沼河別命《そのコタケヌナカハワけのミことハ》者、遣東方十二道《アヅマのカタとヲアマリフタツのミチニツカハシテ》[7]而、令和平其麻都漏波奴《そのマツロハヌ》（順）（自麻下五字以音。）人等《ひとどもヲヤハサシめタマヒキ》[8]。又日子坐王《ヒコイマスのオホキミハ》者、遣旦波国《タニハのクニニツカハシテ》、令殺玖《ク》賀耳之御笠《ガミミのミカサヲころサシめタマヒキ》。（此《こハ》人《ひとの》名者也《ぞ》。玖《ク》賀《ガの》二字《ハ》以音也。）故《カレ》、大毗古命《オホビコのミこと》、罷往於**高志国《コシのクニニマカリユキシ》之時《とキニ》、服腰裳《こシモケセルヲとメ》少女、立山代之幣羅坂《ヤマシろのヘラサカニタチテ》[9]（境界）而歌《ウタヒ》

1 [兼]カハネナヲ [訓]ナモ
○文字通り訓む。また「モ」ではなく格助詞ヲで訓む。
2 →四三頁5。当然の意。この前後（神々の祭祀・三輪山伝説）四字句を用い、また「妊身・懐妊」「自・自然」などと言葉をかえて文章を飾ろうとする意図あり。
3 [兼]トコノマヘニ [訓]トコノベニ
○文字通り「前」はマへ。
4 [兼]ハリヲツケタル [延]針ニ著ル所ノ [訓]ハリツケタリシ [吉]はりにつけたる [桜]ハリツけシ
○針に著けられたところの、の意としてハリニツけシと訓む。
5 「控」は説文に「引也」とある。
6 〜ヲバに相当する「者」は、ハと訓む。
7 拙稿「漢字『東』の国訓アヅマの成立」（『皇學館大学文学部紀要』三十八輯）。
8 [延]ヤハシシヅメ令 [訓]コトムケヤハサシメ [岩]やはさしめ [朝]やはしたひらげしめ
○「和・和平」はヤハス、「平」はタヒラグ、「言向」は、ことムク。
→二五頁16
9 →三六頁1
1 諸本に「古波夜」とあるので「此はや」と解されたこともあったが、「古」は甲類、「此」は乙類で仮名違い。それで「子はや」と解する説もあるが、仮名遣上はそ

赤（卜系）—袁
唯（卜系）—喉
君（卜系）—ナシ
遣東（延）—東遣
波（延）—波礼
麻（延）—摩
日子（卜系）—四
高志（底ニヨル）—但馬（卜系）
底本「高志」とある所に、卜系「但馬」とあることが多い。

曰《シク》、

1美麻紀伊理毗古波夜《ミマきイリビコハヤ》(御真木入彦)。美麻紀伊理毗古波夜《ミマきイリビコハヤ》。意能賀《オのガ》(己)袁袁《ヲヲ》(命)奴須《ヌス》(盗殺)美斯勢牟登《ミシセムと》、斯理都斗用《シリツトヨ》(後戸)伊由岐多賀比《イユキタガヒ》(行違)、麻幣都斗用《マヘツトヨ》(前戸)伊由岐《イユキ》(行)多賀比《タガヒ》(違)、宇迦々波久《ウカカハク》2(窺)斯良尓登《シラニと》(知)、美麻紀伊理毗古波夜《ミマきイリビコハヤ》。

於レ是《ここニ》、大毗古命《オホビこのミこと》思レ怪《アヤシとオもヒ》返レ馬《ウマヲカヘシ》、問二其少女一《そのヲとメヲトヒテイヒシク》曰、「汝《ナガ》所レ謂《イヘル》之言《ことハ》、何言《ナニのことそ》。」。尓《シカシテ》少女《ヲとメガ》答曰《こタヘイヒシク》「吾《アハ》勿レ言《ものイハズ》。唯《タダ》為レ詠レ歌《ウタヲ》3耳《ウタヘルニこそ》。」、即《とイヒテスナハチ》不レ見二其所如一《そのユクへもミイズ》而忽《テタチマチニ》失《ウセニキ》。故《カレ》、大毗古命《オホビこのミこと》、更《サラ》還二参上一《ニカヘリマヰのボリテ》、請二於天皇一《スメラミことニマヲス》4時《とキニ》、天皇答詔之《のこタヘのラシシク》、*「此者《こハ》為下在二山代《ヤマシろ》國一《のクニナル》5我之《ワガ》6庶兄《ママアニ》建波迩安王《タケハニヤスのオホキミ》、起二邪心一《7キタナキこころヲオこシシ》之表上《8シルシとスルのみ》耳。波迩《ハニ》二字以レ音。伯父《ヲヂ》、興レ軍《イクサヲオこシテ》宜レ行《イデマスベシとのラシテ》。」、即《スナハチ》副二丸迩臣《ワニのオミ》之祖《ガオヤ》、日子國夫玖命一《ヒコクニブクのミことヲそへ》而遣《テツカハシシ》時《とキニ》、即《スナハチ》於二丸迩坂一《ワニサカニ》居二忌瓮一《イハヒへヲスヱテ》而罷徃《マカリユキキ》。於レ是《ここニ》、到二山代之和訶羅河一《ヤマシろのワカラガハニイタリシ》時《とキニ》、其建波迩安王《そのタケハニヤスのオホキミ》、興レ軍《イクサヲオこシテ》待遮《マチサキキリ》、各《オのもオのも》中二挟河一《カハヲナカニハサミ》而《テ》、對立《ムキタチテ》相挑《アヒイどミキ》。故《カレ》、号二其地一《そこヲナヅけテ》謂二伊杼《イど》

美(延)—古波夜美(諸本)、底右傍書ニ「古波夜三字御本无之」トアリ
袁袁(訓)—素袁或(底本「素」ノ右ニ「御本无此字」トアリ)
理(卜系)—ナシ
麻(卜系)—广
之(諸本ニヨル)—云(延)
在(卜系)—任

れでよいとしても、やはり表現上おかしい。これは「御本无之」とあるのが正しいのである。

2ウカカフのカは清音。そのことは「〻」の文字にも表れており、「〻」は清音の反復に用いる→九六頁5

一三

3兼歌ナカムルノミトナリ 延ウタウタフコトヲ為ル耳 訓ウタヲコソウタヒツレ 校ウタヲウタヘルノミ 国歌をうたひつるのみ 角歌よみしつらくのみ 岩うたをよみつるにこそ 朝うたながめしつるのみ

○「詠」は声を長く引いて歌う意。ナガムと訓む確証がない。

4兼マヲシ玉フ 桜こフ

5兼アカ 訓ナガ 校ワレガ 新わが

○建波迩安王は崇神天皇の伯父に当るのに、「わが庶兄」は不審。諸説として、大毘古命には建波迩安王が庶兄に当るので「わが」を「汝が」の誤りとする記伝説や、開化・崇神の父子関係を史実として「わが庶兄」を認める説等がある。しかし新では、二人称の親称「お前の」の意としてワガと言ったのを「我之」と表記したものかとし、「わが」と訓んだ。今これによる。

6訓マヽセ 校マヽアニ

7兼アヤシキ 訓キタナキ

○「邪」は「よこしま」で、古事記ではキタナシの観念に入る。

8シルシノミ 訓シルシニコソアラメ 桜シルシとスルのみ

○「為」はスルと訓む。オモフニは「以為」とある。→一六六頁8

美《ミとイフ》一。*今《イマハ》謂《フ》二伊《イ》豆《ツ》美《ミと》一也。尓《シカシテ》、日《ヒ》子《コ》國《クニ》夫《ブ》玖《ク》命《のミこと》乞《こヒテ》云《イヒシク》、「其《ソ》廂《ナタ》[1]人《のヒと》、先《マヅ》忌《イハ》矢《ヒヤ》可レ弾《ハナツベシ》[2]。」。尓《シカシテ》、其《ソノ》建《タケ》波《ハ》尓《ニ》安《ヤス》王《のオホキミ》、雖レ射《イツレども》不二得《エ》中《アテズキ》一。於レ是《ここニ》、國《クニ》夫《ブ》玖《ク》命《ミことの》弾《ハナテル》矢《ヤ》者《ハ》、即[3]射二建《タケ》波《ハ》*尓《ニ》安《ヤス》王《のオホキミヲイテ》一而死《シニキ》[4]。故《カレ》、其軍《そのイクサ》悉《ことごと》破《ヤブレ》而《テ》逃散《ニげアラけヌ》。尓《シカシテ》、追二迫其逃軍《そのニグルイクサヲオヒセめテ》一、到二久《ク》須《ス》婆《バ》之《の》度《ワタリニイタリシとキニ》一時、皆《みナ》被二[5]迫窘《セめタシナめライテ》一而、屎出《クソイデテ》懸レ於レ褌《ハカマニカカリキ》。故《カレ》、号二其地《そこヲナヅけテ》一謂二屎褌《クソバカマとイフ》一。*今者《イマハ》[6]謂《フ》二久須婆《クスバと》一。又遮二其逃軍《そのニグルイクサヲサキキリ》一、以斬者《テキレバ》、如レ鵜《ウのごとク》浮レ於レ河《カハニウキキ》。故《カレ》、号二其河《そのカハヲナヅけテ》一謂二鵜河《ウカハとイフ》一也。亦《マタ》斬二波布理（散）其軍士《そのイクサヒとヲキリハフリキ》一。故《カレ》、号二其《そ》地《こヲナヅけテ》一謂二波《ハ》布《フ》理《リ》曽《そ》能《のとイフ》一。自レ波《ハ》下五字以レ音。如《カ》レ此平《クタヒラげヲヘテ》訖、叅上覆奏《マヰのボリテカヘリことマヲシキ》。

故《カレ》、大毗古命者《オホビコのミことハ》、随二先命《サキのミことのマニマニ》一而、罷二行高志國《コシのクニニマカリユキキ》一。尓《シカシテ》、自二東方《ヒムガシのカタヨリ》一所レ遣《ツカハサイシ》建沼河別《タケヌナカハワけ》与《と》二其父《そのチチ》大毗古一共《ともニ》、往三遇于二相津《アヒヅニユキアヒキ》一。故《カレ》、其地《そこハ》謂二相津《アヒヅとイフ》一也。是以《ここヲもチテ》、各《オのもオのも》和二平所レ遣《ツカハサイシ》之國政《クニのマツリごとヲヤハシ》一[7]而《テ》覆奏《カヘリことマヲシキ》。尓《シカシテ》、天下太平《アめのシタイタクタヒラギ》[8]、人民富榮《オホミタカラトミサカイキ》。於レ是《ここニ》、初《ハジめテ》令レ貢二[9]男《ヲとコの》弓端《ユハズの》之調《ミツき》・女《ヲミナの》手末《タナスヱの》之調《ミツきヲタテマツラシめタマヒキ》一。故《カレ》、稱二其御世《そのミよヲ》一、

1「廂」字の用法は中国六朝以来行われた話し言葉（神田喜一郎『『万葉集は支那人が書いたか』続貂』『国語国文』二一巻一号）。なお小島憲之『上代日本文学と中国文学』上、二二二頁にも。軍防令義解に「左右廂、猶二左右方一也」と見える。俗語。

2 [兼]ヒク可 [延]コトヲハジク可 [訓]ハナテ [校]はなつべし [朝]はじけ

3～者（ハ）即の即は不読。↓凡例一三頁。

4 [兼]コロシツ [訓]シニキ ○本書では「殺」はコロス、「死」はシヌと訓む。

5 [訓]セメラエタシナミ [校]セメタシナメラレ [国]せめたしなめらえ ○[兼]に「窘、君羊切、困也、急也」とある。

6「今者」でイマ。者は助字。

7 [延]ヤハシテ [訓]コトムケテ [校]ヤハシシヅメテ [角]やはし言向けて [朝]やはしたひらげて ○↓一一二頁7

初国知らしめしし天皇

8 [延]タヒラケク [訓]タヒラギ [岩]いたく平らぎ ○「平」は「富榮」との対応から動詞に訓む。すると「太」はイタクと訓む。

9 [兼]ヲノユミハズ…タヲヤメノ… [訓]ヲトコノユハズ…ヲミナノ… ○↓男と女の訓については一〇六頁23

分注「今…也」（諸本ニヨル）―本文トセリ（訓）
尓（底ニヨル）―迩（ト系）
窘（兼頭注）―窨
褌（卜系）―禅
分注「今…婆」（諸本ニヨル）―本文トセリ（訓）
斬（卜系）―前斬
鵜（寛以下）―鶘
「鶘」は誤字で、ハイタカとよみ鷹の一種。
「故…謂」ノ五字（卜系）―ナシ
鵜（兼頭注）―鶘
遇（卜系）―過
弓（卜系）―子
手（卜系）―平

謂《タタヘテ》下所レ知二初國《ハツクニシラシメシシ》一之御真木《ミマきの》天皇上《とマヲス》也。又是之御世《このみよに》、作二依網池《よサミのイけヲツクリ》一、亦《マタ》作二軽之酒折池《カルのサカヲリのイけヲツクリキ》一也。天皇御歳《のミとシ》、壹佰陸拾捌歳《モモチアマリムソチアマリヤツぞ》。*戊寅年十二月崩《ツチのイのトラのとシのシハスニカムアガリマシキ》。[1] 御陵《ミハカハ》在二山邊道勾之*崗上《ヤマのへのミチのマガリのヲカのへニアリ》一也。

伊久米伊理毗古伊佐知命《イクめイリビコイサチのミこと》、坐二師木玉垣宮《シきのタマガキのミヤニイマシテ》一、治二天下《アめのシタヲサめタマヒキ》一也。

此《この》天皇、娶二沙本毗古命《サホビコのミこと》之妹《のイろど》[2]、佐波遅比賣命《サハヂヒメのミことヲメトリテ》一、生《ウミタマヒシ》御子《ミコ》、品牟都和氣命《ホムツワけのミこと》。*一*柱 又娶二旦波比古多〻須美・知*宇斯王《タニハのヒコタタスミチのウシのオホキミ》[3]之女《のムスメ》、氷羽州比賣命《ヒバスヒメのミことヲメトリテ》一、生《ウミタマヒシ》御子《ミコ》、印色之入日子命《イニシキのイリビコのミこと》[4]。印色《イニシキの》二字以レ音。次《ニ》大帯日子淤斯呂和氣命《オホタラシヒコオシろワけのミこと》。自レ淤至レ氣《オけ》五字以レ音。次《ニ》大中津日子命《オホナカツヒコのミこと》。次《ニ》倭比賣命《ヤマとヒメのミこと》。次《ニ》若木入日子命《ワカきイリビコのミこと》。*五*柱 又娶二其氷羽州比賣命之弟《そのヒバスヒメのミことのイろど》、沼羽田之入毗賣命《ヌバタのイリビメのミことヲメトリテ》一、生《ウミタマヒシ》御子《ミコ》、沼帯別命《ヌタラシワけのミこと》。次《ニ》伊賀帯日子命《イガタラシヒコのミこと》。*二*柱 又娶二其沼羽田之入日賣命之弟《そのヌバタのイリビメのミことのイろど》[5]、阿耶美能伊理毗賣命《アザミのイリビメのミことヲメトリ》一、此女王名以レ音。《このヒメミコのナハ》 生《テウミタマヒシ》御子《ミコ》、伊許婆夜和氣命《イこバヤワけのミこと》。次《ニ》阿耶美都比賣命《アザミツヒメのミこと》。二柱《ハシラの》。此二王《ミコの》名以レ音。又娶二大箇木垂根王之女《オホツきタリネのオホキミのムスメ》、*迦具夜比賣命《カグヤヒメのミことヲメトリテウミタマ》一、生

1崩御干支記事の初出。延訓にはこれを削るが、古事記のもとになった『帝紀』に、たまたま記録してあったものであろう。今『魏志』(二九七年)及びその原本となった『魏略』(二八一～九年)の倭人伝の内容を分析すると、崇神記・紀の記事内容や当時の国際情勢によく適合するよう思われる。そこで、戊寅の年は西暦二五八年となる。というわけで、崩御干支記事は温存する。

垂仁天皇

后妃と皇子女

2兼イロト　訓イモ　桜イろモ
○→凡例一四頁。

3古事記では同一人(神)名でも時折表記の文字や語形が異なる場合がある。延訓は統一的に改める傾向が強いが、本書では中巻以後はなるべく諸本の文字の一致を尊重することにした。それでここは「知」、一二〇頁では「智」と、そのままにしておく。

4イリビコの仮名書はすべてビ|コである。従って「入日子」もイリビコと訓む。

5兼イロト　訓オト　桜イろど
○→凡例一四頁。

折(卜系)—柳

崩御年月日(諸本ニヨル)—ナシ(延・訓)

崗(諸本ニヨル)—岡(寛以下)

一柱(底ニヨル)—分注(卜系)

知(延以下)—和

宇(諸本ニヨル)—能宇(延以下)

必ずしも人名表記は統一しなくてよい。

五柱(底ニヨル)—分注(卜系)

二柱(底ニヨル)—分注(卜系)

箇(諸本ニヨル)—筒(寛以下)

御子《ヒシミコ》、袁耶弁王《ヲザベのオホキミ》。*一*柱 又娶二山代大國之淵之女《ヤマシろのオホクニのフチガムスメ》、苅羽田刀弁一《カリハタトベヲメトリテ》、此二字以レ音。生《ウミタマヒシ》御子《ミコ》、落別王《オチワけのオホキミ》。次五十日帯日子王《ニイカタラシヒコのオホキミ》。次伊登志別王《ニイとシワけのオホキミ》。伊登志《イとシ》三字以レ音。又娶二其大國之淵之女《そのオホクニのフチガムスメ》、弟苅羽田刀弁一《オとカリハタトベヲメトリテ》、生《ウミタマヒシ》御子《ミコ》、石衝別王《イハツクワけのオホキミ》。次石衝毗賣命《ニイハツクビメのミこと》、亦名布多遅能伊理毗賣命《のハフタヂのイリビメのミこと》。*二*柱 凡《オホよそニ》此《この》天皇之御子等《のミコタチ》、十六王《とヲアマリムハシラのミコぞ》。男王十三《ヒコミコとヲアマリミハシラ》、女王三《ヒメミコミハシラ》。故《カレ》、大《オホ》帯日子淤斯呂和氣命者《タラシヒコオシろワけのミことハ》、治二天下一也《アめのシタヲサめタマヒキ》。御身長《みのタけ》、一丈二寸《ひとツエフタキ》、御脛長《ミハギのナガサ》、四尺一寸也《よサカヒとキぞ》。次《ニ》印色入日子命者《イニシキイリビコのミことハ》、作二血沼池一《チヌのイけヲツクリ》、又作二狭山池一《サヤマのイけヲツクリ》、又作二日下之《クサカの》高津池一《タカツのイけヲツクリタマヒキ》。又坐二鳥取之河上宮一《とトリのカハカミのミヤニイマシテ》、令レ作二横刀《タチ》壹仟[1]口一《チフリヲツクラシめ》、是《こレヲ》奉レ納二石上神宮一《イソのカミのカみのミヤニヲサめマツリテ》、即《スナハチ》坐二其宮一《そのミヤニイマシテ》、定二河上部一也《カハカミべヲサダめタマヒキ》。次大中津日子命者《ニオホナカツヒコのミことハ》、山邊之別《ヤマのへのワけ》・三枝之別《サキクサの》・稲木之別《イナきの》・阿太之別《アダの》・尾張國《ヲハリのクニ》之三野別《のミノの》・吉備之石无別《キびのイハナシの》・許呂母之別《ころもの》・高巣鹿之別《タカスカの》・飛鳥君《アスカのキミ》・牟礼《ムレ》之別等祖也《のラガオヤぞ》。次倭比賣命者《ニヤマとヒメのミことハ》、拜二祭《イハヒマツリタマヒキ》伊《イ》勢大神宮一《セのオホカみのミヤヲ》也。次伊許婆夜和氣王者《ニイこバヤワけのオホキミハ》、沙本穴太部之別祖也《サホのアナホベのワけガオヤぞ》。次阿耶美都比賣命者《ニアザミツヒメのミことハ》、嫁二《トツギマシキ》稲瀬《イナセ》毗古王一《ビコのオホキミニ》。次落別王者《ニオチワけのオホキミハ》、小月之山君《ヲツきのヤマの》・三《ミ》川之衣君之祖《カハのころものガぞ》。次五十日帯日子王者《ニイカタラシヒコのオホキミハ》、春日山君《カスガのヤマの》・高志池君《コシのイけの》・春日部君之祖《カスガべのガぞ》。次《ニ》

1 [兼]ヒトチクチ [訓]チヾ [岩]ちふり
○単に「一・壱」の場合はヒと・ヒとツと訓むが、「壱拾―・壱佰―・壱仟―」とある場合、「壱」は不読。今日でも「一円」はイチエンと言うが「壱十(百)(千)円」の「壱」は言わない。
1 [寛]タケ [校]タケル
○人名に「出雲多祁流(タケル)」の仮名書(二三番歌謡)があり、それに準じて「建」はタケル。
2 [兼]イロネ [訓]イロセ [桜]イろえ
○↓凡例一四頁。地の文での用法。
3 [兼]イロト [訓]イロモ [新]いろど
○↓凡例一四頁。地の文での用法。
4 [兼]イロエ [猪]イロト [訓]イロセ
○↓凡例一四頁。会話文での用法。
5 [兼]ウツクシキ [訓]ハシキ

耶(卜系)―那
一柱(底ニヨル)―分注(卜系)
王(卜系)―ナシ
苅(底右傍書「此字御本无也」トアリ)
石衝別王(延以下)―ナシ
名(寛以下)―ナシ
二柱(底ニヨル)―分柱(卜系)
狭(寛以下)―侠
仟(延以下)―片
鹿(訓)―庶
稲(延以下)―稱
月之(訓)―目
三(訓)―二
池(延以下)―他
君(卜系)―ナシ

伊登志和氣王《イとシワけのオホキミハ》者、因《よりテ》レ无《ナキニ》レ子而、為《シテ》二子《ミコ》代《シろと》一定《めキ》二伊登志部《イとシベヲ》一。次《ニ》石衡別王《イハツクワけのオホキミハ》者、羽咋君《ハクヒの》・三《ミ》尾《ヲの》君之《ガ》祖《オヤぞ》。次《ニ》布多遲能伊理毗賣命《フタヂのイリビメのミことハ》者、為《ナリマシキ》二倭建命《ヤマとタケルのミことの》之后《キサキと》一。[1]

此《この》天皇、以《もチテ》二沙本毗賣《サホビメ》一為レ后《キサキとシタマヒシ》之時《とキニ》、沙本毗賣命《サホビメのミことの》之兄《イろイ》[2]、沙本毗古王《サホビコのオホキミ》、問二其伊呂妹《そのイろどヲトヒテ》[3]一曰下「孰二愛夫《ヲ》与《と》レ兄《イろせと》歟《イヅレカハシキとイヘバ》[4]上」、[5]答二曰「愛レ兄。」《イろせぞハシキとこタヘイヒキ》[6]。介《シカシテ》、沙本毗古王《サホビコのオホキミ》謀《ハカリテイヒシク》曰、「汝《イマシ》、寔《マことニ》思レ愛レ我《アヲハシとオもハバ》者、将三吾《ア》与《と》レ汝《イマシと》治二天下《アめのシタヲサめムとイヒテ》一」而、即《スナハチ》作二八塩《ヤシホ》折《ヲリ》之《の》*紐小刀《ヒモガタナヲツクリテ》一、授二其妹《そのイろどニサヅけテ》[7]一曰《イヒシク》、「以二此小刀《このカタナヲもチテ》一刺二殺天皇之《の》寝《ネマセルヲサシころせ》[8]一」。[9]故《カレ》、天皇不レ知二其之謀《そのハカリことヲシラシメサズテ》一而、枕二其后之御《そのキサキのミ》膝《ヒザヲマキテ》一、為二御寝《ミネ》[10]一坐《マシキ》也。介《シカシテ》、其后《そのキサキ》・以二*紐小刀《ヒモカタナヲもチテ》一、為レ刺二其《その》天皇之御頸《のミクビヲ》一刺《ササムとシテ》、三度《ミタビ》舉《フリタマヒテ》[11]而、・不レ忍二哀情《カナシキこころニシのびズ》[12]一、不レ能レ刺レ頸《クビヲサスことアタハズテ》而、泣涙《ナクナミタ》落二溢於御面《ミオもニオチアフレキ》一。乃《スナハチ》天皇驚起《オどろキオきタマヒテ》、問二其后《そのキサキヲトヒテのラシシク》一曰、「吾《アレ》見二異夢《ケシキイめミツ》一。従二沙本方《サホのカタヨリムラサめフリキテ》[13]一暴雨零来、急《ニハカニ》*沾二吾面《アガオもニアフレキ》[14]一。又錦色《ニシキイろの》小蛇《チヒサキヘミ》、纏二繞我頸《アガクビニマツハリキ》一。如《カ》[15]レ此之夢《クのイめハ》、是《これ》有二何表《ナニのシルシニアラム》一也。」。介《シカシテ》、其《その》

6↓凡例一四頁。会話文での用法。

7↓凡例一四頁。地の文での用法。

8 [兼]ミネマサムヲ [訓]ミネマセラムヲ [国]いねませるを [角]みねしたまふを [岩]寝たまふを [朝]いを

○「御寝」ではないから、ミを訓添えない。

9 [兼]サシコロシマセ [延]サシコロシマツレ [角]刺ししせまつれ [岩]刺し殺せ [朝]刺ししせ

沙本毘古王の反逆

10 [兼]ミネマセリ [延]ミネマシヌ [訓]ミネマシキ [国]みねしましき [角]御寝したまひき [朝]みいをねましき

○↓一一四頁4

○動詞に「御(ミ)」のついた典型的な形。↓二九頁3。「為」はそれ以下が動詞であることを表わす字で、不読。↓四七頁10。従ってミネシマスとは訓まず、ミネマスで訓むことになる。

11 [延]アゲテ [訓]フリタマヒシカドモ

○「挙(フル)」の訓↓八九頁5。また「而(テ)」の二つの動作が同時に行われる用法↓七四頁4。

12 [訓]タヘカテニカナシクオモホシテ [校]カナシキコ、ロニシノビズテ [白]かなしきこころをしのびずて

13 [兼]ヒサメ [延]ムラサメ [訓]ハヤサメ

○和名抄・名義抄の訓による。

14 [延]ウルホス(洽) [訓]ヌラシツ(洽) [校]ソヽグ(沾) [桜]アフレキ

○広雅、釈言に「沾、溢也」とある。前行「落溢」に対する変字。

15 [訓]カクノ [校]カカル

為(寛以下)—伊為

登志(訓)—ナシ
御子代の命名法から察するに、「伊登志和氣」からとったと考えられるから、[訓]の補字による。或いは略して[岩]のように「伊登部」であったかも知れない。

紐(底・兼ニヨル)—紐
(曼・寛・延・訓)

后(卜系)—ナシ

不(訓)—介

沾(底ニヨル)—洽(寛)
底の字体は「治」には見えず、まして「洽」ではない。それで、「沾」の字体と認める。

后《キサキ》以㆓為不㆑應㆑争《アラソハイジとオもホシテ》[1]、即《スナハチ》白㆓天皇㆒言《ニマヲシテイヒシク》、「妾兄《アガイろセ》沙本毗《サホビ》古王《コのオホキミ》、問㆑妾《アヲトヒテイヒツラク》曰、『孰㆓愛夫《ヲ》与《と》㆑兄《イろセとイヅレカハシキ》。』。是《この》、不㆑勝㆓面《マナタリニ》[2]・問㆒《トフニアヘズケバ》[3]故、妾《アレ》、答㆓曰『愛㆑兄《イろセぞハシキ》[4]歟《カ》㆒』。《とこタヘマヲシツ》尒《シカシテ》、誂㆑妾《アニアトラヘテ》曰《イヒツラク》、『吾《ア》与《と》㆑汝《ナ》共《ともニ》、治㆓天下㆒《アめのシタヲサめム》。故《カレ》、當㆑殺㆓天皇㆒。』《ヲころシマツレとイヒテ》云而、作㆓八《ヤ》塩《シホ》折《ヲリ》之《の》紐《ヒモ》小刀《ガタナ》㆒《ヲツクリテ》授㆑妾《アニサヅけキ》。是以《ここヲもチテ》、欲㆑刺㆓御頸㆒《ミクビヲサシマツラムとオもヒテ》、雖㆓三度擧㆒《ミタビフリシカども》[5]、哀情忽起《カナシキこころタチマチニオこリテ》、不㆑得㆓刺頸㆒《ミクビヲエサシマツラズテ》而、泣涙《ナクナミタ》落㆔*沾於㆓御面㆒《ミオもニオチアフレキ》。必《カナラズ》有㆓是表㆒焉《このシルシニアラム》。」。尒《シカシテ》、天皇、詔㆓*之「吾《ア》殆《ハホとホと》[6]見㆑欺《アザムカイツルカも》乎㆒。」、《とのラシテ》乃《スナハチ》興㆑軍《イクサヲオこシテ》撃㆓沙本毗古王㆒《サホビコのオホキミヲウチタマヒシ》之時《とキニ》、其王《そのオホキミ》○作㆓稲城㆒《イナきヲツクリテ》以待戰《マチタタカヒキ》。此《この》時《とキニ》、沙本毗賣命《サホビメのミこと》不㆑・得㆓忍其兄㆒《そのイろイヲエシのびズ》、自㆓後門㆒《シリツトヨリ》逃出《ニげイデテ》而、納㆓其之《その》稲城㆒《イナきニイリマシキ》。此時《このとキニ》、其后妊身《そのキサキハラミマセリ》。於㆑是《ここニ》、天皇不㆑忍㆔其后懐妊《そのキサキのハラミマセル》[7]及愛重《ことマタウツクシミオモミシタマフこと》至㆑于㆓三年㆒《ミとセニナリヌルニシのびタマハズキ》。故《カレ》、廻㆓其軍㆒《そのイクサヲもとホシテ》不㆓急《ニハカニハ》・攻《セ》迫㆒《めタマハズキ》。如㆑此《カク》逗留《とどこホレル》之間《アヒダニ》、其《その》所㆑妊《ハラミマセル》之御子《ミコ》既《スデニ》[8]

問(卜系)—ナシ

沾(底・前・猪ニヨル)—洽(寛以下)

之(諸本ニヨル)—云(延)

作(底右傍書ニヨル)—住

得(延以下)—待

攻(卜系)—故

1 兼イソフヘカラス 訓アラソハエジ 校アラソフベカラズ 標えあらそはじ

2 兼マノアタリトウニタヘ不トフニハエオモカタズテナモ 訓 岩まのあたりとふにあへざりしゆゑに 思まノあたりとひがてぬゆゑに(以上「面問」) 朝おもかたざりしかば(面)

○七四頁の「面勝」の否定形ではない。やはり「面問」で訓むべし。

3 ↓九三頁4

4 延兄愛キカ 訓イロセゾハシキ 校イロセウツクシキ 朝いろせぞはしきか

○「欤」を訓むべきで、前頁に「愛ㇾ兄」と断言し、ここではカを付している点が心情の微妙さを表わして巧みである(朝指摘)。

5 前頁の「而(テ)」に対し、ここでは明らかに「雖(ども)」とす。

6 ホトホトは、危く、今少しで、すんでのことにの意。ハタ(端)の母音交替で、ホトは境界をなす部分、周縁の意が根本という(井手至「副詞ホトホト(ニ)の意味構造」『万葉』二九号)。

7 訓ソノキサキノ、ウツクシミオモミシタマフコトモ、ミトセニナリヌルニ、ハラマシテサヘアルコトヲ、イトカナシトオモホシキ 国其の后のはらみまし、またうつくしみおもみしたまひて、三とせになりぬるに、忍びたまはざりければ 岩其の后のはらませることまためでおもみしたまふことみとせになりぬるに忍びたまはざりき

○原文に即して訓む↓二九頁1

8 ↓三〇頁4

産《ウマレマシヌ》。故《カレ》、出二其御子一《そのミコヲイダシテ》、置二稲城外一《イナきのトニオキテ》、令レ白二天皇一《ニマヲサシめタマヒシク》、「若此御子矣《モシこのミコヲ》、天皇之御子《のミコと》[1]所二思看一《オもホシメサ》者《バ》、可二治賜一《ヲサめタマフベシ》」。於レ是《ここニ》、天皇詔《ののラシシク》、「雖レ怨二其兄一《そのアニヲウラみツレどもナホ》、猶不二得忍レ愛二其后一《そのキサキヲウツクシブルニエシのびズ》[2]。」。故《カレ》、即《スナハチ》有二得レ后《キサキヲエタマハム》之心一《のこころアリキ》[3]。是以《ここヲもチテ》、選二・聚軍士中《イクサビとのナカニ》、力士[4]《チカラヒとの》軽《カルク》[5]・捷一《ハヤキヲエリアツめテ》而宣者《のラシシク》、「取二其御子一《そのミコヲトラム》之時《とキニ》、乃《スナハチ》掠二取其母王一《そのハハキミヲもカソビトレ》[6]。或髪《カミニもアレ》[7]、或手《テニもアレ》、当下随二取獲一《トリエムマニマニ》而、掬《ツカミテ》以控出《ヒキイデマツルベシ》上」。尓《シカシテ》、其后《そのキサキ》、豫《カネテ》[8]知二其情一《そのこころヲシリタマヒテ》、悉《ことごと》剃二其髪一《そのカミヲそリ》、以レ髪《カミヲもチテ》覆二其頭一《そのカシラヲオホヒ》、亦《マタ》腐二玉《タマの》緒一《ヲヲクタシテ》、三重《ミヘニ》纏レ手《テニマカシ》、且《マタ》以レ酒《サけヲもチテ》腐二御衣一《ミケシヲクタシ》、如二全衣一《マタキミケシのごと》服《ケセリ》。如レ此《カク》設備《マけそナヘテ》而、抱二其御子一《そのミコヲムダキテ》、刺二出城外一《きのトニサシイダシタマヒキ》。尓《シカシテ》、其力士《そのチカラヒと》等《ラ》[9]取二其御子一《そのミコヲトル》、即《スナハチ》、・握二其御祖一《そのミオヤヲトリキ》。尓《シカシテ》、・握二其御髪一《そのミカミヲトレバ》者、御髪自《ミカミおのヅカラ》[10]落《オチ》、・握二其御手一《そのミテヲトレバ》者、玉緒《タマのヲ》且絶《マタタイ》[10]、・握二其御衣一《そのミケシヲトレバ》者、御衣便《ミケシスナハチ》[10]破《ヤレヌ》。是以《ここヲもチテ》、取二獲其御子一《そのミコヲトリエテ》、不レ得二其御祖一《そのミオヤヲエズキ》。故《カレ》、其軍士《そのイクサビと》等《ラ》[9]、還《カヘリ》来《キテ》奏言《マヲシシク》、「御髪自落《ミカミおのヅカラオチ》、御衣易破《ミケシヤスクヤレ》[11]、亦《マタ》所レ纏二御手一《ミテニマケル》玉緒便《タマのヲスナハチ》[10]

聚（卜系）―娶

捷（卜系）―揵

握（卜系）―堀

1↓三九頁9

2[訓]キサキヲバイトカナシトオモホセリケレバ　[校]キサキヲウツクシミ玉フニエシノバズ　[白]うつくしき其の后を得忍びず　[桜]キサキヲウツクシブルニエシのびズ

○原文に即して訓む。↓二九頁1。またウツクシ(愛)は肉親上の愛情を言い、ウツクシブは上二段活用。「忍(シのブ)」は上二段活用で、ニ助詞をとる。

3「之」の用法のうち、連体修飾の用法（上の動詞を連体形に訓み「之」は「の」とは訓まない）が甚だ多いが、唯一つ「―之心」の場合のみ「―ムの心」と訓む(記伝)という例外あり。↓五一頁4

4[延]チカラビト　[桜]リキジ

○万葉(三八三二)に音読しているので、ここも音読してもよいと[桜]で述べたが、強いてそうしなくとももと考え、チカラヒと、と訓む。

5上代ではカルシであって、カロシではない。

6[兼]カスメ　[訓]カソヒ

○続紀宣命「加蘇毘」(一九詔)によりカソビと訓む。

7「或―或―」は六七頁ではモシ―モシ―と訓んだが、ここは―ニもアレ―ニもアレと訓む。

8[兼]アラカジメ　[延]カネテ

9ラは一般的な複数。タチは敬い。「ども」は卑しめ。

10自・且・便は文字通り訓むが、すべて「もとより」の意の助字。↓四三頁4

11[訓]ヤブレヌ　[桜]ヤレ

○自動詞のヤブルは時代が降る。

1 [兼]ミナ…ヲウハウ　[訓]…ヲミナトリタマヒキ
○悉・皆・恒など全体に関する副詞は以下の文全体にかかると考えるので、[兼]の訓がよい。「奪」は脚注の如く考えるのでトルと訓む。

2「亦」はこれ迄とは異なる資料を接続したことを表わす。「亦名」の「亦」と同じ概念。例えば一一五頁の人名「美知宇斯」がここでは「美智宇斯」、一一七頁の「沙本毘古」がここは「沙本比古」である等の差をはじめ、説話の内容が異なる――今迄は攻撃をせずぐずぐずしている間に御子出産とあるが、ここは稲城を焼く火中出生となっている。これによって、この御子は聖誕との認識があると考えねばならない。それで一一九頁の「産」はウマレマシヌ、ここの「生」は仮名書ではないがアレマシヌと訓まなくてはならなくなる。そういう意味で、この「亦」は重要である。

3 [兼]ミコトノリシテ　[訓]ノラシメタマハク　[角]みことのりしたまはく
○「命」を「令」と同義に用いた例はないので[訓]は却下。「命詔」でミことノルと訓む。つまり[訓]の如く、使役的環境を強く意識する必要はない。

4 ↓八六頁2

5 [延]然シテ　[訓]シカアリテ　[朝]しかも
○「然」はそのようにして、の意。

1 底本、珍しく傍訓あり。「鬚↓ヒ」 ‖ **本牟智和気の御子**

絶《タイヌ》。故《カレ》、不獲御祖《ミオヤヲエマツラズテ》、取得御子《ミコヲトリエマツリキ》。爾《シカシテ》、天皇悔恨《クイウラみタマヒ》而《テ》、悪作玉人等《タマヲツクリシヒとどもヲニクミタマヒテ》、[1]皆《みナ》奪其地《そのところヲトリタマヒキ》。故《カレ》、諺《ことワザニ》曰「不得地玉作也《ところヲエヌタマツクリ》」《とイフ》。

*[2]亦《マタ》、天皇命詔其后《そのキサキニミことのラシテイヒシク》[3]言、「凡子名《スベテコのナハ》、必母名《カナラズハハのナヅクルヲ》、何《イカニカ》稱是子之御名《このコのミナヲマヲサム》」。爾《シカシテ》、答白《こタヘマヲシシク》、「今《イマ》當火《ひの》焼稲城《イナきヲヤク》之時《とキニ》而《アタリテ》、火中《ホナカニ》所生《アレマシヌ》。故《カレ》、其御名《そのミナハ》宜稱本牟智和氣御子《ホムチワけのミコとマヲスベシ》」。

又命詔《ミことのラシシク》、「何為《イカニシテ》[4]日足奉《ヒダシマツラム》」。答白《こタヘマヲシシク》、「取御母《ミオもヲトリ》、定大湯坐《オホユエ》・若湯坐《ワカユエヲサダめテ》、宜日足奉《ヒダシマツルべシ》」。故《カレ》、随其后白《そのキサキのマヲシタマヒシマニマニ》以日足奉也《ヒダシマツリキ》。又問其后《そのキサキヲトヒテのラシシク》曰、「汝所堅《イマシのカタめシ》之美豆能(瑞)小佩者誰解《ミツのヲヒモハタレカもとカム》。美豆能《ミツの》三字以音也」。

答白《こタヘマヲシシク》、「旦波比古多多須美*智宇斯王《タニハのヒコタタスミチのウシのオホキミ》之女《のムスメ》、名兄比賣《ナハエヒメ》・弟比賣《オとヒメ》、茲二女王《このフタハシラのヒメミコ》、浄公民《キヨキオホミタカラぞ》。故《カレ》、宜使也《ツカヒタマフべシ》」。[5]然《シカシテ》、遂殺其沙本比古王《ツヒニそのサホヒコのオホキミヲころシタマヒシニ》、其伊呂妹亦従也《そのイろどもシタガヒタマヒキ》。

故《カレ》、率遊其御子《そのミコヲヰテアソビシ》之状者《サマハ》、在於尾張之相津《ヲハリのアヒヅナル》、二俣*榲《フタマタスぎヲ》作二《フタ》

奪(卜系)—奪取　「奪取」の「取」は「奪」の傍訓の残存とみられる。

亦(底ニヨル)—ナシ(卜系)

堅(猪)—竪

智(諸本ニヨル)—智
能(延・訓)
女(延・訓)—ナシ

榲(底ニヨル)—椙(卜系)　四八頁脚注参照。但し、ここでは「榲」の字とする。

俣小舟一而《マタヲブネニツクリテ》、持上来以《もチのぼリキテ》、浮二倭《ヤマとの》之市師池《イチシのイけ》・軽池一《カルのイけニウカベテ》、率二遊其《その》
御子一《ミコヲヰテアソビキ》。然《シカアルニ》、是御子《このミコ》、八拳鬚《ヤツカヒげ》[1]至レ于二心前一《こころサキニイタルマデニ》[2]、真事登波受《マこととハズ》(言)。
此三字以レ音。故《カレ》、今《イマ》聞二高往《タカユク》鵠《ククヒ》[3]之音一《のこヱヲキキテ》、始《ハジめテ》為二阿藝登比一《アギとヒタマヒキ》[4](言)。自レ阿《ア》下四字以レ音。
尒《シカシテ》、遣二山邊之大鶴一《ヤマのへのオホタカヲツカハシテ》、此者《こハ》人名《のぞ》。令レ取二其鳥一《そのとリヲトラシめタマヒキ》。故《カレ》、是人《このヒと》
追二尋其鵠一《そのククヒヲオヒタヅネテ》、自二木國一《きのクニヨリ》到二針間國一《ハリマのクニニイタリマタ》、亦追《オヒテ》越二稲羽國一《イナバのクニニコイ》、
即《スナハチ》到二旦波國《タニハのクニ》・多遅麻國一《タヂマのクニニイタリ》、追二廻東方一《ヒムガシのカタニオヒめグリテ》、到二近淡海《チカツアフミの》
國一《クニニイタリスナハチ》、乃越二三野國一《ミノのクニニコイ》、自二尾張國一《ヲハリのクニヨリツタヒテ》傳以追二科野國一《シナノのクニニオヒ》、遂《ツヒニ》追二
到*高*志國一《コシのクニニオヒイタリテ》而、於二和那美之水門一《ワナミのミナトニ》張レ網《アミヲハリ》、取二其鳥一《そのとリヲトリテ》而、持《もチ》
上獻《のボリテタテマツリキ》。故《カレ》、号二其水門一《そのミナトヲナヅけテ》謂二和那美之水門一也《ワナミのミナトとイフ》。亦《マタ》見二其鳥一《そのとリヲ》
者《ミタマヘバ》[5]、*於レ*思二物言一*而《ものイハムとオもホスニ》[6]、*如レ*思*尒《オもホスガごとク》勿二言事一《イヒタマフことナシ》。
於レ是《ここニ》、天皇患賜而《ウレヘタマヒテ》、御寢之時《ミネマセルとキニ》[7]、覺レ于二御夢一《ミイめニサトシテのラシシク》曰、「修三理
我宮《ワガミヤヲ》如二天皇之御舍一《のミアラカのごとツクろヒタマハバ》[8]者、御子《ミコ》必《カナラズ》真事登波牟《マこととハム》(言)自レ登《と》下三字以
レ音。」、如レ此覺時《カクサトシタマフとキニ》、布斗摩迩〻《フトマニニ》(太)占相而《ウラナヒテ》(占)、求二何神之心一《イヅレのカみのこころぞともとめシニ》、

拳(寛以下)—奉
受(卜系)—愛

高志(底ニヨル)—但馬
(卜系)
門(訓)—河

於思(底ニヨル)—ナシ
(前以下)
而如思尒(底ニヨル)—
加思尒而(卜系)
如(延)—加

ケ・心↓ムネノ・登波受↓トハス」の三例。中巻は系統異なる。
2↓四〇頁2
3[兼]ク丶ヒ [訓]タヅ
○「鵠」はククヒにてタヅに非ず。
4[延]アギトヒシ玉フ [角]あぎとひたまひ
○アギトフはアギト(顎)の動詞化で、「為」は動詞たることを示しとは訓まない。↓四七頁10
5[延]ミソナハシテ [訓]ミタマヘバ [岩]見たまはば [朝]見ては
6[延]モノノタマフコト(物言)思フカ如シ(如思)。尒レトモ(尒而)コトゴトニ言玉フナシ [訓]モノイハムトオモホシテオモホスガゴトイヒタマフコトナカリキ [桜]ものイハムとオもホスニ、オもホスガごとクイヒタマフことナカリキ [思]モノいはむトおモほせしに、しかおモほすがゴト、いふコトなくありき
○記伝の本文制定並びに付訓は見事である。なお付言すれば「尒」は「然」に同じ。史記に「其游(まじはり)ハ如二父子一然」(魏其武安侯列伝建元元年)にこの参考例がある。「如—尒(然)」は「さながら—の如し」の意。
7[兼]ミネマス [国]みねしませる [朝]みいをねましし
○↓二九頁3
8[兼]ツクリマサハ [延]シツラヒマサンコト [訓]ツクリタマハバ [校]ヲサメツクラムコト [角]をさめたまはば [岩]つくりおさめたまはば [新]ツクろヒタマハバ
○文脈的に「修理」を考えると、二七頁1とは違い、修繕する意。

1 [兼]尓チタヽリ玉フ出雲ノ [延]尓タヽリ玉フハイヅモノ [訓]ソノタヽリハイヅモノ

○[兼]の訓は出雲大神がタタリ神にきまっていることになり、文脈上不可。[訓]がよい。

2 内容から考えて、「とウラナヒキ」を補読する。

3 脚注に示した如く、諸本「宇気比其鷺」とある。そして卜系では「宇気比タマフソノ鷺」と訓み、[国]「うけひし」、[角]「うけひて」と訓む。しかし[訓]は脚注に記した如く「宇気比」を訓まず、「ソノサギ」と訓んだ。それに従い、[桜]では「宇気比」を衍とし除き「其鷺」の本文で、「そのサギ」と訓んだ。

4 [訓]イキヨトノリタマヘバ [校]イキヨ。シカスレバ [朝]活きよと。それにぞ、

○前行「宇気比落」に対して「宇気比活」とするのがよい。イケは命令形。次の「尓者」は「尓」の例外的用法として動詞的に、シカスレバと訓む。卜系諸本には脚注に記した如く、左傍書「宇気比三字無イ本」とある。しかしこの傍書の位置は多分誤りで、前の注3で述べた「宇気比活」の左傍書であってこそふさわしかったと考える。

5 [兼]イキヌ [延]イカ令ム [訓]イカシキ [新]いけき

○「生かしき」の古形は下二段生クを用いて訓めばよい。

6 [兼]ノ [訓]オユ [国]ハ

○大地名を先ず～ハと提示して、次に小地名を述べる表現。記伝の「者」を「老」の誤字とする説は

[1]尓崇《そのタタリハ》、出雲《イヅモ》大神之御心《のオホカみのミこころニアリキ》。故《カレ》、其御子《そのミコヲシテ》令レ拝二其大神宮一《そのオホカみのミヤヲヲろガ》

将《マシめニ》レ遣《ツカハサムとセシ》之時《とキニ》、令レ副二誰人一《タレヲそへシめバ》者吉《イケムとウラナヒキ》[2]。尓《シカシテ》、曙立《アけタツの》

王《オホキミ》食レト《ウラニアヒキ》。故《カレ》、科二曙立王一《アけタツのオホキミニオホセテ》、令二宇氣比白一《ウけヒマヲサシめタマヒシク》、宇氣比《ウけヒ》三字以レ音。

「因レ拝二此大神一《このオホカみヲヲろガムニよリテ》、誠《マことニ》有レ験《シルシアラバ》者、住二是鷺巣池之樹一《このサギスのイけのきニスムサギ》鷺

乎《ヤ》、宇氣比落《ウけヒオチよ》（誓）。」、如レ此《カク》詔《のラシシ》之時《とキニ》、[3]其鷺《そのサギ》堕レ地死《ツチニオチテシニキ》。又詔之《マタのラシシク》、「宇氣《ウけ》

比活《ヒイケ》[4]。」、尓者《シカスレバ》、更活《サラニイキヌ》。又《マタ》在二甜白檮之前一《アマカシのサキナル》葉廣熊白檮《ハビろクマカシヲ》、令二宇氣《ウけ》

比枯一《ヒカラシ》、*亦《マタ》令二宇氣比生一《ウけヒイけキ》[5]。尓《シカシテ》、名《ナヲ》賜二其曙立王一《そのアけタツのオホキミニタマヒテ》、謂二倭《ヤマと》*者《ハ》[6]師木《シきの》

登美《とミ》豊朝倉曙立王一《のとよアサクラのアけタツのオホキミとイヒキ》。登美《とミ》二字以レ音。即《スナハチ》曙立王《アけタツのオホキミ》・菟上王《ウナカミのオホキミ》

二王《フタハシラのミコヲ》、副二其御子一《そのミコニそへテツカハシシとキニ》遣時、自二那良戸一《ナラトヨリハ》遇二跛《アシナヘ》・盲一《めシヒニアハム》。自二

大坂戸一《オホサカトヨリも》亦遇二跛《アシナヘ》・盲一《めシヒニアハム》。唯《タダ》木戸《きト》是*掖月之吉戸《のみこレワキヅきのよキトぞとウラナヒテ》[7]ト而、出行《イデユク》

之時《とキニ》、毎二到坐地一《イタリマスとところごとニ》、定二品遅部一《ホムヂヘヲサダめタマヒキ》也。

故《カレ》、到二於出雲一《イヅモニイタリテ》、拝二訖大神一《オホカみヲヲろガミヲヘテ》、還上《カヘリのボリマス》之時《とキニ》、肥河之中《ひのカハのナカニ》、

作二黒巣橋一《クロキスバシヲツクリ》、仕二奉假宮一《カリミヤヲツカヘマツリテ》而坐《イマセテアリ》。尓《シカシテ》、出雲國造之祖《イヅモのクニのミヤツコガオヤ》、

崇(訓)―崇

吉(卜系)―ナシ

比白(延)―皆

比(延)―ナシ

其(意改)―宇氣比其(諸本)。兼ノ左傍書「宇氣比三字無イ本」トアリ

亦(諸本ニヨル)―忽(寛)
「亦」の異体の字体が「忽」に類似しているために「忽」に誤ったもの。

令(卜系)―ナシ

者(諸本ニヨル)―老(校訂)

掖(諸本ニヨル)―腋(延・訓)

名《ナハ》岐比佐都美《キヒサツミ》、餝青葉山《アヲバのヤマヲカザリテ》而、立其河下《そのカハシモニタテテ》、将献大御食《オホミけヲ》《タテマツラムとスル》之時《とキニ》、其御子《そのミコ》詔言《ののラシシク》、「是《この》於河下《カハシモニ》、如青葉山《アヲバのヤマのごとキ》者《ハ》、見山《ヤマとミイテ》非山《ヤマニアラズ》。若《モシ》坐出雲《イヅモ》之石碙《のイハクマ》之曽宮《のそのミヤニイマス》、葦原色許男《アシハラシこヲ》大神《のオホカみヲ》以《もチ》(斎)伊都玖《イツク》之祝《ハフリガ》大庭《オホニハ》乎《カ》。」*問賜也《とトヒタマヒキ》。尓《シカシテ》、所遣御伴《ミともニツカハサイシ》王等《ミコタチ》、聞歓《キキよろこび》見喜《ミよろこびテ》而、御子《ミコ》者《ハ》、坐檳榔《アヂマサ》之長穂《のナガホ》宮《のミヤニイマセテ》而、貢上駅使《ハユマヅカヒヲタテマツリキ》。

尓《シカシテ》、其御子《そのミコ》、一宿《ひとヨ》婚肥長比売《ひナガヒメとマグハヒシタマヒキ》。[1] 故《カレ》、窃伺其美人《そのヲとメヲヒソカニウカカ》[2]者《ヒタマヘバ》蛇《ヘミぞ》[3]也。即《スナハチ》、見畏《ミカシコミテ》遁逃《ニげタマヒキ》。尓《シカシテ》、其肥長比売《そのヒナガヒメ》患《ウレヘテ》(撓)、光海原《ウナハラヲテラシテ》自船《フネヨリ》追来《オヒク》。故《カレ》、益《マスマス》見畏《ミカシコミテ》、以自山多和《ヤマのタワヨリ》、此二字以音。引越《ヒキコシテ》[4]御《ミ》船《フネヲ》、逃上行也《ニげのボリイデマシキ》。*於是《ここニ》、覆奏言《カヘリことマヲシシク》、「因拝大神《オホカみヲヲろガミタマヒシニよリテ》、大御子《オホミコ》物詔《もののラシキ》。故《カレ》、参上来《マヰのボリキツ》。」。故《カレ》、天皇歓喜《よろこびタマヒテ》、即《スナハチ》返菟上王《ウナカミのオホキミヲカヘシテ》、令造神宮《カみのミヤヲツクろハシめタマヒキ》。[5] 於是《ここニ》、天皇因其御子《そのミコニよリテ》、定鳥取部《とトリベ》・鳥甘部《とリカヒベ》[6]・品遅部《ホムヂヘ》・大湯坐《オホユヱ》・若湯坐《ワカユヱヲサダめタマヒキ》。

又、随其后之白《そのキサキのマヲシタマヒシマニマニ》、喚上美知能宇斯王《ミチのウシのオホキミ》之女《のムスメタチ》等、比婆須《ヒバス》

碙(兼ノ頭注)―碙。垌(延)
「碙」と「垌」(『尒雅』釈地「林外謂之垌」)とは通字。
庭(底ニヨル)―廷(卜系)
「庭」と「廷」とは通字。
也(底ニヨル)―ナシ(卜系)
御(卜系)―神
物(卜系)―和
喜(前以下)―嘉
令(延以下)―命
部(延以下)―ナシ
知(卜系)―和

よくない。
7 訓ワキド 岩わきづき
○「掖」は「腋」と通用。「脇貢(ワキツき)」の意。すなわち、脇から支えるもの、脇息。それは気持のよいものなので「吉」にかかる枕詞的用法(田辺正男『古事記大成』3訓詁篇、三六八頁)。
1 兼アヒヌ 訓ミアヒマシキ 岩まぐはひしましき
○↓五四頁9。一夜妻(異郷・異類婚)の時はマグハフ。
2 兼ヒソカニ―ウカヽヘ者 訓カキマミタマヘバ 国窃かに伺ひたまへば
○「窃(ヒソカニ)」と「伺(ウカカフ)」とは、兼の如く離して訓むのではなく、続けて訓むのがよい。但し、一二〇頁1の如き全体的な意を表わす副詞、また陳述副詞はこの限りでない。
3 兼ヲロチ 新へみ
○「蛇」字を見るとすぐヲロチと訓みたがるのは誤り。「蛇」はヘミと訓む。
4 コスは「泉の河に持ち越せる真木のつまで」(万葉五〇)の如く運搬する意の四段動詞。
5 訓ツクラシメタマヒキ 新つくろはしめたまひき
○一二一頁8に、出雲大社の「修理」が修繕の意であることを注したが、ここもそれ以後の文脈で考えると、新造したわけではない。それでツクロフと訓む。
6「甘」は「餌」で飼うのでカヒと訓むか(記伝)。多分「餌」の古字の「鉗」の省文であろう。

三 丹波の四女王

1 [兼]モトツヌシ [延]モトツクニ
○諸本「本主」とあるによれば、モトツヌシと訓み、「親許」の意と考えられる。[延]は「本土」に改めたが、モトツクニなら「本国」と表記するのが古事記の例。

2 [兼]スカタ [訓]カホ
○ここは「容姿」「姿容」の略としてカタチと訓む。↓四〇頁3

3 [兼]サカシキ [訓]フカキ
○「峻」は普通山(巌・径・崖・谷)等のけわしい形容であるが、水に関しても用いる。「凌二峻瀾一(タカキナミ)」(垂仁紀九九年)「風急波峻」(唐大和上東征伝)「長波浹渫、峻湍崔嵬」(文選、江賦)〈寛文版ではサカシキセと訓むが、「崔嵬」もここでは「湍高貌」〈六臣注〉(小島『上代日本文学と中国文学』上、二一九頁)。そこで「峻」はフカキでよいわけだがサカシキの方が崖から窺く深淵を表現し得ると考える。

4「迦玖」をカグと訓み「香(かぐ)」の意とするのが通説だが、これはカクとしか訓めない。されば「輝(かく)」の意とする。

‖多遅摩毛理

5「縵八縵」は葉のついたままの数多くの橘と解されている。その通りだが、何故「縵(カげ)」なのか。これは橘の葉の常緑を生命の樹としてカヅラ(縵)にするという縁起からカげ(縵)という表現をしたものと考える。

6 [兼]マニ [訓]アヒダニ [朝]ひまに
○「間」はアヒダと訓む。ここではアヒダニ。

比賣命《ヒメのミこと》、次《ニ》弟比賣命《オとヒメのミこと》、次《ニ》歌凝比賣命《ウタごリヒメのミこと》、次《ニ》圓野比賣命《マトノヒメのミこと》、并《アハセテ》四柱《よハシラヲメサゲタマヒキ》一。然《シカアルニ》、留二比婆須比賣命《ヒバスヒメのミこと》・弟比賣命《オとヒメのミこと》 二柱《フタハシラヲとどめテ》一而、其弟王二柱者《そのオとミコフタハシラハ》、因二•甚凶醜《イとミニクキニよリテ》一、返二送本主[1]《もとツヌシニカヘシオクリタマヒキ》*一。於レ是《ここニ》、円《マト》野比賣《ノヒメ》慚言《ハヂテイヒシク》、「同兄弟之中《オナジハラガラのウチ》、以二姿[2]醜《カタチミニクキヲもチテ》一被レ還《カヘサイシ》之事《こと》、聞レ於二隣里《チカキサトニキこイム》一、是甚慚《こレイとハヅカシとイヒテ》。」而、到二山代國之相樂《ヤマシろのクニのサガラカニイタリシとキニ》一時、取二懸樹枝《きのイダニトリサガリテ》一而欲レ死《シナムとシキ》。故《カレ》、号二其地《そこヲナヅけテ》一謂二懸木《サガリきとイヒシヲ》一、今《イマハ》云二相樂《サガラカとイフ》一。又到二弟國《オとクニニイタリシ》一之時《とキニ》、遂《ツヒニ》堕二峻[3]淵《サガシキフチニオチテシニキ》一而死。故《カレ》、号二其地《そこヲナヅけテ》一謂二堕國《オチクニとイヒシヲ》一、今《イマハ》云二弟國《オとクニとイフ》一也。

又、天皇以二三宅連《ミヤけのムラジラガ》等之祖《オヤ》、名《ナハ》多遲*摩毛理《タヂマモリヲもチテ》一、遣二常世國《とこよのクニニツカハシテ》一、令レ求二登岐士玖能迦玖能木實《とキジクのカクのこのみヲもとめシめタマヒキ》一。(非時 4輝) 自レ登《と》下・八字以レ音。故《カレ》、多遲•摩毛理《タヂマモリ》、遂《ツヒニ》到二其國《そのクニニイタリテ》一、採二其木實《そのこのみヲトリ》一、以二•縵[5]•八•縵・•矛•八•矛《カゲヤカゲホこヤホこもチテ》一、○将来《もチこ》之間[6]《アヒダニ》、天皇既崩《スデニカムアガリマシキ》。尒《シカシテ》、多遲摩毛理《タヂマモリ》、分二縵四縵・矛四矛《カゲよカゲホこよホこヲワけテ》一、献レ于二大后《オホキサキニタテマツリ》一、以二縵四縵・矛四矛《カゲよカゲホこよホこもチテ》一、献二置天皇之御陵戸《のミハカのトニタテマ》一、

甚(卜系)―其
主(諸本ニヨル)―土(延・訓)
摩(底ニヨル)―麻(卜系)
八(延・訓)―ナシ
摩(卜系)―广
縵八縵矛八矛(訓)―髣
入弟縵八矛
将(底右傍書ニヨル)―時

而《ツリオキテ》、擎二其木實一《そのこのみヲササゲテ》、叫哭《サケビオラビテ》[1]以白《マヲシシク》、「常世國之《とこよのクニの》登岐士玖能迦《ときじくのカ》（非時　輝）
玖能木實《くのこのみ》、持奈上《ヲもチマヰのボリテハベリ》侍。」、遂叫哭死也《とツヒニサケビオラビテシニキ》。其登岐士玖能迦玖能木《そのときじくのかくのこの》
實者《みハ》、是今橘者也《これイマのタチバナぞ》。此天皇《この》御年《ミとシ》、壹佰《モモ》伍拾《チアマリイチアマリ》参歳《ミツぞ》。御陵《ミハカハ》
在二菅原之御立野中一也《スガハラのミタチノのナカニアリ》。又、其大后比婆須比賣命之時《そのオホキサキヒバスヒメのミことのときニ》、定二石《イシ》[2]
梘作一《キックリヲサダめ》、又定二土師部一《ハニシベヲサダめタマヒキ》。此后者《このキサキハ》、葬二狭木之寺間陵一也《サきのテラマのハカニハブリマツリキ》。*

景行天皇　后妃と皇子女

大帯日子淤斯呂和氣天皇《オホタラシヒコオシろワけのスメラミこと》、坐二纏向之日代宮一《マキムクのヒシろのミヤニイマシテ》、治二天下一《アめのシタヲサめタ》也《マヒキ》。此天皇《この》、娶二吉備臣等之祖《キびのオミラガオヤ》、若建吉備津日子之女《ワカタケキびツヒコのムスメ》、名針間之《ナハハリマの》伊上那毗能大郎女一《イナビのオホイラツメヲメトリテウミタマヒシ》、生御子《ミコ》、櫛角別王《クシツヌワけのオホキミ》[3]。次大碓命《ニオホウスのミこと》。次小碓命《ニヲウスのミこと》、亦名倭男具那命《のハヤマとヲグナのミこと》。具那《グナ》二字以レ音。次倭根子命《ニヤマとネコのミこと》。次神櫛王《ニカムクシのオホキミ》。五柱。又娶二八尺入日子命之女、八坂之入日賣命一《ヤサカのイリビコのミことのムスメヤサカのイリビメのミことヲメトリテウミタマヒシ》、生御子《ミコ》、若帯日子命《ワカタラシヒコのミこと》。次五百木之入日子命《ニイホきのイリビコのミこと》。次押別命《ニオシワけのミこと》。次五百木之入日賣命《ニイホきのイリビメのミこと》。又妾之子《ミメのコ》[4]、豊戸別王《とよトワけのオホキミ》。次沼代郎女《ニヌシろのイラツメ》。又妾之子《ミメのコ》、沼名木郎女《ヌナきのイラツメ》。次香余理比賣命《ニカゴよリヒメのミこと》。次若木之入日子王《ニワカきのイリビコのオホキミ》。

侍（卜系）―持
橘（卜系）―橋
大（底ニヨル）―太（卜系）
梘（意改）―祝。棺（記伝）、税（校訂）
伊上（意改）―伊上、卜系デハ「伊」ノ右ニ小字「上」トシテ合点アリ
那（卜系）―非
押（卜系）―神
又（卜系）―入
之（兼左傍書）―云
沼（底右傍書ニヨル）―詔
沼（底右傍書ニヨル）―詔

1 [兼]サケヒテ　[延]サケビオラビテ　[岩]さけびなきて　[朝]おらびなきて
○悲痛のために大声で泣きわめく（万葉一八〇九「叫於良妣〈サケビオラビ〉」）意。
2 [兼]イハイツクリ　[訓]イシキツクリ（以上「石祝作」）　[校]イシツクリ（石祝作）　[朝]イハキツクリ（石梘作）　[桜]イハキツクリ（石梘作）
○記伝「石棺作」の誤りかとし、「石作連…作二石棺一献之」（姓氏録）を挙げる。しかし「祝」と「棺」とではいかが。[桜]は「兄」と「見」の誤写例の実在から、「梘」（ひつぎかけ）」（集韻）という字ではないか。しかしまだ字体が遠ければ「欟（ひつき）」（説文）の省文ではないか。ともかく、ヒツキは単にキと言ったから「石梘作」でイシキツクリと訓むことができよう。姓氏録では「石作連」とあり、それと同族と考えて差支えない。「祝」はハフリ（神職）なので、ここにはふさわしくない。
3「角」はツヌともツノとも言ったが、漢字「角」はツヌに統一した。
4 [兼]ヤツコ　[延]オンナメ　[訓]ミメ
○「妾」は賤女の意ではなく、天皇もしくはそれに準ずる人の妻に当る女性をさすから、ミメと訓む。一三九頁には「一妻（アルミメ）」の表記がある。

次《ニ》吉備之兄日子《キびのイヒコの》王《オホキミ》。次《ニ》高木比賣《タカぎヒメの》命《ミこと》。次《ニ》弟比賣《オとヒメの》命《ミこと》。又娶日向《ヒムカ》之美波迦斯毗賣《のミハカシビメ》、生《ヲメトリテウミタマヒシ》御子《ミコ》、豐國別《とよクニワけの》王《オホキミ》。又娶伊那毗能大郎《イナビのオホイラツ》女《メ》之弟《のイろど》[1]、伊那毗能若郎女《イナビのワカイラツメ》、（自伊下四字以音。）生《ヲメトリテウミタマヒシ》御子《ミコ》、真若《マワカの》王《オホキミ》。次《ニ》日子人之大兄《ヒコヒとのオホイの》王《オホキミ》。又娶倭建命《ヤマとタケルのミこと》之曾孫《のヒヒコ》[2]、名須賣伊呂大中《ナハスメイろのオホナカツ》日子《ヒコの》王《オホキミ》（自須至呂四字以音。）之女《のムスメ》、訶具漏比賣《カグロヒメヲメトリテ》、生《ウミタマヒシ》御子《ミコ》、大枝《オホイの》王《オホキミ》。

凡此大帶日子《オホよそここのオホタラシヒコの》天皇之御子等《のミコタチ》、所録廿一王《シルセルハタアマリヒとハシラのミコ》、不入記《イレシルサヌ》[3]五十九王《イアマリここのハシラのミコ》[4]、并八十王《アハセテヤソハシラのミコ》之中《のナカニ》、若帶日子命《ワカタラシヒコのミことと》与倭建命《ヤマとタケルのミことと》、亦五百木之入日子命《マタイホきのイリビコのミことと》、此三王《このミハシラのミコハ》負太子之名《ヒツギのミコのナヲオヒタマヒ》、自其餘七十七王者《そレヨリホカのナナソアマリナナハシラのミコハ》、悉《ことごと》別賜國々之國造《クニグニのクニのミヤツコ》、亦和氣《マタワけ》（別）及稻置《とイナキ》、縣主《アガタヌシニワけタマヒキ》也。故《カレ》、若帶日子命者《ワカタラシヒコのミことハ》、治天下《アめのシタヲサめタマヒキ》也。小碓命者《ヲウスのミことハ》、平東西之荒《ヒムガシニシのアラブル》[5]神及《と》不伏人等《マツロハヌヒとどもヲタヒラげタマヒキ》也。次《ニ》櫛《クシ》角別王者《ツヌワけのオホキミハ》、茨田下《マムタのシモの》連等之祖《ムラジラガオヤぞ》。次《ニ》大碓命《オホウスのミことハ》、＊守君《モりのキミ》・大田君《オホタのキミ》・嶋田君之祖《シマダのキミガオヤぞ》。次《ニ》神櫛王《カムクシのオホキミ》者《ハ》、木國之酒部阿比古《きのクニのサカベのアヒコ》・宇陁酒部之祖《ウダのサカベガオヤぞ》。次《ニ》豐國別王者《とよクニワけのオホキミハ》、日向國造之祖《ヒムカのクニのミヤツコガオヤぞ》。

○1 延イロト 訓オト
○イナビの大郎女とイナビの若郎女というような命名法から考えて、同母姉妹と判断し、「弟」はイろどと訓む。→凡例一四頁。
2ヒヒコの訓は和名抄「曽孫」による。但し、景行天皇が、御子の倭建命の曽孫を娶るというのは異常で、系譜ないし伝承上の誤りであろう。そしてこの誤りは天武天皇時代の「帝紀」当時からのもので、安万侶としてはどうにもできないものであったろうと思われる。このような系譜上の明白な矛盾は中巻にのみ見られる。
○3 兼シルスニ入不 延シルスニイレ不ル 訓シルサザル 校フミニイラザル 桜イレシルサザル
○「所録廿一王」は、古事記資料に記録されていた二十一王。「不入記」はこの古事記に入れ記さなかった、の意と解される。従って別の資料にはあったことが分る。
4 兼イソ 新イ
○「五十」はイソでなくイ。
5 延ヒガシニシ 訓ニシヒムカシ 桜こチごチ
○文選魯光殿賦「東西周章」等により、あちこちの意と解し、コチゴチ（コナタソナタ）の訓を当ててよい（小島憲之『上代日本文学と中国文学』上、一二一〇頁）との説もあるが、下文の「東方」「西方」につながる語だとすると、文字通りヒムガシニシと訓むべきであろう（倉野憲司、小島前掲書書評『万葉』四八号）。

娶（卜系）―ナシ
々（卜系）―ナシ
碓（卜系）―雄
命（諸本ニヨル）―命者（延）
君（卜系）―若

大碓命

於《ここニ》レ是、天皇聞二看定・三野國造《ミノのクニのミヤツコ》之祖《ガオヤ》、*大根王《オホネのオホキミ》之女《のムスメ》、名兄比賣《ハイヒメ》・弟比賣《オとヒメ》二《のフタリの》・孃子《ヲとメ》、其《その》容姿麗美《カタチウルハシとキこシメシサダめテ》[1]一而、遣二其御子《そのミコ》大碓命《オホウスのミこと》一以喚上《ヲツカハシテメサげシめタマヒキ》[2]。故《カレ》、其《その》所レ遣《ツカハサイシ》大碓命《オホウスのミこと》、勿二召上《メサげズテ》一而、即己《スナハチオの》[3]自《レみヅカラ》婚二其二《そのフタリのヲとメとアハシテ》孃子一、[4]更《サラニ》求二他女人《アタシヲミナヲもとめテイツハリテ》一、詐名二其孃女《そのヲとメと》一而貢上《ナヅけテタテマツリキ》。於《ここニ》レ是、天皇知二其他女《そのアタシヲミナニアルことヲシラシテ》一、恒《ツネニ》令レ經二・長眼《ナガめヲ》[5]一、亦《ヘシめマタ》勿レ婚《アハシマサズテ》[6]而*惚也《ナヤマシめタマヒキ》[7]。故《カレ》、其大碓命《そのオホウスのミこと》、娶二兄比賣《イヒメヲメトリテ》一、生《ウミ》子《タマヒシコ》、押黒之兄日子王《オシグロのイヒコのオホキミ》。此者三野之宇泥須和氣之祖《こハミノのウネスワけガオヤぞ》。亦娶二弟比賣《オとヒメヲメトリテウミタマヒシ》一、生子《コ》、押黒弟日子王《オシグロのオとヒコのオホキミ》。此者牟宜都君等之祖《こハムげツのラガぞ》。此之御世《このミよニ》、定二田部《タべヲサダめ》一、又定二東《アヅマ》之淡水門《のアハのミナトヲサダめ》一、又定二膳《カシハテ》之大伴部《のオホともべヲサダめ》一、又定二倭屯家《ヤマとのミヤけヲサダめ》一、又作二坂《サカ》手池《テのイけヲツクリテ》一、即竹《スナハチタけヲ》植二其堤《そのツツミニウヱタマヒキ》一也。

小碓命の西征

天皇詔二小碓命《ヲウスのミことニのラシシク》（慰）一、「何《ナニとカも》汝兄《ナガイろせの》、於二朝夕《アシタユフへ》[8]之大御食《のオホミけニ》一不二參出《マヰデ》来《こヌ》一。専汝泥疑教覺《モハラナレネぎヲシヘサトセ》。泥疑《ネぎ》二字以レ音。下效レ此。」、《と》如レ此詔《カクのラシテヨリのチ》以後、至レ于二五《イツ》日《カニイタルマデニナホ》[9]一、猶不二參出《マヰデズキ》一。尒《シカシテ》、天皇問二賜小碓命《ヲウスのミことヲトヒタマヒシク》一、「何《ナニとカも》汝《ナガ》

1【兼】スカタウルハシ　【訓】カホヨキヲ　【岩】かたちうるはしと
○「容姿」「姿容」「顔容」などはカタチと訓む。主に容貌をさす。↓四〇頁3・一二四頁2。また次の「麗美」はウルハシと訓み、端正な整った美しさ（一六七頁では「端正」をウルハシと訓む）や、立派だと賞讃する気持をいう。
2【訓】メサゲタマフ　【桜】メサげシめタマヒキ
○上に「遣」があるから使役に訓むのがよい。「喚上」は下文に「召上」とあり、共にメサグと訓む。
3自分での意。↓三六頁6
4【延】ミアハセシ　【訓】タハケテ　【校】アヒテ　【岩】まぐはひして　【朝】よばひ
○この「婚」はアフ。
5「ナガめ」は、思いに沈んで一つ所を長く見るともなしに見る状態で、長い時間を過ごす意。女の「長目」である。
6【延】メスコト勿シテ　【訓】メシモセズテ　【角】あひもせずて　【岩】まぐはひしたまはずて　【朝】よばはずして
○この「婚」もアフ。天皇の行為としてアハシマスと訓む。
7【延】クルシム　【訓】モノオモハシメタマヒキ　【角】たしなめたまひき　【朝】なやませたまひき　【桜】ナヤマシめタマヒキ
8【兼】アサユフ　【訓】アシタユフべ　【桜】アシタユウへ
○アサユフという熟語はない。
9イタルマデニとニを付加したのは程度を表わしているから。

看（延・訓）―者
野（卜系）―町
大（諸本ニヨル）―神大（延・訓）
嬢（延・訓）―孃
他（卜系）―化
眼（延・訓）―延
惣（底ニヨル）―愡（訓）

兄、久《イろせのヒサシク》 不二叅出一《マヰデヌ》。 若《モシ》有レ未レ誨乎《イマダヲシヘズアリヤ》。」。 答白《こタヘマヲシシク》、「既《スデニ》1 為二泥疑一《ネぎツ》2（慰）也。」。

又詔《のラシシク》、「如何《イカニカ》 泥疑之《ネぎツル》。」。 答白《こタヘマヲシシク》、「•朝署《アサけニ》 入レ厠《カハヤニイリシ》 之時《ときニ》、*待捕《マチトラヘ》3

*搤批而《ツカミテ》、 引二闕其枝一《そのイダヲヒキカキテ》、 裹レ薦《こもニツツミテ》 投棄《ナげウテツ》。」。

於レ是《ここニ》、天皇惶二其御子《そのミコ》之《の》建荒《タケクアラキ》 之情一《こころヲオソリテ》4 而詔之《のラシシク》、*「西方《ニシのカタニ》 有二熊曽《クマそ》

建《タケル》 二人《フタリ》一。《アリ》 是《こレ》不レ伏《マツロハズ》 •无レ礼《ヰヤナキ》 人等《ヒとどもぞ》。 故《カレ》、取二其人等一《そのヒとどもヲトレ》」5 而遣《とのラシテツカハシキ》。

當二此之時一《このときニアタリテ》、 其御髪《そのミカミヲ》 結レ額也《ヌカニユハシキ》6。 尒《シカシテ》、小碓命《ヲウスのミこと》、給二其姨倭比賣《そのヲバヤマとヒメ》

命之御衣御裳一《のミことのミそミモヲタマハリ》、 以レ*釼《ツルぎもチテ》7 納レ于二御懐一《ミフツクろニイレ》8 而《テ》幸行《イデマシキ》。 故《カレ》、到

于二熊曽建之家一《クマそタケルガイへニイタリテ》 見者《ミタマへバ》、於二其家邊一《そのイへのホとリニ》 軍《イクサ》 •圍二三重一《ミへニカクミ》、 作レ室《ムロ》

以居《ヲツクリテヲリキ》。 於レ是《ここニ》、言三動為二*御室樂一《ミムロウタげセムととよミテ》9 10、 設二備食物一《ヲシものヲマけそナへツ》。

故《カレ》、遊二行其傍一《そのカタハラヲアソビアルキテ》11、 待二其樂日一《そのウタげの ヒヲマチタマヒキ》。 尒《シカシテ》、臨二其樂日一《そのウタげの ヒニノゾミテ》、

如二童女之髪一《ヲとメのカミのごと》 梳二垂其結 御髪一《そのユハセル ミカミヲけヅリタリ》、 服二•其姨之御衣御裳一《そのヲバのミそミモヲケシテ》、

既《スデニ》12 成二•童女之姿一《ヲとメのスガタニナリテ》、 交二立女人之中一《ヲミナのナカニマジリタチテ》、 入二坐其室 内一《そのムロのウチニイリマシキ》。

尒《シカシテ》、 熊曽建《クマそタケル》 兄弟二人《ハラガラフタリ》13、 見二*咸其孃子一《そのヲとメヲミめデテ》、 坐レ於二己中一《オのガナカニイマセテ》 而盛《サカリニ》

1この「既」は、とっくにの意。
2→四七頁10。このネグは前頁のネグ（いたわる）とは違う、暴力的な痛めつけの意。
3延持捕へニギリウチテ 訓トラヘテ（持捕）ツカミヒシギ（搤批） 校マチトリテ（待捕）カキツカミ（批） 国待ち捕らへてつかみひしぎて（搤批） 桜マチとラヘツカミウチテ（待捕搤批） 新まちとらへつかみて（待捕搤批）
○「待―」の例は多い。また「搤批」をツカムと訓むこと→七一頁6
4延ミコ、ロヲオソレテ 訓ミコ、ロヲカシコミ 校コ、ロヲカシコミマシ 思ココロにおそりて
5「取」の訓はトル、意味は殺す。
6兼ミヒタヒ 角ぬか
7兼コツルキ（小釼） 訓タチ（釼） 校ツルギ（小釼） 岩ツルギ（釼）
○「釼」はツルギ。「小釼」の文字はト系のさかしらで不可。
8兼フトコロ
○新訳華厳経音義私記「懐、布都久呂」。
9兼御ムロノタノシミヲシテ 延ミムロノヱラギヲ為 訓ニヒムロ（新室）ウタゲセム
○「御室」だからこそ熊曽建の尊大さがよく表現されている。
10延イヒドヨミ 思トヨみ
○「言」の中にトヨムが含まれるので、イヒトヨムとは訓まない。
11訓アタリ 校ホトリ 岩かたはら
○カタハラは「そば」の意。
12この「既」はすっかりの意。
13兼イロネイロト 延エヲト 訓アニオト

署（訓）―暑
「署」は「曙」の省文。
待（底ニヨル）―持（ト系）
「待〜」の例は多い。三六頁の頭注参照。
批（諸本ニヨル）―批（訓）
之（底ニヨル）―云（底右傍書）
无（延・訓）―兄
釼（底ニヨル）―小劒（ト系）
圍（兼左傍書）―團
御（諸本ニヨル）―新（記伝説、校訂）
之（ト系）―云
咸（諸本ニヨル）―感（延・訓）
「咸」は「感」の通字。寛に「成」と写すのは、原字「咸」であった証拠である。

樂《ウタゲテアリ》。故《カレ》、臨其酣[1]時《そのタけナハニアルとキニノゾミ》、自懐《フツクろヨリ》出劔《ツルギヲイダシ》、取熊曾《クマそ》之衣《ガころもの》*衿《クビヲトリテ》、*[2]劔《ツルギヲ》自其胸《そのムネヨリサシとホシタマヒシ》刺通之時《とキニ》、其弟建《そのオとタケル》、見畏《ミカシコミテニげイデキ》逃出。乃《スナハチ》追至《オヒテ》其室之椅[3]本《そのムロのハシのもとニイタリテ》、取其背*皮[4]《そのそビラのカハヲトリテ》、劔《ツルギヲ》自尻《シリヨリ》刺通《サシとホシタマヒキ》。尒《シカシテ》、其熊曾建《そのクマそタケルガマヲシシク》白言、「莫動其刀[5]《そのタチヲナウゴカシタマヒそ》。僕《アレ》有白言《マヲスことアリ》」。尒《シカシテ》、暫許押伏《シマシユルシテオシフセタマヒキ》。於是《ここニ》、白言「汝命《イマシミこと》者《ハ》誰《タレぞとマヲシキ》」。尒《シカシテのラシシク》、詔、「吾《ア》者《ハ》坐纒向之日代宮《マキムクのヒシろのミヤニイマス》、所知・大八嶋國《オホヤシマクニヲシラシメス》、(汝)大帯日子淤斯呂和氣《オホタラシヒコオシろワけの》天皇之御子《のミコ》、名《ハ》倭男具那王《ヤマとヲグナのオホキミ》者也《ぞ》。意礼熊曾建二人《オレクマそタケルフタリ》、不伏無礼《マツロハズヰヤナシとキこシメシテ》聞看而、取殺意礼《オレヲトレとのラシテツカハシタマヘリ》詔而遣」。尒《シカシテ》、其熊曾建《そのクマそタケルガマヲシシク》白、「信然也《マことニシカニアラム》。於西方《ニシのカタニ》除吾二人《ワレフタリヲオキテ》、無建強人《タケクこハキヒとナシ》。然《シカアルニ》於・大倭國《オホヤマとのクニニ》、益吾二人《ワレフタリニマサリテ》而、建男者坐祁理[6]《タケキヲハイマシケリ》。是以《ここヲもチテ》、吾《ワレ》獻御名《ミナヲタテマツラム》。自今以後《イマヨリのチハ》、應稱倭建御子[7]《ヤマとタケルのミことタタフベシと》」、是事《このこと》白訖《マヲシヲヘツレバ》、即如熟苽[8]《ホソヂのごと》。*振折[9]《フリサキテ》而殺也《ころシタマヒキ》。・故《カレ》、自其時《そのとキヨリ》稱御名《ミナヲタタヘテ》謂倭建命《ヤマとタケルのミことトマヲス》。然而還上《シカシテカヘリのボリマス》之時《とキニ》、山《ヤマの》神・河《カハの》神及《と》穴戸《アナトの》神、皆《みナ》

酣(延・訓)─酎　懐(卜系)─ナシ
衿劔(底ニヨル)─於劔(卜系)、以劔(寛)、衿以劔(延以下)
皮(諸本ニヨル)─以(訓)
大(卜系)─太
倭(卜系)─和
苽(底右傍書ニヨル)─荒
折(諸本ニヨル)─析(記伝師説)、拆(校訂)
也故(訓)─故也

○ここでは同腹の兄弟とみて、ハラガラと訓む。
1タけナハはタけ(長)の(助詞)ハ(端)の意で、物事の真盛りを少し過ぎた頃をさす(拙稿「古事記歌謡語彙小考」『古事記年報』七)。この頃が爛熟期に当る。

2[訓]タチモテ(以劔)　[校]ツルギヲモチテ(以劔)　[国]劔を(取二……衿一以、劔)　[桜]ツルギヲ(劔)
○「以」の無い底本が正しく「劔自二其胸一刺通」と次行の「劔自レ尻刺通」と対になっていることに着眼すべきもの(拙著、九二頁)。
3「椅」は梓の意(説文・尓雅郭注)だが、「徛、今之石橋」(尓雅釈宮)の「徛」(ハシ)に通わしたもの(小島憲之前掲書二一七頁)。

4[延]ソビラノカハヲ取リテ劔ヲ　[訓]セヲトラヘタモチテ(皮は以の誤りとす)　[国]そびら(背皮)を取りて、劔を
○諸本の本文が正しい。拙著九二頁。
5[兼]ツルキ　[訓]タチ
○「刀」の文字によりタチと訓む。
6ケリは気づきの助動詞。
7[兼]ヤマトタケ　[校]ヤマトタケル
○↓一一七頁1。熊曾建が名を献って倭建御子(命)と言う。一三〇頁に「出雲建」は「伊豆毛多祁流」とある。他にも「長田朝臣多祁留」(続紀和銅五年十一月乙酉条)とありタケルであって、タケではない。
8ホソヂは名義抄の声点による。

9[兼]フリオリテ(折)　[岩]ふりたちて(折)　[訓]フリサキテ(折)
○「折」は「析」に通じサク(思)。

言向和《ことムけヤハシ》而《テ》叅上《マヰのボリタマヒキ》。

即《スナハチ》、入二坐出雲國一《イヅモのクニニイリマシキ》。欲レ殺二其出雲建一《そのイヅモタケルヲころサムとオもヒ》[1]而《テ》、到《イタリマス》即《スナハチ》

結レ[2]友《ともガキヲムスビタマヒキ》。故《カレ》、竊《ヒソカニ》以二赤檮一《イチヒもチテ》[3]、作二詐刀一《イツハリのタチニツクリ》[4]、為二御佩一《ミハカシとシテ》、

共《ともニ》沐二肥河一《ひのカハニカハアみシタマヒキ》。尓《シカシテ》、倭建命《ヤマとタケルのミこと》自レ河《カハヨリ》先上《マヅアガリマシテ》[5]、取二佩出《イヅ》

雲建《モタケル》之解置横刀一《ガとキオケルタチヲトリハキテ》而、詔レ「為レ易レ刀《タチヲカヘムとのラシキ》[6]。」。故《カレ》、後《のチニ》出雲建《イヅモタケル》

自レ河上《カハヨリアガリテ》而、佩二倭建命之詐刀一《ヤマとタケルのミことのイツハリのタチヲハキキ》。於レ是《ここニ》、倭建命《のミこと》[7]、誂《アトラ》

云《ヘテ》二「伊奢合レ刀《イザタチヲアハセムとのラシキ》。」。尓《シカシテ》、各《オのもオのも》抜二其刀一《そのタチヲヌキシ》之時《とキニ》、出雲建

不三得二抜詐刀一《イツハリのタチヲエヌカズキ》。即《スナハチ》、倭建命《のミこと》、抜二其刀一《そのタチヲヌキテ》而打二殺出雲建一《ヲウチころシタマヒキ》。

尓《シカシテ》、御歌曰《ミウタよミシタマヒシク》、

夜都米佐須《ヤツめサス》（八芽刺）伊豆毛多祁流賀《イヅモタケルガ》（出雲建）波祁流多知《ハケルタチ》（佩太刀）都豆良佐波麻岐《ツヅラサハマキ》（黒葛多[8]纏）、

佐味那志尓阿波礼《サみナシニアハレ》（身無）（大笑）。

故《カレ》、如レ此《カク》撥治《ハラヒヲサめテ》、叅上覆奏《マヰのボリカヘリことマヲシタマヒキ》。

尓《シカシテ》、天皇亦頻《マタシキニ》[9]詔二倭建命一《ヤマとタケルのミことニのラシシク》、「言二向和平東《アヅマのカタとヲアマリフタツのミチ》方十二道

雲（卜系）―雲國
友（卜系）―文
命（延・訓）―ナシ
誂（訓）―誹
刀（卜系）―力
抜（卜系）―枝
豆（卜系）―豆都
那（延・訓）―祁

○1[訓]トラム [校]コロサム
○↓一二八頁5
2[兼]トモカキノマヽナリ [延]トモガキヲ結ヒ玉フ

‖**倭建命の出雲征伐**

[訓]ウルハシミシタマヒキ [校]トモガキノムツビシ玉フ [岩]友となりたまひき
3[兼]アカカシ [延]イチヒ [訓]イチヒノキ
○用明紀二年「赤檮」の訓注に「伊知毘」とある。新撰字鏡「杙」に「一比乃木」とある。今はイチヒによる。
4[兼]イツハリタチ [延]イツハリノタチ [訓]タチニツクリナシテ [校]キダチ [国]こだち
○義訓「こダチ（木刀）」は却け、文字通りイツハリのタチと訓む。
5[兼]サキ [訓]マヅ
○↓二八頁5
6[訓]タチカヘセム
○もし「易刀」がカヘタチならば「為」はスとサ変動詞に訓んでよいが、これはタチヲカフと訓むべきものと思われるので、この「為」は下を動詞に訓むための文字とみておく。↓四七頁10
7「命」の字、諸本に無いが、[延][訓]により補った。人名表**二三**記は一定しているとは限らないがここは前頁に見た如く名が確定し、この前後「命」の尊称があるので、補うのがよい。
8「つづらさはまき」のマキは連用中止法で、前後逆接となる表現法と考える。
9[兼]シキリニ [訓]シキテ [思]しきに

‖**倭建命の東征**

○しきりにの意はシキニ（万葉四〇九）である。

焼津

之《の》荒夫琉神《アラブルかみ》及《と》摩都樓波奴《マツロハヌ》（不服）人等《ひとどもヲことむけヤハセとのラシテ》二」而、副二吉備臣等之祖《キびのオミラガオヤ》、名《ナハ》御鉏友耳建日子《ミスキともミミタケヒコ》一而《ヲそへテ》遣《ツカハシシ》之時《とキニ》、給二比々羅木《ヒヒラぎ》（柊）之八尋矛《のヤヒロホこヲタマヒキ》一。比々羅《ヒヒラ》三字以レ音。故《カレ》、受レ命《ミことヲウけテ》罷行《マカリイデマシシ》之時《とキニ》、叅二入伊勢大御神宮《イセのオホミカみのミヤニマヰリテ》一、拝二神朝庭《カみのミカドヲヲろガミテ》一、＊即《スナハチ》白二其姨[1]倭比賣命《そのヲバヤマとヒメのミことニマヲシタマヒシク》一者[2]、「天皇既[3]《スデニ》所三以レ思二吾死《アヲシネとオもホスユヱニカ》一乎、何《ナニとカも》撃二遣西方之悪人等《ニシのカタのアシキヒとどもヲウチニツカハシテ》一而、返《カヘリマヰのボリこシ》叅上来之間[4]《アヒダ》、未《イマダ》レ経二幾時[5]《イクダもアラネバ》一、不レ賜二軍衆[6]《イクサビとラヲタマハズテ》一、今更《イマサラニ》平二遣東方十二道之悪人等《アヅマのカタとヲアマリフタツのミチのアシキヒとどもヲタヒラげニツカハスラム》一。因レ此《こレニよリテ》思惟《オもハバ》、猶《ナホ》所レ思二看吾既死[7]《アレスデニシネとオもホシメス》一焉《ぞ》。」、患泣《とウレへナキテ》罷時《マカリマスとキニ》、倭比賣命《ヤマとヒメのミこと》、賜二草那藝釼[8]《クサナギのツルギヲタマヒ》一、那藝《ナギ》二字以レ音。亦《マタ》賜二御嚢《ミフクロヲタマヒテ》一而、詔下「若《モシ》有二急事[9]《ニハカごとアラバ》一解中茲《この》嚢口《フクロのクチヲとキタマへとのラシキ》上」。

故《カレ》、到二尾張國《ヲハリのクニニイタリテ》一、入二坐尾張國造之祖《ヲハリのクニのミヤツコガオヤ》、美夜受比賣之家《ミヤズヒメのイへニイリマシキ》一。乃《スナハチ》雖レ思レ将レ婚《アハムとオもホシシカども》、亦《マタ》思二還上《カヘリのボラム》之時《とキニ》将レ婚《アハムとオもホシテ》、期定《チギリサダめテ》而幸二于東國《アヅマのクニニイデマシテ》一、悉《ことごと》言二向和平山河荒神《ヤマカハのアラブルかみ》及《と》不レ伏《マツロハ》

友（卜系）ー支
之（卜系）ー云
矛（卜系）ー弟
庭（ホボ諸本ニヨル）ー廷（曼以下）
之（卜系）ー云
因（卜系）ー固
之（卜系）ー云

1 尒雅、釈親に「妻之姉妹同出為レ姨」とある。ヲバと訓む。

2 [訓]マヲシタマヘラクハ [桜]マヲシタマヒシク

○「白ー者」は「白ー之」と同じ助字で、ハとは訓まない。

3 [延]既ニ [訓]ハヤク [朝]はや

○「早くも、さっさとーせよ」の意にとられやすいが、その場合は「早」の文字が用いられる（一九二頁「早可白也」）。ここは、全くの意なので、スデニと訓むべきもの。↓三〇頁4

4 [訓]ホド [国]あひだ [朝]ひま

○ここでは時間の経過のうちをさしているのでアヒダがよい。ヒマでは時間の幅が無く、ホトは「参上来」に費す時間の意ならばよいが、そういう意味ではないので却下。

5 [訓]イクダモアラネバ [校]イマダイクバクモヘザルニ

○[訓]の訓みは実に達者。ネバはナイノニの意。

6 ↓三九頁9

7 [延]既ニ [訓]ハヤク [朝]はやも

○↓注3。

8 [延]タチ [校]ツルギ

9 [兼]スミヤカコト [延]スミヤカナルコト [訓]トミノコト [校]ニハカナルコト [思]すむやケきコト

○トミの語の存在は確実性がないし、スムヤケシでは意味が異なる。ここは突然の意。ニハカニの例は万葉にあるが、ニハカナルは少し困難。それで語幹のまま続けてニハカごと、と訓む。

人等《ヌヒとどもヲことむけヤハシタマヒキ》㆒。

故尒《カレシカシテ》、到㆓相武《サガム》*國《のクニニイタリマシシ》㆒之時《とキニ》、其國造《そのクニのミヤツコ》詐白《イツハリテマヲシシク》、「於㆓此野《このノ》中《のナカニ》㆒有㆓[1]大沼《オホヌアリ》㆒。住㆓是沼《このヌ》中《のナカニスメル》㆒之神《カみ》、甚《イタク》[2]道速振神《チハヤブルカみ》也《ぞ》。」。於㆑是《ここニ》、看㆓行其《その》[3]神《カみヲミそこナハシニ》㆒、入㆓坐其野《そのノニイリマシキ》㆒。尒《シカシテ》、其國造《そのクニのミヤツコ》、火《ひヲ》著㆓其野《そのノニツけキ》㆒。故《カレ》、知㆑見㆑欺《アザムカイヌとシラシテ》而、解㆓開其姨倭比賣命《そのヲバヤマとヒメのミことの》之所㆑給囊口《タマヒシフクロのクチヲとキ》[4]㆒而見《テミタマヘ》者《バ》、火打《ひウチ》有㆓其裏《そのウチニアリ》㆒。於㆑是《ここニ》、先《マヅ》以㆓其御刀《そのミハカシヲもチテ》㆒苅㆓撥草《クサヲカリハラヒ》㆒、以㆓其火打《そのひウチもチテ》㆒而打㆓出火《ひヲウチイデテ》㆒、著㆓向火《ムカヒびヲツけテ》㆒而焼退《ヤキそけテ》、還出《カヘリイデテ》皆《みナ》切㆓滅其國造等《そのクニのミヤツコラヲキリホろボシスナハチ》㆒、即著㆑火《ひヲツけテ》焼《ヤキタマヒキ》。*故《カレ》、於㆑今《イマニ》謂㆓焼遣《ヤキツ》[5]㆒也《とイフ》。

自㆑其入幸《そこヨリイリイデマシテ》、渡㆓走水海《ハシリミヅのウミヲワタリマシシ》㆒之時《とキニ》、其渡神《そのワタリのカみ》興㆑浪《ナミヲオこシ》[6]、廻㆑[7]船《フネヲもとホシテ》、不㆑得㆓進渡《エススミワタリマサズキ》㆒。尒《シカシテ》、其后《そのキサキ》、名《ナハ》弟橘比賣命《オとタチバナヒメのミことのマヲシタマヒシク》白之、「妾《アレ》易㆓御子《ミコニカハリテ》㆒而入㆓海中《ウミのナカニイラム》㆒。御子者《ミコハ》、所㆑遣《ツカハサイシ》之政《マツリごとトげ》遂應㆓覆奏《カヘリことマヲシタマフベシ》㆒」。将㆑入㆑海《ウミニイリマサムとスルとキニ》時、以㆓菅疊八重《スガタタミヤヘ》・皮疊八重《カハタタミヤヘ》・絁疊八重《キヌタタミヤヘヲもチテ》㆒、敷㆓于波上《ナミのウヘニシキテ》㆒而、下㆓坐其上《そのウヘニオリイマシキ》㆒。於㆑是《ここニ》、其暴浪《そのアラナミ》

武（底ニヨル）―模（卜系）
故（諸本ニヨル）―故其地者（訓）
遣（諸本ニヨル）―逮（桜楓初）
自（卜系）―ナシ
中（卜系）―ナシ

1 [兼]大ナルヌマ [訓]オホヌマ [新]大きぬま [思]おほぬ
○「大」字はオホと訓む。オホキと訓む場合は「於朋耆妬（おほきと）」（崇神紀歌謡）の如く、正式の、第一位の意。次に「沼」はここではヌでよい。

2 従来イトと訓んでいるが、動詞を修飾する場合はイタク。なお詳しくは→一三六頁1。

3 →六七頁7

4 [兼]トキ [延]トキヒラキテ [訓]トキ [校]トキアケ
○名義抄に「開、ヒラク・トク」（法下七四）とあり、「開」も「解」も同義と考えられるので、「解開」を連文とみて、「とキ」と訓む。

5 諸本すべて「遣」。寛永本「遣」。傍訓は[兼]以下ヤツ。[延]は「焼津（ヤキヅ）」とし、[訓]は「焼遣（ヤキヅ）」とした。これに対し、[桜]で「津」の古字が「逮」（集韻）であったがそれが分らなくて「遣」に誤写したものと脚注に述べた。しかし後[新]において「焼遣」の文字だとして、「遣」にウツ（棄）の意味があり、「焼き棄つ」がヤキツになったという地名説話的興味からの文字遣いだと説明した。「遣」に捨てる意のあることは史記「遣㆓公子糾㆒」の索隠に「遣、弃（スツ）也」とある。スツはウツに同じ。[新]の考えにより「焼遣」の文字でヤキツと訓む。ヤキツは地名焼津のこと。

‖弟橘比売命

6 [延]浪ヲ興シ [訓]ナミヲタテ、

7 [延]船ヲメグラシ [訓]ミフネタユタヒテ [角]御船をもとほして

1 海神が弟橘比売の行動に応じた結果として、当然荒波が収まったのである。→四三頁5

2 兼ウナヘタ 訓ウミベタ 岩うみべ 桜ウミへ

二四

3 兼ミヲシスル 訓ミカレヒキコシメス 岩みかれひをす 思みかりてをす

○「粮」は霊異記上、三〇話に「加利天」とある。狩の料としてまず食糧という観念がカリテを携行食料の意に固定させたのであろう。一方その食料の主食の性質として「乾飯(からいひ)」としたので、カリテを一方ではカレヒというようになった。新撰字鏡に「粮、加礼比」とあり、万葉(八八八)では「可利弖」が「一云、可例比」とある。「粮・粻・糧」は通用したと考えられるから、何れの訓に決定できない。

4 延クヒノコリ 訓ミヲシノコリ 国くひのこれる 角をしのこり 岩くひのこしたまひし

5 訓アタリテ 校アテ、スナハチ 国あたりて乃ち 桜アタルスナハチ

○→四六頁1

6 兼ウチコロシツ 延打殺サレヌ 国打ち殺さえたりき

7 兼ミタビナゲキテ 訓ネモコロニナゲカシテ

‖酒折の宮

○「三」は三回の意なのでタビを助数詞として補読する。文字に即して訓むのがよい。

二五

8 兼ヲ 角に

○ここのツグは―に続く意なので、―ニツグと訓む。

自[1]伏《オのヅカラナぎテ》、御船《ミフネ》得《エ》進《ススミキ》。尓《シカシテ》、其后《そのキサキの》歌曰《ウタヒタマヒシク》、

佐泥佐斯《サネサシ》(嶺 立) 佐賀牟能《サガムの》(相 模) 袁怒迩《ヲノニ》(小 野) 毛由流肥能《モユルひの》(燃 火) 本那迦迩多知弖《ホナカニタチテ》(火中 立) 斗《ト》

比斯岐美波母《ヒシキミハも》(問 君)。

故《カレ》、七日之後《ナヌカののチニ》、其后《そのキサキの》御櫛《ミクシ》依レ于二海邊一[2]《ウミへニよリキ》。乃《スナハチ》取二其櫛一《そのクシヲトリテ》、作二御《ミ》陵一《ハカヲツクリテ》而治置《ヲサめオキキ》也。

自レ其《そこヨリ》入幸《イリイデマシテ》、悉《ことごと》言二向《ことムけ》荒夫琉蝦夷等一《アラブルエミシどもヲ》、亦《マタ》平二和山河荒神《ヤマカハのアラブルカみ》等一《どもヲヤハシテ》而、還上幸《カヘリのボリイデマシシとキニ》時、到二足柄之坂本一《アシガラのサカもとニイタリテ》、於レ食二御粮一[3]《ミカレヒヲスとところニ》處、其坂神《そのサカの》化二白鹿一《シロキカニナリテ》而来立《キタチキ》。尓《シカシテ》即《スナハチ》、以二其咋遺[4]之蒜片端一《そのクヒのこシタマヘルヒルのカタハシもチテ》、待《マチ》打者《ウチタマヘバ》、中二其目一[5]《そのめニアタル》乃《スナハチ》打殺[6]也《ウチころサイキ》。故《カレ》、登二立其坂一《そのサカニのボリタチテ》、三歎[7]《ミタビナげカシテ》詔云「阿豆麻波夜《アヅマハヤ》(吾妻)。自レ阿下五字以レ音也。」《とのラシキ》。故《カレ》、号二其國一《そのクニヲナヅけテ》謂二阿豆麻一也《アヅマとイフ》。

即《スナハチ》、自二其國一越《そのクニヨリコイテ》出二甲斐一《カひニイデマシテ》、坐二酒折宮一*《サカヲリのミヤニイマシシ》*之時《とキニ》、歌曰《ウタヒタマヒシク》、

迩比婆理《ニヒバリ》(新 治)・都久波袁須疑弖《ツクハヲスぎテ》(筑 波 過)、伊久用加泥都流《イクヨカネツル》(幾 夜 寝)。

尓《シカシテ》、其御火焼之老人《そのミひタキのオキナ》、續二御歌一[8]《ミウタニツギテ》以歌曰《ウタヒシク》、

后(卜系)―右

之(卜系)―「之之」トアリ、小字分注トセリ

蝦(寛以下)―瑕

宮之(底ニヨル)―官云(卜系)

袁(延・訓)―赤

之(卜系)―云

迦賀那倍弖《カガナベテ》(日々並)、用迩波許〻能用《ヨニハここのヨ》(夜九夜)、比迩波登•袁加袁《ヒニハとヲカヲ》(日十日)。

是以《ここヲもチテ》、譽二其老人一《そのオキナヲホめテ》、即《スナハチ》給二東國造一也《アヅマのクニのミヤツコヲタマヒキ》。自二其國一《そのクニヨリ》越二科野國一《シナノのクニニコイテ》、乃《スナハチ》言二向科野之坂《シナノのサカの》神一《ヲことむけテ》而、還二来尾《ヲ》張國一《ハリのクニニカヘリキテ》、入二坐先日所レ期《サキのヒニチギリタマヒシ》美夜受比賣之許一《ミヤズヒメガリイリマシキ》[1]。於レ是《ここニ》、獻二大御食一《オホミけヲタテマツリシ》之時《とキニ》、其美夜受比賣《そのミヤズヒメ》、捧二大御酒盞一《オホミサカヅキヲササげテ》以獻《テタテマツリキ》。尒《シカシテ》、美夜受比賣《ミヤズヒメ》、其《その》[2]、於二意須比之襴一《オスヒのスソニ》(襲)、意須比三字以レ音。著二月經一《サハリツキテアリ》[3]。故《カレ》、見二其月經一《そのサハリヲミテ》、御歌曰《ミウタよミシタマヒシク》、

比佐迦多能《ヒサカタの》 阿米能迦具夜麻《アめのカグヤマ》(天香久山)、斗迦麻迩《トカマニ》[4](利喧) 佐和多流久毘《サワタルクビ》(渡[5]鵠)、比波《ヒハ》(弱
煩曽《ボそ》(細) 多和夜賀比那袁《タワヤガヒナヲ》(撓腕) 麻迦牟登波《マカムとハ》(枕) 阿礼波須礼•杼《アレハスレど》(我)、佐泥牟登《サネムと》(寝)
波《ハ》 阿礼波意母閇•杼《アレハオもヘど》(我思)、那賀祁勢流《ナガケセル》(汝著) 意須比能須蘊迩《オスヒのスソニ》(襲襴) 都紀多知《ツきタチ》(月立)
迩祁理《ニケリ》。

尒《シカシテ》、美夜受比賣《ミヤズヒメ》、答二御歌一《ミウタニこタヘイヒシク》曰、

多迦比•迦•流《タカヒカル》(高光) 比能美古《ヒのミコ》(日御子)。夜須美斯志《ヤスミシシ》[6](八隅知) 和賀意富岐美《ワガオホキミ》(我大君)。阿良多麻《アラタマ》(改)

袁(卜系)—赤

須(延・訓)—酒

杼(延・訓)—梯

迦流(延・訓)—流迦

二六

1 延之許ニ 訓ノモトニ 思がり
○「之許」は従来ノモトニと訓んだが、思の「がり」に従う。がりは万葉にも「梅の花君之許(がり)遣らば」(一六四二)の表記例がある。「処(が)在り」の音縮約。‖美夜受比売それに対して、モトの場合は、二八・五四・六七・一五二・一九二頁に「御所」と表記し、尊貴者に用いている。

2 兼其ノ 訓ソレ
○感動詞のソレではない(井手至「憶良の用語『それ』と『また』」『万葉』二六号)。ここは現場指示の「其、―」と一息入れる例の用法で、文脈指示なら「於二其―一」の措辞となっているはず。

3 延ツキ 訓サハリノモノ 校ツキノサハリ
○和名抄に「月水、俗云二佐波利一」とあり、図書寮本名義抄にもそうあるので、サハリと訓むのがよく、ツキノサハリは少し後れる(粕谷興紀説)。

二七

4 トカマにを記伝「利鎌に」としたが「鋭喧に」説(宮嶋弘「古事記の『ひさかたの天の香具山』の歌の解」『立命館文学』六五号)による。鋭くやかましくの意。

5 クビはククヒのこと。新撰字鏡に「久々比、又古比」とあり、古比はコビであるから、ククヒはクビともコビとも言ったわけ。

6 ↓一九八頁3
1 ↓一七六頁3

二八

2 タタナムヨは「立たらむよ」のラがナに変化したもの

能《の》登《と》斯《シ》賀《ガ》岐《キ》布《フ》礼《レ》婆《バ》（年尽）　阿《ア》良《ラ》多《タ》麻《マ》能《の》（改）　都《ツ》紀《き》波《ハ》岐《キ》閇《ヘ》由《ユ》久《ク》。（月[1]尽行）　宇《ウ》倍《ベ》那《ナ》。（諾）

宇《ウ》倍《ベ》那《ナ》。（諾）　*宇《ウ》*倍《ベ》*那《ナ》。（諾）　岐《キ》美《ミ》麻《マ》知《チ》賀《ガ》多《タ》迩《ニ》（君待難）　和《ワ》賀《ガ》祁《ケ》勢《セ》流《ル》（我著）　意《オ》須《ス》比《ヒ》能《の》須《ス》蘓《ソ》（襲欄）

尒《ニ》都《ツ》紀《き》多《タ》ゝ《タ》那《ナ》牟《ム》余《よ》。（月[2]立）

故尒《カレシカシテ》、[3]御合《ミアヒマシ》而《テ》、以㆓其《その》御刀《ミハカシ》之《の》草那藝《クサナギ》釼《のツルギもチテ》㆒、置㆓其《その》美夜受比賣《ミヤズヒメ》之《ガ》許《リニ》㆒而《オキテ》、取㆓伊服岐《イブキ》能山《のヤマ》之《の》神《ヲトリニ》㆒幸行《イデマシキ》。

於㆑是《ここニ》、詔《のラシシク》、「玆山《このヤマの》神者《ハ》、[4]徒手《ムナデニ》直取《タダニトリテム》。」而《とのラシテ》、騰㆓其山《そのヤマニのボリマシシ》㆒之

時《とキニ》、[5]白猪《シロキヰ》逢㆓于山邊《ヤマのへニアヘリ》㆒。其大《そのオホキサ》如㆑牛《ウシのごとシ》。尒《シカシテ》、為㆓言擧《ことアげシテ》㆒而詔《のラシシク》、

「是《この》化㆓白猪《シロキヰ》㆒者《ニナレルハ》、其《その》神之使者《のツカヒニアラム》。[6]雖㆓今《イマ》不㆒㆑殺《ころサズとも》、還時《カヘラムとキニ》将㆑殺《ころサム》。」

而《とのラシテ》騰坐《のボリイマシキ》。於㆑是《ここニ》、零㆓[7]大氷雨《オホヒサめ》㆒《ヲフラシテ》、打㆓*或倭建命《ヤマとタケルのミことヲウチマトハシマツリキ》㆒。

此化㆓白猪㆒者《このナレルシロキヰニハ》、非㆓其《アラズテその》神之使者《のツカヒニ》㆒、當㆓《リシヲ》其神之正身《のムザネニ》㆒。因㆓言擧《よリテことアげニ》㆒見《イツル》㆑或也《マトハサぞ》。　故《カレ》、還下《カヘリオリ》坐之《イマシテ》、到㆓玉倉部《タマクラべ》之《の》清泉《シミヅニイタリ》㆒、

以息坐之時《テイこヒイマシシとキニ》、御心《ミこころ》[8]稍寤《ヤクヤクサめマシキ》。　故《カレ》号㆓其清泉《そのシミヅヲナヅけテ》㆒、謂㆓[9]*居*寤《ヰサめの》清泉《シミヅ》㆒也《とイフ》。

自㆓其處《そこヨリ》㆒發《タタシテ》、到㆓當藝野《タギノ》上《のへニイタリマシシ》㆒之時《とキニ》、詔者《のラシシク》、「吾心《アガこころ》、恒《ツネニ》念㆓自㆑

虚《ソラヨリ》翔行《カけリユカムとオもヒキ》㆒。然《シカアルニ》、今吾足《イマアガアシ》不㆓得歩《エアユマズ》㆒、成㆓當藝*當*藝斯玖《タギタギシクナリヌ》㆒。（凸凹）

都紀波（卜系、但シ、曼以下ハ「都紀婆」トアリ）―紀都
宇倍那（諸本ニヨル）―ナシ（延・訓）
御（卜系）―ナシ
山（延・訓）―ナシ
化（卜系）―紀
白（卜系）―日
而（卜系）―ナシ
或（諸本ニヨル）―惑（延・訓）
或（卜系）―惑
「或」は「惑」の古字。三一一頁の脚注参照。
居寤（諸本ニヨル）―寤居（寛・延）
念（底右傍書）―兪
當藝（底ニヨル）―ナシ（卜系）
玖（国古）―形

（阪倉篤義「『古代歌謡集』読後覚え書」『万葉』二二六号）。ラは完了の助動詞。
3 [兼]ミアハセシテ　[訓]ミアヒマシテ　[国]みあひしまして
○↓六五頁2
4 [兼]タムナテ　[訓]ムナデニ　[朝]ただてに
○タダテは他人を介さないで直接にの意。従って次の「直（タダ）」と重なる。ここはムナデ。神代紀「空（ムナ）手」天武紀「徒手（ムナテ）」等の例あり。
5 [兼]シラヰヤマヘタニアフ　[訓]ヤマノベニシロキヰ（シロヰ）アヘリ
○原文の順通り訓むことについては↓二九頁1。「白猪」はシロヰよりもシロキヰと連体形で訓む方がよいと思う。一三三頁「白鹿」もシロキカと訓んだ。また遇った相手を主語にした表現。

伊服岐の山の神

6 [兼]ツカヒカ　[延]ツカヒナラン　[訓]ツカヒモノニコソアラメ　[岩]つかひぞ
○「使者」でツカヒと訓む。
7 [延]オホキナルヒサメ　[訓]オホヒサメ　[桜]ヒサめ
○原文「大氷雨」とあり、一八五頁にも例がある。これはやはり和名抄「雨氷、比左女」とある雹（ひょう）かみぞれと考えるのがよい。同じく和名抄「大雨、比左女」とは別。そこでオホヒサめ、と訓む。

尾津の前の一つ松

8 ↓四六頁10
9 [延]サメカヰノシミヅ　[訓]ヰサメノシミヅ
○「清水」はシミミヅでシミヅ。

自當《タ》下六字以音。*」。故《カレ》、号其地《そこヲナヅけテ》謂當藝《タギとイフ》也。自其地《そこヨリ》差少《ヤヤスコシ》幸行《イデマスニ》、
・因[1]甚疲《イタクツカレマセルニよりテ》 衝御杖《ミツエヲツキテ》 [2]稍歩《ヤクヤクアユミマシキ》。故《カレ》、号其地《そこヲナヅけテ》謂杖《ツエ》
衝坂《ツキサカとイフ》也。到坐尾津前一松之許《ヲツのサキのヒとツマツ[3]ガリイタリイマシシニ》、 先《サキニ》御食《ミヲシシタマヒシ》*之時《とキニ》、所
忘其地《そこニワスラシシ》御刀《ミハカシ》、不失《ウセズテ》猶有《ナホアリキ》。尒《シカシテ》、御歌《ミウタよミシタマヒシク》曰、

二九

袁波理迩《ヲハリニ》(尾張) 多陁迩牟迦弊流《タダニムカヘル》(直向)、袁都能佐岐那流《ヲツのサキナル》(尾津崎) 比登都麻都《ヒとツマツ》(一松)。阿
(吾兄)
勢袁《セヲ》。比登都麻都《ヒとツマツ》(一松) 比登迩阿理勢婆《ヒとニアリセバ》(人)* 多知波氣麻斯袁《タチハけマシヲ》(太刀4佩)・ 岐奴岐《キヌキ》(衣著)
勢麻斯袁《セマシヲ》。比登都麻都《ヒとツマツ》(一松)。阿勢袁《アセヲ》。

自其地《そこヨリイデマシテ》幸、到三重村《ミへのムラニイタリマシシ》之時《とキニ》、亦《マタ》詔之《のラシシク》*、「吾足《アガアシハ》如三重《ミへの》
勾《[5]マガリのごとクシテ》而、甚疲《イタクツカレタリ》。」。故《カレ》、号其地《そこヲナヅけテ》謂三重《ミへとイフ》。自其《そこヨリ》幸行《イデマシ》
而《テ》、到能煩野《のボノニイタリマシシ》之時《とキニ》、思國《[6]クニヲシノヒテ》以歌《ウタヒタマヒシク》曰、

三〇

夜麻登波《ヤマとハ》(倭) 久尓能麻本呂婆《クニのマホろバ》(国 7真秀)。多ゝ那豆久《タタナツク》(畳付) 阿袁加岐《アヲカキ》(8青垣) 夜麻碁母《ヤマごも》(山隠)
礼流《レル》 夜麻登志宇流波斯《ヤマとシウルハシ》(倭 愛)。

又、歌曰《ウタヒタマヒシク》、

六(底ニヨル)—二(下系)、三(延・訓・校訂)
因(訓)—固
之(底ニヨル)—ナシ(下系)
弊(底ニヨル)—幣(下系)
袁(下系)—袁袁
之(諸本ニヨル)—云(延)

○1[訓]イタク [校]ハナハダ [岩]いと
○イタクは動詞を修飾する情態副詞、イトは形容詞を修飾する程度副詞、イタは両者の機能を兼ねるもののよう(阪倉篤義「反語について」『万葉』二一号)。この原則によって訓めばイタク。
2[兼]シツカニ [訓]ヤ、〳〵ニ [角]ややに [思]ややく
○↓四六頁10
3↓一三四頁1
4「波気」の「気」は乙類の仮名なので、このハクは下二段活用。このように四段と下二段との二つの活用をもつ動詞において、下二段は使役の意味(これが今の例)と受身の意味(五九頁、四番歌の「引け鳥」)となることがある。
5[延]マガル如ニシテ [訓]マガリナシテ [校]マガリノゴトクニシテ [国]まがりの如くして [朝]わなして
○「如」をナシテと訓むのは誤り。マガリはマガリ餅(新撰字鏡・和名抄)で、ナスの形しかない。マガリはねじり曲げ、それを三つ重ねにした餅である。

‖思国歌

6シノフは慕う・思う・賞美する意で四段。シのブは忍耐する意で下二段。シノ(甲)フ(清音)・シの(乙)ブ(濁音)というように語形にも差がある。
7マ(真)ホ(高い処)ろ・バ(ともに情態性の接尾語)。
8「青垣山、籠れる」ではなく、「青垣、山籠れる」である。「碁」が濁音仮名だからである。

1 ウズは髪飾り。推古紀「髻華」の訓注にウズとある。生命力を得る呪術の一種。
2 この「思国歌」はクニヲシノフウタと訓まずにクニシノヒウタという歌曲名として体言的に訓むのがよい。
3 「岐」は本来キの清音仮名であるが、ここのようにギに用いることもある。その訓分けは語による。「和岐幣」(ワギへ)「淤岐斯」(オキシ)「都流岐」(ツルギ)の如し。
4 これまで「浸田」と解されていたが、湿田に野老は生えない。そこで、名義抄に「脇、ナヅキ」とあるので、御陵の傍らの田と考える(土橋寛『古代歌謡全注釈・古事記編』)。
5 [延]ミナキシ歌為リテ曰ク [訓]ミネナカシツヽ、ウタヒタマハク [校]ミネタテマツリテウタ為シテイハク [岩]なきまして(哭為)うたひたまひしく(歌曰) [朝]哭き、うたよみ(為歌)して曰く
○「為」はその下が動詞であることを示す字。↓四七頁10

三一

伊能知能《イのチの》(命) 麻多祁牟比登波《マタケムヒとハ》(全 人)、 多々美許母《タタミこも》(畳 薦) *弊具理能夜麻能《ヘグリのヤマの》(平群 山) 久《ク》
麻加志賀波袁《マカシガハヲ》(熊白檮 葉) 宇受尒佐勢《ウズニサセ》[1](髻華 挿)。 曽能古《そのコ》(其 子)。

弊(底ニヨル)—幣(底傍書、又、卜系)

三二

此歌者《このウタハ》、思レ國歌也《クニシノヒウタぞ》[2]。又、歌曰《ウタヒタマヒシク》、
波斯祁夜斯《ハシケヤシ》(愛) 和岐幣能迦多用《ワギへのカタヨ》[3](我家 方) 久毛韋多知久母《クモヰタチクも》(雲居立 来)。
此者片歌也《こハカタウタぞ》。此時《このとキニ》御病甚急《ミヤマヒイとニハカニナリヌ》。尒《シカシテ》、御歌曰《ミウタよミシタマヒシク》、
袁登賣能《ヲとメの》(嬢子) 登許能弁尒《とこのベニ》(床 辺) 和賀淤岐斯《ワガオキシ》(我 置) 都流岐能多知《ツルギのタチ》(劒 太刀)。 曽能多知《そのタチ》(其 太刀)
波夜《ハヤ》。
歌竟即崩《ウタヒヲフルスナハチカムアガリマシキ》。尒《シカシテ》、貢二上驛使一《ハユマヅカヒヲタテマツリキ》。

三三

〓白鳥の御陵

於レ是《ここニ》、坐レ倭后等《ヤマとニイマスキサキタチ》及御子等《とミコタチ》、諸《もろもろ》下到而《クダリイタリテ》、作二御陵一《ミハカヲツクリ》、即《スナハチ》
・匍二匐廻《ニハヒもとホリ》其地之那豆岐田一《そこのナヅキタ》[4](傍) 自レ那下三字以レ音。而《テ》、哭《ナキテ》[5] 為レ歌曰《ウタよミシタマヒシク》、
那豆岐能多能《ナヅキのタの》(傍 田) 伊那賀良迩《イナガラニ》(稲 幹) 伊那賀良尒《イナガラニ》 波比母登富呂布《ハヒもとホろフ》(這 廻) 登《と》
許呂豆良《ころヅラ》(野老蔓)。

三四

於レ是《ここニ》、化二八尋白智鳥一《ヤヒろシロチとリニナリテ》、翔レ天《アめニカけリテ》 而向レ濱《ハマニムキテ》 飛行《とビイデマシキ》。智《チ》字以レ音。尒《シカシテ》、

匍(延・訓)—制

其后《そのキサキと》及御子等《ミコタチ》、於㆓其小竹之苅杙《そのシノのカリクヒニ》㆒、雖㆓足跰破《アシキリヤブレども》㆒、1 忘㆓其痛《そのイタキヲワスレ》㆒以《テ》
哭追《ナキオハシキ》。此時歌曰《このとキニウタヒタマヒシク》、
阿佐士怒波良《アサジノハラ》（浅 小竹 原） 許斯那豆牟《コシナヅム》（腰 渋）。 蘊良波由賀受《ソラハユカズ》（空 行）2 阿斯用由久那《アシヨユクナ》（足 行）。
又、入㆓其海塩《そのウシホニイリテ》㆒而、那豆美《ナヅミ》（難渋） 此三字以レ音。 行時《イマシシとキニ》、歌曰《ウタヒタマヒシク》、
宇美賀由氣婆《ウミガユけバ》（海 処 行） 許斯那豆牟《コシナヅム》（腰 渋）。 意富迦波良能《オホカハラの》（大 河 3原） 宇恵具佐《ウヱグサ》（植 草） 宇美賀《ウミガ》（海処）
波伊佐用布《ハイサヨフ》。
又、飛《とビテ》居㆓其礒《そのイソニイマシシ》㆒之時《とキニ》、歌曰《ウタヒタマヒシク》、
波麻都知登理《ハマツチとリ》（浜 千鳥） 波麻用波由迦受《ハマヨハユカズ》（浜 行） 伊蘊豆多布《イソヅタフ》（礒 伝）。
是四歌者《このよツのウタハ》、皆《みナ》歌㆓其御葬《そのミハブリニウタヒキ》㆒也。4 故《カレ》、至レ今《イマニイタルマデ》、其歌者《そのウタハ》、歌㆓天皇之大御葬《のオホミハブリニウタフぞ》㆒也。故《カレ》、自㆓其國《そのクニヨリ》㆒飛翔行《とビカけリユキテ》、留㆓河内國之志幾《カフチのクニのシきニとどマリマシキ》㆒。故《カレ》、於㆓其地《そこニ》㆒作㆓御陵《ミハカヲツクリテシヅマリイマサシめキ》㆒鎮坐也。即《スナハチ》号㆓其御陵《そのミハカヲナヅけテ》㆒、謂㆓白鳥御陵《シラとリのミサザキとイフ》㆒也。然《シカアルニ》亦《マタ》自㆓其地《そこヨリ》㆒更《サラニ》翔レ天《アめニカけリ》以《テ》飛行《とビイデマシキ》。凡《スベテ》此倭建命《このヤマとタケルのミこと》、平レ國《クニヲタヒラげニ》廻行《めグリイデマシシ》之時《とキニ》、久米直《クめのアタヒ》之祖《ガオヤ》、名《ナハ》七拳脛《ナナツカハギ》、

三五
1「跰」は尓雅、釈言に「跰、刖也」とあり、その郭璞注に「断足也」とある。足切る意だが、元来刑の一種の名である「跰」を用いているのは、実刑ではないもののそれに匹敵する苦痛を表わす意味をもたせているのであろう。

三六
2「賀」をカに用いている。三七番の「由迦受」と比較し、且つユクという語としても、ユカズと訓まなくてはならない。それで、注五九頁1で、古事記が清音語を濁音化することの多いことを指摘しておいたがここはそう見ずに清濁両用字としての観点から「賀」をカと訓むことにする。

三七
3底本に「迦婆良」とある。「婆」は清濁両用だから、強いて改訂しなくてもよいという考えも成立つであろう。本書では、諸本を比較して、まず穏当な文字（ここでは卜系の「波」）があればそれにより改訂をする。もし諸本一致して異同がなければ、そこで初めて清濁違例かどうかを考えるという方針をとっている。

4 延ホフムリ 訓ハブリ
○一八六頁（八五番歌）の「波夫良婆」によって、ハブルの語形とする。名義抄「殯」にハブルと濁点がある。本来「放ち遣る」意の分化したものであろう。ハフル（屠）とは語源が異なる。

其（卜系）—是
追（卜系）—退
阿（卜系）—ナシ
波（卜系）—婆
波（卜系）—ナシ
拳（底右傍書）—奉

1[訓]ワカタケノミコ　[角]わかたけるの王
○「建」は接頭語的の時はタケーであるが、それで終る時はタケルと訓む。↓一一七頁1
2天皇もしくはそれに準ずる人、ここでは倭建命の、或る妻であるから、ミメと訓む。↓一二五頁4
3[兼]タケへ　[校]タケルべ
○「建」については注1。
4[訓]イヨ(伊勢)　[校]イセ(伊勢)
○記伝は「伊予之別君」の誤りとするが、今は諸本による。
5[兼]ツカサノヲム(官首)　[訓]ミヤヂノワケ(官首)　[桜]ミヤヂ(宮首)
○記伝は「宮道」の誤字としたが、その通り「官」は「宮」の誤字であろう。しかし「首」は「道」の誤りではなく、省文と考え、「宮首」の文字でミヤヂと訓む[桜]がよかろう。ミヤヂとすれば、和名抄の「参河国宝飫郡宮道郷」に当るか。[思]では、紀の「宮道阿弥陀」を一本には「宮首阿弥陀」に作ることを挙げているから、省文の例はある。
6[兼]ヲツノイハ代　[延]ヲヅ石代　[訓]ヲツノキミ。イハシロ　[岩]小津石代
○参河国額田郡麻津(をづ)郷(正倉院文書、某年勘籍歴名)の小地名石代で、[兼]の訓が可か。
7[兼]スカタ　[訓]フキタ(記伝、揮田か)　[校]ハカダ(漠田)　[角]なすきた(漁田)　[桜]イザリタ(漁田)
○スキタ(尾崎知光「漁田之別私案」『古事記年報』三四)

系譜

恒《ツネニ》為二膳夫《カシハテとシテ》一以従仕奉《シタガヒツカヘマツリキ》也。
此《この》倭建命《ヤマとタケルのミこと》、娶二伊玖米《イクめの》天皇之女《のムスメ》、布多遅能伊理毗賣命《フタヂのイリビメのミことヲメトリテ》一、
自レ布《フ》下八字以レ音。生《ウミタマヒシ》御子《ミコ》、帯中津日子命《タラシナカツヒコのミこと》。一柱 又娶二其《その》入レ海弟《ウミニイリマシシオと》
橘《タチバナ》比賣《ヒメ》命《のミことヲメトリテウミタマヒシ》一、生御子《ミコ》、[1]若建王《ワカタケルのオホキミ》。一柱 又娶二近淡海《チカツアフミ》之安《のヤスの》
國造《クニのミヤツコ》之祖《ガオヤ》、意富多牟和氣《オホタムワけ》之女《ガムスメ》、布多遅比賣《フタヂヒメ》一、生《ヲメトリテウミタマヒシ》御子《ミコ》、稲《イナ》
依別王《よりワけのオホキミ》。一柱 又娶二吉備臣建日子《キびのオミタケヒコ》之妹《ガイモ》、大吉備建比賣《オホキびタけヒメ》一、生《ヲメトリテウミタマ》
御子《ヒシミコ》、建貝兒王《タケカヒゴのオホキミ》。一柱 又娶二山代之玖玖麻毛理比賣《ヤマシろのククマモリヒメ》一、生《ヲメトリテウミタマヒシ》
御子《ミコ》、足鏡別王《アシカガミワけのオホキミ》。一柱 又[2]一妻之子《アルミメのコ》、息長田別王《オキナガタワけのオホキミ》。凡是倭《オホよそここのヤマと》
建命《タケルのミこと》之御子等《のミコタチ》、并《アハセテ》六柱《ムハシラぞ》。故《カレ》、帯中津日子命《タラシナカツヒコのミこと》者《ハ》、治二天下《アめのシタヲサ》一
也《めタマヒキ》。次《ニ》稲依別王《イナよりワけのオホキミ》者《ハ》、犬上君《イヌカミのキミ》・[3]建部《タケルべの》君等之祖《ラガオヤぞ》。次《ニ》建貝兒王《タケカヒゴのオホキミ》者《ハ》、讃岐綾《サヌキのアヤの》[4]君・伊勢《イセ》
之別《のワけ》・登袁《とヲ》之別《のワけ》・麻佐《マサの》[5]首《オビと》・**宮首《ミヤヂ》之別《のワけ》等之祖《ガぞ》。足鏡別王《アシカガミワけのオホキミ》者《ハ》、鎌倉《カマクラの》之別・[6]小津《ヲヅの》石代《イハシろの》之別・*[7]次田《スキタ》之別《のワけ》祖也《ガオヤぞ》。次《ニ》
息長田別王《オキナガタワけのオホキミ》之子《のコ》、杙俣長日子王《クヒマタナガヒコのオホキミ》。此王之子《このミコのコ》、飯野《イヒノの》真黒比賣《マグロヒメ》
命《のミこと》。次《ニ》息長《オキナガの》真若中比賣《マワカナカツヒメ》。次《ニ》弟比賣《オとヒメ》。三柱 故《カレ》、上云《カミニイヘル》若建王《ワカタケルのオホキミ》、

伊(卜系)―伴
分注「一注」(卜系)―大字ニテ「柱」トノミアリ
「一柱」上巻ニ準ジテ小字縦書トスル
之(卜系)―云
一柱(底ニヨル)―分注(卜系)
貝(訓)―見
「一柱」上巻ニ準ジテ小字縦書トスル
足(卜系)―是
「一柱」上巻ニ準ジテ小字縦書トスル
麻(卜系)―鹿
宮(底ニヨル)―官(卜系)
首(諸本ニヨル)―道(記伝)
頭注の5を見よ。
次(尾崎知光説)―漁(諸本)
杙(寛以下)―材
三(延・訓)―二

娶㆓飯野《イヒノの》真黒比賣《マグロヒメ》㆒、生《ヲメトリテウミタマヒシ》子《コ》、須賣伊呂《スメイろ》大中《オホナカツ》日子《ヒコ》王《のオホキミ》。自㆑須《ス》至㆑呂《ろ》以㆑音。此王《このミコ》、娶㆓淡海《アフミ》之《の》柴野入杵《シバノイリキ》之女《ガムスメ》、柴野比賣《シバノヒメ》㆒、生《ヲメトリテウミタマヒシ》子《コ》、迦具漏比賣《カグロヒメ》命《のミこと》。故《カレ》、大帯《オホタラシ》日子《ヒコ》天皇《の》、娶㆓此迦具漏比賣《このカグロヒメ》命《のミこと》㆒、生《ヲメトリテウミタマヒシ》子《コ》、大江《オホイ》王《のオホキミ》。・一柱・ 此王《このミコ》、娶㆓庶妹銀《ママイモシロカネ》王《のオホキミ》㆒、生《ヲメトリテウミタマヒシ》子《コ》、大名方《オホナガタ》王《のオホキミ》。次《ニ》大中《オホナカツ》比賣《ヒメ》命《のミこと》。*二柱* 故《カレ》、此《こ》之《の》大中《オホナカツ》比賣《ヒメ》命《のミこと》者《ハ》、香坂《カゴサカ》王《のオホキミ》・忍熊《オシクマ》王《のオホキミ》之《の》御祖《ミオヤ》也《ぞ》。此大帯《このオホタラシ》日子《ヒコ》天皇《の》之御年《のミとシ》、壹佰《モモチアマリ》参拾《ミソチアマリ》漆歳《ナナツぞ》。御陵《ミハカハ》在㆓山邊之道《ヤマのへのミチのへ》上㆒《ニアリ》也。

成務天皇

若帯《ワカタラシ》日子《ヒコ》天皇《のスメラミこと》、坐㆓近淡海《チカツアフミ》之《の》志賀《シガ》高穴穗《のタカアナホ》宮《のミヤニイマシテ》㆒、治㆓天下《アめのシタヲサめ》㆒也《タマヒキ》。此《この》天皇、娶㆓穗積《ホヅミ》臣《のオミ》等《ラ》之祖《ガオヤ》、建忍山垂根《タケオシヤマタリネ》之女《ガムスメ》、名《ナハ》弟財郎《オとタカラのイラ》女《ツメ》㆒、生《ヲメトリテウミタマヒシ》御子《ミコ》、和訶奴氣《ワカヌけ》王《のオホキミ》。*一柱* 故《カレ》、建内《タケウチの》宿祢《スクネ》為《ヲ》㆓大臣《オホオミとシテ》㆒、定㆓賜大國《オホクニ》・小國《ヲクニ》之國《のクニの》造《ミヤツコヲサダめタマヒマタ》㆒、亦定㆓賜國々《クニグニ》之《の》堺《サカヒ》、及《と》大縣《オホアガタ》・小《ヲ》縣《アガタ》之《の》縣主《アガタヌシヲサダめタマヒキ》㆒也。天皇《の》御年《ミとシ》、玖拾《ここのソチアマリイツツぞ》伍歳。*乙卯《きのとのウ》年《のとシの》三月《ヤヨヒのとヲカ》十五日《アマリイツカニ》崩《カムアガリマシキ》也。[1] 御陵《ミハカハ》在㆓沙紀之多他那美《サきのタタナミ》㆒《ニアリ》也。

「一柱」上巻ニ準ジテ小字縦書トスル

二柱（底ニヨル）—分注（卜系）

一柱（底ニヨル）—分注（卜系）

及（卜系）—反

崩御年月日（諸本ニヨル）—ナシ（延・訓）
一一五頁の頭注の1を見よ。

1 干支の訓法については、例えば「きのイネ」「きのとのウシ」の如く、弟(と)の場合に「の」を入れて訓むが、兄(イ)の場合には「の」を入れない(林勉説)。
さて、この乙卯年は西暦三五五年に比定できると思う。

仲哀天皇

后妃と皇子女

帯中日子天皇《タラシナカツヒコのスメラミこと》、坐二穴門之豊浦宮《アナトのとよラのミヤ》及《と》筑紫訶志比宮一《ツクシのカシヒのミヤニイマシテ》、治二天下一也《アめのシタヲサめタマヒキ》。此《この》天皇、娶二大江王《オホイのオホキミ》之女《のムスメ》、大中津比賣命一《オホナカツヒメのミことヲ》、生《メトリテウミタマヒシ》御子《ミコ》、香坂王《カゴサカのオホキミ》・忍熊王《オシクマのオホキミ》。二柱 又娶二息長帯比賣命一《オキナガタラシヒメのミこと》、是大后《ヲメトリテこハオホキサキぞ》。生《ウミタマヒシ》御子《ミコ》、品夜和氣命《ホムヤワけのミこと》。次《ニ》大鞆和氣命《オホともワけのミこと》。亦《の》名品陁和氣命《ハホムダワけのミこと》。二柱 此太子之御名《このヒツギのミコのミナ》、所三以負二大鞆和氣命一《オホともワけのミこととオホ》者《セルユヱハ》、初[1]《ハジめ》所レ生《ウマレマシシとキニ》時、如レ鞆《とものごとキシシ》完生二御腕一《ミタダムキニナリキ》。故《カレ》、著二其御《そのミ》名一《ナニツけマツリキ》。是以《ここヲもチテ》、知下坐二腹*中一[2]《ハラヌチニイマシテクニヲシラシメシキ》*國上也。此之御世《このミよニ》、定二淡道之《アハヂの》屯家一也《ミヤけヲサダめタマヒキ》。

仲哀天皇崩御と神託

其大后《そのオホキサキ》息長帯日賣命《オキナガタラシヒメのミことハ》者、當時[3]《そのカミ》歸レ神[4]《カみよリマシキ》。故《カレ》、天皇坐二筑紫之訶《ツクシのカ》志比宮一《シヒのミヤニイマシテ》、将レ撃二熊曽國一《クマそのクニヲウタムとシタマヒシ》之時《とキニ》、天皇控二御琴一《ミことヲヒカシテ》而、建内宿祢大臣《タケウチのスクネのオホオミ》居レ於二沙庭一《サニハニヰテ》、請二神之命一《カみのミことヲこヒキ》。於レ是《ここニ》、大后《オホキサキ》歸レ神《カみ》、言教覺《よリマシテことヲシヘサトシテ》詔者《のラシシク》、「西方《ニシのカタニ》有レ國《クニアリ》。金《クガネ》・銀《シロカネヲ》為レ本[5]《ハジめとシテ》、*目之《めの》炎耀《カカヤク》、種々《クサグサの》*珎[6]寳《タカラ》、多《サハニ》在二其國一《そのクニニアリ》。吾今《ワレイマ》歸二賜其國一《そのクニヲよセタマハム》」。尒《シカシテ》、天

1 兼 初テ　訓 ハジメ

2 兼 ミハラニマシヽヨリミクニヲサメ玉ムコトシル　延 ミハラノ中ニイマシヽヨリ国知シメサント知ル（知坐二腹中一知レ国也）　訓 ミハラヌチニマシ〳〵テクニサダメタマヘリシコトシラエタリ（知坐腹中定国也）　校 ミハラニマシマシテクニサダメ玉フコトシラレタリ（知二坐レ腹定レ国也）　角 腹ぬちにましまして国知らしめき　岩 腹に坐して国にあたりたまひしを知りぬ　朝 はらぬちに国をしらしましき　白 腹の中の国に坐ししを知りぬ

○角 の訓が妥当。次頁の神託（坐二汝命御腹一之御子、所レ知国者也）と、「胎中誉田天皇」（継体紀六年十二月）とによって訓む。

3 訓 ソノカミ　校 ソノトキ

○↓一九〇頁1

4 兼 カムニオモムキ玉フ　訓 カミヨリタマヘリキ　国 かむがかりして　角 神よせしたまひき　岩 神をよせたまひき

○「帰レ神」とあるが、結果的にカミヨルと自動詞に訓めばよい。神が依ることを「帰レ神」と表記しているわけで、それは例えば三五頁の「生二蒲子一」と表記しナリキと訓むが如しである。

5 延 モトヽ為　訓 ハジメテ　校 ハジメトシテ

6 延 タカラ　角 うづたから　岩 めづらしき宝　朝 ちんぱう

○珎も宝もともにタカラ。連文。

「二柱」上巻ニ準ジテ小字縦書トスル

是大后（諸本）―分注（岩古）　大（猪）―太

中（諸本ニヨル）―ナシ（校訂）

國（諸本ニヨル）―知國（延）、定國（訓）

大（訓）―太

目（底ニヨル）―日（卜系）

珎（諸本ニヨル）―珍（延以下）

「歸…國」（卜系）―ナシ

皇《の》答白《こタヘマヲシタマヒシク》、「登二高地一《タカキところニのボリテ》見二西方一《ニシのカタヲミレ》者《バ》、不レ見二國土一《クニハミイズ》、
唯《タダ》[1]有二大海一《オホウミのみアリ》」。謂二為レ詐神一《イツハリヲナスカみとオもホシテ》而、押二退御琴一《ミことヲオシそけテ》不レ控《ヒキタマ》、
黙坐《ハズモダシイマシキ》。尒《シカシテ》、其神《そのカみ》大忿《イタクイカリテ》詔《のラシシク》、「凡《スベテ》茲天下《このアめのシタ》者《ハ》、汝《イマシの》非二應レ・知《シラスベキ》
國一《クニニアラズ》。汝《イマシ》者《ハ》向二一道一《ヒとミチニムカヒマセ》」。於レ是《ここニ》、建内宿祢《タケウチのスクネ》大臣《のオホオミ》白《ガマヲシシク》、「恐《カシコシ》。
我天皇《ワガスメラミこと》。猶《ナホ》阿二蘓婆勢其大御琴一《そのオホミことヲアソバセ》（弾奏）」。自レ阿《ア》至レ勢《セ》以レ音。尒《シカシテ》、稍《ヤクヤク》取二依其《その》
御琴一《ミことヲトリよセ》而《テ》、那摩那摩迩《ナマナマニ》（不精）此五字以レ音。控坐《ヒキイマシキ》。故《カレ》、未二幾久一《イマダイクビササもアラズ》[2]而《テ》、不レ聞二
御琴之音一《ミことのオとキこイズキ》。即《スナハチ》擧レ火《ひヲアげテ》見者《ミレバ》、既崩[3]訖《スデニカムアガリマシヌ》[4]。尒《シカシテ》、驚懼《オどろキオヂ》
而《テ》、坐二殯宮一《アラキのミヤニイマセマツリテ》、更《サラニ》取二國之大奴佐一《クニのオホヌサヲトリテ》（幣帛）而、奴佐《ヌサ》二字以レ音。種二〻求生剥《イけハギ》[5]
・逆剥《サカハギ》・阿離《アハナチ》・溝埋《ミぞウミ》[6]・屎戸《クソト》[7]・上通下婚《オヤコタハけ》・馬婚《ウマタハけ》・牛婚《ウシタハけ》・鶏婚《とリタハけ》・犬婚《イヌタハけ》之罪《のツミ》
類一《のタグヒヲクサグサマギテ》、為二國之大祓一《クニのオホハラへヲシテ》而、亦建内宿祢《マタタケウチのスクネ》居レ於二沙庭一《サニハニヰテ》、請二・神之《カみの》
命一《ミことヲこヒキ》。於レ是《ここニ》、教覺之状《ヲシへサトシタマフサマ》、具《ツブサニ》如二先日一《サキのヒのごとク》、「凡此國者《スベテこのクニハ》、坐二
汝命御腹一之御子《イマシミことのミハラニイマスミコの》、所レ知國者《シラサムクニ》也《ぞ》」。尒《シカシテ》、建内宿《タケウチのスク》
祢《ネ》、白下「恐《カシコシ》。我大神《ワガオホカミ》。坐二其神腹一之御子《そのカみのハラニイマスミコ》、何子歟上《ハイヅレのコニカ》」、答二《とマヲセバ》

1 延唯オホウミノミ有。イツハリヲナス神トノ玉ヒテ 訓タヾオホウミノミコソアレトマヲシテ、イツハリセスカミトオモホシテ 校タヾオホウミノミアリ。イツハリセルカミトオモホシテ 岩唯大海のみ有り。」とのりたまひていつはりをなす神といひて 朝唯大海のみこそ有れ。いつはりをする神とまをさむ」とて 桜タダオホウミのみアリ。イツハリヲナスカみとオもホシテ
○ここの「謂」は三二頁6や八〇頁5と同じく、オもフと訓む（拙著、二三七頁）。
2 兼イクバク 訓イクダ 思いくひささ
○イクバク・イクダは量・程度に言う。時間は「幾久（いくびささにもあらなくに」（万六六六）の如き表現となる。華厳経音義私記に「久如、伊久比左々安利天可」とあり、名義抄に「久如、イクビササ」と濁音の声点がある。どれほどの長い時間がたったというわけでもないのに、の意。
3 ↓一二八頁1
4 「訖」はヲハリヌと訓む場合と、完了の助動詞ヌと訓む場合とがある。ここは後者。
5 兼イケハキ 訓イキハギ
○生きたままで、の意の時は、下二段の「イけ」を用いる。
6 延ミゾウメ 角みぞうみ
○↓四四頁6
7 訓クソへ 校クシト 桜クソト
○「戸」はトともへとも訓める。従来クソへと訓んでいるが、糞をヒルと解してのことか。それな

大（卜系）―火
知（延・訓）―和

埋（延・訓）―理
屎（卜系）―犀
下（底右傍書ニヨル、即チ「上通下通」トアル下ノ「通」ノ右ニ「御本无之」トアルニヨル）―下通
婚（卜系）―ナシ
之（卜系）―乙

詔「男《ヲのコ》子《ゴ》也《ぞ》。」。《とこタへのラシキ》尒《シカシテ》、・具《ツブサニ》請《こヒシク》之、「今《イマ》如《カ》レ此《ク》言教《ことヲシヘタマフ》之大神《オホカみ》者《ハ》、

欲レ知二其《その》御《ミ》名《ナ》一。」《ヲシラマクホシとこヘバ》、即答詔《こタヘのラシシク》、「是《こハ》天照《アマデラス》大神《オホカみ》之《の》御《ミ》心《こころ》者《ぞ》。亦《マタ》

底《そこツツの》*箇男《ヲ》・中《ナカツツの》*箇男《ヲ》・上《ウハツツの》*箇男《ヲ》、三柱大神《ミハシラのオホカみ》者也《ぞ》。〔此時《このとキニ》其《その》三柱《ミハシラの》大神 [1]・之《の》御《ミ》名《ナ》者《ハ》・顕《アラハレキ》也。〕今《イマ》

寔《マことニ》思《オもホサ》レ求《もとめムと》二其國《そのクニヲ》一者《バ》、於二天神《アマツカみ》地祇《クニツカみ》、亦《マタ》山《ヤマの》神及《と》河海《カハウミ》[2]之《の》

諸《もろもろの》神一《ニ》、悉《ことごと》奉二幣帛《ミテグラヲタテマツリ》一、我《ワ》之《ガ》御魂《ミタマヲ》、坐レ于二船上《フナのヘニイマセテ》一而、真木《マき》

灰《のハヒヲ》納レ瓠《ヒサゴニイレ》、亦《マタ》・箸《ハシ》及《と》比羅傳《ヒラデ》（葉盤）〔此三字以レ音。〕多《サハニ》作《ツクリテ》、皆皆《みナみナ》散二浮大海《オホウミニチラシウけ》一

以《テ》可レ度《ワタリマスベシ》。」。

故《カレ》、備《ツブサニ》如二教覚《ヲシヘサトシタマヒシごとクシテ》一、整レ軍《イクサヲととのへ》雙レ船《フネヲナめテ》、度幸《ワタリイデマシシ》之時《とキニ》、

海原《ウナハラ》之《の》魚《ウヲ》、不レ問二[3]大小《オホキチヒサキヲトハズ》一、悉《ことごと》負二御船《ミフネヲオヒ》一而《テ》渡《ワタリキ》。尒《シカシテ》、順風《オヒカゼ》大《イタク》

起《オこリ》、御船《ミフネ》従レ[4]浪《ナミニシタガヒキ》。故《カレ》、其《その》御船《ミフネ》之《の》波瀾《ナミ》、押二騰新羅《シラき》之《の》國《クニニオシアガリテ》一、

[5]既《スデニ》到二[6]半國《クニのナカラニイタリキ》一。於レ是《ここニ》、其國《その》*[7]王《コニキシ》*[8]畏惶《カシコミテ》奏言《マヲシシク》、「自レ今《イマヨリ》以後《のチ》、随二天

皇命《のミことのマニマニ》一而、為二御馬《ミマ》[9]甘《カヒとシテ》一、[10]毎レ年《とシごとニ》雙レ船《フネヲナめテ》、不レ乾二船腹《フナバラヲホサズ》一、不レ乾二

*柂檝《サヲカヂヲホサズ》一、共二与天地《アめツチのムタ》一、無レ[11]退《タユムことナク》仕奉《ツカヘマツラム》。」。故《カレ》、是以《ここヲもチテ》、新羅《シラき》國《のクニ》者《ハ》、

らそれはフで連用形は「ひ(乙)」であって、へではない。そこで「のりト・ことド」等の接尾語トと考え、クソトと訓むのがよい。

1 [兼]アラハレ給フ [寛]アラハシ玉フ

○分注は漢文体で書かれているので、これを訓むなら自動詞。

2 [訓]ウミカハ [国]かはうみ

○記伝は「河海」を漢語とし、訓は和語としてウミカハと逆に訓めと言う。しかし文字通りに訓む。→二九頁1

3 →八三頁2

4 [延]浪ニ従フ [訓]ナミノマニ〳〵ユキツ

○文字通り訓む。

5 すっかりの意。→三〇頁4

6 [兼]クニナカニ [訓]クニナカラマデ

7 [兼]国ノ王 [延]コキシ [訓]コニキシ(国主) [校]コニキシ(国王)

○コニ・コンは「大」の意。キシは「王」の意。ともに古代朝鮮語。「国王」は「国主」(次頁)とも記した。→一五九頁3

＝神功皇后の新羅征伐

8 [訓]オヂカシコミ [国]かしこみ

○「畏」も「惶」も同義。それで連文として一訓。

9 →一二三頁6

10 [延]年毎ニ [訓]トシノハニ

○文字通り訓む。

11 [訓]トコトハニナク [校]ウツロフフコトナク [角]しぞきなく [岩]やむこと無く [朝]まかることなく [桜]タユムことナク

○仏典語「退転」の「退」

具（卜系）―其
箇（底ニヨル）―筒（寛以下）
之（卜系）―也
顕（卜系）―頭
箸（卜系）―著
王（諸本ニヨル）―主（訓）
惶（底ニヨル）―ナシ（卜系）
柂（底ニヨル）―舵（延・訓）

定御馬甘《ミマカヒとサダめ》、百済《クダラ》國者《のクニハ》、定渡《ワタリの》[1]屯家《ミヤけとサダめタマヒキ》。尓《シカシテ》、以其御杖《そのミツヱヲもチテ》、為國《クニ》[2]守神《マモラスカみとシテ》、衝立新羅《シラき》國主之門《のコニキシのカドニツキタテテ》、即《スナハチ》以墨江《スミのイ》大神之荒御魂《のオホカみのアラミタマヲもチテ》、為國守神而《テ》[3]祭鎮、還渡也《マツリシヅめテカヘリワタリマシキ》。

故《カレ》、其政《そのマツリごと》未竟《イマダヲヘタマハヌ》之間《アヒダニ》、其懐妊《そのハラミマセルガ》臨産《ウマレマサムとシキ》。即《スナハチ》為鎮御《ミ》腹《ハラヲシヅめタマハムとシテ》、取石《イシヲトリテ》[4]以纏御裳之腰《ミモのこシニマカシテ》而、渡竺紫國《ツクシのクニニワタリマシテ》、其御子者阿礼坐《そのミコハアレマシヌ》。(生)阿礼《アレ》二字以音。故《カレ》、号其御子生地《そのミコのウマレマシシところヲナヅけテ》[5]謂宇美《ウミと》也《イフ》。亦《マタ》所纏其御裳《そのミモニマカシシ》之石者《イシハ》、在筑紫國之伊斗村《ツクシのクニのイトのムラニアリ》也。亦到坐筑紫末羅縣之玉嶋里《ツクシのマツラのアガタのタマシマのサトニイタリマシテ》而、御食其河邊《そのカハのヘニミヲシシ》[6]之時《ときニ》、當四月之上旬《ウヅきのハジめのころニアタリキ》[7]。尓《シカシテ》、坐其河中之礒《そのカハナカのイソニイマシテ》、抜取御裳之糸《ミモのイトヲヌキトリ》、以飯粒《イヒボヲもチテ》為餌《エニシテ》、釣其河之年魚《そのカハのアユヲツリタマヒキ》。其河名謂小河《そのカハのナハヲガハと》。亦其礒名謂勝門比賣也《そのイソのナハカチトヒメと》。故《カレ》、四月上旬之時《ウヅきのハジめのころのときニ》[8]、女人《ヲミナ》抜裳糸《モのイトヲヌキ》、以粒《イヒボヲもチテ》為餌《エニシテ》、釣年魚《アユヲツル》、至《こと》于今《イマニイタルマデ》不絶《タイズ》也。

於是《ここニ》、息長帯日賣命《オキナガタラシヒメのミこと》、於倭還上之時《ヤマとニカヘリのボリマスときニ》、因疑人心《ヒとのこころウタガハ》、

1 [兼]ワタリ [訓]ワタ

2 [兼]クニモリノ神 [訓]クニマモリマスカミ [朝]国の守り神 [新]国守らす神

○もし[兼]の如く訓ませるつもりなら「国守之神」とでも表記したであろう。また[訓]の如くであれば「坐」の表記があったろう。この「国守神」は[固]有名詞としての神名ではない。それで「国を守られる神」という意味をそのまま表わす訓として[新]の訓「国守らす神」がよかろう。

鎮懐石と釣魚

3 [兼]シツメマツリテ [延]祭リ鎮メ

○文字通りの順で訓む。

4 この「石」は有名な鎮懐石(万葉山上憶良、八一三〜四)で、イシと訓む。三〇頁の訓注に「川石云伊波、…下效此也」とあるのはそこだけの注。

5 この「生」は下文「宇美」によってウマレマシシと訓む。上文「阿礼」は聖誕の表現。

6 [延]ミヲシスル [訓]ミヲシセス [校]ミヲシ、玉フ [桜]ミヲシシ

○「御+動詞」はミ―マス(ス)で訓む(→六五頁2)が、ヲシは敬語動詞なのでそのままミヲシシと訓む。最後のシは過去の助動詞。

7 [兼]カムノトヲカ [訓]ハジメノコロ [岩]はじめ

8 [兼]カミノトヲカニ [訓]ツキタチノコロ [校]ハジメノコロニ [岩]はじめの時

忍熊王の反逆

1 [兼]モハラソナヘ [訓]ヒトツソナヘテ

竺(意改)—笠。筑(卜系)
「竺」の字体からみて、「竺」の字であったと認める。

斗(延・訓)—計

末(卜系)—未
之時(卜系)—之時之時

餌(卜系)—紺

日(卜系)—白
因(卜系)—固

《シキニよりテ》一二具喪船《モフネヲヒとツそナヘテ》一、[1]御子《ミコヲ》載二其喪船《そのモフネニのセマツリテ》一、先《マヅ》令レ言二漏之
「御《ミ》子《コ》既[2]崩《スデニ[3]カムアガリマシヌとイヒモラサシめタマヒキ》一」。如《カ》レ此上幸《クのボリイデマス》之時《とキニ》、香坂王《カゴサカのオホキミ》・忍《オシ》
熊王《クマのオホキミ》聞而《キキテ》、思レ将二待取《マチトラムとオもヒテ》一、進三出•於二斗賀野《トガノニススミイデテ》一、為二宇氣比《ウけヒ》（誓）
獦《ガリシキ》[4]一也。尒《シカシテ》、香坂王《カゴサカのオホキミ》、騰二坐歴木《クヌギニのボリヰテ》[4]一、而•見《ミルニ》[5]、大[6]怒猪出《オホキナルイカリヰイデテ》、*堀二其《その》
歴木《クヌギヲホリテ》一、即《スナハチ》咋二食其香坂王《そのカゴサカのオホキミヲクヒハミキ》一。其弟《そのイろど》忍熊王《オシクマのオホキミ》、不レ畏二其《その》
•態《ワザヲカシコびズテ》一、興レ軍《イクサヲオこシテ》待向《マチムカへシ》之時《とキニ》、赴二喪船《モフネニオもブキテ》一、将レ•攻二空船《ムナフネヲせめムと》[7]一。
尒《シカシテ》、自二其喪船《そのモフネヨリ》一下レ軍《イクサヲオろシテ》相戦《アヒタタカヒキ》。此時《このとキニ》、忍熊王《オシクマのオホキミ》、以二難波《ナニハ》
吉師部之祖《のキシベガオヤ》、伊佐比宿祢《イサヒのスクネヲもチテ》一為二将軍《イクサのキミとシ》一、太子御方者《ヒツギのミコのミカタハ》、以二丸《ワ》
迩臣之祖《ニのオミガオヤ》、難波根子建振熊命《ナニハネコタケフルクマのミことヲもチテ》一為二将軍《イクサのキミとシタマヒキ》一。故《カレ》、追退《オヒそけテ》
到二山代《ヤマシろニイタレル》一之時《とキニ》、還立《カヘリタチテ》、各《オのもオのも》不レ退《シリぞカズテ》相戦《アヒタタカヒキ》。尒《シカシテ》、建振熊《タケフルクマの》
命《ミこと》、権而《タバカリテ》令レ云《イハシムラク》、「息長帯日賣命《オキナガタラシヒメのミこと》者既崩《ハスデニカムアガリマシヌ》。故《カレ》、無レ可二
更戦《サラニタタカフべキことナシとイハシめテ》一」、即《スナハチ》絶二弓絃《ユヅルヲタチテ》一、欺陽[8]帰服《イツハリテマツロヒヌ》。•於レ是《ここニ》、其将軍《そのイクサのキミ》
既《[9]スデニ》信レ詐《イツハリヲウけテ》[10]、弭レ弓《ユミヲハヅシ》蔵レ兵《ツハものヲヲサめキ》。尒《シカシテ》、自二*頂髪中《タキフサのナカヨリ》一、採二出設《マけタル》[11]

於（卜系）―ナシ
「於」と「出」との草体類似せるため、[底]「於」を脱せるなり。
見（記伝）―是（諸本）
堀（諸本ニヨル）―掘（角文）
「堀」は「掘」に通ず。
態（延・訓）―熊
攻（卜系）―政
於（寛以下）―旂
頂（諸本ニヨル）―項（訓）

2 [延]既ニ　[訓]ハヤク
○↓一二八頁1。とっくに。
3 [兼]カムサリマシテ　[国]かむあがりましぬ。
○[国]がよい。「崩」は天皇の扱い。
4 [訓]シタマヒキ　[岩]しき
○反逆者には敬語の補読をせず。下文「坐」もマスではなくヰル。
5 [兼]コ、ニ　[訓]ミタマフニ（見の誤りか）　[校]カクテ（而レ是）　[桜]ミルニ（睍の省文か）
○[桜]に説文「睍（迎え見る）」により「是」のままでミルと訓んだが、やはり「見」の誤写であろう。
6 [兼]ヲホキニイカレル猪　[訓]オホキナルイカリヰ
7 [延]ムナシキフネ　[訓]ムナシフネ　[岩]むなふね
8 [延]アザムキイツハリシタガフ　[訓]イツハリテマツロヒヌ　[思]まつろふまねにす
○↓九三頁5
9 ↓三〇頁4
10 [兼]タノミテ　[角]うけて
11 [兼]マウケノ弦　[延]モフケノユツル　[訓]マケタルツラ（ツル）　[桜]ウサユヅル
○[桜]頭注に次のように記した。この下に卜系諸本「一名云二宇佐由豆留一」の分注あり。この分注の型式甚だ異常である。従来尓後「一名」とある例はない。これは、神功紀元年に「各儲弦（ヲサユヅル）蔵二于髪中一」とあるのによって、卜系の祖本の書写者が注釈的立場から、その訓を分注にしたものと考えられ、その時期は平安朝前期における竄入と認めて、これを削ることにする。

*弦一更張追撃《ツルヲトリイデテサラニハリテオヒウチキ》。故《カレ》、逃二退逢坂一《アフサカニニげそキテ》、對立《ムキタチテ》亦戦《マタタタカヒキ》。尒《シカシテオヒ》、追迫敗《セめテ》レ•於二沙々那美一《ササナミニヤブリ》、悉《ことごと》斬二其軍一《そのイクサヲキリキ》。於レ•是《ここニ》、其忍•熊王《そのオシクマのオホキミ》与《と》二伊佐比宿祢一《イサヒのスクネ》、共《ともニ》被二追迫一《オヒセめライテ》、•乗レ船《フネニのリテ》浮レ海《ウミニウカビテウタヒシク》歌曰、

伊奢阿藝《イザアギ》(吾君)[1]。布流玖麻賀《フルクマガ》(振熊) 伊多弖淤波受波《イタテオハズハ》(痛手負)[2]、迩本•抒理能《ニホどリの》(鳰鳥) 阿布美《アフミ》(淡海)
能宇美迩《のウミニ》(海) 迦豆岐•勢那和《カツキセナワ》(潜)。

即《スナハチ》入レ海《ウミニイリテ》共死也《ともニシニキ》。

三八 気比の大神

故《カレ》、建内宿祢命《タケウチのスクネのミこと》、率二其太子一《そのヒツギのミコヲヰテ》、為レ将レ禊《みそキセムとシテ》[3]而、経二歴淡海及《アフミと》若狭國一《ワカサのクニヲヘシ》[4]之時《ときニ》、於二高志前《コシのミチのクチ》之角鹿一《のツヌガニ》[5]、造二假宮一《カリミヤヲツクリテ》而坐《イマサシめキ》。尒《シカシテ》、坐二其地一《そこニイマス》伊奢沙和氣《イザサワけ》•大神之命《のオホカみのミこと》、見レ於二夜夢一《ヨルのイめニミイテのラシシク》云、「以二吾《ワガ》名一《ナヲもチテ》欲レ易二御子之御名一《ミコのミナニカヘマクホシ》」。尒《シカシテ》、言禱白之《ことホキテマヲシシク》、「恐《カシコシ》。随レ命《ミことのマニ》易奉《マニカヘマツラム》」。亦其《マタその》神詔《ののラシシク》、「明日之旦《アスのアシタ》、應レ幸レ於レ濱《ハマニイデマスベシ》。献二易レ名《ナヲカ》[6]之幣一《ヘシマヒヲタテマツラム》」。故《カレ》、其旦《そのアシタ》幸二行于濱一《ハマニイデマシシ》之時《ときニ》、毀レ鼻《ハナヤブレテアル》[7]入《イル》鹿《カ》[8]魚、既《スデニ》[9]依二一浦一《ヒとウラニよレリ》。於レ是《ここニ》、御子《ミコ》、令レ白レ于レ神《カみニマヲサシめテ》云三「於レ我《ワレニ》

1「奢」の仮名↓一四八頁1
2ズハの語法は、ここで言えば「潜きする」事は前半の「痛手負ふ」苦痛よりはるかにましだという内容の表現で、前半の望ましくない事柄をズと打消して、それを条件句にするために係助詞ハがついた（拙稿「上代の所謂ズハの意味」『皇學館大学紀要』二〇輯）。
3 兼 ハラヒ 延 ミソギ 桜 みソキ
○「みそキ」↓三七頁4。
さて何故みそキをしたか。一四五頁で「御子既崩」と言いふらしたが、それを穢れとして除去し、復活させるためである。

4「経」「歴」ともにヘ。連文。

5「角」はツヌともツノとも訓めるが、一五一頁「都奴賀」（四二番歌）によりツヌガと訓む。
6 訓 ナカヘノヰヤジリ 岩 名をかへしまひ
○ 桜 頭注に次のように記す。
名をかえるとは、私（神）の名を以てあなた（太子）がかえて下さったことを指す。それは、前々行「私（神）の名をあなた（太子）に差上げて、あなたの名にしたい」、前行「私（太子）の名を、あなた（神）の御名を戴いてかえましょう」という順に会話が進むからである。

要するに、神が自分の名を太子に差上げるとは、服従帰属儀礼の申立てを意味し、太子がこれを嘉納し自己の名を神に与えて服属は完了する。
7 兼 カキハナ 訓 ハナヤブレタル

「弦」ノ下ニ、分注「一名云二宇佐由豆留一」ト卜系ニアレド、底、無キニヨル
於（卜系）―出
是（卜系）―退
熊（卜系）―能
乗（兼左傍書）―垂
杼（延・訓）―梯
勢（卜系）―藝
之（卜系）―己

岩鼻やぶりし　朝鼻こぼれし
○自動詞に訓む訓がよい。
8ワニ魚・カヂ機などの表記と同じで—線の文字は添え字。不読。
9→三〇頁4

1延チノウラ　訓チウラ　桜チヌラ
○桜でチノウラの約言チヌラと訓み、ツヌガに発音が近いと述べたのがよい。

＝酒楽の歌

2「加美」は神ではなく首長。「美」が甲類の仮名であるから。
3アサズヲセには諸説がある。記伝は「御盃を乾涸(カワカ)さず」とし、稜威言別(橘守部)は「不レ余(あまさず)」とし、記紀歌謡集全講(武田祐吉)は「酒盃を浅くせず、なみなみと注いで」とし、古代歌謡全注釈(土橋寛)は「盃の中に酒が残らないように、すっかり飲みほしたまえ」とした。これらのうち、最後の全注釈がよいと思う。アサズとは「浅くならず」であるが、盃の底に酒が浅く残るような飲み方をせずに飲みほせ。しからばまた酒を注ごうという意味の勧酒の表現である。史記、魏其武安侯列伝、元光四年に「不レ能レ満レ觴」(坏を干すことはかなわぬ)とあるのが参考になる。
4臼に立てるとは、立てた結果が臼になっているの意。鼓を地上に据え、打ち鳴らし、発酵を促進するのである。

給二御《ミ》食《け》之《の》魚《ナヲタマヘリとのラシキ》一」。故《カレ》、亦《マタ》稱二其《その》御名一《ミナヲタタヘテ》、號二御《ミ》食《け》津《ツ》大神一《オホカみとナヅけキ》。
故《カレ》、於レ今《イマニ》謂二氣《け》比《ヒ》大神一《のオホカみとマヲス》也。亦其入鹿《そのイルカ》魚之《の》鼻《ハナの》血臰《チクサクアリキ》。故《カレ》、号二其《その》
浦一《ウラヲナヅけテ》謂二[1]血浦一《チヌラとイヒキ》。今《イマハ》謂二都奴賀一《ツヌガとイフ》也。
於レ是《ここニ》、還上坐時《カヘリのボリマシシとキニ》、其御祖息長帯日賣命《そのミオヤオキナガタラシヒメのミこと》、釀二待酒一《マチザけヲカミテ》以獻《タテマツラシキ》。
尒《シカシテ》、其御祖御歌曰《そのミオヤミウタよミシタマヒシク》、

三九

許能美岐波《このミキハ》(此 御酒) 和賀美岐那良受《ワガミキナラズ》(我 御 酒)。久志能加美《クシのカミ》(酒 2司) 登許余迩伊麻須《とこよニイマス》(常 世 坐)
伊波多々須《イハタタス》(石 立) *々久那美迦微能《スクナミカみの》(少 御 神)、加牟菩岐《カムホキ》(神 寿) 本・岐*玖琉本斯《ホキクルホシ》(寿 狂)、登余《とよ》(豊
本岐《ホキ》(寿) 本岐母登本斯《ホキもとホシ》(寿 廻)、麻都理許斯美岐叙《マツリこシミキぞ》(献 来 御酒)。阿佐受袁勢《アサズヲセ》(3残 飲)。佐々《ササ》。

如レ此歌而《カクウタハシテ》、獻二大御酒一《オホミキヲタテマツラシキ》。尒《シカシテ》、建内宿祢命《タケウチのスクネのミこと》、為二御子一《ミコのタめニ》
答歌曰《コタヘマツリテウタヒシク》、

四〇

許能美岐袁《このミキヲ》(此 御酒) 迦美祁牟比登波《カミケムヒとハ》(釀 人) 曽能都豆美《そのツヅミ》(其 鼓) 宇須迩多弖々《ウスニタテテ》(4臼 立)、宇《ウ》
多比都々《タヒツツ》(歌) 迦・美祁礼*迦母《カミケレカも》(釀)、麻比都々《マヒツツ》(舞) 迦美祁礼加母《カミケレカも》(釀)、許能美岐《このミキ》(此 御酒)
能《の》 美岐能《ミキの》(御酒) 阿夜迩《アヤニ》 宇多陁怒斯《ウタダノシ》(転 楽)。佐々《ササ》。

御(卜系)—ナシ
々(底ニヨル)—須(寛以下)
岐(卜系)—ナシ
琉(底ニヨル)—流(卜系)
美(卜系)—ナシ
迦(底ニヨル)—加(卜系)

1 兼 ミキエラキ　延 サカホカヒ
角 さかくら
○琴歌譜「酒坐歌」（サカクラ）。

応神天皇
后妃と皇子女

2「奢」は広韻に「平声麻韻式車反」とあり、韻鏡では外転第二十九開音平声第三等歯音清音であるから、清音サとしか訓めない字である。しかし一四六頁「伊奢（いざ）」（三八番歌）とあったように、ザの仮名である。そして「奢」の仮名は古事記にのみ現れる仮名である。なぜ濁音ザなのか不明。

3底本「阿具知」とあるが、応神紀二年「淡路御原皇女」と比較すると、「阿貝知」（あはぢ）か。「貝」の音ハイをハの仮名に用いたと言えなくもない。記伝は「波」の誤写とするが少し遠い。「知」はチ・ヂ清濁両用仮名なので、「阿貝知」としてアハヂと訓む。

4「五柱」は、ここでは実数四柱しかない。

此《こ》者《ハ》[1]酒楽之歌《サカクラのウタぞ》也。

凡《オホよそニ》帯中津日子《タラシナカツヒコの》天皇之御年《のミとシ》、伍拾貳歳《イチアマリフタツぞ》。 *壬戌年六月十一日崩也《ミヅのイヌのとシのミナヅきのとヲカアマリヒとヒニカムアガリマシキ》。

御陵《ミハカハ》在二河内《カフチの》恵賀之長江《エガのナガエニアリ》一也。 *皇后御年一百歳崩《オホキサキのミとシモモとセニシテカムアガリマシキ》。葬《ハブリマツリキ》二于狭城楯列陵《サキのタタナミのミサザキニ》一也。

品陁和氣命《ホムダワけのミこと》、坐二軽嶋之明宮《カルシマのアキラのミヤニイマシテ》一、治二天下《アめのシタヲサめタマヒキ》一也。此《この》天皇、娶二品*㐌真若王《ホムダのマワカのオホキミ》 品㐌《ホムダ》二字以レ*音。 之女《のムスメ》、三柱女王《ミハシラのヒメミコヲメトリタマヒキ》一。一名《ヒとハシラのナハ》高《タカ》木之入日賣命《ギのイリビメのミこと》。次中日賣命《ニナカツヒメのミこと》。次弟日賣命《ニオとヒメのミこと》。 此女王等之父《このヒメミコタチのチチ》、品*㐌・真《ホムダのマ》若王者《ワカのオホキミハ》、五百木之入《イホきのイリ》日子命《ビコのミこと》、娶《メトリテ》二尾張・連之祖《ヲハリのムラジガオヤ》、建伊那陁《タケイナダの》宿祢之女《スクネガムスメ》、志理都紀斗賣《シリツきトメ》一生《ヲウミタマヘル》・子者也《コぞ》。 故《カレ》、高木之入日賣之子《タカぎのイリビメのコ》、*額田大中《ヌカタのオホナカツ》日子命《ヒコのミこと》。次《ニ》大山守命《オホヤマモリのミこと》。次《ニ》伊奢[2]之真若命《イザのマワカのミこと》。 伊奢《イザ》二字以レ音。 次《ニ》妹大原郎《イモオホハラのイラ》女《ツメ》。次《ニ》高目郎女《コムクのイラツメ》。・五・柱 中日賣命之御子《ナカツヒメのミことのミコ》、木之荒田郎女《きのアラタのイラツメ》。次《ニ》大雀命《オホサザキのミこと》。次《ニ》根鳥命《ネとりのミこと》。・三・柱 弟日賣命之御子《オとヒメのミことのミコ》、阿倍郎女《アへのイラツメ》。次《ニ》阿[3]《ア》・貝知能《ハヂの》 此四字以レ音。 三腹郎女《ミハラのイラツメ》。次《ニ》木之菟野郎女《きのウノのイラツメ》。次《ニ》三野郎女《ミノのイラツメ》。[4]*五*柱又娶二丸迩之比布礼能意富美之女《ワニのヒフレのオホミガムスメ》、自レ比《ヒ》至レ美《ミ》以レ音。 名《ナハ》宮主矢・河枝比賣《ミヤヌシヤガハエヒメヲ》一生《メトリテウミタマヘル》御子《ミコ》、宇遅能和紀郎・子《ウヂのワきイラツコ》。次《ニ》妹八田若郎女《イモヤタのワきイラツメ》。次《ニ》女鳥《メとり》

崩御年月日（諸本ニヨル）―ナシ（延・訓）以下同ジ
○→一一五頁の頭注1
皇后……陵也（諸本ニヨル）―ナシ（訓）
列（卜系）―別
㐌（諸本ニヨル）―陀（寛以下）
㐌（諸本ニヨル）―陀（延・訓）
「㐌」は「陁」の省文とみたい。
真（延・訓）―王真
張（卜系）―ナシ
者也（延・訓）―者〻也〻
賣（諸本ニヨル）―賣命（訓）
子（底ニヨル）―御子（延・訓）
「五柱」上巻ニ準ジテ小字縦書トスル
「三柱」上巻ニ準ジテ小字縦書トスル
貝（校訂）―具。「波」ノ誤カ（記伝）
五柱（底ニヨル）―分注（卜系）
河（卜系）―阿
子（卜系）―女

1分注の数を合計すると二十八王で、実数を合計すると二十七王である。従って「廿六王」はどの計算にも不合致。しかるに「廿六王〈男王十一、女王十五〉」の計算は、それだけが正しい。このような数のくいちがいは上巻に五例、中巻に三例、下巻に三例あるが、ここの例を除いて他は何らかの理由が考えられるのである。従って、この例のみいかなる説明もできないというのは、当初からの乱れであると言わざるを得ないのである。(拙稿「古事記における数の齟齬について」『皇學館大学紀要』一〇輯)

2 [兼]ヒトトナレルミコトイトケナキミコトイツレカイツクシクハヘル [延]イロエノコトイロトノコ与(ト)イヅレカウルハシキ [訓]アニナルコトオトナルコトイヅレカハシキ [校]アニナルコトオトナルコトイヅレカウツクシキ [岩]えの子とおとの子といづれかはしき [朝]せ＝**大山守命と大雀命**ひと(せこ)とおとひと(おとご)といづれはしき

3 [兼]ヒト丶ナルイツクシ [延]イロエノコウルハシ [訓]アニナルコゾハシキ [角]兄なる子をはしとおもふ [岩]えの子ぞはしき

○２３とも[岩]の訓が穏当。

王《のオホキミ》。三柱 又娶二其矢河枝比賣之弟《そのヤガハイヒメのイろど》、袁那弁郎女《ヲナベのイラツメ》一、生《ヲメトリテウミタマヒシ》 御子《ミコ》、
宇遲之若郎女《ウヂのワきイラツメ》。一柱 又娶二咋俣長日子王《クヒマタナガヒコのオホキミ》之女《のムスメ》、息長真若中比賣《オキナガマワカナカツヒメ》一、《ヲメ》
生《トリテウミタマヒシ》 御子《ミコ》、若沼毛二俣王《ワカヌけのフタマタのオホキミ》。一柱 又娶二櫻井田部連之祖《サクラヰのタベのムラジガオヤ》、嶋《シマ》
垂根之女《タリネガムスメ》、糸井比賣《イトヰヒメ》一、生《ヲメトリテウミタマヒシ》 御子《ミコ》、速総別命《ハヤブサワけのミこと》。一柱 又娶二日向之《ヒムカの》
泉長比賣《イヅミのナガヒメ》一、生《ヲメトリテウミタマヒシ》 御子《ミコ》、大羽江王《オホハイのオホキミ》。次《ニ》小羽江王《ヲハイのオホキミ》。次《ニ》幡日之《ハタヒの》
若郎女《ワきイラツメ》。三柱 又娶二迦具漏比賣《カグロヒメ》一、生《ヲメトリテウミタマヒシ》 御子《ミコ》、川原田郎女《カハラダのイラツメ》。次《ニ》
玉郎女《タマのイラツメ》。次《ニ》忍坂大中比賣《オサカのオホナカツヒメ》。次《ニ》登富志郎女《とホシのイラツメ》。次《ニ》迦多遲王《カタヂのオホキミ》。
五柱 又娶二葛城之野伊呂賣《カヅラきのノのイろメ》一、〈此三字以レ音。〉生《ヲメトリテウミタマヒシ》 御子《ミコ》、伊奢能麻和迦《イザのマワカ》
王《のオホキミ》。一柱 此天皇之御子等《このミコタチ》、并[1]廿六王《アハセテハタアマリムハシラのミコぞ》。〈男王十一《ヒコミコとヲアマリヒとハシラ》、女王十五《ヒメミコとヲアマリイツハシラ》。〉此中《このナカニ》、
大雀命者《オホサザキのミことハ》、治二天下一也《アめのシタヲサめタマヒキ》。
於レ是《ここニ》、天皇問三大山守命《オホヤマモリのミことと》与二大雀命一《オホサザキのミことヲトヒテのラシシク》 詔、「汝等者《ナレどもハ》、孰三愛
[2]兄子《イのコと》与二弟子一《オとのコとイヅレカハシキ》。」。〈天皇所三以發二是問一者《ユヱオこシタマフこのトヒヲハ》、宇遲能和紀《ウヂのワき》*郎子《イラツコ》有下令レ治二天下一之心上也《ニマシツレバシめムヲサめアめのシタヲのこころぞ》。〉尒《シカシテ》、大山《オホヤマ》
守命《モリのミこと》、白レ「愛二[3]兄子一《イのコぞハシキとマヲシタマヒキ》。」。次《ニ》大雀命《オホサザキのミこと》、知下天皇《の》所二問賜一《トヒタマヒシ》

王(卜系)—主
「三柱」上巻ニ準ジテ、小字縦書トスル
河(底右傍書)—阿
「一柱」「一柱」「三柱」「五柱」「一柱」「一柱」ハ上巻ニ準ジテ、小字縦書トスル
咋(卜系)—咋毛
幡(卜系)—橋
与(卜系)—ナシ
子(底ニヨル)—子与(卜系)

之大御情《オホミこころヲシラシテ》上　而、白二「兄子者《イのコハ》、既《スデニ》成レ人《ヒととナリヌレバ》、是《これ》無レ悒《イブセキことナキヲ》、
弟子者《オとのコハ》、未《イマダ》[1]レ成レ人《ヒととナラネバこレぞハシキ》、是愛[2]一」。《とマヲシタマヒキ》　尓《シカシテ》、天皇詔《のラシシク》、「佐耶岐《サザキ》、
（吾君）
阿藝之言《アギのことぞ》、自レ佐《サ》至レ藝《ギ》五字以レ音。　如二我所《アガ》レ思《オもフガごとクニアルとのラシテ》。」、　即《スナハチ》詔別者《のリワキタマヒシク》[3]、「大山《オホヤマ》
守命《モリのミことハ》　為二山海之政《ヤマウミのマツリごとセよ》[4]一。[5]　大雀命《オホサザキのミことハ》　執二食國之政《ヲスクニのマツリごとヲトリテ》一　以白賜《マヲシタマヘ》。
宇遲能和紀郎子《ウヂのワきイラツコハ》　所レ知二天津日継《アマツヒツギヲシラシメセ》一也。」。　故《カレ》、大雀命者《オホサザキのミことハ》、勿レ違二
天皇之命《のミことニタガヒマツリタマハズキ》一也。[6]
[7]一時《アルとキ》、天皇越二幸近淡海國《チカツアフミのクニニコイイデマシシ》一之時《とキニ》、御二立宇遲野上《ウヂノのヘニミタタシ》[8]一、
望二葛野《マシテカヅノヲミサけテウタヒタマヒシク》一　歌曰、
知婆能《チバの》（千葉）　加豆怒袁美礼婆《カヅノヲミレバ》（葛野見）、毛ゝ知陀流《モモチダル》（百千足）　夜迩波母美由《ヤニハもミユ》（家庭見）。　久尓能《クニの》（国
秀　見）
富母美由《ホもミユ》。
故《カレ》、到二坐木幡村《こハタのムラニイタリイマシシ》一之時《とキニ》、麗美嬢子《ウルハシキヲとメ》[9]、遇二其道衢《そのチマタニアヒキ》[10]一。　尓《シカシテ》、天
皇問二其嬢子《そのヲとメヲトヒタマヒテのラシシク》一　曰、「汝者誰子《ナハタガこぞ》。」。　答白《こタヘマヲシシク》、「丸迩之比布礼能《ワニのヒフレの》
意富美之女《オホミガムスメ》、名《ナハ》　宮主矢河枝比賣《ミヤヌシヤガハイヒメ》。」。　天皇即《スナハチ》　詔二其嬢子《そのヲとメニのラシシク》一、「吾《アレ》

1 [兼]イトケナキハ　[延]未タヒト、ナラズ　[訓]イマダワカケレバ　[角]いまだ人とならねば
2 [兼]イツクシ　[延]ウルハシ　[訓]ハシキ　[校]ウツクシ
3 [延]ノリワケ玉ハク　[桜]のリワキタマヒシク
○精神的に弁別する意の時は四段のワクで訓む。四三頁の「如レ此詔別也」に同じ。
4 [訓]はウミヤマと訓むが、ヤマウミと文字通り。↓一四三頁2
5 [延]セヨ　[訓]マヲシタマヘ
○下文に「白賜」とある如く、三者書分けありとみて、[延]がよい。
6 [訓]タガヒマツラザリキ　[岩]たがひたまふことなかりき　[桜]タガヒマツリタマフこと　[思]たがひまつりたまはずき
＝矢河枝比売
○天皇への謙譲と大雀命への敬語との二つの訓添えが必要。
7 挿入的説話（本筋から外れた説話）や別伝を付加する時に用いる接続語。 **四一**
8 [延]ミタチシ　[訓]ミタヽシテ　[国]たたしまして　[桜]ミタタシマシテ
○↓二九頁3
9 [兼]カホヨキ　[校]ウルハシキ
10 底本「過」とあり、卜系に「遇」とある。両字の誤写例は多いがここは四二番歌に「あはししをとめ」とあるから、「遇」字が正しいことが分る。歌詞によって本文の訓、そして文字も定まってくる例である（青木紀元『日本神話の基礎的研究』三〇〇頁）。

政（兼左傍書）―岐
ゝ（延・訓）―之
波（底右傍書ニヨル）―彼
到（底右傍書）―引
遇（卜系）―過
河（訓）―阿

1 [兼]クルツ日　[延]アス　[角]あすのひ
2 このナリは音響（娘の話）を基に…らしいと推定する助動詞。
3「恐之」の「之」→五五頁14。
4 [兼]イツクシク（厳のみの訓）　[延]ウルハシクカザリテ　[訓]イカメシクカザリテ　[校]オゴソカニカザリテ　[角]かざりて　[朝]ごん飾し　[岩]よそほひかざりて
○「厳」も「飾」も装飾する意。連文としてカザルでもヨソフでもよい（小島憲之「『古事記』訓読の周辺」『文学』三六巻八号）。
5「献」の主語は父。
6 [延]取ラ令ルマニ〳〵　[訓]トラシメナガラ
○「任―而」はマニマニと訓む。
7 シナは高低、すなわち段々坂。タユフはタユムと同じく渋滞する、進みにくい意であろう。
8「わがいませばや」は、天皇の自敬表現。
9 アハスは嬢子に対する尊敬。一見応神天皇が遇われたところの嬢子というように、天皇に対する尊敬と考えられようが、これは遇った相手を主語にするのが古代の表現であり、また一五〇頁の本文でも「麗美嬢子、遇其道衢」とあるから、この主語は嬢子である。
10「許」は乙類だから「此に（このように）」の意（木下正俊「『濃』の仮名遣其他」『万葉』二七号）。

四二

明日還幸《アスのヒカヘリイデマサム》之時《トキニ》、入坐汝家《ナガイヘニイリイマサム》。」。故《カレ》、矢河枝比賣《ヤガハイヒメ》、委曲《ツブサニ》語其《その》父《チチニカタリキ》。於是《ここニ》、父答曰《チチのこタヘイヒシク》、「是者《こハ》天皇坐《ニイマス》那理《ナリ》[2]。此二字以音。恐之《カシコシ》[3]。我子《アガコ》仕奉《ツカヘマツレ》。」云而《とイヒテ》、嚴餝其家《そのイヘヲカザリテ》[4]候待者《サモラヒマテバ》、明日入坐《アスのヒイリイマシキ》。故《カレ》、獻大御《オホミ》饗《アヘヲタテマツリシ》[5]之時《とキニ》、其女《そのムスメ》矢河枝比賣命《ヤガハイヒメのミことニ》、＊令取大御酒盞而獻《オホミサカヅキヲトラシめテタテマツリキ》。於是《ここニ》、天皇、任令取其大御酒盞而《そのオホミサカヅキヲトラシムルマニマニ》[6]、御歌曰《ミウタよミシタマヒシク》、

許能迦迩《このカニ》（此蟹）夜《ヤ》　伊豆久能迦迩《イヅクのカニ》（何処蟹）。　毛ゝ豆多布《モモヅタフ》（百伝）　都奴賀能迦迩《ツヌガのカニ》（角鹿蟹）。　余許《よこ》（横
去）佐良布《サラフ》　伊豆久迩伊多流《イヅクニイタル》（何処到）。　伊知遅志麻《イチヂシマ》（島）　美志麻迩斗岐《ミシマニトキ》（美島著）、　美本杼《ミホど》（鳰鳥）
理能《リの》　迦豆伎伊岐豆岐《カヅキイキヅキ》（潜息）、　志那陁由布《シナダユフ》[7]（段々坂）　佐ゝ那美遅袁《ササナミヂヲ》（道）、　○須久須久《スクスク》
登《と》　和賀伊麻勢婆夜《ワガイマセバヤ》[8]（我行）、　許波多能美知迩《こハタのミチニ》（木幡道）　阿波志斯袁登賣《アハシシヲとメ》[9]（遇嬢子）。　宇斯《ウシ》（後
呂傳波《ろデハ》姿）　袁陁弖呂迦母《ヲダテろカも》（小楯）。　波那美波《ハナミハ》（歯並）　志比＊比斯那須《シヒヒシナス》（椎菱）。　伊知比韋能《イチヒヰの》（櫟井）
和迩佐能迩袁《ワニサのニヲ》（坂土）、　波都迩波《ハツニハ》（初土）　ゝ陁阿可良氣美《ハダアカラけミ》（膚赤）、　志波迩波《シハニハ》（底土）　迩具漏《ニグロ》（丹黒
岐由恵《キユヱ》故）、　美都具理能《ミツグリの》（三栗）　曽能那迦都迩袁《そのナカツニヲ》（其中土）　加夫都久《カブツク》（頭著）　麻肥迩波阿《マひニハア》（真火当）
弖受《テズ》、　麻用賀岐《マヨガキ》（眉画）　許迩加岐多礼《こニカキタレ》[10]（此画垂）　阿○波志斯袁美那《アハシシヲミナ》（遇女）。　迦母賀登《カもガと》（此）

河（訓）―阿
枝（卜系）―ナシ
命（諸本ニヨル）―訓、衍トス
令（卜系）―合
杼（延・訓）―梯
須（底右傍書ニヨル）―酒
比（諸本ニヨル）―ナシ（延）、訓ハ「比」ヲ衍カトス
比（卜系）―ナシ
迩（卜系）―迩佐能迩
阿（延・訓）―河
波（卜系）―婆
能（卜系）―能曽能
波（底右傍書）―彼

和賀美斯古良《ワガミシコラ》(我見子)、迦久母賀登《カクもガと》(如此) 阿賀美斯古迩《アガミシコニ》(我見子)、宇多々氣陁迩《ウタタけダニ》1(転酣) 牟《ム》

迦比袁流迦母《カヒヲルカも》(向居)。伊蘓比袁流迦母《イソヒヲルカも》(添居)。

如《カ》レ此御合《クミアヒマシテ》2、生《ウミタマヘル》御子《ミコハ》、宇遅能和紀《ウヂのワき》自レ宇《ウ》下五字以レ音。郎子《イラツコぞ》也。

天皇、聞二・看日向國諸縣君之女《ヒムカのクニのもラガタのキミガムスメ》3、名《ナハ》髪長比賣《カミナガヒメ》、其顏容麗美《そのカタチウルハシとキこシメ》4一、

将《シテ》レ使《ツカハサムとシテ》而喚上《メサげタマヒシ》之時《とキニ》、其太子大雀命《そのヒツギのミコオホサザキのミこと》、見二其嬢子《そのヲとメ》・泊《の》

于《レ》二難波津《ナニハツニハテタルヲミテ》一而、・咸二其姿容之端正《そのカタチのウルハシキニめデテ》5一、即《スナハチ》誂二告建内宿祢《タケウチのスクネ》

大臣《のオホオミニアトラヘテのラシシク》一、「是《この》、自二日向《ヒムカヨリ》一喚上《メサげタマヒシ》之髪長比賣者《カミナガヒメハ》、請二白

天皇之大御所《のオホミもとニこヒマヲシテ》一而、令レ賜レ於レ吾《アニタマハシめよ》。」。尓《シカシテ》、建内宿祢《タケウチのスクネ》大臣《のオホオミ》、

請二・大命《オホミことヲこヘバ》一者、天皇即《スナハチ》以二髪長比賣《カミナガヒメヲもチテ》一、賜レ于二其御子《そのミコニタマヒキ》一。所レ賜《タマ》

状者《ヘルサマハ》、天皇聞二・看豊明《とよのアカリキこシメス》一之日《ヒニ》、於二髪長比賣《カミナガヒメニ》一令レ握二大御酒《オホミキの》

柏《カシハヲトラシめテ》一、賜二其太子《そのヒツギのミコニタマヒキ》一。尓《シカシテ》、御歌曰《ミウタよミシタマヒシク》、

四三

伊耶古・杼母《イザコども》(子等)。怒毘流都美迩《ノビルツミニ》(野蒜摘)、比流都美迩《ヒルツミニ》(蒜摘)、和賀由久美知能《ワガユクミチの》(我行道) 迦《カ》

具波斯《グハシ》(香細) 波那多知婆那波《ハナタチバナハ》6(花橘)、本都延波《ホツイハ》(上枝) 登理韋賀良斯《とリヰガラシ》(鳥居枯)、・志豆延・波《シヅイハ》(下枝)

看(延・訓)—者

泊(卜系)—泊

咸(意改)—減。減(卜系)、感(寛以下)「咸」は「感」の古字。

大(寛以下)—太

看(延・訓)—者

杼(延・訓)—梯

志(訓)—友。支(延)
波比(延・訓)—比波

1ウタは「転(うたた)」の感動詞。一四七頁にウタダノシ(四〇番歌)とあった。タケダニはタケナハのタケに数量の接続語ダ、ニは副詞構成語(拙稿「古事記歌謡語彙小考」『古事記年報』七号)。

2ミアハセシマシテ [延]ミアハセシテ [訓]ミアヒマシテ [国]みあひしまして

○→二九頁3

3[兼]モロノ県 [延]モロアガタ [訓]ムラガタ [校]モロガタ

○和名抄に「牟良加多」とある。ということは、もと「もラガタ」であったことを物語ると思う。

4[兼]カホウルハシ [延]カホカタチウルハシ [訓]カホヨシ [岩]かたちうるはし

5[延]スカタキラキラシキニ [訓]カホヨキニ [校]カホノキラ〳〵シキニ [角]かたちのうつくしきに [岩]かたちのうるはしきに [朝]すがたかたちのたんじやうに

○45は諸訓があるが、本書では「容姿・姿容・顔容」はカタチと訓み、また「麗美・端正」はウルハシと訓むことにする。

6紀州みかん。高さ三メートルに達す。六月開花。街路樹として植えられた。果実は旅人の渇をいやすこともあった。

＝髪長比売

•比登々理賀良斯《ヒととリガラシ》(人取枯)、美都具理能《ミツグリの》(三栗) 那迦都延能《ナカツイの》(中枝) 本都毛理《ホツモリ》1(秀蕾) 阿*加良《アカラ》袁登賣袁《ヲとメヲ》(赤嬢子)、伊耶佐佐婆《イ2ザササバ》(占有) *余良斯那《よラシナ》(宜)。

四四

又、御歌曰《ミウタよミシタマヒシク》、

美豆多麻流《ミツタマル》(水溜) 余佐美能伊氣能《よサミのイけの》(依網池) 韋具比宇知*賀《ヰグヒウチガ》(堰杙打) 佐斯祁流斯良迩《サシケルシラニ》2(占有知) 奴那波久理《ヌナハクリ》3(蓴繰) 波閇祁久斯良迩《ハヘケクシラニ》(延4知)、和賀許々呂志•叙《ワガこころシぞ》(我心) 伊夜袁許迩斯《イヤヲこニシ》5(愚) 弖《テ》。伊麻•叙久夜斯岐《イマぞクヤシキ》(今悔)。

四五

如《カ》レ此歌《クウタヒ》而賜也《テタマヒキ》。故《カレ》、被レ賜二其嬢子《そのヲとメヲタマハリシ》一之後《のチニ》、太子歌曰《ヒツギのミコのウタヒタマヒシク》、

美知能斯理《ミチのシリ》(道尻) 古波陁袁登賣袁《コ6ハダヲとメヲ》(嬢子)、迦•微能碁登《カみのごと》(雷如) 岐許延期迦•杼母《キこイシカども》(聞)、阿比麻久良麻久《アヒマクラマク》(相枕枕)。

四六

又、歌曰《ウタヒタマヒシク》、

美知能斯理《ミチのシリ》 古波陁袁登賣波《コハダヲとメハ》、阿良蘓波受《アラソハズ》(争) 泥斯久袁斯•叙母《ネシクヲシぞも》(寝) 宇流波志美意•母布《ウルハシミオもフ》(誠実思)。

国主の歌・百済の朝貢

又、吉野之國主等《7イシノのクニ8スラ》、瞻二大雀命《オホサザキのミことの》之所レ佩《ハカセル》御刀一《ミタチヲミテ》歌曰《ウタヒシク》、

加(底ニヨル)—迦(卜系)
佐(底ニヨル)—(卜系)
余(底ニヨル)—尒(卜系)
賀(諸本ニヨル)—賀比斯賀良能(訓)
叙(延)—釵。訓ハ衍トス
叙(延・訓)—釵
微(寛以下)—嶶
杼(延・訓)—梯
叙(延・訓)—釵
母(卜系)—ナシ

1ホツモリは従来日本書紀三五番歌のフホごモリ(含み籠る)を参考にして、フホごモリの約言だと説明されたが無理。そこでポーッと赤らんでいるという擬態語説(有坂秀世『上代音韻攷』)もある。或いはツモリはツボミと同源で、開花直前の赤い蕾か。

2イザは感動詞、ササバは「刺さば」で、サスは「標(しめ)サス」の如く、占有する意と考える。次の歌のサシケルシラニのサスも同じで、杙を打つことと、女を占有することとかけてある。

3ヌナハクリは単にヌナハ(じゅんさい)というのと同じ。クリは接尾語風に添えた語。例えばス‖ダレ(簾垂)の語構成の如し(土橋・全注釈二〇三頁)。

4ハヘケクのケは過去の助動詞シの未然形。クはク語法。

5「ヲこ(乙類)」は「ウコ(甲類)」(書紀歌謡三六番)に同じく「愚」の意(有坂秀世『上代音韻攷』三一一頁)。

6コハダは地名かも知れぬが、コはきめの細かい美しい、ハダは肌の意(記伝)。

7本書では「吉」はイシで訓む。

8兼クムヌシタチ 延クズラ 訓クズドモ

○九三頁には「国巣(クニス)」

とあった。ここもそれに準じて、クニスと訓む。応神紀一九年条や延喜式大嘗祭に国栖が古風を奏する記事がある。従って、「国主」とあっても「国の主」ではないのである。またラについては→一一九頁9。

1スヱフユについては、末振ユ説(記伝)、末氷ユ説(稜威言別)、末は精霊説(武田『全講』)等があるが、私は「末増ユ」説を主張する。すなわち、「もとツルギ・スヱフユ」というのは、太刀の形態について言ったもので、もとが剣で末が増えている—ということは多くの股になっている形のものである。すると石上神宮の七支刀の形がまさしくその表現に合うと考える(拙稿「古事記私解—歌謡の部—」『皇學館論叢』二二号)。

2フユキのスカラについても諸説がある。冬木如ス枯(から)(記伝)、—幹(から)(言別)、冬木の直幹(すから)(全講)、—素幹(すから)(土橋寛『古代歌謡集』)等。私は「増ゆ木」であろうと考える。下二段動詞の終止形がすぐ体言に連る例は七一頁3に注した如し。すなわち、繁茂した木の意。上句の「末増ゆ」からこの「増ゆ木」が導かれる。スカラは「素幹」で立派な幹の意であろう。次のシタきは「下木」で、繁茂した大木の下に生えている茂った聖なる木をいう。この例は一七〇頁五七番歌「さしぶの木しが下に生ひ立てるゆつ真椿」に見える(以上前掲拙稿)。

四七

本牟多能《ホムタの》(誉田) 比能美古《ヒのミコ》(日 御子) 意富佐耶岐《オホサザキ》(大 雀) 意富佐耶岐《オホサザキ》。 波加勢流多知《ハカセルタチ》(佩 太刀)
母登都流藝《もとツルギ》(本劒)、 須恵布由《スヱフユ》[1](末増)。 布由紀能《フユきの》[2](増木) 須加良賀志多紀能《スカラガシタきの》(素幹 下 木)、 佐夜〻《サヤサ》(清響)
〻《ヤ》。

又、於㆓吉野之白檮上《イシノのカシのフニ》㆒[3]、作㆓横臼《よクスヲツクリテ》㆒[4]而、於㆓其横臼《そのよクスニ》㆒釀㆓大御酒《オホミキヲカミテ》㆒、獻㆓其大御酒《そのオホミキヲタテマツリシ》㆒之時《とキニ》、撃㆓口鼓《クチツヅミヲウチテ》㆒、為㆑伎《ワザヲナシテ》而歌曰《ウタヒシク》、

四八

加志能布迩《カシのフニ》(白檮 上) 余久須袁都久理《よクスヲツクリ》(横 臼 作)、 余久須迩《よクスニ》 迦美斯意富美岐《カミシオホミキ》(釀 大御酒)、 宇《ウ》
麻良尒《マラニ》(美味) 岐許志母知袁勢《キこシもチヲセ》(聞 飲)。 麻呂賀知《マろガチ》(父)。

此歌者《このウタハ》、國主等《クニスラ》獻㆓大贄《オホニヘタテマツル》㆒之時〻《とキとキニ》、恒《ツネニ》至㆑于㆑今《イマニイタルマデ》詠《ウタフ》[5]之歌《ウタ》者也《ぞ》。

此之御世《このミよニ》、定㆓賜海部《アマベ》・山部《ヤマベ》・山守部《ヤマモリベ》・伊勢部《イセベ》㆒也《ヲサダめタマヒキ》。亦《マタ》作㆓釼《ツルギの》[6]池㆒《イけヲツクリキ》。亦新羅人《シラきのヒと》叅渡来《マヰワタリキツ》。是以《ここヲもチテ》、建内宿祢命《タケウチのスクネのミこと》引率《ヒキヰテ》、為㆓渡《ワタリの》*之堤池《ツツミのイけとシテ》㆒而、作㆓百済池《クダラのイけヲツクリキ》㆒。亦百済國主照古王《クダラのコニキシセウコワウ》、以㆓牡馬壹疋《ヲマヒとツ》・牝馬壹疋《メマヒとツもチテ》㆒、付㆓阿知吉師《アチキシニツけテ》㆒以貢上《タテマツリキ》。此阿知吉師者《このアチキシハ》、阿直史等之祖《アチキのフビとラガぞ》。 亦《マタ》貢㆓上横刀《タチ》

由(底右傍書ニヨル)—ナシ
白(延・訓)—日
渡(諸本ニヨル)—役(延以下)
疋(卜系)—返
吉(卜系)—寺
等(底右傍書ニヨル)—寺

及《と》大鏡《オホカガミヲタテマツリキ》一。又《マタ》科下賜百済《クダラ》國《のクニニ》、「若《モシ》有二賢人《サカシヒとアラ》一者《バ》貢上《タテマツレとオホセタマヒキ》上」。故《カレ》、受レ命《ミことヲウけテ》以貢上《タテマツレルヒと》人、名《ナハ》和迩吉師《ワニキシ》、即《スナハチ》論語《ロニゴ》[1]十巻《とマキ》・千字文《セニジモニ》一巻《ヒとマキ》、并《アハセテ》十一巻《とヲアマリヒとマキヲ》、付二是人《このヒとニツけテ》一即《スナハチ》貢進《タテマツリキ》。此和尒吉師者《このワニキシハ》文首等祖《フミのオビとラガオヤぞ》。又、貢二上手人《テヒと》韓鍛《カラカヌチ》、名《ナハ》卓素《タクソ》、亦呉服《マタクレハトリの》西素《サイソ》二人《フタリ》一也《ヲタテマツリキ》。又、秦造《ハダのミヤツコ》[2]之祖《ガオヤ》、漢直《アヤのアタヒ》之祖《ガオヤ》及《と》知レ醸レ酒《サけヲカムことヲシレルヒと》人、名《ナハ》仁番《ニホ》、亦名《のハ》須須許理《ススこリ》等《ラ》叅渡来也《マヰワタリキツ》。故《カレ》、是須須許理《このススこリ》、醸二大御酒《オホミキヲカミテ》一以献《タテマツリキ》。於レ是《ここニ》、天皇宇二羅宜是所レ献《このタテマツリシ》之大御酒《オホミキニウラげテ》一而、宇羅宜《ウラげ》三字以レ音。御歌曰《ミウタよミシタマヒシク》、

（楽）

須須許理賀《ススこリガ》　迦美斯美岐迩《カミシミキニ》　（醸　御酒）　和礼恵比迩祁理《ワレヱヒニケリ》　（我　酔）　許登那具志《ことナグシ》　（事無　酒）　恵《ヱ》具志尒《グシニ》　（笑酒）　和礼恵比迩祁理《ワレヱヒニケリ》　（我　酔）。

四九

如レ此之《カク》歌幸行時《ウタヒテイデマシシとキニ》、以二御杖《ミツヱヲもチテ》一打二大坂道中之大石《オホサカのミチナカのオホイハヲウチタマヘバ》[3]一者、其石走避《そのイハハシリサリキ》[3]。故《カレ》、諺《ことワザニ》曰下「堅石《カタシハも》避二酔人《ヱヒビとヲサクとイフ》一也上」。

大山守命の反逆

故《カレ》、天皇崩《カムアガリマシシ》之後《のチニ》、大雀命《オホサザキのミこと》者《ハ》、従二天皇之命《のミことニシタガヒテ》一、以二天下《アめのシタ》一譲《もチテ》二宇遅能和紀郎子《ウヂのワきイラツコニユヅリタマヒキ》一。於レ是《ここニ》、大山守命《オホヤマモリのミこと》者《ハ》違二天皇之命《のミこと》一

吉（卜系）―ナシ
手人（訓）―人手
御（寛以下）―卿
和（延・訓）―知

3「上」をフと訓むのは歌詞のカシのフニによる。「原」の意。「味原（あぢふ）」（万一〇六二）。

4「横臼」を「よクス」と訓むのも歌詞の「よクス」による。
5 [兼]ナカムル　[訓]ウタフ
○↓一一三頁3
6 [延]之を堤池ニエダチ（役）ト為テ　[訓]ツ丶ミイケニエダ丶セテ（役）　[角]堤の池に渡りて　[朝]わたり（渡）のつつみをつくり（為）　[白]わたりの堤の池として
○一四三頁に百済をワタリの屯家としたことから、帰化人の築いた堤の池として、百済の池を作ったと解する[白]の説がよい。
1 [兼]ロンゴトマキセンジモンヒトマキ　[訓]ロムゴトマキセムジモムヒトマキ　[校]ロニゴトマキセニジモニヒトマキ
○漢字三内鼻音のうちn音の表記はよく分らないが、だいたいニの音でなされたものとみて、ロニゴ・セニジモニと訓む。
「文」は「ふみ」の語源と言われているので「モム」と思うかも知れないが、フニ↓フミと転じたもので、そう考えると、モニである。

2「秦」はハタと訓まれてきたが、万葉では「肌（はだ）」の借訓として用いられ、また古語拾遺に、秦氏が献った絹綿が肌よりもやわらかであったので「改二秦字一謂二之波陀一」とあることによってハダと訓む（拙著、五九三頁）。
3 [訓]イシ　[朝]いは
○「大きな石」だからオホイハと訓む。

1↓五一頁4
2 [訓]イクサビト　[校]ツハモノ　[国]いくさ
3 [兼]ツハモノ　[訓]イクサ
4 [訓]イクサビト　[校]ツハモノ　[国]いくさ
○12について[思]はツハモノと訓み武器の意とし、3について[思]はイクサと訓み下文の「兵士」と同じとする(二一六頁)。これは「設レ兵・備レ兵」がツハモノで、「伏二河辺一・隠伏」がイクサだという区別があるとの判断であろう。しかし12の「兵」と3の「兵」との間に差があるとも思えず、また後文に「兵士」とあることから考えると、すべてイクサ(兵士)と訓んでよいと考える。
5 [延]カタビラ(惟)　トバリ　[訓]アゲハリ　[岩]ひきまく
○和名抄「幄、阿計波利、大帳也」。
6↓三〇頁4
7 [兼]フネノカチヲ　[延]フネサホヲ　[訓]フネカヂヲ…マタ(亦)　[校]フネカヂトリヲ(檝者)　[朝]ふなかぢを　[桜]フネ・カヂヲ
○「者」は指示の助字。漢書九四巻下、匈奴伝六四下に「飲器」に「者」をつけて「飲器者」とあるのが参考になる(拙著、一〇五頁)。
8 [兼]ヌノハカマ　[延]アサゴロモハカマ　[訓]ヌノ、キヌハカマ
9↓三〇頁4
10 [延]シヅノ形　[訓]ヤツコノカタチ　[岩]いやしき人のすがた
○シヅノという形は上代に確例はない。ヤツコは下僕の意。それで文字通り訓む[岩]がよい。

《ニタガヒテ》猶《ナホ》欲レ獲二天下《アめのシタヲエムとオもヒテ》一、有下殺二其弟皇子《そのオとミコヲころサムの》一之情《こころアリテ》[1]上、竊二設兵《イクサヲヒソカニマけテ》[2]一将レ攻《せめムとシキ》。尓《シカシテ》、大雀命《オホサザキのミこと》、聞二其兄《そのアニの》備レ兵《イクサヲそナフルことヲキカシテ》[3]、即《スナハチ》遣二使者《ツカヒヲツカハシテ》一、令レ告二宇遅能和紀郎子《ウヂのワきイラツコニツげシめタマヒキ》一。故《カレ》、聞驚《キキオどろカシテ》以レ兵《イクサヲもチテ》[4]伏二河邊《カハのヘニフセ》一、亦其山之上《マタそのヤマのウヘニ》、張二絁垣《キヌガキヲハリ》一立二帷幕《アげハリヲタテテ》[5]一、詐《イツハリテ》以二舎人《とネリヲもチテ》一為レ王《ミコニナシテ》、露《アラハニ》坐二呉床《アグラニイマセ》一、百官《モモのツカサ》恭敬往来《ヰヤマヒユキキスル》之状《サマ》、既《スデニ》[6]如二王子之坐所《ミコのイマスところのごとクシテ》一而、更《サラニ》*為二其兄王《そのアニミコの》渡レ河《カハヲワタラム》之時《とキのタめニ》一、具二舫船《フネ》・檝者《カヂヲそナヘカザリ》[7]*一、舂二佐那《サナ》(木防己)此二字以レ音。葛之根《カヅラのネヲツキ》一、取二其汁滑《そのシルのナメヲトリテ》一而、塗二其船中之簀椅《そのフネのナカのスバシニヌリテ》一、設二蹈《フミテ》應レ仆《タフルベクマけテ》而、其王子者《そのミコハ》、服二布衣褌《ヌノのキヌハカマヲケシテ》[8]一、既《スデニ》[9]為二賤人之形《イヤシキヒとのスガタニナリテ》[10]一、執レ檝《カヂヲトリテ》立レ船《フネニタタシキ》。於レ是《ここニ》、其兄王《そのアニミコ》、隠二伏兵士《イクサヲカクシフセ》[11]一、衣中服レ鎧《ころものナカニよろヒヲキテ》、到二於河邊《カハのヘニイタリテ》一、将レ乗レ船《フネニのラムとスルとキニ》時、望二其嚴舫之處《そのカザレルところヲミサけテ》[12]一、以三為弟王坐二其呉床《オとミコそのアグラニイマスとオもヒ》一、都《カツテ》[13]不レ知二執レ檝《カヂヲトリテ》而立レ船《フネニタタセルヲシラズテ》、即《スナハチ》問二其執檝者《そのカヂトリヲトヒテイヒシク》一曰、「傳三聞茲山《このヤマニ》有二忿怒之大猪《イカレルオホヰアリとツテニキケリ》一。吾《ワレ》欲レ取二其猪《そのヰヲトラムとオもフ》一。若《モシ》獲二其猪《そのヰヲエムヤ》一乎。」。

河(卜系)—阿
絁(延)—絶
帷(訓)—惟
為(底ニヨル)—ナシ(卜系)
者(諸本ニヨル)—訓ハ「亦」ノ誤カトス「者」は助字。頭注7をみよ。
簀(底ニヨル)—簀(延以下)
船(卜系)—ナシ
河(卜系)—阿
乗(寛以下)—垂

尒《シカシテ》、執檝者《カヂトリの》答*曰《こタヘイヒシク》、「不㆑能《アタハジ》也。」。亦《マタ》問曰《トヒテイヒシク》、「何由《ナニのユヱニカ》。」。答曰《こタヘイヒシク》、「[1]時々《よりより》也往々《ところどころニ》也、雖㆑為㆑取而《トラムとスレども》不㆑得《エズ》。是以《ここヲもチテ》、白㆑不㆑能《アタハジとマヲスぞ》也」。渡㆓到河中㆒《カハナカニワタリイタレル》之時《とキニ》、令㆑傾㆓其船㆒《そのフネヲカタブけシめテ》、堕㆓入水中㆒《ミヅのナカニオとシイレキ》。[2]尒乃《シカシテスナハチ》、浮出《ウキイデテ》、随㆑水《ミヅのマニマニ》流下《ナガレクダリキ》。即《スナハチ》流《ナガレテ》歌曰《ウタヒシク》、

五〇

知波夜夫流《チハヤブル》(霊速振)　宇遅能和多理迩《ウヂのワタリニ》(宇治渡)　佐袁斗理迩《サヲトリニ》(棹取)　波夜祁牟比登斯《ハヤケムヒとシ》(速人)
和賀毛古迩許牟《ワガモコニこム》(我[3]仲間来)。

於㆑是《ここニ》、伏㆓隠河邊㆒《カハのヘニフシカクリタル》之兵《イクサ》、[4]彼廂此廂《カナタこナタ》、一時共興《もろともニオこリテ》、矢刺而《ヤサシテ》流《ナガシキ》。故《カレ》、到㆓訶和羅之前㆒《カワラのサキニイタリテ》而沈入《シヅミイリキ》。訶和羅《カワラ》三字以㆑音。故《カレ》、以㆑鉤《カギヲもチテ》探㆓其沈處㆒《そのシヅミシところヲサグレバ》者、繫㆓其衣中甲㆒《そのころものウチのよろヒニカカリテ》而、訶和羅鳴《カワラとナリキ》。故《カレ》、号㆓其地㆒《そこヲナヅけテ》謂㆓訶和羅前㆒《カワラのサキとイフ》也。尒《シカシテ》、掛㆓出其骨㆒《そのカバネヲカキイデシ》[5]之時《とキニ》、弟王《オとミコの》歌曰《ウタヒタマヒシク》、

五一

知波夜比登《チハヤヒと》(霊速人)　宇遅能和多理迩《ウヂのワタリニ》(宇治渡)　和多理是迩《ワタリゼニ》[6](渡手)　多弖流《タテル》(立)　阿豆佐由《アヅサユ》(梓弓
美麻由美《ミマユミ》檀)。伊岐良牟登《イキラムと》(伐)　許々呂波母閇杼《こころハもへど》(心思)　伊斗良牟登《イトラムと》(取)　許々呂《こころ》(心
波母閇杼《ハもへど》思)、母登幣波《もとへハ》(本方)　岐美袁淤母比傳《キミヲオもヒデ》(君思出)、須恵幣波《スヱヘハ》(末方)　伊毛袁淤母《イモヲオも》(妹思)

曰(底ニヨル)—白(下系)

乃(卜系)—今乃　上の「尒」に引かれて「今」と写し、衍字となったもの。

河(兼右傍書)—阿

衣(卜系)—夜
甲(卜系)—申

杼(延・訓)—梯

11 延ツハモノ　訓イクサビト　国いくさ
○↓注3参照。
12↓一五一頁4
13 訓カヂヲトリテフネニタチマセルコトヲバカツテシラズテ　校カツテカヂヲトリテフネニタチ玉フヲモシラズ
○「都不」↓八〇頁2。カツテは陳述副詞なので早く出す方がよいから、校の訓がよい。

1「よりより」の「より」は度の意。従って何度も。往々は「一に非ざるを云ふ。広く場合々々をもいふ語」(三矢重松『古事記に於ける特殊なる訓法の研究』第四章)。

2「尒今乃」の本文は「今」を衍とすべきもの。さて「尒乃」は二十巻本捜神記巻三に「公祖辞譲再三、尒乃聴之曰」の例が見える(拙著九八頁)。

3モコは「聟」と同源で、一緒という意(有坂秀世『上代音韻攷』)とする。ここでは仲間の意。従来「許(もこ)」の意としてきたがそれでは仮名違いである。

4一一四頁1

5「骨」は、されぼね・むくろの意なので、カバネと訓める。それならば、「骨」は「骸」の省文と見る必要はない。

6ワタリゼは「渡り瀬」と解されてきたが、宇治川は激流で「渡る浅瀬」はなく、また激流に檀が生えるわけはない。それで「渡り手」(渡し場)の音変化とする説(土橋『全注釈』)がある。今これによる。

出）比傳《ヒデ》、伊良那祁久《イラナケク》（苛） 曽許介淤母比傳《そこニおもヒデ》（其所思出）、加那志祁久《カナシケク》（愛） 許々介淤母《ここニおも》（此所思
比傳《ヒデ》（出）、伊岐良受曽久流《イキラズそクル》（伐来）。阿豆佐由美麻由美《アヅサユミマユミ》（梓弓檀）。

故《カレ》、其大山守命之骨者《そのオホヤマモリのミことのカバネハ》、葬レ于二那良山一也《ナラヤマニハブリキ》。是大山守命者《このオホヤマモリのミことハ》、土形君《ヒヂカタのキミ》・幣岐《ヘキの》君・榛原《ハリハラの》君等之祖《ラガぞ》。

於レ是《ここニ》、大雀命《オホサザキのミことと》與二宇遅能和紀郎子一《ウヂのワきイラツコと》二柱《フタハシラ》、各《オのもオのも》譲二天下一《アめのシタヲユヅリ》之間《タマフアヒダニ》、海人《アマ》貢二大贄一《オホニヘヲタテマツリキ》。介《シカシテ》、兄《アニハ》[1]辞《イナびテ》令レ貢レ於レ弟《オとニタテマツラシめ》、
*々辞《オとハイナびテ》令レ貢レ於レ兄《アニニタテマツラシめテ》、相譲《アヒユヅリタマフ》之間《アヒダニ》、既《スデニ》経二多日一《アマタのヒヘタリ》。如《カ》
レ此相譲《クアヒユヅリタマフこと》、非二一二時一《ヒとタビフタタビニアラズケバ》[2]。故《カレ》、海人既《アマスデニ》疲二往還一《ユキキニツカレテ》而泣也《ナキキ》。故《カレ》、
諺《ことワザニ》曰下「海人《アマ》[3]乎《ニアレヤ》、因二己物一《ナガものカラ》而泣也《ナク》上」《とイフ》。然《シカアルニ》宇遅能和紀郎子《ウヂのワきイラツコ》者《ハ》、早崩《ハヤクカムアガリマシキ》。故《カレ》、大雀命《オホサザキのミこと》、治二天下一也《アめのシタヲサめタマヒキ》。

又昔《マタムカシ》、有二新羅國王之子一《シラきのコニキシのコアリキ》[4]。*名《ナハ》謂二天之日矛一《アめのヒホことイフ》。是人《このヒと》叅渡来也《マヰワタリキツ》。所二以叅渡来一者《マヰワタリキツルユヱハ》、新羅國《シラきのクニニ》有二一沼一《ヒとツのヌアリ》。名《ナハ》謂二阿具奴摩一《アグヌマとイフ》。自レ阿《ア》下四字以レ音。此沼之邊《このヌのヘニ》、一賤女《アルイヤシキヲミナ》[5]晝寝《ヒルネシテアリ》[6]。於是《ここニ》、日耀《ヒのカカヤキ》[7]如レ虹《ニジのごとク》、指二

土（底右傍書ニヨル）—王
君（兼右傍書）—若
君（延・訓）—若
君（卜系）—若
大（寛以下）—犬
々（底ニヨル）—弟（寛）
乎（延・訓）—平
王（底ニヨル）—主（卜系）
矛（卜系）—弟
沼（卜系）—詔
晝（卜系）—畫

1この兄弟は同母だが、一般的なこととして、アニ・オとと訓む。
2兼一タヒ二タヒノミニ非 延一ツ二ツノ時ニ非 訓ヒトタビフタタビニアラザリケレバ
○「時」は「度」の意。↓前頁1。
3延アマナレヤ己が物ニ因テネナク 訓アマナレヤオノガモノカラネナク 岩あまや己が物によりて泣く 朝あまやなが物から泣く 桜アマナレヤナガものカラナク
○この諺の解釈に、ヤを反語と見ず、感動、強調提示とみて、「海人だからこそ」と解し、モノカラを「海人の生活と藻の殻」との結びつきにおいて、「もの故」とのかけ詞とみる説（円前真二「あまなれやおのがものからなく」『天理大学学報』三四輯）がある。今この解を採るが、「己」はオのガではなくナガと訓みたい。

＝宇遅能和紀郎子

4↓一四三頁7
5兼一リノシヅノメ 岩あるいやしきをみな 訓アルシヅノメ
○↓一五六頁9
6兼ヒルイヌ 訓ヒルネシタリキ
7延ヒカリ 朝かがやき
○カカヤク（名義抄・日葡辞書）と第二音節は清音。↓三一二頁2
1四四頁の「訓二陰上一云二富登一」との割注によりホとと訓む。

＝天之日矛

2兼フルマヒ 訓オコナヒ 岩わざ
3訓タニ 校ヤマタニ
○三国史記や漢訳仏典に「山谷」の例が多い。単に「谷」の意であるから、訓の如く、タニと訓めば

其《その》陰《ホ》[1]上《とヲサシキ》㆒。亦《マタ》有㆓一賤夫《アルイヤシキヲとコアリ》㆒。思㆑異㆓其状《そのサマヲアヤシとオもヒテ》㆒、恒《ツネニ》伺㆓其女人《そのヲミナ》之《の》行《ワザヲウカカヒキ》[2]㆒。故《カレ》、是女人《このヲミナ》、自㆓其晝寢《そのヒルネセシとキヨリ》時㆒、妊身《ハラミテ》、生㆓赤玉《アカダマヲウミキ》㆒。尒《シカシテ》、其《その》所㆑伺《ウカカヘル》賤夫《イヤシキヲとコ》、乞㆓取其玉《そのタマヲこヒトリテ》㆒、恒《ツネニ》裹著㆑腰《ツツミテこシニツけテアリ》。此人《このヒと》營㆔田《タヲ》於㆓山谷《タニ》[3]之《の》間《アヒダニツクリキ》㆒。故《カレ》、耕人等《タヒとラ》之《の》飲食《ヲシものヲ》、負㆓一牛《ヒとツのウシニオホセテ》㆒而、入㆓山谷《タニ》之《の》中《ナカニイルニ》㆒、遇㆓逢其國主《そのコニキシ》[4]之《の》子《コ》、天之日矛《アめのヒホこニアヒキ》[5]㆒。尒《シカシテ》、問㆓其人《そのヒとヲトヒテイヒシク》㆒曰、「何汝《ナぞナガ》飲食《ヲシものヲ》負㆑牛《ウシニオホセテ》入㆓山谷《タニニイル》㆒。汝必《ナレカナラズ》殺㆓食是牛《このウシヲころシテクフニアラムとイヒテスナハチ》㆒」、即捕㆓其人《そのヒとヲトラヘ》㆒、将㆑入㆓獄囚《ヒとヤニイレムとス》㆒。其人《そのヒとガこタヘイヒシク》答曰、「吾《アレ》非㆑殺㆑牛《ウシヲころサムとニハアラズ》。唯《タダ》送㆓田人《タヒとの》之食《ヲシものヲオクルのみ》㆒耳。」。然《シカアレども》猶《ナホ》不㆑赦《ユルサズキ》。尒《シカシテ》、解㆓其腰《そのこシ》之《の》玉《タマヲとキテ》㆒、幣㆓其國主《そのコニキシ》之《の》子《コニマヒシツ》㆒。故《カレ》、赦㆓其賤夫《そのイヤシキヲとコヲユルシテ》㆒、将㆓来其玉《そのタマヲもチキテ》㆒、置㆑於㆓床邊《とこのベニオキシカバ》[6]㆒、即化㆓美麗《ウルハシキ》孃子《ヲとメニナリヌ》㆒。仍《よりテ》婚《マグハヒシテ》為㆓嫡妻《ムカヒメとシキ》㆒。尒《シカシテ》、其孃子《そのヲとメ》、常《ツネニ》設㆓種〻《クサグサ》之《の》珎味《タめツものヲマけテ》[7]㆒、恒《ツネニ》食㆓其夫《そのヲニクハシめキ》㆒。故《カレ》、其國主《そのコニキシ》之《の》子《コ》、心奢《こころオごリテ》詈㆑妻《メヲのルニ》、其女人《そのヲミナ》言《のイヒシク》、「凡《スべテ》吾者《アハ》、非㆘應㆑為㆓汝妻《ナレのメと》㆒之女《ナルべキヲミナニアラズ》㆖。将㆑行㆓吾祖《ワガオヤ》之《の》國《クニニユカムとイヒテスナハチ》㆒」、即竊[8]㆓乗小船《ヲブネニヒソカニのリテ》㆒、逃遁《ニげ》

よい。少くとも「山と谷」の意ではないのであるから、文字通り訓むならヤマダニであってヤマタニではないと思う。また「一」沼・一賤女(夫)・一牛」等「一」を冠するのも異国情緒を誘う。

4 一四四頁にあった。コニキシは「国主」とも「国王」とも書いたが今は諸本の「国主」による。

5 [延]アマノヒボコニアヒアフ [訓]アメノヒボコアヘリ [朝]たまさかに…天の日矛に逢へり [桜]アめのヒホこニタマサカニアヒキ

○説文に「遇、逢也」とあり、尒雅、釈詁に「逢、遇也」とあるので、「遇逢」は連文としてアフと一語で訓むのがよい。確かに尒雅、釈言に「遇、偶也」とあるから、タマサカニアフと訓めそうだが古事記の「遇」は皆アフで、タマサカニまたはタマタマに相当する語例は一つも使用されていないので、この訓は採らない。

さて、遇った相手を主語にする表現が古代的というので[訓]があるが、古事記の措辞ではその場合は、「相手+遇+場所」という措辞形式(八九頁・一三五頁・一五〇頁)となっており、他の場合は「遇+相手」(七七頁他五例)となっていて、特に七七頁の例は「相手ニ遇ヘリ」としか訓めない措辞となっている。今はこの措辞形式なので「相手ニアフ(遇逢)」と訓む。

6 ～バ即の即は不読。

7 →四七頁9

8 「竊」はすぐ動詞にかけて訓む。

赤(兼左傍書)—袁

殺(卜系)—飲「飲」は「殺」の異体字よりの誤写。

囚(寛以下)—図

殺(卜系)—飲

*度《ワタリ》来《キテ》、留レ于二難波《ナニハ》一。《ニとどマリキ》此《こ》者《ハ》坐《イマス》二難波《ナニハ》之《の》比賣《ヒメ》碁曽《ごそ》社《のヤシろニ》一謂《フ》二阿加流比賣《アカルヒメ》神《の》一者《と》也。

於《ここ》レ是《ニ》、天之日矛《アめのヒホこ》、聞二其妻《そのメの》遁《ニげシことヲキキテ》一、乃《スナハチ》追渡《オヒワタリ》来《キテ》、将レ到二難波《ナニハ》一《ニイタ》

之《ラムとセシ》間《アヒダニ》、其渡《そのワタリ》之《の》神、塞《サヘ》以《テ》不レ入《イレズキ》。[1] 故《カレ》、更還《サラニカヘリテ》・泊二多遅摩《タヂマ》國《のクニニハ》一。

即《テキスナハチ》、留二其國《そのクニニとどマリ》一而《テ》、娶二多遅摩《タヂマ》之《の》俣尾《マタヲ》之《ガ》女《ムスメ》、名《ナハ》前津見《サキツミ》[2]一《ヲメトリテ》、

生子《ウメルコ》、多遅摩母呂須玖《タヂマもろスク》。此[3]之子《このコ》、多遅摩斐泥《タヂマひネ》。此之子《このコ》、多遅摩比那《タヂマヒナ》

良岐《ラキ》。此之子《このコ》、・多遅麻毛理《タヂマモリ》。次《ニ》多遅摩比多訶《タヂマヒタカ》。次《ニ》清日子《スガヒコ》[4]。・三柱 此《この》

清日子《スガヒコ》、娶二當摩《タギマ》之《の》咩斐《メひ》一《ヲメトリテ》生子《ウメルコ》、酢鹿《スガ》之《の》諸男《もろヲ》。次《ニ》妹《イモ》菅竈《スガクド》[5]・上由《ユ》

良度美《ラドミ》。此四字以レ音。 故《カレ》、上云《カミニイヘル》多遅摩比多訶《タヂマヒタカ》、娶二其姪《そのメヒ》、由良度美《ユラドミ》一《ニアヒテ》、

生子《ウメルコ》、葛城《カヅラき》之《の》高額比賣《タカヌカヒメ》命《のミこと》。此《こ》者《ハ》息長帯比賣《オキナガタラシヒメ》命《のミこと》之《の》御祖《ミオヤぞ》。 故《カレ》、其天之日矛《そのアめのヒホこの》・持渡《もチワタリ》来《こシ》

物者《ものハ》、玉津寶《タマツタカラ》云而《とイヒテ》、珠二貫《タマフタツラ》。又《マタ》振レ浪《ナミフル》比礼《ヒレ》(領巾)比礼《ヒレ》二字似レ音。・下效レ此。・切レ浪《ナミ》

比礼《キルヒレ》・振レ風《カゼフル》比礼《ヒレ》・切レ風《カゼキル》比礼《ヒレ》。又奥津鏡《オキツカガミ》・邊津鏡《ヘツカガミ》、并《アハセテ》八《ヤ》

種《クサぞ》也。此《こ》者《ハ》伊豆志《イヅシ》之《の》八前《ヤマヘの》大神也《ぞ》。

故《カレ》、茲神之女《このカミのムスメ》、名《ナハ》伊豆志袁登賣《イヅシヲとメの》神坐也《イマシキ》。故《カレ》、八十《ヤソ》神雖レ欲レ得二是《この》

度(諸本ニヨル)—渡(寛以下)

泊(卜系)—伯

子(卜系)—尓

「三柱」上巻ニ準ジテ小字縦書トスル

上(延・訓)—止

持(延・訓)—特

下(卜系)—ナシ

1 →六六頁2

2 兼サキツミ 訓マヘツミ

○延喜式神名帳に「但馬国養父郡佐岐都比古阿流知命神社」とあるによって「前」はサキと訓むべきか。

3 「比之子……比之子……」の系譜形式は、埼玉県稲荷山古墳鉄剣銘の「其児……其児……」に類似している。皇統譜の「娶……生子」の形式とは異なる(下文の葛城之高額比売命系譜がそれ)。

4 兼キヨヒコ 校スガヒコ 朝すみ日子

○下文に「酢鹿(すが)」「菅(すが)」とあるので「清」をスガと訓む。

5 兼カマ 桜クド

○→三四頁1。ここで少し詳しく記す。和田実は声注の「上」に着目して、他の類例の「上」とあるのはすべて第三種名詞で、名義抄アクセントでは平平型となっている。そこで「竈」をカマと訓むのならば、はじめから上声なので注記の必要はなかったはず。もしこれをクド(竈をクドというのはほとんど全国的)と訓めば、現代アクセントで第二類ないし第三類であり、名義抄の「窓、クド」(法下六五オ)に平平の声点があるから、第三類であることは動かない(「古事記の声の註」『国語と国文学』二九巻六号)。これによって、クドと訓む。

秋山之下氷壮夫と春山之霞壮夫

1伊《イ》豆《ヅ》志《シ》袁《ヲ》登《と》賣《メ》一、《ヲエムとスレども》皆《みナ》不二得婚《エアハズ》一。於レ是《ここニ》、有二二《フタハシラの》神一。《アリ》兄《アニハ》号二
秋山之下氷・壮夫《アキヤマのシタヒヲとコとイヒ》一、弟《オとハ》名二春山之霞・壮夫《ハルヤマのカスミヲとコとイフ》一。故《カレ》、其兄《そのアニ》謂二其弟《そのオとニイヒシク》一、
「吾《ワレ》雖レ乞二伊《イ》豆《ヅ》志《シ》袁《ヲ》登《と》賣《メ》一、《ヲこへども》不二得婚《エマグハヒセズ》一。汝《ナハ》得二此孃子《このヲとメヲエムヤ》一乎。」。
答曰《こタへイヒシク》、「易《ヤスク》得也《エム》。」。尒《シカシテ》、其兄《そのアニのイヒシク》曰、「若汝有《モシナレ》レ得二此孃子《このヲとメヲウルことアラ》一者《バ》、
避二上下衣服《カミシモのキものヲサリ》一、2 量二身高《みのタけヲハカリテ》一而釀二甕・酒《ミカのサけヲカミ》一、3 亦《マタ》山河之物《ヤマカハのもの》、悉《ことごと》
4備設《そナへマけテ》、為二宇《ウ》礼《レ》豆《ヅ》玖《ク》一。」5(賭)云《セムと》レ尒《シカイフ》。自レ宇至レ玖以レ音。下效レ此。尒《シカシテ》、其弟《そのオと》如二兄言《アニのイヘルごと》一、
具《ツブサニ》白二其母《そのハハニマヲセバ》一、即其母《そのハハ》取二布遅葛《フヂカヅラヲトリテ》一(藤)而、布遅《フヂ》二字以レ音。一宿之間《ヒとヨのアヒダニ》、織二
縫衣《キヌ》・褌《ハカマ》及襪《とシタグツ》・沓《クツヲオリヌヒ》一、亦作二弓矢《ユミヤヲツクリテ》一、令レ服二其衣《そのキヌ》・褌《ハカマ》等《ラヲキセ》一、6
令レ取二其弓矢《そのユミヤヲトラシめテ》一、遣二其孃子之家《そのヲとメのイへニツカハセ》一者《バ》、其衣服及弓矢《そのキものとユミヤ》、悉《ことごと》
成二藤花《フヂのハナニナリキ》一。於レ是《ここニ》、其春山之霞・壮夫《そのハルヤマのカスミヲとコ》、以二其弓矢《そのユミヤヲもチテ》一、繋二孃子之厠《ヲとメのカハヤニカけキ》一。
尒《シカシテ》、伊豆志袁登賣《イヅシヲとメ》、思レ異二其花《そのハナヲアヤシとオもヒテ》一、将来之時《もチクルとキニ》、立二其孃《そのヲと》
子之後《メのシリニタチテ》一、入二其屋《そのヤニイルスナハチマグハヒシツ》一即婚。7 故《カレ》、生二一子《ヒとりのコヲウミキ》一也。尒《シカシテ》、白二其《その》
兄《アニニマヲシテイヒシク》一曰、「吾者《アハ》得二伊豆志袁登賣《イヅシヲとメヲエツ》一。」。於レ是《ここニ》、其兄《そのアニ》慷二愾弟之婚《オとのマグハヒシ》一

壮(延・訓)―社
壮(訓)―社
酒(卜系)―ナシ
壮(延・訓)―社

1[兼]伊豆志袁登売ヲ得　[思]いづしをトめえむ
○～スルことウとか「安見子得たり」(万九五)とか、「得」はヲ助詞を取らぬと思われがちだが、オ列の後なのでヲが省かれると考える。それで今はヲエムと訓む。
2[延]サケ　[訓]サリ
○「避」はサルと訓む。衣服を避けるとは衣服を脱ぐこと、すなわち降服を意味する。
3[兼]モタヒノ酒カマシ　[前]モタイ(ミカ)ノ酒カマシ　[延]モタヒノ酒ヲカミ　[訓]ミカニサケヲカミ　[校]ミカノサケヲカミ　[岩]はらざけをかみ
○「甕」はミカ。大きなかめ(ミカ)で醸す酒なのでミカのサけ(あるいはミカザけ)と訓む。
4[兼]ソナヘマウケテ　[訓]ソナヘマケテ　[思]まケて
○マクはあらかじめ用意する。それでナフは完備する。それで「備設」は一字一字訓む。四八頁の「設備」もマけそナへテと訓んだ。
5ウレヅクは「賭(かけ)」の意という。語源未詳だが、ウレ(神意を測って)ツク(償、埋め合せをすること)か。ウレヅクヲセムと訓まずサ変に訓む。
6[延]ドモ　[訓]ラ
○上文に「衣・褌及襪・沓」とあるから、傍線部の略として「等」(ラ)をつけたもの。
7→五四頁9。上文に「一宿之間」とあるから、一夜妻たることを予言しているわけで、マグハヒと訓む根拠が明らかである。

以《タルことヲイキどホリテ》[1]、不レ償二其《その》宇《ウ》礼《レ》(賭)豆《ヅ》玖《ク》之《の》物《ものヲツクノハズキ》一。[2]尓《シカシテ》、愁《ウレヘテ》白二其母《そのハハニ》一(現)《マヲシシ》之時《とキニ》、御祖《ミオヤの》答曰《こタヘイヒシク》、「我《ワガ》御世《ミよ》之《の》事《こと》、能《よ》許《ク》曽《こそ》此二字以レ音。神習《カムナラハめ》。又宇《ウ》都《ツ》志《シ》岐《キ》青人草《アヲヒとクサ》習《ナラヘ》乎《ヤ》、不レ償二其物《そのものヲツクノハヌ》一。」。恨二其兄《そのイ》子《のコヲウラみテ》一、乃《スナハチ》取二其《その》伊《イ》豆《ヅ》志《シ》河《ガハ》之《の》河嶋《カハシマの》一節《ヒとよ》竹《ダけヲトリテ》一而、作二八《ヤ》[3]目《め》之《の》荒籠《アラコニツクリ》一、取二其河石《そのカハのイシヲトリ》一、合レ塩《シホニアヘテ》而裹二其竹葉《そのタけのハニツツミテ》一、令レ詛《トゴハシムラク》[4]、「如二此竹葉《このタけのハ》青《のアヲムガごとく》一、如二此《この》竹葉《タけのハ》萎《のシナユルガごとクアヲミシナイよ》一而、青萎。又如二此塩《このシホ》之《の》盈乾《ミチフルガごとクミチひよ》一而、盈乾。又如二此石《このイシ》之《の》沈《シヅムガごとクシヅミこイよ》一而、沈臥。」。如レ此《カク》令レ詛《トゴハシめテ》、置二於烟上《カマドのウヘニオキキ》一。是以《ここヲもチテ》、其兄《そのアニ》、八年《ヤとせ》之間《のアヒダ》、干萎病枯《ひシナイヤみカレヌ》。故《カレ》、其兄患泣《そのアニウレヘナキテ》、請二其御祖《そのミオヤニマヲセバ》一者、即令レ返二其詛戸《そのトゴヒトヲカヘサシめキ》[5]一。於レ是《ここニ》、其身《そのみ》如レ本以安平《もとのごとクタヒラギキ》也。此者神宇礼豆玖《こハカみウレヅク》之言本《のことのもと》者《ぞ》也。

又、此品陀天皇之御子《このホムダのスメラミことのミコ》、若野毛二俣王《ワカヌけのフタマタのオホキミ》[6]、取二其母弟《そのハハのイろど》、百師木《モモシき》伊呂弁《イろべ》、亦名《のハ》弟日賣真若比賣命《オとヒメマワカヒメのミことヲメトリテウミタマヒシコ》一、生子、大郎子《オホイラツコ》、亦名《のハ》意富々杼王《オホホどのオホキミ》。次《ニ》忍坂之大中津比賣命《オサカのオホナカツヒメのミこと》。次《ニ》田井之中比賣《タヰのナカヒメ》。次《ニ》田宮之中比賣《タミヤのナカヒメ》。次《ニ》藤原之琴節郎女《フヂハラのことフシのイラツメ》。次《ニ》取上賣王《トリメのオホキミ》。次《ニ》沙祢《サネの》

1 [延]イタミテ [訓]ウレタミテ [校]イキトホリ [思]ねたみて
○ネタムは嫉妬の訓として適合するので、ここの「慷慨」の訓としては不適。またウレタシ・ウレタサはあるが、ウレタムという動詞の確証はない。イタムは万葉には確例がないが書紀の古訓や新撰字鏡にはある。しかし一般に「慷慨」の訓としてはイキどホル（心に不満がありうっとうしく思う）が最適。
2 名義抄「償ツクノフ」(仏上二二)とあり、クに清の声点あり。
3 [兼]ヤツメ [校]やめ
○実数としてのヤ・ヤツではないと思われる。すると多数の意としては、ヤ・ヤツと訓めるので、何れに訓んでもよい。
4 [兼]トコヒテイハ令 [延]トコヒイハ令 [校]トコハシメテイハク(以上「詛言」の本文) [朝]とこはしむらく [新]とごはしむらく(以上底本「詛」一字の本文)
○下文も「詛」一字なので、ここも底本「詛」一字による。トゴフはのろう意。
5 トゴヒトのトは「のりト」のトと同じく、呪的行為につける接尾語。トゴヒトヲカヘスとは、呪詛による呪縛を戻し解くこと。品物を返すのではない。

‖ 系譜

6 [兼]ノ [訓]ヌ
○「野」はヌともノとも訓まれるが「沼」はヌまたヌマ。一四九頁では「若沼毛二俣王」とあったのでここの「野」はヌと訓む。

乃(延・訓)—及
裹(卜裹)—褁　「褁」ハ「裹」に同じ。
詛(底ニヨル)—詛言(卜系)
沈而(底右傍書ニヨル)—ナシ(卜系)、沈臥而(校)　[校]の補字は合理的だが暫く底右傍書による。
取(諸本ニヨル)—娶(延以下)　「取」は「娶」の省文。
杼(延・訓)—梯
之(底右傍書ニヨル)—已
藤(寛以下)—藤

王《オホキミ》。*七*王《ナナハシラのミコ》。故《カレ》、意富《オホ》〻杼《ホどの》王《オホキミ》者《ハ》、1三國《ミクニの》君・波多《ハタの》君・息長《オキナガの》*坂《サカの》*君・酒人《サカヒとの》君・山道《ヤマヂの》君・筑紫之《ツクシの》*米多《メタの》君・布勢《フセの》君等《ラ》之祖《ガオヤ》也《ぞ》。又、根鳥《ネとリのオホキミ》王、娶㆓庶妹《ママイモ》三腹《ミハラのイラツメ》郎女㆒、生《ヲメトリテウミタマヒシ》子、中日子《ナカツヒコのオホキミ》王。次伊和嶋《イワジマのオホキミ》王。**二柱《フタハシラ》。又堅石《カタシハのオホキミ》王之子者《のコハ》、久奴《クヌのオホキミ》王也《ぞ》。

凡《オホよそ》此品陁《ここのホムダの》天皇御年《のミとシ》、壹佰《モモ》参拾歳《チアマリミソチ》。2*甲午年九月《きのイウマのとシのナガツきの》九日《ここのカニ》崩《カムアガリマシキ》。御陵《ミハカハ》在㆓川内恵賀之裳伏《カフチのヱガのモフシのヲカニアリ》3*崗㆒也。

古事記中《ツ》*巻

1「者」の下の分注は、底本書写の順を誤っている。今は卜系による。

2西暦三九四年に比定できる。

3卜系では「裳伏」と「崗」との間に「百舌鳥陵也」を分注として入れている。これは一種の解釈的書写態度と言えよう。同じことは一四五頁の分注「一名云㆓宇佐由豆留㆒」にも見られた。このような現象は、兼がそのような作為をしたというより、その祖本たる平安朝前期の写本にそのような書込本があったものと考えるのであるが、底本は中巻のみ卜系諸本と同系でありながら、この分注を欠くのは、なお卜系の祖本とは少しく違う本を祖本としたのであろう。ここでは底本がやはり信頼できるのは、他の陵墓記事と比較してのことであるが、もし誤写しても、例えば右の1のように割注の書写の順を誤ったり、類似字体による誤写や、衍字脱字など稚拙なる書写なるが故に、却って祖本復元の契機を与えてくれるのであって、要はさかしらの書写がないということのためである。こういう意味で底本は貴重である。

七王（底ニヨル）—分注（卜系）
坂君（諸本ニヨル）—君。坂田（訓）
米（底ニヨル）—末（卜系）
二柱（底ニヨル）—分注（卜系）
崩御年月日（諸本ニヨル）—ナシ（延・訓）
伏（底ニヨル）—「伏」ノ下「百舌鳥陵也」ヲ分注トセリ（卜系）
巻（諸本ニヨル）—巻終（寛以下）

古事記　下《ッ》巻[1]

仁徳天皇

后妃と皇子女

大雀《オホサザキのみこと》命、坐二難波《ナニハ》之《の》高津《タカツ》宮《のミヤニイマシテ》一 治二天下《アめのシタヲサめタマヒキ》一也。 此天皇《このスメラミこと》、娶二葛城之曽都毗古《カヅラきのそツビコ》之女《ガムスメ》[2]、石之日賣《イハのヒメ》命《のミことヲメトリテ》一、大后《オホキサキ》。** 生《ウミタマヒシ》御子《ミコ》、大江《オホイ》之伊耶本和氣《のイザホワけ》命《のミこと》。次《ニ》墨江《スミのエ》之《の》中津王《ナカツオホキミ》[3]。次《ニ》蝮《タヂヒ》之《の》水歯別《ミヅハワけ》命《のミこと》。次《ニ》男《ヲ》淺津間若子《アサツマワクゴ》宿祢《のスクネ》命《のミこと》。 四柱《よハシラ》**　又、娶二上云《カミニイへル》 日向《ヒムカ》之《の》諸縣君《もラガタのキミ》 牛諸《ウシもろ》之《ガ》女《ムスメ》、髪長比賣《カミナガヒメ》一《ヲメトリテ》、生《ウミタマヒシ》 御子《ミコ》、波多毗能大郎子《ハタビのオホイラツコ》、自レ波《ハ》下四字以レ音。下效レ此。 亦名《のハ》 大日下王《オホクサカのオホキミ》。次《ニ》 波多毗能若郎女《ハタビのワきイラツメ》、亦名《のハ》 長目比賣《ナガめヒメ》*命《のミこと》、亦名《のハ》 若日下部《ワカクサカべ》命《のミこと》。 二柱**　又娶二庶妹《ママイモヤ》八田《タ》 若郎女《のワきイラツメ》一《ヲメトリタマヒキ》。 又娶二庶妹《ママイモ》宇《ウ》遅能若郎女《ヂのワきイラツメ》一《ヲメトリタマヒキ》。 此之二柱《このフタハシラ》、無二御子《ミコ》一也《ナカリキ》。 凡《オホよそニ》 此大雀《このオホサザキの》天皇之御子等《のミコタチ》、并《アハセテ》 六王《ムハシラのミコぞ》。男王五柱《ヒコミコイツハシラ》、女王一柱《ヒメミコヒとハシラ》。 故《カレ》、伊耶本和氣命《イザホワけのミこと》者《ハ》、治二天下《アめのシタヲサめタマヒキ》一。 次《ニ》 蝮之水歯別命《タヂヒのミヅハワけのミこと》亦《も》、治二天下《アめのシタヲサめタマヒキ》一。 次《ニ》 男《ヲ》

1 脚注に記した如く、底本はこの下一行小字にて「十九天皇」の記事を、また卜系諸本では二行割注にて「十　天皇」と記す。宣長は後人竄入説、〔桜〕は平安朝前期竄入説。改めて考えるに、「十九天皇」とは飯豊王（二〇四頁）を天皇に加えたためであろう。しかし飯豊王は記・紀ともに「天皇」としては扱っていないのでこの注記は記・紀成立以後となる。すると加注の時期はいつか。およそ下巻の「天皇」の数が問題になるような時代とは、歴代天皇の代数を記したのが日本紀略であり、さらに第二十四代「飯豊天皇」を立てたのが皇円の扶桑略記であり、その皇円―嘉応元年（一一六九）没―が記・紀を調整して飯豊王を「天皇」として数え、その証拠として「十九天皇」の注記を古事記写本に加えたものであろう。（彼はそれに和銅五年上奏日本紀という名さえ与えた）。院政期のできごとである。「起…尽…」の文型も扶桑略記にある。院政期の事件として削る。（拙稿「古事記下巻第一行の注『十九天皇』考」『皇學館大学紀要』二二輯）。

2 〔兼〕ノ　〔角〕が
○↓二四頁3

3 〔兼〕ナカツノ王　〔訓〕ナカツミコ
○後に天皇となる御子には「命」。それ以外は「王」。王はオホキミ。後文一七八頁に「墨江中王」とあるからナカツオホキミと訓む。

「巻」ノ下ニ、「起大雀皇帝盡豊御食炊屋比賣命凡十九天皇」（諸本）トアレド、延・訓・校ニ削ル。頭注1参照。
雀（卜系）―集
大后（底ニヨル）―分注（卜系）
四柱（底ニヨル）―分注（卜系）
大（卜系）―太
音（卜系）―ナシ
大（卜系）―太
目（底ニヨル）―日（卜系）
二柱（底ニヨル）―分注（卜系）
田（卜系）―田娶
娶（卜系）―ナシ
「二柱…也」（卜系）―分注
大（卜系）―太

淺津間若子《アサツマワクゴ》宿祢命《のスクネのミこと》亦《も》、治二天下一也《アめのシタヲサめタマヒキ》。此《この》天皇之御世《のミよニ》、為二•大后石之日賣命《オホキサキイハのヒメのミこと》之御名代《のミナシろとシテ》一、定二葛城部《カヅラきべヲサダめ》一、亦《マタ》為二太子《ヒツギのミコ》伊耶本和氣命《イザホワけのミこと》之御名代《のミナシろとシテ》一、定二•壬生部《ミブヘヲサダめ》一、亦《マタ》為二水齒別命《ミヅハワけのミこと》之御名代《のミナシろとシテ》一、定二蝮部《タヂヒベヲサダめ》一、亦為二大日下王《オホクサカのオホキミ》之御名代《のミナシろとシテ》一、定二大日下部《オホクサカベヲサダめ》一、為二若日下部王《ワカクサカベのオホキミ》之御名代《のミナシろとシテ》一、定二若日下部《ワカクサカベヲサダめタマヒキ》一。•又役二秦人《ハダヒとヲエタシテ》一[1]作二茨田•堤《マムタのツツミと》及茨田三宅《マムタのミヤけ》一、又作二丸迩池《ワニのイけ》・依網池《ヨサミのイけヲツクリ》一、又*堀二難波之堀江《ナニハのホリイヲホリテ》一而*通レ海《ウミニカヨハシ》、又*堀二小椅江《ヲバシのイヲホリ》一、又定二墨江之津《スミのイのツヲサダめタマヒキ》一。

於レ是《ここニ》、天皇登二高山《タカヤマニのボリテ》一見二四方之國《よものクニヲミテのラシシク》一*詔之、「於二國中《クヌチ》一烟《ニケブリ》不レ發《タタズ》。國皆貧窮《クニみナマヅシ》[2]。故《カレ》、自レ今《イマヨリ》至二三年《ミとセニイタルマデ》一、悉《ことごと》除二人民之課役《オホミタカラのエツきヲユルセ》[3]一」。是以《ここヲもチテ》、•大殿破壞《オホとのヤレコホレテ》[4]、悉《ことごと》雖二雨漏《アめモレども》一、都《カツテ》[5]勿二脩理《ツクろヒタマハズ》[6]一、以レ•椷《ハコヲもチテ》[7]受二其漏雨《そのモルアめヲウけテ》一、遷二•避•于不レ漏處《モラヌところニウツリサリタマヒキ》一。後《のチニ》見二國中《クヌチヲミタマヘバ》一、於レ國《クニ》満レ烟《ニケブリミテリ》。故《カレ》、為二人民《オホミタカラ》富《トメリとシテ》[8]一、*今《イマハと》科二課役《エツきヲオホセタマヒキ》一。是《ここヲ》

1 [延]エタチシ [訓]エダテ、 [岩]えだちて [桜]エタシテ
○名義抄に「役エタス・繇エタス」とある。役ニ立タスの意。そこで[桜]の如く「エタシテ」と訓む。そこ役の音からみると、ヤ行のイの ようだが、今はエとしておく。
2「貧窮」は仏典語。
3 [兼]エタチ [訓]ミツギエダチ [朝]えつき
○「課」はツキ、「役」はイに当るとみて「イツき」と訓む。
4 [延]ヤブレソコネ [訓]ヤレコボレテ [校]ヤブレテ
○ヤブルは自動詞下二段は平安朝的。それで自動詞下二段のヤルで訓む。「壊」はコホル。ホは清音(名義抄)。物の破損する意。
5→八〇頁2
6 [延]ヲサメシツロフコト勿シ [訓]ツクロ(ラ)ヒタマハズ [校]ヲサメツクラズ [角]をさめたまはず [岩]をさめつくることなく [朝]つくろひたまはず
○ここでの「脩理」は修繕の意なので、「ツクろフ」と訓む。
7 [延]ハコ(椷) [訓]ヒ(椷) [校]ツチハモノ(椷) [岩]うつはもの(椷)

聖帝の世

○「椷」は木の箱。単にハコと訓むのがよい。金属の器でない点に注意。
8 [延]為テ [訓]オモホシテ
○オモフならば「以為」と表記するので、ここはシテと訓む。中巻一一三頁「為下……之表上耳」も同じく、オモフではなくスル。
1 [兼]ヒシリノミカト [訓]ヒジリ
2 底本の「世上申也」は「謂」の後人

大(卜系)—太
壬(卜系)—王
又(卜系)—叉
堤(卜系)—提
堀(諸本ニヨル)—掘(延)
通(底ニヨル)—廻(卜系)
堀(諸本ニヨル)—掘(延)
之(諸本ニヨル)—云(延)
大(卜系)—太
椷(延)—械。椷(卜系)、椷(前)
避于(卜系)—于避
今(諸本ニヨル)—令(延)

訓点「止申」の誤写としたのが記伝で、澤瀉久孝・浜田敦（「古事記諸本概説」『帝国学士院紀事』四巻二・三号）が古い傍訓の名残りと再説した。それに対し神では「止申」を温存しようとし思では訓読説を否定している。しかし古事記では宣命大書の時「登」を用いて「止」は用いず、また「申」の用字も異例。記伝説がよい。
3 訓ハナハダ　角いたく　岩いとまねく
○↓一三六頁1
4 延ネタミ　訓ウハナリネタミ
5 訓ミヤノウチヲモエノゾカズ　朝しつと　岩宮のなかにえゆかず　思宮ノナカにむかひえず
○↓四六頁11
6 延アマベ　訓アマ
7 兼スカタキラ〳〵シ　訓カホヨシ　岩かたちうるはし　思かたちきらぎらし
○↓一五二頁3 4
8 兼タカドノ　思たかきうてな
○新撰字鏡「嶢榭、高屋也、无壁之屋也、太加支宇弖奈」とある。壁のある楼（たかどの）とは異なり、壁のない物見やぐら。
9 延ホゼリテ　訓ミサケマシテ　角望み見て
○「望瞻」は二字一訓がよい。
10「黒鞘の」はマ（間）の枕詞。
11 スは黒日売への敬語。もと吉備の海部直氏が采女黒日売に対してつけた敬語。↓一六八頁6
12 恋フはニ（対象格）助詞をとる。

皇后の嫉妬・吉備の黒日売

五二

以《もチテ》、百姓《オホミタカラ》之榮《サカイテ》、不レ苦二役使一《エタチニクルシびズキ》。故《カレ》、稱二其御世一《そのみよヲタタヘテ》、謂二聖《ヒジリの》[1]帝世一也《ミカドのみよとマヲス》[2]。

其大后石之日賣命《そのオホキサキイハのヒメのみこと》、甚多嫉妬《イタクウハナリネタミシタマヒキ》[3][4]。故《カレ》、天皇《の》所レ使《ツカハセル》之妾《ミメ》者《ハ》、不レ得二臨宮中一《ミヤのウチヲエノゾマズ》[5]、言立者《ことダテバ》、足母阿賀迦迩嫉《アシもアガカニネタミタマヒキ》（足　搔）＊。自レ母下五字以レ音。

尒《シカシテ》、天皇聞二看《とキこシメシテ》吉備《キび》海部《のアマベ》[6]直《のアタヒ》之女《ガムスメ》、名《ナハ》黒日賣《クロヒメ》、其容姿《そのカタチ》[7]端正一《ウルハシ》、喚上《メサげ》而使也《テツカヒタマヒキ》。然《シカアルニ》畏二其大后之嫉一《そのオホキサキのネタミマスヲカシコミテ》、逃二下本國一《もとツクニニにげクダリキ》。天皇坐二高臺一《タカキウテナニイマシテ》[8]、望二瞻其黒日賣之船出浮一レ海《そのクロヒメのフネイデテウミニウカベルヲミサけ》[9]以《テ》歌曰《ウタヒタマヒシク》、

淤岐弊迩波《オキへニハ》（沖辺）＊　袁夫泥都羅ゝ玖《ヲブネツララク》（小船連）。久漏耶夜能《クロザヤの》[10]（黒鞘）　摩佐豆古和藝毛《マサヅコワギモ》（真幸子我妹）
玖迩幣玖陁良須《クニへクダラス》[11]（国　下）。

故《カレ》、大后《オホキサキ》聞二是之御歌一《このミウタヲキキテ》、大忿《イタクイカリタマヒテ》、遣三人《ヒとヲ》於二大浦一《オホウラニツカハシテ》追下《オヒオろシ》而《テ》、自レ歩追去《カチヨリオヒヤリタマヒキ》。於レ是《ここニ》、天皇戀二其黒日賣一《そのクロヒメニコひタマヒテ》[12]、欺二大后一《オホキサキヲアザムキテのラシシク》曰、「欲レ見二淡道嶋一《アハヂシマヲミムとオもフとのラシテ》」而、幸行《イデマシシ》之時《とキニ》、坐二淡道嶋一《アハヂシマニイマシ》、

世（訓）―世上申。止甲（兼右傍書「イ無両字」トアリ）、止申（寛）
大（訓）―太
石（卜系）―右
迦（卜系）―ナシ
嫉（底ニヨル）―嫉妬（卜系、但シ「妬」ノ右傍書「イ無」トアリ）、延以下ハ「嫉妬」トス
尒（卜系）―命
大（訓）―太
弊（底ニヨル）―幣（卜系）
久（訓）―文
大（訓）―太
大（卜系）―太
歩（卜系）―出

1古くはハロハロニとハは清音。

2アハシマはオのごろシマと並べられているので、国生み神話をふまえたもので、ここでは国見儀礼の歌。粟島（四国）のことではない。アヂマサの島は檳榔樹の生えている瀬戸内海のどこかの島。

3「放つ島（離れ島）」の意。「サケツシマも」と、「も」がないことに注意（田辺正男『古事記大成』3、三九五頁）。従って「サ食ツ島（四国のこと）」説は採らない。

4底本は「命」とあるが、「令」の誤写と考えられる。卜系の「命令」は黒日売命、令…のつもりであろうが、これは卜系の例の解釈的書写によるもので、本来は「命」の文字がなかったと見るのがよい。同じく本頁一一行目の「黒日売」にも「命」がないのが正しい。

5「菘」は本草和名では「多加奈」。和名抄では「蔓青」が「阿乎奈」。今は歌詞によりアヲナと訓み、春菜の総称と考える。

6「御歌」の敬語がおかしいとて、記伝は「御」を衍かとする。これに対し、土橋寛は、黒日売物語は吉備の海部直に関係ある氏の伝承とすれば、氏出身の后妃に対して、その氏の記録に「御」の敬語が用いられていてもおかしくはない。その資料が整理の段階で敬語が削られずにたまたま残ったと説く（古代歌謡全注釈）。前頁の「国へ下らす」の敬語も同様に考えてよい。

五三　五四　五五

遥《ハロハロニ》[1]望《ミサけテウタヒタマヒシク》歌曰、
淤志弖流夜《オシテルヤ》（押照）　•那*迩波能佐岐用《ナニハのサキヨ》（難波崎）　伊傳多知弖《イデタチテ》（出立）　和賀久迩美礼婆《ワガクニミレバ》（我国見）、
阿波志*麻《アハシマ》[2]（淡島）・淤能碁呂志摩《オのごろシマ》（自凝島）・阿遅麻佐能《アヂマサの》*（檳榔）　志麻母美由《シマもミユ》（島見）。佐氣都志《サけツシ》[3]（離島）
*麻美由《マミユ》（見）。
乃《スナハチ》自二其嶋一傳《そのシマヨリツタヒテ》而、幸二行吉備國一《キびのクニイデマシキ》。尓《シカシテ》、黒日賣《クロヒメ》、•令[4]レ大二坐
其國之山方地一《そのクニのヤマガタのところニオホマサシめテ》而、獻二大御飯一《オホミけヲタテマツリキ》。於レ是《ここニ》、為レ煮二大御《オホミ》
•羹一《アツものヲニムとシテ》、採二其地之菘菜一《そこのアヲナ[5]ヲツムとキニ》時、天皇到二坐其孃子之採レ菘《そのヲとメのアヲナヲツメルところ》處一
歌曰、《ニイタリイマシテウタヒタマヒシク》
夜麻賀多迩《ヤマガタニ》（山県）　麻祁流•阿•袁那母《マケルアヲナも》（蒔菘菜）、岐備比登々《キびヒとと》（吉備人）　等母迩斯都•米婆《ともニシツめバ》（共採）、
多•怒斯久母阿流迦《タノシクもアルカ》（楽）。
天皇上幸《のボリイデマス》之時《とキニ》、黒日賣《クロヒメ》獻二*御歌[6]一《ミウタヲタテマツリテ》曰《イヒシク》、
夜麻登弊*迩《ヤマとヘニ》（倭方）　尓斯布岐阿宜弖《ニシフキアげテ》（西風吹上）、玖毛婆那礼《クモバナレ》（雲離）　曽岐袁理登母《そキヲリとも》（退居）、和《ワ》
礼•和•湏礼•米夜《レワスレめヤ》（我忘）。

弊（底ニヨル）―幣（卜系）

那（卜系）―耶
迩（底ニヨル）―尓（卜系）
波（卜系）―婆
麻（底ニヨル）―摩
令（訓）―命。卜系ハ「命令」トス
羹（卜系）―美
阿（卜系）―河
袁（延・訓）―表
米（卜系）―朱
怒（卜系）―奴
御（諸本ニヨル）―記伝、「御」ハ衍カトス
和湏（延・訓）―湏和
米（卜系）―未

1「隠り処(人目につかない所)」。
2造酒式の供奉料の条に「三津野柏」とあるので、ミツノガシハという形もある。また、タクヅノは栲綱の意であるが、ここは「綱」とあるのでミツナガシハと訓む。葉が三つの角(ツノ)の形をしていることに由来するという。かくれみの。

五六　八田若郎女

3兼ミアハセマス　延～ヲメシツ　訓～ニミアヒマシツ　角～にあひましき　岩～とまぐはひしたまひき　朝よばひたまひき　思まきたまふ
○↓五四頁9
4延カケツカハルル　訓ツカハユル　思おひつかはゆる
○「駈使」は職員令の「駈使丁」と同じ用字で、二字でツカヒをするの意。
5延ヨホロ　国よぼろ
○名義抄に「膕ヨホロ」(仏中一三一)とあり、ホは清音。膕(ひかがみ)を使う人、即ち公用労務者の意。古文書、三(天平勝宝二年)に「与保呂久保」とあるので「よホろ」の仮名遣となる。
6延船ニ遇フ　訓フネアヘリ
○↓一五九頁5
7兼ヒルヨル　訓ヨルヒル
○↓一四三頁2
8兼タハフレ遊マスヲ　訓タハレマスヲ　思たはれたまふを
○広雅に「遊、戯也」とある。タフルの訓よりもタハブルがよい。天皇と若郎女との関係は別に不倫ではなく、「戯遊」に対する「静遊」だから表現効果がある。
9「よク(避)」は上二段活用。

又歌曰《ウタヒシク》、
*夜麻登弊迩《ヤマとへニ》(倭方)　由玖波多賀都麻《ユクハタガツマ》(往誰夫)。　許母理豆能《こもりヅの》[1](隠処)　志多用波・閇都ゞ《シタヨハヘツツ》(下延)
由久波多賀都麻《ユクハタガツマ》(往*誰夫)。
自レ此《こレヨリ》後時《のチニ》、・大后《オホキサキ》為レ将二豊楽《とよのアカリシタマハムとシテ》一而、於レ採二御・綱・柏《ミツナガシハヲトリニ》[2]一、
幸二行木国《きのクニニイデマシシ》一之間《アヒダニ》、天皇婚二八田若郎女《ヤタのワキイラツメニアヒタマヒキ》一。[3]於レ是《ここニ》、・大《オホ》
・后《キサキ》御綱・柏《ミツナガシハヲ》・積二盈御船《ミフネニツミミテテ》一、還幸《カヘリイデマス》之時《とキニ》、所レ駈三使於二水取司《モヒトリのツカサ》一、[4]
吉備国《ニツカハユルキびのクニの》児嶋《コシマの》・之仕丁《よホろ》[5]、是《こレ》退二己国《オのガクニニマカルニ》一、於二難波之・大渡《ナニハのオホワタリニ》一、遇二
所レ後《オクレタルクラヒとメの》倉人女之船《フネニアヒキ》[6]一。乃語《スナハチカタリテイヒシク》云、「天皇者《ハ》、比日《このころ》婚二・八田若郎《ヤタのワキイラ》
女《ツメニアヒタマヒテ》一、而、昼夜戯遊《ヒルヨルタハブレマスヲ》[7][8]、・若大后《モシオホキサキハ》不レ聞二看此事《このことヲキこシメサネカも》一乎、静《シヅカニ》
遊幸行《アソビイデマス》。」。尒《シカシテ》、其倉人女《そのクラヒとメ》、聞二此語言《このカタルことヲキク》一即《スナハチ》、追二近御船《ミフネニオヒチカヅキテ》一、
・白《マヲセル》之状《サマ》、・具《ツブサニ》如二仕丁《よホろ》之言《のことのごとシ》一。於レ是《ここニ》、・大后《オホキサキ》・大恨怒《イタクウラみイカリマシテ》、載二其《その》
御船《ミフネニのセタル》一之御綱柏者《ミツナガシハハ》、悉《ことごと》投二棄於レ海《ウミニナげウテタマヒキ》。故《カレ》、号二其地《そこヲナ》一
謂《ヅけテ》二御津前《ミツのサキとイフ》一也。即《スナハチ》不レ入二坐宮《ミヤニイリマサズテ》一而、引二避其御船《そのミフネヲヒキよきテ》[9]一、

歌(底ニヨル)―哥(卜系)
弊(底ニヨル)―幣(卜系)
豆(卜系)―定
閇(卜系)―門
大(訓)―太
綱(卜系)―緹
柏(延・訓)―掐
大(訓)―太
后(卜系)―舌
柏(延・訓)―栢
積(卜系)―穳
之(卜系)―郡。兼・前ニハ「之」ノ右ニ「郡イ」トアリ
　底本恐らく祖本に「郡」とあったのに拠ったのであろう。
大渡(卜系)―太疾
八(卜系)―入
大(訓)―太
白(卜系)―曰
具(卜系)―其
大(訓)―太
大(卜系)―太

•泝レ於二堀江一《ホリイニサカのボリ》、随レ河而《カハのマニマニ》 上二幸山代一《ヤマシロニのボリイデマシキ》。此時《このとキニ》 歌曰《ウタヒタマヒシク》、

都藝泥布夜《ツギネフヤ》1(継根生) ゝ麻志呂賀波袁《ヤマシろガハヲ》(山代河) 迦波能煩理《カハのボリ》(河上) 和賀能煩礼•婆《ワガのボレバ》(我上)、•迦波能倍迩《カハのヘニ》(河傍) 淤斐陀弖流《オひダテル》(生立) 佐斯夫袁《サシブヲ》(烏草樹)。 佐斯夫能紀《サシブのき》(烏草樹木)、 斯賀斯多迩《シガシタニ》2(其下) 淤斐陀弖流《オひダテル》(生立) 波毗呂《ハビろ》(葉広) 由都麻都婆岐《ユツマツバキ》(斎・真椿)、 斯賀波那能《シガハナの》(其花) 弖理伊麻斯《テリイマシ》(照坐) 芝賀•波能《シガハの》(其葉) 比呂理伊麻須波《ヒろリイマスハ》(広坐)、 淤富岐美呂迦母《オホキミろカも》(大君)。

即《スナハチ》 自二山代一廻《ヤマシろヨリめグリテ》、到二坐那良山口一《ナラのヤマのクチニイタリマシテ》 歌曰《ウタヒタマヒシク》、

都藝泥布夜《ツギネフヤ》(継根生) ゝ麻斯呂賀波袁《ヤマシろガハヲ》(山代河) 美夜能煩理《ミヤのボリ》(宮上) 和賀能煩礼婆《ワガのボレバ》(我上)、 阿袁迩余志《アヲニよシ》(青土) 那良袁須疑《ナラヲスぎ》(奈良過)、 袁陁弖《ヲダテ》(小楯) 夜麻登袁須疑《ヤマとヲスぎ》(大和過)、 和賀美賀本斯《ワガミガホシ》(我見欲) 久迩•波《クニハ》(国)、 迦豆良紀《カツラき》(葛城) 多迦美夜《タカミヤ》(高宮) 和藝*弊能阿多理《ワギへのアタリ》(我家辺)。

如レ此歌而還《カクウタヒテカヘリタマヒテシマシ》、暫入二坐。箇木韓人《ツツきのカラヒと》、名奴理能美之家一也《ナハヌリのミガイヘニイリマシキ》。

天皇聞下看*其•大•后•自二山代一上幸上《そのオホキサキヤマシろヨリのボリイデマシヌとキこシメシテ》而、使下舎人《とネリ》名《ナハ》謂二鳥山一《とリヤマと》人上《イフヒとヲツカハシテ》、送二御歌一《ミウタヲオクリタマヒテのリタマヒシク》3 曰、

夜麻斯呂迩《ヤマシろニ》(山代) 伊斯祁《イシケ》(及)。 登理夜麻《とリヤマ》(鳥山)。 伊斯祁《イシケ》(及)。 伊斯祁《イシケ》(及)。 阿賀波斯豆《アガハシヅ》(我愛妻)

泝(寛以下)—涇。洐(卜系)
婆(卜系)—波
迦(卜系)—賀
斯(卜系)—期
波(卜系)—婆
波(卜系)—婆
弊(底ニヨル)—幣(卜系)
箇(底右傍書ニヨル)—簡。筒(卜系)
其(諸本ニヨル)—ナシ(延・訓)
大(訓)—太
后(卜系)—居
自(卜系)—目

1ツギネフは「山代」にかかる枕詞であるが、ツギネ(水木科の植物「花筏」)フ(生)で、灌木花筏は山の背面(うしろ)に生えるので「山背」(やましろ)にかかる枕詞となった。花筏はツギネという如く、根が次から次へと継続している(鴻巣隼雄「『つぎねふ』山背考」『万葉の発想』所収)。

五七

2シ(其)はサシブ(烏草樹)をさしこれはつつじ科の常緑灌木である。その木の下に、背の高い葉の広い繁茂した椿が生えているということはあり得ない。従ってこれは矛盾だと言われてきたが、新では、あえて事実を倒置して、神聖な椿‖天皇を卑小化してみせた虚構と考えると、皇后の嫉妬心の言わせた強烈な皮肉——自分以外の女性に対しては「照りいまし」「広りいます」——な表現として理解できよう。すると矛盾ではなくなるのである。

五八

3兼御歌送テ 訓オクリタマヘルミウタ 国送りて御歌よみしたまひつらく

○記伝は「鳥山が行くを送り賜ふ御哥なり」という。つまり「御歌を送る」というのがおかしいというわけだが、すでに紙に書かれた文字による歌とみれば何ともないし、口うつしによる伝達と見ても通る。「鳥山」は名の如く音信の伝達使者である。一八六頁「天飛ぶ鳥も使そ」が参考になる。

山城の筒木の宮

五九

*麻迩《マニ》 伊斯岐阿波《イシキアハ》（及 遇）牟*加母《ムカも》。

又續《ツギテ》遣二丸迩臣口子一《ワニのオミクチコヲツカハシテ》 而歌曰《ウタヒタマヒシク》、

六〇

美母呂能《ミもろの》[1]（御諸） 曽能多迦紀那流《そのタカきナル》（其 高 城） 意富韋古賀波良《オホヰコガハラ》（大 韋 古 原）。 意富韋古賀《オホヰコガ》（大 猪子） 波《ハ》
良迩•阿流《ラニアル》（腹 在）、 岐毛牟加布《キモムカフ》（肝 向） 許々•呂袁陁迩•迦《こころヲダニカ》（心） 阿比淤母波受阿良牟《アヒオもハズアラム》（相 思）。

又歌曰《ウタヒタマヒシク》、

六一

都藝泥布《ツギネフ》（継根生） 夜麻志呂賣能《ヤマシろメの》（山 代女） 許久波母知《こクハもチ》（木 鍬 持） 宇知斯淤富•泥《ウチシオホネ》（打 大根）、 々士漏《ネジロ》（根白）
能《の》 斯漏多陁牟岐《シロタダムキ》（白 腕）、 麻迦受[2]祁婆許曽《マカズケバこそ》（枕） 斯良受登母伊波•米《シラズともイハめ》（知 言）。

故《カレ》、是口子臣《このクチコのオミ》、白二此御歌一《このミウタヲマヲス》之時《とキニ》、大雨《イタクアめフリキ》。尓《シカシテ》、不レ避二其雨一《そのアめヲサラズ》、
參二伏前殿戸一者《マヘツとのトニマヰフセバ》、違《タガヒテ》[3]出二後戸一《シリツトニイデタマヒ》、參二伏後殿戸一者《シリツとのトニマヰフセバ》、
違《タガヒテ》出二前戸一《マヘツトニイデタマヒキ》。尓《シカシテ》、匍匐《ハヒ》[4]進*赴《ススミオもブキテ》、•跪レ于二庭中一《ニハナカニヒザマヅキシとキニ》[5]時、水《ニハタ》[6]
潦《ヅミ》至レ腰《こシニイタリキ》。其臣《そのオミ》服下著二紅•紐一《アカキヒモツけシ》青摺[7]衣上《アヲズリのキヌヲキテアリ》。故《カレ》、水潦《ニハタヅミ》拂二紅《アカキ》
•紐一《ヒモニフレテアヲみナ》、青皆變二紅色一《アカキイろニナリキ》。尓《シカシテ》、•口子《クチコ》臣之妹[8]《のオミガイモ》、•口日賣《クチヒメ》、仕二奉•大后一《オホキサキニツカヘマツレリ》。
故《カレ》、是口比賣《このクチヒメ》*歌曰《ガウタヒシク》、

1「ミもろ」はミもりの母音交替。ミもりは御森で、神の宿ります森。この種の森をもち人が大切に守る山がミもろ山で、三輪山、鹿背山等が著名。ここでは奈良県御所（ごせ）市三室山をさす。また「ミもろツク」という枕詞は「御森に神霊が憑く」の意で、その御森がある山と続く。ミムロは「御室」の意。ヤシろ建築との関係による。
2→六六頁2・九三頁4
3「違」は人を避けて会わないようにする意。→五四頁脚注
4 延進ミ赴キ 訓シジマヒテ（退の誤りか） 校ス丶ミテ
○「匍匐進退」といった熟語（ぐずぐずする）とみるのではなくて、後文「跪レ于二庭中一」と関連させると、「進赴」でなくてはならない。諸本異同なし。
5 霊異記に「跪、比左末ツ支天」（上、一八話）とある。
6「庭多豆水」（万四二一四）や名義抄法上三一にヅに濁点あり。
7 一九六頁には「丹揩袖」とあり、ここの「摺」と字が異なる。スルは「揩」が正しく、「摺」はその草体よりの誤りである（澤瀉久孝『万葉の作品と時代』一三六頁）が、底本では「摺」「揩」両用。
8「妹」と「兄」はイモ・セと訓まれる。イモは兄弟にとっての結婚の相手、セは姉妹にとっての結婚の相手をいい、後に男女間の結婚の相手をいう（品川滋子「イモ・セの用語からみた家族・婚姻制度」『文学』二七巻七号）。ここは歌詞からセ→イモと訓む。

麻（底ニヨル）—摩（卜系）
加（底ニヨル）—迦（卜系）
阿（延・訓）—河
呂（訓）—ナシ
迦（卜系）—賀
泥（卜系）—ナシ
米（卜系）—未
赴（諸本ニヨル）—記伝「退」ノ誤リカトス
跪（卜系）—施
紐（卜系）—細
子（卜系）—ナシ
日（卜系）—自
大（卜系）—太
比（底ニヨル）—日（卜系）
人名表記必ずしも統一なし。

夜麻志呂能《ヤマシろの》(山代)•　都〻紀能美夜迩《ツツきのミヤニ》(筒木宮)　母能麻袁須《ものマヲス》(物申)　•阿賀勢能岐美波《アガセのキミハ》(我兄君)、
那美多具麻志母《ナミタグマシも》(涙)。

尒《シカシテ》、•大后《オホキサキ》問二其所由一《そのユヱヲトヒタマヒシ》之時《とキニ》、答•白《こタヘマヲシシク》、「僕之兄《アガセ》[1]、口子臣也《クチコのオミぞ》。」。
於レ是《ここニ》、口子臣《クチコのオミ》、亦其妹口比賣《マタそのイモクチヒメ》及《と》奴理能美《ヌリのミ》、三人議《ミタリハカリテ》而、令レ奏二
天皇一《ニマヲサシめテイヒシク》云、「•大后幸行所•以者《オホキサキのイデマシシユヱハ》、奴理能美之所レ養《ヌリのミガカヘル》虫《ムシ》、一度《ヒとタビハ》
為二匍虫一《ハフムシニナリ》、一度《ヒとタビハ》為レ•殻《カヒゴニナリ》[2]、一度《ヒとタビハ》為二•蜚鳥一《とブとリニナリテ》[3]、有下變二三色一《ミクサニカハル》之奇《アヤシキ》
虫上《ムシアリ》。•看二行此虫一《このムシヲミそこナハシテ》[4]而入坐耳《イリイマセルニこそ》。更《サラニ》無二異心一《ケシキこころナシ》」。如レ此奏時《カクマヲスとキニ》、
天皇詔《ののラシシク》、「然者《シカアラバ》吾《アも》思二奇異一《アヤシとオもへバ》。故、欲二見行一《ミニユカナ》」。自二大宮一上《オホミヤヨリのボリ》
幸行《イデマシテ》、入二坐奴理能美之家一《ヌリのミガイへニイリイマシシとキニ》時、其奴理能美《そのヌリのミ》、己《オのガ》所レ養《カヘル》之三種《ミクサ》
虫《のムシヲ》、獻レ於二•大后一《オホキサキニタテマツリキ》。尒《シカシテ》、天皇御二•立其•大后《そのオホキサキの》所レ坐《イマセルとの》殿戸一《トニ》、[5]《ミタ》
歌曰《タシマシテウタヒタマヒシク》、

都藝泥布《ツギネフ》(継根生)　夜麻斯呂賣能《ヤマシろメの》(山代女)　許久波母知《こクハもチ》(木鍬持)　宇知斯意富泥《ウチシオホネ》(打大根)、佐和佐《サワサ》[6](騒々)
和迩《ワニ》*　那賀伊弊*勢許曽《ナガイへセこそ》(汝言)、宇•知和多須《ウチワタス》(打渡)　夜賀波延那須《ヤガハイナス》[7](八桑枝)　岐伊理麻《キイリマ》(来入)

能(卜系)―能之
阿(卜系)―河
白(寛以下)―曰
由(卜系)―申
大(卜系)―太
大(卜系)―太
以(卜系)―次
殻(訓)―穀。皷(卜系)、
榖(延)、蠶(校訂)、瞉(白帝)
蜚鳥(意改)―飛鳥。非レ虫(卜系)、蜚(延)
看(訓)―者
大(卜系)―太
立(卜系)―云
大(卜系)―太
迩(底ニヨル)―尒(卜系)
弊(底ニヨル)―幣(卜系)
知(卜系)―和

六二

1歌詞によりセと訓む。
2兼ツ、ミ(鼓)　延モミ(穀)　訓カヒコ(殻)　校クサフ(蠶)　白カコヒ(瞉)
○右のように諸字形と諸訓が想定されている。考える次第としてまずハフ虫→x→トブ鳥(蛾)の順をもつ「養虫」だということ。これは「蚕」(かふこ)であるか

‖三色の奇虫

らxは蛹の入っている「繭」をさすことになる。すると卵のカラと類似しているので、「殻」の文字としてカヒゴと訓むのが最もぴったりすると考える。
3延ツノムシ(蜚)　訓トブトリ
○「蜚」は「飛」の古字。従って和銅奏覧本には「蜚鳥」とあったはずと考えられる。それが平安朝前期の訓読本において「飛」の訓詁がなされた。それが底本に伝えられた。一方卜系は「蜚鳥」を「非虫」と写してしまった(小島憲之『上代日本文学と中国文学』上、二一五頁)。
4訓ミソナハシニ　校ミソナハサムトシテ　桜ミソナハシテ　新みそこなはして
○二つの動作が同時に行われる時のテ→七〇頁5
5→二九頁3
6大根の根白(ねじろ)の爽やかさから「騒々」(さわさわ)を導く。

六三

7「弥木栄」説よりも「八桑枝」説がよい。桑の繁茂することはよく知られており、また養蚕説話でもある。特に仁徳紀歌謡(五六番)に「末桑(うらぐは)の木」とあるのが参

参来）
韋《キ》久《ク》礼《レ》。

此《この》天皇与《と》二大后《オホキサキと》一所レ歌《ウタヒタマヘル》之六歌者《ムツのウタハ》、[1]志都歌《シツウタ》之《の》[2]＊歌＊返《ウタヒカヘシぞ》也。

六四　八田の一本菅

天皇、戀二八田若郎女《ヤタのワキイラツメ》一[3]《ニコひタマヒテ》賜二遣御歌一《ミウタヲタマヒツカハシキ》。其歌曰《そのウタニイヒシク》、

夜多能《ヤタの》（八田）　比登母登須宜波《ヒともとスげハ》（一本菅）、古母多受《コもタズ》（子持）　多知迦阿礼那牟《タチカアレナム》（立[4]荒）。阿多良《アタラ》（可惜）
須賀波良《スガハラ》（菅原）。許登袁許曽《ことヲこそ》（言）　須宜波良登伊波米《スげハラとイハめ》（菅原言）。阿多良須賀志賣《アタラスガシメ》（可惜清女）。

尓《シカシテ》、八田《ヤタ》若郎女《のワキイラツメ》、答《こタヘテ》　歌曰《ウタヒシク》、

夜多能《ヤタの》（八田）　比登母登須宜波《ヒともとスげハ》（一本菅）　比登理袁理登母《ヒとリヲリとも》（一人居）。意富岐弥斯《オホキミシ》（大君）　与斯《よシ》（良）
登岐許佐婆《ときこサバ》（聞）　比登理袁理登母《ヒトリヲリとも》（一人居）。

故《カレ》、為二八田《ヤタ》若郎女之御名代《のワキイラツメのミナシろとシテ》一、定二八田部《ヤタべ》一也《ヲサダめタマヒキ》。

六五　女鳥王と速総別王の反逆

亦《マタ》、天皇以二其弟《そのオと》　速総別王《ハヤブサワけのオホキミヲもチテ》一為レ媒《ナカヒととシテ》[5]而、乞二庶妹《ママイモ》女鳥王《メどリのオホキミ》一。《ヲこヒタマヒキ》

尓《シカシテ》、女鳥王《メどリのオホキミ》　語二速総別王一《ハヤブサワけのオホキミニカタリテイヒシク》曰、「因二大后之強《オホキサキのオズキ》[6]一、《ニよリテ》
不レ治二賜八田若郎女一《ヤタのワキイラツメヲヲサめタマハズ》。故《カレ》、思レ不二仕奉一《ツカヘマツラジとオもフ》。吾《アハ》
為二汝命之妻一《イマシミことのメニナラムとイヒテ》」、即《スナハチ》相婚《アヒキ》。是以《ここヲもチテ》、速総別王《ハヤブサワけのオホキミ》　不二復《カヘリこと》

歌返（底ニヨル）―返歌（卜系）
袁（延・訓）―表
若（卜系）―ナシ
代（卜系）―ナシ
命（卜系）―今

考になる。
1「下（シ）ツ歌」（調子を下げて歌う）の意か。シヅ（静）ではない。
2 兼カヘシ歌（返歌）　国うたひかへし（歌返）
○底本による。琴歌譜にも「歌返」とある。変曲の意か。
3 兼ヲ　角に
○恋フは通常～ニ。眼前に無いものに心惹かれる意なので、格助詞ニをとるわけである。
4 アル（下二段）は生気を失う意。荒れる。
5 延ナカダチ　訓ナカビト
○書紀古訓や名義抄（高山寺本五五ではナカダチの声点あり）にナカダチとあるが、霊異記中三四話にナカヒト、催馬楽・浅水に「名加比止」とあり、これの方が古いか。
6 訓オズキ　朝おすき　校コハキ
○古語拾遺に「天乃於須女、其神強悍猛固、故以為レ名、今俗強女謂二之於須志一此縁也」とある。従来オズシと訓まれる。桜では、「臼女」とかけられているので、オスシと清音であったろうと述べたが、天のウズメについての民間語源説話として考えるならば、やはりオズメの発音で考える必要がある。強情で恐しい女の意。名義抄に「佐・忔、オゾクレタリ」とある。但しウズメは「髪飾り（ウズ＝神霊のよりまし）メ（女）」の意。

奏《マヲサズキ》一。尓《シカシテ》、天皇直二幸女鳥王《メどりのオホキミの》之所レ坐《イマスところニタダニイデマシテ》而、坐二其殿戸《そのとのト》之《の》閾《シキミの》[1]上《ヘニイマシキ》一。於レ是《ここニ》、女鳥王《メどりのオホキミ》坐レ機《ハタニイマシテ》而織レ服《ミそオラシキ》。尓《シカシテ》、天皇《の》歌曰《ウタヒタマヒシク》、

六六

（女鳥）賣杼理能《メどりの》　（我　王）和賀意富岐美能《ワガオホキミの》　（織　機）＊於呂須波多《オろスハタ》、（誰　料）他賀多泥呂迦母《タガタネろカも》。

六七

女鳥王《メどりのオホキミ》、答《こタヘテウタヒシク》歌曰、

（高　行）多迦由久夜《タカユクヤ》　（速　総　別）波夜夫佐和氣能《ハヤブサワけの》　（御　襲　御　料）美淤須比賀泥《ミオスヒガネ》。

故《カレ》、天皇知二其情《そのこころヲシラシテ》一、還二入於レ宮《ミヤニカヘリイリマシキ》。＊此時《このとキニ》[2]、其《その》•夫《ヲ》[3]速総別《ハヤブサワけの》

六八

王《オホキミ》、到来之時《キマセルとキニ》、其妻女鳥王《そのメメどりのオホキミのウタヒシク》歌曰、

（雲雀）比婆理波《ヒバリハ》　（天　翔）阿米迩迦氣流《アめニカけル》。（高　行）多迦由玖夜《タカユクヤ》　（速　総　別）波夜夫佐和氣《ハヤブサワけ》。（鷦　鷯　取）＊佐耶岐《サザキ》登良佐泥《とラサネ》。

天皇聞二此歌《このウタヲキカシテ》一、即《スナハチ》興レ軍《イクサヲオこシ》欲レ•殺《ころサムとシタマヒキ》。尓《シカシテ》、速総別王《ハヤブサワけのオホキミ》•女鳥王《メどりのオホキミ》、共逃退《ともニにげそキテ》而、•騰レ于二倉椅山《クラハシヤマニのボリキ》一。於レ是《ここニ》、速総別王《ハヤブサワけのオホキミのウタ》歌曰《ヒシク》、

1華厳経音義私記に「閫、門限也、之岐美」とあり、和名抄に「閾、一名閫」とあり「之岐美、俗云度之岐美」の訓を挙げる。

2[兼]此ノ時　[訓]コノノチ　[校]コノゴロ（此時）

○記伝は「此時後・此後時」と、「後」の字脱かとし、[校]は「比時」とした。それは「此時…之時」と「時」が重なるからである。しかし重なってもおかしくはない。諸本に従う。

3[兼]ヲト　[延]セナ　[訓]ヲ　[角]ひこぢ

○結婚すれば、夫はヲ、妻はメ。

↓五四頁12

於（底ニヨル）—淤（卜系）

此（諸本ニヨル）—比（校訂）

夫（卜系）—又

耶（底ニヨル）—邪（延以下）

殺（寛以下）—玖

騰（卜系）—勝

六九

1(梯立)波斯多弖能《ハシタテの》　(倉椅山)久良波斯夜麻袁《クラハシヤマヲ》　(嶮)佐賀志美登《サガシミと》、(岩懸)伊波迦伎加泥弖《イハカキカネテ》
(我手取)和賀弖登良須母《ワガテとラスも》。

又歌曰《ウタヒシク》、
(梯立)波斯多弖能《ハシタテの》　(倉椅山)久良波斯夜麻波《クラハシヤマハ》、(嶮)佐賀斯祁杼《サガシケど》　(妹登)伊毛登能煩礼波《イモとのボレバ》2
(嶮)佐賀斯玖母阿良受《サガシクもアラズ》。

七〇

故《カレ》、自二其地一《そこヨリ》逃亡《ニげウセテ》、到二宇陁之蘓迩一《ウダのソニニイタリシとキニ》時、御軍《ミイクサ》追到《オヒイタリテ》而殺也《ころシキ》。
其将《そのイクサのキミ》軍山部《ヤマベの》大楯連《オホタテのムラジ》、取下其女鳥《そのメどリの》王《オホキミの》所レ纏二御手一《ミテニマカセル》之玉釼《クマクシろヲ》*上3
而与二《トリテ》己《オのガ》妻一《メニアタヘキ》。此時之後《このとキののチ》4、将レ為二豊樂一《とよのアカリシタマハムとスル》之時《とキニ》、氏ゝ之《ウヂウヂの》
女等《ヲミナラ》、皆朝《みナミカドマヰリス》参。尓《シカシテ》、大楯連之妻《オホタテのムラジガメ》、以二其王之玉釼一《そのミコのタマクシろヲもチテ》*、纏レ于二
己手一《オのガテニマキテ》而参赴《マヰオもブケリ》。於レ是《ここニ》、大后《オホキサキ》石之日賣命《イハのヒメのミこと》、自《みヅカラ》取二大御酒柏一《オホミキのカシハヲ》、
賜二諸《トラシテもろもろの》氏ゝ之女等一《ウヂウヂのヲミナラニタマヒキ》。尓《シカシテ》、大后《オホキサキ》見二知其玉釼一《そのタマクシろヲミシリタマヒテ》*、不
レ賜二御酒柏一《ミキのカシハヲタマハズテ》、乃引退《スナハチヒキそけタマヒキ》。召二出其夫大楯連一《そのヲオホタテのムラジヲメシイデテ》、以詔之《のラシシク》*、
「其王等《そのミコタチ》、因レ无レ礼《ヰヤナキニよリテ》而退賜《そけタマヒキ》。是者《こハ》無二異事一耳《ケシキことナクこそ》5。夫之奴乎《そレのヤッコヤ》6。

1 倉は高く建てられていたので、梯子を立てて昇ったと解されているが、本来はそうではなく、又木（またぎ）で、V字形・Y字形をした木）をハシと言ったもので、それを立て、その又木の股になった所が、高所から来臨する神の座―これをクラと言った―になったので、ハシタテの→クラという（井手至「垂仁紀ハシタテの諺の性格」『国語国文』三〇巻一二号）。

2 「波」をバに用いること、清濁両用。

3 兼カンサシ（釵）訓クシロ（釧）
○今日では「釧」の字体を用いるが諸本「釼」とある。この文字は、木村正辞の訓義弁証にいうように、「紐」を「紉」と書いたので、その糸偏を金偏に改めた一種の国字である。すでに新撰字鏡には「釧、金契也、久自利、又太万支」と「釼、環也、釧也」との両字を掲げている。「クシろ」は腕輪の意。

4 兼コノ時ノ後　訓コノノチ
○文字通り訓む。

5↓四一頁1

6 訓ソレノヤツコヤ　校カノヤツコヤ　思をがやつこや
○思は「夫としての賤しき男よ」の意とするが「夫」を妻に対する男（ヲ）の意に限定しすぎたために生じたもの。「其の年」を「それの年」と言うように「其の」の強調形と考えたい。

弖（卜系）―旦

杼（延・訓）―拂

手（卜系）―牟
釼（諸本ニヨル）―釵
（延）、釧（訓）
以下同ジ

己（訓）―巳
手（卜系）―午
之（卜系）―ナシ
大（卜系）―太
大（訓）―太
大（卜系）―太
之（諸本ニヨル）―云
（延）
因（卜系）―固
無（卜系）―ナシ
之（延・訓）―云

所レ纒二己君之御手一《オのガキミのミテニマカセル》*玉釧《タマクシろヲ》、於二膚熅一《ハダもアタタけキニ》剝持来《ハギもチキテ》、即《スナハチ》与二己《オのガ》
妻一《メニアタヘツルことと》」、乃《のラシテスナハチ》[1]給二死刑一《ころスツミニオこナヒタマヒキ》也。
亦一時《マタアルとキニ》、天皇為レ将二豊樂一《とよのアカリシタマハムとシテ》而、幸二行日女嶋一《ヒメシマニイデマシシ》之時《とキニ》、於二
其嶋一《そのシマニ》鴈《カリ》生レ卵《コウミキ》。尒《シカシテ》、召二[2]建内宿祢命一《タケウチのスクネのミことヲメシテ》、以レ歌《ウタもチテ》問二鴈《カリの》生
レ卵《コウミシ》之状一《サマヲトヒタマヒキ》。其歌《そのウタニのラシシク》曰、

[3](霊 尽)多麻岐波流《タマキハル》 (内 朝臣)宇知能阿曽《ウチのアそ》。(汝)那許曽波《ナこそハ》 (世 長 人)余能那*賀比登《よのナガヒと》。蘊良美都《ソラミツ》
(大和 国)夜麻登能久迩尒《ヤマとのクニニ》 (鴈 卵生 聞)加理古牟登岐久夜《カリコムとキクヤ》。

於レ是《ここニ》、建内宿祢《タケウチのスクネ》以レ歌《ウタもチテ》語[4]白《カタリマヲシシク》、

(高 光)多迦比迦流《タカヒカル》 (日 御子)比能美古《ひのミコ》。(諾)宇倍志許曽《ウべシこそ》 (問 給)斗比多麻閇《トヒタマヘ》。(真)麻許曽迩《マこそニ》
(問 給)斗比多麻閇《トヒタマヘ》。(我)阿礼許曽波《アレこそハ》 (世 長 人)余能那賀比登《よのナガヒと》。蘊良美都《ソラミツ》 (倭)夜麻登能《ヤマとの》
(国)久迩尒《クニニ》 (鴈 卵生)加理古牟登《カリコムと》 (未 聞)伊麻陁岐加受《イマダキカズ》。

如レ此白《カクマヲシテ》而、被レ給二御琴一《ミことヲタマハリテウタヒシク》 歌曰、

[5](我御子)那賀美古夜《ナガミコヤ》 [6](終 治)都毗尒斯良牟登《ツビニシラムと》 (鴈 卵生)加理波古牟良斯《カリハコムラシ》。

1 兼 ミウスルツミヲタマフ　訓 コロスツミニオコナヒタマヒキ　校 コロスツミヲタマヒキ
○続紀五三詔に「斬(ざん)の罪に行ひ賜ふべし」とあるによって訓む。

2「建内宿祢」に「命」をつけているのは、磐姫皇后の祖父に当るからである。

‖雁の卵の祥瑞

3タマキハルは霊魂が衰亡して尽きる(動詞キフ(尽)の再活用)意で、これで一生が終わるから、ウチ(命)にかかる枕詞となる。チハヤブルの反対がタマキハル(土橋寛『古代歌謡全注釈』二七二頁)。さて、キフの実例を一三五頁の「あらたまの年が岐布礼ばあらたまの月は岐閇行く」(二八番歌)に見る。これは従来「来経(キヘ)」と解されたが、年月が尽きていってまた改まるので「あらたまの年・月」という枕詞ともなる。それでキヘはキフ(下二段)の連用形とみてよい。またキハ(際)は名詞形、キハム・キハマルは派生動詞。

七一

七二

4カタルを特に「答える」意とする説(土橋、前掲書、二七五頁)があるが、出来事をありのままに相手に聞かせる意でよい。

5このナガは我がの意。

6「都毘尒」を「具(つぶさ)に」の意とする説(武田祐吉『記紀歌謡集全講』)があるが、ツヒニ(最後まで)の意で、ツの母音が狭く、またニのn子音の影響で濁音化した。

七三

纒(底右傍書ニヨル)—種
己(訓)—巳
手(ト系)—午
膚(ト系)—虎
己(訓)—巳
賀(底ニヨル)—賀乃(ト系)
古(底右傍書ニヨル)—右
白(ト系)—自
志(ト系)—ナシ
斗(ト系)—計
賀(底ニヨル)—賀乃(ト系)
白(ト系)—自
尒(意改)—余。迩(ト系)

○1[校]ツキ [角]ウキ [朝]とのき
○国粋全書本(大正六年七月)にトノキと訓む。「兎」は訓みにくいが、播磨風土記の**枯野という船**讃容郡中川里の条に「河内国兎寸村」とあり、神名帳の等乃伎神社(大阪府高石市富木〔とのき〕)のある地名とみられる。
○2[延]ヲヨビ [訓]オヨビ [思]いたり
○[思]にイタルはある限度まで到達する。オヨブはある範囲全体にゆきわたると区別を指摘する。
○3[延]ヲ [訓]ニ
○結果を表わすニ助詞で訓む。
○4[兼]アサユフ [訓]アサヨヒニ [朝]あしたゆふべに
○↓一二七頁8
○5[延]破レ壊レテ [訓]ヤブレタルモテ [岩]やれこぼれて
○↓一六六頁4
○6[延]ヲ [訓]ニ
○↓注2。下文の「琴ニ作リ」も同じ。歌詞にも「塩に焼き…琴に作リ」とある。
7「七里」は助数詞とは考えにくいので、村里の意として、ナナツのサトと訓む。七は聖数。
8[延]ヒヾク [訓]キコエタリキ [岩]とよみき
9西暦四二七年。
10底本は脚注のようになっているが、これは、諸陵式の「百舌鳥耳原中陵、難波高津宮御宇仁徳天皇。在和泉国大島郡」を参考にして注記した祖本に拠ったものかと考えられ、そうなると竄入の時期は平安朝前期のことと推定してよかろうと思う。

七四

此《こ》者《ハ》本《ホ》岐《キ》*歌《ウタ》之《の》片歌《カタウタ》也《ぞ》。

此之御世《このみよニ》、兎寸河《トのキガハ》[1]之西《のニシニ》、有一高樹《ヒとツのタカきアリキ》。其樹之影《そのきのカげ》、當旦日《アサヒニアタレバ》者、逮淡道嶋《アハヂシマニイタリ》[2]、當夕日《ユフヒニアタレバ》者、越高安山《タカヤスヤマヲコイキ》。故《カレ》、切是樹《このきヲキリテ》以作船《フネニツクレルニ》[3]、甚捷行之船《イとハヤクユクフネニアリキ》也。時《とキニ》号其船《そのフネヲナヅけテ》謂枯野《カラノとイフ》。故《カレ》、以是船《このフネヲもチテ》旦夕《アシタユフヘニ》[4]酌淡道嶋之寒泉《アハヂシマのシミヅヲクミテ》、獻大御水《オホミモヒヲタテマツリキ》也。茲船破壊《このフネヤレコホレテ》[5]以焼塩《シホニヤキ》[6]、取其焼遺木《そのヤけのこリシきヲトリテ》作琴《ことニツクリシニ》、其音《そのオと》響七里《ナナツのサトニとよミキ》[7][8]。尒《シカシテ》、歌曰《ウタヒシク》、

加良怒袁《カラノヲ》（枯野） 志本尒夜岐《シホニヤキ》（塩焼）、 斯賀阿麻理《シガアマリ》（其余）、 許登尒都久理《ことニツクリ》（琴作）、 加岐比久《カキヒク》（掻弾）
夜《ヤ》 由良能斗能《ユラのトの》（門） 斗那加能伊久理尒《トナカのイクリニ》（門中海石） 布礼多都《フレタツ》（振立） 那豆能紀能《ナヅのきの》（漬木）、
佐夜佐夜《サヤサヤ》（亮々）。

此者志都歌之*歌*返也《こハシツウタのウタヒカヘシぞ》。

此天皇之御年《このミとシ》、捌拾参歳《ヤソチアマリミツぞ》。*丁卯年八月十五日《ひのとのウのとシのハヅきのとヲカアマリイツカニ》[9]崩也《カムアガリマシキ》。御陵《ミハカハ》在毛受之[10]《モズの》*耳上原《ミミハラニアリ》也。

「此…也」ノ九字(卜系)—分注。但シ「片」ハ底本「拜」ニ誤ル。第一ノ「歌」ハ底本ニヨル。卜系「哥」ノ字ナリ
河(卜系)—阿
安(底右傍書ニヨル)—ㄜ
捷(訓)—揵
茲(卜系)—置
怒(卜系)—奴
加(卜系)—賀
能(卜系)—勝
斗(卜系)—計
加(卜系)—賀
歌返(諸本ニヨル)—返
歌(延・訓)
之(底ニヨル)—ナシ(卜系)
崩御年月日(諸本ニヨル、但シ卜系ハ本文トス)—ナシ(延・訓)
之耳上原(延・訓)—云耳上原也（徳元中）

履中天皇

1これ以後、続柄の語があるが、これは諸本にあり、和銅奏覧本当時からあったものとして温存しておく。

后妃と皇子女

2天皇になった御子は「命」の敬称をつけるのが通例だが、このように「王」の場合もある。

3[兼]ヲホミネシマス　[延]ハナハダミネマス　[訓]オホミネマシキ

○↓二九頁3

墨江の中つ王の反逆

4[延]火ヲ以テ大殿ニ著ク　[訓]オホトノニ火ヲツケタリキ　[思]ヒおほとノにつけたり

○「火著大殿」の如き「火」の位置によって[思]は「火を」と訓まずに「火」とのみ訓もうとする。しかし、「目的語＋他動詞＋場所」の型の時は、目的語ヲと訓む。但し「場所」を欠く時はヲは訓添えない。

5↓五四頁4

6↓注4。また二九頁1。

7タヂヒ野は本文歌として見れば大阪府羽曳野市の羽曳ヶ丘の西斜面の裾野をいう。独立歌的には堺市金岡町以東藤井寺市と範囲は極めて広い。

8[兼]ヲセリ　[訓]ミヤリ　[角]みさけ

○「望見」はミサク。

9[兼]サカリナリ　[延]サヤカナリ　[訓]アカクミエタリ　[角]もえたり　[岩]しるかりき　[白]あきらかなり　[桜]モえタリ　[神]イチシロシ　[思]あかし

○歌詞のモユルに合せて、「炳」はモイテアリと訓む。

1 *子、伊耶本和氣《イザホワけのオホキミ》*2王、坐伊波礼《イハレの》•之若櫻宮《ワカザクラのミヤニイマシテ》、治天下《アめのシタヲサめタマヒキ》也。

此《この》天皇、娶葛城《カヅラきの》之曽都比古《そツヒコ》*之子、葦田《アシダの》宿祢《スクネ》之女《ガムスメ》、名《ナハ》黒比賣《クロヒメ》命《のミこと》、

生《ヲメトリテウミタマヒシ》御子《ミコ》、市邊《イチのへの》•之忍齒王《オシハのオホキミ》。次《ニ》御馬王《ミマのオホキミ》。次《ニ》妹青海《イモアヲミの》*郎《イラツ》

女《メ》、亦名《のハ》飯豊《イヒどよの》*郎女《イラツメ》。•三柱•

本《もと》、坐難波宮《ナニハのミヤニイマシシ》之時《とキニ》、坐•大嘗《オホニヘニイマシテ》而為豊明《とよのアカリシタマヒシ》之時《とキニ》、於

大御酒《オホミキニ》宇良宜《ウラげテ》（楽）而大御寝《オホミネマシキ》3也。尒《シカシテ》、其弟《そのイろどスミの》墨江中王《エのナカツオホキミ》、欲取天皇《ヲ》

以火《トラムとオもヒテひヲ》4著大殿《オホとのニツけキ》。於是《ここニ》、倭漢直《ヤマとのアヤのアタヒ》之祖《ガオヤ》、阿知直《アチのアタヒ》盗出《ヌスミイデ》

而《テ》、乘御馬《ミマニのセマツリテ》令幸於倭《ヤマとニイデマサシめキ》。故《カレ》、到于多遅比野《タヂヒノニイタ》

而《リテ》寤《サめマシテ》、詔《のラシシク》、「此間《ここハ》5者何處《イヅクぞ》。」。尒《シカシテ》、阿知直《アチのアタヒガ》白《マヲシシク》、「墨江中王《スミのエのナカツオホキミ》、

6火《ひヲ》著大殿《オホとのニツけタマヒキ》。故《カレ》、率《キテ》逃於倭《ヤマとニニグルぞ》。」。尒《シカシテ》、天皇歌曰《のウタヒタマヒシク》、

七五

7多遅比怒迩《タヂヒノニ》（野）　泥牟登斯理勢婆《ネムとシリセバ》（寝　知）　多都碁母々《タツごもも》（立　薦）　•母•知弖許麻志母能《もチテこマシもの》（持　来）。

泥牟登斯理勢婆《ネムとシリセバ》（寝　知）。

•到於波迩賦坂《ハニフザカニイタリテ》、望見難波宮《ナニハのミヤヲミサけタマヘバ》8、其火猶炳《そのひナホモイテアリ》9。尒《シカシテ》、天皇

子（諸本ニヨル）—ナシ（延・訓）
王（底ニヨル）—命（卜系）
之（卜系）—上
比（底ニヨル）—毗（卜系）
之（卜系）—云
郎（底ニヨル）—皇（寛・延）
「三柱」上巻中巻ニ準ジテ、小字縦書トスル
大（卜系）—太
母知（卜系）—知母
母（卜系）—乎
到（卜系）—刑

亦歌曰《マタウタヒタマヒシク》、
[1]波迩布耶迦《ハニフザカ》(坂)　和賀多知美礼婆《ワガタチミレバ》(我立見)、　迦藝漏肥能《カギロひの》(陽炎)　毛由流伊弊牟良《モユルイヘムラ》(燃家群)、
都麻賀伊弊能阿多理《ツマガイへのアタリ》(妻家辺)。
故《カレ》、到㆓幸大坂山口㆒之時《[2]オホサカのヤマのクチニイタリイデマシシとキニ》、遇㆓一女人㆒《[3]ヒとりのヲとメニアヒタマヒキ》。其女人《そのヲとメの》
白之《マヲシシク》、「持㆑兵人等《ツハものヲもテルヒとラ》、多塞㆓茲山㆒《[4]サハニこのヤマヲサヘテアリ》。[5]自㆓當岐麻道㆒《タギマチヨリ》、[6]廻《めグリテ》應㆓越幸㆒《コイイデマスベシ》」。尒《シカシテ》、天皇歌曰《のウタヒタマヒシク》、
淤富佐迦迩《オホサカニ》(大坂)　阿布夜袁登賣袁《アフヤヲとメヲ》(遇女人)[7]、　美知斗閇婆《ミチトヘバ》(道問)　多陁迩波能良受《タダニハのラズ》(直告)、
[8]當藝麻知袁能流《タギマチヲのル》(当麻道告)。
故《カレ》、上幸《のボリイデマシテ》坐㆓石上神宮㆒也《イソのカミのカミのミヤニイマシキ》。

於㆑是《ここニ》、其伊呂弟水齒別命《そのイろどミヅハワけのミこと》、參赴《マヰオもブキテ》令㆑謁《マヲサシめタマヒキ》。尒《シカシテ》、天皇令㆑詔《のラシ》、

「吾《アレ》、疑㆘汝命《イマシミことヲ》[9]若与㆓墨江中王㆒同心㆖乎《モシスミのエのナカツオホキミとオヤジこころニアラム[10]カとウタガヘリ》。

故《カレ》、不㆓相言㆒《アヒイハジ》」。答白《こタヘマヲシシク》、「僕者《アハ》無㆓穢邪心㆒《キタナキこころナシ》。亦不㆑同㆓墨江中《マタスミのエのナカツ》王㆒《オホキミとオヤジクアラズ》」。亦令㆑詔《マタのラシめタマヒシク》、「然者《シカアラバ》今還下而《イマカヘリクダリテ》、殺㆓墨江中王㆒《スミのエのナカツオホキ》

弊(底ニヨル)―幣
塞(卜系)―寒
斗(卜系)―計
命(卜系)―今
令(卜系)―令ゝ
令(卜系)―ナシ
若(卜系)―君
乎(卜系)―早
白(卜系)―曰
邪(卜系)―非

1 ハニフ坂は今の大阪府羽曳野市羽曳ヶ丘の西斜面の坂。但し独立歌として見ればもう少し広く羽曳ヶ丘北部をも含む。
七六
2 大坂の山の口の大坂は大和と河内との間の山坂をさし山の口は両国にあるが、ここでは河内から大和へ越える山の口の分岐点での事件であるから、河内の飛鳥(羽曳野市飛鳥)の東、二上山への入口に当る。
3 [兼]ヒトリノヲトメ(二)遇 [訓]ヲミナアヘリ
○→七七頁3・九三頁1。また歌詞に合わせて「女人」はヲとメ。
4 [兼]ヲホク [延]サハニ [訓]アマタ
○人はサハニ(九五頁、一〇番歌)で、アマタは人以外の数量。
5 [延]フサグ [訓]セキヲリ
[角]さへたれば
七七
6「岐」は清濁両用仮名の一つ。
7 このヲについて「問フ」はヲ助詞をとる例証にされる。→六六頁3。
8 タギマ道はここでは迂回路になっている。すると、竹内峠越えか岩屋峠越えをして当麻へ行く道をさす。逆に「直道(タダチ)」は穴虫峠越えである。
水歯別命と曽婆訶理
9 [訓]ヲ [角]の [吉]助詞を添えず
10 [兼]ヲナシ [訓]オヤジ
○平城宮趾出土木簡に「意夜志己々呂曽」とあり、一心同体を誓う固定的な唱え詞とすればオヤジは俗語でなくて古語的なものといえる(橋本四郎「古代の言語生活」『講座国語史』六)。

而《ミヲこころシテ》上《のボリ》来《キマセ》。彼時《そのときニ》吾必《アレカナラズ》相言《アヒイハム》[1]。」。故《カレ》、即《スナハチ》還二下難波一《ナニハニカヘリクダリテ》欺下所レ近二習墨江中王一《スミのィのナカツオホキミニチカクツカヘマツル》之隼人《ハヤヒと》、名《ナハ》曽婆加理《そバカリヲアザムキテ》上云《のラシシク》、「若汝《モシナレ》従二吾言一《ワガことニシタガハ》者《バ》、吾《アレ》為二天皇一《スメラミこととナリ》、汝《ナヲ》作二大臣一《オホオミニナシテ》治二天下一《アめのシタヲサめムハ》那何《イカニ》[2]。」。曽婆訶理《そバカリ》答白《ガこタヘマヲシシク》、「随レ命《ミことのマニマニ》。」。尒《シカシテ》、多禄《アマタのものヲ》給二其隼人一《そのハヤヒとニタマヒテのラシシク》曰、「然《シカアラ》者《バ》殺二汝王一《ナガキミヲころセ》[3]也。」。於レ是《ここニ》、曽婆訶理《そバカリ》、竊二伺己王《オのガキミの》入一レ厠《カハヤニイリマセルヲヒソカニウカカヒテ》、以レ矛《ホこもチテ》刺《サシテ》而殺《ころシキ》也。故《カレ》、率二曽婆訶理一《そバカリヲヰテ》、上二幸於倭一《ヤマとニのボリイデマス》之時《ときニ》、到二大坂山口一《オホサカのヤマのクチニイタリテ》以為《オもホシシク》、「曽婆訶理《そバカリ》、為レ吾《アガタめニハ》雖レ有二大功一《オホキイサヲアレども》、既《スデニ》[4]殺二己君一《オのガキミヲころシツル》是《これ》不レ義《ことワリニアラズ》[5]。然《シカアレども》不レ賽二其功一《そのイサヲヲムクイヌハ》[6]、可レ謂レ無レ信《マことナシとイヒツベシ》[7]。既《スデニ》[8]行二其信一《そのマことヲオこナハバ》、還《カヘリテ》惶二其情一《そのこころヲオソリム》[9]。故《カレ》、雖レ報二其功一《そのイサヲヲムクユレども》、滅二其正身一《そのタダみヲホろボシテム》[10]。」。是以《ここヲもチテ》[11]＊語二曽婆訶理一《そバカリニのラシシク》、「今日《ケフハ》留二此間一《ここニとどマリテ》而、先《マヅ》給二大臣位一《オホオミのクラヰヲタマヒテ》、明日《アス》上《のボリ》幸《イデマサム》。」。留二其山口一《そのヤマのクチニとどマリテ》、即《スナハチ》造二假宮一《カリミヤヲツクリテ》、忽《タチマチ》為二豊樂一《とよのアカリシタマヒテ》、乃《スナハチ》於二其隼人一《そのハヤヒとニ》賜二大臣位一《オホオミのクラヰヲタマヒ》、百官《モモのツカサヲシテ》令レ拝《ヲろガマ》。

必(ト系)—女
若(ト系)—君
矛(ト系)—弟
滅(ト系)—減
語(底ニヨル)—詔(ト系)
留(ト系)—死田
乃(ト系)—及

1「相」はお互いにの意と強めの助字の用法がある。ここは前者。
2「那何」は六朝以後会話や歌謡に用いた助字で、日本では古事記と法華義疏(序品)位しか例がなく、普通は「奈何・如何」が用いられる(小島憲之『上代日本文学と中国文学』上、二二一頁)。
3 [訓]キミ [岩]みこ [朝]おほきみ
○「王」は人名の時オホキミと訓み一般的にはキミと訓む。
4とっくに。↓一二八頁1
5 [兼]コトハリナラズ [訓]キタナキシワザナリ
○ここは君臣の道という道義の意なので、「義」は「ことワリ」。
6 [訓]ヲ [角]に
○[思]はムクユは助詞ヲをとる(二四八頁一〇)とするのに従う。春日政治『西大寺本金光明最勝王経古点の国語学的研究』(一二七頁)に「是の人は則諸仏の恩を報いたてまつるになりなむ」ほかの例が見える。
7尒雅、釈詁に「信」は誠・実などとあり、「マこと」と訓む。
8↓一九九頁5
9 [延]コ、ロヲ惶ル [訓]コ、ロコソカシコケレ [角]心をかしこしとおもふ [朝]こころかしこからむ [思]ココロにおそる
○「恐」は形容詞のカシコシ、対して「畏・惶」は動詞と書分けがある。それでカシコムと訓まれたがここは訓みにくいので、例外的に形容詞カシコシで訓まれている。しかし、一二八頁に建く荒き情ヲ惶(オソ)リテの例があり、恐怖心を懐く意に用いられ

隼人《ハヤヒト》歓喜《よろこびテ》、以為遂志《こころザシトげツとオもヒキ》。尓《シカシテ》、詔[1]其隼人《そのハヤヒとニ》、「今日《ケフ》与大臣《オホオミと》飲同[2]盞酒《オヤジツキのサけヲのマムとのラシテ》」、共飲《ともニのム》之時《とキニ》、隠面《オもヲカクス》大鋺《オホマリニ》、盛其進《そのススム》酒《ルサけヲもリキ》。於是《ここニ》、王子先飲《ミコマヅのミタマヒテ》、隼人後飲《ハヤヒとのチニのミキ》。故《カレ》、其隼人飲時《そのハヤヒとのムとキニ》、大鋺《オホマリ》覆面《オもヲオホヒキ》。尓《シカシテ》、取出置席[3]下《ムシろのシタニオキシ》之釼《ツルギヲトリイデテ》、斬其隼人之頚《そのハヤヒとガクビヲキリタマヒテ》*、乃《スナハチ》明日上幸《アスのボリイデマシキ》[4]。故《カレ》、号其地《そこヲナヅけテ》謂近[5]飛鳥《チカツアスカとイフ》也。上到《のボリテ》于倭《ヤマとニイタリテ》詔之《のラシシク》*、「今日《ケフハ》留此間《ここニとどマリテ》、為祓禊[6]《ハラへみそキシテ》而、明日参出《アスマヰデテ》、将拝神宮《カみのミヤヲヲろガマムとス》」。故《カレ》、号其地《そこヲナヅけテ》謂遠飛鳥《とホツアスカとイフ》也。故《カレ》、参出石上神宮《イソのカミのカみのミヤニマヰデテ》、令奏天皇《ニマヲサシめタマヒシク》、「政《マツリごと》既平《スデニタヒラげヲヘテ》訖参上《マヰのボリテ》侍之[7]《ハベリ》。」。尓《シカシテ》、召入而相語也《メシイレテアヒカタラヒタマヒキ》。

天皇、於是《ここニ》、以阿知直《アチのアタヒヲもチテ》、始《ハジめテ》任蔵官[8]《クラのツカサニマけ》、亦《マタ》給粮地[9]《タどころヲタマヒキ》。亦此御世《このミよニ》、於若櫻部臣等《ワカサクラべのオミラニ》、賜若櫻部名《ワカサクラべのナヲタマヒ》、又比賣陀君等《ヒメダのキミラニ》、賜姓《カバネヲタマヒテ》謂比賣陀之君《ヒメダのキミとイヒキ》也。亦定伊波礼部《イハレべヲサダめタマヒキ》也。天皇之御《のミ》年《とシ》、陸拾肆歳《ムソチアマリよツぞ》。*壬申[10]年正月《ミヅのエサルのとシのムツきの》三日《ミカニ》崩《カムアガリマシキ》。御陵《ミハカハ》在毛受《モズニアリ》也。

頚（底ニヨル）―頭（卜系、但シ左傍書「頚イ」トアリ）
之（諸本ニヨル）云（延）
政（卜系）―攻
平（卜系）―于
君（延・訓）―名
崩御年月日（諸本ニヨル、但シト系ハ本文トス）―延・訓、削除セリ
「御陵…也」（卜系）―上ノ崩御年月日ノ分注ニ続ケテ分注トシテ記セリ

ている例があった。ここも全く同じと考えられるので、「情ヲオソリム」と訓める。オソルは上二段動詞。助詞はヲ。

10「正身」は「直身」に同じく法律用語。その人自身。

11「語」の字は底本で、卜系「詔」とする。しかし「語」が正しい。

1状況が前頁とは変化しているので、「語」→「詔」の文字の変化を与えている妙味を知るべし。

2同一の食器・酒器で飲食することは、同心の誓の最たるものである。オヤジは→一七九頁10。

3→一八九頁2
4兼クルツヒ　延アス　訓クルヒ
○地名アスカの説明だからアス。
5大阪府羽曳野市飛鳥。

6ここは隼人の罪をハラへ、また殺人の穢れを除き清めるので「祓禊」を一字一字ハラへみそキと訓む→三七頁3・4。中国では「祓」は「除レ悪祭也」（説文解字）、「禊」は「臨レ水祓除、謂二之禊一」（史記集解、外戚世家）とある。古事記では、三七頁にミソキの起源を、四七頁にハラへの起源を説く。ミソキは穢れを除き清め、ハラへは罪を償わせる行為で別。

7兼ハヘリ　訓サモラフ
○伺候する意ではないからハベリがよい。
8兼クラムト　延クラヅカサ　訓クラノツカサ
9兼カキノトコロ　寛カテノトコロ　延カテドコロ　訓タドコロ
10西暦四三二年。

反正天皇

1 [兼]ナカハ　[訓]イツキダ
○キ(寸)の半分から五分（イッキダ)と訓みかえもできるが、「二尋(ヒロ)半」(孝徳紀大化二年)といった場合はナカバとしか訓めない。従って、一般的にみて「半」はナカバと訓むのがよい。
2 [延]ヒトシクト丶ノヒ　[思]ひトしく
○[思]は「等斉」を連文とする。
3 全く。→三〇頁4
4 [兼]珠ヲ　[思]珠に
○ヌクは「玉」の時はニヌク。
5 「同心」「同盞酒」のオヤジ以外の「同」はオナジと訓む。
6 西暦四三七年。
7 大和の飛鳥。

允恭天皇

后妃と皇子女

8 [延]ソトヲリ　[訓]ソトホシ
○この王の名の由来が注記してある。そこには「其身之光、自レ衣通出也」とある。光が衣を通って出ているからだというのである。従って「とホリ」でなくてはならない。もし「とホシ」ならば「通レ衣」とあったと思われる。例えば允恭紀に「其艶色徹レ衣而晃之」の如しである。その点古事記の表記は「そとホリ」と訓めばよい。

*弟《いろど》、水歯別命《ミツハワけのミこと》、坐二多治比之柴垣宮一《タヂヒのシバカキのミヤニイマシテ》、治二天下一也《アめのシタヲサめタマヒキ》。此《この》天皇、御身之長《ミみのタけ》、九尺《ここのサカ》二寸半《フタキナカバ》[1]。御歯長《ミハのナガサ》一寸《ヒとキ》廣《ヒろサ》二分《フタキダ》、上下《カミシモ》等《ヒとシク》[2]齊《ととのヒテ》、既《スデニ》[3]如レ貫レ珠《タマニヌケルガごとシ》[4]。天皇、*娶二丸迩之許碁登臣之女、都怒郎女一《ワニのこごとのオミガムスメ、ツノのイラツメヲ》、生《メトリテウミタマヒシ》御子《ミコ》、甲斐郎女《カひのイラツメ》。次《ニ》都夫良郎女《ツブラのイラツメ》。二柱 又、娶二同臣《オナジオミ》[5]之女《ガムスメ》、弟比賣一《オとヒメヲメトリテ》、生《ウミタマヒシ》御子《ミコ》、財王《タカラのオホキミ》。次《ニ》多訶弁郎女《タカベのイラツメ》。并《アハセテ》四王也《よハシラぞ》。天皇之御年《のミとシ》、陸拾歳《ムソチぞ》。*丁丑年七月《ひのとのウシのとシのフミツきニ》[6]崩《カムアガリマシキ》[7]。御陵《ミハカハ》在二毛受野一也《モズノニアリ》。

*弟《いろど》、男浅津間若子宿祢王《ヲアサツマワクゴのスクネのオホキミ》、*坐二遠飛鳥宮一《とホツアスカのミヤニイマシテ》、治二天下一也《アめのシタヲサめタマヒキ》。此《この》天皇、娶二意富本杼王之妹《オホホどのオホキミのイろモ》、忍坂之大中津比賣命一《オシサカのオホナカツヒメのミことヲメトリテ》、生《ウミタマヒシ》御子《ミコ》、木梨之軽王《きナシのカルのオホキミ》。次《ニ》長田大郎女《ヲサダのオホイラツメ》。次《ニ》境之黒日子王《サカヒのクロヒコのオホキミ》。次《ニ》穴穂命《アナホのミこと》。次《ニ》軽大郎女《カルのオホイラツメ》、亦名《のハ》衣通郎女《そとホリのイラツメ》[8]。御名《ミナヲ》所三以《ユエ》負二《オハセル》衣通《そとホリの》王一《オホキミと》者《ハ》、其身之光《そのみのヒカリ》、自レ衣通《ヨリそとホリ》出也《イツレバぞ》。次《ニ》八苽之白日子王《ヤツリのシロヒコのオホキミ》。次《ニ》大長谷命《オホハツセのミこと》。次《ニ》橘大郎女《タチバナのオホイラツメ》。次《ニ》酒見郎女《サカミのイラツメ》。*九*柱《ここのハシラ》 凡《オホよそニ》天皇之御子等《のミコタチ》、九柱《ここのハシラ》。男王五《ヒコミコイツハシラ》、女王四《ヒメミコよハシラ》。此九《このここの》王《ハシラのミコ》之中《のナカニ》、穴穂命《アナホのミこと》者《ハ》、治二天下一也《アめのシタヲサめタマヒキ》。次《ニ》大長谷命《オホハツセのミこと》、治二天《アめの》

弟(底ニヨル)―ナシ(卜系)
命(卜系)―今
比(卜系)―北
此(卜系)―ナシ
娶(底ニヨル)―取(卜系)
「二柱」上巻中巻ニ準ジテ、小字縦書トスル
之(卜系)―ナシ
崩御年月日(諸本ニヨル、但シ卜系ハ本文トス)―延・訓、削除セリ
「御陵…也」(卜系)―底本、上ノ分注ニ続ケタリ、又、「陵」ハ「復」ニ誤リ、「野也」ハ「野言也」ニ誤ル
弟(底ニヨル)―ナシ(卜系)
若(卜系)―君
王(底ニヨル)―命(卜系)
本(卜系)―大
大(卜系)―太
之(卜系)―云
大(卜系)―太
黒(延・訓)―墨(諸本)
負(卜系)―員
光(卜系)―先
八(卜系)―入
苽(底ニヨル)―瓜(訓)
大(卜系)―太
谷(卜系)―父口
橘(延・訓)―橘
九柱(底ニヨル)―分注(卜系)

1↓五〇頁1
2[兼]トコシナヘナル病アリ　[延]モハラトコシナヘナルヤマヒ有　[訓]ウチハヘタルヤマヒシアレバ　[国]ながきやまひしあれば　[岩]一つの長きやまひあり
○数詞「壱陌・壱阡」「一千鉤」(八〇頁)及び「大一歎」(八二頁)の「壱・一」は不読。他の「一」はヒとツの、と訓むことにする。
3[兼]フカククスリノミチヲシル　[訓]クスリノミチヲフカクシレリキ　[校]ハナハダクスリノミチヲシレリ
○「深」は程度の甚しいことだから、以下全体にかけて訓む。
4[延]ヲサメイヤス　[訓]ヲサメマツリキ　[思]いやしまつりき
○[思]に「治差」は連文とし、「治、イヤス」(前田本字類抄)、「差、イユ」(名義抄)を挙げる。しかし名義抄そのものでは「差」はイユであり、「治」はヲサムである。またここでは薬の処方によってとあるから、病勢を落着かせるでヲサム、次に病が治るでイユと、一字一訓がよい。
5「前」は允恭紀に「碑」と表現している。サキと訓む。
6クカは潜(クク)。熱湯に手をくぐらせる。タチは裁で裁判。クカタチと全く同じ話が捜神記に見える。
7「刑部」は安康天皇の母、忍坂(おさか)の大中津比売の御名代であることに因む。オサカはオシ(押)サク(裂)の縮約名詞形で「刑」の決定執行の意ではないかと思う。

氏姓の正定

下《シタヲサめタマヒキ》也。

天皇初《ハジめ》[1]為将所知天津日継《アマツヒツギシラシメサムとセシ》之時《とキニ》、天皇辞《イナびテ》而*詔之《のラシシク》、「我者《アハ》有一長病《ヒとツのナガキヤマヒアリ》[2]。不得所知日継《ヒツギシラシメスことエジ》」。然《シカアレども》、大后《オホキサキヲ》始《ハジめテ》而諸卿《もろもろのマヘツキミタチ》等、因堅奏《カタクマヲスニよりテ》而、乃《スナハチ》治天下《アめのシタヲサめタマヒキ》。此《この》時《とキニ》、新良国王《シラきのコニキシ》、*貢進御調八十一艘《ミツきヤソアマリヒとツのフネヲタテマツリキ》。尓《シカシテ》、御調之《ミツきの》大使《オホキツカヒ》、名《ナハ》云金波鎮漢紀武《コムハチニカニきムとイフ》、此人《このヒと》深《フカク》[3]知薬方《クスリのミチヲシレリ》。故《カレ》、治差帝皇之御病《スメラミことのミヤマヒヲヲサめイヤシマツリキ》[4]。

於是《ここニ》、天皇愁天下氏々名々人等之氏姓忤過而《アめのシタのウヂウヂナナのヒとラのウヂカバネのタガヒアヤマテルヲウレヘタマヒテ》、於味白檮之言八十禍津日前《アマカシのことヤソマガツヒのサキニ》[5]、居玖訶瓮《クカヘヲスヱテ》[6]而、玖訶《クカ》二字以音。定賜天《アめの》下之八十友緒氏姓《シタのヤソともののヲのウヂカバネヲサダめタマヒキ》也。又為木梨之軽太子《きナシのカルのヒツギのミコの》御名代《ミナシろとシテ》、定軽部《カルべヲサダめ》、為大后《オホキサキの》御名代《ミナシろとシテ》、定刑部《オサカべヲサダめ》[7]、為大后之弟《オホキサキのイろど》、田《タ》井中比賣《ヰのナカツヒメの》御名代《ミナシろとシテ》、定河部《カハべヲサダめタマヒキ》也。天皇御年《のミとシ》、漆拾捌歳《ナナソチアマリヤツぞ》。*甲午年《きのエウマのとシの》正月十《ムツきのとヲカアマリ》五日《イツカニ》崩《カムアガリマシキ》。御陵《ミハカハ》在河内《カフチの》恵賀《ヱガの》長枝《ナガエニアリ》也。

之(諸本ニヨル)—云(延)
一(卜系)—ナシ
大(卜系)—太
因(卜系)—目
而(卜系)—西
王(底ニヨル)—主(卜系)
人等(卜系)—余
忤(卜系)—[illegible]
瓮(校訂)—先。(延・訓ハ「瓮」)
十(卜系)—下
為(卜系)—馬
大(卜系)—太
崩御年月日(諸本ニヨル、但シト系本文トセリ)—延・訓、削除セリ

軽太子と衣通王

1 兼ヲカシ 思かたみ 訓タハケ
○思は霊異記「姧、カタミ」(上三〇)等を例とするが、これは、たくらみいつわるの意なので不適。文字通りタハクで不倫な行為をする意。同母兄弟だから非合法であった。古事記ではこれ以外にタハケと訓む「婚」字がある。一四二頁の「上通下婚・馬婚・牛婚・鶏婚・犬婚」である。

七八

2「豆」は濁音仮名ヅだが、ここではツと清濁違例。一五四頁の四八番では「～ヲ都久理」と清音仮名の例があった。↓六〇頁1

3「こぞ」は万葉にも例(四一一七)があるように、「去年」の意であるが、ここはそれでは意をなさない。ここは昨夜の意とすべきか。しかし昨夜なら「キ(甲類)」というので、「こ(乙類)」との仮名違いが指摘される。とは言うものの、母音交替(例えばカ変の動詞の「こ」は乙類、キは甲類の如く)として説明できるかも知れない。すなわち、キ(甲)は過ぎ去った遠い方の昨夜、コ(乙)は今日の直前の昨夜として捉えるわけ。

七九

4以下の歌を、短歌二首と数える書もあるが、二首の場合なら、「又歌曰」などがあるから、恰も五八頁三番歌で一首と数えた如く、ここも一首と数える。

5 延ニ 思を

6 兼ノ 桜ガ

7「箭之内」とは矢竹の先の筒の内部をいう。それを銅製にしたと

天皇崩《カムアガリマシシ》之後《のチニ》、定二木梨之軽太子《きナシのカルのヒツギのミコ》、所レ知二日継一《ヒツギヲシラシメスニサダマレルヲ》未レ即レ位《イマダクラヰニツキタマハヌ》之間《アヒダニ》、姧二其伊呂妹軽大郎女一《そのイろモカルのオホイラツメニタハけテ》[1]而、歌曰《ウタヒタマヒシク》、

・阿志比紀能《アシヒきの》(山田作)[2] 夜麻陁袁豆久理《ヤマダヲツクリ》(山高) 夜麻陁加美《ヤマダカミ》(下樋走) 斯多備袁和志勢《シタびヲワシセ》、
(下娉) 志多杼比尓《シタどヒニ》(我娉妹) 和賀登布伊毛袁《ワガとフイモヲ》、(下泣) 斯多那岐尓《シタナキニ》(我泣妻) 和賀那久都麻袁《ワガナクツマヲ》＊、
(昨夜) 許存許曽波《こぞこそハ》[3]＊(安肌触) 夜須久波陁布礼《ヤスクハダフレ》。

此者志良宜歌也《こハシラげウタぞ》(尻上)。又歌曰《ウタヒタマヒシク》・、

(笹葉) 佐〻波尓《ササハニ》[4]＊(打霰) 宇都夜阿良礼能《ウツヤアラレの》、(確) 多志陁志尓《タシダシニ》(率寝後) ・韋泥弖牟能知波《ヰネテムのチハ》 比《ヒ》
(人離) 登波加由登母《とハカユとも》。(愛) 宇流波斯登《ウルハシと》(寝寝) 佐泥斯佐泥弖婆《サネシサネテバ》、(刈薦) 加理許母能《カリこもの》 美《ミ》
(乱乱) 陁礼婆美陁礼《ダレバミダレ》。(寝寝) 佐泥斯佐泥弖婆《サネシサネテバ》・。

此者夷振之上歌也《こハヒナブリのアげウタぞ》。
是以《ここヲもチテ》、百官《モモのツカサ》及《と》天下人等《アめのシタのヒとラ》、・背二軽太子一《カルのヒツギのミコヲそムキテ》[5]而、帰二穴穂御子一《アナホのミコニよりヌ》。
尓《シカシテ》、軽・太子《カルのヒツギのミコ》畏《カシコミテ》而、逃二入大前小前宿祢大臣之家一《オホマヘヲマヘスクネのオホオミガイヘニにげイリテ》[6]而、
備二作兵器一《ツハものヲそナヘツクリタマヒキ》。尓時《そのときニ》所レ作《ツクレル》矢者《ヤハ》、銅二《アカガネニセリ》其箭之内一《そのヤのウチヲ》[7]・。
故《カレ》、号二其矢一《ナヅけテそのヤヲ》謂二軽箭一《フカルヤと》・也。
穴穂王子《アナホのミコ》

阿(卜系)—河
麻(底ニヨル)—摩(卜系)
波(底ニヨル)—婆(卜系)
曰(卜系)—同
波(底ニヨル)—婆(卜系)
泥(卜系)—佐
弖(延・訓)—ナシ
背(卜系)—皆
太(卜系)—ナシ
内(卜系)—同
也(延・訓)—云〻。兼「也箭也」トアリ

亦《も》作ニ兵器《ツハものヲツクリタマヒキ》一。此王子《このミコのル》所レ作《ツクレ》之矢者《ヤハ》、即今時之《イマの》[1]矢者《ヤぞ》也。是《コレ》謂ニ《フ》穴穂箭《アナホヤと》一也。於レ是《ここニ》、穴穂御子《アナホのミコ》、興レ軍《イクサヲオこシテ》圍ニ大前小前宿祢之家《オホマヘヲマヘスクネガイヘヲカクミタマヒキ》一。尓《シカシテ》、到ニ其門《そのカナトニイタリマシシ》[2]一時《とキニ》、零ニ大氷雨《オホヒサめフリキ》[3]一。故《カレ》、歌曰《ウタヒタマヒシク》、

(大前)意富麻*弊《オホマヘ》　(小前 宿 祢)袁麻*弊須久泥賀《ヲマヘスクネガ》　(金 門 陰)加那斗加宜《カナトカげ》　(如此 寄 来)加久余理許泥《カクよりこネ》。(雨)阿米《アめ》(立 止)多知夜米牟《タチヤめム》。

尓《シカシテ》、其大前小前宿祢《そのオホマヘヲマヘスクネ》、擧レ手《テヲアげ》打レ膝《ヒザヲウチ》、儛訶那傳《マヒカナデ》(舞)自レ訶《カ》下三字以レ音。歌奈《ウタヒマヰ》来《キツ》。其歌曰《そのウタニイヒシク》、

(宮 人)美夜比登能《ミヤヒとの》　(足結 小 鈴)阿由比能古須受《アユヒのコスズ》　(落)淤知尓岐登《オチニキと》　(宮 人 響)美夜比登ゝ余牟《ミヤヒととよム》。(里 人)佐斗毗登母由米《サトビともユめ》。

此歌者《このウタハ》、宮人振也《ミヤヒとブリぞ》。如レ此《カク》歌奈《ウタヒマヰ》歸白之《キテマヲシシク》、「我天皇之御子《ワガオホキミのミコ》[4]、於ニ伊呂兄《イろイ》[5]王《のミコニ》一、*无レ及レ兵《イクサヲナヤリタマヒそ》[6]。若《モシ》及レ兵《イクサヲヤリタマハバ》者、必《カナラズ》人咲《ヒとワラハム》。僕捕以《アレトラヘテ》貢進《タテマツラム》。」。尓《シカシテ》、解レ兵《イクサヲとキテ》退坐《そキイマシキ》。故《カレ》、大前小前宿祢《オホマヘヲマヘスクネ》、捕ニ其軽太子《そのカルのヒツギのミコヲトラヘテ》一、率《ヰ》奈出《テマヰデ》以貢進《テタテマツリキ》。其太子《そのヒツギのミコ》被レ捕《トラヘラエテ》歌曰《ウタヒタマヒシク》、

は、俄かの戦のために矢を大量生産する必要が生じ、軟い工作に便な銅を用いたことをいう。しかしこの程度の鏃では軽くて殺傷力は著しく劣る。「軽矢」の名の起る由縁(拙稿「允恭記『軽太子捕はれる』条の注文の新釈―軽箭と穴穂箭―」(『皇學館大学紀要』一八輯)。

1 訓イマドキ 桜イマ
○「今時」は単にイマと訓む。古事記成立時代の矢で、鉄鏃をもつ矢をいう。鉄鏃の矢は重く殺傷力があった。

八〇

↓五一頁2

2 訓カナト 校カド
○歌詞による。金飾りの門。

3 延大ナルヒサメフル 訓ヒサメフリキ 校オホヒサメフレリ 岩いたくひさめふりき
○↓一三五頁7。ヒサめは雹。但し歌詞では雨。

4「天皇」の文字は後に天皇となったから使用したもので、「天皇である御子」の意。今はオホキミと訓むのが穏当であろう。

八一

5 兼エ 訓セ
○↓凡例一四頁

6 訓~ヲセメタマフナ 校ツハモノヲワヅラハシ玉フナ 角~をなしせたまひそ 岩いくさをなやりたまひそ 朝なつはものにいたりたまひそ
○訓の~はイロセノミコヲと訓むが「於」はニと訓むべきもの。「及兵」は意訳してイクサヲヤルと訓む岩がよかろう。

今(卜系)―金
軍(卜系)―車
氷(卜系)―水
弊(底ニヨル)―幣(卜系)
久(卜系)―人
斗(卜系)―計
米(卜系)―未
米(卜系)―末
古(卜系)―右
斗(卜系)―計
米(卜系)―未
无(底ニヨル)―無(兼)
若(卜系)―君

八二

1シタタニは、「下々に(こっそりと)」説と、「確々に(たしかに)」説とがあるが、「下」は下思フ・下心・下恋フのような限られた語に続くので、ここのシタは「シタ堅くや堅く」(一〇二番歌)や平安朝のシタタカ(シタ＝シタカの略)の「確か」の意とみるべきである(時代別国語大辞典、上代編)。

八三

2「波夫良」はハブラと訓む。名義抄に「殯ハブル」(法下一三〇)とある。放棄の意が葬の意となったもので、「屠ハフル」とは別。

3船余りは船が接岸する時必ず反動で戻るので、「帰る」の枕詞となった(荒木田久老『日本紀槻落葉』)とする説のほか諸説がある。

八四

1カキカヒは従来「蠣貝」の意としてきたが、藤原宮出土木簡の中に「河鬼加布打」とあり加藤優は「蠣頭打」の意とした(『木簡研究』三)。これは蠣を槌で欠き割ったもの。すると「河鬼」はカキ(乙類)となるから、ここの「加岐」(岐は甲類)とは仮名違い。そこで小谷博泰は「欠き貝」と解した(「記紀歌謡の解釈と木簡」『古事記年報』二五号)。この説がよい。

八五

2「明かす」は「夜が明ける」意。自動詞を他動詞にいう表現(木下正俊『万葉集語法の研究』)。前の八〇番歌の「雨立ち止めむ」も「止まむ」と解すればよいわけ。さて次の「杼」は清濁違例の仮名。八三番歌に

(天飛)阿麻陁牟《アマダム》 (軽嬢子)加流乃袁登賣《カルのヲとメ》、(甚泣)伊多那加婆《イタナカバ》 (人知)比登斯理奴倍志《ヒとシリヌベシ》。波佐《ハサ》
(山)能夜麻能《のヤマの》 (鳩)波斗能《ハトの》、(下泣泣)斯多那岐介那久《シタナキニナク》。

又歌曰《ウタヒタマヒシク》、

(天飛)阿麻陁牟《アマダム》 (軽嬢子)加流袁登賣《カルヲとメ》、1(確々)志多〻介母《シタタニも》 (寄寝通)余理泥弖登富礼《よリネテとホレ》。(軽嬢子等)加流袁《カルヲ》
登賣杼母《とメども》。

故《カレ》、其軽太子者《そのカルのヒツギのミコハ》、流レ於ニ伊余湯一也《イよのユニナガシマツリキ》。亦《マタ》将レ流《ナガサイタマハムとセシ》之
時《とキニ》、歌曰《ウタヒタマヒシク》、

(天飛)阿麻登夫《アマとブ》 (鳥使)登理母都加比曽《とりもツカヒそ》。(鶴音)多豆賀泥能《タヅガネの》 (聞時)岐許延牟登岐波《キこイムとキハ》、和《ワ》
(我名問)賀那斗波佐泥《ガナトハサネ》。

此三《このミツのウタハ》 歌者、天田振也《アマタブリぞ》。又歌曰《ウタヒタマヒシク》、

(王)意富岐美袁《オホキミヲ》 (島2放)斯麻介波夫良婆《シマニハブラバ》、3(船余)布那阿麻理《フナアマリ》 (帰来)伊賀*弊理許牟叙《イガヘリこムぞ》。
(我畳)和賀多〻弥由米《ワガタタミユめ》。(言)許登袁許曽《ことヲこそ》 (畳言)多〻美登伊波米《タタミとイハめ》。(我妻)和賀都麻波由《ワガツマハユ》
米《め》。

斗(卜系)―計

〻(卜系)―多(但シ、底本改行冒頭ノ字ナリ)

弊(底ニヨル)―幣(卜系)

叙(延・訓)―釼

弥(卜系)―祢

此歌者《このウタハ》、夷振之《ヒナブリの》•片下《カタオろシ》也《ぞ》。其衣通《そのそとホリの》王《オホキミ》、獻ㇾ歌《ウタヲタテマツリキ》。其歌曰《そのウタニイヒシク》、

那都久佐能《ナツクサの》(夏　草) 阿比泥能波麻能《アヒネのハマの》(浜) 加岐*加比尒《カキカヒニ》1(欠　貝) 阿斯布麻須那《アシフマスナ》(足　踏)。阿《ア》2

加斯弖抒富礼《カシテとホレ》(明　通)。

故《カレ》、後《のチニ》亦《マタ》不ㇾ堪二戀慕一《コひシノヒアヘズテ》3 而、追往《オヒユキマシシ》時《とキニ》、歌曰《ウタヒタマヒシク》、

岐美賀由岐《キミガユキ》4(君　往) 氣那賀久那理奴《けナガクナリヌ》(日　長)。夜麻多豆•能《ヤマタヅの》(造木) 牟加閇袁由加牟《ムカヘヲユカム》(迎　行)。

麻都尒波麻多士《マツニハマタジ》(待　待)。

5此《ここニ》云二《フ》山多豆一者《ヤマタヅとハ》、是今造木者也《こレイマのミヤツコぎぞ》。

故《カレ》、追到《オヒイタリマシシ》之時《とキニ》、待•懐《マチオもヒテ》而歌曰《ウタヒタマヒシク》、

許母理久能《こもリクの》(隠　国) 波都世能夜麻能《ハツセのヤマの》(泊　瀬　山) 意富袁尒波《オホヲニハ》(大　丘) 波多波理陁弖《ハタハリダテ》(幡　張　立)、佐《サ》

袁〻尒波《ヲヲニハ》(小丘) 波多波理陁弖《ハタハリダテ》(幡　張　立)、意富袁*余斯《オホヲよシ》6(大小) 那加佐陁賣流《ナカサダメル》7(仲　定) 淤母比《オもヒ》(思

妻　可怜) 豆麻阿波礼《ヅマアハレ》。都久由美能《ツクユミの》(槻　弓) 許夜流許夜理母《こヤルこヤリも》8(臥　臥) 阿豆佐由美《アヅサユミ》(梓　弓) 多弖《タテ》(起

起) 理多弖理母《リタテリも》、能知母登理美流《のチもとリミル》(後　取　見) 意母比豆麻阿波礼《オもヒヅマアハレ》(思　妻)。

又歌曰《ウタヒタマヒシク》、

許母理久能《こもリクの》(隠　国) 波都勢能賀波能《ハツセのカハの》(泊　瀬) 9(河) *加美都勢尒《カミツセニ》(上　瀬) 伊久比袁宇知《イクヒヲウチ》(斎杙　打)、斯《シ》

片(卜系)—許

加(底ニヨル)—賀(卜系)

能(卜系)—能尒

懐(卜系)—壊

余(諸本ニヨル)—尒(寛以下、兼左傍書「尒イ」トアリ、猪「余」ヲ朱ニテ「尒」と訂ス)

加(底ニヨル)—賀(卜系)

「寄り寝て登ほれ」とあった。

3[兼]コヒネカウニ不ㇾ堪[延]コヒシタフニ不ㇾ堪シテ[訓]オモヒカネテ[校]コヒシノビカネテ[角]しのひにたへかねて[岩]こひしのひあへずて[思]こひあへずて

八六

4この歌、万葉集九〇番「君之行気長久成奴山多豆乃迎乎将往待尒者不待〈此云山多豆者是今造木者也〉」として引用されている。

5「造木」の文字は新撰字鏡に見え「比女豆波木」とあり、これは玉椿。山タヅは「にわとこ」。ともに葉が対生。

八七

6「意富袁尒志」の本文によって「大丘にし」とする解もあるが、諸本「余」なのでオホヲよシと訓み、[朝]は「大小よし」と解した。但し「大小添ひ並ぶ関係」とみるよりも「大・小よ、まア」と言って「中」を連想する表現と解したい。

八八

7従来「汝が定める」と解してきたが、岩波大系古代歌謡集（土橋寛）や『古事記大成』本文篇（太田善麿）に「仲定める」とし、四段「定む」の完了形とみたのがよい。

8「臥やる臥やり」のルはリの音転である。動詞の終止形を重ねて継続を表わすのである（↓七一頁2）から、ここは「こヤリこヤリ」であるべきもの。

9「～の河」という時は「～のカハ」と清音なので、この「賀」は清音に訓む。「～河」の時は～ガハとなる。

八九

(下 瀬)毛都勢尒《モツセニ》 (真 杙)麻久比袁宇知《マクヒヲウチ》、(斎杙)伊久比尒波《イクヒニハ》 (鏡 懸)加賀美袁加氣《カガミヲカけ》、(真杙)麻久比尒波《マクヒニハ》 (真玉 懸)麻多麻袁加氣《マタマヲカけ》、(真 玉)麻多麻那須《マタマナス》 (我 思 妹)阿賀母布伊毛《アガもフイモ》、(鏡)加賀美那須《カガミナス》 (我 思 妻)•阿賀母布都麻《アガもフツマ》、(有 言)阿理登伊波婆許曽•尒《アリとイハバこそニ》[1]、(家 行)伊*弊尒母由加米《イヘニもユカめ》。(国)久尒袁《クニヲ》 (偲)母斯怒波米《もシノハめ》。

如此歌《カクウタヒテ》、即《スナハチ》共自死《ともニみヅカラシニタマヒキ》[2]。故《カレ》、此二歌者《このフタツのウタハ》、讀歌也《よミウタぞ》。

**御子《ミコ》、穴穂御子《アナホのミコ》、坐石上之穴穂宮《イソのカミのアナホのミヤニイマシテ》、治天下也《アめのシタヲサめタマヒキ》。

天皇為伊呂弟大長谷王子《イろどオホハツセのミコのタめニ》而、坂本臣等之祖《サカもとのオミラガオヤ》、根臣《ネのオミヲ》、遣大日下王《オホクサカのオホキ》之許《ミガリ》、《ツカハシテ》令詔者《のラシめタマヒシク》、「汝命《イマシミこと》[3]之妹《のイろモ》、若日下王《ワカクサカのオホキミヲ》、欲婚•大長谷王子《オホハツセのミコニアハセムとオもフ》、故《カレ》、•可貢《タテマツルベシ》。」。尒《シカシテ》、大日下王《オホクサカのオホキミ》、四拜《よタビヲろガミテ》白之《マヲシシク》、「若《モシ》疑有如此大命《カクアルオホミこともアラムカとウタガヘリ》。故《カレ》、不出外《トニイダサズテ》以置也《オキツ》。是《コレ》恐《カシコシ》。随大命《オホミことのマニマニ》奉進《タテマツラム》。」。然《シカアレども》、言以白事《こともチテマヲスこと》、其《そレ》思无礼《ヰヤナシとオもヒテ》、即《スナハチ》為其妹之礼物《そのイろモのヰヤシろとシテ》[4]、令持押木之玉縵《オシきのタマカヅラヲもタシめテ》而貢獻《タテマツリキ》。根臣《ネのオミ》、即《スナハチ》盗取其礼物之玉縵《そのヰヤシろのタマカヅラヲヌスミトリテ》、讒•大•日下王《オホクサカのオホキミヲよこシマツリテ》[5]•曰《マヲシシク》「•大日下《オホクサカ》

阿(卜系)ーナシ
尒(卜系)ー余
弊(底ニヨル)ー幣(卜系)
御子(底ニヨル)ーナシ(卜系)
長(卜系)ーナシ
可(卜系)ー下
大(卜系)ー太
日(卜系)ー曰
曰(卜系)ー日
大(卜系)ー太

1 卜系に「尒」とあり、また「マコソニ」(一七六頁、七二番歌)と、コソにニのついた例のあるのを以て、ここもコソニだとする説(特に『古事記大成』本文篇)がある。それに対して底本に「余」とあり、コソヨの形を認めようとする説もある。しかしコソヨの例は無く、コソニの例が右一例にしろあり、またそのニは強めの間投助詞と考えられるので、コソニを認めたいと思う。

2 [兼]ウセヌ [延]マカル [訓]シセタマヒキ [岩]死にたまひき
○「死」はタマフ敬語で訓む。

3 [兼]汝ノ命 [延]イマシミコト [訓]ナガミコト [校]ミマシミコト
○本書では対話の尊敬はイマシミコトと訓む。

安康天皇

押木の玉縵

4 [延]イヤシロノモノ [訓]ヰヤジロ [校]ヰヤシロ
○「シろ」が後項となる時は連濁を起こしていないようである。但し「アジろ」(網代)は、アミシろからアジろに変化したものである。また出雲国造神賀詞に「神礼自利・臣礼自利」とあるが、これは流布本で、九条家本では「礼白」とある。これで「ヰヤシろ」の語形がきまる。但し「白」のロは甲類で後世風。

5 [兼]ヨコシコトシテ [延]シコヂテ [訓]ヨコシマツリケラク
○新撰字鏡に「讒、与己須」とあり、また「志己豆」ともある。事実を曲げる方の意として「よこス」の訓の方がよく当ると思う。

王《のオホキミ》者《ハ》、不レ受二勅命《オホミことヲウけタマハラズテのラシツラク》一曰、『己《オのガ》妹《イモ》乎《ヤ》、為二等族《ヒとシウガラ》[1]之下《のシタ》席《ムシろニ》[2]一。』《ナラムとのラシテ》而、取二横刀《タチ》[3]之手上《のタカミ》[4]一《ヲトリテ》[5]而怒歟《イカリタマヒキ》[6]。」。故《カレ》、天皇大怨《イタクウラみタマヒテ》*、殺二大日下王《オホクサカのオホキミヲころシテ》一而、取二持来其王之嫡*妻《そのミコのムカヒメ》、長田大郎女《ナガタのオホイラツメヲトリもチキテ》一為二皇后《オホキサキとシタマヒキ》一。

自レ此以後《こレヨリのチニ》、天皇坐二神牀《カムどこニイマシテ》一而晝寢《ヒルネシタマヒキ》[7]。介《シカシテ》、語二其后《そのキサキニカタリテのラシシク》一曰、「汝《ナレ》有レ所レ思《オもホスところアリヤ》乎。」。答曰《こタヘマヲシシク》、「被二天皇之敦澤《のアツキウツクシびヲカガフリテ》一、何《ナニカ》有レ所レ思《オもフところアラム》。」。於レ是《ここニ》、其大后之先子《そのオホキサキのサキのコ》、目弱王《マヨワのオホキミ》、是年七《こレとシナナ》[8]歳《ツニアリキ》。是王《このミコ》當レ于二其時《そのとキニアタリテ》一而、遊二其殿下《そのとののシタニアソベリ》一。介《シカシテ》、天皇不レ知三其少王《そのワカキミコの》遊二殿下《とののシタニアソベルヲシラサズテ》一以詔二大后《オホキサキニのラシテイヒシク》一言、「吾《ア》恒《ハツネニ》有レ所レ思《オもフところアリ》。何者《ナニぞとイへバ》、汝之子《ナガコ》目弱王《マヨワのオホキミ》、成レ人《ヒととナリテアラム》之時《とキニ》、知三吾《アガ》殺二其父王《そのチチのミコヲころシシヲシリナバ》[9]一者、還《カへリテ》為レ有二邪*心《キタナキこころアラムとスル》一乎《カ》。」。於レ是《ここニ》、所レ遊二其殿下《そのとののシタニアソベル》一目弱王《マヨワのオホキミ》、聞二取此言《このことヲキキトリテ》一、便《スナハチ》竊二伺天皇之御《のミ》[10]寢《ネマセルヲヒソカニウカカヒテ》一、取二其傍《そのカタハラの》大刀《タチヲトルスナハチ》一乃、打二斬其《その》天皇之頸《のクビヲウチキリテ》一、

1「族」は神代紀上の訓注「宇我邏」による。

2「席」は説文に「藉也」とあるように敷物の意。霊異記下三〇話に「席」の訓注「席ムシロ」とある。

3本書では「横刀」と「刀」はタチ、「釼」はツルギと訓む。タチは刀剣の総称。ツルギは吊り垂らす種の称。タチは神武即位前紀に「韴霊」(フツのミタマ)という神名で呼ばれ、その「韴」字は原本系玉篇に「断声」とあるように、ふっつりと断ち切るの意である‖目弱王の乱から、悪霊・敵対者を断ち切る用途をもつ道具と言える。特に「横刀」の文字は武器として行使する場面に多く登場する。埴輪に見る如き腰に帯びた短剣か。

4[延]取テ [訓]トリシバリテ
5[兼]イカルカ [延]怒レルヲヤ [訓]イカリマシツ
○「歟」は感動の助字。
6[訓]イカリマシテ(怒) [朝]怨みたまひ(怨)
○今は諸本「怒」による。
7[延]ヒルイネマセリ [訓]ヒルミネマシキ [国]ひるねしたまひき
○→一五八頁6
8[兼]コトシナ、トシ [延]コトシナ、ツ [訓]コトシナヽツニナリタマヘリ [角]これ年七歳になりしが [岩]是れ年ななとせなりき [朝]是の年ななつ
9[延]コロセシコトヲ [訓]シセシコトヲ [桜]ころししを
10[訓]ミネマセルヲ [国]みねしませるを [朝]みいをねますを [思]いねませるを

日(卜系)—白
乎(卜系)—乎
族(卜系)—授
怨(諸本ニヨル)—兼左傍書「怒イ」トアリ、寛「怒」トス
大(卜系)—太
嫡(諸本ニヨル)
上巻は「適」を用いているが、中下巻は必ずしもそうではない。
牀(延・訓)—林
天(卜系)—又
大(卜系)—太
之(卜系)—ナシ
大(卜系)—太
目(卜系)—自
邪(諸本ニヨル)—耶
(校訂)
目(卜系)—自
大(卜系)—太

逃二入都《ツ》夫《ブ》良《ラ》意《オ》・富《ホ》美《ミ》之《ガ》家《イヘ》一也《ニげイリキ》。天皇《の》御年《ミとシ》、伍拾《イ》陸《チアマリムツ》歳《ぞ》。御陵《ミハカハ》在二
菅原《スガハラ》之《の》伏見《フシミ》・岡《のヲカ》一・也《ニアリ》。
尒《シカシテ》、大長谷《オホハツセ》王子《のミコ》[1]當時《そのカミ》[2]童男《ヲグナ》。《ニアリキ》即《スナハチ》聞二此事《このことヲキキタマヒ》一以《テ》[3]慷愾《イキどホリ》・忿怒《イカリテ》、
乃《スナハチ》到二其兄《そのイろイ》・黒日子《クロヒコ》王《のオホキミ》之許《ガリ》一《イタリテ》・曰《マヲシタマヒシク》、[5]「人《ヒと》取二天皇一《ヲトリツ》。為二
[4]那何《イカニカセム》一」。然《シカアルニ》其黒日子王《そのクロヒコのオホキミ》、不レ驚《オどろカズテ》而有二怠緩《オホろカニアル》之心《こころアリ》一。於レ是《ここニ》、
・大長谷《オホハツセ》王《のオホキミ》・詈二其兄一《そのイろイヲのリテイヒシク》言、[6]「一《ヒとツニハ》為二天皇一《ニイマシ》、一《ヒとツニハ》為二兄弟一《ハラガラニイマ》、
何《スヲナニカ》無二恃心一《タのムこころもナクテ》、聞レ殺二其兄一《そのイろイヲころシマツリシことヲキキテ》、不レ驚《オどろカズテ》而怠《オホろカ》
・乎《ニアル》。」、即《とイヒテスナハチ》握二其衿一《そのころものクビヲトリテ》[7]控出《ヒキイデテ》、抜レ刀《タチヲヌキテ》打殺《ウチころシタマヒキ》。亦到二其《その》
兄《イろイ》白日子《シロヒコ》王《のオホキミニイタリテ》一而、告レ状《サマヲツグルこと》[8]如レ前《サキのごとシ》。緩《オホろカニアルことも》亦如二黒《クロ》
日子《ヒコ》王《のオホキミのごとシ》一。即《スナハチ》握二其衿一《そのころものクビヲトリテ》以引率《ヒキヰ》来《キテ》、到二小治田一《ヲハリダニイタリテ》、*堀
レ穴《アナヲホリテ》而*随レ立《タテナガラ》[9]埋《ウヅミシカバ》[10]者、至二埋レ腰時一《こしヲウヅムとキニイタリテ》、兩目《フタツのめ》走抜《ハシリヌけテ》而死《シニキ》[11]。
亦《マタ》興レ軍《イクサヲオこシテ》圍二都夫良意*美之家一《ツブラオミガイヘヲカクミタマヒキ》。尒《シカシテ》、興レ軍《イクサヲオこシテ》待戰《マチタタカヒ》、
射出《テイイヅル》之矢《ヤ》、如レ葦《アシのごとク》来散《キチリキ》。於レ是《ここニ》、大長谷《オホハツセ》王《のオホキミ》、以レ・矛《ホこもチテ》為レ杖《ツエニシテ》、

富(卜系)—「憲」ニ似タ字ニ写セリ
岡也(卜系)—小字分注
忿(卜系)—怨
兄(卜系)—仁兄
黒(卜系)—里
曰(卜系)—日
大(卜系)—太
詈(卜系)—四言
乎(卜系)—早
堀(諸本ニヨル)—掘(訓)
随(諸本ニヨル)—堕(卜系左傍書)
意(諸本ニヨル)—兼左傍書「富イ有」トシテ挿入符号ヲ付ス
矛(寛以下)—弟。予(卜系)

1「当」はコノ・ソノと物を指示する語。従って、コノトキ・ソノトキと訓んでよいわけであるが往時の意の時は「そのカミ」と訓む。伊勢物語・名義抄仏中八七等にソノカミの例が見える。
2 景行紀二年の訓注にヲグナ。
3 [兼]イタミ [訓]ウレタミ [朝]いきどほり [思]ねたみ
○↓一六二頁1
4 ↓一八〇頁2
5 [兼]ヲコタル心有 [訓]オホロカニオモホセリ [岩]おほろかの心有りき
○オホは、おおまか・漠然・不分明の意。ロは情態を表わす接尾語。
6 [延]一ハ天皇為(タ)リ一ハエヲト為(タ)リ [訓]ヒトツニハスメラミコトニマシヒトツニハハラカラニマスヲ [校]ヒトツニハスメラミコトノミタメヒトツニハアニオトノタメニ [朝]一つには天皇なり一つには兄弟なり
7 新撰字鏡に「衿、己呂毛乃久比」とある。エリは室町時代以後。万葉には単にクビ(一八〇七)。
8 [延]カタチ [訓]アリサマ [朝]さま [桜]アルカタチ
○「状」はサマに統一する。
9 [訓]タチナガラニ [岩]たてるままに [朝]立てながら
○立ったままの時は他動詞を用いる。イけハギと同じ表現。
10 [兼]ウツムニ [訓]ウヅミシカバ
○ウムは穴に物を入れて一杯にする意で穴が主、ウヅムは穴に人や物を入れて見えなくする意で人・物が主とする(思二六四頁)。

11 [訓]ウセタマヒヌル [国]死にき
○↓一八八頁2
1↓四六頁11。のぞく意。

2↓一八〇頁1。お互いにの意。

3「問」は一般的には甲類のトで訓むが、ここは「娉（つまどい）」の意なので、一八四頁七八番歌「わが登布いもを」により、乙類の「とフ」で訓むことにする。

4「處」は助数詞。
5 [訓]トコロ（村） [校]トコロ（處）
○記伝は本文の「五処」によるべしと言い、[校]は文字も訓も改めてしまった。しかし何れも誤り。「所謂五村」とあるのだから、この「五村」はすでに地名的に扱われているのである。従ってイツムラと訓むべきものである。
6 [訓]ムザネ [国]ただみ
○↓一八一頁10
7 [延]～ニカクル、（隠） [訓]ヤツコノ（随） [角]いやしき [朝]いぶせき
（以上は「陋」）
○「随」は誤写とし「陋」字とする新訂増補版国史大系説よし。これは静嘉堂文庫蔵寛永十五年写本と谷森善臣校訂本所引醍醐院本により「陋」に訂したもの。上文に「賤奴」とある如く「陋家」とてイヤシキイヘと訓むのがよい。
8「而」はすべてテと訓む原則からは、シニテと訓むべきとなるがやはり「シヌとも」がよい。

9「悉…亦…」は対句として文字を変えたにすぎない。「既…亦…」と同用法である（↓一九九頁）。
10 [兼]ヤフル [訓]オヒヌ [朝]傷つき
○「手」だからオヒツがよい。

‖市辺之忍歯王の難

臨㆓其内㆒《そのウチヲノゾミテ》[1]詔《のラシシク》、「我《アガ》所㆓相言《アヒイヘル》[2]之㆒嬢子《ヲとメ》者《ハ》、*若《モシ》有㆓此家㆒《このイヘニアリヤ》乎。」。尒《シカシテ》、都夫良意美《ツブラオミ》、*聞㆓此詔命㆒《このオホミことヲキキテ》、自《みヅカラ》叅出《マヰデテ》、解㆓所㆑佩兵㆒《ハケルツハものヲとキテ》而、八度《ヤタビ》拝《ヲろガミテ》•白者《マヲシシク》、「先日《サキのヒニ》所㆓問賜㆒《とヒタマヒシ》[3]之女子《ムスメ》、訶良比賣《カラヒメ》者《ハ》侍《ハベラム》。*亦《マタ》副㆓五處㆒《イツところ》[4]之屯宅《のミヤけヲそへ》以献《テタテマツラム》。所㆑謂《イハユル》五•村[5]屯•宅《イツムラのミヤけ》者《ハ》、今《イマの》葛城之五村苑人也《カツラきのイツムラのそのヒとぞ》。然《シカアルニ》其正身《そのタダみ》[6]、所㆔以不㆓叅《マヰ》向㆒《ムカハヌユヱハ》者、自㆓往古㆒《イニシヘヨリ》至㆓今時㆒《イマニイタルマデ》、聞㆓臣《オミ》・連《ムラジの》隠㆑於㆓•王宮㆒《キミのミヤニカクルことハキけど》、未《イマダ》㆑聞㆓王子《ミコの》隠㆑於㆓臣《ヤツコ》•之家《ガイヘニカクリマシシことヲキカズ》㆒。是以思《ここヲもチテオもフニ》、賤《イヤシキ》奴《ヤツコ》意富美《オホミ》•者《ハ》、雖㆑竭㆑力《チカラヲツクシテタタカフとも》戰㆒、更《サラニ》無㆑可㆑勝《カツベキことナケム》。然《シカアレども》恃㆑己《オのレヲタのミテ》入㆔坐于㆓•陋[7]家㆒《イヤシキイヘニイリマシシ》之王子《ミコ》者《ハ》、死《シヌとも》[8]•而不㆑棄《ウテマツラジ》。」。如㆑此《カク》•白《マヲシテ》而、亦《マタ》取㆓其兵㆒《そのツハものヲトリテ》、還入以戰《カヘリイリテタタカヒキ》。尒《シカシテ》、力窮《チカラキハマリ》矢盡《ヤツきヌレバ》、白㆓其王子㆒《そのミコニマヲシシク》、「僕《ア》者《ハ》•手《テ》悉《ことごと》[9]傷《オヒツ》[10]。矢《ヤ》亦《も》盡《ツきヌ》。今《イマハ》不㆓得戰㆒《エタタカハジ》。如何《イカニ》。」。其王子《そのミコの》答詔《コタヘのラシシク》、「然《シカアラ》者《バ》更《サラニ》無㆑可㆑為《セムスベナシ》。今《イマハ》殺㆑吾《アヲころセ》。」。故《カレ》、以㆑刀《タチもチテ》刺㆓殺其王子㆒《そのミコヲサシころス》。乃《スナハチ》、切㆓己頸㆒《オのガクビヲキリテ》以死也《シニキ》。*

自㆑茲以後《コレヨリのチニ》、淡海《アフミ》之佐々紀《のササき》山君《のヤマのキミ》之祖《ガオヤ》、名《ナハ》韓帒《カラブクロ》•白《ガマヲシシク》、「淡海之久多《アフミのクタ》

嬢（底右傍書ニヨル）―嫡
有（諸本ニヨル）―在（延）
意（諸本ニヨル）―意富（延）
白（卜系）―自
亦（底ニヨル）―立（卜系、延）
村（諸本ニヨル）―處（校）
宅（卜系）―ナシ
以（卜系）―ナシ
王（卜系）―主
之（卜系）―ナシ
者（卜系）―看
陋（静嘉堂文庫蔵寛永十五年写本）―随。隠（延）
而（底ニヨル）―ナシ（卜系）
白（卜系）―日
手（卜系）―乎
也（底ニヨル）―ナシ（卜系）
白（延・訓）―自

此二字以レ音。綿之蚊屋野《ワタのカヤノハ》、多《サハニ》*在二猪鹿一《シシアリ》。其立足者《そのタテルアシハ》、如二•茂[1]原一《シモとハラのごとク》、指擧《ササげタル》角者《ツヌハ》、如二枯松[2]《カラマツのごとシ》。一」。* 此時《このとキニ》、相二率市邊之忍齒王一《イチのへのオシハのオホキミヲアヒキテ》、幸二行淡海一《アフミニ》、到二其野一《イデマシテそのノニイタリマセバ》者、各《オのもオのも》異作二假宮一《ことニカリミヤヲツクリテ》而宿《ヤどリマシキ》。尒《シカシテ》、明[3]《アクル》旦《アシタ》、未二日出一之時《イマダヒもイデヌとキニ》、忍齒王《オシハのオホキミ》、以二平心一[4]《ツネのこころもチテ》、随レ乗二御馬一《ミマニのリナガラ》、到二•立大長谷王《オホハツセのオホキミの》假宮之傍一《カリミヤのカタハラニイタリタタシテ》而、詔二其大長谷王子之御伴人一《そのオホハツセのミコのミともヒとニのラシ》、「《シク》未二寤坐一[5]《イマダサめイマサズ》。早《ハヤク》可レ白也《マヲスベシ》。夜既曙訖《ヨハスデニアけヌ》。可レ幸二獵庭一」《カリニハニイデマスベシとのラシテ》、乃《スナハチ》進レ馬《ウマヲススめテ》出行《イデユキマシキ》。尒《シカシテ》、•侍二其大長谷王之御所一《そのオホハツセのオホキミのミもとニサモラフヒとラ》人等白《ガマヲシシク》、（転）「宇多弖物云王子《ウタテものイフミコぞ》。宇多弖《ウタテ》三字以レ音也。* 故《カレ》、應レ慎《ツツシミタマフベシ》。亦《マタ》宜レ堅二御身一[6]《ミみヲカタめタマフベシとマヲシシカバ》」、即衣中《ミそのナカニ》服レ甲[7]《よろヒヲケシ》、取二佩弓矢一《ユミヤヲトリオバシテ》[8]、乗レ馬《ウマニのリテイデユキマシテ》出行、•儵忽之間[9]《タチマチのアヒダニ》、自レ馬《ウマヨリ》往雙《ユキナラビテ》、抜レ矢《ヤヲヌキテ》射二落其忍齒王一《そのオシハのオホキミヲイオとススナハチ》乃、亦切二其身一《マタそのみヲキリテ》、入レ於二馬樎一[10]《ウマブネニイレテ》、与レ土等《ツチとヒとシクウヅめタマヒキ》•埋。於レ是《ここニ》、市邊王之王子等《イチのへのオホキミのミコタチ》、意•祁王[11]《オケのオホキミ》・•袁祁王《ヲケのオホキミ》 **二柱 聞二此乱一《このミダレヲキキテ》而逃去《ニげサリマシキ》。故《カレ》、到二山代苅羽井一《ヤマシろのカリハヰニイタリマシテ》、食二御粮一之時《ミカレヒヲスとキニ》、面黥[12]《オもテサケル》

1 延 ヲギハラ(荻) 訓 ス、キハラ(荻) 朝 すすきはら(莪) 白 しもとはら(莪) 桜 よモぎハラ(莪) 新 しもとはら(茂)
○桜 では底本の「莪」を採用して、説文や尓雅などを綜合して、「よモぎ」と訓み、成長して高く生い茂った蓬(むぐら)の意としたが、新 では景行紀四十年に「茂林」とあり、シモトハラの古訓があるのによって改訓した。雄略即位前紀にほぼ同文があり、角を「枯樹の末(えだ)」に、脚を「弱木株」(しもとはら)にたとえている。卜系の傍書に「樹」とあるのはこの影響かも知れない。それはともかく、鹿の脚は「シモと」にたとえられるべきものとして「茂」字に意改する。万葉に「之毛等」(三四八八)とある。
2 延 カレキ(樹) 訓 カラキ(樹) 角 からまつ(松)
○諸本「松」による。
3 万葉に「明流安之多」(三七四九)とあり。明朝早くの意。
4 延 シツカナルミコヽロ 訓 ナニノミコヽロモナク 校 ツネノコヽロ 岩 なぐしき心 朝 たひらけき心
○「平」は「常」の意。
5 延 イマダサメマサザルカ　真淵書入本(続群、真淵全集、二六巻)イマダオドロキマサヌヨ 訓 イマダ寤メマサヌニコソ 角 いまだも寤めまさぬか 朝 いまださめまさぬか　久田泉イマダサメマサヌヨ
○久田泉「読む『古事記』の表記と表現」(『日本文学』三六一号)において、疑問の表記がないので

音(卜系)―三日
在(諸本ニヨル)―有(延)
茂(意改)―莪(底)、荻(卜系)
松(諸本ニヨル)―卜系右傍書ニ「樹」トアリ、猪以下「樹」
立(卜系)―ナシ
侍(卜系)―時
也(底ニヨル)―ナシ(卜系)
儵(卜系)―篠。倏(延以下)「儵」も「倏」もシュクで、忽ちの意。延 以下の「倏」は「倏」の俗字。今は諸本によって「儵」とする。
埋(卜系)―理
祁(卜系)―郡。富祁(延・訓)
祁(卜系)―ナシ
二柱(底ニヨル)―分注(卜系)

老人《オキナ》来《キテ》、奪二其粮《そのカレヒヲウバヒキ》一。[1] 尓《シカシテ》、其二《そのフタハシラのミコの》王 言《のラシシク》、「不レ惜レ粮《カレヒハヲシマズ》。
然《シカアレども》 汝者誰人《ナハタレぞ》。」。答曰《こタヘイヒシク》、「我者山代之猪甘也《アハヤマシろのヰカヒぞ》。」。故《カレ》、逃二渡玖須《クス》
婆之河《バのカハヲニげワタリテ》一、至二針間國《ハリマのクニニイタリマシ》一、入二其國人《そのクニヒと》、名志自牟之家《ナハシジムガイヘニイリマシテ》一、
隠レ身《みヲカクシタマヒテ》、役レ於二馬甘牛甘《ウマカヒウシカヒニツカハイマシキ》一也。
大長谷若建《オホハツセワカタケルのミこと》[2] 命、坐二長谷朝倉宮《ハツセのアサクラのミヤニイマシテ》一、治二天下《アめのシタヲサめタマヒキ》一也。天皇、娶二
大日下王《オホクサカのオホキミの》之妹《イろモ》、若日下部王《ワカクサカベのオホキミヲメトリタマヒキ》一。*无レ*子《ナシコ》。又、娶二都夫良意富《ツブラオホ》
美之女《ミガムスメ》、韓比賣《カラヒメヲメトリテウミタマヘルミコ》一、生 御子、白髪命《シラカのミこと》。次妹《ニイろモ》 若帯比賣命《ワカタラシヒメのミこと》。
二柱 故《カレ》、為二白髪太子之御名代《シラカのヒツギのミコのミナシろとシテ》一、定二白髪部《シラカベヲサダめ》一、又、定二長谷部《ハツセベ》
舎人《のとネリヲサダめ》一、又、定二河瀬舎人《カハセのとネリヲサダめタマヒキ》一也。此時《このとキニ》、呉人叅渡来《クレヒとマヰワタリキツ》。其呉人《そのクレヒとヲ》
[3] 安三置於二呉原《クレハラニオキタマヒキ》一。故《カレ》、号二其地《そこヲナヅけテ》一謂二呉原《クレハラとイフ》一也。
[4] 初《ハジめ》、大后《オホキサキ》坐二日下《クサカニイマシシ》一之時《とキニ》、自二日下之直越道《クサカのタダコイのミチヨリ》一、幸二行河内《カフチニイデマシキ》一。
尓《シカシテ》、登二山上《ヤマのウヘニのボリテ》一望二國内《クヌチヲミサけタマヘバ》一者、有下上二堅魚《カツヲヲアげテ》一作二舎屋《ヤヲツクレ》一
之家《ルイヘアリ》上。天皇令レ問二其家《そのイヘヲトハシめテ》一云《のラシシク》、「其上《その》二堅魚《カツヲヲアげテ》一作レ舎《ヤヲツクレルハ》者

渡(卜系)—癡　玖(寛以下)—珎
國(卜系)—國ゝ
若(卜系)—君
无子(底ニヨル)—分注(卜系)
若(卜系)—君
二柱(底ニヨル)—分注(卜系)
代(卜系)—ナシ
大(訓)—太

従来の訓を否とし、真淵訓の詠嘆訓を是とし新訓を出した。私は無表記に徹して、新たにイマダサめマサズと訓み、事実を述べた表現とする説を提出する。
6「宜」は「よろシク」と訓まない。
7不読の「即」。67↓凡例一三頁
8[兼]取ハヒテ　[訓]トリハカシテ　[角]おばして
9[兼]タチマチニシテ　[延]タチマチ之間ニ　[訓]タチマチニ　[校]アカラサマニ
10名義抄に「樀、櫪也」(仏下本一二二)とあり、新撰字鏡に「櫪、馬槽」とあるから、ウマブネ(かいばおけ)と訓める。
11「意祁」は後文に「意富祁」とも言ったことが分る。
12[兼]オモテニスミ入ル　[延]ヲモテメサケル　[訓]メサケル

雄略天皇

后妃と皇子女

1↓一三三頁3
2埼玉県行田市稲荷山古墳出土鉄剣銘に「獲加多支鹵大王」とありワカタケルと訓まれ、従来ワカタケと訓まれてきたことを是正するものとなった。但し、タキル(ロ)と訓むべきか。何れにしても、人名の後項にくる「建」はタケではなくタケルであったこと、すでに「倭建命」(一一七頁1)で承知のはずであった。

若日下部王

3「安置」は漢訳仏典語。安は置の意なので、連文、オクと訓む。なお仏典語一覧は↓二一四頁。
4↓五〇頁1

誰家《タガイヘぞ》。」。答白《こタヘマヲシシク》、「志幾《シき》之《の》大縣主《オホアガタヌシガイヘぞ》家。」。尒《シカシテ》、天皇詔者《ののラシシク》、「奴乎《ヤツコヤ》、己家《オのガイヘヲ》似天皇之《の》御舎《ミアラカニ》[1]而造《ニテツクレリとのラシテ》。」、即《スナハチ》遣人《ヒとヲツカハシテ》令焼其家《そのイヘヲヤ》之時《カシめタマフとキニ》、其大縣主《そのオホアガタヌシ》懼畏《カシコミテ》[2]稽首《のミ》[3]白《マヲシシク》、「奴《ヤツコニシ》有者《アレバ》[4]、随奴《ヤツコナガラ》不覺《サトラズテ》[5]而、過作《アヤマチツクレルハイとカシコシ》甚畏。故《カレ》、獻能美《のミ》(稽首)之御幣物《のミマヒのものヲタテマツラム》[6]。能美二字以音。」。布《ヌノヲ》繫白犬《シロキイヌニカけ》、著鈴《スズヲツけテ》而、己族《オのガウガラ》名《ナハ》謂腰佩《こシハキとイフヒとニ》人、令取犬《イヌの》縄《ナハヲトラシめテ》以獻上《タテマツリキ》。故《カレ》、令止其《その》著火《ひヲツクルことヲヤめシめタマヒキ》。即《スナハチ》幸行其《その》若日下部王《ワカクサカベのオホキミガ》之許《リ》[7]、賜入其犬《イデマシテ そのイヌヲタマヒイレテ》、令詔《のラシめタマヒシク》、「是物者《こののものハ》、今日《ケフ》得道《ミチニエツル》之奇《アヤシキ》[8]物《ものぞ》。故《カレ》、*都麻杼比《ツマどヒ》(妻娉)此四字以音。之物《のもの》。」云而《とイヒテ》賜入《タマヒイレ》也《タマヒキ》。於是《ここニ》、若日下部王《ワカクサカベのオホキミ》、令奏天皇《ニマヲサシめタマヒシク》、「背日《ヒヲセニシテ》[9]幸行《イデマシシ》之事《こと》、甚恐《イとカシコシ》。故《カレ》、己直《オのレタダニ》參上《マヰのボリテ》而仕奉《ツカヘマツラム》。」。是以《ここヲもチテ》、還上坐於宮《ミヤニカヘリのボリイマス》之時《とキニ》、行立其山之坂上《そのヤマのサカのウヘニユキタタシテ》歌曰《ウタヒタマヒシク》、

久佐加弁能《クサカベの》(日下部) 許知能夜麻登《こチのヤマと》(此方山)、多〻美許母《タタミこも》(畳薦) *弊具理能夜麻能《へグリのヤマの》(平群山) 許知碁知能《こチごチの》(此方彼方)、夜麻能賀比尒《ヤマのカヒニ》(山[10]峡) 多知耶加由流《タチザカユル》(立栄) 波毗呂久麻加斯《ハビろクマカシ》(葉広熊白檮)、母《も》

1 [延]ニセテ [訓]ニテ
○ニス(似)の確例はない。
2 [兼]ヲソレヲチ [延]懼レカシコミ
[訓]オヂカシコミテ
○懼と畏は連文。相手の威光におそれつつしむがカシコム。
3 [兼]カシコマリテ [延]ヲガミテ
[訓]ノミ
○稽首は「叩頭」(崇神紀十年条に「乢務」(のム)の訓注あり)と同じく、「のム」と訓む。頭を下げて願い頼む意。
4 六〇頁五番歌に「吾はもよ女にしあれば」とあるように、判断の条件句に副助詞シが用いられるので、ここもシを訓添える。
5 [訓]サトラズテ [思]おろかにて
○文字通り訓む。
6 [兼]ミテクラモノ [訓]ヰヤジリ
[国]ヰヤシロ [岩]みまひの物
○「御」を文字通りミと訓む。
7 [訓]ミモトニ [校]モトニ [思]がり
○↓一三四頁1
8 [兼]アヤシキ [訓]メヅラシキ
○白色の動物に神秘的な霊性を感じていたからアヤシキがよい。
9 [兼]ヒヲセナカニシテ [訓]ヒニソムキテ [新]ひをせにして [思]ひをそむきて
○「日を背にして」とは「日の御子たる雄略天皇が日の威光を背に負うて」の意。それでおそれ多いと言った(粕谷興紀説)。この説がよい。「背」は一八四頁の「背軽太子」の如くソムクと訓めるが、ここはそれでは意をなさぬ。九〇頁の「背負日」と同じ思想である。
10 「賀」はカ。清濁両用仮名。

九〇

乎(卜系)—旱
者(卜系)—省
幣(卜系)—弊
若(卜系)—君
部(卜系)—ナシ
日(卜系)—自
麻(底ニヨル)—摩(卜系)
之(卜系)—云
久(卜系)—又
弁(卜系)—牟
夜麻(卜系)—麻夜
弊(底ニヨル)—幣(卜系)

(本)登尒波《とニハ》 伊久美陁氣淤斐《イクミダけオひ》[1](隠竹生)、須恵*•弊尒波《スヱヘニハ》(末辺) 多斯美陁氣淤斐《タシミダけオひ》(繁竹生)、伊久《イク》美陁氣《ミダけ》(隠竹) 伊久美波泥受《イクミハネズ》(組寝)、多斯美陁氣《タシミダけ》(繁竹) 多斯尒波韋泥受《タシニハヰネズ》(確率寝)[2]、能知母《のチも》(後) 久美泥牟《クミネム》(組寝)。曽能淤母比豆麻《そのオもヒヅマ》(其思妻)。阿波礼《アハレ》。

即《スナハチ》令レ持二此歌一《このウタヲもタシめ》而[3]•返使也《テカヘシツカハシタマヒキ》。

亦一時《マタアルとキニ》、天皇遊行《アソビイデマシテ》、到レ於二美和河一《ミワガハニイタリマシシ》之時《とキニ》、河邊《カハのヘニ》有二洗レ衣《キヌヲア》童女《ラフヲとメアリ》一。其容姿《そのカタチ》[4][5]•甚麗《イとウルハシクアリキ》。天皇問二其童女一《そのヲとメヲトヒタマヒシク》、「汝者誰子《ナハタガコぞ》」。答白《こタヘマヲシシク》、「己名《オのガナハ》謂二引田部《ヒけタべ》[6]赤猪子《のアカヰコ》一」《とマヲス》。尒《シカシテ》、令レ詔者《のラシめタマヒシク》、「汝《ナハ》不レ嫁レ夫《ヲニトツガズアレ》[7]。今《イマ》将レ喚《メシテムとのラシ》。」而《テ》、還二坐於レ宮《ミヤニカヘリイマシキ》。故《カレ》、其赤猪子《そのアカヰコ》、仰二待*天皇之命一《のミことヲアフギマチテ》、既《スデニ》[8]経二八十歳一《ヤソとせヘタリ》。於レ是《ここニ》、赤猪子《アカヰコガ》以為《オもヘラク》、「望レ命《ミことヲアフギマチツル》[9]之間《アヒダニ》、已《スデニ》[10]経二多年一《アマタのとシヘタリ》。姿體《カタチ》[11]瘦•萎《ヤセシボミテ》[12]、更《サラニ》無レ所レ恃《タのムところナシ》。然《シカアレども》、非レ顕二待情一《マチツルこころヲアラハシマヲサズハ》、不レ忍レ於レ•悒《イブセキニシのびジ》」《とオもヒテ》而、令レ持二百取之机代物一《モモトリのツキイシろのものヲもタシめテ》、参出《マヰデ》貢獻《テタテマツリキ》。然《シカアルニ》、天皇既《スデニ》[13]•忘二先所レ命《サキニのラセル》之事一《ことヲワスラシテ》、問二其赤猪子一《そのアカヰコヲトヒテのラシシク》曰、「汝者誰老女《ナハタガオミナぞ》。何《ナニの》

1「イクミダけ」のイは接頭語。クミは四段動詞クム（こんもり茂る）とみる（阪倉篤義『語構成の研究』）のがよい。ただ次の「い隠み竹、イクミハ寝ず」のクミは「組み」と解すべきである。恰も「タシミ(繁)竹、タシ(確)」と、同音異義でかけている如しである。

2「率寝ず」のズは連用中止法で、下句へは逆接。「しっかりと副寝をしなかった、しかし」となる。「後も」は今も勿論将来も。

3 兼カヘシツカハス 岩使を返し‖**引田部の赤猪子**たまひき

○前頁に「令レ奏二天皇一」とあったのに対し、その使者を若日下部王の許に返し使わされた。

4 兼ソノ 訓ソレ

5↓一五二頁3 4

6 兼ヒキタ 訓ヒケタ

○一九六頁、九二番歌の「比気多」による。

7 兼セナニアハ不 延セナニトツガ不 訓トツガズテアレ 校ヲニナアヒソ

○↓五二頁の後の2

8↓一二八頁1。とっくに。

9 延望ム 訓アフギマチツル 校アフギツル

10↓一二八頁1。とっくに。

11↓一五二頁3 4

12 兼ヤセシホム 訓ヤサカミカジケテアレバ 校ヤセカジケテ 朝瘦せなえ

○「瘦、萎」は名義抄ヤス（法下一一三）シホム（僧上三〇）とある。

13↓三〇頁4。すっかり。

弊(底ニヨル)—幣(ト系)

尒(ト系)—ナシ

豆(ト系)—登

甚(ト系)—其

「待」ト「天皇」トノ間、底本半字分空ケタリ。今之ニヨリ一字分空ク

萎(ト系)—宗

悒(ト系)—陁

忘(ト系)—悉

由以《ユヱニ》㮇《カマヰ》来《キツル》。」。尒《シカシテ》、赤猪子《アカヰコ》答白《こタヘマヲシシク》、「其年其月《そのとシそのツき》、被㆓天皇之《の》命《ミことヲカガフリ》㆒、仰《テ》㆓待大命《オホミことヲアフギマチテ》㆒、*至㆑于㆓今日《ケフニイタルマデニ》[1]㆒、経㆓八十歳《ヤソとセヘテアリ》㆒。今《イマハ》容姿《カタチ》[2]既《スデニ》[3]耆《オイテ》更《サラニ》無㆑所㆑恃《タのムところナシ》。然《シカアレども》、顕㆓白己志《オのガこころザシヲアラハシマヲサムとシテ》㆒以㮇出《マヰデツルニ》耳《こそ》。」。於㆑是《ここニ》、天皇大驚《イタクオどろキタマヒテ》、「吾既《アハスデニ》[4]忘㆓先事《サキのことヲワスレテアリケリ》[5]㆒。然《シカアルニ》、汝《ナハ》守㆑志《こころザシヲマモリ》待㆑命《ミことヲマチテ》、徒《イタヅラニ》過㆓盛年《サカリのとシヲスグシツルこと》[6]㆒、是甚《こレイと》*愛悲《カナシ》。」、と[7]心裏《こころのウチニ》欲㆑婚《アハムとオもホシシニ》[8]、*悼㆓其亟老《そレイタクオイテ》[9]、不㆑得㆓成婚《マグハヒヲエナシタマハヌことヲイタミテ》㆒而、賜㆓御歌《ミウタヲタマヒキ》㆒。其歌曰《そのウタニイヒシク》、

九一

美母呂能《ミもろの》[10](御諸) 伊都加斯賀母登《イツカシガもと》(厳白檮下)、加斯賀母登《カシガもと》(白檮下) 由々斯伎加母《ユユシキカも》(忌々)。加志《カシ》(白檮) 波良袁登賣《ハラヲとメ》(原童女)。

又歌曰《ウタヒタマヒシク》、

九二

比氣多能《ヒけタの》(引田) 和加久流須婆良《ワカクルスバラ》(若栗栖原)、和加久閇尒《ワカクヘニ》(若) 韋泥弖麻斯母能《ヰネテマシもの》(率寝)。淤《オ》伊尒祁流加母《イニケルカも》(老)。

尒《シカシテ》、赤猪子之《アカヰコガ》泣涙《ナクナミタ》、悉《ことごと》濕㆓其《その》所㆑服《ケセル》之丹《ニ》*摺《ズリ》[11]袖《のソデヲヌラシツ》㆒。答㆓其大御歌《そのオホミウタニ》㆒

1↓六六頁1。ここは程度と見てマデニとニを加えておく。
2↓一五二頁34
3↓三〇頁4。すっかり。
4↓注3に同じ。
5[延]忘レタリ [新]忘れてありけり
○ケリは、いわゆる「気づきのケリ」で、気がついた時の詠嘆をこめた過去の助動詞。宣長はこのケリの訓添えが巧み（↓四八頁1）だが、ここはタリのみ。私はどうしてもここの訓添えは必要だと思う。↓六八頁9
6漢訳仏典語。↓二一四頁
7[訓]トノリタマヒテ [朝]と
○「驚」の心的内容を受けて「心裏」とあるので、単に「と」を補読する。
8[兼]ミアハセント [訓]メサマホシク [岩]まぐはひせむと [新]あはむと
○↓五四頁9
9[訓]ソノイタク(極)オイヌルニハヾカリ(憚)タマヒテエメサズテ [角]そのいたく(極)老いぬるを悼みたまひて [朝]其のはやく(亟)老いてまぐはひの成りかねることをいたみ(悼)
○[朝]に「亟」は「疾」の意(尒雅、釈詁)と訓詁したのがよい。また「悼」を卜系に「憚」とするのは例によってさかしらである。さて通釈すると、「それ、彼女が早く老いて通婚できぬことを痛ましく思って」。
10↓一七一頁1。ここの「ミもろ」は、「厳白檮」とあるから、カシの「森」であることが分る。
11↓一七一頁7。「揩」がスル。

大(卜系)―太
于(底ニヨル)―ナシ(卜系)
恃(卜系)―持
白(卜系)―自
愛(底ニヨル)―受（卜系)、憂(延)
悼(底ニヨル)―憚（卜系)
亟(底右傍書「孜」、本ハ如此」ニヨル)―極（諸本)
加(卜系)―賀
賀(卜系)―ナシ
々(卜系)―之
泥(卜系)―祢
「泥」と「祢」との字体甚だ離れたり。底本の「祢」に写せる理由不明なり。
之(卜系)―云
揩(諸本ニヨル)―摺(延)

•而歌曰《こタへテウタヒシク》、

（御諸）美母呂尓《みもろニ》（築　玉　垣）都久夜多麻加岐《ツクヤタマカキ》、（斎余）[1]都岐阿麻斯《ツキアマシ》（誰　依）多尓加母余良牟《タニカもよラム》。加《カ》（神　宮　人）微能美夜比登《みのミヤヒと》。

又歌曰《ウタヒシク》、

（日下江）久佐加延能《クサカイの》（入江蓮）伊理延能波知須《イリイのハチス》、（花蓮）波那婆知須《ハナバチス》（身盛　人）微能佐加理毗登《みのサカリビと》、（羨）*登母志岐呂加母《ともシキろカも》。


尓《シカシテ》、[2]多禄《アマタのものヲ》給二其老女一《そのオミナニタマヒテ》以[3]返遣也《カヘシヤリタマヒキ》。故《カレ》、•此四歌《このよツのウタハ》、志都歌也《シツウタぞ》。天皇、幸二行吉野宮一《イシノのミヤニイデマシシ》之時《とキニ》、*[4]吉野之川之濵《イシノのカハのホとリニ》、有二童女一《ヲとメアリ》。其形姿《そレカタチ》[5]美《ウル》麗《ハシクアリキ》。故《カレ》、婚二是童女一《このヲとメとマグハヒテ》[6]而、還二坐於レ宮《ミヤニカヘリイマシキ》。後更亦《のチサラニマタ》幸二行吉野一《イシノニイデマシシ》之時《とキニ》、留二其童女之所レ*遇《そのヲとメのアヒシところニとどマリマシテ》、於二其處一《ソこニ》*立二大御《オホミ》呉床一《アグラヲタテテ》而、坐二其御呉床一《そのミアグラニイマシテ》、弾二御琴一《ミことヲヒカシテ》、令レ為レ儛二其孃子一《そのヲとメニマヒセシめタマヒキ》。尓《シカシテ》、因二其孃子之好儛一《そのヲとメのよクマヘルニよリテ》、作二御歌一《ミウタヲよミタマヒキ》。其歌曰《そのウタニイヒシク》、

（呉床　座）阿具良韋能《アグラヰの》（神　御　手　以）加微能美弖母知《カみのミテもチ》（弾　琴）比久許登尓《ヒクことニ》（儛　[7]女）麻比須流袁美那《マヒスルヲミナ》、

而（卜系）―ナシ
加（底ニヨル）―迦
四（卜系）―田
野之（底ニヨル）―野（卜系）
遇（底ニヨル）―過（卜系）
處（底ニヨル）―家（卜系）
孃（底右傍書ニヨル）―嫡

九三
1「ツキアマシ」は「築き余し」と、「斎き余し」との両説があるが、「神の宮人」とあるので「巫女の嘆き」とみて後説とする（吉永登『万葉―その異伝発生をめぐって―』）。
2 兼サハニ　岩あまたの
○↓一七九頁4

九四
3 兼カヘシマタス　訓カヘシヤリタマヒキ　岩返し遣はしたまひき
○ツカハスはツカフの敬語。従ってここではヤルと訓む。一九五頁の「返使」とは違う。
4 底本「吉野之川之浜」とある。古事記では「～河」と書き「～川」とは書かない。九二頁では「吉野河之河尻」と記す。そこで底本通りの文字とするのがよい（田中卓「古事記における国名とその表記」『古事記年報』24）。「吉野之川」と書くと、吉野を流れる川の意―例えば一九三頁「玖須婆之河」は樟葉を流れる川の意―となる。「川之濱」＝**吉野の童女**の表記はカハのホとり（カハホとりではなく）と訓ませるためのもの。
5↓一五二頁3 4
6 兼ミアハセテ　延ミアハセシテ　訓メシテ　岩まぐはひして
○この童女は神仙の女で、その異類との結婚はマグハヒと訓めばよい。↓五四頁9

九五
7 この歌詞によれば、「童女・孃子」はヲミナと訓まねばならぬが、これらは本文ではヲとメ。必ずしも歌詞通りではないこと一八五頁3。

登《と》許《こ》余《よ》(常世)尓《に》母《も》加《が》[1]母《も》。

即《スナハチ》幸二阿岐豆野一《アキヅノニイデマシテ》而、・御獦《ミカリシタマヒシ》之時《とキニ》、天皇坐二御呉床一《ミアグラニイマシキ》。

尓《シカシテ》、*蛔《アム》[2]咋二御腕一《ミタダムキヲクフ》即《スナハチ》、蜻蛉《アキヅ》来《キテ》、咋二其蛔一《そのアムヲクヒテ》*而飛《とビキ》。訓《よミテ》二蜻蛉《アキヅと》一云《ヲフ》二阿岐豆一*也。

於《こ》是《こニ》、作二御歌一《ミウタヲよミタマヒキ》。其歌曰《そのウタニイヒシク》、

九六

美《ミ》延《イ》斯《シ》怒《ノ》能《の》(吉野) 袁《ヲ》牟《ム》漏《ロ》賀《ガ》多《タ》氣《け》尓《ニ》(小室嶽) 志《シ》斯《シ》布《フ》須《ス》登《と》(猪鹿伏)、多《タ》礼《レ》曽《そ》(誰) 意《オ》富《ホ》麻《マ》*弊《ヘ》(大前)

尓《ニ》麻《マ》袁《ヲ》須《ス》(奏)。夜《ヤ》須《ス》美《ミ》斯《シ》志《シ》[3](八隅知) 和《ワ》賀《ガ》淤《オ》富《ホ》岐《キ》美《ミ》能《の》(我大君) 斯《シ》志《シ》麻《マ》都《ツ》登《と》(猪鹿待) 阿《ア》具《グ》良《ラ》(呉床)

尓《ニ》伊《イ》麻《マ》志《シ》(坐)、斯《シ》漏《ロ》多《タ》閇《へ》能《の》(白拷) 蘇《ソ》弖《デ》岐《キ》蘇《ソ》那《ナ》布《フ》[4](袖著具) 多《タ》古《コ》牟《ム》良《ラ》尓《ニ》(手腓) 阿《ア》牟《ム》加《カ》岐《キ》(虻掻)

都《ツ》岐《キ》(著)、曽《そ》能《の》阿《ア》牟《ム》袁《ヲ》(其虻) 阿《ア》岐《キ》豆《ヅ》波《ハ》夜《ヤ》具《グ》比《ヒ》[5](蜻蛉早咋)、加《カ》久《ク》能《の》碁《ご》登《と》(斯如) 那《ナ》・尓《ニ》*於《オ》波《ハ》牟《ム》(名負)

登《と》、蘇《ソ》良《ラ》美《ミ》都《ツ》 夜《ヤ》麻《マ》登《と》能《の》久《ク》尓《ニ》袁《ヲ》(倭国) 阿《ア》岐《キ》豆《ヅ》志《シ》麻《マ》登《と》布《フ》[6](蜻蛉島)。

故《カレ》、自二其時一《そのとキヨリ》号二其野一《そのノヲナヅけテ》謂二阿岐豆野一《アキヅノとイフ》也。

葛城山の大猪

又一時《マタアルとキニ》、天皇登二幸葛城之山上一《カヅラきのヤマのウヘニのボリイデマシキ》。尓《シカシテ》、大猪出《オホシシイヅ》。即《スナハチ》天皇

以二鳴鏑一《ナリカブラもチテ》射二其猪一《そのシシヲイタマヒシ》之時《とキニ》、其猪怒《そのシシイカリテ》而、宇多岐《ウタキ》[7](敵対)依来《よリク》。宇多岐《ウタキ》三字以レ音*也。

故《カレ》、天皇畏二其宇多岐一《そのウタキヲカシコミテ》(敵対)、登二坐榛上一《ハリのきのウヘニのボリマシキ》。尓《シカシテ》、歌曰《ウタヒシク》、

1「加」は清濁両用仮名。

2「蛔」は新撰字鏡に「奴可我」とあるが、金光明最勝王経音義に「安父」新訳華厳経音義私記に「虻蝿」を「阿牟」とする。

3万葉に「八隅知・安見知」と表記されているのは、万葉人のヤスミシシに対する一つの解釈を示したもの。原義はいかに。諸説があるが、私は「八隅知し」の義と考える。「知り（領有支配する）」の「り」が脱落したもので、「し」は過去の助動詞キの連体形。しかしその「し」には過去の意味はなく、動作・作用の結果の現存を表わす用法である。だから過去の大王にかかるのではなく、現存する大王にかかる枕詞たり得るのである。この種のシの例を一つだけ挙げると「日並みし皇子の命の馬並めて御猟立たしし時は来向ふ」（万葉四九）がある。

4「弖」は清濁両用仮名。キソナフは「袖まできちんと着る」意。

5アキヅ（とんぼ。方言にアケズ等の語として残る）は豊穣をもたらす精霊と信じられていた。穀霊たるアキヅが天皇を庇って秋津島の命名由縁としている。雄略紀ではアキヅの臀呫（となめ＝交尾）を歌い、農業生産の祝福の歌を以て命名由縁とす。

6大和国葛城の室の秋津島（御所市室の辺）の野。

7「敵（あた）き」と同源で敵対する意か（土橋寛『全注釈』）。播磨風土記に「一猪負レ矢為二阿多岐一」

獦(卜系)—猲

蛔(諸本ニヨル)—蝱(延)

也(底ニヨル)—ナシ(卜系)

弊(底ニヨル)—幣(卜系)

尓(卜系)—尓〻

於(底ニヨル)—淤(卜系)

也(底ニヨル)—ナシ(卜系)

夜須美斯志《ヤスミシシ》(八隅知) 和賀意富岐美能《ワガオホキミの》(我大君) 阿蘊婆志斯《アソバシシ》[1](遊猟) 志斯能《シシの》(猪)、夜美斯志《ヤミシシ》(病猪)
能《の》 宇多岐加斯古美《ウタキカシコミ》(敵対畏)、和賀介宜能煩理斯《ワガニげのボリシ》[2](我逃登)、阿理袁能《アリヲの》[3](在丘) 波理能紀《ハリのき》(榛木)
能《の》延《イ》陁《ダ》(枝)。

葛城の一言主の大神

又一時《マタアルとキニ》、天皇登二幸葛城山一《カヅラきヤマニのボリイデマシシ》之時《とキニ》、百官人等《モモのツカサのヒとラ》、悉《ことごと》給下著二紅紐一《アカキヒモツけテアル》[4]之青摺衣上《アヲズリのキヌヲタマハリテ》服《キテアリ》。彼時《そのとキニ》、有下其《その》自二所レ向《ムカヘル》之山《ヤマの》尾一《ヲヨリ》、登二山上一《ヤマのウヘニのボルヒとアリ》人上。既《スデニ》[5]等二天皇之鹵簿一《のミユキのツラニヒとシク》、亦其束装之状及《マタそのよそヒのサマと》[5]人衆《ヒとカズ》[6]、相似《アヒニテ》不レ傾《カタブカズキ》[7]。尒《シカシテ》、天皇望《ミサけマシテ》、令レ問《トハシめテのラシシク》曰、「於二兹倭國一《このヤマとのクニニ》除レ吾《アヲオキテ》亦《マタ》無レ王《オホキミハナキヲ》、今《イマ》誰《タ》人《ガヒとぞ》如レ《カ》此而行《クテユク》。」、《とのラシシカバ》即答曰《こタへのラセル》之状《サマも》亦如二天皇之命一《のミことのごとシ》。於レ是《ここニ》、天皇大忿《イタクイカリテ》而矢刺《ヤサシタマヒ》、百官人等《モモのツカサヒとラ》悉《ことごと》矢刺《ヤサシキ》。尒《シカシテ》、其人等《そのヒとラ》亦皆矢刺《もみナヤサシキ》。故《カレ》、天皇、亦問曰《マタトヒテのラシシク》、「然《シカアラバ》告二其名一《そのナヲのレ》。尒《シカシテ》、各《オのもオのも》告レ名《ナヲのリテ》而弾レ矢《ヤヲハナタム》。」。於レ是《ここニ》、答曰《こタへのラシシク》、「吾先《アレマヅ》見レ問《トハイキ》。故《カレ》、吾先《アレマヅ》為二名告一《ナのリヲセム》。吾者《アハ》雖二悪事一《マガことも》而一言《ヒとこと》、雖二善事一《よごとも》而一《ヒと》言《こと》、〻離《ことサカ》[8]之神《のカミ》、葛城《カヅラき》之一言主《のヒとことヌシ》之大神《のオホカミ》者也《ぞ》。」。天皇、於レ是《ここニ》、惶畏《カシコミテ》而

九七

(託賀郡阿多賀野条)にアタキの例がある。

1 アソブはここでは遊猟。

2 今まで「大君」と三人称で表現され、ここで「我が」と一人称に人称の転換がある。五七頁二番歌にもこの種の表現があった。

3 アリは目立つ存在に冠する。

4 [兼]クレナヒク丶リノアヲスリコロモ(衣服)ヲキル(著) [延]アカヒモヲ著ルアヲズリノキヌヲ給テキル(服) [訓]アカヒモツケルアヲスリノキヌヲタマハリテキタリキ [校]アカヒモノアヲズリノコロモ(衣服)ヲタマハリテキタル(給著) [岩]あかき紐著けしあをずりのきもの(衣服)を給はりき

5 「既…亦…」は「…と同じであるばかりでなく…もひたすら同じである」の意。懐風藻(調老人)や山上憶良(万葉巻五)また空海の性霊集(既…還、既復…)など漢籍教養人の作に見える。一八〇頁には「既…還…」とあった。そこではスデニ…カヘリテ…と訓んだが、スデニ…マタと訓んでもよかった(小島憲之「『古事記』訓読の周辺」『文学』三六巻八号)。

6 [兼]ヒト丶モ [岩]ひとかず

7 [訓]ワカレズ(頒の誤りか) [校]タガハズ [岩]かたよらざりき [朝]かへりみず(顧の誤りか) [白]かたぶかず

○[岩]の「公平」の解がよい。

8 [延]イヒハナツ [訓]コトサカ [朝]ことさかる

○動詞未然形の体言的機能。

志斯(卜系)—ナシ
紐(底右傍書ニヨル)—細(諸本)
鹵(底右傍書ニヨル)—國
束装(底ニヨル)—装束
曰(卜系)—田
命(卜系)—今
然(卜系)—ナシ
各(卜系)—ナシ
離(卜系)—雖
之(卜系)—〻
之(卜系)—ナシ

1 〔延〕ウツシオミ有ントハ 〔訓〕ウツシオミマサムトハ 〔桜〕ウツシオミニシアレバ
○「有」は「〜である」の意で、「坐」と敬体になっていないのは一般的に言ったもの。ウツシオミとは「現実の大霊」で、姿をもつ実体を言う。「大身」と解し得ないのは「身」が乙類だから。現大霊は人間の美称で、ウツシオホミ>ウツシオミ>ウツセミとなり「人・命」の枕詞となる。葛城一言主神は現人神として著名であるが、現実には神と人との区別はつかなかったはず。果して気づかなかったとある。又〜ニシアレバの文法は一九四頁4。‖金鉏の岡
2 〔訓〕サトラザリキ 〔桜〕サトラザリケリ 〔思〕おロかにあり
○気づきのケリ（六八頁9・一九六頁5）はこの際訓添えるべきである。詳しくは拙稿「古事記の訓法についての七条」『古事記年報』二一号）。
3 〔兼〕サ、ケモノ 〔朝〕たてまつりもの 〔思〕まつりモノ 九八
4 〔兼〕ミヤマノスヱ 〔延〕ミ(深)ヤマノ末 〔訓〕ヤマヲクダリ(降)マシテ(キマシテ) 〔校〕ミ(深)ヤマノスヱヨリ 〔角〕山のはにいはみて(満) 〔岩〕み(満)山の末より 〔朝〕山にみち(満)て、すゑは 〔桜〕ヤマのミネヲミテテ 〔新〕山の末を満てて
○山の末は山の本(麓)に対して、「頂・峰」をいう。一言主大神一行が峰続きいっぱいに、の意。‖三重の采女

白《マヲシタマヒシク》、「恐《カシコシ》、我大神《ワガオホカみ》、有宇都志意美《ウツシオミ》[1](現大霊)者《ニシアレバ》、自宇《ウ》下五字以音也。* 不
覚《サトラズアリケリとマヲシテ》[2]。」白而、大御刀《オホミタチ》及弓矢《とユミヤ》始而《ヲハジめテ》、•脱百官人等《モモのツカサのヒとラの》所服《ケセル》之
衣服《キもの》以拝献《ヲヌカシめテヲろガミテタテマツル》。尓《シカシテ》、其一言主大神《そのヒとことヌシのオホカみ》、•手打《テウチテ》受其*奉物《そのマツリものヲウけタ》[3]
故《カレ》、天皇之還幸時《のカヘリイデマスとキニ》、其大神《そのオホカみ》*満山•末《ヤマのスヱヲミテテ》[4]、於長谷山口《ハツセのヤマのクチニ》
送奉《オクリマツリキ》。故《カレ》、是一言主之大神者《このヒとことヌシのオホカみハ》、彼時《そのとキニ》所顕也《アラハレマシキ》。
又天皇、婚丸迩之佐都紀臣之女《ワニのサツきのオミガムスメ》、•袁杼比賣《ヲどヒメヲヨバヒニ》[5]、幸行于春日《カスガニイデ》
之時《マシシとキニ》、媛女《ヲとメ》逢道《ミチニアヒキ》。即《スナハチ》見幸行《イデマシヲミテ》而、逃隠岡邊《ヲカのヘニニげカクリキ》。
故《カレ》、作御歌《ミウタヲよミタマヒキ》。其歌曰《そのウタニイヒシク》、
(媛女)袁登賣能《ヲとメの》 (隠*岡)伊加久流袁加袁《イカクルヲカヲ》 (金鋤)•*加那須岐母《カナスキも》 (五百箇)伊本知母賀母《イホチもガも》。 (鋤)須岐《スキ》
(撥)*波奴流母能《ハヌルもの》。
故《カレ》、号其岡《そのヲカヲナヅけテ》謂金鉏岡《カナスキのヲカとイフ》也。
又天皇、•坐長谷之百•枝槻下《ハツセのモモイツきのもとニイマシテ》、為豊楽《とよのアカリシタマヒシ》之時《とキニ》、伊勢國之《イセのクニの》
三重婇《ミへのウネメ》、•指擧大御盞《オホミウキヲササげ》[6]以献《テタテマツリキ》。尓《シカシテ》、其百枝槻葉《そのモモイツきのハ》、落《オチテ》浮於

也(底ニヨル)—ナシ(卜系)
脱(卜系)—腕
手(卜系)—午
奉(真・兼・前)—捧(兼左傍書、曼以下)
満(諸本ニヨル)—深(延)
末(卜系)—未
袁(卜系)—表
歌(諸本ニヨル)—御歌(訓)
加(延・訓)—ナシ。那加(卜系)、加那(延・訓)
波(底ニヨル)—婆(卜系)
坐(卜系)—由
枝(卜系)—ナシ
指(卜系)—拍

5内容上ヨバヒニと訓む。
6兼サカツキ　岩うき
○歌詞によりウキと訓む。
1訓ウカベリキ
○歌詞によりウキキと訓む。
2「比賀気流」はヒカゲル(日輝く)と解されているが、それならば「賀」はともかくとして「気」を濁音「げ」と訓むわけだから甚だしい違例である。私は文字通り訓んでヒガけルとし、意味は「日駆けル」(万葉八九四に「阿麻賀気利」の例がある)で太陽が空を駆けることは日がよく輝くことを表わす。すなわち、「日照る・日駆る」は日当りのよい宮殿の讃美の句。

九九

3ニヒナヘは「贄(にへ)なふ(行なふ意)」。贄は新穀で、それを神に供し、自らも食べる祭儀をすることをいう(拙稿「新嘗・大嘗・神嘗・相嘗の訓義」『皇學館大学紀要』一四号)。

4「覆」は本来オフで、その延言がオホフ(新潮国語辞典)。

5シヅイは「垂(しづ)枝」で、終止形シヅに体言が直接した形。下(シ)ツ枝のツが濁ったのではない。垂れ下った枝の意。

6アリは目立った(→一九九頁3)の意。キヌは絹。幾重にも重ねるので「三重」の枕詞となる。

7古事記冒頭国土創造神話を過去のこととして「浮きし脂」(従って二六頁は「浮ける脂」)と表現した(石坂正蔵「『浮脂』の訓について」『古事記年報』六号)。

8ミ(水)ナ(格助詞)こヲろ(凝)で、創造神話をふまえる。

大御盞《オホミウキニウキキ》一。[1] 其婇《そのウネメ》、不レ知二落葉《オチバの》浮レ於レ盞《ウキニウケルヲシラズテナホ》、猶献二大御酒《オホミキヲタテマ》一。
天皇看二行其《その》浮レ盞《ウキニウケル》之葉《ハヲミそこナハシテ》一、打二伏其婇《そのウネメヲウチフセ》一、以レ刀《タチもチテ》
刺二充其頸一《そのクビニサシアテテ》、将レ斬《キラムとシタマヒシ》之時《とキニ》、其婇《そのウネメ》白二天皇一《ニマヲシテ》曰《イヒシク》、「莫二
殺吾身一《アガみヲナころシタマヒそ》。有二應レ白事一《マヲスベキことアリとイヒテスナハチウタヒシク》」、即歌曰、
麻岐牟久能《マキムクの》(纏向) 比志呂乃美夜波《ヒシろのミヤハ》(日代宮)、阿佐比能《アサヒの》(朝日) 比傳流美夜《ヒデルミヤ》(日照宮)。由布比《ユフヒ》(夕日)
能《の》 比賀氣流美夜《ヒガけルミヤ》(日駆宮)[2]。多氣能泥能《タけのネの》(竹根) 泥陀流美夜《ネダルミヤ》(根垂宮)。許能泥能《このネの》(木根) 泥婆《ネバ》(根
布美夜《フミヤ》(延宮)。ゝ本尓余志《ヤホニよシ》(八百土) 伊岐豆岐能美夜《イキヅキのミヤ》(築宮)。麻紀佐久《マきサク》(真木栄) 比能美加度《ヒのミカド》(檜御門)
尓比那閇夜尓《ニヒナヘヤニ》(新嘗屋)[3] 淤斐陁弖流《オひダテル》(生立) 毛ゝ陁流《モモダル》(百足) 都紀賀延波《ツきガイハ》(槻枝)、本都延波《ホツイハ》(上枝)
阿米袁淤*弊理《アめヲオヘリ》(天覆)[4]。那加都延波《ナカツイハ》(中枝) 阿豆麻袁淤*弊理《アヅマヲオヘリ》(東覆)。志豆延波《シヅイハ》(下枝)[5] 比那《ヒナ》(鄙
袁淤*幣理《ヲオヘリ》(覆)。本都延能《ホツイの》(上枝) 延能宇良婆波《イのウラバハ》(枝末葉) 那加都延尓《ナカツイニ》(中枝) 淤知布良婆《オチフラバ》(落触)
閇《ヘ》、那加都延能《ナカツイの》(中枝) 延能宇良婆波《イのウラバハ》(枝末葉) 斯毛都延尓《シモツイニ》(下枝) 淤知布良婆閇《オチフラバヘ》(落触)、
斯豆延能《シヅイの》(下枝) 延能宇良婆波《イのウラバハ》(枝末葉) 阿理岐奴能《アリキヌの》(蚕衣)[6] 美*弊能古賀《ミへのコガ》(三重子) 佐ゝ賀世《ササガセ》(捧)
流《ル》 美豆多麻宇岐尓《ミヅタマウキニ》(瑞玉盞) 宇岐志阿夫良《ウキシアブラ》(浮脂)[7] 淤知那豆佐比《オチナヅサヒ》(落浸)、美那許袁《ミナこヲ》(水)[8]

御(卜系)―ナシ
酒(卜系)―澒
行(卜系)―汙
刀(卜系)―力
充(延・訓)―死
阿(卜系)―河
泥能(卜系)―ナシ
延(卜系)―近
弊(底ニヨル)―幣(卜系)

呂許袁呂尓《ろこヲろニ》、許斯母《こシも》(是) 阿夜尓加志古志《アヤニカシコシ》(恐)。多加比加流《タカヒカル》(高光) 比能美古《ヒのミコ》(日御子)。
許登能《ことの》[1](事) 加多理碁登母《カタリごとも》(語言) 許袁婆《こヲバ》(是)。

故《カレ》、獻㆓此歌《このウタヲタテマツリシカバ》㆒者、赦㆓其罪《そのツミヲユルシタマヒキ》㆒也。尓《シカシテ》、大后《オホキサキ》歌《ウタヒタマヒキ》。其《その》歌曰《ウタニイヒシク》、

一〇〇

夜麻登能《ヤマとの》(倭) 許能多氣知尓《このタけチニ》(此高市) 古陁加流《コダカル》(小高) 伊知能都加佐《イチのツカサ》(市高処)。尓比那閇《ニヒナヘ》(新嘗屋)
夜尓《ヤニ》 淤斐陁弖流《オひダテル》(生立) 波毘呂《ハビろ》(葉広) 由都麻都婆岐《ユツマツバキ》(斎真椿)、曽賀波能《そガハの》(其葉) 比呂理《ヒろリ》(広坐)
伊麻志《イマシ》、曽能波那能《そのハナの》(其花) 弖理伊麻須《テリイマス》(照坐) 多加比加流《タカヒカル》(高光) 比能美古尓《ヒのミコニ》(日御子)、
登余美岐《とよミキ》(豊御酒) 多弖麻都良勢《タテマツラセ》[2](献)。許登能《ことの》(事) 加多理碁登母《カタリごとも》(語言) 許袁婆《こヲバ》(是)。

即《スナハチ》天皇歌曰《のウタヒタマヒシク》、

一〇一

毛々志記*能《モモシきの》(百磯城) 淤富美夜比登波《オホミヤヒとハ》(大宮人)、宇豆良登理《ウヅラとリ》(鶉鳥) 比礼登理加氣弖《ヒレとリカけテ》(領巾取懸)、
麻那婆志良《マナバシラ》(鶺鴒) 袁由岐阿閇《ヲユキアヘ》(尾行合)、尓波須受米《ニハスズめ》(庭雀) 宇受須麻理韋弖《ウズスマリヰテ》(蹲踞居)、祁布《ケフ》(今日)
母加母《もカも》 佐加美豆久良斯《サカミヅクラシ》(酒水漬)。多加比加流《タカヒカル》(高光) 比能美夜比登《ヒのミヤヒと》(日宮人)。許登能《ことの》(事)
加多理碁登母《カタリごとも》(語言) 許袁婆《こヲバ》(是)。

1これ以下三首「事の語り言も是をば」とあり「天語歌」の名がついている。すでに二・三・四番歌に「い下経や海人馳使、事の語り言も是をば」とあり、「神語」の名がついている。従ってこの両群は語や歌の形など極めて近い関係にあって、「神語」は神話の中でのことなので、普通なら「天語」というのを「神語」と言ったものとすれば、結局両群は同じ性質のものであったろうと言ってよい。ただ違うのは、伝承者であろう。二・三・四は海人部の阿曇氏による伝承であるが、それに対しこの「天語歌」は「天語連」(新撰姓氏録)に管掌された部民の「天語部」が伝承したものと考えられる。その伝承歌の一つに九九番歌があるわけで、「婇」の出身地「三重」は倭建命の足跡を残し、当時の都が景行天皇の巻向の日代宮であり、この雄略天皇像は、古代の英雄倭建命と相映発して構成されているのである。

2タテマツラセは「献る」の尊敬表現で、「さし上げて下さい」の意。すると、大后が婇に対して敬語を用いたことになる。これは本来、婇の伝承者(天語部)が婇に対してつけた敬語がそのまま残ったもので、全く同じ現象は前頁九九番歌の「三重の子が捧がせる」の敬語の残存に見られる。一方六〇頁の五番歌のタテマツラセは「召上れ」の意。

大(卜系)—太
波(卜系)—婆
記(底ニヨル)—紀(卜系)

此三《このミツのウタハ》歌者、天語《アマガタリウタぞ》歌也。故《カレ》、於此豊樂《このとよのアカリニ》、譽其三重婇《そのミへのウネメヲホめテ》而、給多[1]禄《アマタのものヲタマヒキ》也。是豊樂《このとよのアカリのヒニ》之日、亦春日之袁杼比賣《マタカスガのヲどヒメ》、獻大御酒《オホミキヲタテマ》

之時《ツリシトキニ》、天皇歌曰《のウタヒタマヒシク》、

一〇一

美那曾々久《ミナそそク》[2]（水灌） 淤美能袁登賣《オミのヲとメ》（臣 嬢子）、本陁理登良須母《ホダリとラスも》（秀罇 取）。本陁理斗理《ホダリトリ》（秀罇 取） 加多久斗良勢《カタクトラセ》（堅 取）。斯多賀多久《シタガタク》[3]（確堅） 夜賀多久斗良勢《ヤガタクトラセ》（弥堅 取）。本陁理斗良須古《ホダリトラスコ》（秀罇 取 子）。

此者宇岐歌也《こハウキウタぞ》（盞）。尓、袁杼比賣獻歌《シカシテヲどヒメウタヲタテマツリキ》。其歌曰《そのウタニイヒシク》、

一〇二

夜須美斯志《ヤスミシシ》（八隅 知） 和賀淤富岐美能《ワガオホキミの》（我 大 君） 阿佐斗尓波《アサトニハ》[4]（朝 戸） 伊余理陁多志《イよリダタシ》（倚 立）、由布斗尓波《ユフトニハ》[4]（夕 戸） 伊余理陁多須《イよリダタス》（倚 立） 和岐豆紀賀斯多能《ワキヅきガシタの》（脇 机 下） 伊多尓母賀《イタニもガ》（板）。阿世袁《アセヲ》（吾兄）。

此者志都歌也《こハシツウタぞ》。

天皇御年《のミとシ》、壹佰貳拾肆歳《モモチアマリハタチアマリよツぞ》。*己[5]巳年《ツチのとのみのとシの》八月《ハヅきの》九日《ここのカニ》崩也《カムアガリマシキ》。御陵《ミハカハ》在河内之《カフチの》多治比高鸇《タヂヒのタカワシニアリ》[6]也。

清寧天皇

**御子《ミコ》、白髪大倭根子命《シラカのオホヤマとネコのミこと》、坐伊波礼之甕栗宮《イハレのミカクリのミヤニイマシテ》、治天下《アめのシタヲサめ》也。

三（底右傍書ニヨル）—之
此（卜系）—ナシ
々（卜系）—斗
斗理（延・訓）—計
斗（延・訓）—計
其歌曰（卜系）—曰其歌
斗（許）—許
斗（卜系）—計
崩御年月日（諸本ニヨル、但シ卜系本文トセリ）—延・訓ハ削除セリ
之（卜系）—々
御子（底ニヨル）—ナシ（卜系）
命（卜系）—今

1→一七九頁4
2「ミナそそク」は「臣・鮪」にかかる枕詞。「水(ミ)＝ナ＝注ク」の意であろう。「魚(うを)」にかかるとする説もあるが必然性はない。「大水(おほみ)」にかかり、やがてオホミはオミと短呼され、「臣(おみ)」にかかるようになったと考えられる。またこの枕詞は「鮪(しび)」にもかかる例(武烈紀歌謡)があるが、これは二〇六頁一〇九番歌に「大魚よし鮪」という枕詞があるように「水な注く→大魚→鮪」とかかったものと考えられる。
3→一八六頁1
4アサト・ユフトについて、そのトを「間」と解する説が出て、記伝以来の「朝戸・夕戸」説が影をひそめたようだが、「うまい寝しトに・恋ひ死なぬトに」などと「程・間」の意に解されるトは、上に連体句を伴う形式名詞である。そこで「朝戸・夕戸」と解し「朝夕の出入りごとに」の意とする説(阪倉篤義「『古代歌謡集』読後覚え書」『万葉』一二六号)がある。「朝戸・夕戸」は朝夕に戸を開閉することから、結局「朝の時・夕の時」を意味するようになったと考えたい。
5西暦四八九年。
6「鸇」はハヤブサ・トビの字だが清寧紀元年条に「丹比高鷲原陵」とあるので、ワシと訓む。一〇七頁の「鸇」もワシ。

1 [延]ニ [訓]トシテ
2 [延]マケシ [訓]マカレル
○マク(下二段)は任命して遣わす意から遣わされ任ぜられる意。
3 [兼]ソハニ [訓]へ [岩]かたへ
○カタへは対になるものの一つをいう。ここはカタハラ。

＝飯豊王

4 ↓ 一一三頁3
5 [兼]〜ハ、アカハタヲノセ [訓]〜ニハ、アカハタヲタチ(裁) [校]ソノアマリ(緒)ハ、アカハタニシルシ 土橋寛古代歌謡集、〜にはあか

＝二王子発見

はたをたて [岩]〜はあかはたをかざり [朝]〜をば赤はたのす(載は如の借訓) [桜]〜ハアカハタヲのセ
○「其緒者」はソノヲニハではなくソノヲハで、提示のハ。「載」は「戴」に通ずる(釈名、釈姿容)。そこで「その大刀の緒は小さな赤幡を戴きのせている」と[桜]は解した。[新]では「その太刀の下緒(さげを)は、赤旗の絵が記し載せてあり(「載」は書き物として載せる)で、次の「赤幡」(天皇旗)を起こすと解のみ改めた。
6 [延]アカハタヲミルモノ [訓]アカハタヲタテ、、ミユレバ [校]アカハタヲタテ、、アラハセバ 土橋古代歌謡集、あかはたをたててみれば [岩]立てし赤幡、見れば
○赤い天皇旗を立てて、敵状を見れば、の意。次の「い隠る」は敵が隠れる。
7 [延]シラブル [岩]ととのふる
○東遊歌に「七絃(ななつを)の八絃(やつを)の琴を調べたる如(ごと)や」とあるによる。

《タマヒキ》此天皇《このスメラミこと》、無二皇后《オホキサキナク》一、亦無二御子《マタミコもナシ》一。故《カレ》、御名代《ミナシろニ》[1]定二白髪部《シラカベヲ》一。

《サダめタマヒキ》故《カレ》、天皇崩《カムアガリマシシのチニ》後、無下可レ治二天下《アめのシタヲサめタマフベキ》一之王《ミコナシ》上也。

於レ是《ここニ》、問二日継《ヒツギ》所レ知《シラス》之王《ミコヲトフニ》一、*市邊《イチのへ》忍齒別王《のオシハワけのオホキミ》之妹《のイろモ》、忍海郎《オシヌミのイラツ》女《メ》、亦名《のハ》飯豊王《イヒどよのオホキミ》、坐二葛城《カヅラき》忍海之高木《のオシヌミのタカき》角刺宮《のツヌサシのミヤニイマシキ》一也。

尒《シカシテ》、山部連《ヤマベのムラジ》小楯《ヲダテ》、任二針間國之宰《ハリマのクニのミこともチニマけシとキニ》一[2]時、到二其國之人民《そのクニのオホミタカラ》名《ハ》志《シ》自《ジ》牟《ム》之《ガ》新室《ニヒムロニイタリテ》一樂《ウタげシキ》。於レ是《ここニ》、盛樂《サカリニウタげシテ》、酒酣《サけタけナハニシテ》以二次第《ツギテ》一《もチテ》皆儛《みナマヒキ》。故《カレ》、焼レ火《ひヲタク》少子《ワラハ》二口《フタリ》、居二竈傍《カマのカタハラニヰテアル》一[3]、令レ儛二其少子《そのワラハ》等《ラニマハシめキ》一。尒《シカシテ》、其一《そのヒトリの》少子《ワラハ》曰二「汝兄《ナセ》先儛《マヅマへ》。」一《とイヘバ》、其兄《そのアニ》亦《も》曰二「汝弟《ナオと》先《マヅ》儛《マへ》。」一《とイヒキ》。如レ此《カク》相讓《アヒユヅリシ》之時《とキニ》、其會《そのツドヘルヒと》人等《ラ》、咲二其相讓《そのアヒユヅル》之状《サマヲワラヒキ》一。尒《シカシテ》、遂兄儛訖《ツヒニアニマヒヲヘテ》、次弟《ニオと》将レ儛《マハムとスルとキニ》時、為レ詠曰《ウタヒテイヒシク》[4]、

物部之《もののフの》、我夫子之《ワガセコガ》、取佩《トリハケル》、於二大刀之手上《タチのタカミニ》一、丹畫著《ニカキツけ》、其緒者《そのヲハ》[5]、*載二赤幡《アカハタヲのセ》一、立二赤幡《アカハタヲタテテミレバ》一[6]見者、五十隠《イカクル》、山三尾之《ヤマのミヲの》、竹矣*訶岐《タけヲカキ》〔搔〕此二字以レ音。苅《カリ》、末押縻《スヱオシナビカス》魚簀《ナス》、如レ調二八絃琴《ヤツヲのことヲシラベタルごと》一[7]、所レ治二賜天下《アめのシタヲサめタ》一、

日(ト系)—曰
王(底ニヨル)—王也
(ト系)
楯(ト系)—稽
牟(ト系)—午
第(ト系)—弟
少(延・訓)—小
二口(ト系)—后
時(ト系)—ナシ
畫(訓)—晝
載(諸本ニヨル)—裁
(記伝)
訶(諸本ニヨル)—本訶
(訓)
二(ト系)—三
末(訓)—未
簀(寛以下)—簀

《マヒシ》伊耶本和氣《イザホワけの》、天皇之御子《スメラミことのミコ》、市邊之《イチのへの》、押歯王之《オシハのオホキミの》、*奴*末《ヤツコスヱ》[1]。
尒即《シカシテスナハチ》、小楯連《ヲダテのムラジ》聞驚《キキオどろキテ》而、自レ床《とこヨリ》堕轉《オチマろビテ》而、追二出其室人等一《そのムロのヒとラヲオヒ》、
《イデテ》其二柱王子《そのフタハシラのミコヲ》、坐二左右膝上一《ヒダリミギのヒザのウヘニイマセテ》[2]泣悲《ナキカナシびテ》而、集二人民一《オホミタカラヲツドヘテ》
作二假宮一《カリミヤヲツクリ》、坐二置其假宮一《そのカリミヤニイマセマツリオキテ》而、貢二上驛使一《ハユマヅカヒヲタテマツリキ》。於レ是《ここニ》、
其姨飯豊王《そのヲバイヒどよのオホキミ》、聞歡《キキよろこびタマヒテ》而、令レ上レ於レ宮《ミヤニのボラシめタマヒキ》[3]。
故《カレ》、将レ治二天下一《アめのシタヲサめタマハムとセシ》之間《アヒダニ》、平群臣之祖《ヘグリのオミガオヤ》、名志毘臣《ハシビのオミ》、立レ于二
歌垣一《ウタガキニタチテ》[4]、取二其袁祁命《そのヲケのミことの》将レ婚《ヨバハムとシタマフ》之美人手一《ヲとメのテヲトリキ》。其嬢子者《そのヲとメハ》、菟
田首等之女《ダのオビとラガムスメ》、名大魚也《ナハオフヲぞ》[5]。尒《シカシテ》、袁祁命《ヲケのミことも》亦立二歌垣一《ウタガキニタタシキ》。於レ是《ここニ》、
志毘臣歌曰《シビのオミガウタヒシク》、

(大 宮)意富美夜能《オホミヤの》　(彼 端 手)袁登都波多傳《ヲとツハタデ》　(隅 傾)須美加多夫祁理《スミカタブケリ》。

如レ此歌《カクウタヒテ》而、乞二其歌末一《そのウタのスヱヲこヒシ》之時《とキニ》、袁祁命《ヲケのミことの》歌曰《ウタヒタマヒシク》、

(大 匠)意富多久美《オホタクミ》　[6](拙 劣)袁遲那美許曽《ヲヂナミこそ》　(隅 傾)須美加多夫祁礼《スミカタブケレ》。

尒《シカシテ》、志毘臣《シビのオミ》、亦歌曰《マタウタヒシク》、

1 兼ヤツコノスエナリ 延スヘヤツコナリ(末奴) 訓ヤツコミスヱ 校ミスヱヤツコラマ(末奴) ○奴である子孫の意。子孫である私めですということ。

2 兼ヒタリミキ 訓ヒダリミギリ ○右をミギリということ、上代に確証はない。

3 忍海角刺宮（顕宗即位前紀、五年正月条）をさす。この皇女は「臨朝秉政(みかどまつりごとしたまふ)」(同上)とあり、また「葛城埴口丘陵」に葬る(同、十一月条)ともあり、天皇に準じた扱いをしていることは言える。しかし、あくまで準じているだけで、天皇ではない。なお一六五頁1で「十九天皇」の後注なることは注しておいた。

歌垣―袁祁命と志毘臣

4「歌垣」については「歌掛キ」説が流布しているが、歌を歌う一定のしきりをした場所の意と考える。これをよく示すのが武烈即位前紀の「歌場、此云二宇多我岐一」である。「場」が「垣」に相当すると思えばよい。限られた日時・場所に豊穣予祝の祭りの延長として男女が集り、飲食や歌舞をし、性的行為が許された。常陸風土記香島郡条の「嬥歌之会」の注にカガヒとあるのは、掛け合ヒ＞カカヒの東国方言的濁音化。これが歌の掛け合い説に妥当する。

一〇四

一〇五

5 次頁一〇九番歌オフヲによる。

6 新撰字鏡に「怯、ヲヂナシ」とあり、頭脳・手腕・胆力等が劣る。

奴末(卜系)―奴末。末奴(延・校訂)
楯(卜系)―猪
二柱王子(卜系)―分注トセリ
嬢(卜系)―娘
菟(卜系)―苑
袁(延・訓)―ナシ。表(卜系)
歌(卜系)―歌〻
末(卜系)―未

意富岐美能《オホキミの》（王） 許々呂袁由良美《こころヲユラミ》（心緩）、 淤美能古能《オミのコの》（臣子） *夜弊能斯婆加岐《ヤヘのシバカキ》（八重柴垣）
伊理多々受阿理《イリタタズアリ》（入立）

於レ是《ここニ》、王子《ミコ》亦歌曰《マタウタヒタマヒシク》、
斯本勢能《シホセの》（潮瀬） 那袁理袁美礼婆《ナヲリヲミレバ》（波折見）、 阿蘓毘久流《アソビクル》（遊来） 志毘賀波多傳尓《シビガハタデニ》（鮪端手） 都《ツ》
麻多弖理美由《マタテリミユ》（妻立見）。

尓《シカシテ》、志毘臣《シビのオミ》 愈《イよよ》 *怒《イカリテ》[1] 歌曰《ウタヒシク》、
意富岐美能《オホキミの》（王） 美古能志婆加岐《ミコのシバカキ》（御子柴垣）、 夜布士麻理《ヤフジマリ》（八節結） 斯麻理母登本斯《シマリもとホシ》[2]（結廻）、
岐礼牟志婆加岐《キレムシバカキ》（切柴垣）。 夜氣牟志婆加岐《ヤけムシバカキ》（焼柴垣）。

尓《シカシテ》、王子《ミコ》亦歌曰《マタウタヒタマヒシク》、
意布袁余志《オフヲよシ》（大魚） 斯毘都久阿麻余《シビツクアマよ》[3]（鮪突海人）。 斯賀阿礼婆《シガアレバ》（其[4]離） 宇良胡本斯祁牟《ウラゴホシケム》（心恋）。
志毘都久志毘《シビツクシビ》（鮪突志毘）。

如レ此歌而《カクウタヒテ》、闘明《カガヒアカシテ》[5] 各《オのもオのも》 退《シリぞキヌ》[6]。 明旦之時《アクルアシタのとキニ》[7]、*意祁命《オケのミこと》・袁祁命《ヲケのミこと》
二柱《フタハシラ》 議云《ハカリテのラシシク》、「凡《オホよそニ》 朝庭《ミカド》 人等者《のヒとラハ》、旦者《アシタニハ》 叅三赴於二朝庭一《ミカドニマヰオもブキ》、

1 [兼]ウラミ（忿）[訓]イカリテ 一〇六
○底本「怒」の文字による。「忿」もイカル。ウラムは「怨」字で異なる。さて、一〇七番からの続きとして、志毘臣が何故「いよいよ怒りて」なのか。これは、一〇七番で、魚の分際で女を連れて何だと嘲笑する、それで鮪の名をもつ志毘臣が怒ったと解し得る。 一〇七

2 逆接連用中止法については、一九五頁2。

3 「大魚」（乙女の名）と名もよい鮪（乙女）を銛（もり）で突く（手に入れる）海人（志毘臣）よ、の意。

4 このアレバについては、「荒る」（生気がなくなる）とする説と、「離る」とする説とがある。今は「その乙女が離れていったら」と解しておく。シ（其）は乙女をさす。 一〇八

5 「闘」はアフ（戦う・挑む）と訓むが、ここは「歌垣」であるので、カガフの語で訓めばよかろう。二〇五頁4で、カガヒはカカヒの東国方言的濁音化と言った。それならばカカヒと訓めばよいことになるが、常陸風土記で初めてこの「加我毘」が紹介されたとも思えない。この風習の残存を常陸風土記の作者が見て書留めたもの（万葉一七五九番歌では高橋虫麻呂が「賀我比」と記す）と考えられるので、早くから大和の都人に知られていたとみてよい。そこで、カガフ・カガヒの濁音形で訓んで差支えないと思 一〇九

弊（底ニヨル）—幣（卜系）
怒（底ニヨル）—忿（卜系）
布（卜系）—有
闘（卜系右傍書）—鬫
意（諸本ニヨル）—意富（延・訓）
命（卜系）—今
祁（卜系）—ナシ
二柱（延・訓）—分注卜セリ
旦（訓）—且
赴（卜系）—起

われる。
6[延]マカヅ [訓]アラケマシヌ [岩]まかりぬ [朝]退きぬ [思]ソきぬ
○アラクは「散」。「退」は「そク」または「シリぞク」。
7[延]明ルアシタ之時ニ [訓]ツトメテ [校]アクルヒノトキニ [国]あくるあした
○↓一九二頁3

1[兼]イマシノ命 [延]イマシミコト [訓]ナガミコト [校]ミマシミコト
2↓三〇頁4
3河内の飛鳥（大阪府羽曳野市飛鳥）。
4[延]天下ヲ治スコトヤトセ [訓]ヤトセアメノシタシロシメシキ
○措辞の順序で訓む。↓二九頁1
5[訓]ウヅミタリシトコロハ [岩]うづみしは [桜]ウミシところハ [思]うみしは
○[思]は、トコロは「地」「処」で表わし、「所」は助字として訓まないという。しかし一五六頁「坐所」をトコロと訓むという矛盾がある。さて「所出」（五五頁）「所坐」（一七四頁）「所遇」（一九七頁）「所在」（二〇九頁）の助字はすでに「場所」の意としての「ところ」と訓んでよい。今の「所埋」も同じ。ウヅムの訓については↓一九〇頁10。

一 顕宗天皇

二 置目の老媼

晝《ヒルニハ》集レ於二志《シ》毗《ビ》門《ガカドニツドヘリ》一。亦《マタ》今《イマ》者《ハ》、志《シ》毗《ビ》*必《カナラズ》寢《イネテアラム》。亦《マタ》其《その》門《カドニ》無レ人《ヒともナケム》。故《カレ》、非レ今《イマニアラズ》者《ハ》難レ可レ謀《ハカルベキことカタケムとのラシテ》。」、即《スナハチ》興レ軍《イクサヲオこシテ》圍二志《シ》毗《ビ》臣《のオミ》之《ガ》家《イヘヲカクミテ》一、乃《スナハチ》殺《ころシタマヒキ》也。

於レ是《ここニ》、二柱《フタハシラの》王《ミ》子《コ》等《タチ》、各《オのもオのも》相二譲天《アめのシタヲアヒユヅリタマヒキ》下一。意《オ》*富《ホ》祁《ケ》命《のミこと》、譲二其弟《そのイろど》袁《ヲ》祁《ケ》命《のミことニユヅリテのラシシク》一曰、「住レ於二針間《ハリマの》志《シ》自《ジ》牟《ム》家《ガイヘニスミシとキニ》一時、汝命[1]《イマシミこと》不レ顕レ名《ナヲアラハシタマハズケバ》者、更《サラニ》非下臨二天下《アめのシタニノゾム》一之君《キミニアラズアラマシ》上。是既《こレスデニ》[2]為二汝命《イマシミことの》之功《イサヲぞ》一。故《カレ》、吾《アハ》雖レ兄《アニニハアレどもナホイマシミことマヅ》、猶汝命先治二天下《アめのシタヲサめタマヘとのラシ》一。」而《テ》、堅譲《カタクユヅリタマヒキ》。故《カレ》、不二得辞《エイナびタマハズテ》一而、袁《ヲ》祁《ケ》命《のミこと》先《マヅ》治二天下《アめのシタヲサめタマヒキ》一也。

*伊《イ》*弉《ザ》*本《ホ》*別《ワけの》*王《オホキミの》*御《ミ》*子《コ》、*市《イチの》*邊《へ》*忍《のオシ》*齒《ハ》*王《のオホキミの》*御《ミ》*子《コ》、袁《ヲ》祁《ケ》之《の》石《イハ》巣《ス》別《ワけの》命《ミこと》、坐二近[3]飛鳥宮《チカツアスカのミヤニイマシテ》一、治二天下[4]《アめのシタヲサめタマフこと》一捌歳《ヤとせぞ》也。天皇、娶二石《イハ》木《き》王《のオホキミ》之女《のムスメ》、難波王《ナニハのオホキミヲメトリタマヒテ》一、无レ子《コナシ》也。

此《この》天皇、求二其父王市邊王之御骨《そのチチミコイチのへのオホキミのミカバネヲもとめタマフとキニ》一時、在二淡海國《アフミのクニナルイヤシキ》一賤老媼《オミナ》、叅出《マキデテ》白《マヲシシク》、「王子《ミコのミ》御骨《カバネヲ》所レ埋[5]《ウヅミシところハ》者、専《モハラ》吾能知《アレよクシレリ》。亦《マタ》以二其《その》

晝（延・訓）―盡
亦（底右傍書ニヨル）―弖
必（底ニヨル）―亦
今（卜系）―令
之（卜系）―乃
乃（卜系）―ナシ
富（底ニヨル）―ナシ（卜系）
間（卜系）―問
堅（卜系）―竪
伊…子（底ニヨル）―ナシ（卜系）、但シ底ハ「伊」ナシ。マタ「弉本」ヲ「装束」ト誤ル
祁（卜系）―祁王
娶（卜系）―婆
无（卜系）―兄
白（卜系）―自
其（卜系）―亓

御齒《ミハヲもチテ》一 可レ知《シルべシ》。」。御齒者《ミハハ》、如《ごとキ》二三枝《サキクサの》一押齒《オシハニ》坐也《イマシキ》。尓《シカシテ》、起レ民《タミヲタテテ》 *堀レ土《ツチヲホリ》、求二其御《そのミ》骨《カバネヲもとめキ》一。即《スナハチ》獲二其御骨《そのミカバネヲエテ》一而、於二其蚊屋野之東《そのカヤノのヒムガシヤマニ》山一、作二御陵《ミハカヲ》葬《ツクリテハブリタマヒテ》、以二韓帒《カラブクロ》•之子等《ガコラヲもチテ》一、令レ守二其御陵《そのミハカヲマモラシめタマヒキ》一。然[1]後《シカアルのチニ》持二上其御骨《そのミカバネヲもチのボリマシキ》一也。故《カレ》、還上坐而《カヘリのボリイマシテ》、召二其老•媼《そのオミナヲメシテ》一、譽三其[2]不《その》レ失レ見《ミウシナハズサダカニ》 *貞知二其地《そのところヲシリテアルヲホめテ》一以、賜レ名《ナヲタマヒテ》号二置目老媼《オキめのオミナとナ》一。《ヅけタマヒキ》仍《よりテ》、召二入宮內《ミヤのウチニメシイレテ》一、敦廣慈賜《アツクヒロクめグミタマヒキ》。故《カレ》、其老媼《そのオミナの》所レ住《スメル》屋者《ヤハ》、近二作宮邊《ミヤのヘニチカクツクリテ》一、毎レ日《ヒごと》必召《ニカナラズメシキ》。故《カレ》、鐸[3]《ヌテヲ》懸二大殿戸《オホとののトニカけテ》一、欲レ召二其老媼《そのオミナヲメサムとオもホス》一之時《とキハ》、必《カナラズ》•引二鳴其鐸《そのヌテヲヒキナシタマヒキ》一。尓《シカシテ》、作二御《ミ》歌《ウタヲよミタマヒキ》一。其歌曰《そのウタニイヒシク》、

一一〇

（浅　茅　原）　（小　谷　過）　（百　伝）　（鐸　響）
阿佐遅波良《アサヂハラ》　袁陁尓袁須疑弖《ヲダニヲスぎテ》、毛々豆多布《モモツタフ》　奴弖由良久母《ヌテユラクも》。淤《オ》
（置目　来）
岐•米久良斯母《キめクラシも》。

於レ是《ここニ》、置目老媼《オキめのオミナ》白《ガマヲシシク》、「僕甚[4]耆老《アレイタクオイテアリ》。欲レ退二本國《もとツクニニマカラムとオもフ》一」。故《カレ》、随レ白《マヲセルマニマニ》退時《マカルとキニ》、天皇見送《ミオクリテ》、歌曰《ウタヒタマヒシク》、

堀（諸本ニヨル）―掘（延・訓）
之（卜系）―令
媼（卜系）―猛
貞（諸本ニヨル）―置（延・訓）、卜系左傍書ニハ「真イ」トアリ「貞」は「正」に通ず。（頭注2を見よ）
引（卜系）―到
米（卜系）―未

1「然後…也」の八字、記伝はこの記事を不審とし、附訓せず。
2[兼]其ノ不レ失マコト（真）ヲミル…[延]其ミヲキシコトヲ（置）ウシナハデ其地ヲ知ルヲホメテ [訓]ソノトコロヲワスレズミオキ（置）テシレリシコトヲホメテ [校]ホメ玉ハク、ソノミルコトヲアヤマタズシテマコトニ（真）ソノトコロヲシレリトシ [国]其の見置きしをわすれず、其のところを知れりしことを誉めて [角]その見失はずさだかに（貞）その地を知れりしことを誉めて [岩]其の失はず見置きて、其のところを知りしをほめて [朝]其の見失はずてただしく（貞）其の地を知りしをほめて [新]その、見失はずさだかに（貞）そのところを知りたるをほめて
○「貞」を「置」の誤写とするのは、「置目」という命名に拘泥したためで、諸本「貞」によって考えるべきもの。「貞」は広雅、釈詁に「貞、正也」とあるから、タダシクと訓める。それでもよいが、続紀宣命三七詔に「貞仁」とありまた五詔に「佐太加尓」とある。これによってサダカニと訓む。一方、卜系左傍書に「真イ」とあるが誤写の一本を意味するのか、あるいは「貞」の訓詁を示すのかは明らかでない。
3[兼]ス丶ヲ大殿ノ戸（に）懸テ [延]ヌリテヲオホトノドニカケ [訓]オホトノ丶トニヌリテヲカケ [桜]ヌテヲオホとののトニカけテ
○一一○番歌のヌテにより訓む。
4[延]甚ダ [訓]イタク [朝]いと

〇↓一三二頁2。動詞にはイタクであって、イトではない。

一一一

1↓五〇頁1

2 [兼]コマコ [延]ウミノコ [訓]コドモ [校]ハッコ

3この「倭に上る」は、大和に都がある「今」に至るまでの時代(飛鳥・藤原京時代から奈良時代初期まで)であって、顕宗天皇時代の「今」ではない。

4 [訓]カナラズオノヅカラ

〇必と自とは連文。「自」は「必らず」の意。必然・当然。

5 [兼]アシナユ [訓]アシナヘクナリ

〇金光明最勝王経音義に「跛、安志奈恵」とあり、和名抄に「蹇、阿之奈閇、此間云那閇久、行不正也」とある。名義抄図書寮本一〇四に「奈倍久」の「久」に濁音の声点がある。ナヘグのへの甲乙不明だが、すべて「閇・倍」の仮名を用いているのでへとする。

＝御陵の土

6 [延]在シ所 [訓]アリカ [校]アルトコロ [校]ありし

〇「アリシところ」と過去に訓む。なお「所」は↓二〇七頁5。

7シめスは占栖の意。見て占有する。示スのメは甲類。

8 [兼]ヤフラン [岩]こぼたむ

〇コホツのホは中古以前清音(木下正俊「『溢す』と『毀つ』」『万葉』五三号)。

9 [延]ヤリ玉フニ [訓]ヤブラムニハ [岩]やりこぼつは

〇「破壊」は一字一訓の方がよい。「毀・破・壊」の単字用法あり。

10「命」「幸行」は準天皇の用字法。

（置目）意岐米母夜《オキめもヤ》　（淡海置目）阿布美能淤岐米《アフミのオキめ》。　（明日）阿須用理波《アスヨリハ》　•（山隠）美夜麻賀久理弖《ミヤマガクリテ》

（見）美延受加母•阿良牟《ミイズカもアラム》

1初《ハジめ》、天皇逢レ難《ワザハヒニアヒテニげマシシとキニ》逃時、求下奪二其御粮《そのミカレヒヲウバヒシ》一猪甘《ヰカヒの》老人《オキナヲもとめタマヒキ》上。

是《ここニ》、得レ求《もとめエテ》、喚上《メサげテ》而、斬レ於二飛鳥河之河原《アスカガハのカハラニキリテ》一、皆《みナ》断二其族《そのウガラ》之《の》

膝筋《ヒザのスヂヲタチタマヒキ》一。*是*以《ここヲもチテ》、至レ*于レ今《イマニイタルマデ》其子孫《そのウミのコ》2、上レ於レ倭《ヤマとニのボル》3之日《ヒハ》、

4必自《カナラズ》、5跛《アシナヘグ》也《ぞ》。故《カレ》、能《よク》見二志米岐《シめキ》三其老《そのオキナの》所レ在《アリシところヲミシめキ》6。志米岐三字以レ音。故《カレ》、

其地《そこハ》謂二志米須《シめスとイフ》7一也。

天皇、深下怨殺二其父王《そのチチミコヲころシタマヒシ》一之大長谷《オホハツセの》天皇上、欲レ報《ヲフカクウラみタマヒテ》二其《その》

霊《ミタマヲムクイムとオもホシキ》一。故《カレ》、欲レ•毀二其大長谷《そのオホハツセの》天皇之御陵《のミハカヲコホタムとオもホシテ》8一而、遣

レ人《ヒとヲツカハス》之時《とキニ》、其伊呂兄《そのイろイ》*意祁命《オケのミことの》奏言《マヲシタマヒシク》、「破二壊是御陵《このミハカヲヤブリコホツハ》9一、

不レ可レ遣二他人《アタシヒとヲツカハスべクアラズ》一。専《モハラ》僕自行《アレみヅカラユキテ》、如二天皇之御心《のミこころのごとク》一、破壊《ヤブリコホ》

以奈出《チテマヰデム》。」。尓《シカシテ》、天皇詔《ののラシシク》、「然《シカアラバ》、随レ命《ミことのマニマニ》10宜二幸行《イデマスべシ》10一」。是以《ここヲもチテ》、

*意祁命自下幸《オケのミことみヅカラクダリイデマシテ》*而、少二*堀其御陵之傍《そのミハカのカタハラヲスコシホリテ》一、還上《カヘリのボリテ》復奏言《カヘリことマヲ》、

波(卜系)―彼

阿(卜系)―ナシ

是以(底ニヨル)―以是(卜系)

于(底ニヨル)―ナシ(卜系)

毀(卜系)―髪

意(底ニヨル)―意富(延・訓)

而(底ニヨル)―ナシ(卜系)

堀(諸本ニヨル)―掘(延・訓)

《シタマヒシク》「既《スデニ》[1]*堀壊也《ホリコホチッ》。」。尒《シカシテ》、天皇異㆓其早還上㆒《そのハヤクカヘリのボラシシことヲアヤシびテ》而詔《のラシシク》、「如《イカ》[2]何破壊《ニカヤブリコホチツル》。」。答•白《こタヘマヲシシク》、「少㆓*堀其陵之傍《そのハカのカタハラのツチヲスコシホリツ》[3]土㆒。」。天皇詔*之《のラシシク》、「欲《レ》報㆓父王之仇《チチミコのアタヲムクイムとオもハバ》㆒、必《カナラズ》[4]悉《ことごと》破㆓壊其陵《そのハカヲヤブリコホタムニ》㆒、何《ナニとカもスコシホリ》[5]少*堀乎《ツル》。」。答曰《こタヘマヲシシク》、「所㆓以為㆑然《シカセシユヱ》者《ハ》、父王之怨《チチミコのウラみヲ》[6][7]欲㆑報㆓其霊《そのミタマニムクイム》㆒、《とオもホスハ》是誠理也《これマことニことワリぞ》。然《シカアレども》、其大長谷天皇者《そのオホハツセのハ》、雖㆑為㆓父之怨《チチのウラみニハアレど》㆒、《も》還《カヘリテハ》為㆓我之従父《ワガヲヂニイマシマタ》㆒、亦治㆓天下㆒《アめのシタヲサめタマヒシ》之天皇《スメラミことぞ》。是今單《ここニイマヒとへニ》取㆓父仇之志《チチのアタとイフこころザシのみヲトリテ》㆒、悉《ことごと》破㆘治㆓天下㆒《アめのシタヲサめタマヒシ》之天皇陵㆖《のハカヲヤブリ》《テ》者《バ》、後人必誹謗《のチのヒとカナラズソシラム》。唯父王之•仇《タダチチミコのアタのみハ》、不㆑可㆑非㆑報《ムクイズアルべクアラズ》。故《カレ》、少㆓*堀其陵邊《そのハカのヘヲスコシホリツ》㆒。既《スデニ》[8]以㆓是•耻《このハヅカシめヲもチテ》[9]㆒足㆑•示㆓後世《のチのよニシメスニタラム》㆒。」。如㆑此奏《カクマヲ》《シタマヘ》者《バ》、天皇•答詔*之《のコタヘのラシシク》、「是亦大理《こもオホキナルことワリぞ》。如㆑命《ミことのごとクシテよシ》可也。」。故《カレ》、天皇崩《カムアガリマシテスナハチ》、即意*富祁命《オホケのミこと》、知㆓天津日*續《アマツヒツギシラシメシキ》㆒*也。天皇御年《のミとシ》、参拾《ミソチア》《マリヤ》捌歳《ツぞ》。治㆓天下㆒《アめのシタヲサめタマフことヤとセぞ》[10]八歳。御陵《ミハカハ》在㆓•片*崗之石*坏*崗上㆒也《カタヲカのイハツキのヲカのへニアリ》。*袁*祁*王《ヲケのオホキミの》*兄、意*富祁*王《イろイオホケのオホキミ》、坐㆓石上廣高宮《イソのカミのヒろタカのミヤニイマシテ》㆒、治㆓天下㆒也《アめのシタヲサめタマヒキ》。

堀(諸本ニヨル)—掘(延・訓)(以下同ジ)
白(卜系)—自
之(諸本ニヨル)—云(延)
仇(卜系)—犱
耻(卜系)—取
示(卜系)—尒
答(卜系)—奏
之(諸本ニヨル)—云(延)
富(底ニヨル)—ナシ(卜系)
續(底ニヨル)—継(卜系)
也(底ニヨル)—ナシ(卜系)
片(卜系)—伊
崗(底ニヨル、但シ山岡卜二字ナリ)—岡(卜系)
坏崗(底ニヨル)—ナシ(卜系)
袁…王(底ニヨル)—ナシ(卜系)

1↓一二八頁1。とっくに。ここの例は「悉く」の意でないこと明らかなものである。

2「どのように」の意の時はイカニ。また「なぜ」の意の時はナニ。ここは前者。

3［兼］スコシキ　［延］スコシク　［訓］スコシ

○スコシクの語形は上代にない。なお「少し…を掘りつ」と訓まずに、「…を少し掘りつ」と副詞・動詞を続けて訓むのがよい。これは前頁の「深怨」もフカクウラみタマヒテと続けるのと同じ。

4［延］では「必悉ク」と二字一語としてコトゴトクと訓む。それでもよいが、今は一字一訓とする。［訓］は「必ズカノミハカヲコトゴトニ…」と訓む。しかしこのように「必」と「悉」を離すのはよくないと思う。

5↓注2。「なぜ」の意のナニ。

6［延］ウラミ　［訓］アタ

○アタには「仇」の字を用いる。

7［延］ウラミ其ミタマニ報ントオボス　［訓］アタヲカノミタマニムクイムトオモホス　［思］うらミ、ソノみたまをむくいむトおもほす

○「報ゆ」はヲ助詞をとるが、ここでは「怨ヲ」がそれに当る。↓一八〇頁6

8↓三〇頁4。まったく。

9［延］是ハヅカシメヲ以テ［訓］カクハヂミセマツリテアレバ［校］コレヲモチテハヅカシメマツリタレバ［岩］かくはぢかく恥かしめまつれば［角］かくはぢみせつれば

○本書では、「以」は～ヲモチテと訓むこ

仁賢天皇

とにしている。
10 延 天下ヲ治スコト八歳 訓 ヤトセアメノシタシロシメシキ
○→二九頁1

天皇、娶二大長谷若建《オホハツセワカタケルの》天皇之《の》御子《ミコ》、春日《カスガの》大郎女《オホイラツメヲメトリテ》一、生《ウミタマヒシ》御《ミ》子《コ》、高木郎女《タカぎのイラツメ》。次《ニ》財郎女《タカラのイラツメ》。次《ニ》久須毗郎女《クスビのイラツメ》。次《ニ》手白髪郎《タシラカのイラツ》女《メ》。次《ニ》小長谷若雀命《ヲバツセのワカサザキのミこと》。次《ニ》真若王《マワカのオホキミ》。又娶二丸迩日爪臣之女《ワニのヒツマのオミガムスメ》、糠若子郎女《ヌカのワクゴのイラツメ》一、生《ヲメトリテウミタマヒシ》御子《ミコ》、春日山田郎女《カスガのヤマダのイラツメ》。此《この》天皇之《の》御子《ミコ》、并七柱《アハセテナナハシラぞ》。此之中《このナカニ》、小長谷若雀命者《ヲバツセのワカサザキのミことハ》、治二天下一也《アめのシタヲサめタマヒキ》。

武烈天皇

小長谷若雀命《ヲバツセのワカサザキのミこと》、坐二長谷之列木宮一《ハツセのナミきのミヤニイマシテ》治二天下一《アめのシタヲサめタマフことヤとせ》捌歳也《ぞ》。此《この》天皇、无二太子一《ヒツギのミコナシ》。故《カレ》、為二御子代一《ミコシろとシテ》、定二小長谷部一也《ヲバツセべヲサダめタマヒキ》。御陵《ミハカハ》在二片岡之石坏岡一也《カタヲカのイハツキのヲカニアリ》。

天皇既崩《スデニカムアガリマシテ》、無下可レ知二日續一《ヒツギヲシラスべキ》之王上《ミコナシ》。故《カレ》、品太《ホムダの》天皇五世之《のイツツギの》1孫《ヒコ》、袁本杼命《ヲホどのミこと》、自二近淡海國一《チカツアフミのクニヨリ》、令二上坐一《のボリイマサシめ》而《テ》、合レ於二手白髪《タシラカの》命一《ミことニアハセマツリテ》、授二奉天下一也《アめのシタヲサヅけマツリキ》。

継体天皇

品太王《ホムダのオホキミのイツツギのヒコ》五世孫、袁本杼命《ヲホどのミこと》、坐二伊波礼之玉穂宮一《イハレのタマホのミヤニイマシテ》、治二天下一《アめのシタ》也《ヲサめタマヒキ》。天皇、取二三尾君等祖《ミヲのキミラガオヤ》、名《ナハ》若比賣一《ワカヒメヲメトリテ》、生《ウミタマヒシ》御子《ミコ》、大郎《オホイラツ》

1 兼 ミマコ 訓 ミコ 岩 ひこ
○マゴの語、上代に確証なし。

生(卜系)—王
若(卜系)—君
迩(底ニヨル)—迩臣(卜系)
山(延・訓)—小。少(卜系)
坐(卜系)—由
列(卜系)—到
片(卜系)—伊
岡(底ニヨル)—岡(卜系以下)
本(卜系)—大
杼(卜系)—梯
命(卜系)—今
品…孫(底ニヨル)—ナシ
杼(卜系)—梯
取(底ニヨル)—娶(卜系)
「取」は「娶」の省文。

子《コ》。次《ニ》出雲《イヅモ》郎女《のイラツメ》。二柱 又娶二尾張《ヲハリ》連《のムラジ》等《ラ》之祖《ガオヤ》、凡《オホシ》[1]連《のムラジ》之妹《ガイモ》、目《めの》子郎女《コのイラツメ》、一生《ヲメトリテウミタマヒシ》御子《ミコ》、廣國押建金日《ヒロクニオシタケカナヒ》命《のミこと》。次《ニ》*建小廣國押楯《タケヲヒロクニオシタテ》命《のミこと》。二柱 又娶二意《オ》*富祁《ホケの》天皇之御子《のミコ》、手白髪《タシラカ》命《のミことヲメトリテ》、一是大《こレオホ》后也《キサキぞ》。生《ウミタマヒシ》御子《ミコ》、天國押波流岐廣庭《アめクニオシハルキヒろニハ》命《のミこと》。波流岐《ハルキ》三字以レ音。*一*柱 又娶二息長真手《オキナガマテ》王《のオホキミ》之女《のムスメ》、麻組《ヲクミ》郎女《のイラツメ》、一生《ヲメトリテウミタマヒシ》御子《ミコ》、佐佐宜《ササげ》郎女《のイラツメ》。*一*柱 又娶二坂田《サカタ》大俣《のオホマタの》王《オホキミ》之女《のムスメ》、黒比賣《クロヒメ》、一生《ヲメトリテウミタマヒシ》御子《ミコ》、神前《カムサキ》郎女《のイラツメ》。次《ニ》茨田《マムタ》郎女《のイラツメ》。次《ニ》馬来田《ウマグタ》[2]郎女《のイラツメ》。*三*柱 又娶二茨田《マムタ》連《のムラジ》小望《ヲモチ》之女《ガムスメ》、関比賣《セキヒメ》、一生《ヲメトリテウミタマヒシ》御子《ミコ》、茨田《マムタ》大郎女《のオホイラツメ》。次《ニ》白坂活日《シラサカのイクヒ》郎女《のイラツメ》。次《ニ》小野《ヲノ》郎女《のイラツメ》、亦《の》名《ハ》長目比賣《ナガめヒメ》。*三*柱 又娶二三尾《ミヲ》君《のキミ》加多夫《カタブ》之妹《ガイモ》、倭比賣《ヤマとヒメ》、一生《ヲメトリテウミタマヒシ》御子《ミコ》、大郎女《オホイラツメ》。次《ニ》丸高《マろコ》王《のオホキミ》。次《ニ》耳上《ミミ》王《のオホキミ》。次《ニ》赤比賣《アカヒメ》郎女《のイラツメ》。*四*柱 又娶二阿倍之波延比賣《アヘのハイヒメ》、一生《ヲメトリテウミタマヒシ》御子《ミコ》、若屋《ワカヤ》郎女《のイラツメ》。次《ニ》都夫良《ツブラの》郎女《イラツメ》。次《ニ》阿豆《アヅ》王《のオホキミ》。*三*柱 此《この》天皇之御子等《のミコタチ》、并《アハセテ》十九王《とヲアマリここのハシラのミコぞ》。男七《ヒコナナハシラ》、女《ヒメ》十二《とヲアマリフタハシラ》。此之中《このナカニ》、天國押波流岐廣庭《アめクニオシハルキヒろニハ》命《のミこと》者《ハ》、治二天下一《アめのシタヲサめタマヒキ》。次《ニ》

1 [延]ヲフシ [訓]オフシ [校]オホシ

2 継体天皇の系譜において、従来の諸本によって柱数を計算すると、実数は十七王であり、その内訳は男七、女十となる。しかるに本頁の終りの方には「十九王〈男七、女十二〉」とある。ここにおいて、男の七は一致するから、問題は、女十か女十二かである。幸い継体紀元年条に系譜がある。記伝はそれによって上手に本文を補った。すると「十九王〈男七、女十二〉」となる。記伝の補字そのものが和銅奏覧本の通りか否かは別にしてなかなか上手に補っている。私をしてそう思わせるのは、底本の文字の片鱗をも見逃さず復原してみると、記伝のとよく合うからである。私の復原方法を示そう。底本には「次田郎女田郎女」といった妙な書写がある。これを記伝のように「茨田郎女。次馬来田郎女」と補って、それから一行飛んで「茨田大郎女」に移るわけである。そう復原してみると、底本にありがちの単純な誤写(目移り・脱落等)であったことになる。そこで「長目比売」のあと、底本の「二柱」は実は「三柱」とあったものの誤写かさかしらかは分らないが、そのように復原できてゆくのである。

「二柱」上中巻ニ準ジテ小字縦書トスル。以下ノ「○柱」モ同ジ。
目(延・訓)—自
日(卜系)—曰
建(底ニヨル)—小建(卜系)
楯(卜系)—揗
富(底ニヨル)—ナシ(卜系)
大(卜系)—太
也(卜系)—ナシ
三(卜系)—二
一柱(底ニヨル)—分注(延・訓)
真(延・訓)—ナシ
宜(卜系)—ナシ
一柱(底ニヨル)—分注(卜系)
茨(訓)—ナシ
「馬来、又娶……茨田大郎女」ノ・印ハ訓ニヨリ補ウ
日(訓)—日子
小(訓)—ナシ
三柱(底ノ「二柱」ヲ意改ス)—分注(卜系)
大(寛以下)—太
上(卜系)—大字本文トセリ
若(卜系)—君
庭(卜系)—進

廣國押建金日《ヒろクニオシタケカナヒ》命《のミこと》、治二天《アめの》下一《シタヲサめタマヒキ》。次《ニ》建小廣國押楯《タケヲヒろクニオシタテ》命《のミこと》、治二天《アめの》下一《シタヲサめタマヒキ》。次《ニ》佐〻宜王《ササゲのオホキミ》者《ハ》、拜二伊勢神宮《のカみのミヤヲイハヒタマヒキ》一也。*此之御世《このミよニ》、•竺紫君石井《ツクシのキミイハヰ》、不レ従二天皇之命《のミことニシタガハズテ》一而、多レ无レ礼《ヰヤナキことオホシ》。故《カレ》、遣二物部荒甲之大連《もののべのアラカひのオホムラジ》・•大伴之金村連《オホともののカナムラのムラジ》二人一《フタリヲツカハシテ》而、殺二石井《イハヰヲころシタマヒキ》一也。天皇御年《のミとシ》、肆拾參歳《よソチアマリミツぞ》。*丁未年《[1]ひのとのヒツジのとシの》四月《ウづきの》九日《ここのカニ》崩《カムアガリマシキ》也。御陵《ミハカハ》者三嶋之藍陵《ミシマのアヰのミサザキぞ》*也。

安閑天皇

**御子《ミコ》、廣國押建金日王《ヒろクニオシタケカナヒのオホキミ》*、坐二•勾之金箸宮《マガリのカナハシのミヤニイマシテ》一、治二天下《アめのシタヲサめタマヒキ》一也。此《この》天皇、無二御子《ミコナシ》一也。*乙卯年《[2]きのとのウのとシの》三月十*三日《ヤヨヒのとヲカアマリミカニ》崩《カムアガリマシキ》。御陵《ミハカハ》在二河内《カフチ》之*•古市高屋《のフルイチのタカヤの》村一《ムラニアリ》也。

宣化天皇

•弟《イろど》、建小廣國押•楯命《タケヲヒろクニオシタテのミこと》、坐二檜坰之廬入野宮《ヒのクマのイホリノのミヤニイマシテ》一、治二天下《アめのシタヲサめタマヒキ》一也。天皇、娶二*意祁《オケの》天皇之御子《ミコ》、橘之中比賣命《タチバナのナカツヒメのミことヲメトリテ》一、生《ウミタマヒシ》御子《ミコ》、石比賣命《イシヒメのミこと》。訓《[3]よムこと》レ石《ヲ》如《ごとクセよ》レ石《イシの》、下效レ此。•次《ニ》•小石比賣命《ヲイシヒメのミこと》。次《ニ》倉之若江王《クラのワカイのオホキミ》。又娶二川内之若子比賣《カフチのワクゴヒメヲメトリテ》一、生《ウミタマヒシ》御子《ミコ》、火穗王《ホのホのオホキミ》。次《ニ》惠波王《ヱハのオホキミ》。此天皇之御子等《このミコタチ》、•并五王《アハセテイツハシラのミコぞ》。男三《ヒコミハシラ》・女二《ヒメフタハシラ》。故《カレ》、火穗王《ホのホのオホキミ》者《ハ》、志比陁《シヒダの》君之祖《ガオヤぞ》。

1 西暦五二七年。

2 西暦五三五年。

3 この分注、底本に無いが、「次小石比売命」まで無いので、脱落したものと認める。上宮聖徳法王帝説に「伊斯比女命」とある。それでこの「石」はイシだというのではなく、この分注によって、イシと訓むのである。「石比売」の「石」は、イシ・イハ・イソと訓めるが、ここはイシで訓めという注。

之(底ニヨル)—ナシ(卜系)
竺(卜系)—笠
大(卜系)—太
崩御年月日(諸本ニヨル、但シ卜系本文トセリ)—延・訓ハ削除セリ
陵(底ニヨル)—御陵(卜系)、訓ハ「御陵」ヲ衍トス
御子(底ニヨル)—ナシ(卜系)
王(底ニヨル)—命(卜系)
勾(卜系)—句
崩御年月日(諸本ニヨル、但シ卜系本文トセリ)—延・訓ハ削除セリ
三(底ニヨル)—二(卜系、但シ右傍書「三イ」トアリ)
之(底ニヨル)—ナシ(卜系)
古(卜系)—石
弟(底ニヨル)—ナシ(卜系)
楯(卜系以下)—猪
意(底ニヨル)—意富(延・訓)
「訓…命」(卜系)—ナシ
等(卜系以下)—寸
三(卜系以下)—二

○↓一九三頁より。漢訳仏典語一覧をここに提示しておく。この種の研究で著名なものに西田長男『日本古典の史的研究』、神田秀夫『古事記の構造』、小島憲之『上代日本文学と中国文学』上 がある。今、法華経語を挙げる（括弧内は品の名）。

悪人・嫉妬・貧窮（方便品）安置・異心・輾轉・豊楽・遊行（譬喩品）一時・威儀・歓喜・恭敬・国土・思惟・退坐・趺座（序品）他国・本国（信解品）驚懼（化成喩品）邪心（妙荘厳王本事品）童男（妙音菩薩品）童女（法師功徳品）女人（五百弟子受品記）罵詈（安楽行品）本土（提婆達多品）恋慕（如来寿量品）

他に法華経の「不退」「初発」「寺」もそうであるが、「初発」は三一頁に記した如く仏典語としては用いていない。一方「憂患」（譬喩品）と「憂愁」（安楽行品）とを分析して、「患」と「愁」との如く一字ずつ用いたりする手法から見ると、「寿」「命」「遊」「楽」のおのおのも仏典語であると言えるし、また「詛」や「汚垢」もそうだと言える。

ところで、よく比較される仏典に金光明最勝王経があって、例えば「顔容」は堅牢地神品、「盛年」は夢見金鼓懺悔品あたりの教養だろうと言われることがある。しかし古事記成立の和銅五年までに渡来した経典としては

恵波《ヱハ》王《のオホキミ》者《ハ》、韋那《ヰナ》君《のキミ》・多治《タヂ》比《ヒの》君之祖《ガオヤぞ》也。

欽明天皇

*弟《オと》、天國押波*流岐廣庭《アめクニオシハルキヒろニハの》天皇、坐㆓師木嶋大宮《シきシマのオホミヤニイマシテ》㆒、治㆓天下《アめのシタヲサめタマヒキ》㆒也。天皇娶㆓檜坰《ヒのクマの》天皇之御子《のミコ》、石比賣《イシヒメ》命《のミことヲメトリテウミタマヒシ》㆒、生 御子《ミコ》、八田《ヤタ》王《のオホキミ》。次《ニ》 沼名倉太玉敷《ヌナクラフトタマシキの》命《ミこと》。次《ニ》 笠縫《カサヌヒの》王《オホキミ》。三柱 又娶㆓其弟《そのイろど》 小石比賣《ヲイシヒメ》命《のミことヲメ》㆒、生《トリテウミタマヒシ》 御子《ミコ》、*上《カミの》王《オホキミ》。一柱 又娶㆓春日《カスガ》之《の》日爪《ヒツマ》臣《のオミ》之女《ガムスメ》、糠子《ヌカゴ》郎女《のイラツメヲ》㆒、生《メトリテウミタマヒシ》 御子《ミコ》、春日《カスガ》 山田《のヤマダ》 郎女《のイラツメ》。次《ニ》 麻呂古《マろコ》 *王《のオホキミ》。次《ニ》 宗賀《ソガ》之倉《のクラの》王《オホキミ》。*三*柱 又娶㆓宗賀《ソガ》之《の》稲目《イナめ》宿祢《のスクネ》大臣《のオホオミ》之女《ガムスメ》、岐多斯比賣《キタシヒメヲメトリテウミタマヒシ》㆒、生 御子《ミコ》、橘《タチバナ》之豊日《のとよヒ》命《のミこと》。次《ニ》 妹《イろモ》 石坰《イハクマ》王《のオホキミ》。次《ニ》 足取《アトリ》王《のオホキミ》。次《ニ》 豊御氣《とよミけ》炊屋比賣《カシキヤヒメ》命《のミこと》。次《ニ》 亦《マタ》、麻呂古《マろコ》王《のオホキミ》。次《ニ》 大宅《オホヤけ》王《のオホキミ》。次《ニ》 伊美賀古《イミガコ》王《のオホキミ》。次《ニ》 山代《ヤマシろ》王《のオホキミ》。次《ニ》 妹《イろモ》 大伴《オホとも》王《のオホキミ》。次《ニ》 櫻井《サクラヰ》之《の》玄《ユバリ》王《のオホキミ》。次《ニ》 麻*怒《マノ》王《のオホキミ》。次《ニ》 橘本《タチバナもと》之《の》若子《ワクゴ》王《のオホキミ》。次《ニ》 泥杼《ネど》王《のオホキミ》。*十*三*柱《とヲアマリミハシラ》。 又娶㆓岐多志*毗賣《キタシビメ》《の》命《ミこと》之姨《のヲバ》、小兄比賣《ヲイヒメヲメトリテウミタマヘル》㆒、生 御子《ミコ》、馬木《ウマき》王《のオホキミ》。次《ニ》 葛城《カヅラき》王《のオホキミ》。次《ニ》 間人《ハシヒとの》穴太部《アナホベ》王《のオホキミ》。次《ニ》 三枝部《サキクサベ》穴太部《のアナホベ》王《のオホキミ》、亦名《のハ》須賣伊呂杼《スメイろど》。次《ニ》

弟（底ニヨル）―ナシ（卜系以下）
流（底ニヨル）―琉（卜系）
御（卜系）―師
田（卜系）―田次
太（卜系）―大
縫（卜系）―継
「三柱」上巻中巻ニ準ジテ、小字縦書トス次ノ「一柱」モ同ジ
上（諸本ニヨル）―石上（延）
生（卜系）―生生
古（底ニヨル）―ナシ（卜系）
王（底ニヨル）―ナシ（卜系）
三柱（底ニヨル）―分注（卜系）
妹（卜系）―小字ニテ記セリ
怒（底ニヨル）―奴（卜系）
杼（卜系）―梯
十三柱（底ニヨル）―分注（卜系）
毗（底ニヨル）―比（卜系）
太（卜系）―大
杼（卜系）―梯

金光明経の方であって、この最勝王経は養老二年道慈が持帰ったもので、日本書紀の述作に影響を与えた。となると、古書記の潤色がもし最勝王経によるものならば古事記の成立は和銅五年以後となる。しかし「盛年」は金光明経（北涼曇無讖訳）巻一に「盛年放逸」（懺悔品第二）また過去現在因果経（劉宋求那跋陀羅訳）巻三に「盛年之時」とあり、「顔容」は巻一に「顔容端正」（釈迦降年釈種成仏縁第四之一等）ほか多く見えるから、最勝王経によって潤色したのではない。

敏達天皇

○1［訓］ユミハリ
○「玄」は「弦」の省文。ユミハリは意縮約を起こしてユバリとなること、「由波利王」（平氏伝雑勘文所引上宮記）によって分る。ここにユバリと改訓する。
2［兼］ヌカシロ ［延］ヌカテ
○舒明元年前紀に「糠手姫皇女」とあるによってヌカデと訓む。

長谷部《ハツセべ》若雀《のワカサザキ》命《のみこと》。**五柱 凡《オホよそ》此《ここの》天皇之《の》御子《ミコ》等《タチ》、并《アハセテ》廿五《ハタアマリイツハシラの》王《ミコぞ》。此之中《このナカニ》、沼名倉太玉敷《ヌナクラフトタマシキ》命《のみこと》者《ハ》、治㆓天下㆒《アめのシタヲサめタマヒキ》。次《ニ》橘之豊《タチバナのとよ》日《ヒ》命《のみこと》、治㆓天下㆒《アめのシタヲサめタマヒキ》。次《ニ》豊御氣炊屋比賣《とよミけカシキヤヒメ》命《のみこと》、治㆓天下㆒《アめのシタヲサめタマヒキ》。次《ニ》長谷部之若雀《ハツセべのワカサザキ》命《のみこと》、治㆓天下㆒《アめのシタヲサめタマヒキ》*也。并《アハセテ》四《よ》王《ハシラのミコ》治㆓天下㆒《アめのシタヲサめタマヒキ》也。

御子《ミコ》、沼名倉太玉敷《ヌナクラフトタマシキ》命《のみこと》、坐㆓*他田宮《ヲサダのミヤニイマシテ》㆒、治㆓天下㆒《アめのシタヲサメタマフこと》壹拾《とヲアマ》肆歳《リよとセぞ》也。此《この》天皇*取㆓庶妹豊御食炊屋比賣《ママイモとよミけカシキヤヒメ》命《のみことヲメトリテ》㆒、生《ウミタマヒシ》御子《ミコ》、静《シヅ》貝王《カヒのオホキミ》、亦名《のハ》貝*鮹王《カヒタコのオホキミ》。次《ニ》竹田王《タけダのオホキミ》、亦名《のハ》小貝王《ヲカヒのオホキミ》。次《ニ》小治田《ヲハリダ》王《のオホキミ》。次《ニ》葛城王《カヅラきのオホキミ》。次《ニ》宇毛理王《ウモリのオホキミ》。次《ニ》小張王《ヲハリのオホキミ》。次《ニ》多米王《タめのオホキミ》。次《ニ》櫻井玄王《サクラヰのユバリのオホキミ》[1]。八柱 又娶㆓伊勢大鹿首《イセのオホカのオビと》之女《ガムスメ》、小熊子郎女《ヲグマコのイラツメヲ》㆒、生《メトリテウミタマヒシ》御子《ミコ》、布斗比賣《フトヒメ》命《のみこと》。次《ニ》寶王《タカラのオホキミ》、亦名《のハ》糠代比賣[2]《ヌカデヒメ》*王《のオホキミ》。**二柱 又娶㆓息長真手王《オキナガのマテのオホキミ》之女《のムスメ》、比呂比賣《ヒろヒメ》命《のみことヲメトリテ》㆒、生《ウミタマヒシ》御子《ミコ》、忍《オシ》坂日子人太子《サカのヒコヒとのヒツギのミコ》、*亦名《のハ》麻呂古王《マろコのオホキミ》。次《ニ》坂騰王《サカのボリのオホキミ》。次《ニ》宇遅王《ウヂのオホキミ》。

五柱（底ニヨル）―分注（卜系）
也（底ニヨル）―ナシ（卜系）
御子（底ニヨル）―ナシ（卜系）
太（卜系）―大
他（諸本ニヨル）―池（寛）
壹拾肆（卜系）―十四
取（諸本ニヨル）―娶（延・訓）
食（卜系）―倉
貝（延・訓）―具（以下同ジ）
鮹（底ニヨル）―鮪（卜系）
次葛城王（卜系）―次葛城王次葛城王
次多米王（卜系）―次多米王次多米王
八柱（底ニヨル）―分注（卜系）
熊（卜系）―能
斗（延・訓）―計
王（底ニヨル）―ナシ（卜系）
二柱（底ニヨル）―分注（卜系）
真（延・訓）―ナシ
王（延・訓）―玉
賣（卜系）―ナシ
亦（底ニヨル）―ナシ（卜系）
遅（訓）―庭

1 西暦五八四年。
2 兼ウハツミヤ　訓ウヘノミヤ　岩うへつみや
3 卜系諸本は、「植栗王〈四柱〉」としているが、底本では「王次王〈四柱〉」と傍線の二字を挿入している。これは明らかに「次茨田王〈四柱〉」とあった片鱗を示すものので、記伝に従って本文を補うべきである。

用明天皇

三柱 又娶二春日《カスガ》中若子之女《のナカツワクゴガムスメ》、老女子郎女《オミナコのイラツメ》一、生《ヲメトリテウミタマヒシ》御子《ミコ》、難波《ナニハ》王《のオホキミ》。次《ニ》桑田王《クハタのオホキミ》。次《ニ》春日王《カスガのオホキミ》。次《ニ》大俣王《オホマタのオホキミ》。*四*柱 此天皇之御《このミ》子等《コタチ》、并十七王之中《アハセテとヲアマリナナハシラのミコのナカニ》、日子人太子《ヒコヒとのヒツギのミコ》、娶二庶妹田村王《ママイモタムラのオホキミ》、亦名糠代比賣命《のハヌカデヒメのミこと》一、生《ヲメトリテウミタマヒシ》御子《ミコ》、坐二崗本宮《ヲカもとのミヤニイマシテ》一治二天下《アめのシタヲサ》一之天皇《めタマヒシスメラミこと》。次《ニ》中津王《ナカツのオホキミ》。次《ニ》多良王《タラのオホキミ》。*三*柱 又娶二漢王《アヤのオホキミ》之妹《のイモ》、大俣王《オホマタのオホキミヲメトリテウミタマヒシ》一、生御子《ミコ》、*知奴王《チヌのオホキミ》。次《ニ》妹桑田王《イモクハタのオホキミ》。*二*柱 又娶二庶妹玄王《ママイモユバリのオホキミヲメトリテウミタマヒシ》一、生御子《ミコ》、山代王《ヤマシろのオホキミ》。次《ニ》笠縫王《カサヌヒのオホキミ》。*二*柱 并《アハセテ》七王《ナナハシラのミコぞ》。*甲辰年《きのエタツのとシの》[1]四月六日《ウツきのムユカ》崩《ニカムアガリマシキ》。御陵在二川内科長《ミハカハカフチのシナガニアリ》一也。

*弟《オと》、橘豊日王《タチバナのとよヒのオホキミ》、*坐二池邊宮《イけのへのミヤニイマシテ》一、治二天下《アめのシタヲサめタマフこと》一参歳《ミとせぞ》。此《この》天皇、娶二稲目宿祢大臣之女《イナめのスクネのオホオミガムスメ》、意富藝多志比賣《オホギタシヒメヲメトリテウミタマヒシ》一、生御子《ミコ》、多米王《タめのオホキミ》。*一*柱 又娶二庶妹間人穴太部王《ママイモハシヒとのアナホべのオホキミヲメトリテウミタマヒシ》一、生御子《ミコ》、上宮之《ウヘのミヤの》[2]廐戸豊聡耳命《ウマヤトのとよトミミのミこと》。次《ニ》久米王《クめのオホキミ》。次《ニ》植栗王《ヱクリのオホキミ》。次《ニ》茨田王《マムタのオホキミ》[3]。*四*柱 又娶二當麻之倉首比呂之女《タギマのクラのオビとヒろガムスメ》、飯之子王《イヒのコのオホキミヲメトリテウミタマヒシ》一、生御子《ミコ》、當麻王《タギマのオホキミ》。

分注「三柱」(訓)—ナシ
王(卜系)—ナシ
四柱(底ニヨル)—分注(卜系)
三柱(底ニヨル)—分注(卜系)
知(底ニヨル)—智(卜系)
二柱(底ニヨル)—分注(卜系)
笠(卜系)—竺
二柱(底ニヨル)—分注(卜系)
崩御年月日(諸本ニヨル、但シト系本文トセリ)—延・訓ハ削除セリ
也(卜系)—ナシ
弟(底ニヨル)—ナシ(卜系)
玉(底ニヨル)—命(卜系)
參(卜系)—三
宿祢(卜系)—ナシ
米(卜系)—未
一柱(底ニヨル)—分注(卜系)
茨田(延・訓)—ナシ。卜系「次茨田王」四字ナシ
四柱(底ニヨル)—分注(卜系)
飯(底ニヨル)—飯女(卜系)
子王(底ニヨル)—子(卜系)

1 用明紀元年の条に「酢香手姫皇女」とあり、上宮聖徳法王帝説にも「須加氏古女王」とある。従って古事記の「須加志呂古」は、もと「代」とあったのを誤読したに違いないのだが、或いは当時に二通りの呼名があったかとも疑われる。諸本による。
2 西暦五八七年。
3 兼ワキカミ 訓イケノベ
○用明紀二年七月の条には「磐余池上陵」とあるが、今は表記通りによむ。
4 西暦五九二年。
5 西暦六二八年。

崇峻天皇

推古天皇

次《ニ》妹《イロモ》[1]須《ス》*加《カ》志《シ》呂《ろ》古《コ》郎女《のイラツメ》。此《この》天皇、[2]*丁未年《ひのとのヒツジのとシの》四月《ウづき》十五日《のとヲカアマリイツカニ》崩《カムアガリマシキ》。御陵《ミハカハ》在二石《イハ》*寸レ掖上《のワキガミニアリシヲ》[3]一、後《のチニ》•遷二科長《シナガ》中陵《のナカのミサザキニウツシマツリキ》一也。

*弟《オト》、長谷部《ハツセベ》若雀《のワカサザキの》天皇、坐二倉椅《クラハシの》柴垣宮《シバカキのミヤニイマシテ》一治二天下《アめのシタヲサめタマフこと》一•肆歳《よとセぞ》。[4]*壬子年《ミヅのイネのとシの》十一月《シモツきの》十三日《とヲカアマリミカニ》崩也《カムアガリマシキ》。御陵《ミハカハ》在二倉椅《クラハシの》岡上《ヲカのヘニアリ》一•也。

*妹《イモ》、豊御食炊屋比賣命《とよミけカシキヤヒメのミこと》、坐二小治田宮《ヲハリダのミヤニイマシテ》一、治二天下《アめのシタヲサめタマフこと》一•参《ミ》•拾《ソ》•漆歳《アマリナナとセぞ》。[5]*戊子年《ツチのイネのとシの》三月《ヤヨヒ》十五日《のとヲカアマリイツカ》癸丑《ミヅのとのウシのヒニ》崩《カムアガリマシキ》。御陵《ミハカハ》在二大野《オホノ》岡上《のヲカのヘニアリシヲ》一、後《のチニ》遷二科長《シナガ》大陵《のオホミサザキニウツシマツリキ》一也。

古事記下《ツ》•巻

加(底ニヨル)―賀(卜系)
崩御年月日(諸本ニヨル、但シト系本文トセリ)―延・訓削除セリ
「寸」は「村」の省文。
遷(卜系)―還
弟(底ニヨル)―ナシ(卜系)
肆(卜系)―四
崩御年月日(諸本ニヨル、但シト系本文トセリ)―延・訓削除セリ
也(底ニヨル)―ナシ(卜系)
上也(卜系)―也上
妹(底ニヨル)―ナシ(卜系)
食炊(底右傍書ニヨル)―倉炊
參拾漆(卜系)―卅七
崩御年月日(諸本ニヨル、但シト系本文トセリ)―延・訓削除セリ
巻(卜系)―ナシ

『古事記　修訂版』復刻版刊行にあたって

本書は、西宮一民編『古事記　修訂版』の復刻版である。本書は、出版社の事情によって刊行が途絶えていたが、神社界を始めとして研究者からも再版を求める声が寄せられていた。皇學館大学では秦昌弘神職養成部長、橋本雅之文学部教授、遠藤慶太文学部教授、大島が中心となり、皇學館大学出版部に出版の要請をし、出版部企画部会・同運営委員会に諮られ刊行が決定した。復刻ではあるが、新たに版を組み起こしたものである。なお、明らかな誤植は訂正した。

著者西宮一民先生は、昭和四十八年に本書の初版を刊行されている。その後、新潮日本古典集成『古事記』（昭和五十四年）の出版を経て、昭和六十一年に新訂版、平成十二年に修訂版を刊行された。修訂版を出された理由は「『古事記の研究』（おうふう、平成五年十月）において述べたことによって、自らのテキストの修正を迫られることになった」（本書凡例十八頁）とのことである。このように西宮先生は生涯をかけて古事記研究に情熱を注がれたのであった。

本書の頭注欄には、訓の異同のみならず、根拠とした著書・論文等も可能な限り挙げられ、ご自身の見解も述べられている。本書は単なるテキストに止まらない意味を持つものである。本書の刊行によって、古事記研究が一層盛んになることを西宮先生も期待しておられると思う。

本書の刊行にあたってはご遺族西宮秀紀氏のご快諾を得た。記して謝意を表したい。

令和五年三月十五日

大島信生　記

西宮《にしみや》　一民《かずたみ》　大正13年　奈良県桜井市多武峰《とうのみね》336に生まれる
昭和24年　京都大学文学部卒業
皇學館大学名誉教授
平成19年5月6日逝去
主要著書　『時代別国語大辞典、上代編』
（代表者　澤瀉久孝、三省堂）
『日本上代の文章と表記』（風間書房）
『古事記』（新潮日本古典集成、新潮社）
『聚注古事記』（桜楓社）
『萬葉集全注巻第三』（有斐閣）
『古語拾遺』（岩波文庫）
『上代祭祀と言語』（桜楓社）
『古事記の研究』（おうふう）
『日本書紀』①～③（新編日本古典文学全集、小学館）
『上代語と表記』（おうふう）

古　事　記　修訂版（復刻版）

昭和四十八年二月一日　初版発行
昭和五十三年十一月十日　補訂版発行
昭和六十一年十一月十日　新訂版発行
平成十二年十一月二十日　修訂版発行
令和　五　年四月一日　修訂版（復刻版）発行

定価　本体一、〇八〇円＋税

編者　西宮一民
発行所　皇學館大学出版部
代表者　髙向正秀
〒516-8555　三重県伊勢市神田久志本町一七〇四
電話　〇五九六－二二－六三二〇
印刷所　磯野印刷
〒516-0101　三重県度会郡南伊勢町五ヶ所浦三八四一
電話　〇五九九－六六－一五六七

ISBN978-4-87644-225-6